BASTEI
LÜBBE

JERRY COTTON

Flug in die Hölle

Nachtaufnahme

Mafia-Sinfonie

Drei Kriminalromane

BASTEI LÜBBE

BASTEI LÜBBE TASCHENBUCH
Band 31 949

Erste Auflage: Februar 2004

Lektorat: Rainer Delfs
Titelbild: George Nader in dem Jerry-Cotton-Film:
›Schüsse aus dem Geigenkasten‹
(Die abgebildeten Schauspieler stehen in keinem Zusammenhang
mit den Romantiteln und dem Inhalt der Romane)
Umschlaggestaltung: QuadroGrafik, Bensberg
Satz: Wildpanner, München
Druck und Verarbeitung:
AIT, Trondheim, Norwegen
Printed in Norway
ISBN 3-404-31949-4

Inhalt

Flug in die Hölle

Die erste Kugel traf ihn in die Hüfte.

Es war merkwürdig. Er spürte nur diesen harten Schlag, keinen Schmerz. Dann erst hörte er den Schuss – peitschend, hell, weit hallend. Schreie übertönten den Schuss. Stühle flogen um, kippten klappernd auf den Marmorboden. Frauen kreischten. Kinderstimmen schrillten. Schritte wurden zum Herdengetrappel. Die meisten flohen in wilder Panik. Nur wenige warfen sich hin. Kaffeegeschirr klirrte und schepperte.

Pratt war auf einmal der Einzige, der noch an seinem Tisch im Winter Garden saß. Seine Schrecksekunde bewirkte das. Er begriff es nicht. Dies geschah am hellen Tag. Im schönsten Manhattan. In diesem lichtdurchfluteten Glaspalast im World Financial Center war er von Menschen umgeben gewesen. Er hatte geglaubt, sicher zu sein. Doch nun war das schlagartig vorbei. Auf einer unbewohnten Insel hätte er sich kaum einsamer fühlen können.

Pratt löste sich aus der Erstarrung. Das Entsetzen packte ihn, schüttelte ihn. In dieses furchtbare Zittern hinein platzte der Schmerz. Wie eine Blüte, die sich jäh öffnet. Pratt hörte sich selbst schreien. Er schaffte es, aufzuspringen, sich zur Seite zu werfen. Weiter hätte er es sowieso nicht geschafft, denn sein rechtes Bein war sofort eingeknickt, und der Schmerz aus der Hüfte raste in wütenden Wogen durch den ganzen Körper.

In diesem Augenblick peitschte der zweite Schuss.

Pratt stürzte hart auf den Marmor. Der Schmerz brachte ihn um, so kam es ihm vor. Er wusste nicht mal, ob er erneut getroffen worden war. Ein Rest von Willenskraft brachte ihn dazu, sich herumzurollen. Wie durch ein Wunder schaffte er es bis unter den Tisch, an dem er gesessen hatte.

Er wartete auf den dritten Schuss. Die Tischplatte bestand aus Kunststoff. Eine miserable Deckung also. Eine einzige Kugel würde das ganze Ding zersplittern.

Pratt drehte sich auf den Rücken. So war der Schmerz etwas besser zu ertragen. Er sah die Palmen von unten. Die hohen, schlanken Stämme mit den grünen Blattfächern ganz oben, unter dem gläsernen Kuppeldach. Der Stolz New Yorks. Ein Palmengarten in Manhattan, importiert aus Kalifornien.

Pratt heulte auf. Verdammt, er hatte nicht vor, hier zu sterben! Nicht hier und nicht jetzt! Er wollte weiter so schöne Plätze wie diesen genießen können.

Nur allmählich wurde ihm bewusst, dass niemand mehr schoss. Die letzten Schreie versiegten. Jemand rief etwas von der Galerie herab. Dass die Polizei alarmiert sei. Dass die Cops jeden Moment hier sein müssten.

Pratt erschrak. Das konnte stimmen. Im Financial Center patrouillierten Fußstreifen. Die brauchten wirklich nicht lange, um den Winter Garden zu erreichen. Aber sie würden nicht in der Lage sein, ihn, James B. Pratt, zu schützen. Es war ausgeschlossen. Pratt war überzeugt, dass der Killer dort oben noch lauerte, im Obergeschoss der Ladenpassage.

Pratt begann zu kriechen, vorbei an den Blumenrabatten, die um die Palmenstämme herum angelegt worden waren. Helfen konnte ihm nur der Mann, mit dem er seinen lebensgefährlichen Handel abgeschlossen hatte. Der Mann und die Supermacht, die hinter ihm stand.

Jerry Cotton und der FBI.

Der Silbervogel startete in den sonnigen Oktobernachmittag hinein. Mit der bulligen Kraft seiner drei Triebwerke donnerte er steil aufstrebend in den wolkenlosen Himmel. Uns Passagieren auf der rechten Seite der Kabine ermöglichte der Start von LaGuardia Airport einen traumhaften Blick auf den Long Island Sound. Mit zunehmender Höhe erweiterte sich das Blickfeld. Long Island und Connecticut breiteten sich unter uns aus.

Das Naheliegende war für mich viel traumhafter. Wozu, in aller Welt, sollte ich meinen Blick in die Ferne schweifen lassen? Dunkles Haar, seidenmatt glänzend bis hinab auf die Schultern. Ein Profil, das jeden Bildhauer im alten Rom in Verzückung versetzt hätte. Dabei hatten sich die Jungs vor zweitausend Jahren nicht mal in ihren kühnsten Träumen und wildesten Fantasien ein solches Gesicht vorstellen können. Blonde Germaninnen mussten für sie schon was ziemlich Exotisches gewesen sein.

Aber eine Schönheit von Mitte zwanzig, in deren Adern irisches und indianisches, vielleicht noch französisches und deutsches Blut floss? No, Sir, das wäre für die alten Römer jenseits aller Vorstellungskraft gewesen. Delta Airlines hatten damals noch keine Transatlantikflüge im Programm gehabt. Ich freute mich, im zwanzigsten Jahrhundert zu leben und eine solche Sitznachbarin zu haben. Dass ich ihr den Fensterplatz überlassen hatte, war eher aus Höflichkeit geschehen. Welche Augenweide ich mir damit eingehandelt hatte, wurde mir erst jetzt klar, während sie die Landschaft nördlich von New York bewunderte.

Laura Hayes.

Ihren Namen hatte ich auf dem Anhänger ihrer Schultertasche gelesen, als wir an Bord gegangen waren. Hayes – ein irischer Name. Sicher stammte ihre Mutter von jenen Amerikanern ab, die heute mit neuem Stolz erklärten, die einzigen wirklichen Amerikaner zu sein.

Die Maschine, eine bärenstarke DC 10, legte sich gemächlich auf die linke Seite und ging auf Westkurs. Statt des Long Island Sound sahen wir nun nichts als blauen Himmel.

»Wie schön New York ist, sieht man erst aus der Luft, nicht wahr?« Sie sagte es mit einem Lächeln, das jeden Mann in eine Art Schwebezustand versetzen konnte. Nicht mal Fliegen war schöner.

Ich dachte an Phil und daran, wie er mich beneidet hätte, wenn er mich jetzt hätte sehen können.

»Zehn Millionen Touristen im Jahr können sich nicht irren«, entgegnete ich und erwiderte Lauras Lächeln.

Sie lachte. Ihre Zähne blitzten makellos weiß, und ihre

dunklen Augen sprühten ein heiteres Feuer. »Zu den zehn Millionen gehören Sie nicht«, stellte sie fest. »Sie sprechen wie ein New Yorker.«

»Ich bin einer. Und Sie könnten aus der Gegend stammen, in die wir fliegen. Ich tippe mal, dass Sie seit ein paar Jahren in New York arbeiten, und jetzt geht es auf Herbsturlaub in die alte Heimat.«

Ihr Lächeln formte sich um in Staunen. »Sind Sie Sherlock Holmes oder so was Ähnliches?«

»So was Ähnliches«, gestand ich. Als ihr Blick rätselnd wurde, sagte ich ihr meinen Namen. Halblaut klärte ich sie über meinen Job auf.

»Wow!«, flüsterte sie kleinmädchenhaft begeistert. Sie sah sich um, als fürchtete sie, mich zu verraten. »Ich! Neben einem richtigen G-man! Mein Gott, so viel Sicherheit auf einer Flugreise! Dann brauchen wir vor Luftpiraten ja keine Angst zu haben.« Ihr Schmunzeln bildete Grübchen außerhalb ihrer Mundwinkel.

Und sie ahnte nicht, wie nahe sie mit ihrem Stichwort an der Wahrheit lag.

Luftpiraten.

Ich nickte gedankenverloren, als Laura mir ihren Namen sagte und hinzufügte, dass sie Softwarehändlerin sei, mit einer eigenen kleinen Firma in New York.

Ich fragte mich, was Pratt jetzt trieb, was er ausheckte. Okay, er hatte uns auf die Spur des Mannes gesetzt, der weiter vorn im Flugzeug saß. Albert Droghan. Einer der raffiniertesten Füchse unter den Wölfen der New Yorker Unterwelt. Droghan hatte einen Koffer bei sich, der Milliarden wert war. Pläne einer Karosseriekonstruktion, die die Autoindustrie revolutionieren würde.

Er transportierte eine gestohlene Handelsware über die Grenzen mehrerer Bundesstuten hinweg. Das machte den FBI zuständig. Automatisch.

Droghan musste damit rechnen, dass man ihm den Koffer abjagen würde, bevor er in Seattle eintraf.

Er hatte einen Direktflug dorthin gebucht. Das stimmte mit der Information überein, die uns Pratt verkauft hatte. Droghan wollte in der Hafenstadt im Bundesstaat Washington einen Kunden treffen, der ihm das brisante Zeug abnahm. Jemand, der Geheimverbindungen zur Autobranche hatte. Niemand in Detroit würde schließlich offiziell zugeben wollen, sich durch Industriespionage in eine bessere Marktposition katapultiert zu haben.

Phil war bereits in Seattle eingetroffen. Zusammen mit den örtlichen FBI-Kollegen organisierte er Droghans Empfang – für den Fall, dass der erforderlich werden würde.

Es konnte ebenso gut unterwegs passieren. Und es konnte passieren, dass wir Seattle überhaupt nicht erreichten. Der Teufel allein wusste, an wen der ehrenwerte Mr. Pratt seine heiße Information noch verkauft hatte. Oder verkaufen wollte. Er würde versuchen, für sich selbst mindestens eine sechsstellige Zahl herauszuschlagen.

Sicher war nur, dass wir vom FBI als Erste am Ball waren.

Dass wir Droghan unmittelbar im Nacken saßen.

Ob es uns etwas nutzen würde, musste sich herausstellen.

Er war sauer, dass er nicht gleich darauf gekommen war. Das Geländer der breiten Treppe war aus dem gleichen Marmor wie Stufen und Bodenplatten. Hier hatte er eine viel bessere Deckung.

Pratt konnte nur noch kriechen. Aber die Todesangst weckte die Erinnerung an seine Army-Dienstzeit. Damals war er gerobbt wie ein junger Seehund. Die Cong-Kugeln waren immer haarscharf über ihn hinweggezischt. Eine harte Schule war das gewesen, yeah, verdammt. Auch damals hatte er überleben wollen. Und es musste mit dem Teufel zugehen, wenn es ihm in diesem verfluchten Marmorpalast nicht auch gelang. New York war höchstens halb so schlimm wie Vietnam.

Irgendwo in der Mitte der flachen Treppenstufen verharrte er keuchend und halb wahnsinnig vor Schmerzen. Er drehte sich um.

Und sah seine Blutspur.

Er erschrak.

O Hölle, das war sein Leben, das er hinter sich herschleifte! Breit und dunkelrot glitzernd war diese Spur. Sein Lebenssaft. Mit jedem Yard sickerte ein Stück mehr davon aus ihm heraus.

Er dachte an die Nachrichtensendungen im Fernsehen. Da zeigten sie ständig solche Bilder. Sterbende Menschen – von irgendwo auf der Welt, wo sie dauernd Gründe fanden, sich gegenseitig umzubringen. Armenien, Afghanistan, Jugoslawien, Nordirland. Sterbende Menschen waren der Fernseh-Hit. Zwischen Baseball und Basketball, zwischen Vorabendkrimi und Familienserie geilten sie sich daran auf, die Helden vorm Pantoffelkino. Und die Folge war, dass die Kameraleute dieser Welt die wahren Vampire geworden waren. Überall dort, wo mit Blut zu rechnen war, lagen sie geifernd auf der Lauer.

Pratt kroch weiter. Erstaunlicherweise hatten die Schmerzen nachgelassen. Die zweite Kugel, das sah er jetzt, hatte ihn in den linken Oberschenkel getroffen.

Diese Wunde schmerzte weniger als der Schuss in die Hüfte. Er konnte sich nicht mehr auf den Beinen halten, okay. Aber in seinem Oberkörper steckte noch ein bisschen Kraft. Die musste er nutzen.

Lieber einen Fernsehsender anrufen?

Statt Cotton?

Den eigenen Tod vermarkten? Exklusiv für die beste Sendezeit in den Acht-Uhr-Abendnachrichten? Wenn sie schnell kamen, kriegten sie vielleicht noch aufs Bild, wie ihn die letzten, entscheidenden Kugeln des Killers trafen. Wie sein Körper unter den Einschüssen zuckte. Yeah, so was hatte er erst vor drei, vier Tagen in der Flimmerkiste gesehen.

Vielleicht konnte er noch was ins Mikrofon röcheln, bevor er seinen letzten Atemzug machte. *Starke ist schuld! John*

Starke! Dieses Schwein geht über Leichen! Hier habt ihr den Beweis!

Alles Unsinn.

Dem aufwallenden Gedankenstrom folgte eine jähe Leere. Exklusivrechte! Für wen denn, zum Teufel? Er würde von dem Geld nichts mehr haben. Und er hatte keinen gottverdammten Menschen auf der Welt, dem er es vererben konnte. Er war mutterseelenallein. Er war es immer gewesen. Er hatte sich immer nur vorgegaukelt, Freunde zu haben. Einen Mann wie Cotton, ja, den hätte er sich zum Freund gewünscht. Aber ein FBI-Agent und ein Spitzel konnten keine Freunde sein. Das war einfach unmöglich. Man arbeitete widerstrebend zusammen. Mehr nicht. Informationen gegen Geld. Nicht mehr und nicht weniger.

Ein Gefühl von Sinnlosigkeit packte Pratt auf einmal. Wozu sollte er noch fliehen? Es war doch nur ein erbärmliches Kriechen. Das Kriechen eines Wurms, der schon einmal unter die große Schuhsohle geraten war. Ein zweites Mal, und sein Dasein würde endgültig zerquetscht werden.

Der Killer stand womöglich grinsend hinter der nächsten Marmorsäule – bereit, das Magazin seiner Waffe zu leeren, die Kugeln in einen längst wehrlosen Körper zu jagen. Man kannte das ja aus den Fernsehnachrichten. Pratt hatte von jugendlichen Typen gehört, die solche Bilder aufzeichneten, bis sie eine ganze Videokassette voll von Gemetzel hatten. Das sahen sie sich dann immer wieder an. Es fraß sich in ihren Mini-Gehirnen fest. Bis sie es vielleicht eines Tages selber taten.

Pratts Gedanken jagten von einem Extrem ins andere. Unvermittelt peinigte ihn die Vorstellung, so einem feixenden jugendlichen MPi-Schießer in die Hände zu fallen. Er erschauderte. Kroch schneller. Der glatte Marmor war kühl unter seinen Handflächen. Vor sich sah er Schaufenster mit hohen, spiegelnden Glasflächen. Eine offene Tür. Auch drinnen war Marmor.

Pratt kroch und kroch.

Er keuchte. Die Schmerzen wurden wieder stärker, stiegen pochend und hämmernd aus der Körpermitte herauf. Er fühlte sich wie in einem Irrgarten. Überall um ihn herum waren Kleiderständer. Chromgestänge, mit schrillen Farben behängt. Jeans. T-Shirts. Sweatshirts. Blusen. Hemden. Bermudashorts. Die Luft war trocken und roch nach Textilien. Ein Klamottenhandel. Normalerweise herrschte hier viel Betrieb.

Aber alle Menschen hatten sich verkrochen.

Der Teufel mochte wissen, wohin. Und die Fußstreifen-Cops ließen sich nicht blicken. Warum auch? Warum sollten sie nicht warten, bis ein paar Streifenwagen mit Kollegen drin auftauchten? Wer war so verrückt vor Ehrgeiz, dass er sein Leben für einen Lumpenhund namens Pratt riskierte? Die Namen derer, die das getan hatten, sah ein Cop jeden Tag – immer bei Schichtbeginn, wenn er sein Revier betrat. Die Ehrentafeln der im Dienst getöteten Beamten wurden von Jahr zu Jahr länger.

Pratt sah eine weitere Tür vor sich. Er erreichte einen Gang mit einer weißen Wand auf der einen Seite und einer Reihe von Schwingtüren auf der anderen. Diese Dinger wie in Western-Saloons. Hinter den Schwingtüren waren Spiegel, wandhoch.

Pratt sah den Kriecher.

Im ersten Moment wollte er nicht wahrhaben, dass er es war.

Ein leichenblasses, schweißüberströmtes Gesicht. Das schwarze Haar hing wirr durcheinander, in fettig glänzenden Strähnen. Das Jackett, elegant und dunkelblau, war verrutscht, der Schlips vom Kriechen nach unten gezerrt. Das weiße Hemd hatte Schweißflecken. Vom Blut war nichts zu sehen, in dieser Blickrichtung nicht.

Dann sah Pratt die Beine.

Er blinzelte, strengte seine Augen an und vergaß Schmerzen und Blutverlust.

Es waren nackte Beine. Zarte Haut. Nichts von der stachligen, männlichen Art. Fast hätte Pratt geglaubt, dass es sich um eine Schaufensterpuppe handelte. Aber bei Schaufensterpuppen konnte man nicht die feinen Adern auf der Oberseite der Füße erkennen.

Pratt fühlte sich wie beflügelt, und er kroch, so schnell er konnte unter der Schwingtür hindurch.

Das Girl schrie vor Entsetzen.

Pratt packte ihre Fußgelenke, bevor sie abhauen konnte. Er blickte an ihr hoch. Sie war nur mit einem geblümten Slip bekleidet, und ihre ziemlich großen Brüste bedeckte sie mit den Händen, während sie schrie.

Pratt zog sie von den Füßen. Ein Ruck genügte. Sie kippte mit dem Rücken gegen den Spiegel und rutschte daran abwärts. Ihr Schrei versiegte. Panik und Todesangst schnürten ihr die Kehle zu.

Pratt zerrte an ihren Beinen, bis er ihren Oberkörper neben sich hatte. Ihr hübsches Gesicht war vor Angst verzerrt. Er hätte sie gern beruhigt, denn ihr wehzutun, tat ihm selber weh. Aber wenn sie seine Überlebenschance war, würde sie es später einsehen. Er umklammerte sie mit dem linken Arm. Mit der rechten Hand wühlte er in den Jackentaschen nach dem Messer. Endlich fand er es. Er ließ die Klinge herausschnappen. Der Blick des Mädchens wurde starr. Ihr Körper versteifte sich. Ihre Augäpfel schienen sich aus den Höhlen wölben zu wollen.

»Herhören!«, brüllte Pratt zum Laden hin. »Ich hab hier eine Geisel! Kapiert? Der Kleinen geht es jetzt schon verdammt schlecht! Begriffen? Ich will einen Mann vom FBI! Und zwar Cotton! Sofort!«

Er hatte den Interstate Highway 205 benutzt. Südlich von Chehalis war er auf die Bergstraße abgebogen, nach Osten. Der schwarze Jeep Wrangler hatte einen geschlossenen Aufbau. Unter der bulligen Haube arbeitete ein starker Sechszylinder.

Da es sich um einen Benziner handelte, war das Motorgeräusch eher sanft. Der Fahrer konnte Dieselgedröhn nicht leiden. Er brauchte ein Mindestmaß an Komfort. Vor allem dann, wenn er in eine unwirtliche Gegend wie diese fuhr.

Schmal und kurvenreich schraubte sich die Straße den Bergen entgegen. Mischwald bedeckte die Felsformationen wie ein dicker, fest verklebter Teppich. Der Mann warf einen Blick auf die Digitalanzeige der Außentemperatur. Nur noch drei Grad plus. Zwei Grad weniger als vor einer halben Stunde auf dem Highway. Er hatte die Klimaanlage auf mittlere Heizleistung geschaltet. Behagliche Wärme umgab ihn in dem luxuriös ausgestatteten Innenraum des Off-Road-Fahrzeugs.

Die Ortschaft Onalaska lag in dreitausend Fuß Höhe. Ein Nest von zweihundert Einwohnern, laut Hinweisschild. Holzhäuser gruppierten sich beiderseits der Main Street. Jedes dritte trug Beschriftungen, die es als Hotel oder Pension auswiesen. Hinter den Häusern ragten mächtige Hemlocktannen auf wie ein natürlicher Schutzwall. Noch hatte die Wintersportsaison nicht begonnen. Das Dorf machte einen verschlafenen Eindruck. Und so war es wohl auch. Es ging auf zwei Uhr nachmittags zu.

Nicht mal der Drugstore eben dem Post Office hatte geöffnet. Aber es gab zwei Telefonzellen. Der Mann hielt direkt davor und stieg aus.

Die Luft war beißend kalt, nicht zu vergleichen mit dem New Yorker Klima. Dort, an der Ostküste, klang der Indian Summer noch aus. Hier, an der nordwestlichen Pazifikküste, war das Klima rauer. Hier ahnte man den Winter bereits.

Der Mann war groß und breitschultrig. Wären seine Bewegungen nicht von federnder Leichtigkeit gewesen, hätte man ihn für grobschlächtig halten können. Er trug braune Cordhosen und Stiefel und eine ebenfalls braune Lederjacke mit Innenpelz. Sein Gesicht war bartlos, kantig und hart. Auf dem kurz geschnittenen dunkelblonden Haar saß eine Ledermütze, deren pelzgefütterte Seiten sich herunterklappen ließen.

Beide Telefonzellen waren für Ferngespräche geeignet. Der Mann benutzte seine AM-Karte und wählte eine New Yorker Nummer aus dem Gedächtnis. Am anderen Ende wurde sofort abgehoben. Man rechnete damit, dass er sich meldete.

»Ich bin's«, sagte er. »Wie sieht's aus?«

»Noch keine Vollzugsmeldung.«

»Verdammt! Ich hab keine Gelegenheit, noch mal anzurufen.«

»Was ist mit dem Mobiltelefon?«

»Himmel noch mal, die Frage kannst du dir selbst beantworten!«

»Nicht abhörsicher – bei Ferngesprächen.«

»Kluges Kerlchen! Okay, ich kann mich nicht länger aufhalten, sonst kommt unser Zeitplan durcheinander.«

»Mach dir keine Sorgen. Die Ratte ist erledigt. Garantiert. Und wenn was schief gelaufen sein sollte, bügeln wir es aus. Das ist auch garantiert.«

»Okay. Ich verlass mich auf euch. Sonst blase ich euch den Marsch, sobald ich zurückkomme.«

Er legte auf, ohne eine Antwort abzuwarten.

Zwei Minuten später hatte er Onalaska bereits hinter sich gelassen. Er war nicht sicher, ob ihn jemand gesehen hatte. Es spielte keine Rolle. Niemand würde ihn mit irgendetwas in Verbindung bringen, denn er würde in diesem Bundesstaat auf keinen Fall in Erscheinung treten. Er war der unauffälligste Bursche, der hier jemals durch die Berglandschaft gekurvt war. Er grinste bei diesem Gedanken. Der kleine David, damals, war auch ein unauffälliger Bursche gewesen. Trotzdem hatte er den Riesen Goliath aus den Stiefeln gestoßen.

Er jedoch war ein verdammt mächtiger David.

Herr über Leben und Tod.

Das hatte sich zwangsläufig so entwickelt – schon in New

York. Und hier und heute sollte seine Macht nun besonders deutlich werden.

Die Bergstraße stieg höher und höher. In einer Spitzkehre, die über die benachbarten Höhenzüge hinausragte, hielt der Fahrer des Jeeps an. Am nordöstlichen Horizont leuchtete der schneebedeckte Gipfel des Mount Rainier. Ja, in der Tat, obwohl sich die Sonne hinter den Wolken versteckte, leuchtete dieser Schneegipfel. Über 14000 Fuß hoch ...

Wir begnügen uns mit 5000, dachte der Mann grinsend. Er griff zum Mobiltelefon und wählte eine fünfstellige Nummer, die er ebenfalls auswendig kannte.

»Ich bin's«, sagte er wieder. »Wie sieht's aus?«

»Spitzenmäßig«, antwortete der Mann am anderen Ende der drahtlosen Verbindung. »Wir warten jetzt bloß noch darauf, dass wir auf den Knopf drücken können.«

»Das tun Sie nicht, bevor ich da bin.«

»Na, dann seien Sie mal schön pünktlich!«

»Macht keinen Blödsinn!«, sagte der Jeep-Fahrer schneidend. »Irgendwas, was nicht zum Plan gehört, und ihr überlebt es nicht.«

»O Mann! Müsste ich jetzt die Hosen voll haben?« Das Lachen schepperte im Hörer.

Der Mann im Jeep schnitt es ab, indem er das Gespräch beendete.

Pratt hatte den Typ unter Kontrolle. Der Junge war Filialleiter in dem Laden. Eine GAP-Zweigstelle. Diese Klamottenläden gab es in New York an jeder dritten Straßenecke. Kriechend kam der Junge in den Gang vor den Umkleidekabinen, von rechts, wo keine Blutspur war. Und kriechend schob er das Telefon vor sich her. So ein schnurloses Ding, wie gefordert.

»Hierher«, sagte Pratt.

Der Filialleiter gehorchte. Sein Gesicht war bleich, die Augen flackerten. Denn jetzt konnte er sehen, dass Pratt nicht bluffte. Das Girl schwebte wirklich in Lebensgefahr. »Hier ist Ihr Telefon, Sir.« Die Stimme des Jungen klang brüchig wie die eines Tattergreises.

»Schieb es rüber und hau ab!«

Der Filialleiter gehorchte.

Pratt beobachtete ihn, bis seine Schuhsohlen rechts um die Ecke verschwanden. Noch immer war es still. Nur das Mädchen wimmerte leise. Pratt hatte ihr gesagt, dass ihr nichts geschehen werde, aber sie schien ihm nicht recht zu glauben. Er hatte dem Filialleiter nicht geglaubt, als der behauptete, dass beim FBI kein Cotton aufzutreiben sei. Und noch immer waren die Cops nicht angetanzt. Niemand schien mehr an eine Schießerei zu glauben. Vielleicht war der Killer von der Bildfläche verschwunden. Aber nur vielleicht. Pratt konnte sich verdammt gut vorstellen, dass der Bastard noch immer irgendwo lauerte, um ihn weich zu kochen. Je mehr einem Opfer die Nerven flatterten, desto schneller wurde es ein wirkliches Opfer.

Pratt wählte die Nummer des FBI-Distrikts New York. Er kannte die Nummer auswendig. 335-2700. Seit er für Cotton arbeitete, hatte er oft genug da angerufen.

»FBI New York, guten Tag!«

Das war Myrna, die sympathische Telefonistin mit der rauchigen Altstimme.

»Pratt! Ich hab schon mal anrufen lassen! Ich musste eine Geisel nehmen! Stecke im Winter Garden fest, im GAP! Ich brauche Cotton hier – und zwar pronto! Ich – ich hab einen gottverdammten Killer am Hals! Zwei Kugeln hab ich schon …« Pratt rang stöhnend nach Atem.

»Zwei G-men sind zu Ihnen unterwegs, Mr. Pratt. Die Special Agents Dillaggio und Zeerookah. Es tut mir Leid, aber Jerry Cotton kann nicht zu Ihnen kommen! Er hält sich nicht in New York auf. Auch Phil Decker nicht. Ich bin befugt, Sie mit Mr. High zu verbinden, wenn Sie …«

»Nicht in New York?«, keuchte Pratt. »Hölle und Teufel, bedeutet das, dass Droghan mit der Ware schon auf

Achse ist? Dann hat er also einen Interessenten aufgetrieben?«

»Ich darf Ihnen keine Auskunft geben, Mr. Patt. Bitte seien Sie vernünftig. Ich verbinde Sie jetzt doch mit Mister …«

Pratt ließ den Hörer zu Boden fallen und hieb mit der Faust auf die Aus-Taste. Mit schmerzverzerrtem Gesicht drehte er sich zu dem halb nackten Girl um. Er versuchte, eine Art beruhigendes Grinsen zustande zu bringen. »All right, Kleines, wir haben es dann bald überstanden. Meine Freunde vom FBI kreuzen gleich auf. Dann ist wieder alles in bester Ordnung.«

Sie glaubte ihm kein Wort. Die Angst wich nicht aus ihren Augen.

Das Türschloss summte, als Phil Decker den Magnetstreifenschlüssel hineinschob. Eine grüne Kontrolllampe leuchtete auf, und er konnte eintreten. Das Hotelzimmer hatte eine erstklassige Klimaanlage. Das merkte er schon nach den ersten zwei Schritten. Die Luft war frisch und sauber wie an einem Bergsee im Wald.

Er verriegelte die Tür von innen und legte die Sicherungskette vor. Den kleinen Lederkoffer warf er mit gekonntem Schwung auf das Fußende des Bettes. Das Jackett hinterher. Er befreite sich auch vom Gürtelholster mit dem Smith & Wesson an der rechten Hüfte. Er deponierte die Dienstwaffe mitsamt Ledergeschirr neben dem Koffer. Um ein Kilo Stahl erleichtert, wandte er sich dem Bad zu. Eine Vorbesprechung mit den Kollegen im örtlichen FBI-Distriktgebäude hatte bereits stattgefunden. In einer halben Stunde, rechtzeitig vor der Landung der Maschine aus New York, sollte der Einsatz am Flughafen beginnen. Die Zeit reichte gerade, um unter die Dusche zu steigen.

Es war ein geräumiges Bad, hell gefliest. Das Licht flammte durch die nach innen schwingende Tür automatisch auf. Phils Blick fiel auf den luxuriösen Waschtisch gleich rechts. Vor dem hohen Spiegel lagen Stapel von flauschigen Handtüchern, mit der eingewebten Beschriftung wirkungsvoll nach oben.

LAKE WASHINGTON HOTEL – SEATTLE

Richtig. Dem G-man fiel ein, dass ihm die Concierge einen traumhaften Ausblick auf den See versprochen hatte. Er würde das checken. Obwohl er nichts damit anfangen konnte. Er war nicht hier, um Ausblicke zu genießen. Der Blick in den Spiegel zeigte eine Bewegung. Zu spät, um darauf zu reagieren.

Die Tür knallte Phil vor den Kopf.

Es war wie eine Explosion, die von der Stirn her unter seine Schädeldecke brüllte – ein gewaltiger Schlag, der sein Bewusstsein ins Nichts schmetterte. Die Wucht der zurückfliegenden Tür war so stark, dass der G-man ins Zimmer geschleudert wurde. Er hatte das Gefühl, in einen schwarzen Abgrund zu segeln. Dass seine Schuhsohlen den Bodenkontakt verloren, kriegte er nicht mehr mit. Rücklings krachte er auf das Bett, überschlug sich halb und rollte über die Kante. Der Teppichboden war weich. Und ein Schutzengel, dessen Namen Phil nicht kannte, ließ seinen Kopf auf dem rechten Oberarm landen. Kein zweiter Aufprall, der ihn noch tiefer in die Bewusstlosigkeit gestürzt hätte.

Deshalb hörte er das heisere Knurren einer Männerstimme, einen Fluch.

Und Phils wiederkehrende Sinne meldeten ein anderes Geräusch.

Es ging ihm durch Mark und Bein.

Klatschende Schläge. Hart und dumpf.

Seine Reflexe funktionierten wieder, obwohl ihm der Kopf dröhnte wie ein Hubschrauber im Landeanflug. Er warf sich herum, rollte sich ab. In dem winzigen Sekundenbruchteil, in dem er auf dem Rücken lag, sah er die Matratzenkante. Er sah es wie in Großaufnahme auf einer Kinoleinwand.

Die Stoffkante platzte auf. Ein Schwall von braunen und

grauen Fasern flog heraus. Dem Schwall voran ging ein scharfes Sengen.

Phil glaubte, das Geschoss zu sehen, wie es über ihn hinwegzischte. Doch das war Einbildung. Wirklichkeit waren der Einschlag in die Wand und der faustgroße Brocken Putz, der herausgerissen wurde. Das faserige Zeug prasselte ihm in den Nacken, als wäre es von einem Druckluftgebläse ausgespuckt worden.

Die klatschenden Schläge trafen das Bett mit einer Regelmäßigkeit, die nervenzerfetzend war. Der Kerl schien sich wie auf dem Schießstand zu fühlen. Und dass ihm mit seiner schallgedämpften Pistole die Munition ausgehen würde, war so schnell nicht zu erwarten. Fünfzehn bis achtzehn Patronen in einem doppelreihigen Magazin waren heutzutage keine Seltenheit.

Phil dachte an seinen guten alten 38er – nicht ohne Sehnsucht.

Er tat etwas, was der Schießer kaum erwarten konnte.

Statt weiter zur Wand hin, rollte er sich zurück in Richtung Bettkante.

Kugeln fauchten über ihn hinweg. Matratzenfasern wirbelten, wurden vom Luftwiderstand gebremst. Phil setzte zu einer halben Kehrtwende auf der Gürtelschnalle an. Er streckte den rechten Arm aus und griff in die Decken am Fußende, wo sie fest unter die Matratze gestopft waren. Er zog langsam, denn ein Ruck hätte nur bewirkt, dass der Revolver auf dem Fleck liegen geblieben wäre. Außerdem war eine langsame Bewegung weniger auffällig.

Wieder schlug eine Kugel in die Matratzenmitte. Noch im selben Sekundenbruchteil gab es einen harten Einschlag in den Fußboden. Phil schätzte, dass sich die Kugel eine Handspanne neben ihm in den Teppichboden gebohrt hatte.

Der Kerl kam also näher.

Und die Bettdecken waren zäh wie aus Gummi. Logisch. Auch auf der anderen Seite hatten routinierte, fleißige Zimmermädchenhände den Kram festgestopft.

Phil fasste mit beiden Händen zu. Endlich gab der verdammte Stoff nach.

In diesem Augenblick legte der Schießer eine Feuerpause ein. Er fing an zu reden. Er versuchte, seine Stimme locker klingen zu lassen.

»All right, Decker, das war jetzt die Übungsphase. Ab sofort wird gezielt geschossen!« Es folgte ein Lachen, das zu abgehackt klang.

Der G-man notierte die Nervosität des Killers als kalkulierbare Tatsache in seinem Hinterkopf. Vorsichtig zog er weiter an der Decke. Er hörte den ersten, fast lautlosen Schritt seines Gegners. Der Mann konzentrierte sich auf den gezielten Schuss. Er wusste, dass er ein Ende finden musste. Wenn er es noch weiter hinauszögerte, wuchs sein Risiko. Wenn auch die schallgedämpften Schüsse kaum zu hören waren, so dröhnten doch die Einschläge wie Hiebe von Vorschlaghämmern durch das Haus. Irgendwann aber, in diesen Sekunden, musste der Kerl trotz aller Konzentration auf die schief gezerrte Decke aufmerksam werden.

Phil beschloss, alles auf eine Karte zu setzen, den Mann bis zum Äußersten herauszufordern. »Hunde, die bellen, beißen nicht«, sagte er spöttisch. Noch während er die beiden letzten Silben aussprach, zog er mit aller Kraft.

Der Gangster stieß einen Wutschrei aus.

Und alles geschah innerhalb dieser nächsten halben Sekunde.

Gurt, Holster und Revolver rutschten über die Bettkante. Phil fasste zu.

Geschosse durchschlugen die Matratze.

Geistesgegenwärtig rollte sich der G-man unter das Bett. Der 38er, fest in seiner Rechten, glitt aus dem Leder. Dort, wo er eben noch gelegen hatte, rissen die Kugeln kleine Krater in den Teppichboden.

Wieder schrie der Schießer vor Wut. Ein metallisches Ratschen folgte. Sofort darauf ein Schnappen, Einrasten. Magazinwechsel.

Phil schwenkte den Oberkörper herum.

Der 38er ruckte wie von selbst in Anschlag. Beidhändig.

Wieder gab die Schalldämpferpistole ihr Klatschen von sich, und wieder puffte die Kugel in die Weichteile des Bettes.

Der Gangster trug Basketballschuhe und Jeans.

Phil sah die Hosenbeine nur bis wenig über Knöchelhöhe. Dafür aber umso deutlicher – vor dem hellen Hintergrund der offenen Tür zum Bad. Visieren und Durchziehen gingen ineinander über.

Der Revolver bäumte sich auf.

Der trockene Schlag des Schusses ließ die Trommelfelle scheppern.

Ein gellender Schrei stach in den verhallenden Schussdonner. Die Wucht des Einschusses riss das getroffene Bein nach hinten.

Der Gangster verlor das Gleichgewicht, kippte zur Seite. In seinen Schmerzensschrei mischte sich neu aufkeimende Wut. Der Länge nach schlug er hin.

Phil sah sein verzerrtes Gesicht linker Hand vor dem Kopfende des Bettes.

Der G-man schwenkte den Smith & Wesson in die neue Richtung. Es beeindruckte den anderen nicht.

Seine Pistole erzeugte eine wischende Bewegung von schwarz schimmerndem Stahl. Dann verdeckte der klobige Schalldämpfer einen Teil des Gesichts.

Phil sah die Schweißperlen auf der Stirn des Mannes, er sah den sich krümmenden Zeigefinger um den Abzug.

Es blieb nur noch dieser Sekundenbruchteil. Keine Zeit mehr, etwas zu verhindern, etwas rückgängig zu machen.

Das Krachen des 38ers löschte jeden anderen Laut aus.

In der Hundertstelsekunde nach dem Durchziehen warf sich Phil herum. Noch aus der Bewegung heraus sah er die Schalldämpferautomatic, wie sie hochgerissen wurde. Der Schuss löste sich noch, ein bläulicher Blitz zuckte schräg zur Zimmerdecke.

Die Kugel, die ihn getroffen hatte, schleuderte den

Gangster auf den Rücken. Und er kam nicht wieder hoch. Die Last der Pistole sackte ihm auf die Brust.

Dennoch blieb der G-man vorsichtig. Während er unter dem Bett hervor auf den Reglosen zukroch, ließ er den Revolver in der Visierlinie. Einen Bluff durfte man niemals ausschließen.

Als sich Phil aufrichtete, wusste er es besser. Von diesem Mann drohte keine Gefahr mehr. Nie wieder. Er atmete noch, sehr schwach jedoch. Phil nahm die Pistole aus den kraftlosen Fingern, sicherte sie, legte sie auf den Teppich und schob sie von sich weg. Der Sterbende spürte die Nähe seines Bezwingers. Ein Grinsen huschte über das schweißnasse Gesicht. Etwas wie Triumph lag in diesem Grinsen. Und als der Gangster zu sprechen versuchte, musste sich Phil noch tiefer hinabbeugen, um ihn verstehen zu können.

»… Cotton – kannst du – abhaken! Den kannst du – vergessen! Für – immer! Ha – ha …« Er versuchte zu lachen. Es sollte ein höhnisches Lachen werden. Doch es blieb ihm im Hals stecken.

Es brachte ihn um.

Das Flugzeug schwebte hoch über dem Wolkenteppich. Der Sonne entgegen. Laura und ich lachten über den kleinen Kevin, der ganz allein zu Haus war und zwei ausgewachsene Einbrecher in die Flucht schlug. Der Kino-Hit lief im Bord-Fernsehen.

Eine Stewardess, blond und fast so hübsch wie meine Sitznachbarin, kam den Gang herunter. Sie hatte ein schnurloses Telefon in der Hand. Vor mir blieb sie stehen und lächelte mir zu. Ich nahm die Kopfhörer ab.

»Ein Gespräch für Sie, Sir. Wenn Sie lieber ungestört sprechen möchten, benutzen Sie bitte die Telefonkabine im Heck. Eine meiner Kolleginnen dort wird Sie gern einweisen.«

»Vielen Dank«, sagte ich und nahm den Apparat entgegen.

Die Stewardess lächelte, ohne dass es geschäftsmäßig wirkte. Laura lachte weiter über Kevin, zur neugierigen Sorte gehörte sie ganz gewiss nicht. Ich stellte unterdessen fest, dass es sich um ein Telefongespräch handelte, bei dem ich mich fast völlig aufs Zuhören beschränken konnte. Also brauchte ich die Kabine nicht. Phil war am anderen Ende der drahtlosen Verbindung.

Er hatte niederschmetternde Nachrichten auf Lager.

»Der Mann heißt Buck Arragan«, sagte er, nachdem er mir das Geschehen in seinem Hotelzimmer in Seattle mit knappen Sätzen beschrieben hatte. Einschließlich der düsteren Prophezeiung, die meine Person betraf. »Sagt dir der Name was?«

»Nein. Aber das muss ja nichts heißen.«

»Natürlich nicht. Der Führerschein, den er bei sich hat, ist echt. Er stammte aus New York und kannte dich und mich so gut, dass ich mich nicht drüber freuen kann.«

»Bei mir kommt auch keine Freude auf«, versicherte ich. Wir brauchten uns nicht darüber zu unterhalten, wer den Killer auf Phil angesetzt hatte. Die Richtung, aus der Droghan und damit auch uns Gefahr drohte, kannten wir. Doch dass die Gegenseite so schnell und so knallhart reagieren würde, hatten wir nicht erwartet. Dass Arragans letzte Worte nicht aus der Luft gegriffen waren, war mir indessen klar.

Sie hatten Droghan beobachtet. Mindestens das.

Und sie mussten mitgekriegt haben, dass ich an Bord gegangen war.

»Wie geht es bei dir weiter?«, erkundigte ich mich und ließ meine Stimme gelassen klingen – für etwaige Mithörer.

»Ich warte ab, bis die Spurensicherer hier sind. In der Zeit telefoniere ich mit Mr. High. Danach fahre ich sofort wieder zum District Office, und dann geht es mit den Kollegen raus zum Airport.«

»Hoffentlich hat uns die Flugsicherung dann noch auf dem Schirm«, sagte ich leise und schirmte die Sprechmuschel des Telefons zusätzlich mit der Hand ab.

»Mal den Teufel nicht an die Wand!«

»Schlimmstenfalls fliegen wir nach Havanna statt nach Seattle«, flüsterte ich.

Phil verstand es trotzdem. »Kein besonders gelungener Scherz, Alter.«

»Sehe ich auch so. Nenne es meinetwegen Galgenhumor.«

»So schlimm wird es nun auch nicht kommen. Sieh am besten mal nach, ob Droghan überhaupt noch an Bord ist. Vielleicht ist er mit dem Fallschirm abgesprungen und trifft seinen Kunden in den Rockys.«

»Deine Witze waren auch schon mal besser«, brummte ich.

Wir beendeten das Gespräch. Ich nickte Laura zu. Sie lachte schon wieder Tränen über den kleinen Einbrecherschreck auf dem Bildschirm. Ich schob mich aus dem Sitz hoch und brachte das Telefon nach hinten. Eine der Flugbegleiterinnen nahm es mir ab. Ich wandte mich wieder nach vorn, schlenderte ein wenig den Gang links zwischen den Sitzreihen entlang – wie, um mir die Beine zu vertreten.

Die Maschine war ziemlich gut besetzt. Insgesamt waren nur zehn Plätze freigeblieben, sechs davon in der ersten Klasse. Nur der Captain und seine Cockpit-Crew waren über meinen Einsatz an Bord informiert. Außerdem die Fluggesellschaften, sämtliche FBI-Distrikte und die Royal Canadian Mounted Police. Besonderes Augenmerk galt den Flughäfen, auf denen eine DC 10 landen konnte. Sobald unsere Maschine gezwungen werden sollte, auf einen südlichen Kurs zu gehen, würden auch die Polizeibehörden in Mexiko und den angrenzenden mittel- und südamerikanischen Ländern benachrichtigt werden.

Die Sicherheitsüberprüfung der Passagiere hatte keine Verdachtsmomente ergeben.

Albert Droghan hatte seinen Platz nicht verlassen. Er saß

vorn in der dritten Reihe der Touristenklasse, rechts am Gang. Ein unscheinbarer Mann. Ich sah ihn nur im Halbprofil, doch ich kannte ihn aus dem Archivmaterial, das uns die City Police zur Verfügung gestellt hatte. Bislang hatte er sich gehütet, in den Zuständigkeitsbereich des FBI zu geraten. Doch die Geheimpläne, die er jetzt an Land gezogen hatte, waren ihm jedes Risiko wert.

Auch Droghan lachte über Kevin. Die Kopfhörer wippten auf Droghans aschfarbenem Stoppelhaar. Er trug ein klein kariertes Jackett und sah breitschultrig aus. Er war breitschultrig, aber nicht das, was man sich darunter vorstellt. Droghan war kein Athlet, sein Körper war so breit wie seine Schultern. Wenn er stand, glich er einem Fass auf zwei kurzen Beinen. Für die Behauptung des Sprichworts, dass Lügen kurze Beine haben, mochte Mr. Droghan durchaus zur Beweisfindung dienen – um es mal im Jargon der Juristen auszudrücken, mit denen wir ja auch gelegentlich zu tun haben.

Noch vor dem Abflug in New York hatte ich mir die Passagierliste angesehen – unter Ausschluss der Öffentlichkeit im Flughafen-Büro von Delta Airlines. Ich hatte ein paar Namen per Standleitung an das FBI-Computersystem durchgegeben. Alles negativ. Okay, Namen mögen Schall und Rauch sein, aber auch der persönliche Eindruck von den Passagieren stimmte mich kein bisschen misstrauisch. Nichts als amerikanische Durchschnittsbürger saßen in unserer DC 10. Von einer Gruppe gackernder kleiner Mädchen, die auf Schüleraustausch in New York gewesen waren, bis zum Rentnerehepaar, das den reich gewordenen Sohn in Montauk, Long Island, besucht hatte. Laura Hayes war ohne Frage der aufregendste Passagier an Bord.

Und Albert Droghan der durchtriebenste.

Man konnte es drehen und wenden, wie man wollte. Keiner dieser Passagiere war fähig, nach vorn ins Cockpit zu marschieren, eine Waffe zu ziehen und Kursänderung anzusagen. In dem Punkt war ich verdammt sicher. Die psychologischen Auffrischungs-Seminare an der FBI-Akademie in Quantico konnten doch nicht spurlos an mir vorübergegangen sein!

Andererseits war der Mordanschlag auf Phil ein klares Zeichen.

Sie saßen Droghan im Nacken. Und sie würden ihn einsacken. Vor allem seine Beute. Und mich, der Droghan ebenfalls im Nacken saß, würden sie gleich mit einsacken. Und abservieren. In der Hinsicht brauchte ich mir keine Illusionen zu machen.

Aber wie, in aller Welt, wollten sie es anstellen?

Zugegeben, Droghans Todfeind war alles andere als ein fantasieloser Trottel. Im Gegenteil, Droghan konnte Starke wahrscheinlich nicht das Wasser reichen. Albert Droghan war der Typ, der die Bauernschläue mit Löffeln gefressen hat – John Starke dagegen ein eiskalter Hund, berechnend und skrupellos. Das meiste, was Phil und ich über die beiden an Informationen hatten, wussten wir von James B. Pratt.

Pratt, der Informationshändler, war kein Polizeispitzel im herkömmlichen Sinn. Auch kein V-Mann. In solche Kategorien passte er nicht. Seine Geschäfte waren durchaus legal. Sein Insiderwissen aus der Unterweltszene war uns vom FBI einen gelegentlichen Dollar wert. Und nicht selten, wenn ein berüchtigter Gangster hochging, verkaufte Pratt die Geschichte exklusiv an eine Illustrierte oder ein Revolverblatt – bevor der Rest der Medien auch nur davon ahnte.

Droghans Pech war es gewesen, dass er seinen Super-Coup nicht vollständig hatte verheimlichen können. Er hatte vertrauliche Anfragen starten müssen, um überhaupt an Abnehmer für seine heiße Ware heranzukommen. Die angeblich verschwiegenen Kontaktleute waren letzten Endes auch nur Menschen. Weshalb sollten sie für einen Tipp, eine Adresse oder eine Telefonnummer, die sie besorgten, nicht doppelt und dreifach verdienen? Wie auch immer – auf die Weise war Pratt auf die Sache gestoßen. Starke wahrscheinlich genauso.

Zu dem Zeitpunkt hatten die Bestohlenen noch nicht mal was von ihrem Pech geahnt. Ihr Pech hatte damit angefangen, dass sie Droghan kennen gelernt hatten. Der Fuchs hatte rein »zufällig« im selben Hotel gewohnt wie jene beiden japanischen Spitzen-Ingenieure. Die High-Tech-Experten aus dem Land der aufgehenden Sonne waren als Referenten zu einer Geheimkonferenz in New York geladen. Es handelte sich um eine Informationsveranstaltung, die der japanische Mutterkonzern für seine US-Tochtergesellschaft veranstaltete.

Schon bald sollten auch die amerikanischen Fabriken des japanischen Konzerns das neue Karosserieblech verwenden.

Erst zwei Tage nach dem Diebstahl waren die beiden japanischen Ingenieure bei uns an der Federal Plaza aufgetaucht. Höflich und bescheiden hatten sie gewartet, bis Mr. High Zeit gehabt hatte, sie zu empfangen. Und dann hatten sie die Bombe platzen lassen – höflich und bescheiden, versteht sich.

Irgendwie, irgendwann, nach einem durchzechten Abend an der Hotelbar, hatte sich Droghan einen Abdruck vom Zimmerschlüssel der beiden Japaner verschafft. Während des Frühstücks am nächsten Tag musste er in ihrem Zimmer das Kombinationsschloss des diebstahlsicheren Aktenkoffers ausgetrickst haben. Vermutlich mit einem Handkopierer hatte er die Konstruktionspläne abgelichtet.

Und das kostbare Muster hatte er gegen ein ähnlich aussehendes Stück ausgetauscht.

Ein Stück Blech.

Nicht irgendein Blech.

Das Original lag unter Droghans Flugzeugsessel, in seinem Aktenkoffer. Zusammen mit den fotokopierten Plänen. Ein milliardenschweres Stück Blech. Es würde den Karosseriebau revolutionieren. Das Patent darauf brachte dem japanischen Konzern einen unermesslichen Vorsprung, auch gegenüber den Konkurrenten im eigenen Land. Die Bezeichnung für das Patent geisterte bereits als Schreckgespenst durch die Management-Etagen anderer Autofirmen.

SCOHP

Sandwich Construction of High Performance

Das besagte, dass es sich um eine Mehrschichten-Konstruktion von hoher Leistungsfähigkeit handelte. Viele renommierte Autokonzerne der Welt hatten bereits entsprechende Forschung betrieben, das Ergebnis jedoch immer wieder verworfen, weil entscheidende Mängel nicht hatten beseitigt werden können. Nun aber hatten die Japaner SCOHP entwickelt und auch den Schritt zur Serienreife getan. Damit waren sie allen Konkurrenten um Jahre voraus.

Das Mehrschichten-Karosserieblech bot enorme Vorteile. Bei gleichem Gewicht verlieh es einer Karosserie wesentlich höhere Festigkeit als normales Blech. Durch Naturfaserbestandteile zwischen den Blechschichten wirkte es stark isolierend. Die einzelnen Komponenten machten SCOHP absolut rostsicher. Außerdem vertrug es Stöße bis zu zehn Meilen pro Stunde, nach einem Anprall formte es sich automatisch in seinen ursprünglichen Zustand zurück.

Das reinste Wunderblech.

Droghan hatte das Wunder vollbracht, es zu klauen.

Sicher rechnete er damit, dass Starke versuchen würde, ihm das Musterstück und die Pläne abzujagen. Dass ihm gleichzeitig der FBI auf den Fersen war, wusste Droghan garantiert nicht. Denn wir beide waren uns noch nie persönlich begegnet. Eben deshalb, weil Albert, der Fuchs, bislang kein FBI-Kunde gewesen war.

Mit gezogenen Dienstrevolvern stürmten die G-men in den Haupteingang des Winter Garden. Die Halle mit den riesigen Palmen war vom Tageslicht durchflutet. Steve

Dillaggio und Zeerookah waren ein paar Mal hier gewesen, wie die meisten New Yorker. Aber noch nie hatten sie den Palast aus Marmor und Glas so still und leer erlebt.

Die beiden Spezialagenten nickten sich zu. Ohne das Lauftempo zu verringern, gingen sie auf Abstand voneinander. Drei, vier Yards, seitlich versetzt. Die Distanz war nötig, damit sie nicht gleichzeitig in eine Schusslinie gerieten, woher sie ihnen auch blühte. Mit langen, federnden Sätzen jagten die G-men auf die Treppe zu. Die weit ausladenden, geschwungenen Marmorstufen gaben dem Zentrum des Winter Garden etwas von einer römischen Piazza.

Pratts Blutspur war nicht zu übersehen.

Den Männern lief ein Schauer über den Rücken.

Steve erreichte die Stufen als Erster, nahm fünf davon auf einmal. Der hoch gewachsene FBI-Beamte war blond wie ein Skandinavier, trotz seines italienischen Nachnamens. Sein Kollege und Dienstpartner Zeerookah hatte nur den einen Namen wegen seiner indianischen Abstammung.

Die GAP-Filiale befand sich rechter Hand, im ersten Stock. Es gab zwei Eingänge zu dem Laden. Steve und Zeery hatten die Lagebeschreibung schon über Funk erhalten.

Das World Financial Center war von Beamten der City Police umstellt. Streifenwagen standen an allen wichtigen Punkten, Fußstreifen-Cops waren als Verstärkung ihrer Kollegen aus den Radio Cars zur Stelle. Für die beiden G-men stand die Taktik bereits fest.

Oben wandte sich Steve sofort nach rechts. Er verlangsamte seine Schritte, während er der Blutspur folgte. Sie führte auf den Ladeneingang an dieser Seite zu. Aus den Augenwinkeln heraus sah Steve seinen Kollegen, der zehn Yards entfernt in der abzweigenden Passage verschwand.

Steve öffnete die Glastür, stieß sie auf und schnellte in den Laden. Geduckt verharrte er hinter einem Ständer mit Jeans.

In dem Irrgarten der Kleiderständer herrschte Totenstille. Die Blutspur verlor sich in den Windungen des breiten

Mittelgangs. War Pratt überhaupt noch am Leben? Nach Auskunft der Cops musste er es sein. Aber die hatten ihre Weisheit auch nur von dem Filialleiter. Was sich hinten in den Umkleidekabinen wirklich abspielte, konnte der Mann wohl auch nur ahnen.

Steve glaubte den Atem eines anderen Menschen zu hören. Sekundenlang hielt er selbst den Atem an, um es genau feststellen zu können.

Er hatte sich geirrt.

Also musste er sich zu erkennen geben.

»Pratt!«, rief er. »Hier ist Special Agent Dillaggio, FBI New York! Können Sie mich hören?«

»Ja, verdammt!« Die Stimme klang dumpf und gequält. »Mann, beeilen Sie sich! Holen Sie mich hier raus!«

»In Ordnung, Pratt. Beruhigen Sie sich. Lassen Sie erst die Geisel frei.«

»Das tue ich, wenn Sie sich ausgewiesen haben.«

»Okay. Nichts dagegen einzuwenden. Erst will ich ein Lebenszeichen von der Geisel!«

Einen Atemzug lang blieb es still. Ein gurgelnder Laut folgte. Dann eine flehentliche weibliche Stimme. »Bitte! Helfen Sie Mr. Pratt! Er tut mir nichts! Man will ihn umbringen!«

»In Ordnung«, knurrte Steve. »Ich möchte bloß mal wissen, was dieser Schwachsinn soll, Pratt! Seit wann muss man erst Geiselnehmer werden, um den FBI zu verständigen?«

»Sonst wärt ihr doch nie gekommen!«, schrie der Verwundete. »Ihr hättet mich doch nicht für voll genommen! Weiter als bis zu eurer Telefonzentrale wäre ich doch gar nicht durchgedrungen.«

»Schon gut, Pratt. Sie haben Recht.« Steve sagte es, um seine Nerven zu beruhigen. »Dann komme ich jetzt rüber zu Ihnen!«

»Na, hoffentlich!« Pratt heulte es.

Steve setzte sich in Bewegung. Zeery musste inzwischen

den anderen Eingang erreicht haben. Zusammen hatten sie eine gute Ausgangsbasis – abgesehen von dem Risiko, nicht zu wissen, ob der Killer noch in der Nähe lauerte. Und wenn es so war, wo steckte er dann?

Steve spürte dieses innerliche Vibrieren, das den Zustand seiner Nerven anzeigte. Sie waren bis zum Zerreißen gespannt. Aber er hatte sie unter Kontrolle. Das Vibrieren schwand. Es wich einer inneren Ruhe, die an Kälte grenzte. Das musste sein. Ein Mann musste wissen, worauf er sich verlassen konnte. Denn das gab ihm die Zuversicht, die er für einen lebensgefährlichen Job brauchte. Und dazu trug Zeery bei. Seine Anwesenheit. Zu wissen, dass man sich auf ihn verlassen konnte. Ein Vertrauen, das in den Jahren der Partnerschaft gewachsen war. Es beruhte nicht zuletzt darauf, dass jeder den anderen genau kannte – seine Reaktionen, sein Verhalten in bestimmten Situationen.

Geduckt schlich Steve an dem Jeansständer entlang. Mit einem schnellen, doch lautlosen Schritt erreichte er den nächsten Ständer, der versetzt in den Gang hineinragte. Sommerkleider. Bunt, geblümt, gestreift und wer weiß noch was. Steve verharrte diesmal nur kurz, um zu horchen. Nach wie vor rührte sich nichts in dem Modeladen. Mühelos brachte der G-man drei, vier weitere Yards hinter sich.

Jetzt konnte er den Durchgang zu den Umkleidekabinen sehen. Und er glaubte, Pratts rasselnden Atem zu hören. Der Hauptgang mit der Blutspur beschrieb einen Bogen nach rechts, um einen Ständer mit weißen Blusen herum. Dort, rechts, waren die Kabinen. Geradeaus ging es weiter in den Laden hinein und zum Tresen mit Kasse und Warenausgabe. Die ganze Filiale war leer. Jedenfalls hatte sich das Personal vollzählig außerhalb des Winter Garden versammelt. Doch wer von den Angestellten hatte in der Panik schon darauf geachtet, ob sich jemand eingeschlichen hatte?

Der Gedanke war noch nicht aus Steves Bewusstsein verklungen, als es geschah.

Schnelle Schritte, kaum mehr als ein Huschen.

Die Zeitspanne reichte nicht aus, konnte nicht ausreichen. Steve wusste es. Trotzdem kam er hoch. Noch aus der Bewegung heraus federte er mit einem Sidestep auf den Blusenständer zu.

Überflüssige Vorsicht.

Die Erkenntnis ging Steve durch Mark und Bein.

Denn sie wurde ausgelöst von einem mörderischen Bersten und Schmettern.

Augenblicklich lag der G-man flach. Er schlidderte auf das Gestänge zu, von dem die weißen Blusen herabhingen.

Die Projektile krachten und peitschten, zerschlugen Holz in Splitter. Der Lärm der Einschläge ließ vergessen, dass die Schüsse selbst nicht mehr als das schallgedämpfte Klatschen waren.

Ein Schrei gellte.

Eine Frauenstimme.

Steve rollte sich über die Querstange des Kleiderständers. Er rutschte ein Stück, schwenkte den Oberkörper nach links, stieß die Arme nach vorn. Wie von selbst lag sein Dienstrevolver im Beidhandanschlag.

Die Geisel schrie und schrie.

Der Unsichtbare schoss die Umkleidekabinen in Stücke. Ein metallisches Schnappen zwischendurch zeigte an, dass er das Magazin gewechselt hatte. Ruck, zuck. Die alte Militär-Methode. Zwei volle Magazine mit Klebestreifen aneinander gepappt, das erste leer schießen, umdrehen, einrasten lassen, weiterfeuern.

Steve robbte auf den Durchgang zu, dem Höllenlärm entgegen. Neben ihm schillerte Pratts Blutspur im Licht der Leuchtstoffröhren. Steve sah die ersten Splitter fliegen. Der Schießer feuerte von der anderen Seite des Kabinen-Korridors.

Zeery musste jeden Augenblick zur Stelle sein. Es konnte sich nur noch um Sekundenbruchteile handeln.

Das Unglaubliche geschah so plötzlich, dass dem G-man das Blut in den Adern gefror.

»Gottverdammtes Schwein!«, brüllte Pratt. Er übertönte das Hämmern der Geschosse und die Schreie des Girls. »Du bist so ein feiger Bastard, der auf Unschuldige schießt, was? Aber damit kommst du nicht durch, du Schweinehund!«

Steve schob sich einen Yard weiter. Jetzt sah er den Gang vor den Umkleidekabinen. Alles war voller Holztrümmer. Und noch immer fauchten Geschosse, hackten Splitter und größere Brocken heraus.

Mitten in dieses Gewirbel von Holz und Blei wankte Pratt.

Steves Nackenhaare sträubten sich. Einen halben Atemzug lang war er fassungslos. Er konnte unter den Schwingtüren hindurchsehen, konnte das Mädchen erkennen, halb nackt, wie es war, von Pratt zu Boden gestoßen in die Ecke der Kabine. Dort war sie halbwegs sicher vor den Kugeln.

Doch die lenkte Pratt ohnehin auf sich.

»Runter!«, brüllte der G-man. »Runter, Pratt!«

Der erste Einschlag schüttelte den Wankenden und Blutenden durch wie der Sturm einen alten Baum.

Steves Blickwinkel reichte noch bis zum Ende des Korridors.

Er setzte alles auf eine Karte. Zog die Beine an. Spannte die Muskeln.

Und katapultierte sich in den Durchgang.

Unter dem sirrenden, zischenden Kugelhagel rollte er sich ab. Im Hochkommen prallte er gegen eine Schwingtür. Das leichte Holz wurde aus der Verankerung gerissen. Noch in den Knien federnd, wirbelte Steve herum.

Ein Geschoss schleuderte Pratt nach vorn, stieß ihn buchstäblich von den Beinen.

Ein Mündungsblitz versiegte.

Steve sah den Mann dahinter nur wie einen Schatten – zwischen Regalen voller Pullover. Das offene Ende des Korridors mündete dorthin.

Für den Moment stand der Gangster wie erstarrt.

Das Weiße in seinen Augen flackerte.

Er hatte das Gewehr im Anschlag.

Steve musste den Revolver erst noch hochbringen. Er spürte die Schweißperlen, die aus den Poren auf seiner Stirn hervortraten. Pratt lag am Boden, mit dem Gesicht nach unten. Das Girl wimmerte leise.

Und ein teuflisches Grinsen grub sich in das Gesicht des Gangsters.

Der Finger um seinen Abzug begann sich zu krümmen.

»Lass es sein!«, sagte eine eisige Stimme. »Lass es sofort sein, oder du bist ein toter Mann!«

Der Gangster wollte nicht hören.

Sein Abzugsfinger krümmte sich weiter. Ein heiserer Wutschrei entrang sich seiner Kehle.

Scharf und hart hackte ein Schuss dazwischen und schnitt den Schrei ab, stoppte den Finger vor dem Druckpunkt.

Der Gangster stand da, und das Teufelsgrinsen in seinem Gesicht war wie festgefroren. Dieses Grinsen würde sich nicht mehr wegwischen lassen. Es war der Gesichtsausdruck, mit dem der Mann ins Jenseits hinüberwechselte. In seinen Augen lag die Blicklosigkeit des Todes.

Zeerys Kugel hatte ihn innerhalb einer Tausendstelsekunde getötet. Vielleicht war die Zeitspanne noch kürzer gewesen. Das Projektil aus dem Dienstrevolver des FBI-Beamten hatte den Gangster so präzise getroffen, dass dessen Nervensystem schlagartig ausgeschaltet gewesen war.

Der Indianer erschien hinter dem Toten, der noch immer auf beiden Beinen stand. Erleichterung spiegelte sich in Zeerys Miene, als er seinen Freund und Kollegen sah.

Die beiden Männer nickten sich zu. Zeery sicherte das Schnellfeuergewehr, bevor er den Gangster zu Boden sinken ließ.

Steve war mit wenigen Schritten bei Pratt. Der Informationshändler hatte das Bewusstsein verloren. Doch er atmete noch. Allerdings sah die Blutlache unter seinem Oberkörper bedrohlich aus. Steve gab Zeery ein Handzeichen.

»Rettungswagen sind unterwegs!«, rief der schwarzhaarige G-man, nachdem er einen kurzen Blick in die Richtung geworfen hatte, in der sich vermutlich der Filialleiter befand.

Steve verstaute seinen 38er im Leder und kümmerte sich um das Girl. Die Kleine stand unter Schock, und das war kein Wunder. Sie zitterte wie vor Kälte. Steve zog sein Jackett aus und hängte es ihr um. Er blieb bei ihr und sagte ihr Beruhigendes. Er sagte ihr auch, dass Pratt ihr das Leben gerettet habe, dass er kein wirklicher Geiselnehmer sei, sondern dass ihm in seiner Todesangst die Nerven durchgegangen seien.

Als der Notarzt und seine Helfer das Mädchen übernahmen, war sie schon viel ruhiger geworden. Pratt wurde zur selben Zeit weggebracht. Ein Hubschrauber war auf der Plaza vor dem World Financial Center gelandet.

Steve und Zeery erfuhren von dem Notarzt, dass Pratt es überleben würde. Er hatte eine Menge Blut verloren, doch er hatte verdammtes Glück gehabt. Die vier Kugeln, die ihn getroffen hatten, waren nicht zu nahe an lebenswichtige innere Organe herangekommen. Nachdem es dem Notarzt gelungen war, Pratts Kreislauf zu stabilisieren, brachte ihn der Hubschrauber innerhalb weniger Minuten hinüber ans Ufer des East River, ins Bellevue Hospital.

Der Gangster, so erfuhren die G-men kurz darauf, hatte zum Zeitpunkt seiner Wahnsinnstat unter Drogen gestanden. Crack höchstwahrscheinlich. Der Kokainverschnitt machte aggressiv und raubte dem Betreffenden jegliches Risikobewusstsein. Zweifellos hatte der Mann seinen Auftraggeber beeindrucken wollen, indem er sich nicht mit Pratt als Opfer begnügte. Er hatte ein paar G-men und Cops mit auf die Reise nehmen wollen und nicht begriffen, dass sein wahnwitziger Plan ein Kamikaze-Job gewesen war.

Steve und Zeery brauchten nicht herumzurätseln, wer der Auftraggeber des Heckenschützen war. Es gab nur einen, dem Pratt in der letzten Zeit auf die Zehen getreten war.

John Starke.

Der Mann lenkte den Jeep von der schmalen Bergstraße in eine Waldschneise. Er drehte den Zündschlüssel herum, stieg aus und nahm einen kurzstieligen Straßenbesen aus dem Heckraum des Geländewagens. Mit dem Besen beseitigte er die Abbiegespuren.

Dann fuhr er tiefer in den Wald.

Verwitterte Spurfurchen zeigten, dass hier nur sehr selten Forstfahrzeuge unterwegs waren. Das Motorgeräusch kam dem Mann in der Einsamkeit des Waldes überlaut vor. Nun gut, wenn es denn einen unerwünschten Beobachter gab, ließ es sich sowieso nicht verhindern. Die Wahrscheinlichkeit war jedoch sehr gering. In diese Einöde verirrten sich in dieser Jahreszeit nicht mal Frischluftfreaks. Für sie war die Pazifikküste da, von Seattle und den anderen Städten aus ebenso rasch zu erreichen wie die Berge.

Die Schneise wurde schmaler. Der Mann wusste jedoch, dass er auf eine Lichtung stoßen musste. Er hatte das Gebiet nicht selbst erkundet. Zuverlässige Männer hatten es für ihn getan. Sie hatten ihm Messtischblätter mit allen erforderlichen Hinweisen geliefert. Es war ihm nicht schwer gefallen, sich danach zu orientieren. Und er hatte festgestellt, dass ihm diese Männer zu Recht empfohlen worden waren.

Sie verkauften ihre Dienstleistungen auf dem internationalen Markt.

Dieser Markt war in der jüngsten Zeit wieder größer geworden. Seit sich der ehemalige Ostblock im Umbruch befand, seit Nationalitätenkonflikte reihenweise ausbrachen und blutige Kriege die Nachrichtensendungen füllten, waren sie wieder gefragt.

Die Söldner.

Der Mann erreichte die Lichtung. Nachdem er ausgestiegen war, legte er den Kopf in den Nacken. Es stimmte, was sie gesagt hatten. Dieser Platz war als Versteck für den Jeep sorgfältig ausgewählt worden. Die Wipfel der Tannen bildeten dort oben eine nahezu geschlossene Decke. Keine Hubschrauber- oder Flugzeugbesatzung würde in der Lage sein, durch dieses Baumdickicht auch nur das Geringste zu orten. Nicht mal die beste Spezialkamera konnte da etwas ausrichten.

Der Mann zündete sich eine Zigarette an. Er brauchte nicht lange zu warten. Er hatte die Zigarette noch nicht halb aufgeraucht, als er die Geräusche im Unterholz hörte. Er grinste. Auch das schätzte er an diesen Burschen. Sie lieferten ihm keine Demonstration ihrer besonderen Fähigkeiten. Mit Sicherheit wären sie in der Lage gewesen, sich völlig lautlos zu nähern. Es genügte ihnen, zu wissen, dass sie das konnten. Sie waren so selbstsicher, dass sie nicht damit herumprahlten. Ihr Selbstbewusstsein war nicht darauf angewiesen, jemanden zu beeindrucken. Sie wussten, dass sie ihre Fähigkeiten nur zu einem einzigen entscheidenden Zeitpunkt brauchten.

Dann, wenn es um Leben und Tod ging.

Sie traten aus dem Unterholz hervor. Zwei Männer. Sie grüßten, indem sie die Hand hoben. Sie taten es wie weiße Eroberer vor vierhundert Jahren, die zum ersten Mal einem Indianer gegenübertraten. Sie trugen olivgrüne Kampfanzüge und Springerstiefel.

»Guten Tag, Mr. Starke«, sagte der Ältere der beiden, ein hagerer und hoch gewachsener Mann, der nur aus Sehnen und Knochen zu bestehen schien.

Der zweite Söldner nickte nur. Er war nur wenig kleiner. Sein gepflegter schwarzer Vollbart und das auf Streichholzlänge gestutzte Haar waren das Auffälligste an ihm.

»Vergessen Sie meinen Namen«, sagte Starke. Er bemühte sich, seinen Unwillen zu unterdrücken. »Wenn dieser Job erledigt ist, werden wir nie wieder etwas miteinander zu tun haben.«

Aye, aye, Sir!«, brummte der Hagere. »Andererseits sind Namen Schall und Rauch. Nehmen Sie sich selbst nicht zu wichtig. Ihre Gangstergewohnheiten sind für uns Mickymaus-Kram. Wir leben in einer anderen Welt. Wir kennen niemanden, dem der Name John Starke was sagen würde. Also machen Sie sich keine Sorgen.«

Auch sein Partner sah amüsiert aus. »Wir gehen nach Serbien, wenn wir hier fertig sind, Sir …« Er sprach das letzte Wort gedehnt und mit sarkastischer Betonung aus und fuhr fort: »Da drüben interessiert sich garantiert kein Schwein für Ihre Wenigkeit.«

Die Söldner lachten.

»Nichts für ungut«, gluckste der Hagere. »Sie sind der Boss, Mr. Starke. Was Sie sagen, wird gemacht. Sie kaufen Kampfkraft, wir liefern sie. So einfach ist das.«

»So einfach ist das«, äffte Starke ihn nach. Die Kanten seines Gesichts schienen eckiger zu werden, schärfer umrissen. Er trat seine Zigarette aus. »All right, wir werden ja nicht allzu lange miteinander leben müssen. Wir sollten jetzt …«

»Tun Sie das nie wieder«, unterbrach ihn der Hagere scharf. Er zeigte auf den Waldboden vor Starkes Schuhspitzen, wo er die Zigarette platt getreten hatte. »Wir lassen hier nichts zurück, was jemals an uns erinnern könnte.«

Starke schluckte. Und er schluckte noch einmal, um sich am Losbrüllen zu hindern. Denn dieser Söldner hatte ja Recht. Der Großstadtdschungel und die wirkliche Wildnis waren zwei verschiedene Paar Schuhe. Er musste einfach einräumen, dass sie sich hier draußen besser auskannten, dass sie ihr Handwerk besser beherrschten als er. Logisch. Deshalb hatte er sie ja auch angeheuert.

Zähneknirschend bückte er sich, hob die Kippe auf und steckte sie in die Tasche.

»Wir wollen Sie nicht ärgern«, sagte der Bärtige. In seiner Stimme lag jetzt ein versöhnlicher und anerkennender Unterton. »Uns geht es nur darum, dass wir den Job so gut wie möglich durchziehen.«

»Einverstanden«, entgegnete Starke heiser. »Dann haben wir wenigstens eine Gemeinsamkeit. All right ...« Er straffte seine Haltung. »Ich würde jetzt gern wissen, wie die Lage ist.«

»Die Lage könnte nicht besser sein«, erklärte der Hagere. Das Grinsen, das er nun aufsetzte, hatte etwas Freundschaftliches, nichts Spöttisches mehr. »Wir haben die Maschine schon auf dem Schirm. Kommen Sie.«

Starke zog überrascht die Augenbrauen hoch. Rasch folgte er den beiden Männern, als sie sich umdrehten und ihm die Richtung wiesen.

Sie brauchten nur zwei Minuten.

Die Fahrzeuge waren olivgrün und mit Tarnnetzen behängt. Zwei geländegängige Kastenwagen waren es – so sehr ins Unterholz verkeilt, dass Starke sich unwillkürlich fragte, wie sie das zustande gebracht hatten. Es waren keine Spuren zu sehen. Und das Dach der Bäume war so dicht, dass die Fahrzeuge auch nicht von Lastenhubschraubern herabgesenkt worden sein konnten. Von dem Stromaggregat, das sie gut abgeschirmt in der Nähe untergebracht hatten, war nur ein Summen zu hören.

Die eigentliche Rampe, so erfuhr Starke, befand sich hundert Yards entfernt, an einem geländemäßig günstigen Punkt. Günstig bedeutete in dem Fall sowohl gute Tarnung als auch eine gute Ausgangsposition.

Starke stieg mit dem Hageren in den Kastenwagen, der das Herz der gesamten Anlage enthielt. Das Radarsystem.

Goldener Glanz lag in der Flugzeugkabine. Das Sonnenlicht flutete von Westen herein und verbreitete Heiterkeit unter den Menschen an Bord. Die Austauschschülerinnen kicherten lauter als vorher, und das Rentnerehepaar plauderte und lachte mit einer Stewardess. Auch der Rest der Passagiere wirkte locker und gelöst. Dabei war Kevins Heiterkeitserfolg auf dem Bildschirm längst zu Ende.

Laura hatte einen Gin Tonic bestellt. Ich begnügte mich

mit einer eisgekühlten Coke. Wir horchten uns gegenseitig aus. Über Beruf und Privatleben.

»Ich werde niemals eine Frau an mich binden«, sagte ich. »Wenn man FBI-Beamter wird, muss man sich entscheiden.«

»Klingt wie Zölibat«, schmunzelte Laura.

»Dabei sind wir weder Chorknaben noch Kostverächter«, grinste ich.

»Das macht euch ja so sympathisch!«

»Soll das heißen, dass du alle G-men über einen Kamm scherst?«

»Himmel, nein! Ich wollte nur vermeiden, zu direkt zu werden.«

»Schade. Dann muss ich mich eben auch darauf beschränken, dass alle Software-Händlerinnen hinreißend charmant sind.«

»O verdammt«, sagte Laura und zog die Unterlippe zwischen die Zähne.

»Was meinst du?«

»Ich hab gerade gemerkt, wie es ist, wenn man ein Eigentor schießt.«

Ich schmunzelte. Lauras irisch-indianische Augen erwiderten meinen Blick mit einer Art von Unergründlichkeit, in der man all jene Geheimnisse vermuten konnte, die ihre Vorfahren über Jahrhunderte hinweg gehütet hatten.

»Keine Sorge«, erwiderte ich, ohne mich aus ihrem Blick zu lösen. »In diesem Spiel gibt es automatische Verlängerungen – wenn nicht einer der Beteiligten das Spiel vorzeitig abbricht.«

»Wie viele Beteiligte haben wir denn?«

»Nur zwei.«

»Ach!« In Lauras Augen tanzten funkelnde kleine Teufel.

»Ja. Dich und mich.« Wir waren schon vor Stunden zur vertraulicheren Anrede übergegangen. Es hatte sich wie selbstverständlich ergeben. Und dass wir uns begegnet waren, gehörte wohl zu einem jener Zufälle im Leben, bei denen man sich fragt, ob da irgendein unsichtbarer Computer die Dinge gesteuert hat.

»Einverstanden«, sagte Laura und ihre Stimme war ein rauchiger Hauch. Das mochte aber auch am Summen der Triebwerke liegen, dem ständigen Hintergrundgeräusch. »Fangen wir also noch mal von vorn an.«

»Womit?« Ich runzelte überrascht die Stirn.

»Meine Güte, das hast du doch eben selbst gesagt! Ich rede von unserem Spiel mit Dauerverlängerung!«

»Aus einem Spiel kann leicht Ernst werden.«

»Was durchaus erwünscht sein könnte.« Lauras Blick wurde noch geheimnisvoller, noch unergründlicher.

Ich atmete tief durch. »Okay. Da wir bald in Seattle landen, sollten wir schon mal festlegen, wo die Verlängerungen stattfinden.«

Laura lachte leise. »Denkst du immer so praktisch?«

»Ich kann es nicht leugnen.«

»Okay, okay. Vergiss das Praktische diesmal. Kommt Zeit, kommt ein Hotelzimmer.« Die kleinen Teufel in ihren Pupillenschächten tanzten Tango.

»Ich hätte es mir denken sollen«, murmelte ich.

»Wovon sprichst du?«

»Selbstständige Frauen haben heutzutage nur eines im Sinn …«

»Warum denn nicht?« Laura kicherte.

»… nämlich Männer im Initiativeergreifen zu übertrumpfen.«

Sie verzog enttäuscht das Gesicht. Im nächsten Moment lachte sie wieder. »Gut, in Ordnung, du hast einen Punkt zugelegt. Aber jetzt geht das Spiel von vorne los. Du fängst an mit: *Ich werde niemals eine Frau an mich binden.* Also los! Sei jetzt bloß kein Spielverderber!«

Das Triebwerksummen veränderte seine Tonlage. Die Maschine ging in einen sanften Sinkflug über. Der Landeanflug auf Seattle begann. Wenn ich unsere bisherige Flugzeit, vorgesehene Flugzeit und Gesamtentfernung richtig umrechnete, waren wir noch über hundert Meilen von der größten Stadt des Bundesstaates Washington entfernt. Unter uns dehnte sich eine aufgerissene Wolkendecke wie ein Flickenteppich aus hingestreuten Wattebällchen. Weiter nördlich war der Himmel sogar fast wolkenlos. Die Berglandschaft dort bestach durch ihre schneebedeckten Gipfel. Soweit man es durch die Wolkenlücken sehen konnte, überwog jedoch das tiefe Grün der Wälder.

»Ich werde niemals eine Frau an mich binden«, sagte ich grinsend und rief mir den genauen Wortlaut in Erinnerung. Ich verbreiterte mein Grinsen, während ich fortfuhr: »Wenn man Chorknabe wird, muss man sich entscheiden.«

Ein listiger Ausdruck malte sich in Lauras ebenmäßige Züge. »Auch Chorknaben haben Träume.«

»Und was für welche!«, feixte ich.

»Hm. Hast du jemals damit gerechnet, dass dir eine gute Fee begegnet? Bei der du drei bis fünf Wünsche frei hast?«

»Hm ...« Ich konnte nicht sofort antworten, denn ich sah Droghan, vorn, wie er sich aus seinem Sitz emporwuchtete. »Jeder Mann träumt von einer guten Fee.«

»Ich frage dich – persönlich.«

Droghan kam auf seinen kurzen Beinen. Den Aktenkoffer hatte er auch diesmal bei sich. Jedes Mal in den Stunden seit New York hatte er den Koffer bei sich gehabt. Dabei war der Waschraum schon ohne Koffer verdammt eng.

»Ich persönlich«, sagte ich gedehnt, »also – ich glaube, dass meine gute Fee schon da ist.«

»Wo?«

»Hier.«

Droghan wälzte sein Lebendgewicht in unsere Gegend. Zwei Sitzreihen vor uns zwängte er sich an die Seite, um eine Stewardess und ihren Service-Wagen durchzulassen.

»Drück dich mal etwas genauer aus«, verlangte Laura.

Ich wollte ihr den Wunsch erfüllen, aber etwas irritierte mich. Es kam von links, von der anderen Seite des mächtigen Flugzeugrumpfs.

Die Sonne feuerte einen Blitz auf uns ab.

Als ob wir fotografiert würden, aus der Stratosphäre heraus.

So sah es aus.

Auch Droghan bemerkte es, als er sich weiter wälzte. Was es bedeutete, begriff er ebenso wenig wie ich. Die meisten Passagiere aber kriegten überhaupt nichts mit. Nur Laura erfasste meinen Arm, während ich Droghan anstarrte. Er war nur noch einen Schritt von mir entfernt. Wenn ich auf den Aktenkoffer scharf gewesen wäre, hätte ich jetzt nur hinzulangen brauchen, den Arm auszustrecken, und schon hätte ich ihn gehabt. Dazu hätte ich während des Fluges ja nun schon ein paar Mal Gelegenheit gehabt.

Und der oder die, die wirklich hinter Droghans Koffer her waren?

Allmählich war ich überzeugt, dass es an Bord dieser DC 10 niemanden gab, der eine Flugzeugentführung im Sinn hatte. Mein Eindruck, den ich von den Passagieren gewonnen hatte, war absolut richtig. Keiner von ihnen war fähig, etwas Unrechtmäßiges zu tun – außer Droghan natürlich. Aber der würde sich ja nicht selbst gefährlich werden wollen.

Sein Blick glitt über mich hinweg – wachsam, aber ohne Interesse an meiner Person. Seit dem Blitz aus der Sonne heraus mochte eine Sekunde vergangen sein. Zum wiederholten Mal dachte ich daran, wie es wäre, Droghan zu überrumpeln, ihn einzuweihen und ihn dann auf die Seite des FBI zu zwingen. Er war neben mir, der Aktenkoffer vor meiner Nase.

Ein Schlag erschütterte die Maschine.

Durch und durch.

Das Flugzeug erbebte.

Keine Zeit mehr, einen Gedanken zu fassen.

Alles geschah in rasender Folge.

Eiseskälte raste in die Maschine.

Wie eine feste, schmetternde Masse. Diese unsichtbare

Eismasse hieb einem die Luft aus den Lungen. Sie nagelte die Menschen an Bord da fest, wo sie gerade waren..

Etwas flog davon. Nach rechts. Etwas wie ein riesiger Schatten.

Droghan war schlagartig aus meiner Nähe verschwunden.

Niemand war in der Lage zu schreien.

Eine Explosion brüllte.

Glühend rot zuckte es auf – wie ein Flächenblitz, rechts von den Kabinenfenstern.

Der Donner schien den Jet einzuhüllen, und der Druck der Explosion traf ihn wie eine unsichtbare Riesenfaust. Einen Moment hatte es den Anschein, als würden wir aus dem Kurs geschleudert werden, in die Tiefe. Aber die DC 10 schüttelte sich nur, hielt stur ihre Richtung.

Das glühende Rot blieb zurück wie ein Feuerball, der da hoch über den Wolken schwebte. Und dieser wahnsinnige, eisige Druck presste uns in die Sitze. Ich war nicht mal in der Lage, mich umzudrehen, um zu sehen, ob Laura okay war. Aber ich spürte ihre Hand, Panik und Todesangst hatten sie zu einer Klammer werden lassen, die meinen Unterarm umschloss.

Höchstens eineinhalb Sekunden waren jetzt seit dem Blitz aus der Sonne vergangen.

Und jäh senkte die Maschine ihre Nase. Sturzflug.

Dies war der Augenblick, in dem die ersten Schreie gellten.

Dabei tat der Pilot das einzig Mögliche, um die ihm anvertrauten Menschen zu retten. Er wusste, dass niemand an Bord in der Lage gewesen war, noch die Sauerstoffmasken anzulegen. In diesem Fall blieb nur der »Emergency Descent« – so nennen die Verkehrsflieger den Sturzflug im Notfall bei einem plötzlichen Druckverlust. Denn nur unter zehntausend Fuß Höhe kann ein Mensch ohne Sauerstoffmaske überleben.

Zum Zeitpunkt des merkwürdigen Blitzes hatten wir aber noch mehr als die doppelte Höhe gehabt.

Die eisige Luft begann zu rauschen und zu orgeln. Es wurde ein Höllenlärm daraus, in dem die Schreie mehr und mehr untergingen.

Mir blieb noch ein Sekundenbruchteil, in dem ich die Augen aufhalten konnte. Und erst jetzt sah ich, was geschehen war. Ich sah es nur verschwommen, doch es reichte, um mir wie ein Stromstoß in die Knochen zu fahren.

Vorn fehlte ein Teil des Kabinendachs.

Albert Droghan war gegen etwas Hartes, Kantiges geschleudert worden. Er vermochte nicht zu sagen, ob er das Bewusstsein verloren hatte. Er konnte nichts sehen. Es war verflucht schwer, die Augen aufzukriegen, eigentlich unmöglich.

Das ist es also, dachte er, das also ist das Ende!

Erst sein zweiter Gedanke galt dem Koffer.

»Mein Koffer!«, wollte er schreien. »O Gott, mein Koffer, mein Koffer!« Aber der Druck rammte ihm die Stimmkraft in den Hals zurück. Er wurde gegen diese verflucht harten Kanten gepresst und konnte sich nicht mehr bewegen. Das Brüllen und Toben der eisigen Luft füllte das Flugzeug aus, nahm es in Besitz. Es war wie eine lärmende Ankündigung der Tatsache, dass Natur und Naturgesetze letzten Endes doch die Oberhand über die Menschheit behalten würden.

Erst im nächsten Augenblick begriff Droghan, dass er den Koffer mit beiden Armen umklammert hielt. Wie den kostbarsten Schatz seines Lebens. Himmel, das war er ja auch! Das Größte, was er jemals in seinem Leben an Land gezogen hatte. Und jetzt sollte alles umsonst gewesen sein? Was nutzte es ihm denn noch, dass er an alles gedacht hatte? Ein nicht zu knackendes Kombinationsschloss. Eine Sicherheitsvorrichtung, die bewirkte, dass der gesamte Inhalt des Koffers beim gewaltsamen Öffnen von einer Säure vernichtet wurde. Und dann war das Ding auch noch feuersicher. Das alles kam ihm jetzt wie der blanke Hohn vor.

Droghan schaffte es, die Augenlider einen Spalt zu öffnen. Er stellte fest, dass er nicht allein war.

Dabei spielte es praktisch keine Rolle. Helfen konnte ihm sowieso niemand. Er sah die Stewardess nur aus den Augenwinkeln heraus. Es war eine dieser hübschen Blondinen, die sie an Bord hatten. Sie lag verkrümmt vor den Stahlschränken, ihr Gesicht war starr. Sie war bewusstlos oder tot.

Erst jetzt wusste Droghan, wo er war. Dieser plötzliche, verfluchte Luftsog hatte ihn aus dem Gang in den Servicebereich befördert. Er hing vor einem dieser kantigen Schränke aus Edelstahl. Und jetzt raste die Maschine abwärts. War das schon der Absturz? Oder hatte der Pilot den Vogel noch unter Kontrolle? Was war überhaupt geschehen?

Droghan hätte heulen können vor Wut, Verzweiflung und Todesangst. Aber er war zu nichts fähig. Nicht mal den kleinen Finger konnte er bewegen. Nur die Gedanken funktionierten noch in dieser Hölle. Und was nutzte das? Das Ende bei vollem Bewusstsein zu erleben, ein Ende mit Schrecken noch dazu, das hatte Droghan immer gefürchtet wie die Pest. Dass er nicht im Bett sterben würde, war ihm schon klar gewesen. Doch er hatte immer irgendwie mit einer gnädigen Kugel gerechnet. Starke würde ihn eines Tages aus dem Hinterhalt umlegen lassen. Schuss, aus, vorbei.

Aber ein Flugzeugabsturz?

Jäh traf ihn der Schreck – wie eine heiße Keule, die in seinem Magen wütete.

Seinetwegen?

Stürzte die Maschine seinetwegen ab?

Der Gedanke fraß sich in ihm fest, ließ ihn innerlich zittern.

Ein teuflischer Plan! Aber so was passte zu Starke. Verdammt, ja, das war dem Schweinehund zuzutrauen! Starke geht über Leichen. So hatte es schon immer geheißen. Vor allem die ängstlichen Typen sagten so was. Das waren die Burschen, die sich um Himmels willen nie mit dem Bastard anlegen wollten. Weil sie die Hosen voll hatten. Nur er, Albert Droghan, hatte Starke stets das Wasser reichen können.

Und jetzt ging das Schwein wirklich über Leichen.

Schätzungsweise dreihundert Passagiere mussten dran glauben.

Starke zog so was durch, ohne mit der Wimper zu zucken. Um an die SCOHP-Geheimunterlagen ranzukommen, war ihm jedes Mittel recht. Und dieser Flugzeugabsturz war sogar ein sehr unauffälliges Mittel. Niemand würde jemals herausfinden, um was es bei dem Absturz wirklich gegangen war. Denn niemand wusste, was sich in dem Spezialkoffer des Passagiers Albert Droghan befand.

Auf einmal kam es Droghan vor wie der größte Blödsinn, den er sich da ausgedacht hatte. Wie, in aller Welt, hätte Starke es denn anstellen sollen, die Maschine abstürzen zu lassen? Indem er eine Bombe an Bord brachte? Ausgeschlossen. Kein Unbefugter gelangte auf einem amerikanischen Airport an ein Flugzeug heran. Das war völlig ausgeschlossen. Also ein Kamikaze-Job? Jemand, der als Passagier mitflog, bombte sich selbst in die Hölle?

Unwahrscheinlich.

Ich lebe ja noch immer, dachte Droghan.

Mit einer Bombe an Bord wäre das wohl kaum möglich gewesen. Die hätte alles und jeden zerrissen.

»Was, zum Teufel, heißt das?«, brüllte Starke. In dem engen Kastenwagen ging es ihm selbst auf die Trommelfelle.

Kohane und Walsh, die beiden Söldner, wechselten einen Blick.

»Sind wir hier auf dem Kasernenhof?«, sagte Kohane, der Hagere. »Fühlen wir uns als Großmaul-Sergeant oder so was?« Kohanes Stimme war wie ein Schlangenbiss. Seine Augen hatten sich verengt.

Walsh, der Vollbärtige, schwenkte mit seinem Drehstuhl

ein Stück weiter herum. Er musterte den New Yorker Gangster voller Verachtung. Walsh schaltete den Monitor ab, auf dem bis eben das Ergebnis der Aktion übertragen worden war. Die automatische Videokamera war am Rand eines Berges in fünfhundert Yards Entfernung aufgebaut. Von dort war auf mehr als hundert Meilen freies Blickfeld nach Osten und Südosten.

Starke versuchte, sich zu beherrschen. Sein erster Impuls war, die Automatic zu ziehen und die beiden Wichtigtuer umzulegen. Er brauchte sie sowieso nicht mehr.

Wirklich nicht?

Er zwang sich zur Einsicht. Vielleicht brauchte er sie doch noch. Wenn das geschehen war, über das er sich aufregte, dann würde er Kohane und Walsh sogar ganz bestimmt noch brauchen.

»Die Maschine ist doch nicht abgestürzt, verdammt noch mal!«, knurrte er einlenkend. »Das hat man doch deutlich gesehen.«

»Na und?«, blaffte Kohane zurück. »Was hat man denn deutlich gesehen?«

»Die Rakete hat nicht richtig getroffen.«

Der Hagere verdrehte genervt die Augen. »Sie hat getroffen! Mann, muss man Ihnen denn alles zweimal erklären?«

»Sie hat nur nicht gleich gezündet«, fügte Walsh hinzu. »Wenn sie da gezündet hätte, wo sie das Kabinendach rausgerissen hat, dann würde der Vogel jetzt in tausend Stücke zerlegt zu Boden segeln.«

Starke stieß einen ärgerlichen Laut aus. »Sie wissen genau, dass Sie übertreiben, Walsh. Sie haben mir versichert, dass es ein einigermaßen zusammenhängendes Wrack geben würde.«

»Schon richtig.« Der Bärtige zuckte mit den Schultern. »Aber Les und ich …«, er deutete mit einer Kopfbewegung auf seinen Partner, »… haben Ihnen auch gesagt, dass so eine HAWK-Rakete nicht mehr das Modernste ist. Die

Dinger gab es schließlich schon in den sechziger Jahren. Außerdem haben wir nur die eine Rakete auftreiben können. So was ist auch auf dem schwarzen Markt eine Seltenheit. Hätten wir zwei oder drei gehabt, hätten wir den Jet wie einen Stein abstürzen lassen.«

»Hör doch auf damit!«, fauchte Kohane. »Wir haben unsere Beobachtungsposten. Der Vogel geht uns garantiert nicht durch die Lappen.«

»Das wollen wir hoffen«, sagte Starke kalt.

Die Söldner verstanden es so, wie er es meinte.

Als Drohung.

Starke bereute es nach wie vor nicht, allein in die Cascade Range der Rocky Mountains aufgebrochen zu sein. Sein Prinzip war es immer gewesen, niemals zu viele Helfer und Handlanger zu haben. Je größer die Zahl der Mitwisser bei einem Job, desto größer das Risiko.

Und diesen beiden in ihrem Olivgrün fühlte er sich hundertprozentig gewachsen. Was mit ihnen am Ende geschehen würde, hatte von Anfang an in seinem Plan gestanden.

Klar umrissen.

Sie würden nicht nach Serbien gehen.

Sie wussten es nur noch nicht.

Das Brüllen und Tosen verschlang uns. So erschien es mir. Im einem Hurrikan konnte es nicht schlimmer sein. Ich hatte den Eindruck, dass sich das Flugzeug drehte, dass es in einen brausenden Strudel hinabgerissen wurde.

Musste der Captain nicht längst die Kontrolle über seine Maschine verloren haben? Und der Rest der Crew? Der Copilot? Hatte er denn nicht mit dem Captain gemeinsam versucht, zu retten, was zu retten war?

Natürlich. Gar keine Frage.

Dieses Gefühl des Sich-Drehens war nur ein Trugbild, von den total überforderten Nerven produziert. Noch immer spürte ich Lauras Hand wie eine Klammer auf meinem Unterarm. Aber nach wie vor gelang es mir nicht, den Kopf zu bewegen. Innerlich fluchte ich, weil ich Laura nicht festhalten konnte, weil ich nicht in der Lage war, ihr wenigstens das Gefühl von Schutz zu vermitteln.

Unsichtbare Tonnenlasten verhinderten alles.

Jeder einzelne Muskel war zur Hilflosigkeit verurteilt. Wir waren den entfesselten Gewalten ausgeliefert. Zumindest für uns Passagiere galt das. Wir konnten nur hoffen, dass es nicht auch auf die Cockpit-Crew zutraf.

Das Gebrüll des steil abwärts rasenden Jets war gewaltiger als jeder Orkan. Wie lange würden wir noch in die Sitze gepresst werden? Wann setzte eine neue Gewalt ein, die uns durch das Loch im Kabinendach herauslutschen würde wie ein riesiger Staubsauger? Doch trotz dieser marternden Gedanken in diesen zu Ewigkeiten gedehnten Sekunden vertraute ich den Männern im Cockpit. Sie konnten die Passagiere nicht beruhigen, wären selbst dann zu keiner Durchsage imstande gewesen, wenn das Lautsprechersystem noch funktioniert hätte. Dazu waren sie viel zu sehr gefordert. Sie mussten alles geben, mussten ihre Fähigkeiten bis zum Letzten ausreizen. Und sie würden alles tun, ohne auf ihr eigenes Leben Rücksicht zu nehmen.

So gilt es auch für uns vom FBI. In Gefahrensituationen ist jeder G-man verpflichtet, bedrohte Menschen zu retten – ohne Rücksicht auf sich selbst. Doch mit diesem Absatz in unserer Dienstvorschrift sind vor allem Situationen gemeint, in denen Menschen von Gangstern bedroht werden. Situationen also, auf deren Bewältigung wir geschult sind.

Trotzdem hätte ich verdammt gern mit dem Captain oder einem seiner Kollegen getauscht. Denn es war ein elendes, quälendes Gefühl, selbst nichts tun zu können.

Jäh verstärkte sich der Druck. Es war, als verdoppelten sich die Tonnenlasten, als würden sie uns durch die Sitzpolster pressen. Ich wusste, es war der Moment, in dem der Pilot die Maschine aus dem Sturzflug abfing.

Also war die Crew noch voll da!

Hölle und Teufel! Ich konnte mich nicht erinnern, jemals eine größere Freude erlebt zu haben. Und erst in diesem Moment wurde mir bewusst, dass ich bislang keinen einzigen Gedanken an das Ende verschwendet hatte. Dies konnte nicht das Ende sein. Ich war fest davon überzeugt.

Der Lärm schwoll an. Ich glaubte ein Knistern und Knacken zu hören, das durch den lädierten Flugzeugrumpf ging. Dies war der Augenblick höchster Belastung für die Maschine. Ein Verkehrsflugzeug war nicht für Kunstflugfiguren gebaut. Dennoch musste das Material ein Vielfaches von dem aushalten, was jemals in normalen Flugsituationen passierte.

Der Druck der Tonnenlasten ließ nach. Es wurde heller. Statt des dunklen Grüns der Berge sahen wir den Himmel wieder. Und die anderen Passagiere bemerkten es auch.

Jubel brach aus, wahre Begeisterung. Daraus, dass die Stimmen überhaupt zu hören waren, ließ sich eine andere Tatsache folgern. Der Lärm hatte nachgelassen. Zwar rauschte die Luft noch immer in die Kabine, und diese Luft war noch immer eiskalt, aber das ohrenbetäubende Getöse des Sturzflugs war verschwunden.

Die Triebwerke schienen nur noch zu flüstern.

Liefen sie überhaupt noch?

Endlich konnte ich mich wieder bewegen, die Hände anheben, den Kopf zur Seite wenden.

Lauras Augen waren weit vor Angst. Wie selbstverständlich legte ich meine Arme um sie, zog sie an mich. Sie zitterte. Sprechen konnte sie nicht. Etwas versiegelte ihre Kehle.

Wie ein Schutz suchendes Reh schmiegte sie sich an meine Schulter.

Ich bekämpfte das Gefühl der Erleichterung, das sich automatisch einstellen wollte. Es war ein trügerisches Gefühl. Denn wir hatten lediglich eine Flughöhe erreicht, in der wir ohne Sauerstoffmasken überleben konnten. Das eigentliche Inferno stand uns noch bevor. Erst nach und nach schälte sich die Vorstellung davon aus dem falschen Freudentaumel heraus.

Was sollte denn als Nächstes geschehen?

Eine Notlandung – hier, in den zerklüfteten Bergen?

Eine geeignete Ebene würden wir wohl kaum noch erreichen können. Ebenso wenig würden wir es noch bis nach Seattle schaffen. Wenn die Kälte uns nicht vorher umbrachte, würde sich die DC 10 wahrscheinlich in ihre Bestandteile auflösen. Denn so eine Kabine war ja dafür gebaut, dem Druck von außen nach innen standzuhalten. Nicht umgekehrt.

Die höhere Gewalt musste meine Gedanken gelesen haben.

Denn plötzlich lief ein Vibrieren durch den Rumpf.

Ein scharfer Knall folgte. Es wurde heller.

Ein vielstimmiger Entsetzensschrei gellte in die kristallene Luft.

Ein Stück vom Kabinendach, so groß wie eine Tischtennisplatte, wurde hochgerissen. Blitzend torkelte die Metallfläche nach oben und dann nach hinten davon.

Ich hielt den Atem an. Was, wenn das Leitwerk getroffen wurde? Oder nur das Seitenruder? Oder das Hecktriebwerk? Wie groß würde der Schaden werden? Würde die Maschine manövrierunfähig werden?

Die Schreie der Passagiere wollten nicht enden.

Kein Aufprall.

Kein Ruck, der durch das Flugzeug ging.

Hatten wir noch einmal Glück gehabt? Erhielten wir eine letzte Galgenfrist?

Laura zitterte heftiger. Auch ich spürte jetzt, dass es kälter geworden war. Viel kälter. Doch es war nicht das Entscheidende. Die schlimmste Gefahr drohte uns aus unmittelbarer Nähe. Die Männer vorn im Cockpit mussten es längst erkannt haben.

Die Maschine konnte jeden Augenblick auseinander brechen.

Das Loch im Kabinendach klaffte jetzt auf zehn Yards Länge. Die Seitenwände reichten dort noch bis über Kopfhöhe der Passagiere. Aber auch das war kein Zustand, der noch lange anhalten musste. Ich glaubte zu erkennen, wie die zerfetzten Metallkanten da vorn zu schlagen begannen, hin und her zu wedeln, in wilden Wellenlinien. Sobald das erste Stück Seitenwand herausgerissen wurde, konnte schon alles aus sein.

Plötzlich hörte ich das Kreischen.

Das Schrillen dieser Stimme übertönte alle anderen.

Zum ersten Mal dachte ich wieder an Droghan. Vorübergehend war er für mich zur nebensächlichsten Person an Bord geworden. Doch er war es nicht, der vor Angst ein Kastratensyndrom entwickelt hatte.

Das Kreischen kam näher.

Ich wandte mich nach links.

Das Blut in meinen Adern gefror.

Das Mädchen war fast neben mir.

Eine kleine blonde Schülerin, die an dem Austauschprogramm in New York teilgenommen hatte. Sie kroch auf dem Boden des Ganges gegen den hereinrasenden Luftstrom an. Ihr Kreischen machte deutlich, dass sie von Sinnen war. Die Nervenbelastung war zu groß für sie. Sie reagierte mit Panik, mit selbstmörderischem Wahnwitz.

Ich konnte Bruchstücke ihres Kreischens verstehen.

»… sterben – alle – wir alle – sterben – o mein – Gott …!«

Sie erfasste die Wirklichkeit nicht mehr, erkannte nicht, in welche tödliche Gefahr sie sich selbst gebracht hatte.

Jeden Moment konnte sie von dem Luftstrom hochgerissen werden.

Was danach mit ihr geschehen würde, vermochte niemand vorherzusehen.

Laura protestierte nicht, als ich mich von ihr löste. Sie wusste, wann ein Mann das zu tun hatte, was er tun musste.

Das kreischende Mädchen war nun schon in Höhe der Sitzreihe vor uns.

Ich zog die Beine an und ließ mich von meinem Platz abwärts gleiten. Laura legte ihren Sitzgurt an, ich hörte das metallische Schnappen trotz des Rauschens.

Das Mädchen trug Jeans und grünweiße Basketballschuhe. Mit den Kappen der Schuhe stemmte sie sich gegen den Boden. In den braunen Teppichborsten fand sie guten Halt. Doch was nutzte ihr das – angesichts der Gefahr, der sie entgegenkroch! Sie hörte nicht auf zu kreischen. Niemand kümmerte sich um sie. Jeder war mit sich selbst beschäftigt, mit der eigenen Todesangst.

Aus der zusammengekrümmten Stellung heraus machte ich mich flach, schob mich auf den Gang hinaus. Ich tat es schnell genug, um das Sitzgestänge auf der anderen Seite packen zu können. Trotzdem traf es mich wie ein Hieb. Lieferte man sich dem Flugwind ungeschützt aus, konnte man zum Spielball werden. Er brauchte einen nur richtig zu erwischen. Das war das zusätzliche Risiko, das der Captain und seine Crew bedenken mussten. War es überhaupt möglich, weiterzufliegen, ohne dass Passagiere hinausgerissen wurden?

Flach auf dem Boden drehte ich mich nach rechts. Mit der linken Hand hielt ich mich weiter am Stahlgestänge fest, die Rechte streckte ich aus, um nach dem Mädchen zu fassen. Die Kleine war noch nahe genug, dass ich sie an einem ihrer Fußgelenke halten konnte. Und dann musste ich versuchen, sie auf den Boden zu drücken und in eine der Sitzreihen zu manövrieren.

Fast erwischte ich das Girl am rechten Fuß.

Fast.

Denn plötzlich zog sie den Fuß weg.

Beide Füße.

Als ob sie mich zum Narren halten wollte.

Irrtum. Es sah nur so aus, und es lag daran, dass ich die Nase zu dicht am Boden hatte. Ich schob mich schneller hinter der Kleinen her. Als ich den Kopf etwas anhob, sah ich, was wirklich Sache war.

Das Mädchen begann zu schweben.

Es war wie in einem Horrorfilm. Fehlten nur noch giftrote Dämpfe und das meckernde Lachen des Hexers. Doch mir blieb nicht mal die Schrecksekunde, um zu überlegen. Obwohl mir der Schreck bis ins Mark fuhr, musste ich handeln. Nichts anderes. Und ich tat es ohne einen Gedanken.

Ich zog die Beine an und stieß mich ab. Schnellte nach vorn, die Arme weit ausgestreckt.

Es war, als ob ich gegen ein Luftkissen ansprang.

Die Schreie des Mädchens schrillten in jäher Angst.

Die Kleine wurde hochgeschleudert, fast bis zur Kabinendecke, die hier noch intakt war. Meine Füße verloren den Bodenkontakt, als ich mich mit den Händen abstützte. Doch dann hatte ich wieder Halt unter den Zehenspitzen. Ich holte alles heraus, was meine Beinmuskeln auf Lager hatten. Das Girl segelte ein Stück zurück, auf und ab, wie man es von den Filmaufnahmen kannte, die Astronauten im Space Shuttle während der Schwerelosigkeit zeigten.

Ich erwischte ihr linkes Bein.

Sofort steigerte sich ihr Schrei, schien meine Trommelfelle durchstechen zu wollen. In ihrer Todesangst konnte sie nicht mehr unterscheiden, was gut oder schlecht für sie war. Ich schnappte mir auch noch ihr rechtes Bein. Einen Moment lang hatte es den Anschein, als würden wir beide von diesem gottverdammten fauchenden Luftstrom davongetragen werden. Doch dann gaben die paar Kilo Lebendgewicht den Ausschlag, die ich mehr draufhatte als das Mädchen.

Als ich den borstigen Teppichboden unter mir spürte, war es das reinste Traumziel, das ich erreicht hatte. Und ich ließ den Flugwind nicht noch einmal hinlangen. Ohne die Beine des Girls loszulassen, stieß ich mich abermals ab. Sie wehrte sich nicht, als ich meinen Arm auf ihren Rücken legte und sie nach unten presste. Endlich hatte sie begriffen, dass ihr geholfen wurde. Und nun musste sie auch einsehen, was für einen Irrsinn sie sich geleistet hatte.

Vorsichtig schob ich sie in die Sitzreihe zur Linken. Helfende Hände waren zur Stelle. Sie nahmen mir die schluchzende Kleine ab. Zwischen den Sitzen war sie sicher vor dem orgelnden Luftdruck. Ich machte vorsichtig auf der Gürtelschnalle kehrt, achtete sorgfältig darauf, mich immer mit einer Hand an der Stahlrohrbasis der Sitze festzuhalten.

Laura strahlte, als ich wieder bei ihr war und sie in die Arme schloss.

Ich fragte mich, wie es angehen konnte, dass wir immer noch in der Luft waren.

Jeden Moment konnte die Maschine auseinander fliegen.

Der mächtige Bugteil würde wie ein Felsklotz in die Tiefe rasen.

Die Tragflächen, der Rest der Kabine, das Leitwerk und die Turbinen würden noch ein paar Sekunden aberwitzige Tänze aufführen und dann an einem Berg zerschellen.

Gemeinsam mit den beiden FBI-Kollegen stürmte Phil Decker die letzten Treppenstufen im Tower hinauf. Wie sie vermutet hatten, waren sie schneller als der Fahrstuhl. Der Manager der Delta-Airlines-Filiale, der Chef der Airport-Verwaltung und der Leiter des Sicherheitsdienstes hatten sich für den Lift entschieden und waren noch nicht oben angekommen.

Ralph Morley, dunkelblond und schnauzbärtig, betätigte den Knopf, der das elektronische Sicherungssystem vor dem Eingang zum Kontrollzentrum auslöste. Alle drei G-men stellten sich in den Aufnahmewinkel der Videokamera und hielten ihre Dienstausweise hoch. Der zweite Mann vom FBI-Office Seattle war Norman Gilchrist, schwarzhaarig und noch eine Spur athletischer gebaut als Morley.

Die Tür zum Arbeitsbereich der Fluglotsen wurde sofort geöffnet.

Ein scheinbares Durcheinander von gedämpften Stimmen

schlug den FBI-Beamten entgegen. Ruhig und Vertrauen einflößend klangen die Hinweise, die per Funk an die Piloten der anfliegenden Verkehrsmaschinen hinausgingen. Selbst jene Männer, die mit der drohenden Katastrophe konfrontiert waren, sprachen beherrscht.

Der Raum war abgedunkelt. Radarschirme und Computer-Monitore schimmerten, und die Arbeitsplätze der Fluglotsen waren blendfrei beleuchtet.

Auch der Fahrstuhl kam jetzt an. Der Sicherheitsmann im Kontrollzentrum hielt die Tür auf, nachdem die G-men bereits eingetreten waren. Der Beamte, der die Aufsicht über die Fluglotsen führte, eilte den sechs Männern entgegen, begrüßte sie mit einem knappen Nicken und ging voraus, ohne ein Wort zu verlieren.

Durch große getönte Fenster war das Flugfeld des International Airport von Seattle zu sehen. »Boeing Field« lautete die gängige Bezeichnung für den Airport, benannt nach dem weltbekannten Flugzeughersteller, der seine Produktionsstätten in Seattle hatte. Die Lichterketten der Flugfeldbefeuerung waren bereits eingeschaltet. Der Dämmerungswert war dafür ausschlaggebend gewesen. In unmittelbarer Nähe der Flughafengebäude lagen lange Schatten. Die ersten Scheinwerfer flammten auf, erzeugten Reflexe auf den schimmernden Metallkörpern der Jets. Angedockt an die Terminals standen gelandete und abflugbereite Maschinen, große Silbervögel mit ausgebreiteten Schwingen, wie mit einem Muttertier verbunden, das sie mit neuer Kraft versorgte.

Der Aufsichtsbeamte führte die G-men und die Chiefs auf den ersten Arbeitsplatz an der linken Seite des Halbrunds zu. Der Mann, der dort in seine Tätigkeit vertieft war, drehte sich nicht um.

Den ankommenden Funk konnten Phil und seine Begleiter bereits aus ein paar Yards Entfernung hören. Phil hatte das Gefühl, auf einmal jede einzelne Faser seiner Nerven zu spüren.

Die Stimme aus dem Äther klang verzerrt. Manchmal gingen ganze Wortfetzen verloren.

... verläuft planmäßig! Ich wiederhole. Sinkflug – plan ...

Das Krachen und Krächzen atmosphärischer Störungen gewann die Oberhand.

Der Mann am Pult saß angespannt. Er beugte sich leicht vor, als er sprach. »Seattle Airport an Flug Delta zwölf-zehn! Seattle Airport an Flug Delta zwölf-zehn! Hören Sie mich? Zwölf-zehn, bitte kommen!«

Der Aufsichtsbeamte wandte sich den G-men zu und flüsterte. »Zwölf-zehn ist Ihre Maschine aus New York!«

Phil und die beiden Kollegen starrten den Beamten an. Wenn er über das Wetter geredet hätte, wäre es nicht überflüssiger gewesen. Aber sie schwiegen, denn sie wussten, dass ihre Gedanken ungerecht waren. Die nervliche Anspannung war die Ursache dafür. Und zweifellos ging das Geschehen dem Aufsichtsbeamten genauso an die Nieren wie allen anderen. Vielleicht hatte er einfach nur etwas sagen wollen.

Die atmosphärischen Störungen flachten ab, verringerten sich zu einem Rauschen. Der Captain der DC 10 drang wieder durch.

... sinken auf siebentausend Fuß – sechstausendneunhundert ...

»Das ist in Ordnung, zwölf-zehn!«, rief der Fluglotse. »Das ist hundertprozentig in Ordnung! Sie haben eine reelle Chance, wenn Sie diese Sinkgeschwindigkeit halten!«

... sechstausendachthundert Fuß – reelle Chance, wenn – Rumpfverstrebungen halten – sechstausendsiebenhundert – immer noch über Waldgebiet – ziemliche Brocken, diese Berge ...

»Sie sind noch über dem Snoqualmie National Forest, zwölf-zehn, aber schon auf der Nordseite. Die Berge unter Ihnen liegen zwischen dreitausend und viertausend Fuß Höhe. Sie haben es gleich geschafft! Da kommen ein paar sehr brauchbare Bergwiesen und Plateaus auf Sie zu!

Halten Sie die Sinkgeschwindigkeit! Halten Sie sie unbedingt!«

Okay, okay, wir sind hellwach, Seattle Airport – wissen aber nicht, wie – Materialmüdigkeit fortgeschritten ist – erreichen sechstausendfünfhundert – he, Sie haben Recht, da wird es flacher … bisschen wellig noch – aber vielleicht können wir das glatt bügeln – Sichtbedingungen noch immer – op…

»Er meint ›optimal‹«, flüsterte der Aufsichtsbeamte. »Bis eben war die Sicht nämlich auch noch optimal. Haben Sie gehört, wie optimistisch das klang?«

»Für mich hörte es sich eher nach Galgenhumor an«, konnte Phil sich nicht verkneifen zu erwidern.

Der Beamte sah ihn an und runzelte die Stirn. Es sah tadelnd aus. »Sir, Captain Collins ist einer der erfahrensten Piloten, die Seattle im Liniendienst anfliegen. Ich kann Ihnen versichern …«

Der Fluglotse bat um Ruhe, indem er den linken Arm ausstreckte. Das Rauschen und Krachen war wieder stärker geworden. Nur noch Wortfetzen drangen jetzt durch.

… Passagiere – verständigt – klar zur – Notlandung – drückt uns – Daumen …

»Suchflugzeuge sind bereits unterwegs, zwölf-zehn! Machen Sie sich keine Sorgen! Bringen Sie den Vogel runter, und den Rest erledigen wir!«

… schon okay – hier kommt – letzte Positionsmeldung – einhunderteinundzwanzig und …

Wieder krachten die atmosphärischen Störungen dazwischen. Und diesmal war es endgültig vorbei.

Nur noch Rauschen und Scheppern drang aus dem Lautsprecher.

Der Fluglotse schwang auf seinem Drehstuhl herum. Er sah ernst aus. Harte Linien furchten sein Gesicht. Sein Blick traf den hoch gewachsenen FBI-Beamten, von dem er wusste, dass sein Kollege an Bord der Unglücksmaschine war. »Es ist alles vorbereitet, Sir. Für den FBI wurde eine schnelle Zweimotorige bereitgestellt. Sie können praktisch in fünf Minuten in der Luft sein.«

»Danke«, antwortete Phil. Mehr konnte er nicht sagen. Seine Kehle war wie zugeschnürt.

»Sie landen in Chehalis«, erklärte der Chef der Flughafenverwaltung. »Das ist westlich von Snoqualmie. Zwanzig, dreißig Meilen. Natürlich ist das Suchgebiet riesengroß. Wenn Sie gelandet sind, steigen Sie in einen Hubschrauber. Vielleicht ist dann schon Näheres bekannt.«

»Alle Einsatzkräfte stehen Gewehr bei Fuß«, erklärte der Manager von Delta Airlines. »Vom Löschflugzeug bis zur Suchmannschaft mit Lawinenhunden haben wir alles mobilisiert.«

»Liegt denn da oben Schnee?«, fragte Phil betroffen.

»Nicht in der geringen Höhe. Aber die Lawinenhunde sind auch für die Suche im Grünen ausgebildet.«

»Außerdem ist die State Police im Anmarsch«, sagte der Leiter des Sicherheitsdienstes. »Und wir haben sämtliche Army- und Air-Force-Stützpunkte im südlichen Washington und unten in Oregon verständigt. Aufklärungsflugzeuge der Air Force sind schon in der Luft. Ich denke, wir werden in Kürze die ersten Hinweise erhalten. Vor allem aber sind alle verfügbaren Rettungsdienste alarmiert worden. Alles Menschenmögliche wird getan.«

»Der Staat Washington«, fügte der Aufsichtsbeamte stolz hinzu, »ist für einen Katastropheneinsatz gerüstet.«

»Also gehen wir«, sagte Ralph Morley knapp. Er blickte in die Runde. »Wir bleiben in Verbindung, Gentlemen. Unser Special Agent in Charge wird in Kürze hier bei Ihnen eintreffen.«

Norman Gilchrist klopfte dem Kollegen aus New York auf die Schulter, als sie sich abwandten. Sie beeilten sich. Weder Norman noch Ralph sagten ein Wort, während sie die Korridore und Hallen durchquerten. Sie konnten nur zu gut nachempfinden, was in ihrem Kollegen vor sich ging.

Phil hatte sich selten so miserabel gefühlt wie in diesen

Minuten. Das Hallen der Schritte begleitete seine Gedanken mit einem düsteren Rhythmus.

Das war er also, der Zeitpunkt.

Der Zeitpunkt, über den man so gut wie nie gesprochen hatte. Weil man eigentlich auch nie Gelegenheit dazu gefunden hatte. Der Dienst beim FBI forderte den ganzen Mann, meist rund um die Uhr. Der gemeinsame Dienst, unzählige Gefahren, die man gemeinsam durchgestanden hatte, aber auch Momente der Freude und der Zufriedenheit, die man erlebt hatte, wenn es einem gelungen war, Menschen vor tödlicher Bedrohung zu retten – all das schweißte Kollegen zusammen. Und oftmals wurden sie Freunde.

Freunde wie Jerry Cotton und Phil Decker.

Doch irgendwann kam eben jener Zeitpunkt, an dem eine Freundschaft zu Ende ging. Gewaltsam. Ohne eigenes Verschulden.

Phil wusste, dass es nicht der Augenblick war, sich pessimistischen Gedanken zu ergeben. Jerry konnte auf sich selbst aufpassen. Verdammt, das konnte er. Aber was, zum Teufel, sollte er denn tun, wenn er in einem Flugzeug saß, das entweder noch in der Luft auseinander brach oder bei der Notlandung zerschellte?

Phil dachte an die Momente, in denen Jerry und er sich gegenseitig aus den haarigsten Situationen herausgehauen hatten – mit dem 38er in der Hand. Mit den Fäusten. Oder allein dadurch, blitzschnell die richtigen Entscheidungen zu treffen.

Doch nichts von all dem konnte in dieser Situation helfen.

Es war die verfluchte, elende Hilflosigkeit, an der Phil kaputtzugehen glaubte.

Das Brüllen um uns herum schwoll an, erstickte jeden anderen Laut. Unmöglich, noch festzustellen, ob es die auf Umkehrschub geschalteten Triebwerke waren oder ob sich das Loch im Rumpf – und damit der hereinrauschende Luftstrom – vergrößert hatte.

Die Stewardessen waren vorn und im Heckbereich in Sicherheit. Dort hinten musste auch Albert Droghan noch festhängen. Der Purser und der Bordingenieur waren aufgetaucht, hatten sich so weit wie möglich an das Leck im Flugzeugdach herangewagt und mit Gesten auf die bevorstehende Notlandung hingewiesen.

Die wenigen Passagiere, die es vorn hatten sehen können, hatten die Hinweise weitergegeben. Jeder sollte seinen Gurt anlegen, wenn irgend möglich. Und jeder sollte den Oberkörper zusammenkrümmen und den Kopf zwischen den Armen bergen.

Ich sah noch immer Lauras geweitete Augen.

Diese Augen hatten ausgedrückt, was sie sich wegen des Höllenlärms nicht von der Seele schreien konnte.

Es ist das Ende, Jerry, mein Gott, es ist das Ende!

Jetzt hockten wir da, in unseren Gurten wie vorgeschrieben.

Das Getöse umschloss die Dunkelheit, in die wir uns kauerten. Die Sitze und der Flugzeugrumpf vibrierten, bebten, zitterten. Jeden Moment konnte es geschehen.

Ein mörderischer Ruck. Ein Krachen und Bersten, das Auseinanderbrechen der Maschine.

Der Absturz.

Der Aufprall.

Das Nichts.

Ich hielt den Atem an.

Wartete auf irgendetwas von diesem Infernalischen, das ich mir vorstellte – das sich wohl jeder an Bord vorstellte.

Es kam völlig anders.

Zuerst schwoll der Lärm an. In das Rauschen und das vibrierende Eigenleben des Flugzeugrumpfs mischte sich ein neues Geräusch. Ein seltsam scharfes Zischen, als ob sich die Luft unter den Flächen verdichtete. Es dauerte nur Sekunden.

Im nächsten Moment traf ein peitschender Hieb den Rumpf.

Doch erstaunlicherweise blieb jenes Krachen aus, das den Aufprall oder das Auseinanderbrechen der Maschine angekündigt hätte.

Vielmehr ging das Peitschen über in ein scharfes Schrammen. Es war ungeheuer schnell. Der Jet schien über einen riesigen Borstenteppich hinwegzurasen. Ich wusste, was es war.

Wald!

Baumwipfel kitzelten den Bauch der Maschine.

Was daraus werden würde, war kaum auszudenken. Hatte sich der Pilot ein Waldstück für die Notlandung ausgesucht – und das war in diesem Berggebiet nicht unwahrscheinlich –, so konnte es damit enden, dass das Flugzeug zwischen den Baumstämmen in tausend Stücke zerfetzt wurde.

Jäh hörte das Schrammen auf.

Wie abgeschnitten.

Einen Atemzug lang hatte ich den Eindruck, dass die Maschine wieder flog – in freiem Luftraum, als hätte sie nach einem geglückten Start abgehoben. Doch dieser Eindruck dauerte in der Tat nicht länger als die Spanne eines Atemzugs.

Schon die erste Bodenberührung ging durch alle Knochen.

Ein urgewaltiger Schlag.

Die Triebwerke, dachte ich.

Oder nur eines? Hölle und Teufel, wenn nur ein Triebwerk abgerissen worden war, dann konnte es jeden Moment losgehen. Das Flugzeug würde sich in einen rasenden Kreisel verwandeln, und bei jeder Umdrehung würde sich das Wrack selbsttätig in immer kleinere Stücke schlagen. Instinktiv rechnete ich damit, dass der Teufelstanz begann. Das tödliche Rotieren. Jetzt, in diesem Sekundenbruchteil.

Doch im nächsten Moment krachte es wieder. Dieser Schlag kam von unten. Es war, als verwandelte sich der

Flugzeugsessel in einen Schleudersitz, als würden wir steil nach oben katapultiert. Schon wieder ein falscher Eindruck. Die Sinne spielten nicht mehr voll mit. Und im nächsten Moment war keine Zeit mehr für Gedanken. Was geschah, lief so aberwitzig schnell ab, dass ich das Gefühl hatte, mein Wahrnehmungsvermögen würde in einen Strudel geraten, sich hoffnungslos verheddern.

Eine Folge von weniger starken Stößen traf die Maschine.

Ein Rütteln erfasste den Rumpf.

Das Ächzen und Knarren des strapazierten Materials vermischte sich mit dem Krachen und Rütteln. Das Flugzeug geriet in ein mörderisches Stakkato, es war, als müsste es sich ganz einfach in seine Bestandteile auflösen.

In das Rütteln mischte sich ein Scharren. Es war wie von Schmirgelpapier mit einer Körnung von Felsbrockengröße. Es dröhnte, wurde lauter und lauter und versetzte den Rumpf in zusätzliche Schwingungen. Jetzt schien es, als würden die Sessel seitwärts aus ihren Verankerungen gerissen werden. Das Dröhnen ließ die Trommelfelle schmerzen, es drang bis ins Knochenmark vor und gab einem das Gefühl, allein durch diese Wahnsinnsvibrationen zerrissen zu werden.

All das dauerte eine Ewigkeit.

Es hörte einfach nicht auf.

So kam es mir jedenfalls vor.

Als es nach dieser Ewigkeit aufhörte, begriff es wohl keiner sofort. Ich ertappte mich dabei, wie ich ungläubig horchte. Langsam hob ich den Kopf.

Nichts bewegte sich mehr.

Falsch.

Das Flugzeug bewegte sich nicht mehr.

Rechts von mir richtete sich Laura langsam auf, ebenso staunend wie ich. Und überall in den Sitzreihen lösten sich die Menschen aus ihrer Erstarrung.

All right, wir haben sie. Die Stimme aus dem Funklautsprecher klang dünn und kratzend. *Diese Himmelhunde von Piloten haben den Vogel doch tatsächlich heil runtergekriegt! Jedenfalls – so heil wie möglich. Nur die beiden Flächentriebwerke sind abgerissen worden, und dann ist der Jet wie ein Schlitten über die Bergwiese gerutscht.*

»Was ist mit den Leuten?«, stieß Kohane hervor.

Unwillkürlich beugte er sich am Funkpult vor. Seine Haltung war so angespannt wie seine Nerven.

Können wir doch von hier nicht erkennen! Mann, wir sind drei Meilen Luftlinie entfernt! Da sind ein paar Bäume davor. Nicht mal mit dem Fernglas …

»Schon gut!«, schnaubte Kohane. »Du bleibst, wo du bist. Wir sammeln die anderen Posten ein und treffen uns bei dir. Verstanden?«

Ich bleibe, wo ich bin. Treffen hier. Over.

»All right. Over und Ende.« Der Hagere klinkte das Funkmikro ein. Er schwenkte mit dem Drehstuhl herum. Er war die Gelassenheit in Person. Kaltäugig musterte er Starke, den es offensichtlich kaum auf seinem Stuhl hielt.

Nur mit Mühe zwang sich der große, breitschultrige Mann, eine neue Zigarette anzuzünden. Am liebsten wäre er sofort aufgebrochen, wie ein Irrer losgejagt, um Droghan zu schnappen und das SCOHP an Land zu ziehen. Aber er war auf die Männer und ihr landserhaftes Orientierungsvermögen angewiesen. Die brauchten nur ein ordentliches Messtischblatt, und schon fanden sie sich in jedem Gelände zurecht, als ob sie ihre Kindheit da verbracht hätten. Sie waren eben Spezialisten für Geländespiele, diese Söldner der Neuzeit.

»Gute Arbeit«, sagte Starke, obwohl es ihm schwer fiel.

Kohane nickte dankend, aber wenig beeindruckt.

»Vor ein paar Minuten hörte sich das noch anders an«, brummte Walsh. Er hatte die Beine übereinander geschlagen. Mit träger Bequemlichkeit griff er nach seinem Kaffeebecher und schlürfte einen Schluck. Über den Becherrand hinweg musterte er Starke mit jenem unverhohlenen Spott, der bei ihrer Zusammenarbeit von Anfang an im Spiel gewesen war.

»Da konnte man noch nicht ahnen, wie es ausgeht«, rechtfertigte sich Starke. »Sie haben vorhin ja auch selbst zugegeben, dass die Rakete mit dem rausgerissenen Stück Kabinendach erst weit außerhalb der rechten Tragfläche explodiert ist.«

»Entscheidend ist, dass sie das Loch gerissen hat«, knurrte Kohane.

»Ich hatte jedenfalls angenommen, die verdammte Maschine würde es bis nach Seattle schaffen.« Starke nahm einen langen Zug aus der Zigarette.

»Dazu war das Loch zu groß«, konterte Walsh besserwisserisch. »Die Piloten wussten genau, dass der Rumpf die Belastung gar nicht durchhalten konnte. Der musste durchbrechen – und zwar lange vor Seattle. Es hätte ihnen nicht mal was genutzt, Tacoma oder Olympia anzufliegen und da auf den Airfields eine Notlandung zu versuchen. Nicht mal das konnten sie ohne Risiko schaffen. Die Jungs am Steuerknüppel wussten also verdammt genau, dass sie so schnell wie möglich mit der Nase runtermussten. Yeah, und dann hatten sie eben Glück, diese Bergwiese zu finden. Die gibt es hier oben, und zwar nicht zu knapp. Da hat schon so mancher Sportflieger sein lausiges Leben gerettet.«

»Okay, okay, okay!«, rief Kohane, bevor Starke etwas sagen konnte. »Falls wir noch stundenlang über die Vergangenheit palavern wollen – meinetwegen! Aber dann will ich nachher keine Vorwürfe hören, von wegen, wir hätten irgendwas verpasst!«

Starke musste sich ein Grinsen verkneifen. Ohne dass er es gezielt beabsichtigt hätte, hatte er die Burschen so weit gebracht, dass sie nun heiß darauf waren, sich auf die Socken zu machen. Er brauchte sie nicht mehr anzutreiben. Sie hatten die Lust daran verloren, sich mit ihrer großkotzigen Gelassenheit vor ihm aufzuspielen. Es war ihnen zehnmal lieber, etwas zu tun, als sich von ihm noch länger auseinander pflücken zu lassen, was nicht geklappt hatte, warum es nicht geklappt hatte und wie es hätte besser klappen können.

Sie verließen den Kastenwagen.

Zwischen den hohen Bäumen herrschte bereits Halbdunkel.

Starke stülpte sich die pelzgefütterte Mütze auf den Kopf und schlug den Kragen der Lederjacke hoch. Es war eisig im Freien. Grinsend dachte er daran, wie ungemütlich die Nacht für Droghan werden würde – falls er noch am Leben war.

Starke hatte nichts weiter zu tun, als zu der Lichtung zu gehen, sich in seinen Jeep Wrangler zu setzen und zu warten. Kohane und Walsh wurden für ihre Arbeit bezahlt, und zwar nicht zu knapp. Ihren Vorschuss von hunderttausend Bucks hatten sie schon gekriegt. Davon mussten die drei Beobachtungsposten entlohnt werden. Als Erfolgsprämie hatte Starke den Söldnern noch mal zweihunderttausend versprochen. Erfolg bedeutete in diesem Fall, dass er das SCOHP wirklich und unwiderruflich in den Händen hielt.

Kohane und Walsh hatten gute Vorarbeit geleistet. Die fahrbare Raketenabschussrampe, die Videokamera auf ihrem Spezialstativ und die beiden Kastenwagen waren mit formbarer Sprengmasse bestückt und perfekt verdrahtet. Die Menge des Sprengstoffs war so reichlich bemessen, dass jedes Teil in winzige Stücke zerrissen werden würde. Jetzt brauchte nur noch der Zeitzünder eingestellt zu werden. In zwanzig Stunden, also morgen noch bei Tageslicht, würden die Ladungen gleichzeitig hochgehen.

Natürlich wussten die Söldner nicht, welchen Passagier Starke an Bord der DC 10 aufs Korn genommen hatte. Ebenso wenig wussten sie, was sich in dem feuersicheren Koffer des betreffenden Passagiers befand. Aus schmalen Augen beobachtete Starke, wie die beiden Söldner mit ihrem dunkelblauen Landcruiser aus dem Unterholz auftauchten.

Gute Amerikaner waren sie sowieso nicht. Sie verkauften sich an jeden, der sie bezahlte. Und in ihrer Hirnrissigkeit fühlten sie sich in allen Ländern dieser Welt zu Hause. Weitgereiste Burschen, für die es nichts mehr gab, was es nicht gab. Und natürlich stand für sie fest, dass ein Toyota das zuverlässigste Geländefahrzeug war. Wenn sie sich da bloß nicht täuschten!

Starke ließ den Jeep an. Leise summte der Sechszylinder unter der Haube. Die Außentemperatur wurde mit null Grad Celsius angezeigt. Starke schaltete die Klimaanlage auf Heizleistung. Er steckte sich eine neue Zigarette an.

Der Landcruiser zog schaukelnd vorbei.

Starke löste die Handbremse, schob den Wählhebel auf D und ließ den Jeep langsam anrollen. Es war gut, dass er allein in seinem Wagen fuhr. Dabei würde es auch bleiben – selbst dann, wenn Kohane und Walsh die drei Beobachter aufgenommen hatten. Starke brauchte eine Gelegenheit, um sich unauffällig mit Waffen und Ausrüstung zu versorgen – zusätzlich zu der Automatic, von der Kohane und Walsh wussten, dass er sie unter der Jacke trug. Die Sachen befanden sich in der verschlossenen Kiste unter der hinteren Sitzbank.

In der Schneise erhöhten sie das Tempo.

Durch die Baumkronen sickerte nur noch mäßiges Tageslicht. Am Boden wurde es zusehends dunkler. Starke wusste von den Söldnern, mit welchen Maßnahmen zu rechnen war. Suchflugzeuge und Aufklärer der Air Force waren zu diesem Zeitpunkt bestimmt schon in der Luft. Was sie suchten, war zwar ein Flugzeugwrack, doch es konnte immerhin sein, dass sie durch einen dämlichen Zufall auf zwei Geländefahrzeuge aufmerksam wurden. Mit welchen technischen Mitteln die Spürnasen da oben am Himmel ausgerüstet waren, konnte man nicht wissen.

Starke schätzte, dass sie allerhöchstens eine halbe Stunde

bis zum Wrack brauchten. Sie würden also eher dort sein als jede Rettungsmannschaft und jeder Polizeitrupp. Außerdem hatten sie auf ihrer Seite noch den Vorteil, dass die Dunkelheit bald hereinbrechen würde.

Niemals in meinem Leben hatte ich einen solchen Jubel gehört.

Captain Collins und seine Crew wurden als Helden gefeiert. Sie hatten es verdient. Hölle und Teufel, sie hatten es verdient.

Niemand war bei der Notlandung getötet worden.

Die Passagiere waren vollzählig versammelt. Es hatte etwa fünfzig Leichtverletzte und nur vier Schwerverletzte gegeben. Sie wurden bereits mit Bordmitteln versorgt.

In der beginnenden Dunkelheit schimmerte die DC 10 metallisch hell auf dem satten Grün der Bergwiese. Es war ein lang gestrecktes Plateau, das sich auf insgesamt drei Meilen ausdehnte. Am südlichen Ende der grasbewachsenen Ebene erhob sich wie eine dunkle Umrandung der Wald, dessen Wipfel die Maschine kurz vor dem Aufsetzen gestreift hatte. Von dort her zog sich breit wie ein Highway die Spur, die von Rumpf und Tragflächen in den weichen Boden gepflügt worden war.

Es war unser Glück im Unglück gewesen, dass sich ein solcher Platz für die Notlandung angeboten hatte. Auf felsigem Untergrund hätte es den Jet garantiert zerschlagen. So aber war er fast in einem Stück geblieben, hatte lediglich mehrere Bruchstellen im Rumpf. Nachdem zuerst die beiden Triebwerke unter den Tragflächen abgerissen worden waren, hatte sich die Maschine bei der rasenden Rutschpartie gestaucht und gekrümmt. Der Rumpf lag da wie ein riesiger Wurm aus abgeknickten Gliedern, der außerdem Flügel hatte. Die Flügel hatten sich platt auf den Boden gebettet, wiesen ebenfalls mehrere Bruchstellen auf. Aus den Ein- und Ausstiegsöffnungen der Maschine hingen die

Notrutschen wie riesige Schlauchboote. Das Loch im Kabinendach sah geradezu unbedeutend aus, seine verheerende Wirkung konnte man sich aus dem jetzigen Blickwinkel kaum noch vorstellen.

Wir befanden uns gut zweihundert Yards oberhalb des Flugzeugwracks, auf einer Anhöhe, deren Baumbewuchs einigermaßen schützte. Schwach, aber eisig blies der Wind aus nordwestlicher Richtung. Und nur nach und nach wurde den Leuten bewusst, was ihnen noch bevorstand.

Ich schätzte, dass die Temperatur um den Gefrierpunkt lag. Es war erst früher Abend. Im Laufe der Nacht konnte die Quecksilbersäule gut und gerne auf zehn Grad minus absacken. Wie Laura und ich hatten auch die meisten anderen Passagiere Jacken dabei, die vor allem gegen Wind und Regen schützten. Die passende Kleidung für einen längeren Aufenthalt in den Bergen war es jedenfalls nicht.

Alles hing davon ab, wie schnell Hilfe eintreffen würde.

Aber wir konnten auch selbst eine Menge tun. Laura und ich meldeten uns freiwillig, um uns an den Vorkehrungen zu beteiligen. Ich nutzte das Durcheinander, um ein paar unauffällige Worte mit Captain Collins zu wechseln. Mehr als ein kurzes Flüstern im Vorübergehen war nicht erforderlich. Collins verstand sofort. Er nickte kaum merklich.

Der Captain und der Copilot leiteten die Aktion, teilten die verschiedenen Gruppen ein. Die Stewardessen waren ausschließlich mit der Versorgung der Verletzten beschäftigt. Der Bordingenieur befand sich im Cockpit und versuchte, das Funkgerät zu reparieren. Er war es auch gewesen, der einen gründlichen Sicherheits-Check unternommen hatte. Das Ergebnis war erleichternd. Es bestand keine Brandgefahr.

Für die Gruppe, die alles brauchbare Material aus dem Flugzeug bergen sollte, nahm Captain Collins trotzdem nur Freiwillige, nur Männer, insgesamt dreißig. Hauptsächlich ging es um Decken, die für die Nacht dringend gebraucht werden würden. Außerdem sollten Verpflegungsreste und

Getränke, überhaupt alles aus Bordküche geborgen werden. Weitere Verbandskästen und schließlich das Gepäck der Passagiere standen ebenfalls auf dem Plan der Gruppe. Natürlich dachte Droghan nicht im Traum daran, sich ausgerechnet für diese Mannschaft freiwillig zu melden.

Eine zweite Gruppe half den Stewardessen bei der Versorgung der Verletzten. Team Nummer drei war zuständig für das Einrichten des Lagers. Dazu gehörte vor allem die Verteilung der Decken und sonstigen Textilien, mit denen sich vor allem für die Verletzten, aber auch für Kinder und ältere Passagiere ein guter Schutz vor der Kälte erzielen ließ.

Die vierte Gruppe richtete mehrere Feuerstellen ein. Die Feuer sollten später auch von den Gruppenmitgliedern bewacht werden. Denn mit den Flammen wollte Captain Collins zwei Fliegen mit einer Klappe schlagen. Außer als Wärmequelle würden die Feuer bei Dunkelheit auch als Zeichen für die Suchflugzeuge dienen.

Die Fluglotsen in Seattle hatten die DC 10 selbst in diese Gegend geführt. Sie konnten von der Position ausgehen, an der der Funkkontakt abgebrochen war. Den Radius für die Suche nach dem Wrack konnten sie auf diese Weise leicht eingrenzen. Im Grunde war es nur eine Frage der Zeit, wann die Maschine gefunden wurde. Doch gerade die Zeit war entscheidend. Die Kälte und der Zustand der Verletzten waren entscheidende Unsicherheitsfaktoren.

Zusätzlich zu den Feuern sollten die Leuchtpistolen eingesetzt werden, die zur Bordausstattung gehörten.

Gleich nach der geglückten Notlandung hatte ich Laura eingeweiht. Ich hatte ihr gesagt, dass ich hinter Droghan her war. In Stichworten hatte ich ihr auch gesagt, weshalb. Laura hatte mich nur stumm angesehen und genickt. Sie hatte begriffen, dass ich sie über den einen Punkt nicht im Unklaren lassen wollte. Wenn sie in meiner Nähe blieb, konnten neue Gefahren auf sie zukommen.

Sie hatte ihre Entscheidung getroffen, indem sie meinen

Arm nahm und sich an mir festhielt. Als sie sich an mich schmiegte, musste sie den Smith & Wesson spüren, den ich in einem unauffälligen Inside-Holster unter dem Hosenbund trug.

Ich hatte darauf geachtet, dass Laura und ich in die Gruppe kamen, der auch Droghan angehörte. Es war die zwanzig Personen starke Gruppe, die im Wald Feuerholz sammeln sollte. Für den Transport würden wir ein paar von den Krankentragen benutzen, die ja vorerst nicht mehr gebraucht wurden. Jeweils zwei von uns erhielten MagLites.

Captain Collins hatte sich an meine geheime Bitte gehalten. Ich wollte auf keinen Fall die Leitung übernehmen. Ich durfte Droghan nicht unnötig auf mich aufmerksam machen. Auch wenn wir uns nicht kannten, bestand die Gefahr, dass er Unrat witterte.

Noch war Droghan vor allem mit seinen höchstpersönlichen Sorgen beschäftigt.

Den Koffer hatte er sich an einem Lederriemen um den Hals gehängt. Er hielt den Koffer wie ein krankes Kleinkind vor dem fassförmigen Oberkörper. Die belustigten Blicke, die er deswegen erntete, störten ihn nicht im Mindesten.

»Erst mal bleiben wir alle zusammen«, bestimmte Jock Wagoner, ein bulliger Kerl von Ende zwanzig. Wagoner war Desert-Storm-Veteran. Als Staff Sergeant hatte er die ihm anvertrauten Soldaten sicher durch die irakische Wüste gebracht. Captain Collins hatte in ihm den richtigen Mann für die Leitung des Holzsammelkommandos gefunden.

»Im Wald ist es dunkler als hier draußen, Leute. Ihr müsst immer dran denken, dass wir uns sehr leicht verlieren können. Wenn die Feuer erst mal brennen, werden wir uns besser zurechtfinden. Aber bis das so weit ist, müssen wir Hörkontakt halten. Zentraler Punkt ist also vorläufig mein MagLite. Das werde ich in kurzen Abständen einschalten und flackern lassen. Dann wisst ihr immer, wo ich bin.« Er führte es vor. Sein Blick fiel auf Droghan, der sich einem bierbäuchigen Mann mit Halbglatze angeschlossen hatte. »Sag mal, was soll das eigentlich?« Wagoner duzte jeden. Er zeigte auf Droghans Koffer. »Willst du damit die ganze Zeit rumturnen?«

»Ja, Sir«, schnarrte Droghan, als müsste er sich ab sofort militärische Sprechweise angewöhnen.

»Warum?«

»Es sind wichtige Geschäftspapiere drin, Sir.«

»Na und? Gib sie dem Captain. Dann hast du beim Holzsammeln wenigstens beide Hände frei.«

»Das geht auf keinen Fall, Sir.« Droghans Tonfall wurde aufsässig. »Wenn Ihnen der Koffer nicht passt, müssen Sie auf mich verzichten.«

»Meinetwegen ...«, lachte Wagoner, »... kannst du dir einen Sack Kartoffeln umhängen, Kumpel!«

Droghan starrte den Golfkrieger böse an, erwiderte aber nichts. Die anderen schmunzelten. Auch Laura. Ich sah ihre heitere Miene am Rand meines Blickfelds. Doch sie sah mich nicht an, wollte durch nichts darauf hinweisen, dass wir uns gemeinsam über Droghan amüsierten. Sie wusste, es hätte ihn stutzig machen können.

»Also, dann mal los, Leute!«, rief Wagoner unternehmenslustig.

Wir hatten gerade die ersten Schritte auf den Wald zu getan, als wir das Motorengeräusch hörten.

Es stammte von einem Propellerflugzeug. Oder von mehreren.

Zeit zum Aufatmen.

Nur für Droghan nicht.

Er machte sich nichts vor. Lange konnte es so nicht weitergehen. Deshalb war er im Grunde froh, dass dieser Ex-Wüstenstürmer zum Aufbruch geblasen hatte. Je weiter sie in den Wald vordrangen, überlegte Droghan, desto unauffälliger würde er verschwinden können. Der Bierbauch würde nichts mitkriegen, das stand schon mal fest. Droghan wusste zwar, dass er kein Naturbursche war, der lautlos durchs Unterholz pirschte. Aber er war New Yorker, und er wusste, wie man andere austrickste.

Irgendwas aus der New Yorker Trickkiste würde auch hier in der Wildnis funktionieren.

Droghan hörte seinen Partner links neben sich schnaufen und japsen und durch das Unterholz brechen. All right, er war selbst auch nicht viel besser in Form, aber er strengte sich an. Und er ahnte, was ihm noch bevorstand. Davon machte sich natürlich keiner dieser Holzsammler einen Begriff. Sollten sie auch nicht.

Sie drangen in den Wald vor und hörten sich dabei an wie eine Horde Elche, die durch Alaskas Wildnis trampelte.

Droghan grinste in der zunehmenden Dunkelheit. Mit dem linken Arm presste er den Koffer gegen den Oberkörper, den rechten Arm benutzte er dazu, sich einen Weg zu bahnen. Das Unterholz war nicht sehr dicht, einige Zweige aber ekelhaft elastisch. Sie peitschten einem schmerzhaft ins Gesicht, wenn man nicht aufpasste. Der Waldboden war weich, beinahe schwammig. Ein modrig-kühler Geruch stieg vom Boden auf. Das Gras wuchs hier nicht so hoch, und wegen des ständigen Schattens speicherte die Erde mehr Feuchtigkeit.

Droghan spürte, dass er bei jedem Schritt beinahe bis zur Oberkante seiner Schuhe einsank. Straßenschuhe. Es würde nicht lange dauern, dann waren sie durchnässt wie ein Ledertuch. Aber auch damit musste er fertig werden.

Er hatte überlebt. Er hatte seine Chance.

Und er musste sie nutzen.

Verdammt, das würde er tun. Starke hatte sich verrechnet. Und zwar gründlich. Der Bastard hatte geglaubt, das Flugzeug würde abstürzen. Mit Überlebenden hatte er wohl kaum gerechnet. Aber er hatte darauf gebaut, dass er, Droghan, die Milliardenpläne in einem feuersicheren Koffer aufbewahrte. Dann hätte man in aller Ruhe die Absturzstelle und deren Umgebung absuchen können. So ein Koffer wäre ja zu finden gewesen.

Yeah, der sehr ehrenwerte Mr. Starke hatte sich gründlich verrechnet.

Droghan lachte glucksend in sich hinein. Hölle und Teufel, wenn man jemals das Wort vom Glück im Unglück anwenden konnte, dann auf ihn!

»Ist was?«, fragte der Bierbauch besorgt durch das Brechen und Knacken von Zweigen.

»Was soll sein?«, knurrte Droghan unwillig.

»Sie haben gelacht.«

»Na und? Ich freue mich, dass ich noch lebe. Ist das kein Grund zum Lachen?«

»O ja, natürlich, wenn Sie das so sehen.« Der Mann holte keuchend Luft. »Hoffentlich kommen wir bald in eine trockenere Gegend, damit wir Holz finden.« Wieder schnaufte er. »Brennbares Holz.«

Du hast Angst, dass du schlappmachst, dachte Droghan. Statt einer Antwort gab er ein beipflichtendes Brummen von sich. Vielleicht gab es in diesem komischen Wald nicht einen einzigen trockenen Knüppel.

In Gedanken kehrte er zu seinen eigenen Angelegenheiten zurück. Praktisch hatte ihm nichts Besseres passieren können als diese Holzsammlergruppe. In keiner anderen Gruppe, die der Captain eingeteilt hatte, würde man so schnell und unbemerkt von der Bildfläche verschwinden können.

Und überhaupt. Wer rechnete denn schon damit, dass sich ein überlebender Passagier ausgerechnet in der menschenfeindlichen Wildnis verstecken würde? Statt auf die Rettungsmannschaften zu warten und sich auf ein warmes Bett in einem geheizten Raum zu freuen.

Keiner würde auf so eine verrückte Idee kommen. Da war Droghan absolut sicher.

Er ahnte nicht, dass es ganz in seiner Nähe jemanden gab,

der einen hohen Prozentsatz seiner Gedankengänge nachzuvollziehen vermochte.

Minuten vor der Landung in Chehalis kam die entscheidende Funkdurchsage.

Phil Decker und seine beiden FBI-Kollegen trugen Kopfhörer und Mikrofone und waren in der Lage, sich in den Funkverkehr einzuschalten. Doch in diesem Fall genügte das Mithören.

Air Force Bravo Charly sechs-sechs-acht-eins an Flug Seattle Control drei-sieben-vier-fünf. Notgelandete Maschine geortet! Over!

»Seattle Control drei-sieben-vier-fünf Air Force Bravo Charly sechs-sechs-acht-eins!«, antwortete der Copilot der Zweimotorigen. »Wir hören Sie gut, Air Force Bravo Charly. Wir sind im Landeanflug auf Chehalis. Over.«

Dann haben Sie's nicht mehr weit. Kann ich mit einem der G-men an Bord sprechen?

Der Copilot schaltete um.

Phil meldete sich, nannte seinen Namen und fügte hinzu: »Wie sieht es an der Notlandestelle aus? Haben Sie Einzelheiten erkennen können? Over.«

Sir, mit unserer optischen Ausrüstung sind wir besser als jeder Adler. Es klang fast beleidigt. *Haben Sie mal die Aufklärerfotos aus dem Golfkrieg gesehen?*

»Natürlich. Tut mir Leid.«

Okay, schon gut. Wir haben die Position bereits vor diesem Funkgespräch an die Bodenstationen durchgegeben. Alle Einsatzkräfte brechen in dieser Minute auf. Die Maschine hat ihren Kurs exakt eingehalten. Das Funkgerät muss kurz vor der Notlandung ausgefallen sein. Durch dieses Loch im Rumpf wird wohl einiges kaputtgegangen sein. Wie auch immer, es gibt da oben im Snoqualmie ein paar schöne glatte Bergwiesen. Unser Kollege in der DC 10 hat sich die Beste davon ausgesucht. Und er hat eine Glanzleistung vollbracht, das kann ich Ihnen sagen! Rund um das

Wrack laufen jede Menge Leute herum. Wrack ist eigentlich gar nicht das richtige Wort. Der Vogel sieht noch ziemlich heil aus. All right, was wollen Sie wissen? Welche Stewardess einen Ehering trägt und welche nicht?

Phil musste grinsen. »Das überprüfe ich selber – an Ort und Stelle. Können Sie feststellen, ob es Tote gegeben hat?«

Wir wissen nicht, was sich noch im Flugzeug befindet. Außerhalb der Maschine sind jedenfalls keine zugedeckten Körper zu erkennen. Verletzte werden versorgt. Es scheint da überhaupt alles wie am Schnürchen zu klappen.

»Klingt sehr gut, was Sie da sagen.«

Meine Kameraden und ich haben auch ein sehr gutes Gefühl, Sir. Was wir sehen, ist wirklich verdammt ermutigend. Nehmen Sie einen Hubschrauber?

»Ja.«

Na, dann viel Spaß beim Überprüfen der Stewardessen, Sir!

Phil beendete das Gespräch. Er sah Ralph Morley und Norman Gilchrist an.

»Wenn das keine gute Nachricht ist!«, sagte Ralph zuversichtlich.

»Wundert mich überhaupt nicht«, erklärte Norman. »Unsere Airlines haben die besten Piloten der Welt. Die meisten waren Kampfflieger bei der Army, bevor sie in die zivile Luftfahrt gingen. Die leben doch erst richtig auf, wenn sie mal wieder eine haarige Situation bewältigen müssen!«

»Du wünschst der Zivilluftfahrt also mehr Zwischenfälle?«, schmunzelte Phil.

»Um Himmels willen!«, rief Norman. »Den Teufel will ich nun wirklich nicht an die Wand malen.«

Phil nickte. Er hatte schon verstanden, wie Norman es meinte. Das Gefühl, das wohl jeder Einsatzbeteiligte jetzt verspürte, war Erleichterung. Zwar hatte man noch nicht die allerletzte Gewissheit, aber der augenblickliche Wissensstand reichte schon aus, um auch einen berechtigten Stolz auf den Mann am Steuerknüppel zu empfinden. Seine Glanzleistung zeigte letztlich, wie gut die Piloten dieses Landes waren.

Auf dem Airfield von Chehalis stand der Hubschrauber mit laufendem Rotor bereit. Ein Sikorsky S-76, voll gepackt mit Waffen und Gerät. Neben der Erleichterung über die Notlandung gab es noch das Andere, Bedrohlichere.

Wie viele Unbeteiligte konnten dadurch in Gefahr geraten, dass es unter den Passagieren einen krummen Hund gab?

Und würde Jerry in der Lage sein, eine solche Gefahr allein abzuwenden – falls er noch lebte?

Zwischen den Baumstämmen schwenkte ein Lichtstrahl hoch und kreiste trichterförmig unter dem Laub der großblättrigen Ahornbäume.

Jock Wagoners Zeichen zum Sammeln.

Jeder bekam es mit. Der Desert-Storm-Veteran war wirklich ein praktisch veranlagter Bursche. Und er hatte gelernt, Menschen in Extremsituationen zu sagen, wo es langging.

Er erwartete uns auf einer Lichtung. Nacheinander trafen alle Mitglieder der Gruppe ein. Die meisten fluchten über ihre nassen Füße. Auch Laura hätte allen Grund dazu gehabt.

Aber sie war eine tatkräftige und mutige junge Frau. Sie wusste, worauf sie sich eingelassen hatte, und sie beklagte sich nicht. Zwar war sie an das Großstadtleben gewöhnt, doch sie fühlte eine starke Verbundenheit zu dieser Gegend, schließlich war der Bundesstaat Washington ihre Heimat.

Das Motorengeräusch einer Turboprop-Maschine war inzwischen zur vertrauten Geräuschkulisse geworden. Das Flugzeug flog in gleich bleibend großer Höhe und war mal stärker und mal schwächer zu hören. Durchaus möglich, dass es kreiste.

Vielleicht brauchten wir gar kein Feuerholz mehr.

Aber das wussten wir erst dann wirklich, wenn die ersten Rettungsmannschaften eintrafen.

»Durchzählen!«, kommandierte Wagoner, als keine Nachzügler mehr eintrafen. Die Sache bereitete ihm sichtlich Spaß. Er schien von dem Ehrgeiz besessen, innerhalb von ein, zwei Stunden perfekte Strammsteher aus uns zu machen.

Rein zufällig waren Laura und ich Nummer eins und zwei, weil wir am weitesten rechts von Wagoner standen. Auf der anderen Seite der Lichtung knurrte Droghan ein »Fünfzehn!«, und sein dickbäuchiger Partner ächzte ein kläglicheres »Sechzehn« hinterher. Es ging weiter bis zwanzig. Fast alle waren nur schemenhaft zu sehen, wie verschwommen gezeichnete Schattenrisse. Deutlichstes Detail an Droghan waren die kleinen weißen Punkte im Karomuster seines Jacketts.

»Vollzählig«, kommentierte Wagoner knarrend. Obwohl niemand einen Ton sagte, fügte er herrisch hinzu: »Herhören!«

Laura lehnte sich an mich. Ich merkte, dass sie fror. Ich legte meinen Arm um ihre Schulter.

»Sie haben wahrscheinlich alle schon gemerkt, dass das Gelände ansteigt«, sagte Wagoner. »Das ist auch gut so. Sonst hätten wir kaum eine Chance, trockenes Holz zu finden. All right, wir machen diese Lichtung zum Sammelplatz. Die Tragen bleiben hier liegen, und jeder, der einen Arm voll Holz gefunden hat, bringt es hierher.«

»Heißt das, wir brauchen untereinander keinen Hörkontakt mehr zu halten?«, fragte eine blonde Frau, die neben Droghan stand.

»Exakt, das heißt es, Madam«, antwortete Wagoner prompt. »Wir betreiben die erste Suche nicht länger als eine Stunde. Also Uhrenvergleich …« Er hob seine Armbanduhr hoch. »Es ist jetzt genau zwanzig nach sechs. Spätestens um zwanzig nach sieben sind wir hier wieder komplett versammelt. Noch Fragen?«

Niemand meldete sich. Die meisten waren damit

beschäftigt, ihre Uhren zu stellen. Droghan starrte Löcher in die Luft. Ich beobachtete ihn unauffällig, während ich so tat, als müsste ich meinen Chronometer ebenfalls der Wagoner-Zeit anpassen.

»Also dann – Abmarsch!«, befahl unser Kommandant auf Zeit.

Murmelnd und mit raschelnden Schritten setzten sich die Gruppenmitglieder in Bewegung. Die allgemeine Vorstoßrichtung war bergauf. Es war keine besonders starke Steigung. Aber Wagoner hatte mit seiner Vermutung sicherlich Recht. Das Gras wurde dünner, der Boden trockener.

Ich nahm Lauras Hand, damit wir uns nicht verloren. Während wir in den Wald vordrangen, orientierte ich mich an den Stimmen. Da wir uns an der Außenseite der Gruppe befunden hatten, fiel es uns leicht, einen Bogen nach vorn zu schlagen, indem wir erhöhtes Tempo vorlegten.

Laura hielt prächtig mit, letztlich tat es ihr genauso gut wie mir. Die körperliche Anstrengung ließ einen die Kälte vergessen. Ich zählte meine Schritte und kalkulierte dabei den Bogen ein.

Wir entfernten uns immer weiter von den Stimmen.

Das Unterholz wurde zusehends dünner und hörte schließlich ganz auf. Es war ein Mischwald, in dem wir uns befanden. Die gewaltigen Stämme und Kronen von Sitkafichten, Hemlocktannen und Schwarzpappeln ließen schon tagsüber nur wenig Licht durch. Doch jetzt, bei Dunkelheit, konnte man kaum die Hand vor Augen sehen. Wir waren gezwungen, uns an den Baumstämmen entlangzutasten.

Droghan jetzt nicht zu verlieren gehörte keineswegs zu den leichteren Übungen.

Ihn überhaupt erst mal zu finden war mindestens genauso schwierig. Als einzigen Anhaltspunkt hatten wir das Keuchen und Schnaufen seines Partners. Der arme Kerl war total überfordert. Als Einzigen aus der Gruppe konnten wir ihn noch hören.

Unvermittelt zog Laura an meiner Hand, brachte mich dazu, stehen zu bleiben.

Wir waren in unserem Eilmarsch so weit vorgedrungen, dass Droghan und sein lautstarker Begleiter direkt auf uns zukamen. Ich schätzte, dass sie noch dreißig Yards entfernt waren. Aber das war es nicht, was Laura meinte.

»Hör mal!«, wisperte sie.

Zu dem Schnaufen und Keuchen hatte sich ein weinerlicher Laut gesellt, ein jämmerliches Fiepen im Rhythmus der Atemzüge.

»Der klappt gleich zusammen«, flüsterte ich.

»Man hätte ihn auf der Lichtung zurücklassen sollen«, erwiderte Laura ebenso leise. »Da hätte er die Tragen bewachen können.«

Sie hatte kaum zu Ende gesprochen, als die Geräusche plötzlich aufhörten.

Wir verharrten regungslos.

Sekundenlang waren nur die Schritte der anderen zu hören. Undeutlich, aus scheinbar großer Entfernung. Im Wald konnte man sich leicht täuschen. Da spielte einem die Akustik so manchen Streich. Die Holzsucher redeten jetzt nicht mehr. Es war zu anstrengend. Ihre Schritte kamen nur langsam näher.

Dann, auf einmal, die Stimme.

»Mr. Droghan! Helfen Sie mir! Warten Sie! Helfen Sie mir doch! Ich komme nicht wieder hoch!«

Keine Antwort.

»Mr. Droghan, bitte!« Es klang verzweifelt, wie unter Tränen.

Die Klagerufe des Dicken dauerten an.

Und Droghan dachte überhaupt nicht daran, zu antworten.

Ich folgerte daraus, dass er ebenso wenig daran dachte, stehen zu bleiben. Und ich reagierte auf diese Folgerung. Ich drückte Lauras Hand, zog sie abwärts. Sie verstand sofort. Gemeinsam gingen wir zu Boden, glitten lautlos hinter einen der Baumstämme. Die Tannen und Fichten hatten Durchmesser von einem Yard und mehr.

Wir rührten uns nicht.

Schon nach Sekunden war es so weit.

Das Atmen eines Menschen war zu hören.

Seine Schritte waren viel leiser. Doch die rasche Folge dieser verteufelt gut gedämpften Schritte machte es völlig klar. Es war Droghan auf seinen kurzen Beinen.

Er hechelte so nahe an unserem Baumstamm vorbei, dass mir ein paar trockene Tannennadeln ins Gesicht flogen, von seinen Schuhen aufgewirbelt.

Von weiter unten waren noch immer die weinerlichen Hilferufe zu hören.

Wagoner würde sich um den Gestürzten kümmern. Der ehemalige Wüstenkämpfer wusste, was er seinem Amt schuldig war. Mit dem Kommando hatte er auch die Fürsorgepflicht für seine Gruppe übernommen. Eine Verantwortung, der sich Jock Wagoner nicht entziehen würde.

Ich wartete, bis ich nur noch Droghans rasselnden Atem hören konnte, wie er sich entfernte. Ich gab Laura ein Zeichen, und wir nahmen die Verfolgung auf. Sehen konnten wir Droghan nicht, nicht mal die weißen Punkte seines karierten Jacketts. Aber gelegentlich gab es einen dumpfen Laut, wenn eine Ecke seines Koffers gegen einen Baumstamm schlug.

Er legte ein erstaunliches Tempo vor.

Während ich mich auf seine Geräusche konzentrierte, dachte ich daran, dass wir vom FBI ihn als Lockvogel betrachteten, ohne dass er auch nur die leiseste Ahnung davon hatte.

Wir hätten den Diebstahl der Geheimunterlagen über SCOHP im Handumdrehen aufklären können. Dazu hätte es genügt, Droghan festzunehmen und seinen Koffer sicherzustellen. Aber wir wollten und mussten mehr erreichen.

Jetzt sowieso.

Nach der Notlandung der DC 10 ging es nicht mehr nur darum, Starke als Konkurrenten Droghans zu überführen und aus dem Verkehr zu ziehen. Nein, jetzt ging es um den Mordversuch an mehr als dreihundert Passagieren. Ob es Starke war oder jemand anders, der dahinter steckte, wir mussten alles tun, um den Schuldigen und seine Helfer vor Gericht zu bringen. Die Flugabwehrrakete, die unsere Maschine zum Glück nur unzureichend getroffen hatte, musste von Fachleuten abgefeuert worden sein. Und die gab es nicht wie Sand am Meer.

Einen Moment lang hatte ich daran gedacht, Laura zu der Gruppe zurückzuschicken. Aber das war jetzt nicht mehr möglich. Ich konnte es nicht verantworten, Laura allein in der Dunkelheit umherirren zu lassen, bis sie die Lichtung fand, den Treffpunkt. Hätte ich Laura bei Wagoner zurücklassen wollen, hätte sie vermutlich protestiert. Und das wiederum hätte Droghan stutzig werden lassen. Und Gefahr hätte Laura, wie auch dem Rest der Gruppe, vermutlich überall gedroht. Denn überall konnten bereits die Kerle lauern, die es auf Droghan und seinen Milliardenkoffer abgesehen hatten. Droghan glaubte, dass er sich verstecken und seinen Jägern entwischen konnte. Wäre er bei den Passagieren gewesen, hätten sie ihn nicht suchen müssen. Aber diese Überlegung hatte nur dann Hand und Fuß, wenn man davon ausging, dass die Gangster schon in unmittelbarer Nähe lauerten. Und das war nur dann möglich, wenn sie beim Abschuss der Maschine entsprechende Vorkehrungen getroffen hatten.

Eben davon musste ich ausgehen.

Und, verdammt, ich war froh, Laura in meiner Nähe zu haben.

Denn nur so hatte ich die Gewissheit, dass ich sie beschützen konnte.

Er hatte das Gefühl, schon stundenlang unterwegs zu sein. Sein Herz hämmerte, und sein Atem rasselte von der Anstrengung. Der Koffer wog hundert statt zehn Kilo, und der Riemen scheuerte auf der Schulter. Irgendwie ahnte er, wenn er jetzt stehen blieb, würde er nicht mehr weiter können. Er würde sich hinfallen lassen, nicht mehr aufstehen und erfrieren.

Er musste sich nur irgendwann mal ausruhen, einen geschützten Winkel finden, vielleicht eine Höhle oder so was.

Das Flugzeugbrummen ging ihm nur mäßig auf den Geist. Es betraf ihn nur noch am Rande. Insofern, dass es vielleicht Starke und seine Handlanger verscheuchte, diese Schweinehunde. Vielleicht hatten sie sich ja auch schon verdünnisiert. Möglich war alles.

Droghan wunderte sich, als es auf einmal heller wurde. Unwillkürlich verlangsamte er seine Schritte. Hell war natürlich übertrieben. Es war nur nicht mehr stockfinster. Die Augen hatten sich so sehr an die Dunkelheit gewöhnt, dass sie auf den plötzlich wieder sichtbaren Abendhimmel wie auf Helligkeit reagierten.

Droghan erkannte, dass er sich einer Lichtung näherte. Ein ziemlich großer Platz war es eher schon. An dessen Rand, noch durch die Bäume geschützt, blieb er stehen.

Die Hütte war völlig dunkel.

Deshalb hatte er sie nicht sofort gesehen.

Eine Bude im Blockhausstil. Die Außenwände mussten mit schwarzem Holzschutz angestrichen sein. Die reinste Nacht-Tarnfarbe. Und die Fensterläden waren geschlossen. Der Platz war von Menschenhand angelegt, das sah man deutlich.

Droghan runzelte die Stirn. Szenen wie diese gab es eigentlich nur im Film. Unwahrscheinliche Szenen.

Warum sollte ausgerechnet ihm so was passieren? Allerdings …

Im Film würde es jetzt nach Drehbuch laufen. Die Sache

musste ja spannend sein. Also würde er auf die Hütte zugehen und versuchen, einzudringen. Das würde ihm auch gelingen, und dann würde drinnen einer auf ihn lauern. Oder er würde kaum drin sein, dann würde einer von draußen die Tür abschließen. Oder jemand würde die ganze Bude mit einer Panzerfaust in Stücke schießen. Oder die Bude würde explodieren und einschließlich seiner Leiche zu einem Häufchen Asche verbrennen.

Himmel, für die Filmleute gab es jede Menge Möglichkeiten.

Aber wie sah es für ihn aus? Wie sah die Wirklichkeit aus?

Er war auf einmal begierig darauf, es herauszufinden. Sein Atmen und sogar sein Herzschlag hatten sich ein wenig beruhigt, als er sich wieder in Bewegung setzte. Langsam, doch ohne Zögern, ging er auf die Hütte zu.

Vor dem Eingang verharrte er.

Nichts rührte sich, kein Laut war zu hören.

Droghan beschloss, vorsichtshalber auch hinter der Bude nachzusehen. Also drehte er eine rasche Runde.

Das Ergebnis war null.

Es war kein Auto da, ganz zu schweigen von einer Menschenseele. War ja auch logisch. Wäre der Eigentümer oder Mieter gerade in der Hütte gewesen, hätte er das Flugzeug gehört und wäre garantiert sofort zur Notlandestelle geeilt. Das Häuschen musste also leer sein. In Ordnung.

Also rein.

Droghan nahm sich als Erstes die Eingangstür vor. Er zog den Koffer am Riemen bis unter den linken Arm, sodass er beide Hände einigermaßen frei hatte. Er hatte sein Taschenmesser und seinen Schlüsselbund, über mehr Werkzeug verfügte er nicht. Den Kugelschreiber konnte er schließlich nicht mitrechnen. Aber die Erinnerung an seine frühen Jahre war noch wach. Damals hatte er zu jenen geschickten Burschen gehört, die eine Hotelzimmertür mit der Kreditkarte öffnen konnten. Heutzutage waren sie in den Hotels natürlich schlauer. Aber auch gegen die elektronisch gesicherten Schlösser gab es Mittel und Wege.

Und das Schloss einer Jagdhütte in den Bergen von Washington?

Es entpuppte sich als Durchschnittsware, ein Massenprodukt, wie man es in Do-It-Yourself-Läden kaufen konnte. Droghans bescheidene Werkzeuge erwiesen sich als voll ausreichend. Nach ein bisschen Herumprobieren schaffte er es mit Fingerspitzengefühl und dann mit einem Ruck.

Drinnen roch es nach kaltem Zigarettenrauch und einem erkalteten Kamin. Droghan drückte die Tür zu und freute sich auf ein gemütliches Kaminfeuer. Aber vorerst durfte er kein Licht machen. Er wollte seine Entdeckung für sich allein haben, wollte sie um Himmels willen nicht mit anderen Passagieren teilen. Also würde es wohl auch mit dem Kaminfeuer nichts werden, denn durch den Rauch würden sie ja auf ihn aufmerksam werden.

Seufzend tastete er die Tür ab, fand zwei Eisenriegel und schob sie zu.

Dann begann er, die Hütte abzusuchen. Diesmal trennte er sich von seinem Koffer, stellte ihn neben einer Kommode auf den Fußboden. Er überlegte, ob er es sich leisten konnte, einen der Fensterläden zu öffnen. Doch er entschied sich dagegen. Viel heller würde es in der Bude auch nicht werden. Später, wenn er etwas sicherer war, dass ihn hier niemand belästigte, konnte er vielleicht eine Kerze anzünden oder eine kleine Lampe anknipsen. Vorerst musste er sich mit dem Tasten begnügen.

An der Wand, rechts, gab es ein Bücherregal aus schwerem Holz. Eine Wandlampe aus Messing oder einem anderen Metall. Weiter oben, über Kopfhöhe, hingen Jagdtrophäen. Knochiger Kram auf Holzplatten war das. Ein anderes Regal enthielt Flaschen und Gläser. Einfach, aber rustikal, des Jägers trautes Heim.

Droghan grinste und erlaubte sich ein leises Lachen in

seiner dunklen Einsamkeit. Er konnte nicht widerstehen, suchte die vertraute eckige Form einer Whiskyflasche, fand sie und schraubte die Verschlusskappe leise und vorsichtig ab. Er schnupperte an der Öffnung.

Allein der Duft schien ihm eine Wohltat für Leib und Seele zu sein. Er trank einen ausgiebigen Schluck, dann noch einen, schraubte die Flasche wieder zu und merkte sich die Stelle, an der sie ihren Platz im Regal hatte. Der Whisky brannte sich seinen Weg bis hinunter in den Magen. Droghan blieb stehen, um das Gefühl zu genießen, wie sich die Wärme in seinem ganzen Oberkörper ausbreitete.

Droghan entspannte sich, fühlte sich immer wohler. Er tastete weiter und stieß gegen die Kante eines Wandschranks. Die Vorderseite war aus Glas. Droghan zischte einen Pfiff.

Ein Waffenschrank!

Die Glastür des Schrankes war mit einem kleinen Vorhängeschloss gesichert. Droghan klopfte mit dem Fingerknöchel gegen das Glas. Ziemlich dick. Ließ sich wahrscheinlich nicht mal mit einem Hammer so leicht kaputthauen. Also das Schloss.

Er erforschte die Hütte zügiger, diesmal auf der Suche nach Werkzeug. Er fand es in einem Abstellraum, der an Küche und Badezimmer grenzte. Es war alles da. Vom Nagel bis zur Schlagbohrmaschine, vom Schraubenzieher bis zum Rasenmäher. Droghan entschied sich für einen Bolzenschneider.

Mit den langen Hebeln und den scharfen Schneidbacken war es ein Kinderspiel, das Vorhängeschloss zu knacken.

Er öffnete die Glastür und tastete den Inhalt des Schrankes ab. Unten waren kleine Schubfächer, die wohl Munition und Zubehör enthielten. Darüber, in flachen, offenen Fächern, lagen ein Revolver und eine Pistole. Und schließlich standen oben die Gewehre in ihren Halterungen. Flinten, Büchsen oder wer weiß was. Droghan kannte sich da nicht so genau aus. Das Einzige, was er sicher identifizieren konnte, war eine einläufige Schrotflinte mit Röhrenmagazin und Pump-Action-Mechanik. Solche Superschießeisen verwendeten auch die Bullen bei Großeinsätzen.

Droghan fühlte sich nun nicht nur wohl, sondern auch sicher.

Besser hätte er es nicht erwischen können.

Er nahm die Schrotflinte heraus und versuchte festzustellen, wie man das Röhrenmagazin lud. Im Dunkeln war das keine leichte Sache.

Es schienen jetzt mehr Flugzeuge da zu sein. Das sägende Dröhnen von Turboprop-Maschinen hatte sich verstärkt. Möglicherweise hatten sie sogar schon Sprechverbindung. Vielleicht hatte der Bordingenieur das Funkgerät wieder klargekriegt. Als Orientierungshilfe für die Suchflugzeuge würden unsere geplanten Feuerstellen jedenfalls nicht mehr gebraucht werden. Und ob das Feuerholz zum Aufwärmen benötigt werden würde, war auch noch die Frage.

Hubschrauber waren zwar noch nicht zu hören. Doch ich war sicher, dass es nicht mehr lange dauern konnte. Crew und Passagiere der DC 10 hatten das Glück gehabt, dass ihre Position bei der Flugsicherung bis kurz vor der Notlandung bekannt gewesen war.

Laura und ich harrten am Rand der Lichtung aus, im stockfinsteren Bereich zwischen zwei Baumstämmen.

Es tat sich absolut nichts, seit Droghan in die Hütte geschlüpft war.

Das Problem war, ich konnte es weder Laura noch mir selbst zumuten, den Rest der Nacht in der eisigen Kälte zu verbringen. Kleidungsmäßig waren wir darauf ganz und gar nicht vorbereitet. Während sich Laura an mich schmiegte, merkte ich, wie sie das aufkommende Zähneklappern unterdrückte.

Meine innere Stimme fluchte auf mich. *Was, zum Teufel, hast du dir bloß gedacht? Dass sich Droghan und Starke in der Nähe treffen, um es miteinander auszuschießen? Dass du dann nur noch die Geheimpläne einzusammeln brauchst?* Yeah, so was Ähnliches musste ich mir wohl gedacht haben, denn sonst hätte ich ja diesen Wahnsinns-Trip in die Bergwildnis gar nicht erst angefangen.

Aber Droghan hatte auch nicht damit rechnen können, die Jagdhütte zu finden. So viel Glück war nun wirklich nicht vorherzusehen gewesen.

Was, wenn wir einfach reingingen und ihm Gesellschaft leisteten?

Ich musste grinsen. Verdammt, so abwegig war die Idee gar nicht. Droghan war so oder so reif für die New Yorker Gefängnisinsel. Also warum nicht klare Verhältnisse schaffen und gemeinsam mit ihm auf Starke warten?

»Nicht erschrecken! Nicht bewegen! Dann fliegt kein Blei!«

Die Stimme war so eisig wie die Luft, und sie durchstach meine Überlegungen und ließ sie wie eine Seifenblase platzen.

Laura zuckte zusammen. Sie krallte sich an mir fest. Aber sie war beherrscht genug, nichts zu tun.

»Gut so«, sagte der Kerl hinter uns. Zur Untermalung ließ er einen Ladehebel vor -und zurückgleiten. Es klang nach Maschinenpistole. Das metallische Geräusch unterstrich den tödlichen Ernst der Lage.

Doch die entscheidende Tatsache jagte mir einen Schauer über den Rücken.

Dieser Mann hatte sich völlig lautlos bewegt, hatte sich angeschlichen, ohne dass ich auch nur das Geringste mitgekriegt hatte. Vielleicht war er uns die ganze Zeit gefolgt – uns oder Droghan. Der Unterschied spielte nun auch keine Rolle mehr.

Der nächste Befehl kam wie erwartet.

»All right, wir machen weiter. Unser hübsches Baby geht auf einen Schritt Abstand nach rechts, und dann faltet ihr beide die Hände auf dem Kopf. Meinetwegen könnt ihr dabei beten. Grund dafür habt ihr jedenfalls.«

Wir gehorchten. Laura hielt sich tapfer. Es sah so aus, als ob sie ihre Nerven unter Kontrolle hatte. Wie lange sie das durchhalten würde, war eine andere Frage.

»Wer sich in Gefahr begibt, kommt darin um!« Der Mann hinter uns lachte halblaut. Er schien sich gern reden zu hören.

Aber er hatte Recht. Allein die Tatsache, dass wir Droghan verfolgten, hatte uns in diese Lage gebracht.

Ich spürte ein Kribbeln unter den Haarwurzeln. Der 38er nutzte mir überhaupt nichts. Laura zu Boden stoßen, herumwirbeln, blitzschnell ziehen und feuern – das konnte nicht funktionieren. Denn ich wusste nicht, wo der Kerl stand. Und nicht mal das Weiße seiner Augen würde ich schnell genug entdecken, um ihn außer Gefecht zu setzen. Er hatte hundertprozentig die besseren Karten. Er wusste, wohin er seine Feuerstöße richten musste. Denn zumindest unsere Umrisse konnte er erkennen.

Und Droghan ahnte noch nichts von seinem Glück.

Ein Blitz zuckte auf uns zu.

So kam es mir vor.

Geblendet schloss ich die Augen. Ich hörte Lauras unterdrückten Aufschrei. Ein raues Lachen erscholl. Laura verstummte.

Zwei Kerle also.

Und sie gaben sich keine Mühe mehr, ihre Anwesenheit zu verheimlichen. Das konnte nichts Gutes bedeuten. Beide waren einsame Spitze in ihrem Fach. Sie würden keinen Fehler machen, der sich vermeiden ließ. Jock Wagoners Gruppe musste außer Hörweite sein. Vielleicht suchten sie uns. Aber wir hatten uns sehr schnell sehr weit entfernt.

Vorsichtig öffnete ich die Augen wieder, nur einen Spalt weit.

Das Licht stammte von einem MagLite. Es war voll auf mich gerichtet. Doch ich konnte nicht mal im Traum darauf hoffen, dass es sich um Wagoners MagLite handelte.

»Okay, dann wollen wir mal sehen, wie wir die beiden Hübschen loswerden«, sagt der Mann hinter dem Lichtkegel.

»Nun sag bloß, du kennst kein brauchbares Rezept!«, gluckste die Stimme hinter uns.

Droghan war nicht sicher, ob er was gehört hatte. Die verdammte Dunkelheit, die Fummelei mit der Schrotflinte und nicht zu wissen, wie es weitergehen sollte – alles zusammen konnte schon dazu führen, dass einem die Nerven einen Streich spielten. Dass man sich einbildete, etwas zu hören, was in Wirklichkeit gar nicht da war.

Wagoner?

Suchte der Wüstensohn mit seiner Gruppe etwa schon nach ihm?

Droghans Finger zitterten, als es ihm endlich glückte, die erste Patrone ins Röhrenmagazin zu schieben. Danach ging es schneller. Insgesamt fünf von den dicken Schrotpatronen passten rein.

Droghan stemmte sich die Schulterstütze der schweren Waffe in die Hüfte und packte den Vorderschaft mit der linken Hand. Dass das nicht ohne Geräusche abging, war klar. Er riss den Schaft zurück und stieß ihn wieder nach vorn. Das harte doppelte Klacken hörte sich an wie ein Schuss. Obwohl er es gewusst hatte, erschrak er über den Lärm, den er selbst veranstaltete.

Er stand wie erstarrt und horchte in die Dunkelheit hinaus.

Irgendetwas war da.

Stimmen?

Oder Geräusche?

Was es auch sein mochte, es war so schwach, dass er es nicht eindeutig einstufen konnte. Droghan versuchte sich zu beruhigen. Es konnten nur Wagoner und seine Leute sein. Jeder andere würde sich lautlos heranschleichen.

Etwas schabte.

Droghan fuhr zusammen wie unter einem Stromstoß.

Es war draußen an der Hütte. Metall schabte auf Holz.

An der Tür.

Plötzlich glomm ein dünner Lichtfaden auf.

Droghan wusste sofort, was es war. Er starrte auf den Lichtfaden und hatte das Gefühl, die Augen würden ihm aus den Höhlen springen. Sein Mund stand weit offen, und er bekam ihn nicht wieder zu. Die Angst lähmte ihn, obwohl er eben noch sicher gewesen war, dass Wagoner und die anderen ihn gefunden hatten.

Jemand hatte da draußen vor der Tür eine Taschenlampe eingeschaltet. Das Licht fiel durch den winzigen Spalt zwischen Türblatt und Rahmen. Und das Schaben? Nun, das stammte zweifellos von einer Brechstange, für die der Bastard einen Ansatzpunkt suchte.

Droghan hob die Schrotflinte in den Hüftanschlag.

Die Visierung war in Ordnung, der Lichtfaden eine willkommene Hilfe.

Jäh durchzuckte Droghan der Gedanke an den Koffer. Er stand zu nahe bei der Tür. War es nicht besser, wenn er ihn erst in Sicherheit brachte? Der Kerl mit dem Brecheisen hatte sowieso noch eine Weile zu tun. Die beiden Eisenriegel waren nicht so leicht zu überwinden.

Droghan entschied sich für den Koffer. Er ließ die Schrotflinte sinken und hielt sie am langen Arm. Die linke Hand benutzte er zum Tasten. Und er war stolz auf sich, als es ihm gelang, das Milliardending völlig lautlos zu erreichen.

Vorsichtig, damit kein Bajonetthaken des Riemens klirrte, nahm er den Koffer beim Griff und trug ihn weg. Auf dem Weg an der Wand entlang kam Droghan auch ohne Tasten geräuschlos voran. Noch eine Weile in der Bude, und er würde sich so sicher bewegen wie ein Schlafwandler. In der Nähe des Waffenschranks stellte er den Koffer ab, richtete sich auf und wandte sich wieder der Tür zu.

Der Lichtfaden war noch da.

Grimmig presste Droghan die Lippen zusammen.

Erneut hob er die Flinte in den Hüftanschlag.

Das Unerwartete traf ihn wie ein Schock.

Ein ohrenbetäubendes Krachen dröhnte in die Hütte.

Droghan duckte sich wie unter einem Hieb. Reflexartig riss er den Abzug durch.

Die Schrotflinte donnerte, brachte seine Trommelfelle zum Singen. Im grellroten Fauchen des Mündungsblitzes sah er, was geschah.

Ein Hieb von enormer Gewalt hatte das Türblatt getroffen. Ein Vorschlaghammer. Etwas in der Art. Weiße Splitter bildeten sich dort, wo das Holz aus den Riegeln gerissen wurde.

Und die Bleiladung prasselte in den entstehenden Spalt, in die Holzfasern.

Doch die Wucht der Ladung reichte nicht mehr aus, um die Tür wieder zuzuschlagen.

Droghan jagte die zweite Schrotladung aus dem Lauf.

Der Bleischwarm sengte ins Freie, ohne Schaden anzurichten. Es war nicht einmal zu hören, wo die Kugeln in die Baumstämme schlugen. Sein Zeigefinger riss den Abzug zum dritten Mal durch, ohne dass er es wollte. Die Ladung donnerte zwei Yards vor ihm in den Boden.

Droghan schrie vor Wut und Angst. Er prallte gegen einen Schrank. Eine Kante des Möbelstücks hieb ihm schmerzhaft in die Bandscheibengegend über der Hüfte. Teller und Tassen klirrten. Droghans Hinterkopf schlug gegen eine Schranktür, deren Glasscheibe knackend zerbrach. Scharfzackige Splitter schlitzten seine Kopfhaut.

Er spürte warmes Blut, wie es ihm in den Nacken rann.

Er heulte vor Entsetzen.

Ein Kämpfer war er nie gewesen. Immer nur der gerissene Hund, der andere kalt lächelnd reingelegt hatte.

Er stieß sich von dem Schrank ab und brachte den Flintenlauf wieder in die Waagerechte. Er versuchte, das

Blut zu ignorieren, das ihm unter den Hemdkragen rann. Es fiel ihm höllisch schwer. Die Schmerzen, die jetzt am Hinterkopf einsetzten, waren ein scharf beißendes Ziehen. Es jagte ihm einen eisigen Schauer über den Rücken.

Er machte zwei, drei Schritte in den dunklen Raum hinein. Rechts war ein Sessel. Er streifte ihn, mehr nicht. Die zersplitterte Tür stand weit offen. Kälte wehte herein. Flugzeuge kurvten am Himmel herum, in ziemlicher Höhe jedoch. Aus der unmittelbaren Umgebung war jetzt nichts mehr zu hören. Kein Geräusch, kein Gerede. War das alles Bestandteil eines Planes, ihn nervös zu machen?

Draußen erwartete ihn nichts als Dunkelheit.

So sah es jedenfalls aus.

Wo, zum Teufel, war das Licht geblieben?

Hatte er den Kerl vielleicht doch erwischt? Der Gedanke trieb Droghan voran. Er hatte noch zwei Patronen im Magazin, und damit war er Herr über Leben und Tod.

Droghan näherte sich der Tür. Er nahm eine geduckte, wachsame Haltung ein. Unablässig spähte er von links nach rechts und von rechts nach links, obwohl er nichts sah. Buchstäblich nichts.

Er war noch zwei Schritte von der Türschwelle entfernt.

Da traf ihn der rote Punkt.

Er zuckte zurück, als hätte ihn eine Klapperschlange erwischt.

Und die Todesangst nagelte ihn auf der Stelle fest. Erst jetzt sah er den bleistiftdünnen roten Lichtstrahl, der den Punkt auf seine Brust projizierte.

Der rote Punkt ruhte da, wo sein Herz war.

Der Punkt bewegte sich nicht, vibrierte nicht einmal.

Er ließ die Schrotflinte fallen. Das Poltern war laut, schien meilenweit durch den Wald zu hallen. Und Droghan hörte sich flehen.

»Nicht schießen! Bitte nicht schießen! Um Himmels willen, nicht schießen! Mein Gott, das lässt sich doch alles regeln und …«

Etwas tupfte gegen seine Brust, und Droghan wusste, dass es der Anfang vom Ende war.

Sie machten es sich einfach.

Noch bevor in der Hütte der erste Schuss gefallen war, hatte der Kerl hinter uns zwei schnelle Schritte gemacht. Ich hörte Lauras erstickten Entsetzenslaut, und in diesem Moment wusste ich, dass es für jede Reaktion zu spät war.

Der andere vor uns auf der Lichtung ließ sein MagLite nur noch für den Augenblick eingeschaltet, den ich brauchte, um zu erkennen, dass sein Komplize Laura gepackt hielt und ihr den Lauf der Maschinenpistole unter das Kinn drückte. Ein hagerer Mann war es, und er trug einen olivgrünen Kampfanzug.

»Besser, du bist vernünftig«, sagte der andere, der das MagLite erlöschen ließ. »Das Girl ist sowieso ein Klotz am Bein. Es würde uns nicht mal Leid tun, sie ausschalten zu müssen.«

Ich hatte allen Grund, ihm das zu glauben.

In der Hütte begann der Feuerzauber. Ich hatte nur die Taschenlampe gesehen – und den Schatten, der die Tür aufgeschlagen hatte.

Dann waren nur noch die Flintenschüsse zu hören, die nichts anderes bewirkten, als Droghans Panik zu dokumentieren.

»Hände hoch und an den Baum!«, kommandierte der Mann von der Lichtung. »Und Füße zurück!«

Er brauchte es mir nicht weiter zu erklären. Es war eine der gebräuchlichen Positionen, die Polizeibeamte überall auf der Welt anwenden, um Festgenommene auf Nummer sicher zu bringen.

Er durchsuchte mich.

Natürlich fand er alles, was mich verriet. Den 38er, den Dienstausweis …

Er stieß einen leisen, staunenden Pfiff aus.

Drüben, am Waldrand vor dem Hütteneingang, peitschte ein Schuss. Dann wurde es still. Aus meinem jetzigen Blickwinkel konnte ich nur noch kurz den Laserstrahl sehen, bevor er erlosch.

»Na, was haben wir denn da!«, freute sich der, der mich durchsuchte. Mehr sagte er nicht, denn er wollte seinen Kumpel offenbar auf die Folter spannen.

Über der Notlandestelle kreisten inzwischen mindestens zwei Turboprop-Maschinen, aber noch immer kein Hubschrauber. Je mehr ich darüber nachdachte, desto unwahrscheinlicher wurde es für mich, dass Wagoner und die anderen die Schüsse auf der Waldlichtung gehört haben konnten. Entweder waren sie auf dem Rückweg zur DC 10, um von dort aus eine groß angelegte Suchaktion zu starten, oder sie hatten sich auf der eigenen kleinen Lichtung gesammelt.

Starke hatte das Gewehr mit dem Laserzielgerät geschultert. Er stellte sich breitbeinig über den Sterbenden und ließ die Stablampe aufflammen.

Die jähe Helligkeit löste einen letzten Reflex aus. Droghan öffnete die Augen. Die Lider bewegten sich wie in Zeitlupe.

»Kannst du mich hören?«, fragte Starke, indem er sich scheinbar fürsorglich vorbeugte.

»Ja.« Droghans Stimme war nur ein Hauch. Auf seiner linken Brusthälfte überdeckte immer mehr Blut die kleinen Karos des Jacketts.

»Na, dann ist es ja gut.« Das kantige Gesicht des hoch gewachsenen, breitschultrigen Mannes verzog sich zu einem höhnischen Grinsen. »Gut, dass du es noch miterlebst, Albert. Ich habe gewonnen. Kapiert? Ich habe die Pläne, und du darfst dich verabschieden. Ich mache das Geschäft, und du hast deine Ruhe. Für immer. Ist das etwa nichts?« Starke lachte rau.

Droghan starrte ihn an. Es war etwas Entgeistertes in

seinen Augen. Dieser Ausdruck blieb auch dann erhalten, als sein Blick brach.

Starke richtete sich auf. Mit einem verächtlichen Laut wandte er sich ab. Er machte sich nicht die Mühe, ihm die Augen zuzudrücken. Rasch sah er sich um, indem er den Lichtkegel der Stablampe schwenkte.

Der Koffer war nicht zu übersehen.

Starkes Grinsen wurde zum blanken Triumph, als er die Hütte verließ. An die Flugzeuggeräusche hatte er sich längst gewöhnt. Sie machten ihn nicht nervös. Kein bisschen. Mit einem Lichtzeichen signalisierte er den Söldnern, dass er gleich zurück sein würde.

Droghan war verfolgt worden. Und der Trottel hatte es natürlich nicht mal gemerkt. Starke war gespannt, wer da als unerwarteter Konkurrent aufgekreuzt war. Aber erst mal musste das Wichtigere erledigt werden.

Die beiden Geländewagen standen dreihundert Yards entfernt in einer kurzen Schneise, die von der Zufahrt zur Hütte über einen Nebenweg zu erreichen war.

Die drei Männer, die beim Abschuss der DC 10 Beobachtungsposten gewesen waren, hatten sich am Beginn der Zufahrt postiert. Die Entfernung dorthin betrug ungefähr eine Meile. Starke hatte auf Kohanes Anraten dieses Gebiet als Ausgangspunkt für die Suche nach Droghan ausgewählt. Dass er ihnen quasi in die Arme laufen würde, hatten sie nicht erwartet. Er hatte damit gerechnet, dass er in der Nähe des notgelandeten Flugzeugs am ehesten aufgespürt werden würde. Also hatte er sich abgesetzt.

Starke legte das Gewehr in den Heckraum. Dann räumte er die verschließbare Box unter der hinteren Sitzbank leer und verstaute den Koffer darin. Sehr sorgfältig verriegelte er die beiden Zahlenkombinationsschlösser. Rasch suchte er aus den Gerätschaften heraus, was er brauchte.

Er lief hinüber zu dem Landcruiser, legte sich auf den Rücken und rutschte unter das Fahrzeug. Mit wenigen

Handgriffen erledigte er das Notwendige. Anschließend klopfte er seine Sachen sauber und lief zurück in Richtung Hütte.

Kohane und Walsh hatten die Lage locker unter Kontrolle. Trotzdem sahen sie ungeduldig aus. Möglich, dass es an den kreisenden Flugzeugen lag. Inzwischen waren auch die ersten Hubschrauber zu hören, dieses typische Klatschen der Rotorblätter.

»Nun sehen Sie sich das mal an!«, sagte Walsh in gespannter Vorfreude. Er reichte Starke den Dienstausweis.

Starke streifte die Gefangenen mit einem Blick. Beide hatten die Hände auf dem Kopf gefaltet. Die Frau war kreidebleich. Kohane stand schräg hinter ihr. Selbst wenn Walsh und er gleichzeitig feuern mussten, würden sie sich nicht gegenseitig in die Schusslinie geraten. Fachleute waren sie in der Tat, das musste man ihnen lassen.

Starke klappte den Ausweis auf. Er spürte die Blicke der Söldner, die wie gebannt sein Mienenspiel beobachteten.

Starke hatte das Gefühl, dass ihm die Kinnlade wegfiel. Die drei Großbuchstaben sprangen ihn regelrecht an.

»FBI!«, stöhnte er.

»Na, ist das ein dicker Fisch?«, rief Kohane stolz.

Starke erholte sich von dem Schreck. Der FBI hatte Droghan also im Nacken gesessen. Na und? Wenn nicht noch mehr FBI-Bullen in der Gegend rumliefen, war dies ein Geschenk des Himmels. Die Gelegenheit, den G-men die Spur abzuschneiden. Und er, John Starke, konnte mit der Superbeute auf Nimmerwiedersehen verschwinden. Dorthin, wo sie ihn am allerwenigsten vermuten würden.

»Wir müssen weg«, sagte Walsh. »Also, was machen wir?«

Starkes Blick fraß sich in meinem Gesicht fest.

Kannte er mich? Wir hatten nie direkt gegen ihn ermittelt, waren uns lediglich einmal in einem Gerichtssaal im Federal

Court in Brooklyn begegnet. Das musste fünf oder sechs Jahre her sein. Starke war damals lediglich zu einer Geldstrafe verurteilt worden, wegen Hehlerei. Phil und ich hatten einen Zeugen bewacht, der zugleich Kronzeuge in einem anderen Fall war, den wir damals bearbeitet hatten.

»Pech gehabt, G-man«, sagte Starke. »Aber was soll's, so geht es uns allen eines Tages.«

Ich hielt seinem Blick stand und schwieg. Er hatte mich nicht erkannt. Aber was für einen Unterschied machte das? Keinen. Es änderte nichts an dem, was auf Laura und mich zukommen sollte. Wir erfuhren es in der nächsten Sekunde.

Ein bösartiges Grinsen bildete sich in Starkes Mundwinkeln. »Schafft sie weg«, sagte er kalt und drehte sich um. »Wir treffen uns bei den Beobachtungsposten.«

»Richtig weg?«, rief der Hagere ihm grinsend nach.

»Ich kenne nichts anderes«, antwortete Starke, ohne sich umzudrehen. Er marschierte bereits im Eilschritt.

Der Hagere hielt Laura noch immer fest, und noch immer lag die MPi-Mündung unter ihrem Kinn. Er wusste, es war das beste Mittel, um mich in Schach zu halten.

Wir hatten nur fünfzig Yards zurückgelegt, an der Hütte vorbei, in den Wald hinein. Der Bärtige hatte uns mit seinem MagLite an die Stelle dirigiert, an der sie uns haben wollten.

Er trat neben mich, zwei Schritte entfernt. Seine MPi lag im Hüftanschlag und war ständig auf mich gerichtet, egal, wie er sich bewegte. Auch in dem Punkt war er ein Spitzenmann seines Faches.

Söldner.

Experten für den Tod, erprobt in allen Partisanentaktiken. Das waren sie beide. Und sie verkauften sich auf dem internationalen Markt. Sie töteten überall da, wo sie fürs Töten bezahlt wurden. Es geschah selten, dass ein New Yorker Gangster solche Kerle brauchte. Aber für Starkes speziellen Zweck waren sie erste Wahl.

Der Bärtige schaltete sein MagLite ein und richtete es nach unten.

Der Lichtstrahl stach ins Schwarze.

Endlos.

Ein heißer Klumpen begann in meinem Magen zu wühlen.

Wir standen am Rand einer Schlucht.

Die Stärke der Stablampe reichte nicht aus, um den Boden zu erreichen. Ich war froh, dass sich Laura nicht umdrehen konnte. Und ich hoffte, dass der Hagere sie auch weiter daran hinderte. Laura war stark und tapfer. Aber ihre Nerven waren höllisch strapaziert worden in den letzten Minuten. Sie würde diesen Anblick nicht verkraften. Okay, vielleicht spielte es keine Rolle mehr. Trotzdem bedeutete es für mich ungeheuer viel, dass Laura dieser Anblick erspart blieb.

Der Bärtige lachte leise und bewegte die Stablampe hin und her. Ich konzentrierte mich darauf, folgte dem Lichtstrahl mit meinen Blicken sehr aufmerksam.

Der Klumpen in meinem Magen verwandelte sich in rote Glut.

Was sie mit uns vorhatten, war kein Rätsel.

Sie würden uns mit einem Feuerstoß in die Tiefe blasen. Das sparte ihnen die Mühe, unsere Leichen zu beseitigen.

Ich spähte in die Tiefe, solange das Licht eingeschaltet war. Dann, als der Bärtige es wieder ausknipste, wandte ich mich Laura zu. Ich fing ihren Blick auf. Das Weiße in ihren Augen zitterte. Ihre Angst konnte ich beinahe körperlich spüren.

Der Hagere nahm die MPi herunter. »Nicht bewegen!« Er lachte rau. »Macht bloß keinen falschen Schritt, sonst segelt ihr uns ab, bevor wir zum Zug kommen!«

Auch Laura hatte längst erkannt, was uns blühte.

Die Söldner hängten ihre MagLites waagerecht ans Koppel und schalteten sie ein. Das grelle Licht traf uns mit voller Blendwirkung. So konnte ich nichts ausrichten. Selbst wenn es eine Chance gegeben hätte, wäre ich nicht in der Lage gewesen, die Kerle schnell genug zu orten. Das Licht blendete einfach zu stark. Rückwärts gehend entfernten sie sich von uns.

Nur zehn Schritte. Breitbeinig verharrten sie.

Die Läufe und die klobigen Umrisse der Maschinenpistolen wuchsen in das Licht hinein. Wie in Großaufnahme sah ich die halb gekrümmten Zeigefinger unter den Abzugsbügeln. Die Fingerknöchel traten weiß hervor.

»Ich möchte Laura in den Arm nehmen«, sagte ich beherrscht.

»Zu zweit stirbt es sich leichter, was?«, höhnte der Bärtige.

»Lass sie«, brummte der Hagere wegwerfend.

Ich zog Laura an mich. Sie schlang ihre Arme um meinen Oberkörper. Ich spürte ihr Beben.

Ich wusste, mir blieben nur Sekundenbruchteile. Ich spannte die Muskeln des Armes, mit dem ich Laura hielt. Ob sie es spürte und was sie dabei dachte, konnte ich nicht feststellen. Sagen konnte ich ihr nichts.

Alles in mir spannte sich. Sehnen, Muskeln, Nerven. Mit jeder Faser meiner Sinne wappnete ich mich für den Augenblick der Entscheidung.

Ich riss Laura mit mir.

In die Tiefe.

Die Schüsse hämmerten.

Das Letzte, was ich sah, waren die grellrot leckenden Flammenzungen der Mündungsblitze.

Dann schluckte uns die Schwärze, die Tiefe.

Das Stakkato der Feuerstöße verklang.

Ein harter Schlag löschte alles aus.

Schweigend wandten sich die Söldner ab. Sie sicherten die MPis, schalteten die Lampen aus und machten sich auf den Rückweg. Das Gefälle des Waldgeländes ließ sie schneller vorankommen als zuvor mit den Gefangenen. Nur ab und an ließ Walsh sein MagLite kurz aufflammen.

Das Lärmen der Flugzeuge und Hubschrauber hatte weiter zugenommen. Jetzt landeten die Helikopter offenbar schon bei der notgelandeten Maschine.

Kohane und Walsh hörten es deutlich heraus. Sie hatten an vielen Kampfeinsätzen teilgenommen, bei denen alles mögliche Fluggerät eine Rolle gespielt hatte. Sie kannten die Geräusche, die die unterschiedlichen Maschinen beim Landen und Starten verursachten.

Als sie die Hütte erreichten, schüttelte Kohane seine Eile ab.

»Zwei Minuten können wir uns leisten«, sagte er kurz entschlossen.

»Wofür?« Walsh sah ihn an, nur das Weiße seiner Augen war in der Dunkelheit auszumachen.

»Wer sich eine Jagdhütte leisten kann, kann sich auch ordentliche Sachen leisten.«

Walsh blies die Atemluft hörbar durch die Nase aus. »Und du meinst, die feinen Sachen bewahrt dieser betreffende Typ ausgerechnet in seiner Jagdhütte auf? Glaubst du wirklich, dass er so bescheuert ist?«

»Nachsehen«, entschied Kohane militärisch knapp.

Walsh folgte ihm schulterzuckend. Sie würdigten Droghans Leiche keines Blickes, während sie die Hütte durchsuchten. Das einzig Wertvolle war der Inhalt des Waffenschranks. Kohane konnte sich jedoch für nichts davon erwärmen. Walsh ließ den Magnum-Revolver mitgehen. Und eine Schachtel Munition dazu.

Sie verließen die Hütte. In zügigem Marschtempo brachten sie die knapp dreihundert Yards auf der Zufahrt hinter sich. Noch zwanzig Yards waren sie von dem Nebenweg entfernt.

Da wurden sie von einer unsichtbaren Faust gepackt, angehoben, zu Boden geschleudert.

Die Gewalt, die dahinter saß, war so enorm, dass sie den brüllenden Donner und den grellen Lichtblitz der Explosion nur als nebensächlich wahrnahmen.

Die Söldner blieben bei Bewusstsein, rappelten sich auf. Sie brauchten nur ein Stück in den Weg hineinzulaufen, um das ausglühende Wrack ihres Landcruisers zu erblicken.

»Starke!«, flüsterte Kohane. »Dieses gottverdammte Schwein!«

Walsh brachte kein Wort hervor. Seine Rechte schloss sich um das Griffstück des gerade erbeuteten Revolvers.

Das Erste, was ich spürte, war Laura. Keine Schmerzen. Ich spürte Lauras Körper, ihr Atmen und ihren Herzschlag. Nur die Kleidung trennte uns. Ich hielt sie fest, und sie klammerte sich noch immer an mich.

Ich öffnete die Augen vorsichtig.

Ich wusste nicht, ob Laura bei Bewusstsein war.

»Nicht bewegen«, flüsterte ich. »Um Himmels willen nicht bewegen!«

Sie stöhnte. Sie musste Schmerzen haben. Aber sie lebte.

»Laura!«, flüsterte ich. »Beweg dich nicht! Hörst du? Beweg dich nicht, sonst stürzen wir ab! Nicht bewegen!« Ich wusste, ich würde es so lange wiederholen, bis sie bei Bewusstsein war und mich verstand. Denn davon hing jetzt unser Leben ab.

Ich hörte nicht auf zu flüstern. Laut sprechen konnte ich nicht, denn ich wusste nicht, ob die Söldner noch in der Nähe waren.

Damit wir uns gemeinsam in eine sichere Lage manövrieren konnten, musste Laura erst einmal wissen, was für eine Lage es war. Sie hatte ja nicht ahnen können, was geschehen würde. Für sie hatte festgestanden, dass wir in den sicheren Tod stürzten. Denn Laura hatte den Lichtstrahl des MagLite nicht sehen können. Und ich hatte nur einen halben Schritt dichter am Abgrund gestanden als der bärtige Söldner.

Dieser halbe Schritt hatte den entscheidenden Unterschied gemacht.

Das Licht hatte einen Baumstamm gestreift – in zwanzig, dreißig Fuß Tiefe. Der Baumstamm war hell gefleckt. Diese hellen Flecken waren es vor allem gewesen, die ich gesehen hatte. Der Stamm ragte schräg über den Abgrund hinaus. Seine Wurzeln krallten sich in die spärliche, von Gras gefestigte Erde auf einem Felsvorsprung.

»... nicht bewegen, Laura, nicht bewegen ...«

Mein Geflüster wurde zur monotonen Geräuschkulisse, die vom fernen Flugzeug- und Hubschrauberlärm untermalt wurde. Es drang langsam wieder in mein Bewusstsein, und ich hörte nun sogar das Klatschen der Rotorblätter heraus.

Ich hatte Laura in dem winzigen Sekundenbruchteil vor dem Brechen der ersten Schüsse über den Rand des Abgrunds gerissen. Ich hatte es so gezielt getan, dass wir unmittelbar vor der fast senkrechten Wand der Schlucht nach unten gesaust waren.

Die Söldner hatten nicht erkennen können, ob ihre Kugeln getroffen hatten oder nicht. Und auf die Idee, dass sich jemand freiwillig in die Schlucht stürzen würde, waren sie erst recht nicht gekommen.

Gras und Erde auf dem Vorsprung hatten unseren Aufprall gedämpft.

Laura stöhnte wieder.

Ich befürchtete, dass sie auf den Fuß des Baumstamms gefallen war. Wenn sie sich etwas gebrochen hatte, würde es schwierig sein, sie zu bergen. Vorausgesetzt, wir hatten überhaupt eine Möglichkeit, uns aus eigener Kraft zu befreien.

Ich hörte mein eigenes Flüstern kaum noch.

Umso klarer vernahm ich Lauras Stimme, die auf einmal ganz nahe bei meinem Ohr war.

»Ja, Jerry, ja! Ich bewege mich nicht! O mein Gott, erleben wir dies wirklich? Was ist geschehen? Wo sind wir?«

Ich erklärte ihr alles mit drei Sätzen. »Hast du starke Schmerzen?«, fragte ich dann.

»Nein, nein! Es fühlt sich so an wie – wie blaue Flecken.«

Ich atmete auf. »Okay, dann müssen wir jetzt versuchen, uns ganz dicht an die Wand zu schieben, damit wir erst mal in Sicherheit sind.«

»Das schaffen wir, Jerry. Das schaffen wir ganz bestimmt.« Lauras Stimme war voller Zuversicht.

Das Flugzeugwrack und die Menschen ringsherum waren in kaltweiße Halogen-Helligkeit getaucht. Die Retter hatten Standscheinwerfer mitgebracht. Es herrschte das reinste Chaos. So sah es jedenfalls aus.

Alles rannte durcheinander, und keiner schien auch nur die Andeutung eines Planes zu haben. Doch das täuschte. In Wahrheit wurde das Geschehen ziemlich gut gesteuert.

Phil Decker und die Kollegen aus Seattle beobachteten es einen Moment lang, nachdem sie aus dem Hubschrauber gestiegen waren. Insgesamt sechs weitere Hubschrauber waren mittlerweile gelandet. Die Schwerverletzten waren bereits eingeladen worden. Der Rest der Verletzten war ebenfalls dabei, an Bord zu gehen.

Von Nordwesten schwirrten immer mehr Helikopter mit eingeschalteten Suchscheinwerfern herbei. Das freie Gelände vor der Nase der DC 10 wurde zum Landeplatz für eine ganze Flotte von Schwirrvögeln.

Phil spürte, wie ihm die Nervosität die Kehle zuschnürte.

Unmöglich, Jerry in diesem Menschengewimmel zu entdecken!

»Fragen wir jemanden aus der Crew!«, schlug Ralph Morley vor. Mit ausgestrecktem Zeigefinger wies er auf die blauen Uniformen, die neben einem züngelnden Feuer am Waldrand zu erkennen waren.

Phil nickte. Sie liefen hinüber.

Captain Collins sah bedrückt aus, als er berichtete, dass die Wagoner-Gruppe nicht vollzählig zurückgekehrt sei. Dann beschrieb er die beiden Personen, die außer Jerry

Cotton ebenfalls nicht wieder aufgetaucht waren. Hätte es sich nur um die hübsche junge Frau gehandelt, hätten sich die G-men weiter keine großen Gedanken gemacht.

Doch als Phil die Beschreibung Albert Droghans vernahm, wusste er, wie ernst es war.

In diesem Augenblick donnerte die Explosion.

»Das war da drüben!«, rief Norman Gilchrist. Er zeigte nach Nordosten.

Phil rannte sofort los. Mit einem Handzeichen forderte er die Kollegen auf, ihm zu folgen.

Laura lag lang ausgestreckt am Boden. Sie konnte jetzt nicht mehr abstürzen.

Ich hatte mich bereits aufgerichtet, als der Explosionsdonner herüberrollte.

»Keine Angst«, sagte ich und fing an, die Felswand abzutasten. »Das betrifft uns nicht. Mit uns rechnet eigentlich überhaupt keiner mehr.« Außer Phil, dachte ich. Ich konnte mir mächtig gut vorstellen, wie sein Nervenkostüm zurzeit aussah. Denn ich wusste ja, wie ich mich an seiner Stelle gefühlt hätte.

»Mach dir um mich keine Sorgen mehr«, antwortete Laura. »Ich weiß, dass du es schaffen wirst.«

Ich sah ihr Gesicht vor meinem geistigen Auge. Ich sah, wie sie lächelte. Und das tat sie wirklich, davon war ich überzeugt.

Ich untersuchte die Felswand – soweit ich sie mit meinen Händen erreichen konnte. Da war nichts von der Glätte, die ich befürchtet hatte. Stattdessen schrundiges Gestein mit senkrechten Rissen und Spalten, aus denen teilweise sogar Gestrüpp wuchs.

Ich begann den Aufstieg. Tastend erforschte ich die ersten Risse und Spalten, die für meinen Zweck geeignet waren.

Der Mann brüllte und wedelte mit beiden Armen über dem Kopf. Was er brüllte, war wegen des Rotor- und Triebwerksdonnerns nicht zu verstehen. Mit langen Sätzen lief er auf die noch offene Seitentür des Hubschraubers zu.

Ralph Morley war schon im Begriff, die Tür zu schließen. Der Pilot wartete auf das Zeichen zum Starten. Phil hielt Ralph zurück.

Der Mann duckte sich unter dem Rotorwind und erreichte die Bodenkante der Tür. Er keuchte. Wieder brüllte er, und diesmal war er zu verstehen.

»Ich kann Ihnen die Richtung sagen! Ich weiß, in welche Richtung Cotton verschwunden ist!«

»Wer, zum Teufel, sind Sie?«, brüllte Phil zurück.

»Wagoner!«

»Okay, rein mit Ihnen!« Als Phil zupackte, folgte Ralph seinem Beispiel sofort. Gemeinsam zogen sie den Desert-Storm-Veteranen in die Maschine.

»Starten!«, rief Norman Gilchrist.

Der Pilot zog den Helikopter hoch. Phil schickte Wagoner nach vorn, damit der Copilot ihm einen Helm mit Kopfhörer und Mikro aushändigte. Und der Mann, der im Irak gekämpft hatte, gab dem Piloten knappe und präzise Kurshinweise. Als die Maschine hundertfünfzig Fuß Höhe erreicht hatte, schaltete der Copilot den Suchscheinwerfer ein.

Ein breiter Lichtkegel flammte auf das Land hinab.

Vorerst erhellte er nur dunkles Grün. Die Baumkronen des Waldes bildeten ein Dach. Noch waren keine Lichtungen oder Schneisen zu erkennen.

Den Schmerz in meinen Fingern unterdrückte ich völlig. Ich spürte nichts, und wenn die Fingerkuppen blutig zerfetzt wurden, spielte es auch keine Rolle. Ich musste durchhalten, und ich würde durchhalten.

Etwas änderte sich.

Ich merkte nicht sofort, was es war.

Dann aber begriff ich, dass mir frischere Luft ins Gesicht wehte. Auch das Gedröhn der Hubschrauber war jetzt deutlicher zu hören. Fast hätte ich einen Freudenschrei ausgestoßen.

Ich hatte den Rand der Schlucht erreicht!

Und fünf Sekunden später schob ich mich auf das Gras. Ich krallte meine Finger in den festen Boden und zog mich vorwärts. Dann lag ich da und keuchte. Aber ich gönnte mir keine lange Verschnaufpause.

»Laura!«, rief ich, indem ich mich halb umdrehte. »Laura, ich hab's geschafft!«

»Ich wusste es«, antwortete sie nur. Ihre Stimme klang hohl aus der Schlucht.

»Ich beeile mich!« Ich sprang auf und lief los. Obwohl sich meine Augen an die Dunkelheit gewöhnt hatten, konnte ich kein volles Tempo vorlegen. Ich wollte mir nicht ausgerechnet jetzt den Schädel an einem Baumstamm einrennen.

Die Hubschrauber starteten und landeten offenbar in Minutenabständen. Sie waren eine, höchstens eineinhalb Meilen entfernt. Und niemand ahnte vermutlich, was sich hier draußen im Bergwald abspielte.

Ich erreichte die Hütte.

Droghans Leiche war ein Schattenriss auf dem Fußboden. Als Erstes suchte ich mir eine Taschenlampe. Ich fand eine im Waffenschrank. Das Weitere war eine Sache von zwei Minuten. Im Geräte- und Abstellraum fand ich Seile. Vier dicke Rollen. Wer in dieser Landschaft eine Jagdhütte sein Eigen nannte, brauchte so etwas immer mal. Ich nahm zwei Rollen mit und lief wieder hinaus.

Der Rest war zwar kein Kinderspiel, aber eine Sache von Minuten. Mit Hilfe der Taschenlampe erreichte ich die Schlucht zügig und gefahrlos. Ich rief Laura zu, dass ich zurück sei, und ich war froh, als sie antwortete. Geeignete Baumstämme waren genügend vorhanden. Ich suchte mir zwei aus, die nur etwa drei Yards vom Rand der Schlucht entfernt waren. Ich schlang die Seilenden doppelt um den Fuß der Stämme und schlug Knoten, die notfalls Tonnenlasten halten würden.

Das andere Ende des einen Seiles legte ich mir selbst an. Ich formte es wie ein Gurtgestell und platzierte den Knoten vor der Brust. Ich steckte die Taschenlampe ein, nahm das noch halb zusammengerollte zweite Seil mit und stieg zu Laura hinab.

Schweigend arbeiteten wir auf dem schmalen Felsvorsprung. Als ich auch Laura das Seilende angelegt hatte, wusste ich, dass nichts mehr schief gehen konnte. Ohne Zeit zu verschwenden, machte ich mich wieder an den Aufstieg.

Oben nahm ich Lauras Seil. Es war lang genug, sodass ich es mir noch zweimal um die Hüfte schlingen konnte. Ich stemmte mich gegen den Baumstamm, an dem es verknotet war, und stieß einen Pfiff aus. Es war das Zeichen für Laura. Während sie sich emporhangelte, unterstützte ich sie, indem ich mit beiden Händen zog.

Ich zog noch, als sie schon sicheren Boden unter den Füßen hatte.

Sie stolperte mir in die Arme.

Eine Weile gab es für uns nichts anderes als diese Umarmung. Dann erinnerte uns das Hubschrauberdröhnen daran, dass wir uns beeilen mussten. Vielleicht suchten sie schon nach uns. Und niemand hatte eine Ahnung davon, wer hier noch in der Gegend herumlief.

Gangster wie Starke, Killer wie die beiden Söldner.

Wir befreiten uns von den Seilen. In der Hütte versorgten wir uns mit Waffen. Für Laura war eine handliche Pistole da. Ich fand nichts Geeigneteres als eine Schrotflinte. Zwei Hand voll von den mächtigen Patronen versenkte ich zusätzlich in meine Jackentaschen.

Der schnellste Weg, das Hüttengrundstück zu verlassen, war die Zufahrt. Eben diesen Weg hatte Starke genommen.

Ich vermutete, dass die Söldner ihm gefolgt waren. Starke hatte ja gesagt, dass sie sich bei ihren Beobachtungsposten treffen wollten – wo immer das sein mochte.

Ich wusste, dass es für Laura gefährlich werden konnte, wenn ich sie mitnahm. Aber noch viel weniger konnte ich sie allein zurücklassen. Wir wussten letzten Endes nicht, ob die Dunkelheit ringsherum wirklich frei von finsteren Figuren war.

Der Sechszylindermotor des Jeep Wrangler lief summend im Leerlauf. Am Rand der Zufahrt verschmolz das schwarze Fahrzeug mit der dunklen Kulisse des Waldes. Starke war sicher, dass sein Wagen nur aus unmittelbarer Nähe zu erkennen sein würde.

Er war etwa fünfhundert Yards von der Abzweigung des Nebenwegs entfernt. Die ganze Zeit hatte er das Gelände durch Innen- und Außenspiegel beobachtet. Die Spiegel waren schwarz und leer geblieben – bis auf das eine Mal, als der Explosionsblitz aufgezuckt war.

Seitdem hatte sich nichts gerührt. Kein Schatten hatte sich bewegt, keine Taschenlampe war aufgeflammt.

Starke steckte sich eine Zigarette an, indem er den elektrischen Anzünder benutzte und sich tief hinabbeugte. All right, er hatte lange genug gewartet. Kein Grund mehr, tatenlos herumzuhängen. Die drei Beobachter warteten schließlich auch noch darauf, abgefertigt zu werden.

Die Mundwinkel des breitschultrigen Mannes formten ein gemeines Grinsen. Er klemmte die Zigarette zwischen die Zähne, schob den Wählhebel der Automatik auf D und löste die Handbremse. Ohne Licht ließ er den Jeep anrollen. Doch in der nächsten Sekunde rammte er den Fuß aufs Bremspedal.

Die Scheibenbremsen packten mit Gewalt. Der Vortrieb schleuderte ihn fast über das Lenkrad hinweg durch die Windschutzscheibe. Ungläubig starrte er nach vorn.

Im ersten Moment hatte er an eine weiße Leuchtkugel geglaubt.

Nun aber sah er, dass das Licht kegelförmig war. Wie eine Glocke stülpte es sich auf das Bergland, glitt darüber hinweg. Der Punkt, von dem es ausging, war oben am Himmel. Nein, nicht übermäßig hoch.

Starke brauchte endlose Sekunden, bis ihm klar wurde, was es war. Ein Hubschrauber. Polizeihubschrauber hatten solche Scheinwerfer. In New York suchten sie damit Straßenschluchten ab, durchforsteten Häuserblocks und kämmten den Hudson River oder den East River nach Kähnen ab, die sie verfolgten.

Nach einer weiteren Sekunde erkannte Starke, dass der Hubschrauber genau auf die Stelle zuflog, an der er sich mit den drei Männern treffen wollte.

Zum ersten Mal wurde Starke von Alarmstimmung gepackt. Seine Gedanken jagten sich. Auf einmal fühlte er sich wie auf dem Präsentierteller. Seine Nerven begannen zu flattern, er spürte es deutlich. Hölle und Teufel, er musste von der Bildfläche verschwinden!

Er fuhr weiter, langsam nur, damit er nach links und rechts spähen konnte.

Der Hubschrauber war noch mehr als eine halbe Meile entfernt, da vorn, wo die Zufahrt ins freie Gelände überging. Möglich, dass die drei Männer schlau genug waren, sich zu verstecken. Das Dumme war nur, dass sie ihren eigenen Wagen aus dem ursprünglichen Versteck geholt hatten. Starke hatte es selbst angeordnet. Es war ein Teil seines Plans für die Schlussphase gewesen. Sie hatten alle beweglich sein sollen, damit sie sich sicher fühlten. Umso leichter konnte er dann mit ihnen fertig werden. Im Fall Kohane und Walsh hatte das ja bereits bestens geklappt.

Das Licht am Ende der Zufahrt wurde heller und heller.

Ausläufer dieses Lichts halfen Starke, sein Schlupfloch zu finden. Es war einer dieser sehr schmalen Wege, die die

Leute von der Forstwirtschaft mit ihren Spezialfahrzeugen benutzten.

Im freien Gelände war die Zufahrt mit Schotter befestigt. Sie führte von der Provinzstraße im Tal herauf.

Phil Decker und Ralph Morley benutzten die Nachtsichtgeräte, die ihnen der Copilot zur Verfügung gestellt hatte. Sie beobachteten den Waldrand außerhalb des Scheinwerferlichts. Die Möglichkeit, dass sich dort jemand abzusetzen versuchte, war nicht von der Hand zu weisen.

Norman Gilchrist und Jock Wagoner und ebenso die beiden Piloten spähten mit bloßem Auge in den Lichtkreis.

Ein Geländewagen stand dort, am Rand der Zufahrt, halb in den Waldrand hineingezwängt. Es war ein dunkler Chevrolet Blazer, dunkelgrün oder anthrazitfarben. Und nichts rührte sich. So schien es.

»He, he, he!«, rief Wagoner unvermittelt. »Das darf doch wohl nicht wahr sein! Seht euch das an! Die sind längst drin in ihrer Kiste!«

Norman Gilchrist und die Piloten bemerkten es im selben Moment. Phil und der Kollege ließen die Nachtsichtgeräte sinken und wandten sich dem Lichtkreis zu. Nun sahen auch sie es.

Der Gelände-Chevy schwankte.

Die Männer, die dazugehörten, waren von der Waldseite her unbemerkt eingestiegen. Was sie auch zu verbergen haben mochten, sie wollten den Wagen benutzen, um sich abzusetzen. Sie schalteten die Beleuchtungsanlage nicht ein, aber eine hellgraue Wolke quoll aus dem Auspuff, als sie den Wagen anließen.

Deutlicher konnten sie nicht zeigen, dass sie etwas zu verbergen hatten.

»Schneiden wir ihnen den Weg ab«, wandte sich Phil an den Piloten. »Sie werden versuchen, im Wald unterzutauchen.«

Der Mann am Steuerknüppel handelte sofort.

Als sich der Chevy gerade erst in Bewegung setzte, stieß der Hubschrauber bereits auf die Schotterstraße zu – dort, wo sie in den Wald mündete. Die G-men an Bord der Maschine handelten schnell und zielstrebig. Trotz des rasanten Flugmanövers erledigten sie das Notwendige mit wenigen Handgriffen. Ralph Morley öffnete die Waffenkiste und verteilte Maschinenpistolen und Doppelmagazine. Norman Gilchrist hatte die beiden Kabinen aufgezogen, er nahm seine MPi mit der linken Hand in Empfang.

Eisige Kälte, vom Rotorwind verwirbelt, peitschte herein.

Phil hatte sich eine zusammengerollte Strickleiter geschnappt. Er klinkte die Haken ein und warf die Leiterrolle an der Backbordseite nach draußen. Dann lud er die MPi durch und warf sich den Schulterriemen über den Kopf.

»He, und was ist mit mir?«, rief Jock Wagoner. Er stand noch immer vorn bei den beiden Pilotensitzen.

Phil drehte sich nur kurz um. »Runter mit Ihnen! Volle Deckung!«

Er musste den richtigen Ton getroffen haben, musste mindestens wie ein Lieutenant geklungen haben.

Denn der Wüstenkämpfer lag schlagartig flach.

Der Hubschrauber schwenkte in einen scharfen Bogen, pendelte kurz, als ob er an einem unsichtbaren Haken aufgehängt war. Der Pilot hob die rechte Hand mit nach oben gerecktem Daumen. Phil erwiderte das Zeichen.

Dann stieg er in die Strickleiter.

Unten preschte der Gelände-Chevy heran und versuchte in den schützenden Wald vorzustoßen.

Ralph und Norman lagen links und rechts, bereit, die MPis über die Bodenkanten hinauszustoßen. Wagoner lag mit der Nase nach unten und rührte sich nicht vom Fleck. Der Pilot hielt die Maschine ruhig wie ein Brett.

Phil hangelte sich abwärts. Die MPi hing vor seinem Oberkörper.

Der Rotorwind peitschte die Baumkronen.

Ralph Morley jagte den ersten Feuerstoß aus dem Lauf.

Die Projektile rissen Gesteinsstaub aus dem Schotter. Kleine Fontänen stiegen auf.

Phil hatte die Hälfte der Strickleiter geschafft. Das Ende pendelte in drei Yards Höhe über dem Boden. Er machte weiter, brachte Sprosse um Sprosse hinter sich.

Auch Norman Gilchrist feuerte jetzt.

Die ersten Projektile hieben in die Motorhaube des Geländewagens.

Der Fahrer stieg auf die Bremse.

Beide Türen auf der rechten Seite flogen auf.

Phils reaktionsschnelles Handeln rettete ihm das Leben. Mit der linken Hand hielt er sich an der Leiter fest. Mit der Rechten riss er die MPi hoch.

Der Geländewagen stand, federte wippend nach.

Im selben Moment entstanden matte Reflexe in den Türwinkeln des Blazer. Reflexe von schimmerndem Waffenstahl.

Gnadenlos zog der G-man durch. Die MPi rüttelte hart in seiner Rechten. Ein präzises Schießen war auf der schwankenden Strickleiter nicht möglich. Doch er musste schießen, um zu überleben.

Aus der hinteren Türöffnung des Geländewagens schraubte sich eine verkrampfte Gestalt. Die MPi torkelte von dem Mann weg. Einen Moment lang sah es aus, als wollte er sich hinstellen. Dann aber kippte er schlaff auf den Schotter.

Vom Beifahrerplatz zuckten Mündungsblitze auf.

Phil spürte ein Sengen – es strich an seinem Hals vorbei. Er feuerte zurück. Auch die MPis der Kollegen hämmerten durch das Rotor- und Triebwerksdröhnen.

Die Geschosse stanzten milchige Lochmuster in die Windschutzscheibe. Der Mann auf dem Beifahrersitz rührte sich nicht mehr.

Phil beeilte sich, die letzten Sprossen hinter sich zu

bringen. Mit einem federnden Satz landete er auf dem Boden, hatte die MPi sofort im Hüftanschlag.

Die Warnschüsse der Kollegen hieben Löcher in den hinteren Teil des Wagendachs.

Der Fahrer hatte das Fenster geöffnet. Er kreischte. Seine Stimme schrillte, war wohl nur deshalb in dem Hubschrauberlärm zu verstehen.

»Nicht schießen! Mein Gott, hört auf zu schießen! Bitte nicht mehr schießen!«

Phil gab den Kollegen ein Zeichen mit der Linken. Die MPi schussbereit, ging er auf den Chevy zu.

Das Erste, was er sah, war ein kalkweißes Gesicht. Es reichte. Er winkte den Mann heraus.

Der Gangster hob freiwillig die Hände, noch bevor er einen Fuß auf den Boden gesetzt hatte.

Das Unterholz schützte sie. Zum Glück hatten sie den verfluchten Hubschrauber rechtzeitig gesehen. Und sie hatten alles beobachtet.

Der Mann auf der Strickleiter, die anderen in der offenen Kabine – sie waren Profis. Von der allerhärtesten Sorte. Kohane und Walsh hatten nicht zweimal hinzusehen brauchen, um das zu erkennen. Sie machten sich keine Illusionen über ihre Lage.

Jetzt landete die Maschine hinter dem zerschossenen Blazer auf der freien Fläche.

»Weg hier!«, zischte Kohane. »Wir schnappen uns das verdammte Schwein, und dann sehen wir weiter!«

Walsh war einverstanden. Sie hatten Starke zwar nicht gesehen. Aber da war etwas wie ein Blinken gewesen, ein paar hundert Yards vor ihnen, nachdem sie die Druckwelle der Explosion überstanden hatten. Es war ein kurzes Blinken gewesen, wie von herumschwenkenden Fensterscheiben eines Autos.

Kohane und Walsh hatten sich hart am Rand des Unterholzes vorangearbeitet. Sie waren sicher, dass Starke sie nicht hatte beobachten können. Sie hatten aber auch schon den Lichtschein des Hubschrauber-Scheinwerfers gesehen. Und Starke hatte darauf reagiert. Sonst wäre sein Jeep ja irgendwo zu sehen gewesen. Es gab nur eine einzige plausible Erklärung dafür.

Das Schwein hatte sich in die Büsche geschlagen.

Und wenn sie das Blinken richtig gedeutet hatten, dann war er dorthin unterwegs, wo das Flugzeug notgelandet war.

Die Söldner vergewisserten sich noch einmal, dass die Kerle beim Hubschrauber mit der dortigen Situation beschäftigt waren. Kein Scheinwerferlicht fiel die Zufahrt herauf.

Noch nicht.

Die Söldner richteten sich auf. Kohane stieß seinen Partner an. Langsam, um nicht etwa noch durch hastige Bewegungen aufzufallen, verließen sie das Unterholz. Bis zur anderen Seite waren es etwa fünf Yards.

Sie schafften die Hälfte.

»Schluss, aus«, sagte eine metallisch-harte Stimme. »Streckt sie hoch!«

Kohane und Walsh zuckten zusammen wie von einer Bullenpeitsche getroffen.

Beide wirbelten herum. Ihre MPis flogen wie von selbst in Anschlag.

Ich ließ die Taschenlampe aufflammen, die Flinte in der rechten Armbeuge.

Die Blendwirkung beeindruckte sie nicht.

Mir wurde es im selben Atemzug klar.

Ich ließ die Lampe fallen, warf mich nach vorn, schräg nach rechts, weg von dem davontanzenden Lichtstrahl.

Die MPis hämmerten. Die Kugelgarben schrammten wie Stahlbesen über den Boden.

Ich rollte mich weg, weiter nach rechts. Dann lag ich auf der Gürtelschnalle und stieß die Flinte vor.

Die Mündungsblitze wanderten in meine Richtung. Die Kerle schienen Infrarotlinsen statt Augen zu haben. Ich spürte, wie die Erde unter der Wucht der Einschläge vibrierte.

Ich zog durch, jagte das erste Geschoss in die Mündungsblitze. Die Flinte wummerte.

Die eine Hälfte des Mündungsfeuers wanderte dem Nachthimmel entgegen.

Ich schwenkte den langen Doppellauf etwas und zog sofort noch einmal durch.

Mit dem zweiten Schussdonner kehrte Ruhe ein.

Das Hubschraubergedröhn war kein Lärm für mich. Ich rappelte mich auf.

Vom Beginn der Zufahrt flammte ein Suchscheinwerfer auf. Ich ließ die Flinte liegen, hob beide Hände und bewegte sie hin und her. Meinen Dienstausweis hatten die Söldner eingesteckt. Mit erhobenen Händen ging ich auf die reglosen Gestalten zu. Wenigstens die MPis musste ich aus ihrer Reichweite befördern. Man konnte nie sicher sein, dass von einem wie tot Aussehenden nicht noch Gefahr drohte.

Ich hatte den Gedanken noch nicht zu Ende gebracht, als es geschah.

Der Bärtige rollte sich plötzlich herum. Das Schrotladung hatte ihn in die Brust getroffen. Sein Gesicht war vor Schmerz und Hass verzerrt, und seine Augen weiteten sich fassungslos, als er mich erkannte, jetzt, im Licht des Scheinwerfers. Seine MPi ruckte hoch. Die Nähe des Todes verlieh ihm noch einmal teuflische Kräfte.

Und sein Gesicht war wie eine Teufelsfratze – hinter der Mündung, die mich anglotzte.

Ich konnte nicht mehr weg.

Der Schuss peitschte.

Ich fragte mich, wieso er die MPi auf Einzelfeuer gestellt hatte.

Erst im nächsten Moment begriff ich, dass ich nicht getroffen war. Und nun sah ich das Einschussloch in seinem Gesicht, dessen verzerrte Züge wie festgefroren waren.

Er sackte zusammen und begrub die MPi unter sich.

Ich drehte mich um.

Laura stand da, ließ die Pistole sinken und sicherte sie vorschriftsmäßig. Sie lächelte, und es sah ein bisschen schuldbewusst aus – vielleicht, weil sie sich nicht an meine Anweisung gehalten hatte, im Gebüsch in Deckung zu bleiben.

»Komm her«, sagte ich mit belegter Stimme. Noch bevor ich mich bei Laura bedanken konnte, hörte ich die Schritte von rechts.

Schon die Statur des Mannes im Scheinwerferlicht kam mir mächtig bekannt vor.

Phil hieb mir auf die Schulter.

»Ich darf dann mal bekannt machen«, sagte ich, um die Verlegenheit des Augenblicks abzuschütteln. »Phil Decker, mein Freund und Kollege aus New York – Laura Hayes, meine Lebensretterin.«

»Womit wir quitt wären!«, sagte sie und gab mir die Pistole zurück.

Starke fasste es nicht. Es war ein beeindruckendes Schauspiel, das sich da vor seinen Augen entfaltete. In der strahlenden Helligkeit der Standscheinwerfer organisierten diese Leute doch tatsächlich einen reibungslosen Abtransport aller Passagiere.

Vom Waldrand aus konnte Starke alles genau verfolgen. Dabei interessierte es ihn herzlich wenig. Verletzte schienen schon nicht mehr hier zu sein. Tote waren nicht zu sehen.

Der breitschultrige Mann wandte sich nach rechts, wo die Hubschrauber mit ihren schwirrenden Rotoren standen. Das war es, was ihn interessierte. Und zwar brennend.

Den Wagen hatte er im Wald zurückgelassen. Nur den Koffer hatte er bei sich. Und seine Waffen. Mit dem Jeep konnte er nicht entwischen. Ausgeschlossen. Er hatte mitgekriegt, was lief. Es mussten Bullen da sein. Und sie schienen zumindest zu wittern, was der eigentliche Grund für den Abschuss des Passagierflugzeugs gewesen war.

Starke wartete nicht länger. Er nahm den Koffer und schlich im Schutz des Unterholzes auf den Hubschrauberplatz zu.

Die Maschine, an die er am dichtesten herankam, war ein Bell Jet Ranger. Ein ziviler Vogel, gelb lackiert und mit schwarzen Buchstaben.

CHARTER JET

Der Pilot war allein. Er hatte die Cockpittür geöffnet, saß schräg auf seinem Sitz und rauchte eine Zigarette. Offenbar wartete er auf seinen Einsatzbefehl.

»Mhm«, brummte Starke und grinste zufrieden. Er schlich zwei Yards weiter.

Dann verließ er das Unterholz. Von den anderen Maschinen aus konnte er nicht gesehen werden, der Jet Ranger versperrte die Sicht. Und der Pilot beobachtete das Geschehen im Scheinwerferlicht. Dass sich auch im Wald etwas tun konnte, ahnte er anscheinend nicht mal ansatzweise.

Starke nahm den Koffer in die Linke. Er zog das Messer und ließ es hinter dem Rücken auseinander schnappen.

Der Pilot bemerkte ihn erst, als er nur noch zwei Schritte von ihm entfernt war.

»Guten Abend«, sagte Starke höflich. »Fliegen Sie nach Chehalis, Sir?«

»Ja – ja, nach Chehalis«, antwortete der Pilot verdattert. »Sind Sie …?«

Was er sonst noch fragen wollte, blieb ihm im Hals stecken.

Denn in diesem Moment blitzte die Klinge auf.

Den Schrei, den er ausstoßen wollte, brachte er nicht mehr hervor.

Starke stach mehrmals zu, bis er sicher war, dass in dem

Mann kein Lebensfunke mehr war. Rasch schob er den Toten hinüber auf den Copilotensitz und stellte den Koffer ins Cockpit. Dann schwang er sich auf den Sitz. Er kannte die Maschine. Der Bell war eines der gebräuchlichsten Modelle in New York.

Er startete und stieg bis auf fünfzig Fuß Höhe. Dann ging er auf Westkurs, wie um nach Chehalis zu fliegen. Und er ließ den Hubschrauber weiter steigen. Erst hinter dem nächsten Bergkamm änderte er den Kurs nach Süden.

Niemand hatte Verdacht geschöpft, alle hatten nur auf das Geschehen beim Flugzeug geachtet. Starkes Rechnung war aufgegangen. Hubschrauber starteten und landeten in rascher Folge. Keiner der Piloten konnte sich darum kümmern, ob die anderen auch gerade Passagiere an Bord genommen hatten.

Starke orientierte sich an den Lichtern in den Tälern.

Straßenlampen und Häuser.

Irgendwann, wenn der Treibstoffvorrat zu Ende ging, würde er landen – irgendwo in der Einöde. Und noch während der Nacht würde er den nächsten Airport erreichen. Rechtzeitig, bevor sie ein Fahndungsnetz zogen. Erst mal würden sie ihre Zeit damit verplempern, das Waldgebiet bei der DC 10 nach ihm abzusuchen. Sie würden den Jeep finden, und sie würden glauben, dass er noch in der Nähe war. Und den Piloten des Jet Ranger würde in dem Trubel auch so schnell niemand vermissen.

Und wenn sie endlich kapierten, würde er, Starke, längst da sein, wo er hingehörte.

Wie suche ich eine Stecknadel im Heuhaufen? Und vor allem, wie finde ich sie? Mein einziger Anhaltspunkt: Die Stecknadel ist im Heuhaufen.

Selbst das raffinierteste Computerprogramm musste vor dieser Aufgabe kapitulieren.

Mir aber schwirrte sie ständig im Kopf herum. Die

Gemütlichkeit meines Apartments vermochte mich nicht von der verdammten Geschichte abzulenken. Seit vier Tagen waren wir wieder zu Hause.

Starke war die Stecknadel.

New York der Heuhaufen.

Ich war überzeugt davon. Hundertprozentig. Und ich wollte den Beweis erbringen. Indem ich ihn schnappte.

Ich goss Coke nach und betrachtete das Fernsehbild, das ohne Ton lief. Planwagen rollten über die Prärie.

Schon am Morgen nach der Notlandung hatten wir die Fahndung nach Starke eingeleitet. Jeder Cop in den Vereinigten Staaten sah sein Foto auf der Dienststelle, und es gab keinen Fleck im Gebiet der USA, an dem sich Starke sehen lassen konnte. Denn auch die Zeitungen hatten sein Foto veröffentlicht, und es wurde mit einem Fahndungshinweis von sämtlichen Fernsehsendern gezeigt.

Er musste sich verkriechen wie ein Maulwurf.

Ich war sicher, dass er genau das tat. Und zwar dort, wo er es am besten konnte, dort, wo er glaubte, dass wir ihn am allerwenigsten vermuteten.

In New York.

In der Zwölf-Millionen-Stadt, in der er genauso zu Hause war wie Phil und ich.

Okay. Wie löste ich die berühmte Heuhaufen-Aufgabe? Indem ich die Stecknadel lockte, sich zu zeigen? Und wie konnte ich sie locken? Mit einem Magnet. Hm. Was wirkte wie ein Magnet auf Starke?

Geld.

Plötzlich saß ich senkrecht im Sessel.

Geld?

War es das?

Ja, verdammt! Geld! Aber nicht einfach so, nicht einfach ein Packen Dollarnoten, den man ihm hinhielt. O nein, damit war er nicht zu fassen. Aber wenn er endlich das Geschäft mit den Milliardenplänen machen konnte, dann würde er sich vor Gier nicht mehr einkriegen.

Ich geriet in Aktion. Um zehn Uhr abends wurde ich hektisch. Ich scheuchte die Planwagen von der Bildröhre und rief als Erstes den Chef an. Es musste in dieser Nacht laufen, noch in dieser Nacht.

John D. High ist immer für uns zu sprechen. Rund um die Uhr. So meldete er sich denn auch schon nach dem zweiten Rufzeichen unter seiner Privatnummer.

»Sir«, sagte ich, »ich brauche eine Auskunft von Pratt.« Ich wusste, dass der Informationshändler auf dem Wege der Besserung war, dass er von FBI-Kollegen scharf bewacht wurde und er beantragt hatte, Kronzeuge werden zu dürfen.

»Ich nehme an, Sie brauchen die Auskunft sofort.«

»Ja, Sir.« Ich schilderte meinen Plan und fügte hinzu. »Was ich brauche, ist eine Liste von den Adressen, an denen sich Starke regelmäßig aufgehalten hat. Und dann brauche ich Windermeere.« Unser Maskenbildner war es ebenfalls gewohnt, zu jeder Tages- und Nachtzeit zur Verfügung stehen zu müssen.

»Das lässt sich alles machen. Was mir nicht gefällt, ist, dass Sie es mit Phil allein über die Bühne bringen wollen. Ich werde die Nachtbereitschaft als Einsatzreserve zur Verfügung halten.«

Dem konnte ich nicht widersprechen. »Danke, Sir«, sagte ich. »Ich bin in einer halben Stunde im Distriktgebäude.«

»Windermeere wird da sein. Und die Adressenliste auch.«

Ich drückte die Aus-Taste, ließ sie wieder hochkommen und rief eine Nummer ab, die ich vor einem Monat gespeichert hatte.

»Hallo?«, sagte eine sanfte weibliche Stimme nach dem achten oder neunten Rufzeichen.

»Ich bin's, Jerry.«

»O nein!«

»So entsetzt reagiert das schwache Geschlecht sonst nicht auf mich.«

»Ich bin ja auch die Einzige, die einen Grund dazu hat.«

»Okay. Was er auch tut, ich muss ihn sprechen.«

»Er ist nicht hier, Jerry.«

»Du wirst ganz schön rot, wenn du schwindelst.«

»Das kannst du doch gar nicht sehen.«

»Ich habe dieses Telefon, das einen Laser-Sichtstrahl durch die Leitung schickt.«

»Dein Humor begeistert mich immer wieder.« Ein tiefer Seufzer ertönte aus dem Hörer. »Also gut, du hast gewonnen.«

»Ich mach's wieder gut, Debbie. Bestimmt.«

Am anderen Ende der Leitung polterte der Hörer gegen ein Möbelstück. Debbie war Redaktionsassistentin bei der »New York Post«. Phil war seit einem Monat mir ihr zusammen. Wenn ich ihn nicht in seiner Wohnung erwischte, dann bei Debbie. Seine Stimme klang, als ob jemand rostige Schrauben in einen rostigen Eimer füllt.

»Wärst du nicht erst vor vier Tagen dem Sensenmann von der Schaufel gehüpft, würde ich dich jetzt nicht mit Samthandschuhen anfassen.«

»Wusste ich's doch!« Ich grinste den Hörer an.

»Was heißt das?«

»Treffpunkt an der üblichen Ecke.«

»Ich werd verrückt!«, stöhnte mein Freund und Kollege. »Wann?«

»In zehn Minuten«, sagte ich und legte auf.

Robert Redford hätte mich für seinen Zwillingsbruder gehalten.

Der Laden, in den es mich kurz vor Mitternacht verschlagen hatte, bestand hauptsächlich aus Spiegeln, dunkelroten Polstern und dunkelroten Seidentapeten. Der Name des Lokals lautete »Soirée«, die Lage war erstklassig. Broadway, Ecke West 47th Street.

Natürlich begrüßte der Portier die Gäste mit einem perfekten »Bon soir«, nicht etwa mit einem primitiven »Guten

Abend«. Alles, was aus Frankreich kommt, wird von New Yorkern besonders geschätzt. Also auch die Sprache.

Leise Swingmusik perlte aus unsichtbaren Boxen, und Serviererinnen im Frack schleppten silberne Kübel mit Champagner in die Sitzecken. Das heißt, die hier übliche Art von Frack bestand nur aus dem Jackett. Unter den wippenden Schwalbenschwänzen zeigten die Champagnergirls totale Beinfreiheit.

Ich brauchte nur nach links zu linsen, und schon sah ich diesen Redford-Typ, den Windermeere, aus mir gemacht hatte. Im Handumdrehen. Unser Maskenbildner war ein Supermann auf seinem Gebiet. Zwar hatte mich an diesem Abend noch niemand mit »Mr. Redford« angesprochen, aber ein paar forschende und staunende Blicke hatte ich schon gespürt.

Es gab eine komplette Speisekarte im »Soirée«. In einem Sonderteil des hübsch gedruckten Angebots wurde auch auf den »Entertainment Service« hingewiesen. Unterhaltung mit hohem Niveau, stand fettgedruckt darunter. Die Damen des Hauses seien in der Lage, sich den von ihren Gästen gewünschten Gesprächsthemen aufmerksam und geistreich zu widmen.

Solche noblen Kontaktschuppen schossen in New York neuerdings wie Pilze aus dem Boden. Das Rotlichtgewerbe hatte entdeckt, dass neben Millionen Touristen ständig fast ebenso viele Top-Manager in New York übernachteten. Wall-Street-Banker, Industrielle, Importeure, Exporteure, Finanzmakler, Filmproduzenten, Verlagsdirektoren und und und. In den Hotels von Manhattan gab es praktisch keine hochklassige Berufsgruppe, die nicht vertreten war. Und viele allein reisende Gentlemen interessierten sich abends nicht ausschließlich für das kulturelle Angebot des Theaterdistrikts.

Das »Soirée« gehörte zu jenem Boom-Business, das die Marktlücke voll ausnutzte.

Gehobene Sexabenteuer für gehobene Ansprüche.

Die Gäste erschienen in Gruppen oder allein.

Hier erwartete sie keine billige Strip-Show mit anschließendem Handanlegen gegen zusammengerollte Dollarnoten. Hier war alles um mindestens zweihundert Prozent vornehmer. Und teurer.

In der Nähe der Bar hatte sich ein schwarzhaariger Typ mit buschigem Schnauzbart niedergelassen. Er sprach astreines Spanisch mit argentinischem Akzent. Mit der eleganten Blondine an seinem Tisch redete er über den Preisverfall auf dem nordamerikanischen Markt für Rinderhälften. Ich konnte es nicht hören, ich wusste es. Denn der Señor aus Buenos Aires war mein Freund und Kollege.

Den Fleischkonzern-Chef aus Argentinien spielte Phil jetzt schon zum vierten Mal an diesem Abend. Ich hatte eine Flasche Champagner bestellt und nur ein paar Tropfen davon getrunken. Die Schrimps »auf kreolische Art« hatte ich mir noch zur Hälfte reingequält. Auf eine Unterhaltung mit gehobenem Niveau hatte ich bislang verzichtet. Was aber nichts heißen musste. Erst mal war es Zeit für meine Show. Auch zum vierten Mal an diesem Abend. In den ersten drei Etablissements hatte ich damit null Reaktion erzielt. Womöglich verlor Phil bald die Lust, den Rinderhälften-Fachmann zu spielen.

Nach meinen Misserfolgen hatten wir uns jeweils abgeseilt. Und zwar schleunigst.

Ich winkte eines der Frack-Girls an meinen Tisch und sagte, dass mir der Champagner nicht geschmeckt habe, die Schrimps auch nicht besonders, und dass ich mir überhaupt mehr von einem Lokal versprochen hätte, das sich so verheißungsvoll »Soirée« nannte. Ich schob ihr meine Kreditkarte hin und bestand darauf, zu zahlen und zu gehen. Ihr lahmer Versuch, mich zum Bleiben zu überreden, zeugte davon, dass in ihrem Arbeitsvertrag keine Gewinnbeteiligung vorgesehen zwar.

Die Frackschöße wippten davon.

Wesentlicher Bestandteil meines Auftritts war die Kreditkarte. Sie stammte aus der Requisitenkammer des FBI-Distrikts New York und lautete auf denselben Namen wie der Führerschein in meiner Brieftasche. Raymond R. Jennings. Wohnort Detroit. Die Kreditkarte war eine Firmenkarte und gab deshalb etwas genauere Auskunft über mich als der Führerschein.

Die Firma war General Motors.

Ray Jennings gab es wirklich. Er war einer der Direktoren in der Planungsabteilung des Autokonzerns. Er sah aus wie Robert Redford, und er hatte sich damit einverstanden erklärt, dass der FBI bei passender Gelegenheit seinen guten Namen benutzte. Jennings gehörte zu jenen guten Patrioten in unserem Land, die einen Beitrag zur Verbrechensbekämpfung leisten wollten.

Die Karte war aus elegantem goldfarbenem Kunststoff und wies mich zweifelsfrei als Führungskraft des Unternehmens aus. Firmenkarten hatten überdies den Vorteil, dass die Abrechnungen persönlich-vertraulich als Geschäftspost ins Büro geschickt wurden und nicht an die Privatadresse, wo eine aufmerksame Ehefrau den Kurztext der Buchungsposten studierte. All das war in Etablissements wie diesem bestens bekannt.

Die Spiegelflächen kündigten an, was auf mich zukam.

Eine Lady, die so bedeutend aussah, als ob sie viele Jahre den Goldschatz von Fort Knox verwaltet hätte, ehe sie beschlossen hatte, im »Soirée« Karriere zu machen.

Dass sie Kurs auf meinen Tisch genommen hatte, war von Anfang an unverkennbar. In ihrem Gesicht las ich eine Willenskraft, die mir einen Schauer über den Rücken jagte. Solch einer Frau ausgeliefert zu sein konnte den härtesten Mann brechen. In ihren schlanken Händen trug sie eine Ledermappe wie ein Silbertablett. Die Mappe enthielt meine Rechnung, meine Kreditkarte und das Formular dafür. Doch die Lady würde kämpfen wie eine Löwin, damit sie das Formular nicht jetzt schon ausfüllen musste. Ich sah es ihr an, und meine Hoffnung auf einen Erfolg wuchs.

Die Lady trug ein granitfarbenes Kostüm, aufgepeppt durch eine blutrote Bluse.

»Mr. Jennings?«, fragte sie.

Ich hob den Kopf, gezwungen, zu ihr aufzublicken. »Darf ich Sie einen Moment sprechen, Sir?«

»Eigentlich wollte ich …«

»Erlauben Sie, dass ich mich zu Ihnen setze, Sir?«

»Ja, also …«

Sie hatte dieses Lächeln drauf, mit dem sie in der Arktis einen Gletscher zum Kalben bringen konnte. Und sie nahm nicht etwa mir gegenüber Platz. Himmel, nein, es war für sie die selbstverständlichste Sache der Welt, dass sie sich neben mich setzte. Sie tat es mit der gleitenden Eleganz einer Tigerin. Ihre Duftnote war exklusivstes Paris.

»Lieber Mr. Jennings …«

»Sagen Sie Ray zu mir.« Ich erwiderte ihr Raubkatzenlächeln. Gleichzeitig gehörte es zu meiner Taktik, nicht von ihr wegzurücken. Sie musste das Gefühl haben, dass mir ihre Nähe gefiel, dass sie die beabsichtigte Wirkung auf mich erzielte.

»Sie sind sehr freundlich, Ray. Ich bin Dorothy Ellis, Geschäftsführerin dieses Hauses. Bitte nennen Sie mich Dorothy. Und nun erklären Sie mir bitte, was Sie zu beanstanden haben. Ich werde Ihnen aufmerksam zuhören und nicht versuchen, Sie mit abgedroschenen Sprüchen vom Gegenteil zu überzeugen.«

»Darf ich Sie zu einem Glas Champagner einladen, Dorothy?«

»Aber ja! Dann redet es sich leichter, nicht wahr? Ich bin froh, dass Sie mit mir reden wollen, Ray. Sehen Sie, wir legen allergrößten Wert auf Kundenzufriedenheit. Ich denke, ich brauche jemandem aus Ihrer Branche nicht zu erklären, welchen Stellenwert gerade die Kundenzufriedenheit in zeitgemäßen Marketing-Konzeptionen hat.«

Ich merkte, sie wollte mich niveauvoll beeindrucken. »Woher kennen Sie meine Branche?«, tat ich verblüfft.

»Oh, ich habe Sie nicht ausspionieren lassen, Ray, falls Sie das meinen!« Sie lachte hell klingend. »Ich brauchte nur einen Blick auf Ihre Kreditkarte zu werfen.«

»Ah, richtig!«, trompetete ich und klatschte mir auf den Schenkel. »Meine Güte, ja! Die nahe liegendsten Sachen vergisst man manchmal.«

»Sehen Sie! Kommen wir zurück auf Ihre Unzufriedenheit – bei einem Glas Champagner. Ich würde gern mit Ihnen in meinem Privatbüro anstoßen.« Sie beugte sich etwas weiter zu mir herüber, um ihren Blick und auch die sonstigen bleibenden Eindrücke zu vertiefen. Ihre blutfarbene Bluse, das stellte ich jetzt fest, hatte zwar einen hohen Rüschenkragen, aber zugleich einen tiefen Ausschnitt.

»Aha!« Ich erhob einen scherzhaft tadelnden Zeigefinger. »Sie wollen den Heimvorteil ausnutzen, was, Dorothy?«

Sie senkte den Kopf wie ein schuldbewusstes kleines Mädchen. »Wissen Sie eigentlich, dass Sie Robert Redford ähnlich sehen?«

»Sie sind die Erste, die mir das sagt.«

»Nun hören Sie aber auf!«

Ich hätte ihr zwar beweisen können, dass sie wirklich die Erste war. Aber das ließ ich lieber.

Ich sagte ihr auch nicht, mit wem ich sie verglich.

Auf dem Weg in die hinteren Gemächer bemerkte ich den wachsamen Blick des argentinischen Rinderbarons. Zu meinem Abschlepp-Erfolg musste er mich einfach beglückwünschen – nicht nur, weil Dorothy Ellis sowohl vom Äußeren als auch vom Rang her die Spitzen-Lady des Ladens war, sondern vor allem, weil damit die Chancen auf ein baldiges Wiedersehen mit Debbie stiegen.

Dorothys Privatbüro war nicht exakt das, was man sich unter einem Büro vorstellt. Der Jugendstil-Schreibtisch, verschwindend klein in einem Winkel des plüschigen Raumes, wurde durch den Rest der Einrichtung als reine Dekoration entlarvt. Denn dieser Rest beanspruchte neunzig Prozent der Fläche und bestand jeweils zur Hälfte aus einer französischen Liegewiese und einem Langflorteppich von mindestens gleich hohem Gemütlichkeitswert. Einzige Sitzgelegenheit waren zwei zerbrechlich aussehende Stelzenstühlchen hinter dem Deko-Schreibtisch.

Eines der Frack-Girls musste Dorothys Gedanken gelesen haben. Die Kleine mit dem Schwalbenschwanz schob einen Servierwagen mit kompletter Schampus-Ausrüstung herein und zog sich sofort wieder zurück.

Ich schenkte ein. Dorothy beobachtete mich wohlwollend. Dann prosteten wir uns zu.

»Wollen wir die Reklamationen zuerst abhaken?«, schlug sie mit einer Sanftheit und einem Augenaufschlag vor, dass kein Reh aus Walt Disneys Produktionen hätte mithalten können.

»Ich muss ein Geständnis ablegen«, sagte ich und spielte den Schuldbewussten. »Ich habe überhaupt nichts zu beanstanden. Es ist nur ein Trick, den ich anwende.«

»Ein Trick?« Dorothy tat, als erlebte sie die Überraschung ihres Lebens.

»Ja, ein Trick. Ich wende ihn an, um Geschäftsführerinnen herumzukriegen.«

Einen Moment lang sah sie mich aus großen Augen an. Dann brach sie in schallendes Gelächter aus, wenig ladylike, und hatte erhebliche Mühe, sich wieder zu beruhigen. »Wissen Sie, Ray, dann muss ich auch etwas gestehen …«

»Ja?«

»Ich möchte Sie gern die ganze Nacht hier behalten, bei mir. Aber vorher würde ich gern über ein anderes Geschäft mit Ihnen reden.«

»Ist das wahr?«, staunte ich.

»Als ich Ihre Kreditkarte sah, habe ich mich auch mit voller Absicht an Sie herangemacht.«

»So nennen Sie das?«

»Warum denn nicht? Ehrlich währt am längsten, stimmt's?«

»Geschäftemacher sind selten ehrlich.«

»Zu der Sorte, die Sie meinen, gehöre ich nicht. Ich spiele mit offenen Karten.«

»Dann will ich Ihr Blatt sehen«, sagte ich grinsend.

»Würden Sie General Motors gern wieder zum Autokonzern Nummer eins machen? Weltweit?«

»Wenn ich das könnte, hätte ich ausgesorgt.«

»Was wäre Ihnen eine Erfindung wert, die Ihnen genau das ermöglicht?«

Ich setzte mich kerzengerade auf. Dass ich schlagartig hellwach geworden war, brauchte ich ihr nicht einmal vorzuspielen. »Was für eine Erfindung?«, stieß ich stirnrunzelnd hervor.

»Möchten Sie es sich vielleicht von einem Fachmann erklären lassen?«

Ich musste mich beherrschen, um äußerlich nur so viel Gespanntheit zu zeigen, wie der Sache angemessen war. »Ich hatte mir den Rest der Nacht eigentlich anders vorgestellt, wie gesagt …«

Innerlich fühlte ich mich wie jemand, der gerade einen Anruf von der New Yorker Lottogesellschaft erhalten hatte. *Sir, wir können Ihnen die erfreuliche Mitteilung machen, dass auf Ihrem Schein soeben sechs Richtige festgestellt wurden!*

»Das Gespräch wird ja nicht lange dauern, Ray.« Dorothy setzte wieder dieses verführerischste aller Lächeln auf. »Dann stehe ich wirklich so lange zu Ihrer Verfügung, wie Sie wollen – auch den ganzen Tag morgen. Und noch eine Nacht, wenn Sie möchten.«

»Sie trauen mir ja was zu«, sagte ich geschmeichelt, um sie denken zu lassen, dass mir mehr an den Stunden mit ihr gelegen war als an irgendeinem Gespräch über irgendein windiges Geschäft.

»Wir werden ja sehen«, hauchte sie verheißungsvoll. Gleich darauf nahm ihr Ton wieder die geschäftsmäßige Freundlichkeit an. »Darf ich Sie mit einem guten Freund bekannt machen?«

»Mit dem Fachmann?«

»Ja.«

»Okay. Wenn es denn wirklich der Company dient. Was tut man nicht alles für seinen Brötchengeber!«

Dankbar lächelnd öffnete Dorothy ein Schreibtischfach und nahm den Hörer einer Haussprechanlage heraus. »Mr. Jennings ist bereit, dich anzuhören, Gus. Komm doch bitte mal eben rauf.« Sie klinkte den Hörer weg.

»Rauf?«, fragte ich stirnrunzelnd. »Ich denke, wir sind hier im Erdgeschoss.«

»Das stimmt. Ich besitze hier im Gebäude eine private Kellerwohnung. Gus Barker ist ein guter Bekannter. Er muss sich verstecken, weil eine Menge Konkurrenten ihm das abjagen möchten, was er anzubieten hat. Sie werden gleich sehen, dass es wirklich eine Menge Gründe gibt, auf sein Material scharf zu sein. Er wartet seit Wochen auf eine Gelegenheit, jemanden zu treffen, der ihm weiterhelfen kann.«

Ich nickte verständnisvoll und dachte daran, dass ich auf meine Gelegenheit vor vier Stunden noch nicht mal im Traum gehofft hatte. Aber nun sah es verteufelt danach aus, dass der Stecknadel-Magnet funktionieren würde.

Es klopfte, Dorothy rief ein fröhliches »Come in!«, und er stand vor mir.

John Starke.

In der Linken hielt er einen großen Briefumschlag. Er musterte mich, als ich ihn mit einer Handbewegung bat, näher zu treten.

»Ich habe hier nur ein paar Fotokopien als Kostprobe«, sagte er. »Wenn wir ins Geschäft kommen, kriegen Sie die Originale. Ist ja klar.«

Ich nickte, nahm den Umschlag entgegen, klappte die Lasche auf und zog die Blätter halb heraus.

Japanische Schriftzeichen, die ich nicht entziffern konnte, sprangen mich förmlich an. Und darunter, für unsere westlichen Augen, die lateinischen Buchstaben.

SCOHP

»Das darf nicht wahr sein!«, rief ich lautstark und voller Begeisterung und hoffte dabei, dass der Rinderbaron in der Nähe war und die Lauscher aufgestellt hatte. »Ist denn das die Möglichkeit?«

»Es ist wahr«, sagte Starke mit beinahe verlegenem Grinsen, als hätte er das revolutionäre Karosserieblech selbst erfunden.

Ich legte den Umschlag auf den Spielzeug-Schreibtisch, nickte Dorothy scheinbar anerkennend zu und sah dann wieder den großen, breitschultrigen Kerl vor mir an. Ein bisschen blass war er geworden, seit wir uns in einem Wald in den Rockys gegenübergestanden hatten. Verständlich, wenn jemand vier Tage lang keine Sonne mehr gesehen hatte.

»John Starke«, sagte ich ohne Ankündigung. »Sie sind verhaftet wegen Mordes und weiterer Delikte. Ich bin Special Agent Jerry Cotton, FBI-Distrikt New York. Pflichtgemäß weise ich Sie darauf hin, dass alles, was Sie von jetzt an sagen …«

Weiter kam ich nicht.

Dreierlei geschah gleichzeitig.

Dorothy stieß einen Entsetzensschrei aus.

Starke brüllte vor Wut, seine Rechte zuckte unter das Jackett.

Und die Tür flog auf, krachend, von einem Fußtritt getrieben.

Starke brachte die Automatic fast hoch. Nur fast.

Meine Handkante war schneller.

Fassungslos starrte er auf seinen Schießarm, der herabhing wie ein leerer Sparstrumpf. Die Pistole landete weich im flauschigen Teppich.

Phil war im nächsten Moment zur Stelle und beherrschte die Situation mit seinem Smith & Wesson. Starke hob den intakten Arm.

Dorothy konnte es nicht mehr riskieren, in ihren Zier-Schreibtisch zu greifen.

Ich nahm meine Handschellen vom hinteren Hosenbund. Wir führten Starke zum Heizkörper auf der anderen Seite des Raumes und klinkten ihn dort am Zuleitungsrohr fest. Bleich unter dem Make-up händigte Dorothy mir das schnurlose Telefon aus, mit dem ich Mr. High anrufen konnte.

Bevor die Kollegen zur Stelle waren, um Starke und seine Freundin abzutransportieren, ließ ich mir von Dorothy die Kellerwohnung zeigen. Die blasse Lady hatte den Schlüssel für einen Wandsafe, in dem Starke die Original-Unterlagen von SCOHP aufbewahrt hatte.

Noch in derselben Nacht brachten Mr. High und ich das Milliarden-Material den rechtmäßigen Eigentümern zurück. Phil war längst wieder bei Debbie.

Die Gentlemen aus dem Land der aufgehenden Sonne ließen den Chef und mich spüren, was japanische Höflichkeit ist. Sie bestanden darauf, in der Hotelbar einen Drink mit uns zu nehmen. Wir konnten es beim besten Willen nicht abschlagen.

Nur die Einladung nach Tokio, mit einwöchigem Aufenthalt in einem Fünf-Sterne-Hotel, lehnten wir ab.

Denn selbst in ihrer mildesten Form ist Bestechung beim FBI undenkbar.

Ich fuhr Mr. High nach Hause und erreichte eine halbe Stunde später meine eigenen vier Wände. Der Anrufbeantworter hatte eine Nachricht für mich aufgezeichnet, kurz nachdem ich zum Einsatz aufgebrochen war.

Hi, Jerry. Stell dir vor, ich habe meinen Heimaturlaub in Washington abgebrochen. Ich konnte es vor Langeweile nicht mehr aushalten. Willst du dazu beitragen, dass New York hält, was ich mir davon verspreche? Dann ruf mich an, egal, wann du zurück bist. Die Nummer ist sechs, acht, neun, acht, acht, sieben, drei.

Gleich nach dem ersten Rufzeichen wurde abgehoben.

»Was wäre dir lieber?«, fragte ich. »Vorschlag eins. Wir seilen uns vom UN-Gebäude ab. Vorschlag zwei. Nächtliches Bungee-Springen von der Brooklyn Bridge. Vorschlag drei. Fassadenklettern am Empire State Building.«

»Was hältst du von Vorschlag vier?«, entgegnete Laura. »Nächtlicher Besuch in meinem Apartment.«

»Der aufregendste Vorschlag von allen«, sagte ich.

Der Sechszylinder meines Jaguars war noch warm, als ich losfuhr.

ENDE

Nachtaufnahme

»Lass mich los!«

Sue Fergus drehte den Kopf zur Seite, um Karners nassen Lippen zu entgehen. Mehlsackschwer lasteten die zweihundert Pfund des Kameraassistenten auf ihr. Mit einer Hand grabschte er nach ihren Brüsten, die andere versuchte er unter Sues Rock zu schieben.

Die Party in der Suite »Topas« in der 45. Etage im Hilton Hotel New York drohte zur Orgie zu entarten. Niemand tanzte, niemand sorgte für Drinks oder erzählte Witze. Gruppen und Grüppchen lagen auf allen Couchen und selbstverständlich auf dem riesigen Bett. Einzelpaare lagen verschlungen auf dem dicken Teppich des Wohnraums. Der süße, schwere Geruch gerauchter Joints schwängerte die Luft. Soulmusik aus der Hi-Fi-Anlage waberte durch das riesige Apartment, durchbrochen von kleinen, spitzen Schreien und manchmal ausbrechendem, schrillem Gelächter.

Für Sue Fergus war die Entwicklung, die Burkes Party genommen hatte, keine Überraschung. Neun von zehn Partys, die Ron Burke in Hollywood oder an irgendeinem anderen Drehort schmiss, endeten in einer Orgie. Einige hatte Sue bis zum verkaterten Ende des nächsten Morgens mitgemacht, teils aus Spaß an der Sache oder um der eigenen Karriere einen Kick zu geben, aber die meisten Kerle vergaßen ihre Versprechungen, sobald die Sonne aufging. Von Ben Karner, der heute an ihr herumgrabschte, war ohnedies nichts zu erwarten. Als zweiter Assistent im Kamerateam war er froh, wenn er bestenfalls die Kurbel des Schwenkarms drehen durfte.

»Lass mich los!«

Sie versetzte ihm einen energischen Fausthieb in das wabblige Fett auf seinen Rippen. Er gab einen Grunzlaut von sich, aber ein Fausthieb genügte nicht, ihn zu stoppen. Sue hatte gesehen, wie er sich zwischen zwei Cocktails eine gehörige Prise »Schnee« reingezogen hatte. Das Zeug wütete in seinem Gehirn und setzte sein Ego außer Rand und Band.

Sie zog ein Knie an, spannte die Beinmuskeln und stieß gezielt zu. Obwohl ihre Lage unter dem Fettwanst ungünstig war, landete sie einen perfekten Treffer.

Der Schmerz durchknallte den Kokainnebel in Karners Gehirn wie ein Blitzschlag eine Wolkenwand. Er schrie, warf sich zurück und ließ Sues Brüste und Schenkel los, weil er beide Hände brauchte, um sie auf sein wüst schmerzendes Zentrum zu pressen.

Geschmeidig drehte sie sich zur Seite weg, stand auf, strich den kurzen Lederrock glatt.

Karner jammerte. »Warum tust du das?«

Er kniete, die Hände zwischen den Beinen, als fürchtete er, sein Stolz könnte ihm abfallen.

Sie antwortete nicht, schlüpfte in ihre Schuhe und wandte sich zur Tür.

Trotz Karners Aufschrei hatte der Vorgang kaum das Interesse der anderen erregt. Kurzes Gelächter, ein paar bissige Zurufe an Karners Adresse, Aufforderungen an Sue, woanders mitzumachen. Das war's.

Im Vorbeigehen nahm sie ein halb volles Glas von der Bartheke, leerte es auf dem Weg zur Tür, warf das Glas in einen Sessel und verließ Burkes Apartment.

Kein Laut drang durch die Doppeltür in den Flur der 45. Etage, an dem ausschließlich die Luxusapartments lagen, die keine Nummern, sondern die Bezeichnungen von Edelsteinen trugen. Das Spitzenapartment hieß »Diamant«. Natürlich wurde es von Corr bewohnt, dem Star des Films, Corr, dem Superman der 90er Jahre, dem Kassenmagnet, die Nummer 1 auf allen Kinoleinwänden der Welt, Corr, dessen Filme von Mal zu Mal immer aberwitzigere Produktionsdollars verschlangen und dennoch Millionengewinne abwarfen dank Corr, diesem Idol der Weltbevölkerung, Corrs Fangemeinschaft von drei oder vier Milliarden Menschen.

Die Aufzugtür öffnete sich. Sue betrat die Kabine. Eine Etage glitt die Kabine abwärts zur 44., auf der sich die besten Zimmer des Hilton befanden, aber eben nur Zimmer, keine luxuriösen Apartments. Sue wusste genau, dass dieser Unterschied von einer Etage die ganze, riesige Kluft bedeutete zwischen Prominenz und Namenlosigkeit, zwischen Millionengagen – und Wochenschecks, zwischen Glanz und Schatten.

Ebenso genau wusste sie, dass es nicht mehr lange dauern würde, bis sie noch einmal hinuntergestuft wurde in die 43. oder 42. Etage, auf der die Techniker und Beleuchter, die Statisten und Stunts sich zu zweit und dritt die Zimmer teilten. Schon bei der nächsten Produktion konnte sie davon betroffen werden, und wenn sie Einspruch erhob, würde sie möglicherweise von der Besetzungsliste gestrichen werden.

Sue hasste Corr, weil er nichts für sie tat.

Nichts, nach allem, was sie für ihn getan hatte.

Als er vor acht Jahren nach Hollywood gekommen war, hatte sie ihn am Strand aufgelesen, einen hohlköpfigen Bodybuilding-Muskelprotz, der nichts aufzuweisen hatte als ein glattes Gesicht, eine glatte Haut, unter der er seine hoch gezüchteten, mächtigen Muskelpakete spielen ließ. Nichts unterschied ihn von tausend anderen körpervernarrten Boys strandauf, strandab, die ihr Ego aufbliesen, indem sie ihre Muskeln aufbliesen mit harter Arbeit an Gewichten und Kraftmaschinen und dem schnellen Schluck von Anabolika. Jeder von ihnen hoffte auf eine Filmkarriere oder wenigstens auf die Parkmöglichkeit im Bett einer Millionärin. Signalisierten ihre prächtig herausmodellierten Körper nicht ungeahnte Wunder an Maskulinität?

Sue Fergus wusste besser, wie es darum bestellt war.

Sie hatte ein halbes Jahr lang mit Corr zusammengelebt. Damals hieß er noch Anthony Cordtland, und die Karteikarte mit seinem Foto und seiner Telefonnummer verschimmelte in der Statistenregistratur aller Studios.

Sie, Sue Fergus, kein Star, aber eine angesehene Schauspielerin größerer Nebenrollen, hatte ihm den ersten Job verschafft, und damit war seine Karriere so unaufhaltsam losgebrochen wie ein Tornado.

Eine Welle von Fan-Briefen überschwemmte das Studio. Hunderttausende von Boys wollten aussehen wie er. Hunderttausende von Mädchen wollten von ihm geliebt oder zumindest verwöhnt werden.

Sam Marganoff, der Produzent, reckte seine riesige Nase in den Wind, erschnüffelte die Chance und riskierte fünf Millionen Dollar anderer Leute für einen Film mit Anthony Cordtland in der Hauptrolle, umgetauft zu »Corr«, kein Vorname, kein Nachname, nur vier Buchstaben, eine Lautkombination, Identifikationsmerkmal für einen großen schwarzhaarigen Mann mit hellen Augen und mächtigen Muskeln, die seinem Körper die übermenschlichen Dimensionen eines Halbgotts oder eines Dämons verliehen.

Schon Corrs erster Film wurde ein Welterfolg. Ohne Zögern steckte Marganoff die verdienten zehn Millionen in die nächste, üppigere Produktion, und aus den Kinokassen sprudelte der Reibach wie Öl aus einem ganzen Feld hochkarätiger Bohrlöcher. Schon fünf Jahre dauerte der Corr-Boom. Nichts deutete auf sein Ende oder auch nur eine Abschwächung hin.

Sue verließ den Lift auf der 44. Etage. Ihr Zimmer trug die Nummer 4420. Sie betrat den Raum, schaltete die Beleuchtung ein, legte sich aufs Bett und wartete auf den vereinbarten Anruf.

Sie wusste, dass sie sich auf ein gefährliches Spiel einließ, aber sie war entschlossen, die Chance wahrzunehmen. Sie hatte nie Stargagen kassiert, und seit der ersten Kürzung ihres Wochenschecks bei der Produktion von »Mad Situations« war klar, dass es mit ihrer Karriere abwärts ging. Es war nur noch eine Frage der Zeit, bis das Abrutschen zum Absturz wurde. In ihren Albträumen sah sich Sue in der Schlange arbeitsloser Statisten, die morgens vor dem Besetzungsbüro warten, in der verzweifelten Hoffnung, dass für einen Ausfall Ersatz gebraucht wird.

Wenn Burke erfährt, dass ich den Männern helfe, die ihn

aus dem Geschäft schießen wollen, lässt er mich umbringen, dachte sie. Eine halbe Million Dollar sind ein Risiko wert, und zwanzigtausend Dollar sind eine Anzahlung, die sich sehen lassen kann.

Sie schwang sich vom Bett, ging zum eingebauten Kleiderschrank und räumte die Wäsche zur Seite, die den kleinen Zimmertresor verdeckte. Hastig stellte sie die Zahlenkombination ein, öffnete das Fach, das außer ihrer Schmuckkassette einen braunen Umschlag enthielt.

Sue nahm ein dickes Päckchen Hundert-Dollar-Noten heraus und blätterte die grünen Scheine durch.

Zwanzigtausend Dollar für ein paar Informationen über Ron Burke und die »Movie Employers Association«, über die Machtverhältnisse hinter den Kulissen, waren ein großzügiges Honorar. Was immer der Mann, der ihr den Umschlag gegeben hatte, von ihr verlangte, sie würde es für ihn tun, solange er so gut zahlte. Außerdem gefiel er ihr. Vielleicht ließ sich zwischen ihr und ihm eine engere Bindung herstellen, als Geld allein sie zustande bringt.

Sie legte das Geld zurück ins Safe, schloss den Schrank, betrachtete sich im großen Spiegel und fand, dass sie noch immer genug Sex ausstrahlte, einen Mann auf Touren zu bringen. Genau aus diesem Grund hatte sie ihr Zimmer fürs nächste Treffen mit Archie vorgeschlagen. Mal sehen, was sich entwickelte.

Das Telefon summte. Der Anruf kam pünktlich auf die Minute.

Sue nahm den Hörer ab und meldete sich.

»Ich bin es, Beauty«, vernahm sie Archies dunkle Baritonstimme, deren Timbre sie als warm und angenehm empfand.

»Okay, du kannst heraufkommen. Weißt du die Nummer noch?«

»Selbstverständlich.«

»Lass dir Zeit! Ich will mich für dich ein wenig hübsch machen.«

»Fein«, antwortete er lachend. »Zieh alles aus, was du anhast.« Noch lachend legte er auf.

Sue warf den Hörer in die Gabel, lief zum Badezimmer und öffnete die Tür.

Beim Anblick des großen schwarzen Schattens, der sich vor den weißen Kacheln abzeichnete, traf sie der Schreck wie ein Faustschlag aufs Herz. Sie hieb die flache Hand auf die Schalter neben der Tür. Alle Lichter im großen Baderaum flammten gleichzeitig auf, die Leuchten neben dem Kristallspiegel ebenso wie der Deckenstrahler und die Innenbeleuchtung der Duschkabine.

»Was willst du hier?«, schrie Sue.

Einem Schraubstock gleich schloss sich eine Hand um ihren Nacken, die andere verschloss ihren Mund.

Sue Fergus verlor den Boden unter den Füßen.

»Darf ich Ihnen noch etwas zu trinken geben, Sir?«, fragte der Barkeeper.

»Danke, nein«, antwortete ich. Phil begnügte sich mit einem Kopfschütteln. Der Keeper zog sich zurück. Das kurze Zucken seiner Mundwinkel verriet, was er von uns hielt.

Seit drei Stunden hingen wir an der Hallenbar des Hilton Hotels herum mit je einem Orangenjuice pro Stunde, in den Augen eines Barkeepers die lausigste Parkgebühr für einen Hocker an seiner Theke.

Den Gefallen, abzuschwirren oder ein paar saftige Cocktails zu bestellen, konnten wir ihm nicht tun. Der Platz war ideal für die Beobachtung der Viertelmeile Empfangstheke und der Batterie Lifte, und gegen die Cocktails sprach das Alkoholverbot während des Dienstes, abgesehen von der Knauserigkeit der Spesenabteilung.

Nicht zum Spaß saßen wir uns Schwielen. Das FBI-Hauptquartier Los Angeles hatte das FBI-Hauptquartier New York gebeten, einen Drogenkurier festzunehmen, der mit Nachschub für jene Filmcrew unterwegs war, die die drei oder vier obersten Etagen des Hotels belegt hatte. L.A. hatte uns Fotos des Mannes herübergefaxt, uns die Flugnummer seiner Maschine genannt und angekündigt, dass wir voraussichtlich etwa 800 Gramm Kokain bei ihm finden würden, worauf wir uns fragten, warum, zum Teufel, sie ihn nicht selbst verhafteten, wenn sie so viel über ihn wussten.

Die Antwort war einleuchtend.

L.A. kannte seinen Kontaktmann in der Filmcrew nicht. So baten die kalifornischen Kollegen uns, den Mann, bitte schön, genau in dem Augenblick zu verhaften, in dem er seinem Geschäftspartner mit der linken Hand den Koks überreichte und mit der rechten die Kohle entgegennahm. Da das überall passieren konnte, hatte Steve Dillaggio, Organisator komplizierter Einsätze beim FBI New York, G-men am Flughafen, an den Taxiständen, in den Pendelbussen und Phil und mich als Ende der Kette im Hotel stationiert.

Das alles wegen 800 Gramm eines Scheißzeugs, das an New Yorks Straßenecken kiloweise gedealt wird, aber selbstverständlich wollten die Koks-Barone von Los Angeles ihre zahlungskräftige Filmkundschaft nicht an die Konkurrenz verlieren und schickten lieber einen Kurier per Flugzeug, wenn dadurch auch die Vertriebsspesen höher wurden.

Phil stieß mich an.

Ich fuhr auf. »Siehst du ihn?«

»Nein. Aber einen anderen guten Bekannten. Vor dem Lift Nummer vier steht Archie Slough.«

Richtig! Archie stand inmitten einer Reisegruppe Japaner, die er samt und sonders um einen Kopf überragte.

Von den Ladys in der Gruppe blickten einige verstohlen zu Archie hoch. Dann hielten sie sich die Hände vor den Mund und kicherten.

Es stimmte, dass Archie Slough beeindruckend aussah,

ganz im Gegensatz zu seinem älteren Bruder Marvin, dem wirklichen Kopf des Slough-Syndikats, dessen rasanter Aufstieg seit Jahren die Konkurrenz-Gangs ebenso in Atem hielt wie die Polizei.

Die Slough-Brüder nutzten ihre unterschiedlichen Fähigkeiten in perfekter Zusammenarbeit, z.B. im Kampf mit Charly Booker. Sexy-Archie machte sich an Bookers Geliebte heran, kriegte sie rum und erfuhr von ihr, wo und wann Booker am besten und gefahrlos umgenietet werden konnte. Den Rest erledigte Marvin.

Slough und die Japaner verschwanden im Lift.

Archie war nicht das Thema des Abends. Wir warteten weiter auf den Hollywood-Drogenkurier, zum Glück nicht vergebens. Eine knappe halbe Stunde nach Archie Slough wurde er zusammen mit einer lauten Gruppe Partygästen in die Halle gespült. Die Partygäste strebten einem Veranstaltungssaal zu, unser Mann ging zur Empfangstheke und richtete eine Frage an eine Hotelangestellte.

L.A. hatte uns mitgeteilt, dass der Junge auf den Namen Juan Flores hörte. Er war leicht zu identifizieren. Er sah nicht nur so aus wie auf den Fotos, er trug sogar denselben Anzug.

Die Angestellte wies auf die Kabinen der Haustelefone. Flores ging hin, schnappte sich einen Hörer und wählte eine Nummer.

Phil und ich zahlten unsere Orangenjuices und räumten zur Erleichterung des Keepers endlich die Hocker.

Noch war die Frage offen, ob Flores seinen Abnehmer in die Halle herunter bat oder ob der Deal im Hotelzimmer abgewickelt wurde. Dass die Entscheidung für das Zimmer gefallen war, wurde klar, als Flores einhängte und die Lifte ansteuerte. Als er ankam, standen wir schon dort.

Wir warteten gemeinsam. Die Crew eines Lufthansa-Jets gesellte sich zu uns, drei Piloten und ein halbes Dutzend blonder, langbeiniger Stewardessen-Fräuleins, denen der nur mittelgroße, gelbgesichtige Flores mit unverhülltem Appetit nachstarrte, als sie auf der 26. die Kabine verließen.

Flores hatte den Knopf für die 44. Etage gedrückt. In der linken Hand trug er einen schwarzen Aktenkoffer, der, wenn er wirklich 800 Gramm Kokain enthielt, trotz der gesunkenen Drogenpreise 50000 Dollar wert war.

Wir konnten uns nicht leisten, mit ihm auszusteigen. Das hätte seinen Verdacht erregt. Also verließen wir die Kabine eine Etage früher, warteten, bis sich der Lift wieder in Bewegung gesetzt hatte, und rissen die Tür zum schmalen Schacht auf, in dem die Feuertreppen verliefen.

Natürlich kam Flores vor uns auf der 44. Etage an. Als ich dort die Stahltür aufdrückte und vorsichtig in den Flur spähte, sah ich ihn am Ende des Ganges vor einer Tür, die geöffnet wurde und hinter der er verschwand.

In Messing trug die Tür die Zimmernummer 4427.

Lautlos schob Phil einen flachen Passepartout ins Schlot, drehte ihn, drückte sanft gegen die Tür, die nachgab, bis sie von der vorgelegten Kette gestoppt wurde.

Ich hörte eine Männerstimme, die laut Zahlen nannte.

»... dreitausend, viertausend, fünf ...«

Auch auf die Kette waren wir vorbereitet. Ich hielt die Zange bereit, setzte sie an und presste die Griffe zusammen.

Es gab ein kleines Geräusch. Der Mann unterbrach sein Zählen und sagte: »Was ist das?«

Im selben Augenblick knackten die extrem gehärteten Schneiden der Zange die Kette, die klirrend in zwei Teile zersprang.

Phil trat gegen die Tür, die weit aufflog. Wir brüllten: »FBI! Keine Bewegung!«

Das Hotelzimmer war groß und hatte auch noch einen Vorraum.

Flores und sein Geschäftspartner standen an einem Tisch, auf dem der geöffnete Aktenkoffer und einige Dollarpäckchen lagen.

Der Drogenkurier riss die Arme hoch.

Der andere Mann schrie einen unverständlichen Fluch, zog eine Schublade auf und griff hinein.

Phil war näher dran als ich. Er donnerte dem Typen die Faust ans Kinn, der unter der Wirkung des Treffers zwar zurücktaumelte, aber die Waffe festhielt und sie aus der Schublade rausbrachte. Phil hechtete nach, riss ihn um, packte sein Handgelenk und konzentrierte sich darauf, seine Artillerie auszuschalten.

Juan Flores glaubte mich abgelenkt und suchte seine Chance. Er packte einen Stuhl, schwang ihn hoch und schlug damit um sich. Ich wich aus. Der Stuhl krachte gegen den TV-Apparat. Mit lautem Knall implodierte die Röhre, und Funken sprühten. .

Flores schleuderte den Stuhl vage in meine Richtung und rannte durch die weit offen stehende Tür.

Noch auf dem Flur holte ich ihn ein und hieb ihm die Faust zwischen die Schulterblätter. Er stolperte und fiel gegen die Tür von Zimmer 4420, die unter dem Anprall aufsprang. Flores rettete sich in das Zimmer. Blitzschnell warf er die Tür ins Schloss.

Meinem Stoß hielt die Tür stand. Sie musste vorher unverschlossen gewesen sein.

Ich trat drei-, viermal gegen die Füllung und rief: »Komm raus, du Narr! Oder willst du vierundvierzig Etagen runterspringen?«

Die Antwort war ein gellender Aufschrei, von dem ich nicht wusste, ob er von Flores oder einem anderen Menschen stammte. Ich fürchtete, der Gangster könnte eine Geisel nehmen, zog den 38er und feuerte zweimal auf das Schloss. Danach genügte ein weiterer Fußtritt.

Das Zimmer lag im Dunkeln. Irgendwer wimmerte.

Ich tastete nach den Lichtschaltern und fand sie.

Die Decken- und Wandleuchten und die Stehlampe bei der Sitzgruppe flammten auf.

Juan Flores kauerte neben dem Körper eines Mannes, über den er gestolpert war. Er streckte die Hände weit von sich, als wollte er seine Kleider vor einer Verschmutzung durch das Blut schützen, das von seinen Fingern tropfte, denn der Kopf des Mannes lag in einer großen, tiefroten Lache.

Vor einer halben Stunde hatte ich Archie Slough lebendig und unternehmungslustig, bekichert von schmächtigen Japanerinnen, vor dem Lift gesehen. Jetzt lag er hier, tot und alles andere als eine Augenweide, den Kopf auf bizarre Weise zur Seite gedreht, das Gesicht verfärbt und angeschwollen, die offenen Augen blicklos ins Nichts gerichtet.

»Das war nicht ich«, stammelte Flores. »Er war schon hier, als ich …«

Überflüssige Beteuerung! Um Slough so zuzurichten, wie er aussah, brauchte es mehr als die halbe Minute, die Flores allein in diesem Raunt gewesen war.

»Steh auf und komm her!«

Er gehorchte, machte einen vorsichtigen, großen Schritt über Sloughs Leiche und ließ sich widerstandslos Plastikhandschellen anlegen.

Phil kam, sah den Toten und erkannte Archie Slough.

»Oh, verdammt«, sagte er leise.

Slough lag an der Grenze zwischen Vorraum und Zimmer. Nur eine Armlänge von ihm entfernt stand die Tür zum Badezimmer offen.

Ich beugte mich zu ihm, berührte mit zwei Fingerspitzen sein Gesicht und spürte kaum noch Körperwärme. Er musste wenige Minuten, nachdem wir ihn in der Halle gesehen hatten, umgebracht worden sein, also sofort, nachdem er dieses Zimmer betreten hatte.

Ich richtete mich auf. Erst von dieser Stelle aus ließ sich das Zimmer ganz überblicken.

Auf dem Bett lag eine rothaarige Frau.

Sie trug nicht einen Fetzen Stoff am Leibe.

Blut, das aus ihrer Nase geflossen war, zog sich über Hals und Schultern in zwei dünnen Rinnsalen bis zu den Brüsten. Ich trat ans Bett.

Nein, ich brauchte sie nicht zu berühren, um mich zu vergewissern, dass sie tot war. Die starre Ausdruckslosigkeit ihrer weit aufgerissenen Augen ließ keinen Zweifel.

Vorsichtig nahm ich den weißen Telefonhörer vom Apparat auf dem Nachttisch.

In der Hotelzentrale meldete sich eine Frauenstimme.

»Cotton, FBI!«, sagte ich. »Rufen Sie Mordkommission Manhattan. Im Raum 4420 wurde ein Doppelmord verübt.«

Während ich telefonierte, trieb Phil den Drogenkurier aus dem Zimmer.

Natürlich hatten meine Schüsse einige Leute aus ihren Betten aufgescheucht. Die meisten riskierten nur einen Blick durch spaltbreit geöffnete Türen.

Ein Mann wagte, uns anzurufen.

»Was ist los? Soll ich die Polizei alarmieren?«

»Bleiben Sie, wo Sie sind!«, antwortete ich. »Wir sind die Polizei.«

Ich schloss die Tür von Zimmer 4420, in dem diese schreckliche Bluttat verübt worden war. Phil verfrachtete Juan Flores in Nummer 4427, wo der Geschäftspartner, bewusstlos von Phils knochenhartem Kinnhaken, lag und von besseren Zeiten träumte.

Neugierig drängten die Leute auf den Flur. »Gehen Sie zurück in Ihre Zimmer!«, befahl ich, aber sie ließen sich nicht stoppen. Fragen prasselten auf mich ein. Ich beantwortete keine.

»Wissen Sie, wer dieses Zimmer bewohnt?«

»Sue Fergus! Sie spielt die Rolle der Sutta in Corrs neuem Film.«

»Eine Rothaarige?«

»Ja, Sir!«

Die Liftkabine spuckte zwei Hoteldetektive aus, die mit gezogenen Colts die Szene stürmten und losbrüllten.

»Alle an die Wand! Keine Bewegung!«

Ich zeigte ihnen den FBI-Ausweis. Das kühlte sie ab.

In schneller Folge baggerten die Lifte eine Menge Leute zur 44. Etage hoch, die alle fürchterlich aufgeregt waren und nicht wussten, was sie tun sollten. Ich war erleichtert, als endlich die ersten Cops auftauchten und routiniert den Flur von allen überflüssigen Gaffern säuberten.

Ein Mann ließ sich nicht abdrängen. Er war groß, mager, mit einem dünnen Kranz schwarzer Haare um die spiegelnde Glatze und einer mächtigen, gekrümmten Nase im faltigen Gesicht. Mit Händen wie Geierklauen krallte er sich an meiner Jacke fest und schrie: »Ich bin Sam Marganoff, Produzent von Corr VII! Von mir stecken dreißig Millionen in dieser Veranstaltung. Verdammt, das gibt mir das Recht zu erfahren, was hier läuft.«

»Rauschgifthandel und …«

Er verzog den Mund und auf unerklärliche Weise auch die Nase zur verächtlichen Grimasse.

»Na, wenn schon! Sagen Sie mir, wen Sie erwischt haben, damit ich den Zaster für die Kaution zusammenkratzen kann, falls wir das Arschloch morgen auf dem Set brauchen!«

»… und Mord«, ergänzte ich.

Marganoffs Gesicht erstarrte.

»Wer?«, fragte er tonlos.

»Sue Fergus.«

Er murmelte: »O Gott, nicht schon wieder!«

»Was meinen Sie mit dem Satz?«

Er ließ meine Jacke los und zog sich zwei Schritte zurück.

»Ich? Nichts.«

Ich nahm ihn meinerseits beim Schlips.

»Sie sagten etwas wie ›nicht schon wieder‹. Dachten Sie an andere Morde?«

»Nein, nicht daran«, krächzte er. »Ich meinte einfach den verdammten Trouble, den ich mit dieser Produktion erlebe. Ständig passiert irgendeine Panne, baut irgendwer irgendeinen Scheiß. Mann, Sie ahnen nicht, wie dicht am Rande eines Herzinfarkts man in dem Geschäft lebt.«

»In welchem Zimmer wohnen Sie, Mr. Marganoff?«

»Zwanzig Etagen tiefer. Nummer 2380. Denken Sie, ich

bezahle die Wahnsinnspreise, die diese Halsabschneider für ihre Dachkammern verlangen?«

»Kommen Sie mit, Marganoff!«

Ich dirigierte ihn in Zimmer 4427, in dem der Kokain-Deal von uns unterbrochen worden war. Juan Flores und sein Geschäftsfreund lagen nebeneinander auf dem Boden, der mit weißem Staub bedeckt war. Zwei Kokain-Beutel waren geplatzt.

Ich wies auf den Mann aus der Filmtruppe.

»Wer ist das?«

»Brad Ronsky«, antwortete der Produzent widerwillig.

»Welchen Job hat er in Ihrer Crew?«

»Casting!«

»Erklären Sie mir die Bedeutung!«

»Er ist verantwortlich für alle Personalfragen, muss sich darum kümmern, dass die Leute den richtigen Gewerkschaften angehören, dass sie ihre Verträge erfüllen und so weiter.«

»Und dass sie jederzeit eine Prise Kokain bei ihm kaufen können, oder?«, erkundigte sich Phil.

Marganoff zuckte mit den Schultern, und die Nase zuckte mit.

»Dafür werden Sie ihn jetzt einbuchten, nehme ich an.« Er wandte sich zum Gehen. »Ich muss dringend telefonieren.«

»Mit wem?«

»Zum Teufel mit Ihren dämlichen Fragen!«, schrie er in wieder ausbrechender Erregung. »Natürlich mit dem Besetzungsbüro. Ich brauche Ersatz für Sue, und ich brauche ihn verdammt schnell. Wenn der Drehplan geändert werden muss, kostet das etwas mehr als ihr lausiges Gehalt, Schnüffler.«

»Halten Sie sich zur Verfügung, Marganoff! Der Leiter der Mordkommission wird Ihnen Fragen stellen wollen.«

Auf dem Flur hatten die Cops für Ordnung gesorgt. Kurz nach der Begegnung mit dem Produzenten kam die Mannschaft der Mordkommission Central Manhattan, angeführt von Detective Lieutenant Sherman Mill, einem Praktiker mit zwanzig Jahren Straßendienst-Erfahrung.

Bei unserem Anblick zog er die buschigen Augenbrauen hoch.

»Eine FBI-Kiste? Hört zu, Freunde! Wenn ihr mir in meine Arbeit reinpfuscht, fange ich am besten gar nicht erst an.«

»Sherman, dieser Doppelmord ist ein fast lupenreiner Fall für die City-Police. Wir treiben uns nur hier herum, weil wir einen Drogenkurier abzufangen hatten.«

Er registrierte die Einschränkung.

»Wieso nur ›fast‹ lupenrein?«

»Der tote Mann ist Archie Slough.«

Selbstverständlich wusste Lieutenant Mill, wer Slough war. Ein tiefer Seufzer verriet, dass er das Problem auf Anhieb erkannte. Auf diesen Mord würden sich die Medien stürzen und den zuständigen Polizisten unter Beschuss nehmen in ihrer Gier auf Informationen, Hintergründen, Motiven und so weiter.

»Wer ist die Frau?«

»Eine Schauspielerin aus der Hollywood-Crew, die in New York Außenaufnahmen zu dem Superstreifen ›Corr VII‹ dreht. Sherman, sie liegt nackt auf dem Bett.«

Unter diesem Hieb wankte selbst ein so gestandener, abgebrühter Cop vom Schlage Sherman Mills.

»Großer Gott«, murmelte er. »Das ist das richtige Fressen für News-Hyänen und andere Aasgeier. Warum habe ich nicht rechtzeitig Urlaub beantragt?«

Er ermannte sich und nickte seinen Leuten zu.

»Sehen wir uns die Bescherung an!«

Ich wandte mich an Phil.

»Einer von uns genügt für den Abtransport von Ronsky und Flores, oder?«

»Okay, ich übernehme sie«, antwortete er. »Ich will nicht, dass du an ungestillter Neugier stirbst.«

In Zimmer 4420 entfachte der Fotograf ein Blitzlichtgewitter.

Danach ging der Arzt hinein, kniete neben dem toten Archie Slough, tastete ihn mit den behandschuhten Händen ab und sprach den Befund laut ins umgehängte Diktiergerät.

Ich sah, wie er vorsichtig Sloughs Kopf bewegte. Dann blickte er zu Lieutenant Mill hoch und sagte: »Ich glaube, ihm wurde mindestens ein Halswirbel gebrochen.«

»Was heißt das?«, fragte Mill.

»Man kann es so machen oder so.« Der Doc unterstrich seine Erklärung mit den entsprechenden Handbewegungen. »Im ersten Fall nennt man es Genickbruch, im zweiten ›den Hals umdrehen‹. Aber weder das eine noch das andere könntest du bei einem Mann dieses Kalibers tun. Dazu bist du nicht stark genug, Sherman. Wenn die Obduktion ergibt, dass er tatsächlich auf diese Weise umgebracht wurde, müssen mindestens drei Männer beteiligt gewesen sein, zwei, die ihn festhielten, und ein verdammt starker Kerl, der an …«

»Sieh dir das Mädchen an, Frank!«, befahl Mill lautstark und übertönte den Doc.

Der Arzt musste auf dem Bett knien, um die Tote zu untersuchen. Wieder sprach er den Befund ins Diktiergerät, nannte als Todesursache »Fraktion des Kehlkopfs«.

»Wurde sie vergewaltigt?«

»Es sieht nicht so aus. Sie scheint einen Schlag auf die Nase erhalten zu haben. Andere Verletzungen außer den Druckstellen am Kehlkopf fehlen. Für alles andere musst du die Obduktion abwarten, Sherman.«

Ich tippte dem Lieutenant auf die Schulter.

»Ich kann Ihnen auf die Minute genau sagen, wann Archie Slough umgebracht wurde. Wir sahen ihn in der Halle. Er betrat einen Lift. Die Frau muss unmittelbar vorher überfallen worden sein. Das erklärt, warum sie nicht vergewaltigt wurde. Slough kam herauf, klopfte an die Tür, und weil der Täter nicht hinauskonnte, ließ er Slough herein und brachte ihn ebenfalls um.«

»Die Täter«, verbesserte Lieutenant Mill. »Der Doc behauptet, es müssten mindestens drei Täter am Werk gewesen sein.«

»Nichts behaupte ich«, fuhr der Arzt dazwischen. »Alles, was ich sage, sind nur Vermutungen, bis ich mir den Mann auf dem Obduktionstisch von innen angesehen habe.«

Dieser Doc war einer von der abgebrühten Sorte. Die Art, wie er sich ausdrückte, glich einem geistigen Tiefschlag.

Mill winkte seinen Leuten.

»An die Arbeit, Jungs! Ich will, dass ihr jedes Staubkorn untersucht. Wer hier etwas übersieht, den schicke ich zurück in den Streifendienst.«

Während sich seine Leute in die Routinearbeit der Spurensicherung stürzten, ging Mill zurück in den Korridor, wo sich hinter dem Kordon der Polizisten die Bewohner der anderen Zimmer drängten.

Der Lieutenant hielt eine kleine Ansprache.

»Ich bin Lieutenant Sherman Mill und brauche Ihre Mitarbeit bei der Aufklärung eines Mordes. Wer von Ihnen kann sich zu der Frage äußern, wo sich Sue Fergus bis etwa Mitternacht aufhielt?«

»Ich!« Eine schlanke Schwarze hob den Arm.

»Kommen Sie her!«

Die Cops ließen sie passieren. Das Mädchen war groß, überragte den breiten, dicklichen Lieutenant um einen halben Kopf. Sie trug einen weißen Bademantel und hochhackige Goldsandaletten. Ihre Zehennägel waren im identischen Orangerot ihres Lippenstifts lackiert.

»Ihren Namen, bitte!«

»Brenda Marshall.«

»Sie gehören zur Filmtruppe?«

»Ja, Sir!«

»Wo und wann sahen Sie Sue Fergus zuletzt?«

»Um zwanzig Minuten nach Mitternacht verließ sie Ron Burkes Party.«

»Wo fand diese Party statt?«

»Eine Etage höher in Burkes Apartment. Ich denke, Sue hatte die Nase voll vom dicken Ben Karner.«

»Wer ist Ben Karner?«

»Ein Kameraassistent.«

»Gab es Streit zwischen diesem Mr. Karner und Sue Fergus?«

»Sie schaffte ihn sich mit einem Tritt zwischen die Beine vom Hals«, lautete die drastische Antwort. »Wir haben über sein Geheul gelacht.«

Mill witterte Zusammenhänge.

»Verließ auch Karner die Party?«

»Nein, Sir! Er tröstete sich mit einer Champagnerflasche. Die Party verließ er erst, als alle sich aus dem Staub machten.«

»Wann war das?«

»Vor ungefähr einer halben Stunde. Mr. Marganoff, der Produzent, platzte in Mr. Burkes Apartment und schrie, wir sollten uns zum Teufel scheren. Es sei wieder ein Mord verübt worden, und dieses Mal direkt unter diesem Dach. Mr. Burke brach die Party sofort ab und schickte alle zurück in die Zimmer, nur Mr. Marganoff blieb bei ihm.«

Während dieses Verhörs stand ich hinter dem Lieutenant. Mill drehte sich zu mir um.

»Ich werde mit diesem Mr. Burke reden.«

»Etwas dagegen, dass ich mitkomme?«

Er hob die Schultern. »Wer einmal den FBI am Hals hat, wird ihn nie wieder los.«

»Mr. Burke bewohnt die Suite Topas«, meldete einer der herumlungernden Hotelmanager. Sein Gesicht war kummervoll, als wäre der ganze Hilton-Konzern zusammengekracht.

Der Lift beförderte uns eine Etage höher. Auf dem Korridor der 45. Etage verschluckte zolldicker, goldfarbener Teppichboden unsere Schritte. Die Wände waren mit Seidenstoffen bespannt, und die Zimmertüren trugen statt Nummern die Bezeichnungen von Edelsteinen in polierten

Messingbuchstaben. Jedes Apartment hatte eine eigene Klingel.

Die »Topas«-Tür wurde geöffnet von dem hakennasigen, mageren Mann, den ich als Sam Marganoff kennen gelernt hatte.

»Polizei? Mordkommission? Wir warten auf euch!«, sprudelte er hervor. »Kommt herein!« Er schrie in die Wohnung. »Die Schnüffler, Ron!«

Marganoff führte den Lieutenant und mich durch eine Garderobe in einen großen Wohnraum.

Die Party, die hier stattgefunden hatte und so abrupt unterbrochen worden war, musste eine heiße Veranstaltung gewesen sein. Überall standen Gläser, leere oder angebrochene Flaschen. Der Boden war mit verdrückten Kissen übersät, und ich entdeckte ein paar vergessene Kleidungsstücke.

Mitten im Raum stand ein mittelgroßer Mann und sprach in ein Funktelefon. Er hatte fahles Blondhaar, ein aufgedunsenes, rötliches Gesicht und grüne, leicht vorquellende Augen. Der Mund war eine nahezu lippenlose Kerbe. Als Bekleidung trug er einen bestickten japanischen Kimono aus schwerer Seide. Der Frack musste ein Vermögen gekostet haben.

Er beendete das Telefongespräch, schob das Funktelefon in die Tasche und kam zu uns.

»Ich bin Ron Burke«, sagte er. »Eine schreckliche Geschichte. Unvorstellbar, dass Sue tot sein soll, wenn ich daran denke, dass sie sich vor kaum zwei Stunden als lebendiger, fröhlicher Mensch in diesem Zimmer bewegte.«

»Sie hatte einen Streit?«, fragte Lieutenant Mill.

»Streit? So würde ich das nicht nennen. Ben Karner grabschte an ihr herum, und sie wies ihn in seine Schranken.«

»Was können Sie uns über Sue Fergus sagen?«

Burke hob beide Hände in einer abwehrenden Geste.

»Weniger als jeder andere im Team. Ich glaube, sie war

eine gute, zuverlässige Schauspielerin und ein guter Kumpel, aber ich war nicht besonders eng mit ihr befreundet.«

»Immerhin luden Sie Sue Fergus zu Ihrer Party ein.«

Er lächelte flüchtig. Sein Gebiss war zweifellos die Meisterleistung eines hoch qualifizierten Hollywood-Zahnarztes.

»Zu meinen Partys lade ich niemanden persönlich ein. Wer kommen will, kommt!« Er verstärkte das Lächeln zum kurzen Grinsen. »Alles Erwachsene, Lieutenant! Kein Fall für die Sittenpolizei.«

»Welche Funktion haben Sie im Filmteam, Mr. Burke?«

»Ich vertrete die Interessen einer Gruppe von Geldleuten, die viele Millionen Dollar in die Produktion von Corr-Filmen investiert haben. Außerdem bin ich Vorsitzender der ›Movie Employers Association‹, einer Organisation, die verhindern möchte, dass Filmschaffende über Gebühr von den Studios ausgenutzt werden.«

Er schlug dem Produzenten Marganoff, der dicht neben ihm stand, freundschaftlich auf die Schulter.

»Ohne uns würden gaunerische Produzenten wie Sam mit Knebelverträgen Stars und Starlets zu ihren Sklaven machen.«

Marganoff verzog sein faltiges Gesicht zu einer Grimasse, die alles bedeuten konnte.

»Haben Sie irgendwelche Hinweise oder Vermutungen, die uns weiterhelfen können?« Mill blickte abwechselnd beide Männer an.

»Wir kommen aus Los Angeles«, sagte Burke. »Woher sollen wir wissen, welche New Yorker Lustmörder ihr frei herumlaufen lasst?«

»Vielleicht haben Sie den Mann importiert«, mischte ich mich wieder ein und fasste Sam Marganoff ins Auge. »Haben Sie nicht Burke mit dem Ruf alarmiert, es sei schon wieder ein Mord verübt worden? Gab es vorher ein ähnliches Verbrechen in Los Angeles?«

Bevor Marganoff antworten konnte, sagte Burke: »Natürlich wird manchmal auch in Kalifornien ein Mädchen umgebracht. Wenn ich mich richtig erinnere, fand die Polizei von Malibu vor einigen Monaten ein totes Mädchen am Strand, das in der Corr-Produktion IV oder V in einer winzigen Statistinnenrolle mitgemacht hatte. Weißt du noch ihren Namen, Sam?«

»Eve Avon, glaube ich.« Marganoffs Antwort kam wie aus der Pistole geschossen, viel zu schnell für etwas angeblich Nebensächliches, das Monate zurücklag.

Lieutenant Mill zog ein großes Notizbuch aus der Brusttasche. »Alle Angehörigen des Teams müssen vernommen werden. Geben Sie mir bitte eine vollständige Liste. Die Leute möchten sich bereithalten.«

»Unmöglich, Lieutenant!«, kreischte Marganoff auf. »Um sieben Uhr müssen alle auf dem Set sein! Wenn Sie die ganze Nacht auf den Boys und Girls herumtrampeln, werden sie vor der Kamera herumwanken wie lahme Enten. Lieutenant, auf dem Programm für morgen steht eine Massen-Action-Szene, die heißeste des ganzen Films!«

»Blasen Sie den Drehtag ab!«, antwortete Mill ungerührt. »Die Aufklärung eines Mordes ist wichtiger als eure Show.«

Der Produzent heulte auf.

»Ein Drehtag kostet eine halbe Dollarmillion und ...«

Burke stoppte ihn mit einer kurzen Handbewegung.

»Widerspruch zwecklos, Sam! Den Schnüfflern sind deine Millionen gleichgültig. Je reibungsloser wir mit ihnen zusammenarbeiten, desto schneller werden wir sie wieder los. Okay, Lieutenant, verfügen Sie über uns!«

Er wandte sich an mich.

»Sie sind ein G-man, wurde mir gesagt. Darf ich Ihren Namen wissen?«

»Jerry Cotton!«

»Sie haben Brad Ronsky wegen eines Rauschgiftdeals festgenommen?«

»Richtig!«

»Kokain?«

Ich nickte.

Er lächelte. »Wahrscheinlich werden wir ihn gegen eine Kaution rausholen. Als Casting-Überwacher ist er für die Produktion unentbehrlich.« Er suchte meinen Blick. »Wie ich höre, wurde nicht nur Sue Fergus ermordet, sondern auch die Leiche eines Mannes wurde in ihrem Zimmer gefunden. Können Sie mir sagen, wer der Mann ist?«

»Warum wollen Sie seinen Namen wissen?«

Ich sah, dass er nach einer passenden Antwort suchte, konnte sich nicht entscheiden und sagte: »Gewöhnliche Neugier! Ich wundere mich, dass Sue Fergus irgendeinen hergelaufenen New Yorker auf ihr Zimmer kommen ließ. Bei ihrer Männerwahl hielt sie auf Qualität oder wenigstens auf Geld. War er ein Mann mit einer dicken Brieftasche?«

Seine Augen belauerten mich.

»Wir haben sein Bankkonto noch nicht überprüft.«

Marganoff fasste ungeduldig nach Lieutenant Mills Ärmel. »Mein Office liegt auf der 23. Etage. Kommen Sie mit!«

»Wir beginnen mit der Vernehmung der Personen, die auf dieser und der nächsten Etage wohnen. Organisieren Sie das, Mr. Marganoff!«

Der Produzent machte eine Geste der Resignation, fuhr dann aber auf.

»Wollen Sie auch Corr verhören?«

»Ihren Star? Selbstverständlich!«

Marganoff krallte die Klauenhände in Mills Jackenaufschläge.

»Lieutenant, wenn Sie Corr in einen Mordfall hineinziehen, ruinieren Sie sein Image! Haben Sie eine Ahnung, was ein Image für einen Star wie Corr bedeutet? Hunderte von Millionen hängen daran!«

Mill riss sich los. Sein schwerer Schädel lief rot an.

»Verdammt, selbst dem Präsidenten der USA würde ich

ein paar Fragen stellen, wenn ich ihn neben einer ermordeten Frau anträfe!«, brüllte er.

Ich verließ das Hotel.

Reporter, TV-Trupps mit tragbaren Scheinwerfern und Schulterkameras, Blitzlichtjäger jeder Sorte blockierten die Auffahrt und alle Ausgänge, mühsam gebändigt von zwei Dutzend Cops.

Ich schlug mich durch. Bei diesem Einsatz hatte ich den Jaguar zu Hause gelassen. Es dauerte einige Zeit, bis ein Taxi stoppte. Ich nannte dem Fahrer die Adresse.

»Desiree-Club, Broadway und 26th Street.«

Der Desiree-Club war eine Gründung der Slough-Brüder, ein scharfer Nachtclub mit dem heißesten Showprogramm Manhattans, und es ging das Gerücht, dass in manchen Nächten in den Privaträumen Sondershows geboten wurden, an denen sich Akteure der Broadway-Theater beteiligten, die normalerweise nur in artigen Musicals auftraten.

Marvin und Archie Slough hatten den Club ins Zentrum des Gebietes gesetzt, das sie uneingeschränkt beherrschten. Sie kassierten mit beim großen Vergnügungsgeschäft, zwangen den zahllosen Theatern, Kinos und Shows ihren Schutz auf. Nur über Agenturen, die ihnen gehörten, fanden Schauspieler Jobs bei Musical- und TV-Programmen und mussten dafür saftige Vermittlungsgebühren zahlen.

Sie hielten die Hand auf an den Kinokassen und verschonten auch die billigen Strip-Schuppen der 42nd Street nicht.

In der Tat war das Slough-Syndikat auf dem besten Wege, sich zu einer bösartigen Macht im Showbusiness der Ostküste zu entwickeln.

Die Fassade des Desiree-Clubs verriet nichts davon. Zwei schwarze Portiers, der eine im roten, der andere im weißen Frack, bewachten den Eingang. Natürlich stoppten sie mich.

»Zutritt nur für geladene Gäste!«

Ich zeigte ihnen den FBI-Ausweis. »Ich will Marvin sprechen.«

Sie gaben den Eingang frei. Natürlich benachrichtigten sie irgendwen, denn schon in der Garderobe wurde ich von Claude Foret abgefangen, der offiziell als Manager des Clubs arbeitete und zu den Vertrauten der Slough-Brüder zählte. Er hatte kanadische Vorfahren und war ein großer Kerl mit einer Holzfällergestalt, die seinen Smoking zu sprengen drohte.

»Marvin ist nicht im Club«, sagte er. »Wenn du irgendeine Nachricht loswerden willst, kannst du sie bei mir abladen.«

»Wie du willst«, antwortete ich. »Archie ist tot!«

Er riss die Augen auf. Jede Spur von Farbe wich aus seinem Gesicht. Er stammelte. »Habt ihr ihn …?«

Ich hob beide Hände.

»Natürlich nicht! Weder wir noch ein uniformierter Cop. Archie wurde tot im Hotelzimmer eines ermordeten Mädchens gefunden.«

Foret wandte sich zum Lift.

»Komm mit, G-man!«

Der Lift brachte uns zur dritten Etage, auf der die Privatwohnungen der beiden Sloughs lagen. Über eine Sprechanlage meldete Foret:

»Die Nachricht des G-man ist wirklich wichtig, Marvin. Ich bringe ihn zu dir.«

Er führte mich in einen großen Wohnraum, in dem Marvin Slough hinter einem gewaltigen Schreibtisch saß. Er trug einen weißen Smoking und eine rote Nelke im Knopfloch, aber das half seinem Gesicht wenig, das hässlich war und übersät mit vielen kleinen Narben einer überstandenen Hautkrankheit. Das dichte, kurz geschnittene Haar zeigte graue Fäden.

Marvin war nicht allein. An einem Nebentisch saßen Mike Ronco und Ken Spall, Bodyguards und Profis für jede Art von Gewalt. Spall war ein schwarzer Ex-Halbschwergewichtler, Mike Ronco ein Sizilianer-Spross, den die Sloughs aus einer Cosa-Nostra-Killertruppe abgeworben hatten.

»Was willst du, G-man?«

»Dein Bruder Archie ist tot.«

Wie reagiert ein Mann, wenn er mit dem plötzlichen und gewaltsamen Tod seines Bruders konfrontiert wird? Ich wusste nicht, ob Marvin losbrüllen oder gar in Tränen ausbrechen würde, aber ich rechnete mit Anzeichen von Fassungslosigkeit.

Nichts dergleichen geschah. Der ältere Slough erstarrte. Langsam, wie in Zeitlupe, ballte er die Hände.

Spall, Ronco und Foret wagten kaum zu atmen.

Nach endlosen Minuten kamen ein paar leise, kaum verständliche Worte über Marvins Lippen.

»Wer hat es Archie besorgt?«

»Unbekannt.«

»Unbekannt?«, wiederholte er, warf den Kopf in den Nacken und lachte.

Jawohl, er lachte. Ich traute meinen Augen und Ohren nicht.

»Unbekannt!« Jetzt brüllte er. »Ich habe ihn gewarnt, habe ihm verboten, sich zu nahe an diese Los-Angeles-Bastarde heranzuwagen. Was hätte ihm die kleine Schauspiel-Nutte schon erzählen können? Aber dieser geile Narr wollte sich die heiße Runde mit einem scharfen Girl nicht entgehen lassen, und sie hat ihn in eine Falle gelockt. Dafür wird sie bezahlen!«

»Wenn du die Schauspielerin Sue Fergus meinst, sie hat schon bezahlt. Sie ist tot.«

»Als Mitwisserin schon beseitigt, oder? Dieser Hundesohn sorgt für perfekte Arbeit, aber das wird ihm nichts nützen.«

Er stemmte sich aus dem Sessel hoch und schnippte mit den Fingern.

Spall, der schwarze Ex-Boxer, füllte ein Glas mit Eiswürfeln und Whisky und brachte es seinem Boss. Slough nahm einen Schluck, bevor er fragte: »Wie haben sie Archie umgelegt? Gib mir Einzelheiten, G-man!«

»Er wurde im Zimmer von Sue Fergus gefunden. Das Mädchen lag nackt und tot auf dem Bett. Archies Todesursache steht noch nicht fest, aber weder bei dem Mädchen noch bei Archie benutzten der oder die Mörder eine Waffe. Sie erledigten beide mit bloßen Händen.«

Slough knirschte hörbar mit den Zähnen.

»O Hölle«, stöhnte er. »Dafür werden sie verdammt teuer büßen müssen.«

»Ich warne dich, Marvin. In diesem Staat hat niemand das Recht auf persönliche Rache.«

»Halt deine Moralpredigten an der nächsten Straßenkreuzung, G-man!«, blaffte er, drehte sich um und ging durch eine Seitentür in das nächste Zimmer. Ronco und Spall folgten ihm.

Foret berührte meinen Arm.

»Ich bringe dich nach unten, G-man!«

In der Garderobe lärmten und lachten ein halbes Dutzend Barbesucher, die dabei waren, ihre Mädchen abzuschleppen.

Schon auf der Straße sagte Claude Foret: »Mit Marvin im Krieg zu liegen zahlt sich nicht aus, G-man, aber seinen Freunden gegenüber verhält er sich verdammt großzügig.«

»Willst du mich einkaufen?«

»Für einen Hinweis, wer seinen Bruder ermordet hat, würde Marvin ein hohes Honorar zahlen.«

»Die Untersuchung führt die City-Police, nicht der FBI.«

Über Forets Holzfällergesicht zuckte ein kurzes Grinsen.

»Bei den Cops haben wir gute Kumpel genug. Uns fehlt ein Freund in deinem Verein, Cotton!«

»Gib 'ne Suchanzeige auf«, schlug ich vor und stieg in das Taxi, dessen Fahrer auf mein Zeichen gestoppt hatte.

Ich nannte meine Adresse.

Während der Fahrt durchs nächtliche Manhattan kreiste

nur eine Frage in meinem Kopf. Was lief zwischen dieser Filmtruppe und den Slough-Brüdern?

Am Morgen regnete es.

Phil war schon in unserem Büro. Er schob mir die Berichte über die Verhaftung der Rauschgiftdealer Juan Flores und Bradford Ronsky zur zweiten Unterschrift zu.

»Ein Rechtsanwalt hat sich gemeldet und einen Antrag auf Freilassung gegen Kaution angekündigt«, sagte Phil.

Ich rief das Hauptquartier der Mordkommission Manhattan an und verlangte Lieutenant Mill zu sprechen, bekam aber nur seinen Assistenten, der empört reagierte.

»Lieutenant Mill hat bis sechs Uhr morgens Verhöre im Hotel geführt. Lassen Sie ihm wenigstens die Zeit, sich zu rasieren und ein wenig zu frühstücken! Er wird um elf Uhr wieder im Büro erwartet.«

»Okay, ich werde mich später wieder melden.«

Ich ließ mir eine Verbindung mit dem FBI-Hauptquartier in Los Angeles geben.

Phil und ich haben eine Menge Sondereinsätze in Kalifornien absolviert, daher kennen wir viele Kollegen im Süden.

Ich verlangte Hugh Ryker, einen alten Hasen mit mehr Kenntnissen über die Gangster in L.A. im Kopf, als ein 64 Mega-Bit-Chip zu speichern vermag.

»Hallo, New Yorker«, freute sich Hugh. »Was kann ich für dich tun?«

»Ich brauche einige Informationen. Wir haben eine Filmtruppe zu Außenaufnahmen in der Stadt und …«

»Ich weiß«, unterbrach Ryker. »Sie benutzen einen eurer prachtvollen Ruinenbezirke als Kulisse für die neue Corr-Produktion.«

»In der vergangenen Nacht wurde die Schauspielerin Sue Fergus umgebracht.«

Ryker stieß einen leisen Pfiff aus.

»Das wäre der vierte Fall in zwei Jahren.«

»Genauer, Hugh! Ich fürchte, auch in L.A. fallen mehr als nur vier Frauen Mördern zum Opfer.«

»Ich sprach vom vierten Fall im Umfeld einer Corr-Produktion«, berichtigte er. »Der Zusammenhang fiel zunächst nicht der Polizei, sondern einem Reporter auf. Natürlich trat er die Ergebnisse seiner Schnüffelarbeit in den Medien breit. Er bezahlte dafür mit sechs Monaten Krankenhaus, denn er wurde von Unbekannten überfallen und fürchterlich zugerichtet. Aber seine Story war in der Welt, und andere griffen sie auf.«

»Gib mir Einzelheiten, Hugh!«

»Wenn du willst, schicke ich dir die wichtigsten Unterlagen. Der letzte Fall betraf die Schauspielerin Eve Avon, Statistin im Film Corr V und als nackte Tote von den Wellen an den Strand von Malibu gespült, laut Entscheidung des Coroners vergewaltigt und ermordet.«

»Waren auch in den anderen Fällen Frauen die Opfer?«

»Noch eine Frau, eine Nachtclubtänzerin aus einer Bar, in der Corr gelegentlich verkehrte, als er noch der unbekannte Bodybuilder Anthony Cordtland war. Das andere Opfer war ein Mann mit Namen William Roft. In der ersten Corr-Produktion arbeitete er als Maskenbildner. Er war Alkoholiker und so unzuverlässig, dass die Studios ihn nicht mehr beschäftigten. Oft rühmte er sich im Suff, er habe Corr zum Star gemacht, weil Corr ihm und seinen Schminkkünsten sein Aussahen verdanke. Irgendwer schlug ihm vor mehr als einem Jahr den Schädel ein. Die Polizei betrachtete die Tat als Raubmord an einem Betrunkenen und legte den Fall als unaufklärbar zu den Akten, bis der Reporter ihn ausgrub.«

»Was denkst du von den Zusammenhängen, Hugh?«

»Ich halte nicht viel davon. Zehntausende Bewohner von L.A. arbeiten im Filmgeschäft. So wenig wie alle anderen sind sie davor gefeit, Opfer von Mördern zu werden. Da ein gewöhnlicher Mord den Leuten längst nicht mehr unter die

Haut geht, sind die Reporter immer darauf aus, ihre Storys auf irgendeine Weise aufzubauschen und Pfeffer draufzustreuen. Der Name Corr bringt immer einen Platz auf den ersten Seiten der Klatschpresse. Er ist der höchstbezahlte männliche Star Hollywoods.«

»Kennst du Ron Burke?«

»Und ob wir ihn kennen! Ein Gangster, gewissermaßen der Bugsy Siegel der Neuzeit. So wie sich Siegel in den dreißiger Jahren die Filmindustrie unter den Nagel riss, schröpft Burke mit Hilfe seiner gewerkschaftsähnlichen Organisation die Beschäftigten und die Studios. Ohne Burke läuft wenig in Hollywood. Wir verdächtigen ihn, dass er Drogengelder in große Produktionen schleust und so wäscht und gewinnbringend anlegt. Wir suchen schon lange nach Beweisen, um ihm das Handwerk zu legen. Kannst du helfen?«

»Das weiß ich noch nicht, Hugh. In den Fall Sue Fergus ist ein gewisser Archie Slough verstrickt.«

»Auf welche Weise?«

»Er wurde tot im selben Zimmer gefunden, umgebracht von den Mördern, die das Mädchen töteten. Die Slough-Brüder kontrollieren das Show-Geschäft an der Ostküste. Der ältere Bruder Marvin glaubt, dass Archie in eine Falle gelockt wurde, und schwört Rache.«

»Dann rechne mit Ärger, Jerry«, sagte Ryker. »Ron Burke lässt sich nicht die Butter vom Brot nehmen.«

»Danke für die Warnung, Hugh.«

Ich legte auf.

Phil hatte über die Konferenzschaltung mitgehört.

»Gangsterkrieg zwischen Los Angeles und New York?«

»Der Kriegsschauplatz ist hier.«

Einen Tag und eine Nacht gehörten die Straßen um die Ruinen der Todd-Werften, die zerfallenen Hallen und rostigen Anlagen wieder allein den Ratten. Knapp vierzig

Stunden nach Sue Fergus' Ermordung überflutete erneut die Hundertschaft des Filmteams das Gelände. Erschreckt flüchteten die Ratten in ihre Löcher.

Das letzte Schiff auf den Todd-Werften war vor mehr als zehn Jahren gebaut worden. In den achtziger Jahren kaufte der Grundstücksspekulant James Triconell das Gelände und trompetete, er würde South Brooklyns übelsten Slumbezirk in ein luxuriöses Wohn- und Shopping-Zentrum verwandeln. Er begann mit dem Bau des Triconell-Wolkenkratzers, der fünfzig Stockwerke hoch werden sollte.

Bei der 22. Etage ging Triconell die Luft aus. Mit Fußtritten verjagten ihn die Banken, bei denen er mit einigen hundert Dollarmillionen in der Kreide stand.

Nun bildete die bizarre Ruine den Mittelpunkt einer Trümmerlandschaft. Grau und düster ragte der viereckige Betonturm, durchlöchert von leeren Fensterhöhlen, in den Himmel. Wie Rippen eines Skeletts durchbrachen rostige Stahlträger die Flanken, und ein großer Kran mit mächtigem Ausleger hockte in rund dreihundert Fuß Höhe auf dem abgebrochenen Bau wie ein erstarrter Pleitegeier.

Das war die richtige Szenerie für Corr-Filme, die immer in einer Katastrophen-Stadt spielen, in einer unregierbar gewordenen Welt ohne staatliche Ordnung, ohne Recht und Gesetz und ohne Polizei. Übrig geblieben aus der technischen Zivilisation sind nur raffinierte Tötungsgeräte, Laser-Pistolen und Strahlenkanonen und rasende Fahrzeuge jeden Kalibers.

In einer solchen Welt agiert Corr als Beschützer der Schwachen. Er bekämpft brutale Banden, Horrorgeschöpfe, die sich in strahlenverseuchten Abwasserkanälen entwickelt haben, oder Roboter in Menschengestalt, die von den Bewohnern fremder Sterne auf der Erde abgesetzt wurden, um sie von Menschen zu säubern. In Corr-Filmen gibt es jede Menge Gemetzel, und mit schöner Regelmäßigkeit fliegt am Ende irgendetwas Großes auf spektakuläre Weise in die Luft. Genau das würde in dieser Produktion mit der Ruine des Triconell-Wolkenkratzers geschehen, die ohnedies gesprengt werden sollte, um auf dem Gelände das neue Projekt eines neuen Spekulanten in Angriff zu nehmen.

Filmleute sind Frühaufsteher. Schon um sieben Uhr wimmelte es von Statisten, fertig geschminkt und kostümiert. Hilfsregisseure brüllten Anweisungen. Die Kamerateams brachten ihre schweren Geräte in Stellung. Wie immer bei Außenaufnahmen wurde mit mehreren Kameras gearbeitet, von denen zwei auf spezielle, schwenkbare Kräne montiert waren.

Kurz nach acht kam Corr, mit bürgerlichem Namen Anthony Cordtland, aus seinem weißen Garderobenwagen. Er trug sein Filmkostüm, eine nietenbesetzte, ärmellose Lederjacke, einen Schurz aus Kettengeflecht, kurze Stiefel. Silberringe umschlangen die Muskelpakete seiner Arme und Oberschenkel. Am handbreiten Gürtel schaukelte die gläserne Strahlenpistole, mit deren Plastiknachahmung Kids in allen Erdteilen »Feindzerstäubung« spielten. Das schwarze Haar fiel in Wellen zu den schrankbreiten Schultern. Eine scharfe rote Narbe verlief vom rechten Auge schräg über die Stirn bis in den Haaransatz.

Phil und ich standen ein wenig abseits von Kamera Nr. 1. Gestern, als Lieutenant Mill am späten Abend mit uns die Ergebnisse seiner Nachforschungen besprach, hatte er uns Cordtlands Aussehen beim nächtlichen Verhör geschildert. Mill sagte, Corrs Gesicht sei dick mit einer Feuchtigkeitscreme eingeschmiert gewesen wie bei einer Filmdiva. Er habe einen rotseidenen Morgenrock getragen und sei empört darüber gewesen, dass man ihn zu wecken gewagt habe.

Mit seinem Hofstaat von Assistent, Friseur, Maskenbildner usw. verschwand Corr in der Ruine des Triconell-Baus. In rund dreißig Fuß Höhe ragte ein Stahlträger aus einer Fensteröffnung, unter den ein großes Netz gespannt war.

Corr erschien in der Fensteröffnung. Seine mächtige Gestalt füllte sie aus.

Die Schwenkarme der Kamerakräne fuhren in die Höhe wie Feuerwehrleitern. Scheinwerfer flammten auf und erfassten den Star. Aus dem Lautsprecher hallte die Stimme Mark Ruitbergs, des Regisseurs.

»Lass uns die Szene einmal proben, Anthony! Vier große Schritte genügen!«

Der Schauspieler setzte zum Sprung aus der Fensteröffnung an, stockte. Plötzlich brüllte er los.

»Warum muss ich das machen? Soll ich mir den Hals brechen? Solche Szenen sind Willards Job!«

»Ich brauche eine Großaufnahme von dir auf diesem verdammten Träger!« Der Regisseur, der auf einem der Kamerakräne saß, verzichtete auf das Mikrofon. »Ich kann die Szene nicht türken. Erst, wenn du die Mitte erreicht hast, kann ich schneiden und den Rest auf Distanz machen.«

»Ich pfeif auf deine Einfälle, Mark! Ich geh da nicht raus! Wenn du Willard nicht einsetzen kannst, verlange ich, dass die Szene gestrichen wird!«

»Sollen wir das ganze Drehbuch wegwerfen?« Ruitbergs Stimme überschlug sich.

Von unten schrie Sam Marganoff: »Wartet, Leute! Anthony, ich komme zu dir! Warte, mein Junge! Reg dich nicht auf!«

Neben mir brach Phil in Gelächter aus.

»Wenn sie so weitermachen, kann es Stunden dauern, bis sie ein paar Yards Film im Kasten haben. Ich fürchte, wir vergeuden unsere Zeit, Jerry.«

»Ich will Anthony Cordtland in Aktion sehen.«

Der Regisseur griff zum Mikrofon und befahl über die Lautsprecher.

»Scheinwerfer aus!«

Cordtland verschwand aus der Fensteröffnung. Mürrisch warteten alle auf das Resultat der Unterredung zwischen Star und Produzent.

Nach zwanzig Minuten erschien Marganoff im Fenster und rief: »Okay, er macht es!«

Als hätte es keinen Streit gegeben, nahm Cordtland die Ausgangsposition ein und betrat vorsichtig den Stahlträger.

Der Regisseur heulte auf.

»So nicht, Anthony! Du wirst verfolgt! Sie sind dir dicht auf den Fersen! Dir bleibt keine Zeit, vorsichtig ins Freie zu tappen. Du musst angestürmt kommen. Bitte, versuch es noch mal!«

Sam Marganoff kam aus der Ruine. Er stolperte, weil er den Blick nach oben gerichtet hielt, wo Cordtland den Versuch unternahm, einen besseren Eindruck auf dem Stahlträger zu machen. Als ich seine Schulter berührte, zuckte er zusammen und riss den Kopf herum.

»Hi, Mr. Marganoff.«

Sein hässliches Gesicht verzerrte sich zu einer Grimasse der Wut.

»Was wollen Sie, G-man? Verdammt, ich habe keine Zeit, mit Ihnen zu plaudern. Jede unnütz vertane Minute kostet ...«

»Sie haben Lieutenant Mill und mir nicht die Wahrheit gesagt, Sam! Es gab nicht einen Mord im Umkreis der Corr-Filme, sondern drei, und die Ermordung von Sue Fergus war Fall Nummer vier.«

»Journalistengeschwätz!«

»Welche Beziehungen bestanden zwischen Sue Fergus und Cordtland?«

Hoch über unseren Köpfen rief Ruitberg, der Regisseur: »Nicht schlecht, Anthony! Versuch, etwas aggressiver zu wirken! Auf jeden Fall drehen wir! Kamera eins Totale! Kamera zwei Halbdistanz! Kamera drei auf Anthonys Gesicht! Stimmt die Ausleuchtung, Jack?«

Marganoff schlug mit den Armen um sich, als müsste er sich aus einer gewalttätigen Umklammerung befreien.

»Lasst mich in Ruhe!«, krächzte er. »Bei dieser Produktion geht es um zig Millionen, und ihr Schnüffler wollt von mir wissen, ob Corr mal mit der Fergus gepennt hat oder nicht! Was soll ich darauf antworten? Wenn mich eins in diesem verdammten Geschäft nicht interessiert, dann ist es die Frage, wer es mit wem treibt, getrieben hat oder noch treiben wird. Aus einem ganz einfachen Grund! Das kostet nicht mein Geld! Klar?«

»Wenn Sie nicht antworten, müssen wir Ihren Star fragen!«

Er heulte auf wie ein Wolf, der mit dem Schwanz in eine Falle geraten ist.

»Bleiben Sie weg von Corr, oder ich hänge Ihnen eine Klage auf Schadenersatz an, die Sie für den Rest Ihres Lebens ruiniert.«

Ein Kameraassistent rief: »Corr Sieben! Szene dreihundertvierzig! Erste Aufnahme!«

Ruitberg befahl: »Action!«

Dieser einzelne Take dauerte nur zwölf Sekunden, und der Regisseur beendete ihn mit dem Ruf: »Cut!«

Der Ruf ging unter im Aufbrüllen der schweren Motoren.

»Was ist das?«, schrie Marganoff.

Sie kamen aus Dwight, Beard und Reed Street, die alle auf das Gelände mündeten, auf das Triconell seinen Bau gepflanzt hatte. Straßen, die seit Jahren nur noch Schneisen zwischen zerfallenen Hausruinen waren.

Wie Hunnen des 20. Jahrhunderts brachen sie über die Filmtruppe herein. Schwere, mit Chrom und Edelstahl aufgemotzte Maschinen waren ihre Pferde, blinkende Fahrradketten und lange Baseballschläger ihre Waffen. Ihre Haarmähnen flatterten. In ihre verfilzten Bärte troff der Speichel aus ihren aufgerissenen, brüllenden Mündern.

Phil schlug mir auf die Schulter und schrie.

»Das ist mehr als eine gewöhnliche Rocker-Randale.«

Ja, das war es, denn nicht eine Rocker-Gang, sondern drei Banden, die sich normalerweise bis aufs Blut bekämpften, stürmten an: aus der Dwight Street die »Hell Youngsters«, Weiße meist irischer Abkunft, aus der Beard Street die dunkelhäutigen Jungs der »Black Power Sons« und aus der Reed Street die buntscheckige Meute der »Dogs«.

Sie sprangen von den Soziussitzen und aus den Beiwagen. Ihr tierisches Gebrüll mischte sich mit dem Röhren ihrer heißen Stühle.

Panik brach aus.

Wie Habichte in ein Hühnervolk stießen die Dogs in die Gruppe der kostümierten Statisten, die an den Kais auf ihren Einsatz warteten. Die Hell Youngsters stürzten sich auf die Fahrzeuge des Film-Teams, und die Black Power Sons warfen sich auf alles, was ihnen in die Quere kam.

Der 38er lag in meiner Hand, aber ich sah, dass ich ihn nicht benutzen konnte. Das Chaos war zu groß, Rocker und ihre Opfer schon zu dicht vermischt.

Aufschreiend klatschten die ersten Mädchen und Männer aus der Statistengruppe ins Wasser, umgerannt, von Dogs über den Rand gestoßen oder aus Furcht selbst gesprungen.

Youngsters kippten einen Garderobenwagen um. Ein rotbärtiger Hüne traktierte mit wilden Baseballschlägen die Karosserie eines goldfarbenen Cadillacs, der irgendeinem hoch bezahlten Mitglied des Teams gehörte. Knallend zersprangen Scheinwerfer. Drei, vier Black Power Sons rüttelten vereint an den Schwenkkränen. Ruitberg, die Kameraleute und ihre Assistenten liefen Gefahr, aus den Sitzen geschüttelt zu werden wie Früchte von einem Baum.

Nicht alle Angehörigen der Filmtruppe verfielen in Panik oder versuchten zu flüchten. Es gab auch Widerstand. Kulissenarbeiter und Beleuchter warfen sich den Rockern entgegen, schlugen zu, wehrten sich mit allem, was ihnen in die Hände geriet, gegen Fahrradketten und Baseballschläger.

Ich sah einen Mann, der einem heranrasenden Rocker auf dem Motorrad so knapp auswich wie ein Torero dem Stier, zuschlug und den Dog aus dem Sattel fegte. Die führerlose Maschine raste weiter, legte sich auf die Seite, schlitterte über die Pierkante und klatschte ins Wasser.

Ich stürzte mich ins Getümmel. Einen Black Power Son, der seine Kette gegen mich schwang, unterlief ich und räumte ihn mit einem hochgerissenen Haken ab. Einem anderen hieb ich beide Fäuste zwischen die Schulterblätter.

Phil hatte einen Baseballschläger erobert und prügelte die Typen vom ersten Kamerakran zurück, weil ein Umstürzen der Kräne Tote verursacht hätte.

Der zweite Kran stand in gut zwanzig Yards Entfernung. Ich übersprang einen zertrümmerten Scheinwerfer, brüllte die tobenden Black Power Sons an.

»Aufhören! FBI! Ihr begeht einen Mord – ihr Idioten!«

Ich weiß nicht, ob sie mich hörten, aber selbst wenn sie die Worte wahrnahmen, ihre Gehirne hatten sie abgeschaltet. In ihnen herrschte die nackte Tobsucht.

Für einen Sekundenbruchteil war ich ratlos. Der 38er bot keinen Ausweg. Was passieren würde, wenn auch nur ein Schuss fiel, war nicht abzusehen. Mit Sicherheit verfügten auch die Rocker über Schusswaffen.

Wie ein Rammbock warf sich ein Mann in die Meute der Sons am zweiten Kamerakran. Von der Wucht des Anpralls wurde ein Rocker yardweit weggeschleudert, überschlug sich und blieb bewusstlos liegen.

Ein großer, schwarzer Black Power Son, der sich ein bizarres Streifenmuster in die Frisur geschoren hatte, griff den Rammbock-Mann mit wild geschwungener Fahrradkette an. Der Hieb traf, aber der Mann ignorierte ihn. Er packte den Arm seines Gegners und riss ihn nach vorn. Der Rocker brach in die Knie. Er fiel dem anderen vor die Füße, der den Arm nicht freigab, sondern dem Gestürzten den Fuß in den Nacken stampfte und dessen Arm wie einen Hebel nach hinten drückte.

Natürlich konnte ich nicht das Knirschen und Krachen hören, als das Schultergelenk des Sons zu Trümmern zersprang, aber sein gellender Schmerzensschrei durchschlug den Höllenlärm über den Todd-Werften.

Ein dritter Black Power Son sprang den Mann in dem

Augenblick an, in dem er den Arm seines Opfers losließ. Der Blitzstrahl einer Messerklinge zischte durch die Luft.

Zwei Schritte trennten mich von dem Messerhelden

Als er zum zweiten Angriff ausholte, schlug ich beide Hände in den Kragen seiner Lederjacke, riss sie über die Schultern zurück und blockierte so seine Arme. Wild zappelnd trat er nach hinten aus wie ein Gaul.

Das Messer hatte dem Mann mehr als nur den rechten Ärmel aufgeschlitzt. Blut rann über seine Hand.

Mit erbarmungsloser Härte schlug er zu. Seine Faust richtete im Gesicht des Rockers, der sich hilflos in meinem Griff wand, Verheerungen an wie ein Bombeneinschlag. Der Kopf wurde weit in den Nacken geschleudert.

Der Son verlor das Bewusstsein so prompt wie abgeschaltetes Licht. Sein Körper wurde schlaff, und den zweiten Schlag, den der andere abfeuerte, kassierte er widerstandslos wie ein Sandsack.

Ich ließ ihn los. Er fiel in sich zusammen, lag zwischen dem Mann und mir ohne das leiseste Lebenszeichen. Mir schoss der Gedanke durch den Kopf, dass die wüsten Schläge ihn getötet haben könnten.

Unten an den Piers krachte eine Explosion. Ein Gerätefahrzeug ging in Flammen auf.

Der Mann und ich standen uns gegenüber und sahen uns für einen Sekundenbruchteil in die Augen. Er war ein großer, kompakter Bursche mit kurz geschorener Haarbürste auf dem kantigen Schädel, kleinen, in den Höhlen liegenden Augen und vorspringenden Wangenknochen. Er trug einen blauen Anzug, an dem ich ihn erkannte. Er war es, der einen Dog vom Motorrad katapultiert hatte.

»Sind Sie okay?«, rief ich und zeigte auf seinen zerschlitzten Ärmel.

Er antwortete nicht, drehte sich um und rannte in langen, federnden Sätzen auf die Wolkenkratzer-Ruine zu.

Zwei Dutzend Filmleute hatten versucht, sich in den Bau zu flüchten. Eine gemischte Horde, Dogs und Youngsters, drängte nach. Aus vollem Lauf warf sich der Mann dazwischen.

In mein Blickfeld geriet ein Youngster, der mit seinem Motorrad eine junge Frau aus der Filmcrew jagte, vielleicht ein Scriptgirl oder eine nicht kostümierte Schauspielerin.

Das blonde Haar hatte sich gelöst, und der Rocker, der sich weit aus dem Sattel beugte, versuchte hineinzugreifen. Es gelang ihm nicht. Er wechselte die Methode und versetzte der Frau einen heftigen Stoß.

Sie stolperte und stürzte.

Er bremste, riss die Maschine herum, bockte sie mit einem schnellen Tritt auf und fiel über sein Opfer her.

Manche Typen aus den Streetgangs schrecken vor nichts zurück, auch nicht vor einer Vergewaltigung.

Ich spurtete fünfzig Yards und holte den Bastard mit einem Fußtritt von seinem Opfer herunter.

Er hatte ihr die Bluse zerfetzt. Mehr war noch nicht passiert. Das Mädchen schrie weiter.

Er richtete sich auf, schätzte mich ab und versuchte, sich aus dem Staub zu machen.

Ein präziser Haken gab ihm den Rest. Bevor sich die Nebelwolken in seinem Gehirn lichten konnten, riss ich ihm die Arme auf den Rücken und fesselte seine Hände mit Plastikschlingen.

Bis auf wenige Ausnahmen waren die Fahrer in den Sätteln der Feuerstühle geblieben, hatten sich damit begnügt, kreuz und quer über das Gelände zu donnern, Flüchtende zu jagen und die Panik am Kochen zu halten.

Jetzt ließen sie die Signalhörner in kurzem Stakkato heulen und riefen damit ihre Leute zurück.

Die Youngsters, Sons und Dogs ließen von ihren Opfern ab. Geschickt wie Katzen sprangen sie auf die Soziussitze und in die Beiwagen. In wenigen Minuten formierten sie sich zu den getrennten Gangs, die sie im Normalfall waren. Jede Horde schickte sich an, in der Straße zu verschwinden, aus der sie hervorgebrochen war.

Die Youngsters und die Dogs kümmerten sich nicht um Maschinen und Leute, die sie verloren hatten, aber von den Black Power Sons kamen vier Motorräder zurück. Sie hatten gemerkt, dass Leute aus ihrer Truppe fehlten.

Sie stoppten an dem Kamerakran, vor dem ihre Kumpane lagen, der Mann, dessen Schultergelenk zertrümmert war und der andere, dem der Unbekannte die zwei fürchterlichen Hiebe verpasst hatte.

Ein sehr dunkler Schwarzer sprang aus dem Beiwagen. Er trug nicht die übliche Lederkluft, sondern eine bunte Tunika und auf dem Kopf eine ebenso bunte, schirmlose Kappe. Er beugte sich über die bewegungslosen Gestalten und bellte Befehle.

Phil tauchte neben mir auf.

»Er ist der Boss«, sagte er. »Sollen wir …?«

Das Sirenengeheul von Polizeiwagen näherte sich rasch.

Der Anführer der Black Power Sons verzichtete auf die Bergungsaktion und hastete zurück in den Beiwagen. Die Fahrer drehten die Gashebel auf. In einer Wolke aus hochgeblasenem Staub und Dreck verschwanden die vier Maschinen zwischen den Ruinen der Reed Street. Zwei Minuten später brausten die ersten beiden Streifenwagen aufs Gelände. Sie kamen aus der Bay Street, der einzig intakten und noch offiziell benutzbaren Zufahrt zu den verlassenen Docks.

Der Überfall hatte weniger als zehn Minuten gedauert. Den Schaden, den die Horden der drei Gangs angerichtet hatten, zeigte sich in einem brennenden Gerätefahrzeug, zwei umgestürzten Garderobenwagen, zertrümmerten Scheinwerfern, dem zerbeulten Cadillac und massenweisen Verletzungen bei den Statisten und den Männern, die sich mit den Streetfightern geprügelt hatten.

In schneller Folge trafen Cops und Ambulanzwagen ein. Ich übergab den Cops den Youngster, den ich flachgelegt hatte, ging mit Phil zum Kamerakran, wo sich Unfallhelfer und ein Notarzt um die verletzten Black Power Sons kümmerten.

»Wie sieht es aus, Doc?«, fragte ich.

Der Arzt blickte kurz auf. »Wissen Sie, wer die Jungs so zugerichtet hat?«

»Ja, aber was er tat, war Notwehr.«

»Ich weiß, dass solche Typen keinen Anspruch auf Mitleid haben«, sagte der Arzt, »aber beide werden sich nicht wieder erholen. Der eine kann seinen Arm, der andere sein Gesicht abschreiben.«

Ein City-Polizist kam im Eiltempo und rief: »Doc, vor dem Wolkenkratzer liegt noch jemand, um den sie sich kümmern müssen. Er hat ein gebrochenes Bein und stöhnt vor Schmerzen bei jedem Atemzug.«

Ich sah Marganoff, den Produzenten, der mit beiden Händen seine Glatze malträtierte, als besäße er noch Haare zum Ausraufen. Ruitberg, der Regisseur, lehnte an einer Wand und zitterte.

Plötzlich begann Marganoff wie ein Wahnsinniger zu schreien. »Wo ist Anthony? Was haben diese Schweine Anthony angetan?«

Er stürzte zum Wolkenkratzer. Aus einem Streifenwagen sprang ein dunkelhäutiger City-Polizist in der Uniform eines Lieutenants. Er schob die goldbetresste Mütze in den Nacken und stöhnte.

»Ist das Film oder Wirklichkeit?«

»Wirklichkeit, Lieutenant. Nach den Rockern wird in kurzer Zeit die Medien-Meute das Gelände überfluten, wenn Sie nicht für wirksame Absperrung sorgen.«

Er drehte sich auf dem Absatz um und hängte sich ans Sprechfunkgerät seines Autos.

Phil und ich gingen zum Triconell-Bau.

Sanitäter kümmerten sich um einen Dog.

Die »Dogs« galten als bizarre Truppe unter New Yorks Streetgangs. Sie färbten ihre Haare in allen Farben des Regenbogens und kleisterten sie zu verrückten Frisuren zusammen. Manche ließen sich wüste Sprüche in die Gesichtshaut tätowieren.

Dieser Dog trug auf der Stirn die Worte »Caution! I'm a monster!«

So wie er dort lag, war er kein Monster, sondern ein Häufchen menschlichen Elends. Er wimmerte vor Schmerzen. Die Sanitäter hatten die Jeans an seinem gebrochenen Bein aufgeschnitten. Unter der gespannten Haut zeichnete sich die zackige Bruchstelle ab. Ein Sanitäter sagte: »Er kann nicht richtig atmen. Ich wette, auch von seinen Rippen sind einige geknackt.«

Umringt von seinem Hofstaat kam Anthony Cordtland aus der Ruine. Dicht neben ihm hielt sich der Mann im blauen Anzug, dem das Messer den Arm aufgeschlitzt hatte. Cordtland stützte sich auf ihn.

Marganoff, der vor seinem Star herschwänzelte wie ein Hund vor seinem Herrn, versicherte immer wieder: »Ich bin glücklich, dass dir nichts passiert ist, Anthony!«

Cordtland fauchte wütend: »Nichts passiert? Um ein Haar hätte ich mir beim Sturz das Genick gebrochen.«

»Das Netz hätte verhindert, dass …«

An Cordtlands Hals schwollen die Adern.

»Ich scheiße auf dein Netz«, schrie er. »Für mich sind die Außenaufnahmen in dieser Scheißstadt gestorben. Noch heute fliege ich nach L.A. zurück. Was hier gemacht werden muss, wird Willard übernehmen.«

Interessiert beobachtete ich den hysterisch schreienden Weltstar. Obwohl er das berühmte Kostüm trug, hätten Corr-Fans ihr Idol in dem wütenden Schauspieler kaum wiedererkannt.

Aus der Nähe betrachtet, erwies sich das markante Heldengesicht als eine geschickt aufgeschminkte Maske, in der getuschte Wimpern die Helligkeit der grauen Augen verstärkten, aufgelegtes Plastilin die Nasenflügel wölbte und dem Mund der männlich-sinnliche Schwung mit Hilfe des Lippenstiftes verpasst worden war. Die nackte Haut an

Armen, Oberschenkeln und Brust war mit einem warmen Braunton angepinselt, aber die Muskeln, die sich unter dieser Haut abzeichneten, waren echt. Dicke Stränge, mächtige Wölbungen, die den Eindruck unheimlicher Stärke vermittelten. Cordtlands Größe von nahezu sechseinhalb Fuß machten ihn auch ohne Schminktricks zu einer imponierenden Erscheinung.

Marganoff breitete beide Arme aus und setzte zu einer neuen Suada an. Cordtland fegte ihn mit einer wütenden Armbewegung aus dem Weg, und der Produzent flog zur Seite wie eine Schaufensterpuppe. Ohne die hilfreichen Hände einiger Leute, die ihn auffingen, wäre er gestürzt.

»Anthony, darüber müssen wir sprechen!«, krächzte er. »Warte!« Er raffte sich auf und rannte Cordtland nach.

Der Mann im blauen Anzug war zurückgeblieben. Ich trat auf ihn zu. Er war fast einen halben Kopf größer als ich.

»Sie haben ganze Arbeit geleistet«, sagte ich. »Was macht Ihr Arm?«

Er drehte den Kopf und blickte seinen Arm an, als erinnerte er sich erst jetzt an die Verletzung. Er hob den Arm, bewegte ihn, ballte mehrmals die Hand zur Faust.

»Alles okay«, sagte er. »Ich kann ihn bewegen.« Er sprach langsam. Seine Stimme hatte einen tiefen Klang.

»Sagen Sie mir Ihren Namen!«

»Warum?«

»Ich bin FBI-Agent, und ich denke, Sie werden als Zeuge gebraucht.«

»Willard Raddek.«

»Welchen Job haben Sie im Team, Willard?«

»Ich bin Corrs Stunt.«

»Alle Achtung, Willard. Ich wette, das ist kein leichter Job.«

Die Andeutung eines Lächelns glitt über sein starres Gesicht.

»Danke, Sir. Sahen Sie die Truck-Explosion in Corr VI? Ich saß am Steuer und benutzte den Schleudersitz eines

Düsenjägers, um mich rauszukatapultieren. Vor mir hatte das noch niemand gewagt.«

»Heute haben Sie massiv hingelangt, Willard. Der Typ, der Sie angeschlitzt hat, befindet sich vermutlich in Lebensgefahr.«

»Was geht das Sie an, Mann?« Schlagartig verschwand das Lächeln.

»Ich mache mir Gedanken darüber, weil ich ihn festhielt, als Sie auf ihn einschlugen.«

»Sollte ich mich abstechen lassen? Ich habe ihn nur zweimal getroffen.«

»Einmal hätte gereicht.«

Hinter uns hoben die Sanitäter den Dog auf eine Bahre.

»Kommt der Mann auch auf Ihre Rechnung, Willard?«

Raddek betrachtete den Rocker mit einem gleichgültigen Blick.

»Schon möglich«, antwortete er, »falls er zu der Meute gehört, die in die Ruine einzudringen versuchte.«

»Wollten Sie Cordtland schützen?«

»Der Film hängt an ihm. Ich verlöre meinen Job, wenn die Produktion von Corr-Filmen eingestellt würde.«

»Sie sehen Cordtland nicht besonders ähnlich, Willard.«

Er grinste flüchtig.

»Das können Sie erst beurteilen, wenn Sie mich im Kostüm gesehen haben, Sir. Ich habe meinen Körper nicht schlechter modelliert als er. Ich kann mich bewegen wie er. Wenn die Maskenbildner gut arbeiten, bin ich in der Totalen von Corr nicht zu unterscheiden.«

Er hob den Kopf, zeigte auf einen schneeweißen Cadillac Eldorado und sagte: »Mr. Burke kommt!«

Der weiße Cadillac arbeitete sich über das wüste Gelände, vorbei an schlammbespritzten Polizei- und Ambulanzfahrzeugen, holperte über Trümmer und durch Schlaglöcher. Er trug ein Los-Angeles-Kennzeichen und wirkte wie ein Gefährt von einem anderen Stern. Dicht vor uns stoppte der Wagen. Ron Burke und zwei Männer stiegen aus.

Corrs Stuntman grüßte. Ein Ton von Unterwürfigkeit schwang mit.

»Hi, Mr. Burke. Schlimme Sache, die sich hier abgespielt hat, aber an Anthony kam keiner heran.«

»Danke, Willard. Lass mich mit den G-men allein!« Er blickte Phil an. »Ich vermute, dass Sie ebenso ein FBI-Schnüffler sind wie Mr. Cotton, oder?«

»Richtig.« Phil nickte.

Willard Raddek trollte sich in Richtung der Garderobenwagen. Burke fasste mich ins Auge.

»In der Nacht, in der Sue Fergus ermordet wurde, wollten Sie mir den Namen des Mannes nicht nennen, der tot in ihrem Zimmer lag. Inzwischen steht er in allen Zeitungen. Archie Slough, ein Gangster.«

Er machte eine Handbewegung, die das Gelände umfasste.

»Ich denke, G-man, auch Sie zweifeln nicht daran, dass Archies Bruder Marvin für alles, was hier geschah, verantwortlich ist. Vermutlich glaubt er, er müsste sich an uns für den Tod seines Bruders rächen, aber, zum Teufel, weder ich noch ein anderer aus dem Team haben damit zu tun. Machen Sie dem verdammten Narren klar, dass er uns in Ruhe zu lassen hat oder …«

»Woher wollen Sie wissen, dass Sue Fergus nicht von einem Mitglied Ihrer Truppe umgebracht wurde?«. unterbrach ich ihn. »Es gibt Parallelfälle in Los Angeles, zum Beispiel Eve Avon und Corrs erster Maskenbildner William Roft.«

»Das sind keine Parallelfälle, sondern künstlich aufgeblasene, von Sensationsschmierern erfundene Lügenstorys.«

Phil mischte sich ins Gespräch.

»Marvin Slough wäre am einfachsten zu überzeugen, wenn der Mörder seines Bruders gefunden würde. Warum unterstützen Sie uns nicht, Burke?«

»Detective Lieutenant Mill hat von mir alle Unterstützung bekommen, die er verlangte. Wir ließen einen ganzen

Drehtag ausfallen, damit er unsere Leute verhören konnte. Niemand wurde von ihm beschuldigt.«

»Werden Sie die Aufnahmen in New York abbrechen?«

»Das ist unmöglich. Wir haben fünfzehn Drehtage hier gearbeitet. Wenn wir uns von Marvin Slough aus Manhattan verjagen ließen, müssten wir abgedrehtes Material im Wert von sieben Millionen Dollar wegwerfen. Das kommt nicht in Frage.«

Sam Marganoff kam von den Garderobenwagen zurück. Offenbar hatte Cordtland ihn rausgeworfen. Er bot ein Bild des Jammers und stürzte sich auf Ronald Burke.

»Corr weigert sich, in New York zu bleiben, Ron. Er will noch heute nach L.A. zurückfliegen, aber wir brauchen ihn unbedingt für zehn weitere Drehtage vor Ort.«

»Ich rede mit ihm«, antwortete Burke, wandte sich an Phil und mich und knurrte uns im Vorbeigehen an: »Legen Sie diesen Hundesohn Slough an die Kette oder …«

Er vollendete den Satz nicht.

Die Maschine aus Los Angeles landete am späten Abend in New York. Im Strom der Passagiere verließ Gianna Davies die DC 10. Die Gepäckausgabe klappte schlecht. Lange musste sie auf ihren schwarzen, schon ziemlich verschlissenen Koffer warten.

Während sie das Gate passierte, hallte aus der Lautsprecheranlage ihr Name.

»Miss Gianna Davies, Passagier auf Flug Delta 402 aus Los Angeles wird am Informationsstand von Delta Airlines erwartet. Ich wiederhole, Gianna Davies …«

Sie fand keinen Gepäckwagen und schleppte den Koffer durch die Empfangshalle. Am Delta-Schalter sagte sie zu einer Hostess: »Ich bin Gianna Davies aus L.A.«

Ein großer, dicklicher Mann, der in Hörweite an einem Pfeiler lehnte, stieß sich ab und trat auf sie zu.

»Ich warte auf dich, Baby.« Er griff Gianna unters Kinn

und betrachtete kritisch ihr Gesicht. »Nicht schlecht. Befolge meine Anweisungen, und ich sorge dafür, dass du ein paar Großaufnahmen bekommst, die bei allen Kerlen, die dich auf der Leinwand sehen, einen Ständer auslösen.« Er trat einen Schritt zurück, betrachtete Giannas Figur und spitzte anerkennend die weichen, aufgeworfenen Lippen, die ihm zusammen mit den runden Wangen und dem Doppelkinnansatz das Aussehen eines übergroßen Schuljungen verliehen.

»Ich bin Ben Karner«, sagte er in einem Tonfall, als besäße der Name einen Ruf wie Donnerhall in der Filmbranche. Gönnerhaft legte er Gianna den Arm um die Schultern und sorgte dafür, dass seine Finger ihren Busen berührten.

»Eine große Chance für dich, Baby! Sei nett zu mir, und ich bring dich groß raus!«

Sie entwand sich seinem Arm.

»Welchen Job hast du in der Produktion, Ben?«

»Kamera«, antwortete er großspurig und setzte sich in Richtung Ausgang in Bewegung. Den Koffer zu tragen überließ er Gianna.

Sie kannte sich gut genug in der Branche aus, um Karners Bedeutung richtig einzuschätzen. Zweifellos war er irgendeiner der zahllosen Assistenten, wie sie bei jeder Produktion um die großen Bosse herumwieseln.

Erst der Taxifahrer nahm Gianna den Koffer ab. Im Taxi legte Karner wieder den Arm um ihre Schultern und befingerte ihre Brüste. Dieses Mal duldete sie es.

»Hast du Sue Fergus gekannt?«

»So gut, wie ich dich hoffentlich noch kennen lernen werde, Baby. Du verstehst, was ich meine?«

»Wann geschah es? Was denkst du, wer sie umbrachte? Hatte sie Feinde im Team?«

»Erinnere mich nicht an die Sache! Wenn ich daran denke, was Sue geschah, wird mir übel. Ich war tagelang krank vor Kummer.«

»In L.A. wird geflüstert, sie wäre Cordtlands Geliebte

gewesen, als er noch nicht der große Corr zwar, und sie hätte vielleicht versucht, ihn mit irgendeiner alten Geschichte aus jener Zeit zu erpressen.«

Karner brachte seine feuchten Lippen an ihr Ohr.

»Sei vorsichtig, Baby! Hier läuft hinter den Kulissen ein ganz heißer Film«, flüsterte er und begann, Giannas Hals mit nassen Küssen abzusuchen. »Der Mann, der zusammen mit Sue Fergus ermordet wurde, war ein New Yorker Gangster. Heute Morgen überfielen Rocker das Drehgelände und richteten fürchterliche Verwüstungen an. Der Himmel mag wissen, was als Nächstes passiert.«

Gianna Davies rückte, so gut es ging, von Karner ab. Er ließ sich nicht bremsen, versuchte, seine Hand unter ihren Rock zu bringen.

»He, langsam, Mann!« Sie fing die Hand ab. »Über das Petting im Auto bin ich hinaus.«

Sie war froh, als sie das Hotel erreichten.

In der Halle nahm Karner wieder die Rolle des großen Machers an.

»Ich bring dich in die Produktionskonferenz. Wenn ich dich vorstelle, wissen die anderen sofort, dass du eine erstklassige Protektion hast.«

Über eine Rolltreppe fuhren sie zur ersten Etage, auf der die Konferenzräume und der große Ballsaal des Hotels lagen. An der Tür eines Konferenzraums warnte ein Schild: *Reserviert für Marganoff-Film-Produktion! Zutritt für Unbefugte verboten!*

Zwei Dutzend Personen saßen um einen Tisch. Die Wände waren bedeckt mit Plakatentwürfen, Produktionsplänen, Statistiken, Kostümmustern usw. Den Vorsitz führte Marganoff. Zwischen ihm und Ruitberg, dem Regisseur, tobte ein heftiger Streit, an dem sich Cassaro, der Kameramann, und Harry Selby, der Drehbuchautor, lautstark beteiligten.

Karner wartete, bis sich der Sturm gelegt hatte und er eine Chance bekam, sich zu melden.

»Mr. Marganoff, ich bringe den Ersatz für Sue Fergus. Ihre Sekretärin sagte mir, Sie wünschten …«

Marganoff unterbrach mit einem barschen Befehl an das Mädchen. »Komm her!«

Gianna Davies ging zu ihm, bemühte sich um einen sicheren, unbefangenen Auftritt. Alle, die sich im Raum befanden, musterten sie mit der kalten Aufmerksamkeit, mit der Ware vor dem Kauf kritisch beurteilt wird.

»Was denkst du?«, fragte Marganoff den Regisseur.

Ruitberg stocherte mit einem Streichholz zwischen seinen Zähnen und sagte, ohne die Suche nach den Resten seines Mittagessens zu unterbrechen: »Ihr Haar muss anders getönt werden. Vier, fünf Szenen werden wir nachdrehen müssen.«

Selby, der Drehbuchautor, hob den Arm.

»Die Rolle der Sunna ist zusammengestrichen worden. Ich habe alles rausgeworfen, was auf die Fergus zugeschnitten war. Übrig geblieben ist eine Freiluft-Verführungsszene mit Anthony und die sich daran anschließende Flucht.«

»Verdammt, ihr dünnt den Film zu einem sinnlosen Geflimmer aus!«, schrie Ruitberg. »Für solche Scheiße gebe ich meinen Namen nicht her.«

»Wenn der Name Corr auf den Plakaten steht, können wir auf deinen verzichten«, keifte Marganoff zurück. »Unser Budget schießt durch alle diese Verzögerungen in den Himmel. Ich muss mindestens fünf Millionen Dollar einsparen.«

Er wandte sich an Gianna Davies.

»Okay, wir nehmen dich, Schätzchen. Wann du an der Reihe bist, erfährst du rechtzeitig.«

Cassaro, der Kameramann, sagte müde: »Zieh mal den Rock hoch!«

Giannas Lederrock saß so knapp, dass sie kräftig daran ziehen musste.

»Ja, sie ist okay.« Cassaro fuhr sich mit beiden Händen durch die Haarmähne. »Ihr Sex wird gut rüberkommen.«

Marganoffs Sekretärin flüsterte ihrem Chef ein paar Worte zu. Der Produzent nickte und rief: »Hör zu, Gianna Baby! Das ist eine kleine Rolle, für die wir kein Extra-Stuntgirl engagieren können. Du musst einen Revers unterschreiben, dass du mit einem kleinen Risiko einverstanden bist. Okay?«

»Okay«, bestätigte Gianna.

Sie war entlassen. Draußen legte Karner ihr wieder die Hand auf die Schulter und fragte großspurig: »Zufrieden?«

Sie blickte ihm in die Augen. Unter diesem Blick erlosch sein kindisch-triumphierendes Lächeln. Widerstandslos duldete er, dass sie sich befreite, zur Rolltreppe ging und in die Empfangshalle fuhr.

Erst an der Rezeption tauchte er wieder neben ihr auf.

»Wir haben Sie auf Zimmer 4427 gebucht, Miss Davies«, sagte der Hotelangestellte. »Das Zimmer wurde von Mr. Ronsky bewohnt.« Er grinste ein wenig. »Das Gericht hat noch nicht entschieden, ob und wann Mr. Ronsky sein kostenfreies Staatszimmer verlassen darf.«

»Ronsky wurde beim Dealen von Koks erwischt«, erläuterte Karner. »Er war eine gute Quelle.« In der Liftkabine flüsterte er Gianna ins Ohr: »Falls du eine Prise brauchst, Baby, frage mich!«

Er hielt sich an ihrer Seite bis vor die Tür von Nummer 4427.

»Ich gebe dir noch ein paar Tipps«, sagte er und wollte sich mit ins Zimmer drängen.

»Hau ab!« Gianna stieß ihn zurück, huschte ins Zimmer und warf die Tür zu.

Ihr Koffer war von einem Boy heraufgebracht worden und lag auf dem Träger. Sie öffnete ihn, nahm ihr Reisenecessaire heraus, zog den Reißverschluss zurück, griff hinein, wog den kleinen schwarzen Revolver in der Hand, betrachtete ihn einige Sekunden lang, brach in Gelächter aus und sagte laut: »Mit dir an der üblichen Stelle wären wir schon aufgefallen, mein Spielzeug.«

Sie hatte einen Einfall, suchte aus dem Koffer einen schmalen Lederriemen mit unauffälliger Schlaufe, ging zum großen Spiegel und zog den Rock hoch, wie Cassaro, der Kameramann, es von ihr verlangt hatte.

Gianna legte den Lederriemen um den linken Oberschenkel und schob den Revolver so in die Schlaufe, dass er auf der Innenseite des Oberschenkels hing.

Sie betrachtete ihr Spiegelbild und brach erneut in Gelächter aus, weil sie sich die überraschten, vielleicht erschreckten Gesichter der Filmleute vorstellte.

Ich hätte eine verdammt gute Ausrede gebraucht, dachte sie, hörte auf zu lachen und ihr Gesicht nahm einen nachdenklichen Ausdruck an.

»Wenn Corr an mir herumgrabscht«, sagte sie laut zum eigenen Spiegelbild, »und ich will, dass er es tut, dann kann ich nicht die Kanone dort tragen, wo er mit seinen Fingern hin will. Ich fürchte, das Ding war keine gute Idee.«

Sie schnallte die Waffe ab und warf Revolver und Riemen zurück in den Koffer.

Sie streifte die Schuhe ab, zog Rock und den dünnen Pullover aus und ging ins Badezimmer.

Homer Skydell stoppte den verbeulten gelben Chevrolet auf der anderen Straßenseite.

»Das ist das Hauptquartier der Black Power Sons«, sagte er. »Wenn ihr reingeht, kommt ihr nicht wieder lebend raus!«

Skydell, selbst schwarz, Leiter einer Sondergruppe der City Police, wies auf das schmale Vier-Etagen-Haus. In großen Buchstaben waren die Worte »Black is beautiful« auf die Fassade gepinselt. Ungefähr ein Dutzend Motorräder jeden Kalibers blockierten die Hälfte der Fahrbahn. Nur drei Jungen saßen auf den Treppenstufen zum Eingang, aber alle Fenster waren erleuchtet. Dröhnende Soul-Musik, Gelächter und Gegröle drangen gewissermaßen aus allen Fugen des Gemäuers.

»Sie feiern ihre erfolgreiche Show von heute Morgen«, erklärte Skydell.

»Es war eine bezahlte Aktion«, sagte ich. »Wenn wir den Mann, der kassierte, zu einer Zeugenaussage bringen, können wir den Mann verhaften, der bezahlte. Und auf ihn kommt es uns an.«

»Warum versucht ihr es nicht bei den Hell Youngsters oder den Dogs?«

»Die Dogs sind ein chaotischer Haufen ohne eigentlichen Anführer, und der Youngster-Häuptling Ted McRoon war vorsichtig genug, nicht selbst bei den Todd-Werften aufzukreuzen. Er hat ein bombenfestes Alibi, saß zurzeit des Überfalls in einem Quick-Service und mampfte Hamburger. Aber Chad Conkee, den Boss der Black Power Sons, haben wir mit eigenen Augen auf dem Schauplatz gesehen. Mit unserer Zeugenaussage droht ihm die Verurteilung zu mindestens zehn Jahren wegen Aufruhrs und versuchten Totschlags. Ich denke, die Aussicht auf zehn Jahre wird ihn veranlassen, seinen Auftraggeber zu nennen, zumal es sich wahrscheinlich um einen Weißarsch handelt.«

Skydell grinste flüchtig, als ich das Schimpfwort der Blacks für die Weißen benutzte.

»Conkee verkauft sich seinen Leuten und seiner Umgebung als Vorkämpfer für die Rechte der Schwarzen«, antwortete er. »Eine Verhaftung würde zu erheblichen Krawallen führen.«

Phil, der auf dem Rücksitz saß, knurrte unwillig.

»Schwarz oder weiß, der Bursche ist ein Gangster, der die eigenen Leute opfert. Zwei Sons endeten bei der Aktion als Krüppel auf Lebenszeit.«

»Für eine Razzia brauche ich die Genehmigung des Gouverneurs.« Skydell kratzte sich am Kinn. »Die Wahlen stehen vor der Tür, und der Gouverneur will nicht, dass schwarze Wähler verprellt werden.«

Phil stieß die Tür auf.

»Wir haben Conkee bei einem Verbrechen beobachtet,

und das Gesetz schreibt vor, dass ein Mann, der ein Verbrechen begangen hat, verhaftet und vor ein Gericht gestellt wird, ohne Rücksicht auf irgendeinen Wahltermin«, sagte er. »Also werden wir Chad Conkee festnehmen und rausholen. Komm, Jerry!«

»Ihr seid verrückt!«, rief Skydell halblaut. »He, wartet einen Moment! Etwas tut sich!«

Eine Gruppe laut lachender und schreiender Sons verließ das Haus, alle in schwarzer Lederkluft mit Ausnahme eines Mannes, der eine bunte, grellfarbige Toga trug, ein traditionelles afrikanisches Kleidungsstück.

»Das ist Conkee!«, flüsterte Skydell. »Runter mit euch! Weiße dulden sie nicht in ihrer Straße!«

Conkee raffte die Toga zusammen und schwang sich in den Sattel einer schweren Harley. Er startete, hob grüßend die Hand, und seine Leute verabschiedeten ihn mit dem rhythmischen Geheul, das ihr Schlachtruf war.

Skydell atmete erleichtert auf.

»Das gibt euch eine Chance, ihn festzunehmen.«

Er brachte den alten Chevy in Gang und hängte sich an Conkees Harley.

Um diese Zeit, etwa eine halbe Stunde nach Mitternacht, herrschte nicht viel Verkehr in den Straßen von Queens.

Conkee fuhr durch den Midtown-Tunnel nach Manhattan und stoppte die Harley vor einem Apartmenthaus der Lexington Avenue.

Skydell ließ seinen Wagen vorbeigleiten. Phil und ich stiegen aus und gingen auf der anderen Straßenseite zurück.

Conkee stand noch vor der Haustür, und wir hätten ihn kassieren können. In diesem Augenblick kam eine Frau aus dem Haus, die Conkee umarmte und küsste. Sie war weiß.

Nach der kurzen, intensiven Begrüßung gingen sie zu einem roten Mercury am Straßenrand. Die Frau setzte sich hinters Steuer. Chad Conkee stieg seltsamerweise hinten ein. Sie startete den Mercury, fuhr bis zur nächsten Kreuzung und bog in die Querstraße.

Phil und ich preschten zu Skydells Chevy und warfen uns in den Schlitten.

»Häng dich an den roten Mercury!«, rief ich.

Skydell gab Gas.

Noch vor der nächsten Kreuzung hatten wir ihn, denn Conkees weiße Freundin fuhr langsam. Wann immer der Mercury den Lichtkreis einer Straßenlaterne passierte, war durch das Rückfenster zu erkennen, dass Conkee im Wagen herumhampelte.

»Zum Teufel, was macht er?«, knurrte Phil.

Es wurde eine kurze Fahrt. Sie endete am Broadway in Höhe der 26th Street und vor dem Eingang zu Marvin Sloughs Desiree-Nachtclub.

»So viel Glück ist selten.« Phil schlug Skydell auf die Schulter. »Gerade haben wir einen Hauptgewinn gezogen.«

Skydell sah ihn verständnislos an. Phil klärte ihn auf. »Der Schuppen gehört dem Mann, hinter dem wir her sind.«

Der schwarze Portier im roten Frack öffnete die Wagenschläge. Chad Conkee und die Frau stiegen aus, und jetzt wurde klar, was Conkee im Fond des Wagen getrieben hatte. Er hatte sich umgezogen. Statt der traditionellen Toga trug er schwarze Hosen und eine weiße Jacke.

»O Mann, ich wünschte, ich könnte ihn so seiner Truppe zeigen«, stöhnte Skydell. »Auf die Jungs hämmert er mit Schlagworten ein wie ›afrikanische Identität‹ und ›keine Anpassung an weiße Lebensart‹. Seht ihn euch an!«

Conkees Freundin war eine große, üppige Blondine. Sie überragte den eher schmächtigen Conkee um einen halben Kopf. Arm in Arm schlenderten sie auf den Eingang zu, dessen Tür der zweite Portier bereitwillig für sie öffnete. Der andere stieg in den Mercury und fuhr zu einem straßenaufwärts gelegenen Parkplatz.

»Holen wir ihn raus, bevor er einen Cocktail bestellt, den er dann nicht mehr trinken kann!«, schlug Phil vor.

»Es muss schnell gehen! In Sloughs Laden gibt es ein

gutes Alarmsystem. Homer, fahr uns am Eingang vorbei.«

Da der zweite Portier noch mit dem Parken des Mercury beschäftigt war, hatten wir es nur mit einem Mann zu tun. Es genügte, dass Skydell im Vorbeifahren das Gas wegnahm. Phil und ich sprangen aus dem Chevy, stürzten uns auf den Portier und zerrte ihn zwei Yards vom Eingang und jedem denkbaren Alarmknopf weg.

»Das ist eine FBI-Aktion! Mach keinen Ärger, Mann!«

Er hob freiwillig die Hände und erstarrte zur Salzsäule.

Wir stürmten in den Club-Eingang. Jenseits der Tür mündete ein schmaler Gang in die große Garderobe, in der drei langbeinige Schönheiten mit Lächeln und viel sichtbarer Haut für die gute Einstimmung der Gäste sorgen sollten.

Unser Auftritt erschreckte die Mädchen, sie flüchteten wie aufgescheuchte Rehe.

Die eigentlichen Clubräume lagen links hinter einer automatischen Glastür, die sich öffnete, wenn man eine Lichtschranke passierte.

Der Club war gut besucht, an die hundert Gäste, jede Menge Champagnerflaschen auf den Tischen und ein großes Angebot an Mädchen aller Hautfarben und Rassen, jede für sich ein Klasse-Exemplar.

Auf der Tanzfläche lief die Mitternachtsshow. Die Aufmerksamkeit der Gäste war ganz darauf gerichtet. Was in Sloughs Desiree-Club geboten wurde, lohnte das Hinsehen.

Conkee und seine Freundin suchten noch nach dem Tisch.

Phil und mich bemerkten sie erst, als wir vor ihnen standen.

Conkee war ein Schwarzer und konnte nicht blass werden, aber der nackte Schrecken stand in seinen aufgerissenen Augen.

Phil legte ihm die Hand auf die Schulter und sagte: »FBI-Agent Phil Decker. Ich verhafte Sie wegen Anstiftung zu Aufruhr, Überfall, versuchten Totschlags und Bandenbildung. Umdrehen! Hände auf den Rücken!«

Er gehorchte nicht. Phil griff zu, drehte ihn um, zog seinen Arm auf den Rücken und legte ihm die Handschelle ums Gelenk.

Seine Freundin kreischte uns an.

»Was tut ihr? Verdammt, Chad ist der harmloseste Bursche auf der Welt!«

Sie war so laut, dass Unruhe entstand.

»Bitte, kommen Sie mit!« Ich versuchte es mit Höflichkeit. »Auch Ihnen müssen wir Fragen stellen.«

Phil führte Conkee zum Ausgang. Die Blondine redete pausenlos auf ihren schwarzen Freund ein.

»Was wollen die Bullen von dir? Was werfen sie dir vor?«

Wir kamen nicht weit. Auf halbem Weg zur automatischen Glastür stoppten uns Sloughs Leute, an ihrer Spitze Claude Foret. Hinter ihm rotteten sich vier breitschultrige Schlägertypen zusammen. Foret musterte uns finster.

»Ich sagte dir, dass es sich nicht auszahlt, mit Marvin Slough Krieg zu führen.«

»Das ist eine Verhaftung, mein Freund!« Ich lächelte ihn an. »Willst du eine FBI-Aktion verhindern?«

»Wartet, bis Marvin kommt!«, verlangte er.

Die Glastür öffnete sich. Marvin Slough kam zusammen mit Mike Ronco und Ken Spall, seinen Bodyguards. Der Ausdruck seines hässlichen Gesichts verriet, welche Wut in ihm kochte.

»Warum kassiert ihr diesen schwarzen Idioten?«, knirschte er.

»Kennst du ihn nicht, Marvin?«

»Claude sagt, er sei ein Gast, der eine Menge Kies habe. Bei uns gibt es keine Rassenschranken. Wer unsere Preise bezahlt, darf rein.«

»Sorry, dass du heute Nacht nichts an ihm verdienen kannst, Slough. Wir sahen ihn am Morgen bei der Arbeit. Er dirigierte eine Meute Black Power Sons, die das Filmgelände an den alten Todd-Werften verwüsteten. Wir wollen wissen, wer ihn für den Job bezahlte.«

Marvin Slough verlor die Beherrschung. Mit beiden Fäusten packte er Conkee an den Jackenaufschlägen, riss ihn nach vorn und fauchte ihm ins Gesicht: »Wenn du nicht die Schnauze hältst, du schwarzer Hurensohn, sorge ich dafür, dass dir die Haut …«

Claude Foret stieß ein warnendes Zischen aus. Phil packte Sloughs Handgelenk, um Conkee aus seinem Griff zu befreien.

Genau in diesem Augenblick brach das Chaos aus.

Glas klirrte. Aus zerplatzenden Behältern schossen Flammen hoch. Die großen Vorhänge an den Fenstern zur Straßenseite fingen Feuer und brannten wie Zunder. Maschinenpistolen ratterten. Kugeln zerschmetterten Lampen, Flaschen und Gläser.

Klar, dass Panik ausbrach. Schreiend sprangen die Menschen auf, stürzten zum Ausgang. In Sekundenschnelle ballten sich hundert oder mehr Menschen zu einer brüllenden, tobenden Menge zusammen, in der jeder ohne Rücksicht erbittert ums eigene Entkommen kämpfte.

Phil, ich, auch Marvin Slough und seine Leute wurden von der Menschenwoge überrollt und mitgerissen.

Zum Glück funktionierte die automatische Tür. Wir wurden in die Garderobe geschwemmt.

Eine Flammenwand loderte vor der Ausgangstür.

Neben mir wurde eine Frau zu Boden gerissen. Ich packte sie, zog die Schreiende hoch, kämpfte mich, ohne sie loszulassen, seitlich aus der Menge heraus bis zu einer Wand, an die ich sie lehnte.

Ein Mann sprang auf die Garderobentheke. Es war Phil, und er brüllte mit solcher Lautstärke auf die Menschen ein, dass die Adern an seinem Hals dick anschwollen.

»Ruhe! Verdammt, Leute, bewahrt Ruhe! Niemand ist in Gefahr! Benutzt die Notausgänge! Richtet euch nach den Hinweispfeilen!«

Nur mühsam sickerten seine Worte in die heiß gelaufenen Gehirne. Das Geschrei ebbte ab, und das Gedränge nahm eine andere Richtung zu den Notausgängen, die links und rechts vom Lift in einen Hof führten.

Ich erspähte einen Feuerlöscher, riss ihn aus der Halterung, öffnete das Ventil und richtete den Schaumstrahl in die Flammen vor dem Ausgang.

Weißer Qualm wölkte auf. Die leckenden Feuerzungen wurden kleiner, waren aber noch nicht besiegt, als aus dem Löscher nur noch die Pressluft zischte.

Ich riskierte den Sprung, kam durch, schlitterte ins Freie und stolperte über einen Mann, der mitten auf dem Bürgersteig lag, Arme ausgebreitet und Gesicht nach unten.

Einige Dutzend Leute waren zusammengelaufen, aber sie taten nichts.

Aus den Fenstern des Nachtclubs züngelten Flammen. Ich konnte nur hoffen, dass irgendwer die Cops und die Feuerwehr alarmiert hatte.

Ich beugte mich über den reglosen Mann. Erst jetzt entdeckte ich die Maschinenpistole. Er war auf die Waffe gefallen, sodass nur der Lauf eine Handspanne unter seinem Körper hervorragte.

Wo war Homer Skydell? Er musste gesehen haben, was sich hier abgespielt hatte.

Der verbeulte gelbe Chevrolet stand fast in der Mitte der Fahrbahn. Auch um ihn hatten sich Neugierige gesammelt.

In langen Sätzen rannte ich hinüber, stieß die Gaffer zur Seite und fand meine böse Ahnung bestätigt.

Skydells Körper lag in sich zusammengesunken über dem Steuer. Vorsichtig hob ich seinen Kopf an.

Er atmete.

Ich riss die Wagentür auf, in die die MPi-Serie eine gerade Linie Löcher gestanzt hatte. Vorsichtig zog ich Skydell hinter dem Steuer hervor. Zwei junge Männer sprangen hinzu und halfen mir.

Wir legten ihn aufs Straßenpflaster, und einer der Jungs

schob Skydell die eigene, zusammengerollte Jacke unter den Kopf.

Homer öffnete die Augen, erkannte mich und flüsterte: »Fünf Männer! Kamen in einem blauen Town Country Chrysler und …«

»Später, Homer! Wo, glaubst du, bist du verletzt?«

»Weiß nicht!« Er wollte die Hand heben, hatte aber nicht genug Kraft.

Sirenenheulend schoss ein Streifenwagen heran. Gleich darauf schrillten die Alarmglocken von Löschfahrzeugen.

Die Cops stoppten vorm Eingang des Desiree-Clubs. Ich rief sie an: »Wir brauchen Ärzte und Ambulanzen!«

»Schon unterwegs«, antwortete der Cop. »Weißt du, was passiert ist, Mann?«

»Später!«, sagte ich zum zweiten Mal.

Ich kniete neben Skydell und tupfte den Schweiß von seinem dunklen, nassen Gesicht.

Gianna Davies hörte das Klopfen an ihrer Zimmertür, stand auf, warf einen Bademantel über und öffnete bis zum Anschlag der Sicherheitskette.

Im Spalt sah sie eine große, sorgfältig geschminkte Schwarze, die sie anlächelte.

»Hi, ich heiße Brenda Marshall. Wir arbeiten im selben Geschäft.«

»Corr-Produktion?«

»Richtig! Lässt du mich rein?«

Gianna entfernte die Kette. Die Frau kam, umarmte sie und küsste Gianna auf beide Wangen.

»Ich spiele die Roxanna«, sagte sie. »Nach dem Drehbuch hatten die arme Sue und ich ein paar gemeinsame Szenen. Ich hoffe, du und ich, wir kommen miteinander klar.« Sie legte den Kopf zurück. »Lass dich ansehen! Du bist jünger als Sue.«

»Ich glaube nicht, dass wir gemeinsam vor der Kamera

stehen werden. Mr. Marganoff hat mir gleich nach meiner Ankunft eröffnet, dass die Rolle der Sunna bis auf zwei Szenen mit Cordtland zusammengestrichen wurde. Das alte Drehbuch gilt nicht mehr. Ich darf mich einmal Corr an den Hals werfen und werde darauf von ihm ins Wasser geworfen. Das ist es.«

Brenda Marshalls Gesicht zeigte einen Anflug von Panik. »Gütiger Himmel!«, rief sie. »Wenn die Sunna-Rolle klein gemacht wurde, kürzen sie möglicherweise auch meine Szenen. Hör zu, Schätzchen! Du musst etwas dagegen tun. Schlag Krach! Sag Marganoff, du würdest ihm die Rolle vor die Füße werfen, wenn er sie nicht im alten Umfang belässt oder …« Sie unterbrach sich und fuhr in anderem Tonfall fort. »Ich habe eine bessere Idee! Mach dich an Ron Burke heran! Wenn es dir gelingt, ihn ein bisschen scharf auf dich zu machen, sorgt er dafür, dass alles wieder in den Film reingepackt wird, was dieser Geizhals von Marganoff rauswerfen will, und ich brauche mich um meine Roxanna-Rolle nicht länger zu sorgen.«

»Wer ist Burke?«, fragte Gianna. Sie wusste genau, wer Burke war, hielt es aber für richtig, sich ahnungslos zu stellen.

»Der einzig wichtige Mann in der Produktion. Weder Marganoff noch Ruitberg, der Regisseur, und nicht einmal der Star selbst können sich widersetzen, wenn Burke irgendetwas verlangt. In Wahrheit fürchten sich alle vor ihm.« Sie brachte ihre Lippen dicht an Giannas Gesicht. »Ich glaube, er ist ein richtiger Gangster, aber für eine Frau ist letztlich auch ein Gangster nur ein Mann, den man weich kneten kann, sobald ihn die große Sehnsucht nach deinem Paradies gepackt hat – nach diesem Paradies.« Sie berührte Gianna zwischen den Beinen.

»Ich bin müde«, wich Gianna aus.

»Unsinn! Bei Burke findet jeden Abend eine Party statt, mal kürzer, mal länger. Lass uns nachsehen, was in seinem Apartment läuft. Und gegen Müdigkeit hilft eine kleine Prise davon.«

Brenda zog eine kleine Dose an der Goldkette aus dem Ausschnitt, ließ den Deckel aufspringen und fragte: »Willst du, Baby?«

Gianna nahm etwas weißes Pulver, rieb das Kokain mit dem Daumen in die Nasenlöcher und sog es ein.

»Zu wenig!«, rief Brenda Marshall. »Gib mir einen Spiegel! Ich zieh dir einen ordentlichen Strich!«

»Nein, ich will nicht die Kontrolle verlieren.«

Gianna ging ins Badezimmer und wollte die Tür schließen. Brenda folgte ihr. Sie setzte sich auf den Rand der Badewanne.

Achselzuckend streifte Gianna den Bademantel ab, benutzte ein Deo und vervollständigte ihr Make-up.

Brenda beobachtete sie und sagte: »Du bist schöner als Sue Fergus. Sue war über ihre besten Jahre hinaus. Deine Figur ist makellos.«

»Danke!« Gianna schlüpfte in den Slip. »Was soll ich anziehen?«

»Vor allen Dingen keinen BH und eine Bluse, die so eng ist, dass sich deine hübschen Dinger abzeichnen.«

Sie wählte eine rote Bluse, einen breiten Gürtel mit massiver Goldschnalle und einen schwarzen Rock.

Brenda Marshall zeigte sich begeistert, umarmte Gianna und küsste sie auf die nackte Schulter.

»Du bist fast zu schön für einen groben Kerl«, sagte sie. »Verdammter Job, in dem diese Brutalniks das Sagen haben.« Ihre Stimme sank zum Geflüster. »Wenn du willst, bleiben wir hier und pfeifen auf große oder kleine Rollen in diesem beschissenen Film.«

Gianna wehrte sie ab.

»Burke war deine Idee. Jetzt will ich ihn sehen.«

»Okay!« Brenda Marshall resignierte.

Sie verließen das Zimmer. Als Gianna die Tür abschloss, lachte Brenda.

»In deinem Zimmer haben zwei FBI-Schnüffler Brad Ronsky verhaftet, als er Schnee aus Hollywood übernahm.

Ich gönne es ihm. Brad war ein Hurensohn, der für jede Prise Barzahlung verlangte und trotzdem an dir herumtatschte. Wie du siehst, gibt es trotz Ronskys Verhaftung keinen Mangel an Koks. Wie fühlst du dich, Baby?«

»Prächtig!« Gianna spürte die Wirkung des Kokains, obwohl sie nur wenig geschnupft hatte. In ihr brannte ein Gefühl von Unternehmungslust. Ihr Blut schien rascher durch die Adern zu fließen, und sie war bereit, jede Herausforderung anzunehmen. Sie wusste, dass sie ihren Zustand dem Rauschgift verdankte. Sie hatte Erfahrung.

Die beiden jungen Frauen fuhren zur 45. Etage hoch. Brenda Marshall klingelte an der Tür des Topas-Apartments.

Ein junger Mann in Jeans und einem T-Shirt öffnete. Das T-Shirt zeigte Corrs Gesicht mit silbernem Stirnreif, dazu die römische Zahl VII und die Worte: Das Super-Ereignis.

»Was läuft bei Ron?«, fragte Brenda.

»Kommt rein!« Der Mann lallte ein wenig. »Sind eine Menge Leute da! Warum schlafen? Morgen kann ohnedies nicht gedreht werden.«

Ungefähr zwei Dutzend Personen hielten sich im großen Wohnraum des Apartments auf. Einige Paare tanzten. Die meisten saßen oder standen beieinander, hielten sich an ihren Gläsern fest und redeten.

Brenda Marshall nahm Giannas Arm und sagte: »Der Mann in dem weißen Ledersessel, das ist Burke.«

Sie führte Gianna hin.

»Ron, ich bring dir Gianna Davies. Hollywood hat sie als Ersatz für Sue geschickt.«

Burke, der auf einem TV-Schirm irgendwelche Abendnachrichten verfolgte, gönnte Gianna nur einen flüchtigen Blick.

»Hi, Baby! Du scheinst eine gute Wahl zu sein.«

Er wandte seine Aufmerksamkeit wieder dem Bildschirm zu.

»Das ist sie«, betonte Brenda Marshaff. »Umso weniger kann sie verstehen, dass Marganoff ihre Rolle zusammengestrichen hat. Sieh sie dir genau an, Ron! Sie ist eine Bereicherung für Corr VII. Sie und ich in der Sex-Szene am Hafen würden die Kerle in allen Kinos der Welt von den Stühlen reißen. Ron, du musst Marganoff klar machen, dass …«

»Nehmt euch einen Drink!«, unterbrach Burke unwirsch. »Lasst mich in Ruhe diese verdammten Nachrichten sehen!«

»Selbstverständlich, Ron!« Brenda zog Gianna mit und flüsterte ihr zu: »Wir müssen einen günstigen Augenblick abwarten.«

Drinks gab es an der Bar, hinter der sich Ernie Bolwyn, ein Kostüm-Designer, als Mixer betätigte und laut erklärte: »Drinks werden bei mir nach Farbeffekten komponiert, klar?«

Gianna erhielt einen Drink, der so gefährlich rot leuchtete, als enthielte er Phosphor. Den Drink in der Hand, drehte sie sich um. Für einen Augenblick setzte ihr Herzschlag aus.

Anthony Cordtland kam aus dem Schlafzimmer. Er trug eine weiße Hose und das T-Shirt mit dem Reklameaufdruck für den eigenen Film, natürlich in einer dreimal größeren Ausführung als das des schmächtigen Jungen, der die Tür geöffnet hatte.

Genau diese Begegnung hatte Gianna erhofft.

Ohne Zögern ging sie auf ihn zu.

Der Notarzt kümmerte sich um Homer Skydell und gab ihm eine Spritze. Vorsichtig wurde Skydell auf eine Trage gelegt und in den Ambulanzwagen geschoben.

Längst hatten die Feuerwehrleute die Schläuche ausgerollt. Armdicke Wasserstrahlen erstickten die Flammen.

Phil kniete neben dem Mann auf dem Pflaster, dessen Taschen er vorsichtig durchsuchte.

»Keine Papiere«, sagte er. »Das Magazin der MPi ist fast leer. Wer hat auf ihn geschossen? Skydell?«

»Ich denke, er war es. Homers Revolver lag im Chevy mit nur noch zwei Kugeln in der Trommel. Wahrscheinlich hat er sich reingehängt, als er sah, dass Sloughs Club überfallen wurde. Sie beharkten ihn mit ihren Maschinenpistolen. Er wehrte sich.«

»Kommt er durch?«

»Das weiß ich nicht. Der Doc stellte keine Prognose.«

»Höchste Zeit, dass wir uns um Conkee kümmern. Ich konnte ihn nicht festhalten, als die Panik ausbrach.«

Die Menschen, die sich im Desiree-Club befunden hatten, tauchten zerrauft und entnervt aus der 26th Street auf, in die die Notausgänge mündeten. Kleider und Anzüge waren zerfetzt. Viele hatten Schrammen und Prellungen davongetragen, einige auch ernsthafte Verletzungen.

Die ersten Feuerwehrleute drangen in den Club ein. Noch quoll Rauch aus den zerschlagenen Fenstern. Im ganzen Haus war das Licht ausgefallen.

Suchend glitten die weißen Kegel starker Handlampen über umgestürzte Tische und Stühle, Flaschenscherben, verlorene Taschen und Schuhe.

»Anscheinend sind alle rausgekommen«, sagte der Chef der Feuerwehrtruppe, an dessen Seite Phil und ich uns durch die Trümmerlandschaft arbeiteten, die vor einer halben Stunde noch ein Luxus-Nightclub gewesen war. Von den Wänden floss das Löschwasser, bildete zusammen mit Whisky und Champagner aus geborstenen Flaschen glitschige Pfützen.

»Waren Sie dabei, als das Feuer ausbrach?«

»Ja, es war ein Anschlag. Sie zertrümmerten die Fenster, warfen Brandsätze und sorgten mit MPi-Garben für Panik.«

Der Feuerwehr-Lieutenant nahm den Helm ab und wischte mit dem Jackenärmel den Schweiß von der Stirn.

»Wahrscheinlich verweigert der Besitzer die Zahlung von Schutzgebühren an einen Racket-Gangster.«

Phil lachte grimmig. »Der Besitzer ist selbst ein Gangster.«

Ein Cop kam und meldete: »Einen Mann hat es erwischt.

Er liegt in der Nähe des Notausgangs. Merkwürdigerweise trägt er Handschellen.«

»O Hölle!«, stöhnte Phil.

Der Cop führte uns hin.

Chad Conkee lag auf dem Gesicht. Die weiße Jacke war verdreckt von all den Schuhen, die über seinen Körper hinweggetrampelt waren. Unter seinem Kopf hatte sich eine große Blutlache gebildet.

Phil beugte sich nieder und suchte nach der tödlichen Verletzung.

»Ein Schädelbruch«, sagte er leise. »Ich glaube nicht, dass er von der Menschenmenge umgerissen wurde. Jemand schlug ihn nieder. Alles andere geschah zwangsläufig. Wo ist Marvin Slough?«

»Hier bin ich, G-man!«

Slough kam vom Hof her durch die offen stehende Tür des Notausgangs. Er warf einen Blick auf den Toten.

»So etwas passiert, wenn Schnüffler leichtfertig Handschellen verpassen. Mit den Händen auf dem Rücken hatte er keine Chance, sich im Gedränge auf den Füßen zu halten. Er wurde totgetrampelt. Armer Hund!«

Ich spürte, dass Phil dicht vor einer Explosion stand, und legte ihm die Hand auf die Schulter.

»Die Obduktion wird ergeben, dass er an einem Schädelbruch starb, an einer Verletzung, die ein Fußtritt nicht anrichten konnte.«

»Wirklich? Warum sollte das jemand getan haben?«

»Weil Conkee vielleicht nicht den Mund gehalten hätte.«

In Sloughs Augen funkelte Hohn.

»Wen wollt ihr verhaften? Mike Ronco? Ken Spall? Oder mich?« Er streckte die Arme aus. »Okay, legt mir Handschellen an! Bringt mich ins Kittchen! Wollen wir wetten, dass ich spätestens morgen früh wieder draußen bin? Denn der Richter wird euch fragen, wo eure Zeugen sind. Ihr habt den Mann auf dem Gewissen, nicht ich.«

Es gibt Augenblicke, in denen es höllisch schwer fällt, sich unter Kontrolle zu halten. Kein Zweifel, dass Slough die Panik ausgenutzt hatte, um Chad Conkee den Mund für ewig zu verschließen, aber ihn oder seine Leute zu verhaften war in der Tat sinnlos. Wo sollte sich unter hundert in Panik auf einen Notausgang zudrängenden Menschen, alle Nerven und Sinne auf die eigene Rettung fixiert, ein Augenzeuge finden, der einen schnellen Hieb beobachtet hatte und den Täter identifizieren konnte? Ich fragte mich, ob Slough auch Conkees blonde Freundin beseitigt hatte, aber weder im Haus noch im Durchgang zur 26th Street fanden die Cops jemanden. Wir entdeckten sie auch nicht unter den Gästen, die von Sanitätern versorgt wurden. Viele Besucher des Desiree-Clubs, soweit sie nicht ernsthaft verletzt waren, hatten sich schleunigst davongemacht, weil sie jeden Kontakt mit der Polizei scheuten oder nicht wollten, dass ihre Frauen erfuhren, wo sie sich herumgetrieben hatten.

Ein Detective Sergeant der Mordkommission rückte mit seiner Mannschaft an. Er hieß Tom Warner und war erster Assistent von Lieutenant Mill.

»Der Lieutenant ist bei einem Mord in Greenwich«, teilte er mit. »Gibt es Zusammenhänge mit den Morden im Hotel?«

»Ja, es gibt Zusammenhänge, aber wir sehen noch nicht klar. Bitte, kümmern Sie sich um alles, was hier getan werden muss.«

Ein Wagen der City Police brachte uns zum Hilton Hotel. Der Lift schoss uns hoch in die 45. Etage. Wir marschierten über den dicken Teppichboden, der unsere Schritte verschluckte. Ich presste den Daumen auf den Klingelknopf an Ronald Burkes Apartment.

Es dauerte Minuten, bis geöffnet wurde. Stimmengewirr, Gelächter und ein lauwarmer Blues quollen aus den Räumen.

Nein, wir hatten Burke nicht aus dem Schlaf geholt, und nicht er, sondern eine dunkelhaarige Schönheit, leicht bekleidet und ziemlich betrunken, öffnete.

»Kommt rein, Jungs! An Männern haben wir immer Bedarf.« Sie wählte Phil, schlang ihm die Arme um den Hals, klebte sich an ihn und lallte: »Nachschub für die abgeschlafften Typen, die hier herumhängen und lieber mit einer Whiskyflasche schlafen als mit einem Mädchen.«

Ich nahm an, Phil würde einen Ringkampf dieser Sorte ohne Hilfe überstehen, durchquerte den Vorraum und betrat den Wohnteil des Apartments.

Um zwei Uhr morgens hatte sich die Party in Burkes Räumen noch nicht zur Orgie entwickelt, wenn auch eine ziemlich schwüle Atmosphäre herrschte.

Burke trug nicht den japanischen Kimono, in dem ich ihn bei unserer ersten Begegnung gesehen hatte, sondern ein besticktes Seidenhemd. Er telefonierte mit dem drahtlosen Funktelefon, von dem er sich nie zu trennen schien. Er sah mich und beendete das Gespräch. Hinter ihm flimmerte der Bildschirm eines TV-Geräts.

Ich ging zu ihm, wies auf den Apparat.

»Sie haben ›Manhattan Night‹ eingeschaltet, wie ich sehe, einen Sender, der während der ganzen Nacht Nachrichten aus der Stadt bringt. Also wissen Sie, dass einer Ihrer Leute bei dem Angriff auf den Desiree-Club auf der Strecke blieb.«

»Ich weiß nicht, wovon Sie reden, G-man!«

»Hören Sie gut zu, Burke! Zwischen Ihnen und den Slough-Brüdern tobt ein Krieg. Vermutlich wollen sich die Slough-Brüder in Ihr Geschäft drängen. Die Sloughs kontrollieren einen guten Teil der Ostküsten-Theater, selbstverständlich auch die Kinos. Sie könnten einen Boykott der Filme organisieren, in die Sie Geld investiert haben. Sie wollen die Sloughs nicht als Partner, und es gelang Ihnen, Archie Slough auszuschalten.«

»Sie behaupten, ich hätte einen Mord begangen?«, fauchte er. »Welche Beweise haben Sie?«

»Natürlich machen Sie sich nicht die eigenen Hände schmutzig. Darüber sind Sie längst hinaus, Burke.« Ich ging so dicht an ihn heran, dass nur eine Handspanne Zwischenraum blieb. Er wäre gern zurückgewichen. Das TV-Gerät stand direkt hinter ihm und hinderte ihn daran.

»Archie Slough war ein Gangster, ebenso wie sein Bruder Marvin und Sie Gangster sind. Im Grunde könnte es der Gesellschaft gleichgültig sein, wenn sich Gangster gegenseitig umbringen, aber das Gesetz zwingt uns, auch solche Morde aufzuklären. Dafür gibt es einen guten Grund. Ihr führt eure Kriege ohne Rücksicht auf Unbeteiligte. Als Slough die Rocker auf das Filmteam hetzte, wurden viele Leute verletzt, und zahlreiche Menschen gerieten bei Ihrem Racheakt und dem Brand von Sloughs Nachtclub in Lebensgefahr. Außerdem schossen Ihre Profis einen Polizisten nieder. Das allein wäre Grund genug, Sie vor einen Richter zu bringen, aber ich bin überzeugt, dass auch die unaufgeklärten Morde in Los Angeles auf Ihr Konto gehen.«

»Hören Sie zu, G-man!«, zischte er wütend. »Für dieses Apartment zahle ich vierhundert Dollar pro Tag. Für so viel Geld lasse ich mich nicht von einem hergelaufenen Schnüffler beleidigen. Entweder zeigen Sie mir einen Haftbefehl, oder ich rufe den Manager und lasse Sie rauswerfen.«

Hinter mir sagte eine Männerstimme.

»He, Ron. Ich und dieses Baby verschwinden. Danke für die Drinks!«

Ich drehte mich um und sah Anthony Cordtland, Mr. Corr persönlich.

Auch ohne den Endzeit-Look seiner Filmrolle war er eine imponierende Erscheinung. Mich überragte er um fast einen Kopf. Der muskulöse Oberkörper dehnte das T-Shirt bis an die Zerreißgrenze. Kein Schwergewichtsboxer hatte jemals vergleichbare Arme gehabt, aber Cordtland hatte nicht das verbeulte Blecheimergesicht eines Mannes, der sich in den Ringen nach oben prügeln musste. Seine glatte Fassade mit markantem Kinn, gerader Nase, geschwungenen Lippen und den hellen Augen kannte und liebte die Welt.

Den rechten Arm hatte er um die Schultern einer jungen Frau gelegt.

Für einen Sekundenbruchteil erschrak ich, weil sie der toten Sue Fergus so verdammt ähnelte. Beim zweiten Blick erkannte ich, dass sich die Ähnlichkeit auf die rote Farbe des Haares und die gleiche Frisur beschränkte. Sie war jünger als Sue Fergus, auch schlanker und größer.

»Gianna und ich werden unsere gemeinsamen Szenen proben.« Cordtland lachte. Seinem Gelächter war anzuhören, dass er einige Drinks geschluckt hatte.

»Sagten Sie nicht heute Morgen, dass Sie Manhattan verlassen würden, Cordtland?«, erkundigte ich mich.

Er kniff die Augen zusammen und fragte. »Wer bist du, Mann?«

Burke antwortete. »Ein Schnüffler!«

»Ein Schnüffler«, wiederholte Cordtland und stieß mir den Zeigefinger zwei-, dreimal vor die Brust. »Ihr in Manhattan seid eine schlappe Truppe. Warum habt ihr den Mord an der armen Sue nicht längst aufgeklärt? Warum könnt ihr meine Sicherheit bei Dreharbeiten in eurer beschissenen Stadt nicht garantieren? Ich werde mich beim Gouverneur beschweren. An den Präsidenten werde ich schreiben. Mann, wissen Sie, dass meine Filme Hunderte von Millionen Dollar in die Staaten bringen? Ich bin der einzige noch gefragte Exportartikel Amerikas. Kapiert?«

Er redete sich in Zorn und sprach immer lauter, bis Burke scharf befahl: »Halt den Mund, Anthony!«

Cordtland stockte, runzelte die Stirn und knurrte: »Okay, ich bin nur Gast in deiner Hütte, Ron. Entschuldige, aber mir läuft die Galle über beim Anblick von Leuten, die von meinen Steuern leben und nichts dafür leisten.«

Während Cordtlands Beschimpfung hatte mich das Mädchen an seiner Seite aufmerksam angesehen. Als der Star eine Atempause einlegte, fragte sie: »Untersuchen Sie den Mord an Sue Fergus?«

»Ja, zusammen mit der Mordkommission der City Police.«

»Gibt es ein Motiv für diesen Mord?«

Cordtland ließ keine Antwort zu.

»Zum Teufel, Schätzchen! Wir wollen uns nicht die Laune verderben lassen. Ich schleppe dich ab, und das meine ich wörtlich.«

Er hob das Mädchen so mühelos hoch, als wäre sie gewichtslos, und trug sie zur Tür.

Aus einem großen Sessel schnellte ein Mann hoch und trat Cordtland in den Weg.

Ein überraschender Anblick, denn der andere war ein ebenso muskelbepackter Hüne wie der Star. Er trug das gleiche T-Shirt mit der aufgedruckten Reklame für den siebten Corr-Film.

Ich erkannte Willard Raddek, den Stuntman. Um seinen rechten Oberarm lag ein Verband.

Raddek wechselte ein paar Worte mit dem Schauspieler, und als Cordtland ihn mit einer unwilligen Kopfbewegung wegschickte, trollte er sich zurück in den Sessel.

Cordtland verschwand mit seiner Beute.

»Ich gebe Ihnen noch zehn Sekunden, G-man!«, fauchte Burke.

»Okay, ich werde gehen, Mr. Burke. Beim nächsten Wiedersehen werde ich Ihnen einen Haftbefehl unter die Nase halten.«

Phil hatte sich von der schwarzhaarigen Schönheit an die Bar schleppen lassen, und es machte ihm Mühe, sie abzuhängen.

»Willst du bleiben, alter Junge?«, fragte ich. »Burkes Rauswurf galt nur mir.«

»Nach Recht und Gesetz müssten wir die halbe Party wegen Rauschgiftmissbrauchs verhaften«, antwortete er. »Ständig wurde mir kostenlos Kokain angeboten, statt eines Freundschaftsdrinks. Das Mädchen, das Cordtland raustrug, heißt Gianna Davies. Hollywood schickte sie als Ersatz für Sue Fergus. Einige Leute an der Bar machten gehässige Bemerkungen, aus denen hervorging, dass Cordtland, bevor er berühmt wurde, Sue Fergus' Liebhaber war und sich von ihr aushalten ließ. Irgendwer sagte, niemand hätte ein stärkeres Motiv für den Mord an der Schauspielerin als der große Corr, denn er hätte sich immer davor gefürchtet, von ihr mit Storys aus ihrer gemeinsamen Zeit erpresst zu werden.«

Ich blieb neben Raddeks Sessel stehen. Er hatte die Beine auf einen niedrigen Tisch gelegt, hielt eine Bierdose in der Hand und starrte geradeaus.

»Was macht der Arm, Willard?«, fragte ich.

Er blickte auf und nahm die Füße vom Tisch.

»Der Arzt sagte, ich müsse ihn schonen.« Er zuckte mit den mächtigen Schultern. »Sobald wieder gedreht wird, pfeife ich auf die Empfehlung des Doc.«

»Seit wann kennen Sie Anthony?«

»Seit ich nach Los Angeles ging. Wir begegneten uns zum ersten Mal im Zenith Bodybuilding Studio, arbeiteten an denselben Geräten und beteiligten uns gemeinsam an Wettbewerben. Ich glaube, mein Körper war mindestens so gut ausgearbeitet wie der von Anthony, aber sein Gesicht kam besser an. Dann lernte er Sue Fergus kennen. Sie verschaffte ihm seine erste Filmrolle, mit der er einen Volltreffer landete. Beim zweiten Film war er als Star schon zu wertvoll für ein Risiko in gefährlichen Szenen, und die Produktion holte mich als Stunt. Seitdem halte ich meinen Kopf für ihn hin.«

»Sie haben nicht nur Muskeln, Willard, sondern wissen auch, sie zu gebrauchen.«

Er zeigte ein dünnes Grinsen.

»Muskeln zum Vorzeigen taugen nur auf der Bühne oder vor der Kamera. Wenn man in der Bronx aufwächst, weiß man mehr damit anzufangen.«

»Sie sind New Yorker, Willard?«

»Richtig, G-man, aber ich verließ die Höllenküche der Bronx schon vor fünfzehn Jahren. Wie geht es den Jungs, die ich umhaute?«

»Nicht gut.«

»Droht mir eine Anklage?«

»Sicherlich nicht. Es war eine klare Notwehrsituation.«

Er zerdrückte die leere Bierdose in seiner Hand zu einem formlosen Klumpen Blech, den er fallen ließ. Dann wuchtete er sich aus dem Sessel hoch und sagte: »Gute Nacht, G-man. Mal sehen, ob ich an der Bar noch ein Bier finde.«

Gianna Davies stand unter der Dusche. Durch das Rauschen des Wassers hörte sie den gongartigen Anschlag der Telefonklingel. Nass und nackt unterm übergeworfenen Badetuch lief sie zum Apparat und nahm den Hörer ans Ohr.

»Wie läuft es?«, fragte ein Mann. Sie erkannte Mikes Stimme und zischte wütend: »Verdammt, halte dich an unsere Vereinbarungen! Ruf nicht an, sondern warte auf meinen Anruf!«

»Ich machte mir Sorgen. Gestern Nacht hast du dich nicht gemeldet.«

»Daran wirst du dich gewöhnen müssen. Oder kann sich deine beschränkte Fantasie nicht eine Situation vorstellen, in der eine Frau unmöglich sagen kann: Stopp für einen Augenblick, Darling, ich muss mal telefonieren?«

»Bist du so dicht an ihm dran?«

»So dicht bin ich an ihm dran.« In Giannas Stimme schwang Triumph mit.

Sie hörte Mikes Keuchen.

»Keine Angabe, Baby? Du hast es schon geschafft?«

Klopfen an der Tür ließ Gianna zusammenfahren.

»Ruf nicht wieder an! Du erfährst rechtzeitig, wann du gebraucht wirst.«

Sie warf den Hörer in die Gabel, schlang das Badetuch bis zu den Achseln um ihren Körper und öffnete die Tür.

Draußen stand Ben Karner, der Regieassistent, der sie vom Airport abgeholt hatte.

»Um neun Uhr fährt der Bus nach Brooklyn zum Aufnahmegelände. Auf dich warten der Maskenbildner und die Kostümchefin. Später wirst du bei einer Stellprobe gebraucht.«

Er legte die Hände auf Giannas nackte Schultern und drängte sie zurück.

»Nimm deine Pfoten weg, Mann!«, befahl sie ruhig.

Kanner zog die Hände so hastig zurück, als hätte er sich verbrannt.

»Okay, keine Aufregung, Miss Davies«, sagte er höhnisch. »Bitte, beschweren Sie sich nicht über mich bei Mr. Cordtland.«

Er verließ grinsend den Vorraum. Gianna schrammte die Tür ins Schloss.

Um die Zeit einzuhalten, musste sie sich beeilen. An der Hotelbar stürzte sie eine Tasse Kaffee hinunter.

Die fünfzig Plätze des Busses wurden besetzt von Männern der Kamerateams, Ruitbergs erstem Hilfsregisseur, einigen Technikern und einem halben Dutzend Schauspielern der zweiten Garnitur.

Brenda Marshall warf sich auf den Platz neben Gianna, legte ihr den Arm um die Schultern, küsste sie auf die Wange und flüsterte ihr ins Ohr: »Hast du es geschafft, Baby? Alle sagen, Corr hätte dich auf den Armen aus Burkes Apartment getragen. Stimmt es?«

»Du warst dabei, Brenda.«

»Ja, aber ich habe es nicht gesehen. Ralph Malone, der den King der Trons spielt, stürzte sich auf mich und schleifte mich ins Schlafzimmer. Ich hatte reichlich Koks geschnieft und schaffte es nicht, mir den Hundesohn vom Hals zu halten. Also, wie war's? Hat Anthony dich vernascht?«

Gianna schwieg und lächelte.

»Bild dir nichts darauf ein!«, sagte Brenda Marshall. »Er ist ein egozentrischer Bastard. Wenn du ihn noch so sehr anmachst, er wird nichts für deine Karriere tun.«

Die Zufahrt zum Gelände der Todd-Werften wurde von Männern einer Security-Firma bewacht. Zwei Bautrupps arbeiteten an einer weiträumigen Sicherung des Gebiets. Sie legten Stacheldrahtsperren in die Ruinenlandschaft, verankerten Maschengitter, errichteten Warnschilder. Marganoff, der Produzent, überwachte die Arbeit, krächzte Befehle, bejammerte die Kosten, tauchte überall auf. Natürlich war es unmöglich, den ganzen Black-out-Bezirk einzuzäunen.

Gianna Davies wurde zu einem der Garderobenwagen dirigiert. Die Wagen bestanden aus großen Containern, montiert auf die Auflieger von Sattelschleppern.

Die Innenwände waren mit großen Spiegeln versehen. In strenger Ordnung hing eine Unzahl der bizarren Kostüme, wie sie in den Corr-Filmen benötigt wurden, an mehr als hundert Garderobenständern. Aus einem abgetrennten Abteil war das Rattern von Nähmaschinen zu hören.

Gianna meldete sich bei der Chefin, die Carla Barwyck hieß und die ersten zwanzig Jahre ihres Lebens als Carl Barwyck verbracht hatte.

»Ersatz für Sue Fergus?«, schrillte Carla in der Lautstärke einer Alarmsirene und rief durch Händeklatschen eine schwarze Gehilfin herbei. »Verpass ihr Sues Kostüm!«

Die Gehilfin holte einen Kleidersack, der auf Innenbügeln und in Seitentaschen alles enthielt, was das Kostüm ausmachte und als Zusatzausrüstung dazugehörte, angefangen vom kurzen Rock aus Metallschuppen bis zu den Ketten und Fingerringen.

»Runter mit deinen eigenen Klamotten!«, befahl sie barsch.

Ungefähr eine halbe Stunde dauerte die Anprobe. Als Gianna sich im Kostüm der Sunna-Rolle im Spiegel sah, konnte sie sich gegen ein Frösteln nicht wehren.

Der Gedanke, dass alles, was sie trug, die Haut von Sue Fergus berührt hatte, ließ sie erschauern.

Die Garderobiere rief Carla zur Begutachtung.

Carla drehte mit ihren immer noch männlichen Händen Gianna hin und her wie eine Schaufensterpuppe.

»Sie ist schlanker als Sue!«, kreischte sie. »Mach den Rock etwas enger. Bei ihr können wir auf fleischfarbene Strumpfhosen verzichten. Ihre Oberschenkel sind straff.«

Sie tätschelte Giannas Hüfte.

»Troll dich zum Probeschminken in Wagen vier, in dem die Fassadenmaler hausen! Sag ihnen, ich würde ihnen die Augen auskratzen, wenn sie das Kostüm bekleckern.«

Gianna verließ den Container. Zwischen den Wagen waren Holzplanken verlegt, um Schlaglöcher voll Dreck zu überdecken.

Als Gianna Wagen 6 passierte, sprang ein Mann von der obersten Stufe der angelegten Treppe. Für einen Sekundenbruchteil glaubte sie, es wäre Anthony, aber er hatte nur Anthonys Größe und Gestalt. Gianna erinnerte sich, den Mann in der vergangenen Nacht gesehen zu haben.

»Hi, Baby«, sagte er. »Wir sind uns in Burkes Apartment begegnet. Ich bin Willard Raddek und nehme an, dass Anthony dir von mir erzählt hat.«

»Das hat er nicht.« Sie reichte ihm die Hand. »Hi, Willard. Was ist dein Job?«

»Ich bin Corrs Stuntman. Ich mache die Sachen, die Anthony sich nicht zu machen traut.« Er verzog den breiten Mund zu einem kurzen Grinsen. »Immer, wenn die Leute im Kino den Atem anhalten und Corrs halsbrecherische Aktionen bestaunen, bin in Wahrheit ich es, den sie bewundern.«

»Das gilt auch für mich, Willard. In allen Corr-Filmen, die ich sah, gab es tolle Stunts. Wenn du sie gemacht hast, bist du zweifellos in deinem Fach ein Spitzenmann.«

»Ich bin der Beste. Ohne mich wären alle Corr-Produktionen nur drittklassiger Kintopp.«

»Könnte stimmen«, sagte Gianna gleichgültig. »Ich muss gehen. Der Maskenbildner wartet.«

Raddek kam einen Schritt näher. Bevor Gianna die

leiseste Abwehrbewegung machen konnte, hob er sie vom Boden hoch und hielt sie mühelos in seinen Armen.

»Das kann ich besser als Anthony! Ich wette, er schnappte nach Luft, bevor er den halben Weg zu seinem Zimmer geschafft hatte.«

»Lass mich los!«

Sein Gesicht befand sich dicht über ihrem. Sie glaubte, er würde versuchen, sie zu küssen, und drehte den Kopf zur Seite.

»Wir haben eine gemeinsame Stuntszene«, hörte sie ihn sagen. »Ich wollte feststellen, was du wiegst. Das ist wichtig, wenn man jemanden bei einem Fall aus zwanzig Fuß Höhe auffangen muss.«

»Zwanzig Fuß?« Erschreckt starrte Gianna den Mann an. »Das ist nicht dein Ernst, Willard. Niemand kann von mir verlangen, aus zwanzig Fuß Höhe zu springen.«

»Nicht zu springen, Baby! Zu stürzen! Der Unterschied ist gewaltig. Springen ist Anfängerarbeit. Ein Sturz, der auf der Leinwand wirklich wie ein Sturz aussieht, gelingt nur, wenn man sich nicht fürchtet.«

Wieder huschte das schnelle Grinsen über sein kantiges Gesicht.

»Also sei nett zu mir, oder ich lasse dich fallen.«

Sie schlang die Arme um seinen Nacken. Ihre Hände fühlten unter dem Stoff des straffen T-Shirts die Stränge seiner Rückenmuskeln. Wie gestern Nacht, dachte sie.

»Ich vertraue dir, Willard«, sagte sie lächelnd. Gianna wusste um die Wirkung ihrer Mittel. Für wenige Sekunden presste sie ihre Brüste gegen Raddek, küsste ihn leicht und flüchtig auf die schmalen Lippen. »Bitte, setz mich ab!«

Behutsam wie zerbrechliches Porzellan setzte er sie auf die Füße und gab sie frei.

»War nett, dir zu begegnen, Willard!« Im Gehen strich sie mit einer Hand über seinen Körper, bis eine Handbreit unter die Gürtelschnalle. Von der Treppe zu Wagen 4 drehte sie sich um.

Raddek stand unverändert und sah ihr nach.

Sie winkte ihm und wunderte sich, dass er nicht reagierte. Sie öffnete die Tür. Der Geruch von Puder, Salben, Parfums hüllte sie ein wie eine Wolke.

»Was willst du?«, wurde sie von einem hemdsärmligen Mann angerufen.

»Ich bin Gianna Davies«, sagte sie. »Der Ersatz für Sue Fergus.«

Ersatz für eine Tote, schoss ihr als Gedanke durch den Kopf. Angst wollte in ihr aufsteigen. Sie biss die Zähne aufeinander und dachte: Nein, ich werde nicht weich. Zu viel Geld ist für Mike und mich im Spiel.

Die blonde Freundin des Häuptlings der Black Power Sons hieß May Sarossi, und ihre blonde Pracht stammte aus der Tube. Zwölf Stunden nach dem Überfall auf Sloughs Desiree-Club fanden Phil und ich sie in ihrer Wohnung mit noch verquollenen Augen vom Rauch und ein paar verpflasterten Schrammen. Sie hatte die Nacht auf einer Unfallstation verbracht und war erst am Mittag entlassen worden.

Sie wusste nicht, dass ihr schwarzer Freund Chad Conkee tot war. Als sie es von Phil erfuhr, brach sie nicht gerade zusammen, sondern zuckte nur mit den Schultern und sagte: »Ich kannte ihn erst seit zwei Wochen.«

»Waren Sie vorher schon ein mal mit ihm im Desiree-Club?«

»Nicht mit ihm, aber zweimal mit einem anderen Typ, auch einem Schwarzen, aber von einer UN-Botschaft.«

»Hat Conkee jemals davon gesprochen, dass er Geld für die Aktionen seiner Rocker erhielt?«

»Er gab gern an mit seiner dicken Brieftasche. Natürlich habe ich ihn nicht gefragt, woher der Zaster stammte.«

»Bitte, beschreiben Sie uns, was Sie im Club beobachtet haben, als die Brandsätze explodierten.«

»Nichts, G-man! In Sekundenschnelle geriet ich in ein

Knäuel schreiender und um sich schlagender Menschen. Ich schrie und schlug um mich – genau wie alle anderen – und kämpfte darum, auf den Füßen zu bleiben. Irgendwie gelangte ich ins Freie, ohne vorher zerquetscht oder umgerissen zu werden. Ich weiß nicht einmal, wie lange es dauerte. Mir kam es wie eine Ewigkeit vor.«

Phil und ich sahen uns an. Für uns war May Sarossi so ergiebig wie ein leerer Papierkorb.

Homer Skydell lag im Stockwell-Hospital. Noch in der Nacht hatten die Ärzte an ihm herumgeflickt, aber uns gleichzeitig informiert, dass Homer unglaubliches Glück gehabt hätte und keine bleibenden Schäden davontragen würde.

Wir fuhren zum Hospital. Der Arzt sagte: »Ich lasse euch nur zu ihm, weil er, seit er aus der Narkose erwachte, nach euch verlangt. Nach fünf Minuten hole ich euch raus.«

Wir betraten das Zimmer auf Zehenspitzen. Skydell öffnete die Augen. Er war an eine Menge Schläuche angeschlossen, die zu Kontrollgeräten und Tropfbehältern führten. Sein Lächeln war schwach wie der Windhauch eines Schmetterlingflügels, und seine Stimme war nicht viel lauter.

»Habt ihr sie?«, flüsterte er.

»Nur den einen Mann, auf den du geschossen hast, Homer. Er ist tot.«

»Vier Männer!« Skydell sprach Stakkato. Mehr Worte erlaubte seine Schwäche ihm nicht. »Roter Mercedes. Kennzeichen ADD 5688. Mann am Steuer trug Brille!«

Er sackte in sich zusammen, und obwohl Homers Haut schwarz war und man natürlich nicht sagen kann, dass er bleich wurde, erschreckte uns sein verändertes Aussehen so, dass wir den Arzt riefen. Der Doc warf uns raus.

»Präzise Beobachtung eines alten Polizisten«, sagte Phil auf dem Weg zum Jaguar. »Der Wagen müsste zu finden sein.«

Am Armaturenbrett des Jaguar flackerte das Ruflicht. Ich meldete mich bei der Zentrale und wurde mit Steve Dillaggio, unserem Organisationschef, verbunden.

»Los Angeles schickt den FBI-Agenten Ryker nach New York. Das Hauptquartier in L.A. hofft, im Mordfall Sue Fergus Hinweise zu finden, die zur Aufklärung der Morde in Kalifornien helfen können. Wollt ihr zum Flughafen fahren, oder soll ich ihn abholen lassen?«

»Wir fahren hin. Hugh Ryker ist für uns die richtige Unterstützung. Er weiß alles über die Gangsterszene in L.A. und die Verquickung zwischen Verbrechen und Hollywood.«

Dillaggio nannte uns Flugnummer und Ankunftszeit. Wir machten uns auf den Weg zum LaGuardia Airport. Ausnahmsweise landete die Maschine pünktlich. Wir fingen Hugh am Gate ab und freuten uns wechselseitig übers Wiedersehen.

»Nicht genug damit, dass Hollywood schlechte Filme in alle Welt exportiert, schickt es auch noch seine Gangster nach New York«, scherzte Phil.

Hugh Ryker ist ein Typ, nach dem sich die Leute umdrehen, weil sie glauben, sie hätten ihn schon auf der Leinwand oder dem Bildschirm gesehen. Groß und schlaksig, mit grauen Haaren und einem Gang, als wäre er gerade nach einem langen Ritt vom Pferd gestiegen, sieht er aus wie ein naher Verwandter von James Stewart. Er trägt Armani-Anzüge und italienische Schuhe, aber er ist ein unerbittlicher Kämpfer gegen das Verbrechen.

»Wärst du bereit, dir einen toten Mann anzusehen?«, fragte ich ihn. »Er wurde gestern bei einem Überfall auf den Desiree-Nachtclub von einem Polizeibeamten erschossen. Der Club gehört den Sloughs. Wir glauben, dass es sich um eine von Ron Burke organisierte Vergeltungsaktion handelte, für die er Jungs aus L.A. kommen ließ.«

»Einverstanden.«

Zwanzig Minuten später führte uns ein Wärter in den

eisigen Bäumen des Leichenschauhauses zu den Verwahrfächern und öffnete Nummer 382.

Für Ryker genügte ein kurzer Blick.

»Angelo Cuevas«, sagte er, »ein Kubaner. Profikiller, der für das Caracas-Syndikat arbeitet.«

»Eine venezuelanische Gang?«

»Nein, eine internationale Crime-Organisation, in der außer Südamerikanern auch Libanesen und US-Gangster vertreten sind. Wir nennen sie das Caracas-Syndikat, weil sich die Bosse vor vier Jahren in der venezuelanischen Hauptstadt auf neutralem Boden trafen, untereinander einen Waffenstillstand schlossen und mit vereinten Kräften die italienische Mafia in Kalifornien aus dem Geschäft schossen. Seitdem beherrschen sie alles, was großes Geld bringt. Rauschgift, Glücksspiel, Prostitution, Waffenschieberei.«

»Gehört Burke zum Syndikat?«

»Zumindest arbeitet er mit der Caracas Connection zusammen.« Er wies auf den Toten. »Das beweist dieser Mann.«

»Der Cop, der ihn erschoss und selbst schwer verletzt wurde, beobachtete vier Männer, aber nur einen konnte er beschreiben.«

»Einen dicken Kerl, der eine schwarze Hornbrille trug?«, fragte Hugh.

»Richtig!«

»Dachte ich mir. Der Mann heißt Abb Spear. Er sieht aus wie ein Hot-Dog-Verkäufer, der den größten Teil seiner Ware für sich selbst verbraucht. Er organisiert die Killings der Truppe, beschafft, was für die Aktion gebraucht wird, zum Beispiel Autos. Gewöhnlich kauft er einen frisch geklauten Wagen. Wurde der Schlitten gefunden?«

»Wissen wir noch nicht, Hugh. Die Beschreibung, wie der Wagen aussah, bekamen wir erst heute.«

»Wenn Angelo Cuevas auf der Strecke blieb, wette ich, dass einer der Männer sein Vetter Juanito war. Für den vierten Mann könnte ich vier, fünf Namen von Jungs nennen, die bei üblen Sachen mit Abb Spear und den Cuevas zusammengearbeitet haben. Lasst euch Fotos von ihren Visagen vom Los-Angeles-Hauptquartier herüberfaxen.«

»Danke, Hugh. Jetzt wissen wir, nach wem wir suchen müssen.«

»Seid ihr im Fall der Sue Fergus weitergekommen?«

»Den Fall bearbeitet die Mordkommission der City Police. Wir bringen dich zu Lieutenant Sherman Mill. Der Lieutenant glaubt, dass mehrere Männer an der Tat beteiligt waren, und Marvin Slough ist überzeugt, dass sein Bruder von der Schauspielerin in eine Falle gelockt wurde. Wenn Burke tatsächlich vier Profikiller aus L.A. mitgebracht hat, bedeutet es, dass beide richtig liegen.«

»Warum glaubt der Lieutenant an mehrere Täter?«

»Dem Mädchen wurde der Kehlkopf eingedrückt, und Archie Slough starb an einem Genickbruch. Der Arzt, der die erste Untersuchung und später die Obduktion durchführte, behauptete und schrieb in seinen Bericht, bei der Ermordung Sloughs müssten mehrere Männer mitgemacht haben, zum Beispiel die vier Profis aus Los Angeles, von denen einer hier liegt.«

Unser Kollege aus Los Angeles schüttelte den Kopf.

»Abb Spear und die Cuevas sollen einen Mann und eine Frau mit bloßen Händen umgebracht haben? Das ist nicht ihr Stil. Kanonen jeden Kalibers, Maschinenpistolen, nötigenfalls eine Ladung Dynamit, das ist ihr Handwerkszeug.«

»Slough und die Frau wurden in einem Hotelzimmer umgebracht. Alles, was du aufzählst, macht eine Menge Krach und hätte ihre Flucht gefährdet.«

»Denkst du, sie haben keine Schalldämpfer in ihrem Arsenal? Warum, zum Teufel, glaubt niemand daran, dass der Mordanschlag dem Mädchen galt und Archie Slough nur umgebracht wurde, weil er ihren Mörder überraschte?«

»Das war unsere erste Theorie«, sagte ich. »Wir ließen sie

fallen, als sich herausstellte, dass zwischen den Slough-Brüdern und Ron Burke ein Gangsterkrieg um viele Millionen Dollar tobt. Was sich danach ereignete – der von Marvin Slough organisierte Überfall von Rocker-Gangs auf das Filmteam und Burkes Gegenschlag von gestern Nacht –, passt ins Bild.«

»Lasst uns gehen«, sagte Ryker und nahm seine pralle Aktentasche auf.

Während wir dann das Schauhaus verließen, erklärte er: »Ich habe alle Unterlagen über die drei Mordfälle in Los Angeles mitgebracht. Bevor ich meinen Chef bat, mich nach New York fliegen zu lassen, las ich alles noch einmal durch, selbstverständlich auch die Obduktionsbefunde. Wisst ihr, wie William Roft, der versoffene Maskenbildner, starb? Sein Kopf wurde gegen eine Mauer geschmettert. Luella Ladanis, die Nachtclubtänzerin, starb auf die gleiche Weise wie Archie Slough, euer Gangster: durch Genickbruch. Natürlich war sie nur eine leichte Frau, bei der niemand auf den Gedanken verfiel, solch ein Mord könnte nur von mehreren Männern gemeinsam begangen werden, aber bei der Obduktion ergab sich, dass unter dem Griff des Mörders ihre Kieferknochen zerbrochen waren. Das dritte Opfer, die Statistin Eve Avon, hatte der Mörder erstickt. Weil ihr Körper lange im Wasser gelegen hatte, waren Details nicht feststellbar, aber auch bei ihr waren zweifelsfrei keine Waffen angewendet worden, weder irgendein Schlagwerkzeug noch eine Schlinge. In allen Fällen genügten dem Täter die nackten Hände …«, er machte eine kleine, bedeutungsvolle Pause und fuhr fort: »… wie bei Sue Fergus und vielleicht auch bei Archie Slough.«

Wir erreichten den Jaguar.

Phil öffnete die Tür, stieg aber nicht ein, sondern wandte sich kopfschüttelnd an Ryker.

»Ich weiß, worauf du hinauswillst, Hugh. Du glaubst, ein Bursche mit übernormalen Kräften wäre fähig, solche Morde zu verüben, und du denkst dabei an diesen verdammten Muskelprotz, den Weltstar Anthony Cordtland alias ›der große Corr‹.«

»Gangsterkriege waren nicht im Spiel, mein Freund! Aber alle Personen, die auf diese Weise getötet wurden, standen in irgendeiner Beziehung zu Cordtland. Sie hatten bei seinen Filmen mitgewirkt oder kannten ihn aus der Zeit, in der er kein Star war.«

»Hugh, du erliegst der Illusion einer Filmfigur!« Phil widersprach heftig. »In seinen idiotischen Filmen erschlägt Corr mit nackter Faust seine Feinde dutzendweise, reißt Mauern ein, wirft Autos um. Im wirklichen Leben sind Bodybuilder aufgeblasene Prachtburschen, die mit ihren Muskelpaketen nichts anderes anzufangen wissen, als sie vorzuzeigen. Sie veranstalten keine Kämpfe, sondern Schönheitswettbewerbe. Cordtland gewann dreimal den Titel eines Mr. Kalifornien, aber nie eine Runde im Ring. Manchmal glaube ich, die Muskeln dieser Jungs sind genauso hohl wie ihre Köpfe.«

»Das gilt nicht für alle«, antwortete Ryker. »Manche kennen ihre Kräfte und wissen sie zu gebrauchen.«

Hughs letzter Satz bewirkte, dass mir während der Fahrt zum Homicide Department der City Police die Szenen einfielen, die ich beim Überfall auf das Filmgelände miterlebt hatte.

Auf Willard Raddek, Corrs Stuntman, traf zu, was Ryker behauptete.

Ich hatte es gesehen.

Am späten Nachmittag brachte der Bus Gianna Davies und andere Mitglieder der Filmcrew ins Hotel zurück.

Gianna fühlte sich erschöpft von der stundenlangen Stellprobe, bei der Hilfsregisseure die Schauspieler und dreißig New Yorker Komparsen durch die Ruinen einer Werfthalle gejagt hatten, um den Ablauf der Kamerafahrt und die Zündstellen für die Spezialeffekte festzulegen, denn in der Szene sollte der Einsturz der Halle vorgetäuscht werden.

Sie duschte lange, warf sich dann im Bademantel aufs Bett und dachte nach.

Bisher hatte sie als Schauspielerin nur Jobs bei billigen TV-Produktionen gefunden. Auch die Mitwirkung in einem Corr-Film würde ihr nicht den großen Durchbruch bringen, dazu war die Rolle zu klein.

Bereitwillig war sie auf Mike Thayers Vorschläge eingegangen, denn schon lange hatte sie es satt, vor Besetzungsbüros herumzuhängen und sich wieder und wieder einem Hundesohn aus der Filmbranche an den Hals zu werfen in der Hoffnung, er könnte ihr eine Rolle verschaffen.

Mike hatte sie überzeugt, dass zehntausend Dollar Gage und ein paar Spesen ein Trinkgeld waren im Vergleich zu den Summen, die sich aus dem großen Star Corr herausholen ließen, wenn eine raffinierte Frau es schaffte, nahe genug an ihn heranzukommen.

Gianna lächelte. Größere Nähe, als gestern Nacht zwischen ihr und Cordtland ausprobiert worden war, gab es zwischen Mann und Frau nicht.

Sie verschränkte die Arme unterm Kopf und versuchte, ihre Gedanken zu ordnen.

Hielt sie nicht alle Trümpfe in der Hand?

Gestern Nacht hatte ihr Sex-Appeal einen Mann scharf gemacht, der sie mit einem Fingerschnippen zum Star machen konnte. Wenn Cordtland sie, Gianna Davies, als Partnerin in seinem nächsten Film wünschte, würde sie endlich eine wirklich große Rolle bekommen, und selbstverständlich wäre dann Schluss mit Mike Thayer und seinen dreckigen Plänen.

Ihr fiel Brenda Marshalls Warnung ein. Cordtland ist ein egozentrischer Bastard. Er wird nichts für deine Karriere tun.

Gianna griff zum Telefon und wählte die Nummer von Cordtlands Apartment. Es dauerte Minuten, bis sich ein Mann meldete.

»Mr. Cordtlands Apartment. Mr. Cordtlands Sekretär am Apparat.«

»Verbinden Sie mich mit Anthony!«, verlangte Gianna.

»Wer sind Sie?«

Sie nannte ihren Namen.

Der Mann schwieg kurze Zeit, als müsste er irgendetwas prüfen, und sagte dann: »Sorry, Madam! Ich finde Ihren Namen nicht auf der Liste der Personen, die Mr. Cordtland jederzeit sprechen können.«

Ohne eine Antwort abzuwarten, legte er auf.

Wütend hieb Gianna den Hörer auf die Gabel, sprang vom Bett und zog sich an. Sie beeilte sich, wählte ein enges, grünes Kleid, das jede Kurve ihres Körpers unterstrich. Trotz ihrer Ungeduld verwendete sie viel Sorgfalt auf ihr Make-up. Sie warf einen leichten Mantel locker über die Schultern, verließ ihr Zimmer und fuhr mit dem Lift hoch zur 45. Etage der Super-Apartments, von denen Anthony Cordtland das größte und schönste bewohnte.

Ein schlanker, blonder Mann öffnete die Tür.

»Lassen Sie mich zu Anthony!«, fauchte Gianna.

Der Blonde schüttelte den Kopf. Gianna stieß ihn zur Seite und schlüpfte an ihm vorbei.

Der riesige Wohnraum war leer. Aus dem Schlafzimmer hörte sie klatschende Geräusche.

Cordtlands Sekretär schrie sie an.

»Bist du verrückt geworden?«

Er wollte sie festhalten, erwischte nur den lose übergelegten Mantel. Gianna entkam ins Schlafzimmer.

Cordtland lag nackt auf einer Massagebank. Die Haut seines mächtigen Körpers glänzte ölig. Ein stabiler, koreanischer Masseur knetete seine Muskeln.

Gianna ging zur Massagebank, lächelte und berührte Anthonys Schulter.

»Soll ich helfen?«

Der Filmstar drehte gemächlich den Kopf, sah Gianna an, als sähe er sie zum ersten Mal.

»Wer hat dich reingelassen?«, fragte er.

»Ich hoffte, du würdest mich zum Abendessen einladen.« Sie beugte sich zu ihm und küsste seine Haut, die nach der Kräutermischung roch, die das Geheimnis des Koreaners war.

»Kim, schaff mir die Schickse vom Hals!«, befahl Cordtland.

»Verschwinden Sie, Miss!« Der Koreaner griff Gianna mit beiden Händen um die Taille, hob sie hoch, trug sie den halben Weg zur Tür und setzte sie ab.

»Corr wünscht, dass Sie gehen!«, wiederholte er in merkwürdigem Englisch, verneigte sich und ging zurück zur Massagebank.

Der Sekretär packte ihren Arm und schrie: »Raus mit dir!«

»Das kannst du nicht machen, Anthony!«

Cordtland drehte sich auf den Rücken, verschränkte die muskulösen Arme über der Brust und ließ die Muskeln anschwellen, bis sich die Adern fingerdick unter der Haut abzeichneten.

»Du kennst die Spielregeln nicht, Baby«, sagte er kalt. »Wenn ich Appetit auf dich habe, werde ich dich rufen.«

Gianna Davies gab den Widerstand gegen das Gezerre des Sekretärs auf und ließ sich aus dem Schlafzimmer schleifen. Im Vorraum fauchte sie ihn an: »Lass mich los, Hurensohn!«

Er gab sie frei, riss die Tür auf und warf ihr den Mantel nach.

Schwer atmend stand sie eine Minute lang im Flur.

Okay, Mr. Weltstar, dachte sie, dafür wirst du einen hohen Preis zahlen. Ich hänge dir vier Morde an, die du vielleicht begangen, vielleicht nur bezahlt hast, oder an denen du sogar unschuldig bist. Egal, was zutrifft, wenn Mike und ich unseren Plan durchziehen, wird dich alle Welt für einen Mann halten, der vor Mord nicht zurückschreckt.

Sie hob den Mantel auf, zog ihn an und fuhr hinunter in die Hotelhalle.

Sie rief das Cedar Hotel an, verlangte Mike Thayer zu sprechen und wurde verbunden.

»Ich komme zu dir, Mike«, sagte sie. »Triff mich auf halbem Weg!«

Das Cedar Hotel lag nur drei Blöcke westlich an der West 48th Street. Thayer begegnete ihr in Höhe des zweiten Blocks und nahm ihren Arm.

»Probleme?«

Die Dunkelheit war hereingebrochen. Der abendliche Rush tobte in der 52nd. Eine Unzahl von Autos und Menschen drängten sich auf Fahrbahn und Bürgersteigen.

»Es war ein zu glatter Start, Mike! Jetzt kommen die Hürden.«

Das Cedar Hotel war eine billige Touristenherberge. Thayer hatte es wegen der Nähe zum Hilton gewählt und weil er wie immer knapp bei Kasse war.

Thayers Kapital war sein Aussehen. Dreißig Jahre alt, braun wie ein Beachboy, drahtig, blauäugig und clever. Seit gut einem Jahr lebten Gianna und er zusammen, beide besessen vom Drang nach dem großen Erfolg, nach Big Money. Thayer hechelte als Journalist auf der Fährte von Hollywood-Größen. Er träumte vom großen Skandal, den er allein entdecken und ausschlachten konnte, und er wusste genau, dass es zwei Methoden gab, Geld aus einer heißen Story zu schlagen. Man konnte sie veröffentlichen oder den Star, den sie betraf, erpressen.

Seit die Gerüchte um Anthony Cordtlands Verstrickung in drei Mordfälle kursierten, schnüffelte Thayer dem Weltstar nach, bisher ohne Erfolg. Es kam ihm nicht auf Beweise an. Er war kein Polizist. Was er suchte, war neues Dynamit für diese Geschichte.

Als Gianna eine Rolle in der laufenden Corr-Produktion erhielt, sah Thayer seine einmalige Chance gekommen und begleitete seine Freundin nach New York.

Er drückte Gianna aufs Bett und setzte sich neben sie.

»Erzähl!«

»Vor einer Stunde warf mich Cordtland aus seinem Apartment. Was in der vergangenen Nacht zwischen uns geschah, scheint für ihn ohne Bedeutung zu sein. Aus und vorbei!«

»Unsinn, Gianna! Setz alles ein, was du hast! Du kannst jeden Mann auf dich scharf machen.« Er grinste. »Niemand weiß das besser als ich.«

»Und was soll ich tun, wenn ich wirklich noch einmal den Sprung in sein Bett schaffe?«

Thayer öffnete eine Schublade und entnahm ihr eine Zigarettenschachtel.

»Darin steckt ein Tonbandgerät. Feinste japanische Miniaturtechnik, Handwerkszeug meiner schlitzäugigen Kollegen. Das Ding schaltet sich ein bei Druck auf die Rückseite der Schachtel. Wenn du und Cordtland allein seid, sprich von den Morden! Frag ihn, was er damit zu tun hat! Provozier ihn! Bring ihn dazu, dich zu beschimpfen oder, noch besser, dir zu drohen! Halt Mr. Corrs Gebrüll auf dem Magnetband fest, und wir verfügen über ein Mittel, ihm die Daumenschrauben anzuziehen, bis er oder sein Produktionschef die Brieftaschen weit öffnen.«

»Und wenn mehr passiert als Drohungen und Gebrüll?«

»Was meinst du?«

»Wenn er zuschlägt«, sagte Gianna, »oder mich ermordet, wie er es vielleicht schon viermal getan hat?«

Thayer umarmte sie.

»Genau darum habe ich dir den kleinen Revolver besorgt. Auch das dickste Muskelpaket hält einem 22er Kaliber nicht stand.«

»Das Ding nützt mir nichts. Gestern Nacht hatte ich nicht gewusst, wo ich es verbergen konnte.«

»Mach dir keine Sorgen, Darling! Cordtland wird sich hüten, in seinem Apartment eine Frau totzuschlagen! Nur auf der Leinwand spielt er den wilden Berserker. In Wahrheit ist er ein kalter Rechner und Dollarsammler.«

Er gab Gianna die Zigarettenschachtel und holte aus der Schublade eine kaum fingergroße Kamera.

»Versuch, Fotos zu schießen. Wenn sich die Filmjungs und -girls zu einer kleinen Orgie zusammenfinden, wenn Koks geschnieft oder private Strips veranstaltet werden, solche Fotos lassen sich immer zu Geld machen.«

Gianna nahm die Kamera.

»Zeig mir, wie sie bedient wird.«

»Du brauchst nur auf diesen Knopf zu drücken. Der Film ist extrem lichtempfindlich.«

Sie wog die Kamera spielerisch in der Hand. Plötzlich lachte sie auf und fragte: »Was denkst du, wie viel für ein Aktfoto von Anthony Cordtland gezahlt wird?«

Thayer grinste.

»Hängt davon ab, wie viel darauf zu sehen ist.«

Er versuchte, Gianna zu umarmen. Sie entzog sich ihm.

»Bring mich zurück!«

Kamera und getarntes Tonbandgerät steckte sie in die Taschen des Mantels.

Sie verließen das Cedar. Thayer begleitete sie bis in die Nähe ihres Hotels und kehrte dann um.

Nach wie vor herrschte viel Betrieb in den Straßen. Gut gelaunt achtete Mike Thayer nicht auf seine Umgebung. Seine Fantasie ging mit ihm durch. Vor seinem inneren Auge sah er Schlagzeilen. Neuer Mordverdacht gegen Corr! Entlarvung eines Weltstars!

Wenn ich die Sache durchziehe, dachte er, werde ich der berühmteste Journalist Hollywoods und so gefürchtet wie Hedda Hopper und Louella Pearson zusammen.

Er ging nicht ins Hotel, sondern in Richtung Times Square in der Absicht, irgendwo zu essen und danach bei ein paar Drinks in einer Bar seinen angenehmen Gedanken nachzuhängen.

Nachdem wir Hugh Ryker ins Hauptquartier der City Police zu Lieutenant Mill gebracht hatten, fuhren Phil und ich in unsere Firma. Phil hängte sich ans Telefon und versuchte herauszufinden, wem, wann und wo der rote Mercedes, Kennzeichen ADD 5688 geklaut worden war. Ich ging in die Nachrichtenzentrale und forderte in Los Angeles Bilder der Profis an, deren Namen Ryker genannt hatte. Eine halbe Stunde später begann das Faxgerät zu arbeiten, lieferte Fotos und Aktenauszüge. Gesegnet seien EDV und Elektronik!

Kein Zweifel, dass Angelo Cuevas der Mann war, der tot im Kühlfach 382 lag. Sein Vetter Juanito sah ihm ähnlich, und Abbott Spear war feist und trug eine Brille, wie Skydell ihn beschrieben hatte.

Ich trug das Material ins Office. Phil zeigte ein zufriedenes Gesicht und wies auf seine Notizen.

»Mercedes 300 E, Lackierung wie von Skydell beobachtet, Besitzer Mr. Edward B. Stonefield aus Suffolk, geklaut vor drei Tagen aus einem Parkhaus in Midtown Manhattan, am selben Tag im zentralen Register gestohlener Fahrzeuge per EDV notiert. Seitdem waren die Daten für alle Behörden, Polizeireviere, Zollämter, Highway-Patrols und so weiter abrufbar. Keine Rückmeldungen! Keine Anfragen! Ich telefonierte mit Mr. Stonefield. Er ist Grundstücksmakler und unterhält ein Büro im Tishman Building. Als ich ihm sagte, sein feines Auto sei bei einem Überfall benutzt worden und habe möglicherweise ein paar Löcher abbekommen, brach er fast in Tränen aus.«

»Lass uns mit ihm sprechen«, schlug ich vor. »Der Wagen ist unsere einzige Fährte zu den L.A.-Gangstern.«

Tishman Building steht an der Fifth Avenue. Mr. Stonefields Office befand sich in der 30. Etage, und die Einrichtung bewies, dass der Häusermakler, ein magerer, schmächtiger Mann mit großer Glatze, sich mühelos ein 40000-Dollar-Auto leisten konnte, aber er trauerte um den Schlitten wie um den Verlust eines nahen Verwandten.

»Glauben Sie, dass noch eine Chance besteht?«, fragte er mit weinerlicher Stimme.

»Geben Sie die Hoffnung nicht auf, Sir! Bitte, schildern Sie uns genau die Umstände!«

Stonefield seufzte schwer.

»Ich habe alles versucht, ihn zurückzubekommen. Auch ein Lösegeld hätte ich bezahlt.«

Phil und ich wechselten einen schnellen Blick. Es ist eine weit verbreitete Masche unter New Yorks Dieben und Einbrechern, gestohlene, besonders wertvolle Gegenstände, die sich über Hehler nur schwer vermarkten lassen, den Personen anzubieten, denen diese Dinge gestohlen wurden. Auch Versicherungen lassen sich auf solche Deals ein, wenn sie dabei billiger wegkommen als bei Zahlung der Versicherungssumme an den Geschädigten.

»Haben Sie sich an einen Vermittler gewandt?«, fragte Phil scharf.

Stonefield nickte. »Der Polizeibeamte, dem ich den Diebstahl meldete, schlug diesen Weg vor. Er sagte, so bestünden bessere Aussichten, meinen Wagen zurückzubekommen. Er nannte mir Name und Adresse eines Spezialisten für die Wiederbeschaffung gestohlener Wagen.« Er zögerte, bevor er mit dem Namen herausrückte. »Harry Makowka, ein Privatdetektiv, 70 Clinton Street in Downtown.«

»Er hatte keinen Erfolg?«

»Nein, denn er rief mich am nächsten Morgen an und sagte, er könne nichts für mich tun. Der Wagen sei von den Dieben schon weiterverkauft worden.«

»Danke, Mr. Stonefield.«

»Werden Sie sich um meinen Wagen kümmern?«

»Auf jeden Fall werden wir Harry Makowka über seine Geschäftspraktiken befragen.«

70 Clinton Street war ein schäbiges Mietshaus, dessen Lift schon vor Jahren den Geist aufgegeben hatte. An einer Tür der vierten Etage entdeckten wir ein bemaltes Pappschild. Harry Makowka – Nachforschung – Überwachung – Sicherheit. Hinter der Tür sah es aus wie in einer Sammelstelle für Altpapier. Mittendrin saß ein schlampig angezogener, stoppelbärtiger Mann von etwa vierzig Jahren, dem das fettige schwarze Haar in Strähnen über die Ohren hing.

Er musterte uns, warf einen unglücklichen Blick zur Decke und fragte: »Polizei?«

»Richtig.«

»Welche Sorte?«

»FBI!«

»Auch das noch!« Er versenkte die Hand ins Innere seiner schmuddeligen Jacke und zog ein Stück Papier in Klarsichthülle hervor. »Meine Lizenz als Privat-Dec«, sagte er. »Gestempelt, gesiegelt und Gebühr bezahlt.«

Er nahm die Füße vom Tisch und beugte sich vor.

»Was kann ich für euch tun, Kollegen?«

Natürlich war das Wort von den Lippen eines Typen seiner Sorte eine Art Beleidigung. Phil lächelte trotzdem.

»Guter Wille zur Zusammenarbeit freut uns immer, Harry! Ein Mr. Stonefield gab dir den Auftrag, dich nach seinem geklauten Auto umzusehen. Am nächsten Tag riefst du ihn an mit der traurigen Nachricht, der Wagen sei bereits weiterverschoben worden, und du könntest nichts mehr für Mr. Stonefield tun. Tu etwas für uns, Makowka und erzähl uns, wer Stonefields Mercedes stahl und verkaufte.«

Auf Makowkas Stirn erschienen dicke Tropfen eines plötzlichen Schweißausbruchs.

»Das ist unmöglich«, stotterte er. »Vertrauen ist die Basis des Geschäfts. Der Ehrenkodex des Verbands privater Detektive verbietet ausdrücklich, vertrauliche Informationen an andere …«

»Halt die Luft an, Harry! Was du machst, ist nur eine besondere Art von Hehlerei.«

Er verlegte sich aufs Lügen und stieß ein gekünsteltes Gelächter aus …

»Okay, dann lege ich ein Geständnis ab, G-men! Ich habe für Stonefield keinen Finger krumm gemacht, kassierte den Vorschuss und sagte ihm am nächsten Tag, dass nichts mehr zu retten sei. Ein kleiner Beschiss, der niemandem wehtat.«

Ich kaufte mir Harry Makowka, packte ihn an den Jackenaufschlägen und zog ihn aus seinem Sessel halb über die Schreibtischplatte.

»Stonefields Wagen wurde bei einem Überfall benutzt. Die Gangster schossen auf einen Polizisten und verletzten ihn lebensgefährlich. Makowka, du wirst uns nicht los, bis du ausgepackt hast.«

»Lassen Sie mich los, G-man!«, keuchte er.

Ich stieß ihn in seinen Sessel zurück, und ich zog dabei nicht die Bremsen an.

Makowka und sein Bürosessel auf Rollen landeten unsanft an der Wand.

»Du verstehst den Ernst der Lage nicht, Harry! Dir droht eine Anklage wegen Beihilfe zum Mord.«

Er hing in seinem Sessel wie eine große Marionette, der sämtliche Fäden durchgeschnitten worden waren. Erst nach Minuten fragte er kläglich: »Kann ich mir einen Schluck einschütten? Ich brauche das.«

»Keine Einwände, Harry.«

Er arbeitete sich an den Schreibtisch heran, nahm aus einem Seitenfach eine Flasche, die ein Bourbon-Etikett trug, und ließ einiges von dem Inhalt in sich hineingluckern, ohne den Umweg über ein Glas. Mit jedem Schluck erholte er sich zusehends.

»Habe ich Aussicht auf eine Belohnung oder Entschädigung?«, erkundigte er sich mit wiedergewonnener Frechheit.

»Du hast Aussicht, deine Lizenz zu behalten, wenn wir mit dir zufrieden sind.«

Mit einem letzten, langen Seufzer entschloss er sich fürs Auspacken.

»Die meisten Autos werden wild geklaut, zum Beispiel von Junkies, von Twens für eine Spritztour, von Bastlern zum Ausschlachten oder einfach zufällig, weil der Besitzer den Schlüssel stecken ließ. Aber ungefähr dreißig Prozent entfallen auf organisierten Diebstahl. In mühseliger Arbeit habe ich Beziehungen zu einigen Gangs aufgebaut, die in dem Geschäft spezialisiert sind. Ich will den Leuten helfen, denen ihre teuren Schlitten geklaut wurden. Bei ihnen geht es nicht nur um Kleingeld. Organisierte Auto-Hijacker räumen nicht Kleinwagen oder Schrottlauben von der Straße, sondern picken sich die Rosinen raus, zum Beispiel Porsche, Rolls, Jaguar, Ferrari, Mercedes.«

»Stopp deinen Vortrag, Makowka!«, knurrte Phil. »Komm zur Sache!«

»Ich rief ein paar Telefonnummern an. Niemand wusste von einem roten Mercedes, bis ich beim vierten Anruf die Auskunft erhielt, Stonefields Auto sei kurz nach dem Besitzerwechsel weitergereicht worden.«

»Besitzerwechsel!« Gegen meinen Willen musste ich lachen. »Du nennst einen Diebstahl einen Besitzerwechsel! Wer hat diesen Besitzerwechsel durchgeführt?«

Vor der Antwort brauchte Makowka noch einen Schluck.

»Offiziell betreibt er eine Werkstatt in der West 123rd Street, reines Puerto-Ricaner-Gebiet. Der Mann heißt Primeiro Vantos. Er beschäftigt eine Truppe illegaler Einwanderer, durchweg Jugendliche aus Mexiko, Jungs mit flinken Fingern und schnellen Füßen. Die Technik bringt er ihnen bei und versorgt sie mit Werkzeug. Als Autoknacker sind sie unschlagbar. Wenn sie Vantos' Schule durchlaufen haben, schrecken sie auch vor alarmgesicherten Luxuswagen nicht zurück.«

Der Bourbon bewirkte, dass Makowka mehr erzählte, als nötig war.

»Streck die Hände aus!«, befahl Phil.

Zehn Sekunden später starrte der Privatdetektiv auf seine gefesselten Handgelenke.

»Du bist vorläufig festgenommen. Wir sperren dich für vierundzwanzig Stunden in eine Zelle, damit du nicht auf den Gedanken verfällst, deine Knacker-Freunde zu warnen.«

»Das hätte ich nie getan«, jammerte er. »Ich stehe auf der Seite des Gesetzes!«

Eine halbe Stunde später saß Harry Makowka in einer Haftzelle für Untersuchungsgefangene, und wir fuhren in einem alten, beulenübersäten Chevy aus dem Wagenpark des Hauptquartiers nach Norden, denn die Westside in Höhe der 123rd Street ist keine Gegend, in die man mit einem Auto fährt, das nach mehr als tausend Dollar aussieht.

Inzwischen war es längst dunkel geworden. In der Straße herrschte der für einen Puertos-Bezirk typische südländische Betrieb.

Die Straße war voll Menschen. Aus allen Fenstern röhrten aufgedrehte Radios oder brüllten die Lautsprecher der Fernsehapparate.

Ich steuerte den Chevy. Phil hielt Ausschau und sagte: »Da ist es!«

Über einer schmalen Toreinfahrt hing ein in grellen Farben gemaltes Bild, angestrahlt von einem kleinen Mauerscheinwerfer. Servicio Reparaciones Automóviles – Cars Repairing Service.

Wir drehten eine zweite Runde um den Block, und als wir die Einfahrt erreichten, zog ich den Chevy herum und fuhr rein.

Im Scheinwerferlicht tauchte eine Schranke auf, rot und weiß lackiert und aus solidem Stahlrohr.

Aus einer Nische löste sich die Gestalt eines Mannes. Er kam auf meiner Seite zum Wagen.

Ich kurbelte das Fenster herunter. Er beugte sich vor und stellte eine Frage auf Spanisch. Ich konnte riechen, was er gegessen hatte.

»Der Wagen hat eine Auffrischung nötig«, sagte ich.

Er wechselte in schlechtes Englisch.

»Ruf an und lass dir 'nen Termin geben!«

»Unsinn! Da wir schon einmal da sind, können wir auch sofort mit Vantos verhandeln.«

Der Widerschein der Lampen reichte aus, das Misstrauen in seinem Gesicht zu lesen. Er schob zwei Finger in den Mund für einen gellenden Pfiff.

Ich stieß die Wagentür auf und knallte sie ihm vor die Fassade. Der Raum zwischen Wagen und Einfahrtmauer war gering. Der Mann wurde von der Tür festgeklemmt, und der Pfiff verwandelte sich in geräuscharm entweichende Luft. Den Rest besorgte ein kurzer, trockener Haken.

Phil kam schneller aus dem Chevy raus als ich. Er flankte über die Schranke, während ich noch die Tür wieder schließen und den zusammengesackten Mann aus dem Weg räumen musste.

Und alles war nutzlos, denn irgendwo im Dunkeln gab es einen zweiten Aufpasser. Sein Pfiff schrillte. Der Wagen sandte seine Lichtkegel in den Hof, in den die Einfahrt mündete.

Vorbei an Autowracks rannte Phil auf das Tor eines flachen Gebäudes zu, packte einen Griff und riss einen Flügel auf.

Ein paar Gestalten stürzten sich auf Phil, und er bekam eine Menge Arbeit.

Ich fischte den 38er aus dem Holster und brüllte: »FBI!«

Das bewirkte absolut nichts.

Phil legte zwei Leute flach, einen dritten Mann riss ich im Vorbeirasen von den Füßen und brach wie ein Tornado in die Werkstatt.

Ein halbes Dutzend Neonröhren beleuchteten den Schauplatz, erlaubten sekundenschnelle Orientierung.

Ich sah vier schmächtige, schwarzhaarige Jungen in Jeans, Hemden und Turnschuhen und einen untersetzten, rundlichen Mann, der dabei war, durch eine schmale Türöffnung am anderen Ende die Werkstatt zu verlassen.

Ich nahm für die Verfolgung den kürzesten Weg, sprang auf die Motorhaube eines Wagens mitten in der Werkstatt, sofort wieder hinunter und hatte genug Fahrt drauf, um zwei Jungs, die sich mir entgegenwarfen, umzurennen.

Der Mann schaffte es, aus der Werkstatt rauszukommen, aber nach fünf Yards hatte ich ihn eingeholt und stoppte ihn mit einem Tritt in die Knie. Er klatschte in eine Pfütze. Das

Wasser spritzte. Ich setzte ihm die 38er-Mündung hinters Ohr.

»Das ist eine FBI-Aktion! Keine Bewegung!«

Er schrie Spanisches.

Rufe! Neue gellende Pfiffe! Geschrei, das anschwoll!

Dann der peitschende Knall von Schüssen. Eine Kugel traf auf irgendetwas Stählernes dicht neben mir und mischte ihr jaulendes Querschlägergewimmere in den allgemeinen Krach.

Der Fluchtweg war eine so genannte Feuergasse, ein mannbreiter Abstand zwischen zwei fensterlosen Hauswänden. Licht fiel nur durch die offene Tür aus der Werkstatt, gerade genug, um als Zielscheibe für die Jungs im Dunkeln zu dienen.

Ich packte den Mann unter beiden Achseln, wuchtete ihn auf die Füße, legte ihm den linken Arm um den Hals und schleifte ihn in Richtung Werkstatt. Er begriff, dass ich ihn als lebende Kugelweste benutzte, und heulte in die Nacht.

»No tirar, amigos! No tirar!«

Ich zerrte ihn durch die Türöffnung. Phil war zur Stelle und zog die schmale Stahltür ins Schloss. Erneut beförderte ich den Mann zu Boden.

Wir waren allein in der Werkstatt. Die Turnschuh-Knaben hatten sich aus dem Staub gemacht.

Drei Fahrzeuge standen in der Werkstatt. Ein Rolls Silver Shadow, ein bulliger BMW und ein Chevrolet Camaro. Die amerikanische Autoindustrie konnte stolz darauf sein, dass auch ihre Produkte noch geklaut wurden.

Ich stieß den Mann mit der Schuhspitze an.

»Du bist Primeiro Vantos?«

»Nein«, antwortete er wie aus der Pistole geschossen. »Ich bin ein Kunde und wollte einen gebrauchten Wagen kaufen.«

Irgendwo draußen schrie irgendwer in hartem Englisch: »He, Leute, wer immer ihr seid, lasst Vantos sofort frei, oder wir hacken euch in Stücke!«

Ein sattes halbes Dutzend Schüsse unterstrich die Drohung. Zwei Fenster barsten, eine Neonröhre zerplatzte.

Ich filzte den Mann. Aus den Innentaschen seiner Jacke baggerte ich Bündel von Dollarscheinen. Einen kurzläufigen Colt trug er am Gürtel in der Nähe seines feisten Steißes. Seine Fahrerlizenz zeigte sein Foto und lautete auf den Namen Primeiro Vantos.

Draußen wurden jetzt Beschimpfungen und Drohungen in zwei Sprachen, Spanisch und Englisch, gebrüllt.

»Sie machen sich Mut«, sagte Phil. »Könnte sein, dass sie die Werkstatt stürmen.«

»Wer schickt euch?« In Vantos' schwarzen Augen flackerte Angst mit der Intensität eines Leuchtfeuers. »Canares? Billy Zangora? Oder Jo Slebowitz?«

Das waren zweifellos Namen von Leuten, die Señor Vantos auf irgendeine Weise gründlich verärgert hatte, wahrscheinlich durch schiefe Abrechnung gemeinsamer Geschäfte.

Ich klärte ihn nicht darüber auf, dass uns gewissermaßen der Präsident der USA zu ihm geschickt hatte, weil Vantos offensichtlich mehr Angst vor Canares, Zangora und Slebowitz hatte als vor unserem Präsidenten.

Prompt machte er Vorschläge.

»Nehmt das Geld! Ihr könnt auch mehr bekommen. Ich habe zwanzigtausend Dollar in meiner Wohnung.«

Phil, der zwischen der Tür und dem Tor pendelte, sagte: »Entweder sehen wir uns nach einem Telefon um und lassen uns abholen, oder wir riskieren einen Ausbruch, bevor es zu spät ist. Da draußen laufen eine Menge Freunde von Primeiro herum.«

»Was ist mit unserem Chevy?«

»Die Scheinwerfer brennen. Der Motor scheint auch noch zu laufen.«

»Steh auf!«, befahl ich Vantos.

Er gehorchte und ich dirigierte ihn zum Tor.

»Wir werden im Sprinttempo den Hof überqueren«,

erklärte ich. »Du wirst so schnell laufen wie noch nie in deinem Leben.«

»Legt mich nicht um!«, flehte er.

»Sorg dafür, dass deine Freunde dich nicht aus Versehen umlegen!«

Phil nahm einen langen Schraubenschlüssel und zerschlug der Reihe nach die Neonröhren.

Vantos erhob von neuem sein »No tirar«-Geschrei, aber wer konnte wissen, ob sich die Amigos danach richten würden? Wir nahmen ihn in die Mitte und gingen in Startstellung. Phil kommandierte. »Jetzt!«

Wir brachen aus der Werkstatt und rannten über den Hof. Vantos war eine lahme Ente und kam nicht auf Touren. Wir rissen ihn mit.

Seine Freunde hielten nicht still, sondern versuchten, uns wegzupusten. Vielleicht dachten sie, es wäre eine gute Chance, Primeiro Vantos zu beerben.

Zu unserem Glück befanden sich auf der Hofseite Clanmitglieder, die nur über alltägliche Ballermänner verfügten und miserable Schützen waren. Im Laufen feuerte Phil in ihre ungefähre Richtung, zwar ohne zu treffen, aber seine Kugeln zwangen sie in Deckung.

Niemand hatte sich um den Chevy gekümmert, dessen Motor im Leerlauf brummte und die enge Einfahrt mit dem Gestank seiner Abgase voll qualmte.

Phil übernahm Vantos, stieß ihn in den Fond, sprang ihm nach und zwang ihn, sich zwischen Vorder- und Rücksitze auf den Boden zu kauern.

Ich hechtete hinters Steuer, hieb den Rückwärtsgang ins Getriebe und gab Gas. Der Chevy schoss aus der Toreinfahrt bis auf die Fahrbahnmitte.

Kreischend stob eine neugierige Menschenmenge auseinander.

Ich wechselte den Gang. Die Räder drehten kurz durch, fassten und brachten den Wagen in Schwung. Wir rasten über die erste Kreuzung. Alles war ausgestanden. Schon mit gedrosseltem Tempo steuerte ich den Riverside Drive an.

Phil sagte: »He, Mann, du kannst raufkommen!«

Im Rückspiegel sah ich Vantos auftauchen und ins Polster sinken.

»Schalt die Innenbeleuchtung ein, Jerry.«

Ich tat es und Phil hielt dem Autoschieber den Ausweis vors Gesicht.

»FBI. Primeiro Vantos, du wirst verhaftet unter der Beschuldigung des organisierten Diebstahls, der Hehlerei und der Beihilfe zum versuchten Mord.«

»Ihr seid Bullen? G-men?«

Vantos' Stimme verriet Erleichterung. Statt dem Tod im Zementfass entgegenzugehen oder auf einer Müllhalde zu enden, durfte er auf ein faires Verfahren hoffen. Mit Verspätung begriff er, was Phil gesagt hatte.

»Wieso Beihilfe zum Mord?«

»Du hast einen roten Mercedes verkauft, der zu einem blutigen Überfall benutzt wurde.«

Er versank in Schweigen, und er schwieg – bis Midtown. Dann erkundigte er sich nüchtern: »Was muss ich tun, um aus der Sache rauszukommen? Ich weiß, dass es keinen Zweck hat, euch Geld anzubieten. Vielleicht gibt es eine andere Geschäftsgrundlage für einen Deal zwischen uns.«

»Wem hast du den Wagen verkauft?«

»Einem Mann, der Spanisch sprach wie ich. Ich denke, er war Kubaner.«

»Ja, das stimmt«, bestätigte Phil. »Du kannst ihn sehen. Er liegt in einem Kühlfach.«

»Bei ihm war ein großer, dicker Weißer mit einer Brille.«

»Auch richtig. Das alles bringt uns nicht weiter.«

Vantos legte eine Bedenkpause ein, bevor er sein Angebot erweiterte.

»Wie sieht es aus, wenn ich euch sage, wo ihr die Jungs findet?«

Ich war so überrascht, dass ich hart auf die Bremse trat.

Ein Wagen musste mit einem Schlenker an uns vorbeiziehen. Empört ließ der Fahrer die Hupe aufheulen. Mit gedrosseltem Tempo fuhr ich weiter.

»Woher willst du das wissen?«, fragte Phil skeptisch. »Seit wann werden geklaute Autos frei Haus geliefert?«

»Vergesst ihr mich, wenn die Jungs dort sind, wo ich euch hinbringe?«

»Wir vergessen das meiste, zum Beispiel, dass auf uns geschossen wurde. Außerdem gibt jeder Richter einen dicken Rabatt für bereitwillige Zusammenarbeit mit der Polizei.«

»Pacific Street in Flatbush. Die Nummer weiß ich nicht. Carlos und Benito beschrieben den Bau als ein rot gestrichenes Holzhaus mit weißen Fensterläden, Vorgarten und Garage.«

»Wer sind Carlos und Benito?«

Er druckste herum. »Zwei von den Jungs aus meiner Werkstatt. Wenn wir einen teuren Wagen gegen Cash an einen Typ verkaufen, vergewissern wir uns, wo er ihn hinbringt.«

»Aus welchem Grund?«

»Manchmal holen wir ihn wieder ab.« Er machte eine bestimmte Handbewegung. »Ihr versteht, was ich meine.«

»Ihr stehlt ihn noch einmal.«

»Für alle Fälle sind Carlos und Benito dem Mercedes auf einem Motorrad gefolgt. Die Fahrt endete in Flatbush vor dem Haus, das ich beschrieb.«

Ich zog den Chevy in die nächste Ausfahrt.

»Du wirst uns das Haus zeigen«, sagte ich.

Als Mike Thayer den Nightclub »Pam's Corner« verließ, war er betrunken, denn »Pam's Corner« war schon die dritte Bar, in der er versucht hatte, ein Mädchen aufzureißen.

Seit Gianna bei ihm gewesen war, spukten gewisse Bilder in seinem Kopf herum, die mit Gianna und Anthony Cordtland zusammenhingen. Seine aufgeheizte Fantasie lieferte ihm immer neue Vorstellungen von dem, was sich zwischen beiden abgespielt hatte. Er war nicht eifersüchtig. Dass Gianna es mit Corr möglicherweise treiben müsste, hatte er gewusst, sogar gewollt, weil es Teil seines Planes war. Nein, er suchte nicht nach einem Mädchen, um es Gianna heimzuzahlen, sondern er hatte einfach Lust darauf, seiner Sinnlichkeit die Zügel schießen zu lassen.

»Und dazu brauche ich eine verdammt attraktive Biene«, sagte er beim Verlassen von »Pam's Corner« laut zu sich. »Wo, zum Teufel, gibt es die in dieser Stadt?«

In Los Angeles hätte er das Problem längst gelöst. Dort kannte er ein Dutzend Swinger-Clubs, die nach dem Motto funktionierten: Wenn zwei sich gefallen, bleibt nur noch die Frage zu klären, ob der Spaß bei ihr oder bei ihm stattfindet.

Hier in New York hatte er nur Nieten gezogen. Inzwischen fragte er sich, ob er nicht aufgeben sollte, denn der Alkohol machte ihn müde.

Er fand kein Taxi. Die Straßen waren nicht gut beleuchtet und menschenleer. Thayer beschleunigte seine Sehritte in der Hoffnung, einen belebteren Bezirk zu erreichen, aber die Straße, in die er einbog, war um nichts besser als die erste. Er hatte sie noch nicht zur Hälfte passiert, als er die Nähe eines Menschen spürte.

Mit einem Ruck drehte er sich um und erstarrte.

Nur wenige Yards hinter sich sah er einen riesigen Mann mit hohem Tempo, aber völlig lautlos auf sich zukommen. Die Gestalt war so unverkennbar, und wenn Thayer auch das Gesicht nicht sehen konnte, so zeichnete sich doch das lange, bis zu den Schultern fallende Haar ab.

»Corr«, stammelte Thayer. »Das kann nicht sein!« Er schrie. »Nein! Nein!«

Die Faust traf ihn wie eine Ramme. Seine Frontzähne brachen aus.

Schmerz spürte Thayer nicht, denn der zweite Schlag löschte sein Bewusstsein aus oder vielleicht mehr.

»Das ist das Haus!«, rief Vantos, der Autohehler. »Dort auf der anderen Seite!«

Wir durchfuhren die Pacific Street in Flatbush, das zu Brooklyn gehört. Vor dem Krieg war das eine freundliche Gegend mit schmalen Straßen voller hübscher Häuser aus Holz gewesen, die niemand in New York erwarten würde, der nur den Betondschungel und die Wolkenkratzer von Manhattan kennt. Heute sind die meisten Vorgärten verwildert, und die Hälfte aller Häuser hätte einen neuen Anstrich bitter nötig.

»Woher willst du das wissen? Du warst nie hier.«

»Roter Anstrich, weiße Fensterläden! Genauso haben die Jungs es beschrieben.«

»Davon kann es noch andere geben«, knurrte Phil.

Langsam rollte unser Wagen an dem Haus vorbei, das einen verlassenen Eindruck machte mit seinen geschlossenen Fensterläden, dem heruntergelassenen Garagentor, dem struppigen Unkraut links und rechts vom Treppenaufgang.

»Das ist es bestimmt!«, versicherte Vantos. »Seht ihr den Briefkasten am Straßenrand? Benito sagte, es stünde der Name B. Tolbey darauf.«

»Ich glaube, du unkst uns. Bis jetzt hast du keinen Briefkasten erwähnt.«

»War mir nicht eingefallen.«

Hundert Yards weiter wendete ich und fuhr zurück. Gemächlich, als gehörten wir hierher, ließ ich unseren Wagen die Straße raufzockeln. Dem roten Haus gegenüber setzte ich den Chevy auf eine Garagenauffahrt, löschte die Lampen und stellte den Motor ab.

»Nehmt die Köpfe weg!«, befahl ich.

Vantos musste sich auf den Boden kauern. Ich duckte mich hinterm Steuer.

»Was habt ihr vor?«, fragte Vantos nervös.

Er erhielt keine Antwort.

Warten und Geduld gehören zum Job. In den folgenden zwei Stunden geschah nicht viel in der Pacific Street. Einige

Autos fuhren vorbei. Ein Pärchen knutschte sich die Straße entlang. Ein Tramp tauchte auf und durchwühlte Mülltonnen.

Dann, kurz vor Mitternacht, wurde die Tür des roten Hauses geöffnet. Ein Mann trat auf die oberste Treppenstufe. Da Licht in der Diele brannte, waren Einzelheiten gut zu erkennen. Er trug eine Brille, war groß und zu dick und ließ sich nach den Fotos aus Los Angeles zweifelsfrei als Abb Spear identifizieren.

Er blickte nach links und rechts, stieß ungefähr zehnmal die Arme in die Luft und zur Seite und zog sich ins Haus zurück.

»Das war er«, sagte Phil. »Machte anscheinend seine Abendgymnastik. Gehen wir rein?«

»Keine unnötigen Heldentaten! Die Jungs sind schießwütig wie Revoluzzer und verfügen über ein hochkarätiges Arsenal. Das ist ein Job für die Special Squad.«

Vantos meldete sich mit weinerlicher Stimme.

»Wann darf ich raus? Ich muss dringend pinkeln.«

In dem Chevy gab es keine Sprechfunkeinrichtung. Ich startete, ließ ihn gemächlich von der Auffahrt rollen und stoppte ihn nach zweihundert Yards vor einer Telefonzelle.

Phil stieg aus und rief das Hauptquartier an. Nach wenigen Minuten kam er zurück.

»Okay, sie schicken eine Squad.«

Auf ihrem Zimmer fand Gianna Davies eine vervielfältigte Mitteilung der Produktionsleitung. Sie überflog den Text.

»Die Dreharbeiten werden wieder aufgenommen. Für morgen ist ein voller Drehtag angesetzt. Der Bus fährt um sechs Uhr vom Hotel. Bei Verspätung wird die vertraglich vereinbarte Geldstrafe ausnahmslos verhängt. Die Employers Association hat Überstunden in unbeschränkter Zahl zugestimmt. Wir werden Nachtaufnahmen anschließen, falls die Witterung stabil bleibt. Gebt euer Bestes, Freunde!«

Unterschrieben war die Mitteilung vom Produzenten Sam Marganoff und dem Regisseur Mark Ruitberg.

Das Zimmer von Brenda Marshall lag auf demselben Flur. Gianna ging hinüber und klopfte an die Tür. Erst nach Minuten öffnete Brenda. Eine dicke Schicht Creme bedeckte ihr Gesicht. Das Haar hatte sie mit einem breiten Band aufgebunden und mit Lockenwicklern gespickt.

»Was willst du?«, fragte sie verschlafen und unwirsch.

»Läuft heute keine Party?«

»Hat dir niemand gesagt, dass morgen gedreht wird?«

»Ich fand eine Benachrichtigung, aber …«

»Marganoff wird uns morgen sechzehn oder achtzehn Stunden schinden. Niemand kann sich erlauben, nicht topfit auf dem Set zu erscheinen. Die meisten werden den Tag und die halbe Nacht sowieso nur durchstehen, wenn sie rechtzeitig Wachmacher einwerfen. Geh zum Teufel, aber lass mich schlafen!«

Sie schrammte die Tür zu. Gianna kehrte in ihr Zimmer zurück, griff zum Telefon und wählte die Nummer des »Diamond«-Apartments.

Eine Frauenstimme meldete sich und sagte sachlich: »Service-Zentrum des Hotels. Sie haben einen Raum angerufen, dessen Apparat zu uns umgeschaltet wurde, weil der Bewohner zurzeit nicht gestört werden möchte. Sie können uns Ihre Nachricht mitteilen, die wir zur gegebenen Zeit übermitteln werden.«

»Danke, nicht notwendig.« Gianna legte auf.

Sie sah ein, dass es heute Nacht keine Chance gab, an Cordtland heranzukommen, und beschloss, Brenda Marshalls Rat zu befolgen und sich so gut wie möglich für den Drehtag auszuruhen.

Sie schlief rasch ein.

Als der Gonganschlag des Telefons sie weckte, sah sie auf den Leuchtziffern ihrer Uhr, dass es erst drei Uhr morgens war. Schlaftrunken nahm sie ab und meldete sich mit einem müden Hallo.

Sie hörte das Atmen eines Menschen und fragte: »Wer ist da?«

Statt einer Antwort drang Musik an ihr Ohr, ein hämmernder Rhythmus, eine kurze Folge schriller Synkopen und ein harter Akkord. Es war die Erkennungsmusik aller Corr-Filme.

Schlagartig war Gianna hellwach.

»Anthony?«

Ein hartes Knacken.

»Anthony?«, wiederholte Gianna. Die Leitung war tot.

Der Lieutenant, der die Squad-Jungs kommandierte, rückte noch einmal am Koppel und prüfte den richtigen Sitz der Ausrüstung.

»Meine Leute sind an ihren Plätzen, vier Mann oberhalb, vier Mann unterhalb des Hauses, vier Mann in der Parallelstraße für den Fall eines Ausbruchs über die Rückseite. Wie hätten Sie es gern, G-men? Sollen wir den Schuppen stürmen oder die übliche Übergabeshow veranstalten mit Scheinwerferbeleuchtung und Lautsprechereinsatz?«

»Leihen Sie uns zwei Westen«, sagte ich.

»Wollen Sie mit uns reingehen?«

»Ja, als Erste, sobald Sie die Tür geknackt haben.«

»Wie Sie wollen, G-men! Nehmen Sie zur Kenntnis, dass ich meine Männer keinem unnötigen Risiko aussetze. Wenn die Typen im Haus nicht die Arme hochnehmen, sondern schießen, kriegen sie es doppelt und dreifach zurück.«

»Sie werden die Arme nicht hochnehmen, aber wir brauchen sie lebend, weil Tote als Zeugen wertlos sind.«

Er zuckte mit den Schultern.

»Es ist Ihre Haut, die Sie riskieren.«

Er holte zwei Westen. Phil und ich legten sie an.

»Setzen Sie diese Brillen auf«, sagte er und gab uns einfache Metallbrillen mit sehr dunklen Gläsern. »Sobald wir im Haus sind, zünde ich eine Magnesiumfackel, die die

Bude bis in den letzten Winkel in weißes Licht taucht, das ungeschützte Augen für dreißig Sekunden blind macht!« Sein mitleidiger Blick traf unsere 38er. »Hören Sie, G-men! Ich kann Ihnen M 59er Kugelspritzen geben! Sechs Schüsse können verdammt wenig sein. Mit einer 59er hätten Sie die vierfache Menge zur Verfügung.«

»Danke, Lieutenant. Wir bleiben beim gewohnten alten Eisen.«

»Dann los!«, entschied er.

Wir stiegen in seinen Wagen. Er übernahm das Steuer. Phil und ich quetschten uns auf den Beifahrersitz. Hinten kauerten zwei Squads.

Der Wagen war als Taxi getarnt. Der Lieutenant fuhr ihn im Schritttempo die Pacific Street entlang, als suchte der Fahrer nach einer Adresse.

Vor dem roten Haus trat er hart auf die Bremse. Die Türen flogen auf. Drei Sprünge genügten für den Vorgarten und die Außentreppe.

Der Lieutenant und die Squads klatschten drei kleine Haftladungen an die Tür und duckten sich seitlich weg.

Eine krachende Explosion riss die Tür aus Schloss und Angeln.

Phil und ich, die wir diesen Augenblick abgewartet hatten, rasten die Stufen hoch und drangen ins Haus ein.

Dem kurzen Blitz der Explosion folgte tiefschwarze Dunkelheit, die nur eine Sekunde dauerte. Mündungsfeuer flackerte. Ich spürte zwei harte Schläge in Brusthöhe.

Phils Revolver krachte. Eine MPi ratterte.

Noch eine Explosion, gefolgt von giftigem Zischen. Weißes Licht breitete sich mit der Grelle einer Schweißflamme aus.

Der Mann, der auf mich geschossen hatte, stand am Ende des Flures. Er schrie, ließ die Waffe fallen und presste die Hände vor die Augen.

Mich schützten die dunklen Gläser. Ich sprang ihn an und schlug mit dem Lauf des 38ers gebremst zu. Er fiel um.

Ich hörte Phil brüllen: »Waffe weg! FBI!«

Drei Schüsse! Ein Aufschrei! Plötzlich Stille, in der das Fauchen des weißen Lichts so deutlich wurde, als zischte Gas aus einem geplatzten Rohr.

Schlagartig hörte das Geräusch auf. Das weiße Licht erlosch. Ich riss die Brille ab. Sekundenlang war ich wie blind, von Schwärze umgeben wie von einem dicken Sack.

»Alles okay?«, fragte der Lieutenant.

Umrisse begannen sich abzuzeichnen.

Phil rief: »Wir brauchen eine Ambulanz! Ich musste einen Mann anschießen!«

»Versucht, einen Lichtschalter zu finden!«, befahl der Lieutenant seinen Leuten.

Ein Motor röhrte auf.

»Was ist das?«

Ich rannte zur rausgesprengten Türöffnung, prallte mit dem Lieutenant zusammen und drängte ins Freie.

Das Garagentor krachte. Es war ein altmodisches Tor mit zwei Flügeln, die unter der Wucht des Anpralls aufsprangen. Wie ein ausgebrochener Stier schoss ein schwerer Wagen aus der Garage. Ein schönes Stück aus Old Germany, Mr. Stonefields schmerzlich vermisster Mercedes.

Der Mann am Steuer kontrollierte ihn schlecht, bekam die Kurve nicht hin. Der Mercedes streifte das Tarntaxi der Special Squad und schrammte sich hässliche Streifen in die feine Lackierung.

Der Kerl, der drinsaß, behielt den Fuß auf dem Gaspedal, als wäre er festgenagelt. Mit steigender Geschwindigkeit raste der Mercedes die Pacific Street südwärts.

Er kam nicht weit. Die Squads setzten ihre Kugelspritzen in Betrieb, trafen serienweise das Auto und dann auch den Fahrer.

Der Mercedes brach aus, legte einen Zaun flach, drehte sich und krachte mit der rechten Seite gegen einen Baum, der hinter dem Zaun im Vorgarten stand.

Die Fenster verwandelten sich in Glaskrümel, der Motor gab

rülpsend seinen Geist auf. Es war ein Wunder, dass der Wagen kein Feuer fing. Für Stonefield blieb nur ein Haufen Blech und Stahl über, verziert mit einem berühmten Stern.

Marvins Sloughs Wohnung in der dritten Etage über dem ausgebrannten Desiree-Club war vom Feuer unberührt geblieben. Um vier Uhr morgens wurde er von einem Telefonanruf aus dem Schlaf gerissen. Er meldete sich mit einem Knurrlaut. Die Nachricht, die er erhielt, war kurz. Ohne eine Antwort zu geben, legte er auf.

Slough stand auf, warf einen Morgenmantel über und goss sich an der Hausbar einen Schluck Whisky ein.

Seine Bodyguards Mike Ronco und Ken Spall, der schwarze Ex-Halbschwergewichtler, wohnten gemeinsam in einem Apartment über Sloughs Wohnung. Er weckte sie über das Haustelefon und befahl sie zu sich.

Ronco und Spall kamen, schlaftrunken und ebenso flüchtig gekleidet wie ihr Boss.

»Nehmt euch einen Drink zum Wachwerden!«, befahl Slough.

Er wartete, bis sie sich versorgt hatten, hob sein Glas und sagte: »Einen Schluck auf Archie!«

Marvins Trinkspruch auf den toten Bruder erfüllte die Männer mit Unbehagen. »Auf Archie!«, murmelten sie, tranken.

»In drei Stunden werfen sie die Dreharbeiten an den Todd-Werften wieder an.« Slough drehte das Glas zwischen den Fingern. »Dieses Mal versetzen wir Ihnen den endgültigen Knock-out.«

»Ich weiß nicht, was du zu tun beabsichtigst, Boss«, sagte Ken Spall vorsichtig, »aber es ist schwieriger geworden, ihnen die Arbeit zu vermasseln. Sie haben Sperren errichtet und lassen das Gebiet von einer Security-Truppe überwachen.«

»Ken, es genügt nicht, zum zweiten Mal ein paar Scheinwerfer zu zerschlagen und Kulissen einzureißen.« Sloughs hässliches Gesicht verriet finstere Entschlossenheit. »Für den Mord an Archie werden sie mit dem Totalverlust von zig Millionen bezahlen.«

Die Erregung trieb ihn hoch. Im Stehen kippte er den restlichen Whisky.

»Sie weigerten sich, Archie und mich am Geschäft zu beteiligen, lockten Archie in eine Falle und brachten ihn um. Jetzt schlage ich zurück und schieße ihren Star weg.«

»Du willst Corr umlegen lassen, Boss?« Spall riss die Augen auf.

»Richtig! Alle Corr-Filme drehen sich um diesen Burschen mit den Muskelgebirgen unter der Haut. Sie haben Millionen dafür ausgegeben, ihn zu einem Weltstar hochzupushen. Die Filme und alles, was daran hängt, vom T-Shirt bis zum Kinderspielzeug, haben das Hundertfache in ihre Kassen geschwemmt. Ein Ende des Geschäfts ist nicht abzusehen. Aber ich mache ein Ende. Ohne Corr, ohne den Star, der ihn verkörpert, bricht alles zusammen. Nicht nur verlieren sie fünfzig, sechzig Millionen an dem Film, den sie nicht zu Ende drehen können, sie müssen alles wegwerfen, was Cordtlands Gesicht trägt.«

Mike Ronco fragte nüchtern: »Wo und wann soll er weggeputzt werden?«

»Während der Dreharbeiten.«

»Boss, ich habe dir geschildert, dass sie das Gelände scharf bewachen!«, rief Spall. »Auch die Bullen fahren verstärkt Streife um das Gebiet.«

»Eine Werft liegt immer am Wasser.« Slough lachte rau. »Zu Dutzenden werden Journalisten, TV-Teams, News-Jäger jeder Sorte in Booten auf der Lauer liegen. Gewöhnliche Neugierige werden aufkreuzen, etwas vom Treiben der Filmleute durch die Ferngläser zu erhaschen versuchen und früher oder später weiterfahren.«

Er goss Whisky in sein Glas.

»Wir werden dazugehören«, sagte er. »Aber wenn wir abdrehen, hat sich an Land etwas geändert.«

Die Aufräumarbeiten dauern oft länger als die eigentliche Aktion. Die Special Squad rückte ab, Cops und Rettungswagen erschienen auf dem Schauplatz. Drei Kollegen trafen zur Unterstützung und Ablösung ein.

Es stellte sich heraus, dass ich Abb Spear niedergeschlagen hatte. Phils Gegner konnte an seinen Papieren als Frank Matro identifiziert werden. Sein Führerschein war von der zuständigen Behörde in Oaks, Kalifornien, ausgestellt. Phils Kugeln steckten in der rechten Schulter und im Oberarm.

Am schwersten hatte es Juanito Cuevas beim vergeblichen Ausbruchsversuch erwischt. Er musste aus dem Mercedes-Wrack herausgeschweißt werden, hatte viel Blut verloren und schwebte in Lebensgefahr.

Das Haus wurde durchsucht. Natürlich waren wir scharf auf Beweise für die Verbindung zwischen Ronald Burke und den L.A.-Gangstern, aber wir fanden nichts. Der Besitzer des Hauses, jener B. Tolbey, dessen Name auf dem Briefkasten stand, hatte sich schon vor Monaten aus New York abgesetzt. Nach ihm wurde im Zusammenhang mit betrügerischen Wettveranstaltungen gefahndet.

Keiner der drei Männer war vernehmungsfähig. Auch Spear brauchte mindestens eine ausführliche Eisbeutelbehandlung, um wieder klar in der Birne zu werden.

Ich strich über den knirschenden Stoppelbart und wandte mich an Phil.

»Ich denke, wir haben Anspruch auf ein paar Stunden Schlaf.«

Als wir in den Chevy stiegen, kam der Abschleppwagen für Mr. Stonefields Schrotthaufen.

Um acht Uhr morgens trug Gianna Davies bereits das Kostüm ihrer Rolle unter dem weißen Schminkumhang.

Zwei Maskenbildnerinnen arbeiteten an ihrem Gesicht, legten Schichten von Schminke auf, veränderten die Form ihrer Augenbrauen, übertuschten ihre Lippen mit phosphoreszierendem Lack. Als starre Maske, bedeckt von dick aufgetragenen Farben, sah Gianna das eigene Spiegelbild. Sie wusste, erst im weißen Licht der Scheinwerfer würde ihr Gesicht wieder Leben gewinnen.

Der Chefmaskenbildner überprüfte das Resultat, gab sein Okay und warnte: »Pass auf, dass nichts verläuft oder verschmiert. Ich weiß nicht, wann du drankommst. Nachschminkerei können wir uns nicht leisten.«

Ein großer Container diente als Zentrale des Produktionsstabs. Ein Dutzend Assistenten, Hilfsassistenten und so genannte Runner arbeiteten auf Hochtouren. Sie hatten dafür zu sorgen, dass die richtigen Schauspieler, Komparsen, alles benötigte Material zur richtigen Zeit am richtigen Platz waren. Jeder von ihnen schien sich in ein schreiendes, telefonierendes, tobendes Nervenbündel verwandelt zu haben.

Gianna meldete sich bei einer bebrillten jungen Frau, auf deren Tisch ein Schild mit der Aufschrift »Schauspielereinsatz« stand. Die Frau telefonierte und machte sich Notizen. Schließlich legte sie den Hörer auf und schob die Brille hoch.

»Gianna Davies!«

»Wen interessiert schon dein Name?«, fauchte die Assistentin. »Rolle?«

»Sunna!«

Die Assistentin überflog ihre Liste und stieß die Spitze des Kugelschreibers ins Papier.

»Du hast eine Szene im Set vier mit unserem Götterliebling Anthony persönlich und eine zweite mit seinem Stuntman, aber das ist eine Nachtaufnahme und wird nach Einbruch der Dunkelheit gedreht oder auch erst morgen. Die vorgesehenen Drehzeiten verschieben sich immer. Auf Set vier bist du um zehn Uhr an der Reihe. Warte im Bereitschaftsraum. Du wirst aufgerufen. Lern deinen Text! Gedreht wird zwar ohne Ton, aber für die

Nachsynchronisation müssen die Mundbewegungen stimmen.«

Sie gab Gianna einen Drehbuchauszug und riss mit der freien Hand den Hörer vom schrillenden Telefon.

Gianna ging über die verlegten Plankenwege zum Container, der die Kantine und den Warteraum für die Schauspieler enthielt. Auf dem Werftgelände herrschte hektische Betriebsamkeit. Um den Zeitverlust aufzuholen, wurde an verschiedenen Schauplätzen gleichzeitig gedreht.

Unmittelbar am Ufer zwischen verrosteten Kränen und Schrott prügelten zwei Gruppen Komparsen in einer Kampfszene aufeinander ein. Weiter landeinwärts wurde ein Stunt vorbereitet, bei dem ein hochrädriges, bizarr ausgestattetes Fantasieauto die Hauptrolle spielte.

Inmitten der Techniker sah sie Cordtlands Stuntman Willard Raddek. Er trug das Corr-Kostüm, aber noch nicht die Perücke mit dem schulterlangen Haar. Am Triconell-Wolkenkratzer drehte Ruitberg einen kurzen Take mit Judy Laxis, die eine Art weibliche Hauptrolle spielte, wenn es auch in Corr-Filmen wirklich große Rollen für einen weiblichen Star nicht gab.

Im Warteraum stieß Gianna auf Brenda Marshall, kostümiert und geschminkt, die missmutig ihren Drehbuchauszug schwenkte.

»Du hast nichts erreicht, Baby!«, fauchte sie Gianna an. »Unsere Szenen sind nicht erweitert worden. Verdammt, in diesem Film spielen wir die Rollen von zwei lästigen Fliegen. Kein Zuschauer wird sich an uns erinnern.«

Gianna las den Drehbuchauszug. In der Rolle der Sunna sollte sie eine feindliche Spionin spielen, die sich an Corr heranmachte, um ihn zu verführen, und die Corr abfahren ließ. In der zweiten, der Nachtszene, drang sie mit der Absicht, Corr zu töten, in die Wolkenkratzer-Ruine ein. Corr würde von einem Träger in die Tiefe springen, sie würde abstürzen, aber von Corr aufgefangen werden, der sie danach verächtlich zum zweiten Mal ins Wasser werfen würde. An der zweiten Szene war Brenda Marshall beteiligt.

Sie setzte sich an ein Fenster und prägte sich die wenigen Sätze ihres Textes ein. Sie bemerkte einen weißen Cadillac, der vor Cordtlands Garderobenwagen hielt und aus dem Anthony und Ron Burke stiegen. Beide Männer verschwanden in der Star-Garderobe.

Von ihrem Platz konnte sie das Gelände überblicken.

Sie beobachtete, wie sich der Stuntman in das Fantasieauto zwängte. Wenig später röhrte der Motor auf. Am Heck spuckten Feuerwerksraketen, die einen ungewöhnlichen Antrieb vortäuschten, sprühende Strahlen. Der Wagen raste los, durchbrach eine Mauer aus Styroporblöcken, jagte eine Rampe hoch, flog in weitem Satz durch die Luft und krachte in eine Ruine, die im selben Augenblick explodierte. Flammen, Dreck, Staub schossen in den Himmel.

Männer mit Löschgeräten stürzten zum Schauplatz, richteten weiße Schaumstrahlen in die Flammen und halfen dem Stuntman aus dem Fahrzeug.

Gianna hörte den Beifall des Aufnahmeteams für den Stuntman, der aus der Entfernung von Cordtland nicht zu unterscheiden war. Erst als er die Perücke abnahm, verwandelte er sich zurück in Willard Raddek.

Gegen elf Uhr kam Anthony Cordtland aus seinem Garderobenwagen, wie üblich umringt von seinem privaten Stab. Über seinem Kostüm trug er einen weißseidenen Mantel. Wenig später wurde Gianna auf Set 4 gerufen.

Bei Szenen mit Cordtland führte Mark Ruitberg selbst die Regie. Zwei Kameras waren aufgebaut, und gut ein Dutzend Personen beschäftigten sich mit den Vorbereitungen für einen Take, der im fertigen Film knapp zwei Minuten dauern würde.

Von der See blies ein frischer Wind. Gianna fröstelte.

Ein Assistent warf ihr einen Bademantel über. »Kannst du anbehalten, solange geprobt wird.«

Ruitberg erhob sich vom Regiestuhl, sagte »Hi« und erläuterte, wie er sich den Ablauf vorstellte.

»Anthony, du sitzt auf diesem Stahlpoller, hörst ein Geräusch, fährst herum, entdeckst, dass sich jemand hinter dieser Mauer versteckt. Du räumst die Mauer mit Fußtritten weg, ziehst das Mädchen raus, schleuderst es aufs Pflaster und stellst ihr den Fuß auf die Titten. Probieren wir es mal bis dahin ohne Mauerzertrümmerung, sonst kostet die Neueinrichtung zu viel Zeit.«

Er wandte sich an Gianna.

»Hock dich nieder! Wenn Corr dich hochreißt, schreist du! Wenn er dich zu Boden schleudert, rollst du dich zweimal um die eigene Achse und bleibst auf dem Rücken liegen. Dann will ich ein verdammt entsetztes Gesicht von dir sehen, denn der größte, mächtigste Mann des Universums kommt auf dich zu, und du weißt, dass er dich mit einem Fußtritt töten könnte. Begriffen?«

Gianna nickte. Sie ging zu Cordtland und sagte: »Ich freue mich, mit dir zu spielen, Anthony!«

Er grinste und antwortete laut: »Hoffentlich bist du auf dem Set besser als im Bett!«

Ein Hilfsregisseur führte Gianna vor eine mittelhohe, künstliche Mauer aus Styroporblöcken und zeigte ihr, welche Haltung sie einnehmen musste. Cordtland nahm seinen Platz auf einem Poller ein, der in den aktiven Zeiten der Werft zum Festmachen von Booten gedient hatte. Die Szene spielte auf einem Kai, der fünfzig Yards ins Wasser hinausragte. Der Blick reichte über die Upper Bay. Jenseits einer von roten Warnbojen markierten Linie lagen oder kreuzten vierzig, fünfzig Boote jeder Größenordnung, auf denen Reporter, TV-Teams und ihre mit Superobjektiven bewaffneten Kameras darauf lauerten, interessante Szenen und Schnappschüsse von den Dreharbeiten einzufangen. Ein Drahtseil zwischen den Warnbojen hinderte sie daran, näher zu kommen.

»Bitte, Action!«, rief Ruitberg.

Cordtland warf den Kopf hoch, sprang auf und fegte mit großen Schritten über den Kai auf Gianna zu. Er markierte die Tritte gegen die Mauer und packte Giannas Arme. Sein Gesicht sah zum Fürchten aus.

Er riss Gianna hoch, schleuderte sie auf den Beton. Er setzte tatsächlich Kraft ein, sodass Gianna ungeschickt stürzte und liegen blieb.

»Mist!«, schrie Ruitberg! »Absoluter Mist! Du sollst dich um die eigene Achse drehen! Verdammt, du spielst nicht eine Marktfrau, die mit einem Eierkorb hinfällt, sondern eine Panterfrau, ein geschmeidiges, gefährliches Biest. Noch einmal!«

Die Probe wurde wiederholt. Besser vorbereitet auf Cordtlands Rücksichtslosigkeit, gelang es Gianna, den Sturz abzufedern und sich so zu bewegen, wie der Regisseur es wünschte. Diesmal war Ruitberg mit Cordtlands Aktion nicht zufrieden.

»Was du machst, sieht zu mühevoll aus, Anthony! Du ziehst sie hoch, als wäre sie dir zu schwer.«

Cordtland gab Gianna die Schuld.

»Ich kann nicht richtig mit ihr umgehen, solange sie in den Bademantel eingepackt ist.«

Der Regisseur befahl. »Zieh das Ding aus, Mädchen! He, Leute, legt Plastikplanen aus, damit sie sich das Kostüm nicht schon bei den Proben versaut.«

Mit Erbitterung sah Gianna, dass Anthony seinen Mantel anließ. Wieder wurde die Szene geprobt. Als Cordtland ihr den Fuß auf die Brüste setzte, rief Ruitberg: »Wenn wir drehen, bleibst du fünf Sekunden in der Position. Wir machen einen Nahschuss von deinem Fuß, ihren Titten und ihrem Gesicht. Okay, auf die Füße! Noch eine Probe!«

Gianna stand auf. Beim letzten Sturz hatte sie sich wehgetan. Ihr linker Arm schmerzte.

Sie kauerte sich vor die Mauer.

Hinter den Kameras sah sie Willard Raddek, den Stuntman. Er blickte sie an, aber er lächelte nicht.

»Action!«, schrie der Regisseur.

Als Abb Spear in unser Büro gebracht wurde, trug er einen weißen Verband um den Kopf. Davon abgesehen, hatte er sich gut erholt.

»Du stehst unter Mordanklage, Abb«, sagte ich. »Du und deine Leute, ihr habt den Nightclub von Marvin Slough ausgeräuchert. Ihr habt mit Maschinenpistolen gefeuert. Es war euch gleichgültig, ob Menschen verletzt, getötet oder in dem Feuer, das ihr legtet, verbrannt wären. Ihr habt den Polizisten Homer Skydell niedergeschossen. Er hat überlebt und wird dich als einen Täter identifizieren. Du bist dran, Spear!«

»Ich verlange einen Anwalt.«

»Den bekommst du, wie das Gesetz es befiehlt. Vorher solltest du darüber nachdenken, dass du nur ein Befehlsempfänger bist. Du und deine Leute, ihr habt die Kastanien für einen Mann aus dem Feuer geholt, der sich selbst die Hände nicht schmutzig gemacht hat und in aller Ruhe zusehen kann, wie du für den Rest deines Lebens hinter Gittern verschwindest.«

Spear sah abwechselnd Phil und mich an. Er wusste offenbar nicht, was er sagen sollte. Für ihn, einen Mann aus Los Angeles, war New York fremdes Pflaster, auf dem er sich unsicher fühlte.

»Wir werden dich dem Mann gegenüberstellen. Fürs Erste genügt uns, wenn du bestätigst, dass du ihn kennst.«

Das Telefon schlug an. Phil nahm ab. Er sagte: »Hi, Lieutenant Mill!«

Er lauschte, was Mill zu sagen hatte und erklärte: »Okay! Wir kommen!«

Ich ließ Spear abholen. Als wir allein waren, informierte mich Phil.

»Lieutenant Mill möchte, dass wir zur 36th Street kommen. Dort wurde ein Toter gefunden, und Hugh Ryker, der den Lieutenant zum Tatort begleitete, glaubt, dass er den Mann aus Hollywood kennt.«

»In Ordnung! Fahren wir hin!«

Die Fahrzeuge der Mordkommission standen vor einem leeren, eingerüsteten Haus von drei Etagen. Mill und Hugh Ryker standen im Innenhof, in dem Baumaterialien lagerten.

»Er liegt noch dort, wo er gefunden wurde«, sagte Mill und wies auf einen großen Abfallcontainer, dessen Seitenwände so hoch waren, dass man nicht hineinblicken konnte. Mills Leute hatten Leitern angelegt. Phil und ich stiegen hinauf.

Bis zur Hälfte war der Container mit Schutt gefüllt. Der Mann, der in gekrümmter Haltung zwischen Mauerbrocken und zerbrochenen Türen lag, war schlank, dunkelhaarig, bekleidet mit einem karierten Anzug.

Der Arzt, der ihn untersucht hatte, streifte die Gummihandschuhe ab und stampfte zu einer kurzen Leiter auf der Innenseite. Es war derselbe raubeinige Doc, der im Hotel die Todesursache bei Archie Slough und Sue Fergus festgestellt hatte. Er überkletterte den Containerrand, dabei eine Leiter benutzend.

»Ich setze ein Jahresgehalt darauf, dass der arme Bursche den Killern zum Opfer fiel, die die Frau und den Mann im Hotel umbrachten«, sagte er zu Mill und Hugh Ryker und klopfte sich den Mörtelstaub von den Knien.

Drei Beamte aus Mills Truppe stiegen in den Container, um nach Spuren zu suchen. Phil und ich turnten nach unten.

»Hi, G-men!«, begrüßte uns der Arzt. »Dem Mann wurden fünf Frontzähne ausgeschlagen, das Nasenbein und der Kiefer gebrochen, aber daran starb er nicht, sondern an einem Genickbruch, wie er dem Mann im Hotel beigebracht wurde.«

»Du kennst ihn?«, fragte ich Hugh Ryker.

»Ja, er lief mir in Hollywood mehrmals über den Weg. Sein Name ist Mike Thayer, ein Schnüffel-Reporter, immer auf der Jagd nach der großen, sensationellen Story, am besten nach einer aus der Filmbranche.«

»Was denkst du über seine Gründe, nach New York zu kommen?«

»Sein Jagdwild – Corr, die Schauspieler, die Filmmannschaft – ist hier.«

»Okay, aber warum wurde er getötet? Seit dem Mord und dem Rockerüberfall sind Hunderte Medienhyänen aus allen Teilen der USA nach Manhattan geströmt. Was wusste er mehr als alle anderen?«

Phil wandte sich an den Arzt.

»Welche Todeszeit schätzen Sie, Doc?«

»Zwei, drei Stunden nach Mitternacht.«

»Zu dieser Zeit hielten sich die drei Profikiller aus L.A., die als Täter für alle Morde in Frage kommen, in einem Haus auf, das von einem Dutzend Männern der Special Squad umstellt war.«

Der Arzt schaute in die Runde.

»Ich stelle eine Übereinstimmung der Todesarten fest. Den Reim darauf müsst ihr euch machen. Das gehört nicht zu meinem Job.«

»Vermuten Sie die Beteiligung mehrerer Täter?«

»Und ob, G-man! Sehen Sie sich den Container an! Seine Wände sind sechs Fuß hoch. Die Arbeiter, die den Toten entdeckten, sagten, es sei keiner in der Nähe gewesen. Würden Sie allein einen mindestens achtzig Kilo schweren Menschen über eine sechs Fuß hohe Wand werfen können? Ich denke, nein. Mindestens zwei Männer müssen eine Leiche an Armen und Beinen fassen und ihr viel Schwung mitgeben, damit sie über den Rand in den Container fliegt.«

»Es gibt noch andere Möglichkeiten, Frank!«, bremste Lieutenant Mill den Arzt. »Sie können die Leitern nachträglich entfernt haben, oder der Mord wurde im Haus verübt und der Körper von oben in den Schuttbehälter. geworfen.«

»Kann es nicht ein gewöhnlicher Raubmord gewesen sein?«, fragte Hugh Ryker. »Vielleicht fiel Thayer Straßenräubern in die Hände. Er wehrte sich, und sie brachten ihn um.«

»Dann hätten wir ihn nackt oder bestenfalls in seiner Unterwäsche gefunden«, knurrte Mill. Er legte die Hände an den Mund und rief seinen Assistenten, der die Spurensuche im Container leitete.

»Was trug er in seinen Taschen?«

Der Kopf des Assistenten erschien über dem Containerrand.

»Zweihundert Dollar, Lieutenant, vier Kreditkarten, Führerschein ...«

»Genügt!« Mill sah unseren Kollegen aus L.A. an.

»Keine Straßenräuber!«

Für einige Sekunden herrschte Schweigen. Ich brach es.

»Es gibt eine Menge, was wir über Mike Thayer herausfinden müssen. Lieutenant, wir rufen Sie am Abend an. Zunächst steht Ron Burke auf unserem Programm.«

Im Hotel erfuhren wir, dass die Dreharbeiten auf vollen Touren liefen und Burke sich auf dem Gelände der Todd-Werften aufhielt. Über die Brooklyn-Brücke steuerte ich den Jaguar nach South Brooklyn.

In der Bay Street stoppte uns eine provisorische Barriere aus Nagelbrettern, bewacht von Männern einer Security-Firma. Nach einem Blick auf den FBI-Ausweis räumten sie eine schmale Durchfahrt frei.

Auf dem Gelände der alten Werftanlage und zu Füßen der Bauruine des Triconell-Wolkenkratzers wimmelte es von Menschen wie auf einem Rummelplatz. Großproduktionen setzen immer drei oder vier Kamera-Einheiten und die entsprechende Anzahl Hilfsregisseure ein.

Ich fragte einen Mann, ob er Ron Burke gesehen hätte. Er antwortete: »Versuchen Sie es auf Set vier. Dort dreht Cordtland.«

»Wo ist Set vier?«

»Auf dem Kai.«

Eine Holzbarriere sperrte den Zugang zum Kai. Ein Schild warnte: »Drehort! Set 4! Bleib weg, wenn du nicht zum Stab gehörst!«

Eine Sirene heulte dreimal auf. Eine Männerstimme befahl über einen Handlautsprecher: »Action, bitte!«

Anthony Cordtland alias Corr saß am Rand des Kais in dem Kostüm aus nietenbesetztem Leder und Kettengeflecht, die Arme so wirkungsvoll auf die Knie gestützt, dass sich die Muskelpakete mächtig unter der Haut abzeichneten. Das schwarze Haar fiel bis zu den schrankbreiten Schultern.

Er warf den Kopf hoch, als hätte er ein Geräusch gehört, stand mit einem Ruck auf und reckte den Kopf wie ein witterndes Tier. Dann setzte er sich in Bewegung. Die Kamera, auf Schienen montiert, fuhr parallel mit.

Corr blieb vor einer Mauer stehen, zog ein Knie an und trat zwei-, dreimal gegen die Mauer, die unter der Wucht seiner Tritte einstürzte. Staub wölkte auf. Die Frau, die sich hinter der Mauer versteckt hielt, machte eine Fluchtbewegung. Corr fing sie ab und schleuderte sie zu Boden. Sie überrollte sich, blieb liegen. Corr ging ihr nach, stemmte einen Fuß auf ihre Brust und brüllte sie an: »Wer bist du, verdammte Schlange?«

»Cut!«, rief die Lautsprecherstimme.

Die Spannung löste sich. Ruitberg, der Regisseur, ein eher schmächtiger Mann mit verknittertem Sorgengesicht, stand aus dem Regiestuhl auf, eilte auf die Szene und schrie.

»Das war perfekt, Anthony! Bleib in der Position! Wir ändern den Ablauf um eine Nuance. Sie gibt ihre Antwort noch im Liegen. Dann erst ziehst du den Fuß zurück!«

Ruitberg wandte sich an die Frau. »Du stehst auf, und dann gehst du auf ihn zu, versuchst dich an ihn zu schmiegen. Er stößt dich zurück. Du greifst zum letzten Mittel, legst deine Titten frei und nimmst den Kettenschurz ab.«

»Verlangen Sie, dass ich nackt spiele?«, rief die Schauspielerin.

Phil stieß mich an.

»Das ist das Mädchen, das Cordtland auf den Armen aus Burkes Apartment trug, der Ersatz für Sue Fergus.«

Die Stimme des Regisseurs überschlug sich.

»Ich wette, du hast schon bei ganz anderen Porno-Shows mitgemacht. Wenn ich dich nackt in dem Take haben will, dann wirst du, zum Teufel, nicht einen Faden auf der Haut behalten.«

Ich sah, dass Anthony Cordtland grinste. Laut sagte er: »Bis du dich mit ihr geeinigt hast, Mark, könnte ich ein Bier trinken.«

Ronald Burke stand ein paar Schritte vom Aufnahmestab entfernt, beobachtete aufmerksam die Auseinandersetzung und bemerkte uns erst, als ich seinen Arm berührte. Er fuhr zusammen, fasste sich und knurrte: »Was wollen Sie?«

»Wir brauchen Sie als Zeugen, Burke.«

»Ist das eine Verhaftung?«

»Noch nicht. Bitte, kommen Sie mit.«

»He, Mann, Sie haben kein Recht, mich mitzuschleifen! Ich werde hier gebraucht!«

»Übertreiben Sie nicht, Burke«, sagte Phil freundlich. »Soviel ich weiß, haben Sie keine Rolle in diesem Film.«

Er kochte vor Wut, aber gleichzeitig spürte ich seine Furcht.

Cordtland, dem irgendjemand die Büchse Bier gereicht hatte, kam zu uns. Über dem Kostüm trug er einen weißen Seidenmantel. Fürsorglich hatte man ihm einen Schal um den Hals geschlungen.

»Hi, Schnüffler!« Er hob grüßend die Hand mit der Bierbüchse. »Wie steht es mit der Aufklärung des Mordes an der armen Sue? Ich wette, ihr stochert noch immer in der Sache herum wie ein Blinder mit seinem Stock im Nebel.«

»Wo waren Sie gestern gegen zwei Uhr morgens, Cordtland?«

Unter der fingerdicken Filmschminke veränderte sich sein Gesichtsausdruck. Die Halsadern schwollen an.

»Was geht das Sie an? Warum fragen Sie danach?«

»Weil zu dieser Zeit ein Mord verübt wurde, der vielleicht wieder mit dem Weltstarr Corr zusammenhängt.«

Er starrte mich an, fuhr sich mit dem Handrücken über die Stirn und verwischte dabei die Konturen der aufgeschminkten Narbe.

Ein Regieassistent kam im Trab und flüsterte: »Sir, der Regisseur braucht Sie!«

Cordtland ließ meine Frage unbeantwortet und ging zu Ruitberg und der rothaarigen Frau. Unterwegs ließ er die Bierbüchse fallen. Eilfertig hob der Regieassistent sie auf.

»War das Gerede über den Mord ein Bluff?«, fragte Burke nervös.

»Nein. Gehen wir!«

Er gab seinen Widerstand auf. Phil und ich nahmen ihn in die Mitte. Wir machten uns auf den Weg zum Jaguar.

Dreihundert Yards weiter am Kai, auch an der Wasserfront der Werft, arbeitete eine andere Filmcrew. Weit vor der Szene wurden wir von zwei Helfern gestoppt, die Burke kannten und daher höflich baten: »Es wird gedreht, Sir! Wenn Sie weitergehen, können Sie in den Schwenkbereich der Kameras geraten.«

»Okay, wir warten!«, entschied ich.

Zentrum des Sets war ein gewaltiger Portalkran, dessen Querträger ein Dock überspannte. Alles an dem Kran war rostrot, aber den Aufzugsmechanismus hatten Techniker wieder funktionsfähig gemacht, weil er für einen Filmgag gebraucht wurde.

Auch hier das dreimalige, kurze Sirenengeheul, das das Anlaufen der Kameras signalisierte, gefolgt vom Lautsprecherbefehl: »Action! Go!«

Die Seiltrommel begann sich zu drehen, wickelte das Stahlseil auf. Offenbar wurde eine große Übersetzung benutzt, denn das Seil verkürzte sich mit atemraubender Geschwindigkeit, und der mächtige Stahlhaken schoss aus dem Trockendock hoch.

Der Anblick war verdammt überraschend.

Corr, den wir gerade noch mit einer Bierbüchse in der Hand gesehen hatten, stand auf dem Haken, klammerte sich an das Seil und wurde mit solchem Tempo in die Höhe gerissen, dass ein Zusammenprall mit dem Querträger unvermeidlich schien.

Natürlich war es nicht Anthony Cordtland, sondern sein Stuntman Willard Raddek, der diese Höllenfahrt riskierte. Das identische Kostüm, Raddeks Körperbau, ebenso gewaltig und muskelstrotzend wie der des Weltstars, und die dunkle Perücke machten die Illusion perfekt.

Ich glaube, wir hielten alle den Atem an.

Das Kreischen der Bremsen marterte jedes Ohr im Umkreis einer Meile. Weißer Qualm von verschmorenden Belägen stieg an der Seiltrommel auf. So abrupt wurde die Fahrt gestoppt, dass Raddeks Füße den ohnedies unsicheren Stand auf dem Haken verloren und nur die eigenen Hände ihn an dem heftig pendelnden Seil hielten.

Von unten gellten Schreie des Entsetzens. Filmleute sind in der Regel kaltschnäuzig und abgebrüht. Bei dieser Szene verloren einige die Nerven.

Der Stunt meisterte die Panne, hangelte sich hoch, zog die Knie an und brachte die Füße zurück auf den Haken.

Aus dem Lautsprecher hallte die Stimme des Regisseurs.

»Prächtig! Prächtig! Mach weiter, Rad! Wir können alles brauchen.«

Die Bremsen hatten den Haken eine reichliche Körperlänge unter dem Querträger des Portalkrans gestoppt. Raddek verstärkte die Pendelbewegungen des Seils, ließ es im passenden Augenblick los und griff nach der Verstrebung des Querträgers.

Frei hing er fünfzig Fuß über dem Grund des Trockendocks.

Eine Hand glitt ab, aber das geschah mit Absicht und gehörte zur Schauspielerei.

Der Regisseur heulte sein Entzücken aus dem Handlautsprecher.

»Rad, du bist fabelhaft!«

Es war wirklich ein Super-Stunt. Ich hatte selbst mal bei

einem Einsatz in Hollywood als Stuntman gearbeitet und weiß, wovon ich rede.

Raddek zog sich hoch, schwang sich auf den Querträger und richtete sich auf. Breitbeinig stand er auf der kaum einen Fuß breiten Stahlfläche, stieß die Arme in den Himmel, wölbte den Brustkasten und brüllte: »Jonny, du bist ein Feigling, wenn du nicht sofort raufkommst!«

Von unten quittierte Gelächter Raddeks Gebrüll. Nichts davon würde man im fertigen Film hören. Von der Leinwand würde aus Corrs aufgerissenem Mund der berühmte Kriegsschrei röhren, den Kids und Kung-Fu-Kämpfer in aller Welt nachzuahmen versuchten.

Das Gelächter rund um die Kameras war noch nicht verstummt, als Raddek zusammenzuckte und sich an die Hüfte griff. Die heftige, unkontrollierte Bewegung brachte ihn ins Schwanken.

Er fing sich, versuchte, sich zu ducken.

Ich warf den Kopf hoch. Phil schnellte herum. Durch all den Lärm auf dem Gelände hatten wir den scharfen Peitschenknall wahrgenommen, der von weither kam, nicht lauter war als ein Fingerschnippen und doch charakteristisch.

Der Stuntman ließ sich auf die Knie nieder.

»Falsch, Rad!«, schrie der Regisseur. »Du musst zum Ende des Trägers laufen und auf das Hallendach springen!«

Wieder der feine Peitschenknall.

»Sie schießen auf ihn!«, sagte Phil. »Von woher, verdammt?«

»Alles kaputt!« Das Schluchzen des Regisseurs, lautsprecherverstärkt, hallte wie ein Nebelhorn. »Alles für den Abfalleimer!«

Raddek versuchte, das Vernünftigste zu tun und sich flach auf den Träger zu legen, aber es war höllisch schwierig, sich aus dem Stand auf den handtuchbreiten Stahl zu legen, ohne abzustürzen.

Er schaffte es. Als er unten war, sprühte dicht vor seinem Kopf eine Rostfontäne auf, und ein Querschläger jaulte wimmernd durch die Luft. Die heftige Ausweichbewegung raubte Raddek die Kontrolle über seinen Körper. Er rollte seitlich vom Träger. Für wenige Sekunden vermochte er sich noch festzuhalten. In diesen Augenblicken trafen noch einmal zwei Kugeln den Stahl.

»Cut!«, schrie der Regisseur, der noch immer nicht erkannt hatte, dass Ungewöhnliches geschah.

Phil streckte den Arm aus und wies auf die Bucht, wo ein halbes Hundert Motorboote und Jachten jenseits der von Bojen markierten und durch ein Sperrseil gesicherten Zone kreuzten.

»Dort sind sie!«

Raddeks Hände glitten ab. Wie ein Stein stürzte der mächtige Körper in die Tiefe und verschwand hinter den Wänden des Docks. Aufschreie aus vielen Kehlen begleiteten den Sturz.

Einer der Männer, die uns aufgehalten hatten, trug ein Funktelefon in der Brusttasche des Overalls.

»Gib her!«, befahl ich, nahm es und tippte, während ich zum Dock eilte, auf der Tastatur die Nummer des FBI-Hauptquartiers. Die Zentrale meldete sich prompt. Ich verlangte Steve Dillaggio und bekam ihn innerhalb von zehn Sekunden.

»Steve, ich bin auf dem Filmgelände. Von See her wurde auf einen Stuntman geschossen. Dort draußen treiben sich eine Menge Boote voll Journalisten und Neugierigen herum. Alarmier die Coast Guard! Organisier irgendeine Art von Kesseltreiben, damit der Schütze nicht entwischt. Ich weiß nicht, ob es gelingt, aber versucht es!«

Ein Trockendock ähnelt einem überdimensionalen Swimmingpool mit einer beweglichen Stirnwand. Bei hochgezogener Wand steht das Wasser im Dock auf dem gleichen Niveau wie das Meer. Reparaturschiffe können ins Dock eingeschwommen werden. Dann wird die Wand gesenkt, das Dock gegen die See abgeschottet und leer gepumpt.

Auf der Landseite ragten die stählernen Flanken zwölf Fuß hoch. Innen hatte das Dock eine Tiefe von gut sechzig Fuß. Stahltreppen führten zu einer umlaufenden Arbeitsbühne, von der aus man ins Dock blicken konnte.

Phil war schon oben. Ich enterte eine Treppe, deren Stufen vom Rost zerfressen waren, und erreichte die Arbeitsbühne.

Im Dock stand braunes, brackiges Wasser. Zwar war die Spundwand geschlossen, aber der Rost hatte genug Löcher gefressen, durch die das Meer eindringen konnte.

Zwischen Holzplanken, Plastikflaschen und Blecheimern, die im dreckigen Wasser trieben, schwammen vier Männer und bemühten sich, Willard Raddek zu einem vertäuten Gummifloß zu ziehen, das er für seinen Stunt als Startplattform benutzt hatte. Die Männer gehörten zur Stunt-Truppe. Schnell und gekonnt brachten sie Raddek in Sicherheit und hievten ihn aufs Floß.

»Ich geh runter«, sagte ich und warf Phil das Funktelefon zu.

Über Stahltreppen und -leitern turnte ich im Dock abwärts bis zum Wasserspiegel und rief die Stuntmen an.

»Lebt er?«

Raddek selbst gab die Antwort. Er richtete sich auf und hob den Arm. »Bin okay.«

»Verletzt?«

»Weiß nicht! Habe irgendetwas an dieser Stelle gespürt.« Er fasste sich an die linke Hüfte.

»Und im Gesicht!«, sagte ein Stuntman. »Du hast eine blutige Schramme auf der Stirn.«

Tatsächlich klaffte eine lange Platzwunde über Raddeks Augenbrauen. Er hob die Hand, berührte die Wunde und betrachtete seine blutigen Finger.

»Dem Bastard drehe ich den Hals um!«, grollte er.

»Haben Sie irgendetwas gesehen, Willard? Wissen Sie, woher geschossen wurde?«

Er schüttelte den Kopf.

»Sie wollten Corr umbringen«, knurrte er. »Mächte der

Finsternis, die den Helden des Universums hassen! Corr wird sie vernichten.«

Er redete, als zitierte er Sätze aus dem Drehbuch, aber die Art und Weise, wie er dabei ins Nichts stierte und mit der geballten Hand auf seine Brust klopfte, hatte etwas Unheimliches.

Ein Hubschrauber dröhnte im Tiefflug über das Gelände. Die Maschine trug das Kennzeichen der Coast Guard und raste hinaus zu den Booten jenseits der Sperrzone.

Raddeks Helfer zogen das Gummifloß zu einer Leiter.

»Ihr braucht mich nicht zu stützen.« Raddek stand auf. Noch trug er die Corr-Perücke, die, sorgfältig mit farblosem Klebeband befestigt, den Sturz unverrückt überstanden hatte. Mit eigener Kraft stieg er nach oben. Unter seinem Gewicht knirschten und krachten die rostigen Stufen.

Beifall empfing ihn. Die meisten wussten nur, dass eine Stuntnummer schief gelaufen war. Die Dreharbeiten auf den anderen Sets gingen ohne Unterbrechung weiter.

Die Filmtruppe verfügte über einen eigenen Ambulanzwagen, der in diesem Augenblick angebraust kam. Ein Arzt, zwei weibliche Helferinnen, die aussahen wie Bo Derek und Julie Andrews in Krankenschwesterrollen, kümmerten sich um Raddek. Er ließ sich in das Ambulanzfahrzeug verfrachten.

Marganoff, der Produzent, war von irgendwoher aufgetaucht und redete heftig auf Ron Burke ein.

Ein zweiter und dritter Hubschrauber rasten von Norden auf die Boote zu, über denen die erste Maschine im Tiefflug kreiste.

»Kümmere dich um Burke«, bat ich Phil. »Ich will wissen, wo sich Marvin Slough aufhielt, als die Schüsse fielen.«

Der Jaguar stand auf dem provisorischen Parkplatz hinter der Sperre. Ich setzte das Rotlicht aufs Dach. Der Weg über den East River nach Manhattan ist nicht weit, aber immer verstopft, gleichgültig, ob man Brücke oder Tunnel wählt. Das Rotlicht half mir vorwärts.

Vernagelte Fenster und die vom Ruß geschwärzte Fassade kennzeichneten das Haus von Sloughs Desiree-Club. Nur der Eingang war repariert worden.

Ich drückte den Klingelknopf. Über die Sprechanlage wurde gefragt: »Wer ist da?« Ich erkannte Sloughs Stimme, nannte meinen Namen, und Marvin fragte ironisch: »Mit oder ohne Haftbefehl, G-man?«

»Noch ohne!«

»Okay, dann komme ich.«

Er benutzte nicht den elektrischen Türöffner, sondern öffnete die Tür eigenhändig.

»Hi, G-man!« Er ging voraus und sagte über die Schulter: »Wir alle sind von den Schnüfflern der Mordkommission vernommen worden. Sie konnten uns den Tod dieses Schwarzen mit euren Handschellen an den Gelenken nicht anhängen. Willst du es noch einmal versuchen?«

Brandgeruch hing in der Luft. Slough hatte nichts aufräumen lassen. Was die flüchtenden Menschen umgerissen, zertrampelt, zerbrochen hatten, lag unverändert herum. Pfützen des Löschwassers schillerten noch auf dem Boden.

Slough strebte zur Bar und betätigte einen Schalter. Zwei einfache Lampen über der Theke flammten auf.

»Ein paar Flaschen sind unbeschädigt geblieben. Willst du einen Schluck?«

»Bist du allein im Haus?«

»Richtig.«

»Wo sind deine Leute?«

»Keine Ahnung! Seit deine Freunde aus Los Angeles den Club ausräucherten, werden die Jungs nicht mehr gebraucht.«

»Gangster sind keine Freunde, gleichgültig, woher sie kommen. Slough, wir haben die Männer, die bei dir an der Arbeit waren.«

Er verzog sein narbiges Gesicht zu einem spöttischen Grinsen. »Glückwunsch, G-man!«

»Vor einer halben Stunde wurde wieder versucht, die

Filmarbeiten zu stören, und zwar so gründlich, dass die Produktion von Corr VII geplatzt wäre. Von See her schoss ein Killer auf den Star Anthony Cordtland.«

Er streckte die Arme aus. »Nimm mich fest, wenn du mich für den Täter hältst!«

»Ich halte dich nicht für den Täter, Marvin, aber für den Auftraggeber. Deine eigenen Schießkünste würden kaum ausreichen, ein Ziel über vier-, fünfhundert Yards hinweg zu treffen.«

»Das würde ich mir nie zutrauen«, höhnte er. »Auf solche Entfernung gäbe es bei mir nur Luftlöcher.«

»Die gab es auch bei dem Killer, den du eingekauft hast.«

Sloughs höhnisches Lächeln verblasste.

»Er schoss fünfmal vorbei, und außerdem schoss er auf den falschen Mann.«

Abrupt drehte sich Slough um, ging hinter die Theke und nahm eine Flasche aus dem Regal.

»Du hättest ihn besser instruieren müssen«, setzte ich noch eins drauf. »Große Stars begehen ihre Heldentaten nur auf der Leinwand. Wenn bei Dreharbeiten ein Risiko zu bewältigen ist, springt der Stuntman ein. Dein Killer glaubte, Anthony Cordtland würde persönlich fünfzig Fuß über dem Boden auf einem Stahlträger herumturnen, aber es war nur ein Mann im gleichen Kostüm, mit Perücke und viel Schminke auf möglichst große Ähnlichkeit getrimmt.«

»Ich habe nichts damit zu tun«, sagte Slough, während er sein Glas füllte.

»Slough, du und das L.A.-Syndikat seid in einen Krieg verstrickt um die vielen Millionen, die sich im Showbusiness verdienen lassen. Ihr nehmt keine Rücksicht auf Unbeteiligte. Ich kann dich nicht festnehmen, weil direkte Beweise fehlen, aber ich warne dich. Mit jeder Aktion bringst du dich einen Schritt näher an den Abgrund, in den dein Bruder stürzte.«

»Du kennst den Ausgang, G-man!«, antwortete er und setzte das Glas an die Lippen.

Ich verließ den ausgebrannten Club. Meine Laune weit unter dem absoluten Nullpunkt. Es ist ein scheußliches Gefühl, einen rücksichtslosen Gangster von Sloughs Format auf freiem Fuß lassen zu müssen, obwohl man genau weiß, dass er ein Verbrechen begangen hat und dabei ist, das nächste zu organisieren.

Über die Sprechanlage stellte ich eine Verbindung zum Hauptquartier und zu Steve Dillaggio her.

»Gibt es Nachrichten der Coast Guard?«

»Die Besatzung eines Hubschraubers entdeckte ein verlassenes Boot. Sie sind dabei, es zu bergen.«

»Reich mich weiter an Phil!«

Phil war vor wenigen Minuten mit Ron Burke im Hauptquartier eingetroffen.

»Burke sitzt im Vernehmungsraum«, sagte Phil. »Er tut so, als wäre er kooperationsbereit. Anscheinend ist er sicher, dass die Typen aus Los Angeles ihn nicht belasten werden.«

»Ich beschaffe ein Foto von dem ermordeten Los-Angeles-Reporter. Bitte, warte mit Burkes Vernehmung, bis ich es bringe!«

Ich fuhr zur 18th Street. Vor dem eingerüsteten Haus, in dessen Innenhof der Tote gefunden worden war, räumten die Beamten der Mordkommission ihre Gerätschaften in die Fahrzeuge. Lieutenant Mill und Hugh Ryker hatten den Tatort verlassen.

»Ich brauche ein Bild des Toten«, sagte ich einem Assistenten.

»Genügt ein Polaroid-Foto?«

Ich erhielt ein Bild, das Kopf und Oberkörper des Toten zeigte.

»Habt ihr irgendetwas über den Mann herausgefunden, zum Beispiel wo er in New York wohnte?«

»Nein, Sir! Der Inhalt seiner Taschen gab keinen Hinweis.«

Im Hauptquartier hatte Phil den Anführer der Gangster aus L.A. in das so genannte Identifizierungszimmer führen lassen, aus dem eine nur einseitig durchsichtige Glaswand den Blick in ein angrenzendes Zimmer erlaubte.

Abb Spear starrte blicklos vor sich hin. Phil stemmte ihm die Faust unters Kinn und drückte seinen Kopf hoch.

»Abb, du begreifst den Ernst deiner Lage nicht«, sagte er. »Dich trennt nicht viel vom elektrischen Stuhl. Du kannst deine Chance nur verbessern, wenn der Richter dich als Kronzeuge braucht. Wir führen dir fünf Leute vor. Wenn du einen von ihnen erkennst, hast du den ersten Schritt in die richtige Richtung getan.«

Phil gab ein Klingelzeichen. Jenseits der Glaswand lief das übliche Verfahren ab. Vier Kollegen und Ron Burke betraten ein Podest und stellten sich in einer Reihe auf.

»Wen kennst du?«, fragte Phil.

»Keinen« antwortete Abb Spear, ohne richtig hinzublicken.

»Ich frage dich noch einmal. Wen kennst du?«, wiederholte Phil.

»Geh zur Hölle, Schnüffler!«, schrie Spear. »Ihr wollt mich nur reinlegen.«

Solange er hoffte, seine mächtigen Bosse würden ihn auf irgendeine Weise aus der Klemme befreien, war mit einer anderen Antwort von Spear nicht zu rechnen.

Wir ließen ihn wegbringen und holten Burke.

»Sie sind nicht identifiziert worden«, sagte ich. »Sie können gehen. Werfen Sie vorher einen Blick auf dieses Foto.«

Ich beobachtete ihn genau. Er betrachtete das Bild, ohne eine Miene zu verziehen.

»Der Mann sieht aus, als wäre er tot«, sagte er zynisch.

»Das ist er. Der Polizeiarzt glaubt, dass er auf die gleiche brutale Weise umgebracht wurde wie Sue Fergus und Archie Slough.«

»Schon beim Mord an der armen Sue habe ich gesagt, das es eure Schuld ist, wenn ihr Mörder frei herumlaufen lasst.«

»Dieser Mann hieß Mike Thayer. Er war ein Journalist,

und er kam wegen Corr nach New York. Warum wurde er umgebracht? Haben Sie eine Antwort auf diese Frage?«

»Selbstverständlich nicht.«

»Sie lügen, Burke. Der Krach zwischen Ihnen und den Slough-Brüdern ist eine Sache, die heiß wurde, als die Produktion zum Drehen nach New York kam, aber die Morde in Los Angeles wurden vorher verübt. Sie müssen über den Täter nachgedacht haben, allein schon aus dem Grund, weil bei allem, was mit Corr zusammenhängt, Millionen im Spiel sind.«

»Ich habe keine Zeit, mich mit dem Geschwätz von Journalisten zu befassen. Alles, was über Corr und die Ermordung irgendwelcher Leute von Reportern zusammengestrickt wurde, ist Sensationsmache aus heißer Luft.«

»Wir sind anderer Meinung, Burke.« Phil wies auf das Foto. »Wir werden herausfinden, von wem dieser Mann umgebracht wurde. Dann sehen wir uns wieder.«

Wir ließen Ron Burke von einem Kollegen abholen und aus dem Hauptquartier bringen. Der schleimige Bastard aus Hollywood war der zweite Gangster innerhalb weniger Stunden, den wir laufen lassen mussten. Unser Job ist nicht jeden Tag ein Vergnügen. Für ein paar Minuten hingen Phil und ich tristen Gedanken nach. Niemand konnte voraussagen, was sich als Nächstes ereignen würde.

Phil hob das Foto des ermordeten L.A.-Reporters auf und sagte: »Wir sollten uns um diesen Mann kümmern, Jerry. Ich glaube, wenn wir den Grund für seine Ermordung herausfinden, werden sich die Rätsel um die anderen Verbrechen leichter lösen lassen.«

»Einverstanden! Reden wir mit Lieutenant Mill!«

Die Unruhe, die um die Stunt-Szene am Trockendock entstanden war, hatte die Aufnahmeteams auf den anderen Drehplätzen des weitläufigen Werftgeländes nur als schwacher Ausläufer erreicht.

Nach kurzer Unterbrechung ließ Ruitberg den zweiten Teil der Szene zwischen Gianna Davies und Anthony Cordtland proben. Er bestand darauf, dass Gianna beim vergeblichen Verführungsversuch nackt agierte.

Vor den Augen von zwei Dutzend Personen streifte sie ihr Kostüm ab, presste sich an Anthony und flüsterte den kurzen Satz, den das Drehbuch vorschrieb.

»Nimm mich, Corr!«

Ruitberg unterbrach die Probe, aber Cordtland hielt Gianna fest und sagte so laut, dass alle es hören konnten: »Ich glaube, ich mache es noch einmal mit dir, Baby.«

Während der zweiten Probe kam Marganoff, der Produzent, und flüsterte mit dem Regisseur. Ruitberg unterbrach wieder.

»Dein Stuntman ist abgestürzt, Anthony!«, informierte Marganoff den Star. »Der Arzt ließ ihn zur gründlichen Untersuchung in ein Hospital bringen. Falls er nicht weitermachen kann, müssen wir seine Szenen so umstellen, dass sie von dir selbst gespielt werden können.«

»Bist du übergeschnappt, Sam? Lies meinen Vertrag! Paragraf dreiundzwanzig! Jede Szene kann abgelehnt werden, deren Risiko Mr. Cordtland zu hoch scheint. Ich mache nichts, was außerhalb meines Vertrags liegt.«

»Verlangt niemand von dir! Wir prüfen, ob wir einen anderen Stunt für Raddek einspringen lassen können, zum Beispiel Cliff McSaw oder Tony Tagger, aber die Jungs haben nicht dein Format, Anthony. Willst du, dass die Leute im Kino in Gelächter ausbrechen, weil Corr in jeder gefährlichen Szene um ein Drittel schrumpft?« Er wandte sich an alle. »Auf jeden Fall wird das ganze Programm abgedreht. Verzögerungen können wir uns nicht mehr leisten. Jeder bleibt am Drehort! Habt ihr das kapiert?«

Er wartete das allgemeine Kopfnicken nicht ab, sondern stürmte davon, um an irgendeinem anderen Platz den Teams einzuheizen.

»Wenn die Stuntnummern kläglich ausfallen, müssen wir

die Nacktszenen schärfer rausbringen, damit der Film nicht den Bach runtergeht«, sagte Ruitberg. »Los, Schätzchen! Zeig, was du zu zeigen hast!«

Viermal »kalt« ohne Kamera, dreimal »heiß« ließ er den kurzen Take durchlaufen bis zu dem Augenblick, da Corr am Rand des Kais die nackte Frau hoch über seinen Kopf stemmte, um sie ins Wasser zu schleudern. An diesem Punkt schnitt Ruitberg, wählte eine ändere Kameraeinstellung, denn nach dem Sturz ins Wasser hätte sich die Aufnahme nicht wiederholen lassen, ohne Gianna mit viel Zeit- und Schminkaufwand neu herzurichten.

»Action!«, schrie er. »Zappel, Baby! Strampel mit den Beinen! Die Leute wollen was sehen!«

Anthony stieß sie von sich. Aus etwa zehn Fuß Höhe schlug Gianna aufs Wasser und hörte Ruitbergs zufriedenes »Gestorben«. Sie schwamm zur Treppe. Zwei Assistenten halfen ihr aufs Trockene, eine Garderobiere hüllte sie in den Bademantel und schlang ihr ein Frottiertuch um den Kopf.

Cordtland verlangte eine Pause.

»Okay«, stimmte der Regisseur zu. »Deine nächste Szene ist ein Nachttake.« Er fragte einen Produktionsüberwacher. »Kommt das Mädchen noch einmal dran?«

»War vorgesehen für einen Stunt mit Raddek am Wolkenkratzer«, lautete die Antwort. »Falls Raddek nicht arbeiten kann, bauen wir um. Gebraucht wird sie auf jeden Fall.«

»Hast du gehört?« Ruitberg sah Gianna an. »Verlass nicht das Gelände! Bring dich in Ordnung und warte ab!«

Er breitete die Arme aus und schrie: »Pause!«

»Boss, ich war sicher, dass ich ihn erwischt hatte.« Zum x-ten Mal schüttelte Mike Ronco den Kopf. »Er fiel vom Kran wie eine abgeschossene Wildziege aus einer Felswand.«

»Du hast ihn nicht erwischt!«, schrie Slough. »Und es war der falsche Mann, nicht Cordtland, sondern nur ein Stunt!«

»Das kann ich nicht glauben, Boss. Ich sah ihn durch das Zielfernrohr. Es war Corr.«

»Natürlich ähnelt ein Double dem Star, du Narr!« Slough schlug mit der Faust auf den Schreibtisch. »Was fehlt, ergänzt der Maskenbildner. Verdammt, es lohnt nicht, darüber zu reden. Auch am falschen Mann hast du vorbeigeschossen.«

Lange nach Einbruch der Dunkelheit waren Mike Ronco und Ken Spall in Sloughs Haus gekommen, und erst von ihrem Boss hatten sie erfahren, dass sie versagt hatten.

Spall, der schwarze Ex-Boxer, unternahm einen Versuch, die Schuld von sich zu wälzen.

»Boss, vielleicht kannten die Schnüffler deinen Plan, weil sie dich abhören. Die Hubschrauber der Coast Guard tauchten so schnell am Himmel auf, als hätten sie auf uns gelauert. Wir konnten gerade noch ins andere Boot überwechseln und das Gewehr über Bord werfen.«

Mit einer unwilligen Handbewegung brachte Slough ihn zum Schweigen. »Wo ist Foret?«

»Er sorgt dafür, dass das zweite Boot verschwindet.«

»Es ist besser, wenn auch ihr für einige Zeit untertaucht. Monatelang werden die Schnüffler mich nicht in Ruhe lassen. Ich muss einen neuen Weg finden, Archies Tod zu rächen.«

Wie geprügelte Hunde schlichen Ronco und Spall aus Sloughs Wohnung. Sie gingen in ihr Apartment. Jeder packte ein paar Sachen ein. Spall holte zehntausend Dollar Bargeld aus einem Versteck und stopfte die Scheine in eine Aktentasche. Ronco besaß eine Kollektion massiver Goldketten und protziger Ringe, die er nicht zurücklassen wollte.

Seit dem Brand funktionierte der Lift nicht. Gemeinsam gingen sie die Treppe hinunter, ohne Sloughs Wohnung noch einmal zu betreten.

»Ich habe die Nase voll von Marvin«, knurrte Ronco. »Ich brauche ihn nicht. Carlo Trettoni wartet darauf, dass ich wieder für ihn arbeite.«

Spall gähnte. »Keine Arbeit für irgendwen in den nächsten Monaten! Ich setze mich nach Florida ab.«

Sie erreichten die Garderobe und strebten zu dem kurzen Flur, an dessen Ende die Tür war. Aus der Öffnung zur ausgebrannten Bar wurden sie angerufen.

»He, Leute!«

Ronco und Spall fuhren herum.

Nur schwach zeichneten sich die Umrisse einer Gestalt in der Dunkelheit ab.

»Ich habe eine Kanone«, sagte der Fremde. Er streckte einen Arm weit vor. Das Licht aus der Garderobe fiel auf eine kurzläufige Tec-MPi, die er mit einer Hand am Griff hielt, den Finger am Drücker.

Mike Ronco trug einen Colt im Schulterholster, aber er sah keine Chance, ihn in die Finger zu bekommen. Er verlegte sich aufs Reden.

»Wer bist du? Was soll der Unsinn?«

»Umdrehen!«

Sie gehorchten. Ronco redete weiter.

»Brauchst du Geld? Okay, darüber lässt sich verhandeln.«

Er hörte das Geräusch der Schritte, spürte, dass der Mann die Dunkelheit der Bar verlassen hatte, und während er immer weitersprach, winkelte er den Arm etwas an, versenkte die Hand in den Jackenausschnitt und näherte sich mit den Fingern dem Griff seiner Waffe.

»Wo ist Slough?« Die Stimme des Fremden klang wie heiseres Donnergrollen.

Roncos Finger schlossen sich um den Griff. Er biss die Zähne aufeinander, riss die Waffe aus dem Holster und wollte sich herumschnellen.

Der Schlag traf seinen Nacken mit der Wucht und der Härte einer Ramme. Ronco wurde weit in die Garderobe geschleudert. Er stürzte, schlug schwer aufs Gesicht und spürte von allem, was geschah, nichts.

Spall schaffte es, sich umzudrehen. Er sah die erneut niedersausende Faust, deren Schlag ihm galt. Die in seinen

Boxerjahren trainierten Reflexe retteten ihn. Sein Kopf zuckte zur Seite, und wie er es im Ring gelernt hatte, konterte er: hochgerissener rechter Haken zum Kinn, wuchtige Gerade in den Körper.

Spalls Fäuste trafen, aber sie bewirkten nichts. Er wurde gepackt, hochgerissen und gegen die Schachttür des Fahrstuhls geschleudert. Der Anprall warf ihn nach vorn auf die Knie. Er wollte aufspringen, wie er im Ring nach einem Niederschlag aufgesprungen war und weitergeboxt hatte.

Ein Fußtritt traf seine Brust. Spalls Rippen brachen. Schrecklicher Schmerz löschte sein Bewusstsein aus.

Drei Etagen höher hatte Slough den Fernsehapparat eingeschaltet und verfolgte die Fernsehnachrichten des Lokalsenders.

»Am Nachmittag ereignete sich bei den Dreharbeiten zum siebten Corr-Film ein Zwischenfall«, sagte der Sprecher. »Ein Stuntman stürzte vom Querträger eines Portalkrans. Da unser Team die Geschehnisse auf dem Gelände der Todd-Werften von See her beobachtete, können wir Ihnen sensationelle Bilder von …«

Ein lautes Krachen ließ Marvin Slough zusammenschrecken. Er erkannte nicht die Bedeutung. Als es sich wiederholte, als Holz zersplitterte, begriff er, dass die Tür zu seiner Wohnung mit brachialer Gewalt aufgebrochen wurde.

Er stürzte zum Schreibtisch, in dessen oberster Schublade eine entsicherte 45er-Pistole lag.

Er hörte Schritte. Die Flügel der Doppeltür sprangen auf. Der Anblick der Erscheinung lähmte Marvin Slough für eine Sekunde, die entscheidende Sekunde. Er riss sich aus der Erstarrung, warf sich gegen den Schreibtisch, zerrte die Schublade auf und sah seine Waffe. Zu fassen bekam er sie nicht.

Er wurde gepackt, wurde weggerissen, hochgestemmt wie ein lebloser Gegenstand und dann auf die Platte des Schreibtischs geschleudert.

Schmerzgebrüll brach aus seiner Kehle. Unfähig zu jeder

Gegenwehr starrte er in das Gesicht, das über ihm auftauchte wie die Fratze eines schrecklichen Götzenbildes. Eiserne Fäuste schlossen sich um seinen rechten Arm und sein rechtes Bein. Wieder riss ihn unwiderstehliche Kraft hoch, wuchtete seinen Körper in die Luft und schmetterte ihn zurück auf die marmorne Platte des Schreibtischs!

Alte Polizistenregel: Wenn du über eines toten Mannes letzte Lebensstunden etwas in Erfahrung bringen willst, klappere die Umgebung des Ortes ab, an dem er gefunden wurde.

Mike Thayers Blutuntersuchung hatte einen stolzen Alkoholgehalt aufgewiesen. Er musste also vor seiner Ermordung einige Drinks getankt haben.

Seit Stunden hielten Phil und ich, jeder im Alleingang, Barmixern, Serviermädchen und Türstehern Bilder von Mike Thayer vor die Augen. Wir ernteten Kopfschütteln, Achselzucken und jede andere Form der Verneinung. Nach ein paar Stunden fragt man sich, was eigentlich den Beruf eines G-man von dem eines Hausierers unterscheidet.

Eine knappe Stunde vor Mitternacht betrat ich einen Nightclub, der gerade erst geöffnet hatte. Der Laden hieß »Pam's Corner«, und Pam, eine prächtige Rothaarige im hautengen Glitzerfummel, hantierte selbst hinter der Theke.

Ich zeigte ihr Thayers Foto.

»Er war letzte Nacht hier«, sagte Pam. »Versuchte, mich anzumachen, sagte, er stehe auf Rothaarige. Auch seine aktuelle Freundin sei eine Rothaarige.«

»Wann ging er?«

»Ungefähr um zwei Uhr.«

»Allein?«

»Ja, obwohl er jedes Mädchen abschleppen wollte, das sich bei mir aufhielt. Er sagte, er habe ein Hotelzimmer in der Nähe.«

»Erinnern Sie sich an den Namen des Hotels?«

Pam lächelte. »Wie viel Belohnung gibt es, wenn ich mich erinnere?«

»Ich verbringe meinen nächsten freien Abend in Ihrer Bar.«

»Ich weiß es, weil er mich fragte, ob ich nicht für einen Quicky mitkommen könne. Cedar Hotel, 48th Street.«

»Danke, Pam! Sie sehen mich wieder.«

Über das Walkie-Talkie rief ich Phil.

»Volltreffer! Wo bist du? Ich hole dich.«

Er nannte eine Straßenkreuzung. Ich holte ihn ab. Nur Minuten später standen wir in der bescheidenen Halle des Cedar Hotels dem Geschäftsführer gegenüber. Nach einem Blick auf den Computerbildschirm beantwortete er unsere Frage.

»Mr. Mike Thayer? Zimmer 702.«

Er fuhr mit uns zur 7. Etage und öffnete Zimmer 702.

Die Durchsuchung dauerte dreißig Sekunden. Phil entdeckte ein Album mit zwei Dutzend Hochglanzfotos in Klarsichthüllen. Vermittlungsagenten für Schauspieler legen solche Alben ihrer Klienten den Besetzungsbüros von Filmgesellschaften vor.

Alle Fotos zeigten eine attraktive, rothaarige Frau.

Ihr Name stand auf jeder Hülle. Gianna Davies.

Zweimal hatten wir sie in Corrs Armen gesehen, einmal privat und einmal beruflich.

Es war die Frau, die Anthony Cordtland aus Burkes Apartment getragen und mit der er heute die Szene auf dem Kai gespielt hatte.

»Sorgen Sie dafür, dass niemand das Zimmer betritt, bis die Polizei es versiegelt hat«, bat ich den Geschäftsführer.

Am Armaturenbrett des Jaguar flackerte das Ruflicht.

Ich meldete mich bei der Zentrale.

»Nachricht der City Police, Mordkommission«, sagte der Kollege vom Dienst. »Vor einer halben Stunde wurde Marvin Slough tot in seiner Wohnung gefunden. Vermutliche Todesursache: Mord.«

Um elf Uhr kam ein Assistent und rief Giannas Namen. »Ich bring dich in die Maske. In einer Stunde wird deine Szene gedreht.«

Nach der Aufnahme am Kai hatte Gianna heiß und gründlich geduscht. Ihr Haar war neu hergerichtet worden. Sie hatte das Reservekostüm angezogen, einen Bademantel übergeworfen und in der Kantine ein wenig gegessen. Seitdem wartete sie im so genannten Ruhe-Container.

»Wie sieht die Szene aus?«, erkundigte sich Gianna, während sie neben dem Assistenten in einem kleinen japanischen Jeep saß.

»Unverändert. Vor einer halben Stunde meldete sich Raddek beim Stab zurück, sagte, er sei okay und könne alle Stunts machen. Der Bursche ist wirklich aus Stahl. Ich war dabei, als er aus fünfzig Fuß Höhe in das Dreckwasser klatschte, und dachte: Nun ziehen sie dir fünf Dollar für seinen Kranz ab.« Er beugte sich zu Gianna und flüsterte. »Es geht ein Gerücht, es wäre auf Raddek geschossen worden.«

Er wartete, bis Gianna von einer Visagistin neu geschminkt worden war, und fuhr sie zur Wolkenkratzerruine.

Grelles Licht aus einem Dutzend verschiedenfarbiger Scheinwerfer verwandelte den Triconell-Bau in den zerstörten Palast einer Fantasywelt.

Vor dem Gebäude liefen die Vorbereitungen für den Stunt, aber der erste Teil der Szene spielte in der Ruine. Über breite, geländerlose Betonstufen führte der Assistent sie in die sechste Etage.

Auf der riesigen Fläche ohne Zwischenwände, unterbrochen nur von Stahlträgern, hatten die Filmarchitekten mit Requisiten und Kulissen ein bizarres Lager gebaut, in dessen Mitte ein hoher Holzstapel ragte, über dem ein mächtiger Kupferkessel hing. Drei Kamerateams waren in Stellung gegangen. Von einem Gerüst leuchteten Scheinwerferbatterien die Szene aus. Dicke Kabelstränge der Stromversorgung schlängelten sich auf dem kahlen Boden.

Wie immer vor Drehbeginn wurden in hysterischer Hast letzte Vorbereitungen getroffen, Beleuchtungen verändert, und irgendwie schien jeder jeden anzuschreien.

Brenda Marshall wartete auf dem Set. Als Kostüm trug sie einen Rock aus fußlangen Perlenschnüren, die sich bei jedem Schritt teilten und ihre Schenkel freigaben. Abgesehen von einem goldenen Stirnband und einigen schaukelnden Halsketten bestand alles andere aus der eigenen, nackten Haut.

Ruitberg, der Regisseur, übernahm das Kommando und ließ seinen Assistenten durchs Megafon brüllen. »Ruhe auf dem Set!«

Er winkte Gianna zu sich.

»Der Inhalt der Szene sieht so aus: Corr hat dich abblitzen lassen und ins Wasser geworfen. Wild auf Rache, hast du dich in seinen Palast geschlichen und gehst mit einem langen Speer auf ihn los.« Er schrie. »Wo ist der verdammte Speer?«

Ein Requisiteur brachte eine Lanze mit goldglänzender Spitze.

»Du versuchst ihm das Ding in die Figur zu rammen. Er weicht zurück. Ihr nähert euch der fehlenden Mauer. Corr lässt dich ins Leere laufen. Du würdest abstürzen und dir den Hals brechen, aber da er viel zu edel ist, eine Frau in den Tod stürzen zu lassen, fängt er dich ab und rettet dich im gemeinsamen Sturz.«

Ruitberg wies auf den Holzstapel.

»Wenn wir drehen, wird das Feuer brennen. Brenda kocht Corr ein Süppchen. In den Kampf greift sie nicht ein, außer dass sie Corr vor dir warnt und dann ein bisschen herumschreit, während du nach ihm stocherst. Wir drehen den ersten Teil mit vier Schnitten. Bei drei Takes bist du mit Anthony auf dem Set. Den letzten Take machst du mit seinem Stuntman. Euren Sturz drehen wir gleichzeitig von unten in Zeitlupe.«

Er stockte, trat einen Schritt zurück, starrte Gianna an und brüllte los: »Welcher Idiot schickt mir das Mädchen, als käme es aus einem Schönheitssalon? Habt ihr vergessen, dass sie von Corr ins Wasser geworfen wurde? Glaubt ihr, sie hätte sich extra das Haar geföhnt und das Make-up erneuert, um ihn abzumurksen?«

Ein Assistent wagte einen schüchternen Einwand. »Mark, Sie selbst haben angeordnet, dass ...«

»Einen Dreck habe ich!«

»... außerdem war sie nackt, als Corr sie ins Wasser warf.«

Ruitberg brachte seinen Wutanfall abrupt zum Stillstand, legte den Kopf schräg und rieb sich das Kinn.

»Richtig!«, sagte er laut. »Kein schlechter Gedanke, sie so weitermachen zu lassen.« Er schüttelte den Kopf. »Nein, so viel nackte Haut kriegen wir bei der Zensur nicht durch. Gießt ihr einen Eimer Wasser über den Kopf! Das muss genügen.«

Genau das geschah. Die Garderobiere und zwei Assistenten führten Gianna aus der Dekoration. Irgendwer füllte Wasser aus den ausgelegten Feuerwehrschläuchen in einen Plastikeimer und sagte: »Augen zu, Baby!«

Das Wasser ergoss sich über Giannas Kopf und Oberkörper. Es war eiskalt.

Als Gianna die Augen öffnete, sah sie, umringt von seinem Stab, Anthony Cordtland, nein, den gewaltigen Corr, Held und Herrscher einer untergehenden Welt, groß und mächtig durch die Kraft seines Hünenkörpers. Die Muskelberge wölbten sich unter der bronzenen Haut. Schwarzes, glänzendes Haar fiel in Wellen zu den breiten Schultern, und die rote Narbe schien zu glühen.

Der Regisseur ging ihm entgegen und rief. »Hi, Anthony!«

Cordtland reckte die Arme, gähnte und knurrte den Regisseur an: »In spätestens einer Stunde will ich im Bett liegen, Mark!« Er wies auf die kahle Betontreppe. »Oder du kannst auch alle Großaufnahmen mit Willard drehen.«

Es war, als käme Corr zum zweiten Mal, dieselbe Gestalt,

dasselbe Kostüm, dasselbe Haar, die rote Narbe über dem Auge.

Beifallklatschen und Bravorufe!

Alle wussten, dass Willard Raddek, Corrs Stuntman, am Tag einen Unfall gehabt hatte. Sie applaudierten, weil er trotzdem antrat.

Ruitbergs Regieassistent kommandierte übers Megafon.

»Technisches Personal raus aus der Szene, Achtung! Probe!«

»Den Schwarzen haben wir abtransportiert«, sagte Mill und wies auf die Stelle, an der Ken Spall gefunden worden war. »Er lebte, aber der Doc zweifelt daran, dass er durchkommt. Sein Brustkorb sei zertrümmert, als habe ein Pferd auf ihm herumgetrampelt.«

Im grellen Licht der Standscheinwerfer lag Mike Ronco, das Gesicht in einer Blutlache.

»Genickbruch«, erläuterte der Lieutenant. »Der Mann, der hier wütete, brachte zwar eine Tec-MPi mit, aber er benutzte sie nicht. Wir fanden sie mit vollem Magazin. Er bevorzugt Handarbeit.«

»Wie kam er herein?«, fragte Phil.

»Er brach ein vernageltes Fenster an der Hofseite auf.«

»Woher wollen Sie wissen, dass nur ein Killer am Werk war?«

Mill fuhr sich mit beiden Händen durchs eisgraue Haar.

»Ich weiß es nicht«, brummte er. »Ich spüre es einfach irgendwo in meinem Bauch. Geht rauf und seht euch an, was er oben angerichtet hat.«

In Marvin Sloughs Wohnung brannten sämtliche Lampen. Männer der Spurensicherung durchsuchten alle Räume.

Slough lag in verrenkter Haltung auf seinem Schreibtisch. Die Marmorplatte war vom Blut verschmiert, das aus Mund, Nase und dem gebrochenen Schädel geflossen war.

Der Arzt, der die Untersuchungen bei den anderen Opfern durchgeführt hatte, sagte: »Noch nie habe ich in so kurzer Zeit so viele Tote gesehen, die ohne Waffen umgebracht wurden. Normalerweise schießen Killer. Spezialisten unter den Latinos benutzen hin und wieder Messer, und die Primitiven, die mit einer Eisenstange oder einem Stuhlbein arbeiten, lassen ihr Werkzeug immer am Tatort zurück. Ich sage euch, wie er umgebracht wurde.« Der Doc zeigte auf Marvin Slough. »Er wurde wieder und wieder auf diese Marmorplatte geschmettert und hat zahlreiche Knochenbrüche davongetragen.«

»Sie haben Ken Spall untersucht. Wird er überleben?«

»Er hat eine knappe Fünfzig-Prozent-Chance, weil er schon kurz nach der Tat gefunden wurde. Einem Cop fiel die offene Tür auf.«

Ich sah Phil an. Er erriet meine Absicht.

»Zu den Werften? Okay!«

Zwei Minuten später jagte ich den Jaguar mit hoher Geschwindigkeit durchs nächtliche New York. Kurz vor Mitternacht erreichten wir die Todd-Werften.

Angestrahlt von vielfarbigen Scheinwerfern, zeichnete sich die Wolkenkratzerruine gegen den Nachthimmel ab. Bereitwillig räumten die Bewacher der Zufahrtsstraße die Sperre weg. Ich steuerte meinen Wagen an den Unterkunfts- und Arbeitscontainern der Filmcrew vorbei bis an den Triconell-Bau.

Im künstlichen Regenbogenlicht arbeiteten zwei oder drei Dutzend Leute an der Vorbereitung einer Aufnahme. Zwei Schwenkkameras waren aufgebaut. Techniker überprüften eine große, luftgefüllte Aufprallvorrichtung.

Ich fing einen Mann im Overall ab.

»Wo sind Cordtland und sein Stuntman?«

»Im Set auf der sechsten Etage.«

Von den bunten Scheinwerfern drang genug Licht durch leere Fensteröffnungen und fehlende Seitenwände in die Ruine. Über die unfertigen Treppenläufe arbeiteten wir uns zur 6. Etage hoch. Stimmengewirr schlug uns entgegen. Ein Mann rief: »Wir drehen! Klappe!«

Irgendwer schrie: »Corr 205! Erster Take!«

Uns bot sich ein bizarrer Anblick.

Auf der Betonfläche brannte ein großer Holzstoß, in dessen Nähe eine dunkelhäutige Schauspielerin schrille Schreie ausstieß. Auf der anderen Seite des Feuers wich Corr den wütenden Angriffen einer rothaarigen Frau aus, die versuchte, ihm einen Speer in den Körper zu rammen. Nicht nur das Feuer beleuchtete die Szene. Trickscheinwerfer ahmten das Geflacker der Flammen nach und lieferten die nötige Helligkeit für die Kameras.

Hinter den Kameras standen zwanzig, dreißig Männer und Frauen der Filmcrew, Assistenten, Scriptgirls, Kulissenarbeiter usw. Ruitberg, der Regisseur, unterbrach nach kaum einer Viertelminute, sprang vom Regiestuhl und rannte in die Szene.

»Anthony, das sieht nicht gefährlich genug aus!«, kläffte er. »Du darfst nicht einen Schritt zur Seite gehen, bevor sie zustößt. Ich verlange eine Blitzreaktion in letzter Sekunde. So will das Publikum Corr sehen!«

»Ich lass mich nicht von ihr aufschlitzen!«, brüllte Cordtland. »Wenn du Stunteffekte verlangst, dann setz gefälligst Willard ein. Schneid ein paar Großaufnahmen von mir dazwischen, und alles ist in Ordnung! Komm her, Rad!«

Der Stuntman erhob sich von einem Stuhl. Er trug das Corr-Kostüm, und der Maskenbildner hatte sein Gesicht zur fast perfekten Kopie von Cordtlands Aussehen verändert. Als er sich neben den Star stellte, waren die Männer kaum voneinander zu unterscheiden.

»Okay, Anthony«, sagte er halblaut, »auf etwas mehr Drecksarbeit für dich kommt es nicht an!«

Phil und ich schoben einige Leute aus dem Weg und traten in das Flackerlicht aus Scheinwerfer und Feuer.

»Für einige Minuten muss der FBI die Regie übernehmen«, sagte ich.

Ruitberg riss den Mund auf und wollte losbrüllen. Phil stieß ihm den Zeigefinger vor die Brust und sagte ruhig: »Das ist eine FBI-Aktion. Wer sie behindert, riskiert ein halbes Jahr Knast.«

Ich wandte mich an die rothaarige Frau.

»Sie sind Gianna Davies. Wann haben Sie den Journalisten Mike Thayer zuletzt gesehen?«

Sie senkte den Blick und flüsterte: »Gestern Abend.«

»Einige Stunden später wurde er ermordet. Wer wusste von ihrer Beziehung zu Thayer?«

»Niemand.«

»Wer kann die Begegnung mit ihm beobachtet haben? Anthony Cordtland?«

»Verdammt, was wollt ihr mir anhängen?«, schrie der Star.

Gianna Davies schüttelte den Kopf.

»Anthony war in seinem Apartment. Er hatte mich hinauswerfen lassen. Ich ging zu Mike, weil ich wütend über Anthonys Verhalten war.«

Der Star und sein Stuntman standen nebeneinander, zwei große, muskelstrotzende Männer, die sich ähnelten wie Zwillinge, aber mit jedem Schritt, den ich näher kam, verringerte sich die Ähnlichkeit. Unter den dicken Schminkschichten zeichneten sich die eigenen Gesichter ab.

»Sind Sie Gianna Davies gefolgt, Raddek?«

Er antwortete nicht.

»Wurden Sie geschickt? Von wem? Von Cordtland? Oder von Ron Burke?«

Alle hielten den Atem an. Nur das Knistern des brennenden Holzes war zu hören.

»Wann haben Sie das Krankenhaus verlassen, Raddek? Wer brachte Sie zum Desiree-Club? Ron Burke? Besorgte er Ihnen die Tec-Maschinenpistole? War er der Auftraggeber für all diese Morde?«

Schritt für Schritt wich Anthony Cordtland von seinem Stuntman zurück.

»Ich verhafte Sie unter Mordverdacht, Willard Raddek«, sagte ich. »Ein Mann im Desiree-Club hat das Killing überlebt. Sie werden ihm gegenübergestellt.«

Der aufzuckende Funke in seinen Augen warnte mich. Ich sprang zurück. Der wilde Schwinger streifte mich nur, trotzdem fegte er mich von den Füßen.

Phil brüllte: »Keinen Widerstand, Raddek! Ich schieße!«

Ich rollte mich um die eigene Achse und zerrte den 38er aus dem Holster, weil ich glaubte, er würde mich angreifen, aber er stürzte sich auf Cordtland, auf den Star, für den er in sechs Filmen sein Leben riskiert hatte.

Sie waren gleich groß. Ihre Oberarme hatten das Format von Männerschenkeln. Muskelstränge wölbten sich unter ihrer Haut zu Gebirgen. Wenn sie gegeneinander kämpften, musste ein Kampf von Titanen ausbrechen.

Nichts dergleichen geschah. Mit beiden Fäusten stieß Raddek den Star vor die Brust. Cordtland taumelte, stolperte und fiel rücklings in das Feuer. Der brennende Holzstapel brach unter ihm zusammen. Funken sprühten. Cordtland schrie, wälzte sich herum im verzweifelten Versuch, aus dem Feuer rauszukommen.

Das Chaos war unbeschreiblich. Menschen flüchteten in alle Richtungen. Ein Scheinwerfer zerplatzte. Eine Kamera stürzte um. Beherzte Männer sprangen zum Feuer in der Absicht, Cordtland zu helfen, aber niemand dachte daran, zusammen mit uns Raddek zu stoppen.

»Bleib stehen! Ich schieße!« Phils Warnung durchdrang kaum das panische Geschrei der vielen Leute.

Raddek wandte sich nach links, dann nach rechts wie ein Tier auf der Suche nach einem Ausweg aus der Falle, und immer war irgendjemand zu dicht bei ihm, zu sehr in der Schusslinie.

Ich sprang auf, den 38er in der Hand, sah, wie Raddek den Stahlständer eines Spotscheinwerfers packte und gegen Phil schleudert.

Phil feuerte einen Warnschuss in die Luft.

In langen Sätzen rannte Cordtlands Stuntman zu der weiten Öffnung zwischen zwei Pfeilern, eine Stelle, an der die Außenwand fehlte und nicht einmal ein Sperrseil den Boden vom Abgrund trennte. Nur die Außenscheinwerfer, die die Ruine anstrahlten, füllten das scheunentorgroße, leere Rechteck mit vielfarbigem Lieht.

»Gib auf!« Ich überbrüllte den Lärm.

Raddek reagierte nicht. Ich senkte die Waffe, zielte auf seinen Oberschenkel und zog durch.

Ich traf. Sein Bein knickte weg. Aber das stoppte ihn nicht. Er schleifte das Bein nach, erreichte den Rand, stieß sich ab und warf sich in das Licht, das ihn ebenso vollständig verschlang wie eine Finsternis.

Phil und ich rannten zur Öffnung und klammerten uns an die Streben des Stahlpfeilers, um nicht selbst abzustürzen.

Die Scheinwerfer blendeten. Wir hörten die Menschen schreien. Schemenhaft sahen wir, wie sie zu einer Stelle rechts von der luftgefüllten Auffangvorrichtung rannten.

»Willard Raddeks letzter Stunt ist misslungen«, sagte Phil.

So war es.

Als wir unten ankamen, sahen wir den Körper drei Yards neben der Auffangvorrichtung liegen.

Mit tränenerstickter Stimme sagte ein Mann: »Er streifte den Schwenkarm des Kamerakrans und …«

Wir verhafteten Ron Burke in seinem »Topas«-Apartment. Auch Anthony Cordtland, der von Kopf bis zu den Füßen mit Brandsalbe eingeschmiert im Krankenhaus lag, wurde unter Bewachung gestellt.

Die Medien stürzten sich auf jeden, der bei den Nachtaufnahmen mitgewirkt hatte, und sei es nur als Kabelleger. In Hunderten Artikeln, TV-Berichten, Kommentaren wurden Vermutungen, Meinungen, Erklärungen verbreitet. Wie immer bei sensationellen Verbrechen, deren Aufklärung unvollständig geblieben ist, konnte jeder ungestraft seine Version der Geschichte unter die Leute bringen.

Professoren der Psychologie traten vor die Fernsehkameras und redeten über Willard Raddeks Motive. Sie behaupteten, Raddek habe sich so in Corrs Rolle hineingesteigert, dass er Film und Wirklichkeit nicht mehr auseinander hielt. Wer sich erdreistete, das Image dieser Fantasygestalt anzutasten, wurde von ihm vernichtet. Die Frauen, die im Film Corrs Geliebte darstellten, beanspruchte auch er als Geliebte in der Realität. Verweigerten sie sich, tötete er sie. Sah er sie mit anderen Männern, tötete er den Mann aus Eifersucht. An Marvin Slough und dessen Leuten rächte er sich, weil sie gewagt hatten, ihn, den gewaltigen Corr, anzugreifen.

Vielleicht steckte in solchen Erklärungen eine Menge Wahrheit. Phil und ich hielten uns an Tatsachen. Dass Willard Raddek die Morde im Desiree-Club begangen hatte, stand fest, als Sloughs Bodyguard, Ken Spall, ihn nach Fotos identifizierte.

Wir glaubten, dass er nicht aus eigenem Antrieb, sondern im Auftrag von Ron Burke gehandelt hatte.

Vielleicht war Raddek tatsächlich ein Psychopath gewesen, aber dann hatte Burke davon gewusst und es eiskalt ausgenutzt. Wir wollten Ron Burke wegen Anstiftung und Beihilfe zum Mord vor dem Richter sehen.

Es gelang nicht. Die Öffentlichkeit hatte sich darauf geeinigt, Willard Raddek als einen Verrückten anzusehen, und der Staatsanwalt ließ sich von der allgemeinen Meinung anstecken und zog die Anklage zurück. Ronald Burke wurde aus dem Untersuchungsgefängnis entlassen und flog nach Los Angeles.

Cordtlands Brandwunden machten ihn für die Rolle des Corr untauglich. Irgendwelche Leute im Hintergrund, die das Geld und das Sagen hatten, bliesen die Produktion ab.

Die Sensationswelle verebbte.

Als uns Hugh Ryker, unser Kollege in Los Angeles, eines

Tages anrief, waren Phil und ich längst mit einem anderen Fall beschäftigt.

»Ich will euch informieren, dass Ron Burke vergangene Nacht in seiner Villa erschossen wurde«, sagte er. »Die Caracas-Connection verzeiht Fehler ebenso wenig wie damals die Mafia, als sie Bugsy Siegel hinrichtete.«

ENDE

Mafia-Sinfonie

»Tanz diesen Tango mit mir, Jerry Cotton!«

Ich träumte. Oder diese Frau war verrückt. Eine andere Erklärung gab es nicht. Denn es war kalt, dunkel und stürmisch auf dieser Plattform am East River. Schaumgekrönte Wellen klatschten gegen den Ponton. Böen pressten uns die Kleidung an den Leib.

Und der Hubschrauber kam und kam nicht.

Marla schmiegte sich die ganze Zeit an mich. Sie hatte ihren Mantel geöffnet und um mich geschlossen. Ich spürte jeden Muskel ihres Körpers. Und wieder hauchte ihre Stimme in mein Ohr, auf diesem verdammten, wetterumtosten Hubschrauberlandeplatz.

»Du erinnerst dich, Jerry, mein Lieber? Auf meiner Party, als alle schon weg waren, da hab ich ihn dir vorgespielt – diesen argentinischen Tango.«

Sie summte die Melodie, während sie ihre Wange an meine Bartstoppeln legte. Langsam, als müsste sie mich behutsam überzeugen, begann sie mit den Tanzschritten. Ich fragte mich, wozu diese Frau mich noch bringen würde. In einer eisigen New Yorker Nacht tanzte ich Tango auf einem Ponton am East River – mit der Frau des mächtigsten Mafia-Bosses, den diese Stadt je erlebt hatte. Es war ein grandioses, tödliches Schauspiel, an dem ich teilnahm. Alle Beteiligten spielten sich gegenseitig etwas vor, versuchten mit allen Mitteln, den jeweils anderen hereinzulegen. Nach dem Drehbuch würde am Ende aber nur eine Person überleben. Marla Ramone.

Denn dieses Drehbuch, dieser teuflische Plan stammte von ihr selbst.

Dagegen konnte am allerwenigsten ihr Mann etwas tun. Denn er saß im Gefängnis. Seine persönliche Niederlage ermöglichte erst den Größenwahn seiner Frau.

Dieser Tango, den sie mit mir in ihrem Mantel veranstaltete, war eine halbe Vergewaltigung. Himmel, ja, sie gehörte zu den wenigen Frauen auf dieser Welt, die imstande waren, einen Mann zu vergewaltigen!

Jäh flammten Scheinwerfer wie riesige Blitzlichter auf.

Marla zuckte zusammen und klammerte sich fester an mich. Wir standen wie ertappte Sünder.

Das gleißende Licht kam von der Landseite des Pontons. Vier schwere Limousinen. Die Wagen schwankten in ihrer weichen Federung. Umrisse von Männern schoben sich in die flirrenden Randzonen der Lichtkreise. Die Männer trugen dunkle Hüte und Mäntel wie in den alten Al-Capone-Filmen. Natürlich fehlten auch die Maschinenpistolen nicht.

Aber dies war kein Film – es war der Wirklichkeit gewordene Albtraum.

Und wir brauchten nicht zu glauben, dass sie ihre MPis hergekarrt hatten, um Platzpatronen in die Gegend zu ballern. Es gab eine Menge Leute, bei denen sich Marla unbeliebt gemacht hatte. Jetzt musste sie die Suppe auslöffeln. Mein persönliches Pech, dass ich ihr dabei Gesellschaft leistete. Und sehr wahrscheinlich musste ich am Ende auch gemeinsam mit ihr den Löffel abgeben. Es sah verdammt danach aus.

Marla zitterte. Ihre Hände krallten sich in meinen Anzug und verkrampften sich. Ich stand noch immer in ihrem Mantel, dem teuren Nerz. Ich zog meinen Revolver, ohne dass die Streitmacht es sah. Ob es was nützte, war eine andere Frage.

Hölle und Teufel!

Die Sekunde dehnte sich zur Ewigkeit.

Die MPi-Schwenker waren clever. Sie verteilten sich, schwärmten aus und gingen auf Abstand voneinander. Doch sie blieben am Rand der Lichtkegel, wo ich sie wegen der Blendwirkung nur verschwommen erkennen konnte. Dabei hatten sie so große Vorsicht gar nicht nötig. Immerhin standen ihre Chancen zwei zu eins. Mindestens. Wenn nicht besser. Denn die Frage war, ob ich überhaupt alle sechs Kugeln aus dem Lauf kriegte.

Diese hochgerüstete Armee, die mir da gegenüberstand, war zwölf Mann stark. Drei aus jedem Wagen. Die Fahrer waren dringeblieben, um schnell durchstarten zu können, wenn der Job erledigt war.

Die Gedanken durchzuckten mich, jagten sich, rotierten umso schneller in meinem Kopf, je stärker Marla zitterte. Ob ich vier, fünf oder sechs von den Kerlen mit auf die Reise nahm – wo lag der Unterschied? Ich konnte nur einmal sterben. Außerdem gab es keine Augenzeugenberichte aus dem Jenseits. Konnte man Triumphgefühle überhaupt noch auskosten, wenn man erst mal drüben war?

Marla begann zu wimmern. Ihre Todesangst brach durch. Wenn sie sich in Hysterie steigerte, war alles zu spät. Dann hatte ich sie am Hals wie eine Klette. Dann konnte ich mich gleich hinstellen wie ein Delinquent vor das Erschießungskommando.

Diese ewige Sekunde hielt immer noch an. Wie eine Zeitlupenaufnahme.

Sie kosteten es aus, genossen ihre Überlegenheit. Vielleicht saß Marlas Todfeind in einem der Wagen. Vielleicht wollte er Jack Ramones größenwahnsinnige Frau hören, wie sie um ihr Leben winselte. Und dabei spielte es vor der Öffentlichkeit keine Rolle, wenn ein G-man gleich mit umgelegt wurde. Ein FBI-Beamter, der sich mit der Ehefrau eines inhaftierten Mobsters einließ, kassierte garantiert auch Bestechungsgelder. Auf so einen konnte die Gesellschaft verzichten.

»Marla!«, zischte ich. »Hör mir zu!«

Sie wurde still. Doch ihr Zittern ließ nicht nach. Es übertrug sich auf mich, weil sie sich mit der Kraft einer Ertrinkenden an mich klammerte. Ich wäre nicht mal in der Lage gewesen, einen sicher gezielten Schuss abzugeben. Ich wollte Marla sagen, dass wir das Unmögliche versuchen mussten hinter die einzig erreichbare Deckung fliehen. Das war die Kiste mit Rettungsringen und Schwimmwesten, fünf Yards hinter uns. Die flache Holzbude auf der anderen Seite des Pontons war zehnmal so weit entfernt. Indiskutabel für uns.

Ich begann, mich rückwärts zu bewegen, kaum merklich, Stück für Stück, und ich zog Marla mit mir. Sie schien zu begreifen. Den Revolver nahm ich in die linke Hand. Ich schob den rechten Arm durch Marlas Umklammerung. Die tarnende Weite ihres Nerzes war der einzige kleine Vorteil, den wir hatten.

»Wenn ich ›Los!‹ sage ...«, setzte ich an.

Der Rest der Erklärung blieb mir im Hals stecken.

»Feuer!«, brüllte einer.

Ich hatte nur die Zehntelsekunde, die sie zum Reagieren brauchten.

Ich riss Marla herum und sprintete los. Marla schrie, als wollte ich sie entführen. Ihre Füße kamen nicht mit. Sie verlor einen ihrer italienischen Hochhackigen, stolperte und hing noch schwerer in meinem Arm. Und lausige zwei Yards hatten wir erst geschafft.

Die erste MPi bellte los.

Ich tat eine Menge gleichzeitig. Schwenkte den Smith & Wesson im Laufen. Duckte mich. Zog auch Marla tiefer. Schlug Haken. Mit der Last eines fallenden Mädchens war das verdammt nicht einfach.

Noch zwei Yards.

Die ersten Kugeln hieben in die Planken, hinter uns, aber schon höllisch nahe.

Ich drehte den Oberkörper noch ein Stück und feuerte. Der 38er blaffte ins grelle Licht der Scheinwerfer. Im selben Moment setzte der ganze Chor ein. Heiser hackend und rasend vor Wut klang dieses Gebell, wie von einem Rudel stählerner Pitbulls. Sie hatten diese teuflische Fähigkeit, einem die Fangzähne aus Blei in den Körper zu schlagen – auf zwanzig Yards Entfernung genauso wie auf hundert.

Das Blei prasselte ins Pontonholz. Splitter flogen uns um die Ohren. Ich spürte das scharfe Zischen von zwei oder drei Projektilen. Die Kerle fingen an, sich einzuschießen.

Marla kreischte vor Entsetzen. Ihre Stimme schrillte in mein Ohr. Sie wollte sich losreißen, wollte sich hinwerfen.

Der gottverdammte Nerz flatterte um uns herum. Ich fluchte.

Noch einen Yard.

Das Hämmern zerfetzte die Nerven. Ich tat das Einzige, was uns noch retten konnte. Ich riss Marla mit mir zu Boden – grob, und ohne Rücksicht auf Verluste. Ihr Geschrei endete. Wenn sie sich das hübsche Gesicht verschrammte, würde sie das eher verkraften, als hier, in einer spätwinterlichen Nacht am East River, ihr Lotterleben auszuhauchen.

Ein wahrer Schwarm von Geschossen fauchte über uns hinweg – hüfthoch, brusthoch, präzise da, wo wir uns eben noch in der Senkrechten befunden hatten.

Marla war schlaff wie ein nasser Sack. Ich schleifte sie mit mir, robbte, so schnell ich konnte. Uns blieb nur noch diese halbe Sekunde. Höchstens. Schon spürte ich es wieder, dieses Sengen der Projektile, wie es sich senkte, immer näher kam. Die kantigen Umrisse der Kiste füllten mein Gesichtsfeld aus. Endlich. So musste einem Kapitän ein schützender Hafen erscheinen, wenn er es schaffte, die kochende See bei Windstärke zwölf hinter sich zulassen.

Und wieder prasselten die Kugeln in die Planken. Wir waren schon ein gutes Stück hinter der rettenden Kiste. Ich warf Marla vor, sie rutschte einen halben Yard weit. Gleichzeitig winkelte ich die Beine an. Etwas zupfte an meinem Hosenbein, scharf und peitschend. Ich schaffte das letzte Stück, war in Sicherheit wie Marla. Sie bewegte sich, schien zu sich zukommen.

Das Prasseln änderte seinen Klang, wurde zu einer rasenden Folge heller Schmetterschläge.

Ich ertastete die Ursache. Die Kiste war mit hellem Blech ummantelt, wahrscheinlich verzinkt. Der Kern bestand aus Holz. Vermutlich. Ich richtete mich halb auf. Das Schmettern der Geschosse war ohrenbetäubend. Ich kümmerte mich zuerst um Marla und vergewisserte mich, dass die Länge der Kiste ausreichte, um sie zu schützen. Sie stöhnte. Ich befahl ihr, liegen zu bleiben, auf keinen Fall hochzukommen.

Weiße Fetzen wirbelten in die Luft, wurden vom heißen Wind der Projektile über uns hinweggeweht. Ich klatschte mir den Revolver in die Rechte. Geduckt näherte ich mich der Kistenkante. Der Höllenlärm der Einschläge ließ nicht nach. Das Gewirbel der weißen Brocken nahm zu. Ich erkannte, was es war. Kunststoff. Ich erinnerte mich an die beiden Rettungsringe, die außen an der Kiste hingen. Mit wasserfester Hülle und aufgeschäumtem Innenleben lösten sich die Dinger als Erste in ihre Bestandteile auf.

Aber die wütend-verbissenen Schmetterschläge der Geschosse setzten ihr Zerstörungswerk fort. Schon sausten die ersten Splitter von Blech und Holz durch die Gegend. Die Gangster hatten sich auf ein mörderisches Dauerfeuer abgestimmt.

Fünf Minuten, zehn Minuten lang würden sie feuern, ohne auch nur eine Pause einzulegen. Sie hatten genug Reservemagazine dabei. Garantiert. Womöglich sogar Reserve-MPis. Für den Fall, dass die Läufe zu heiß wurden.

Ich riskierte einen vorsichtigen Blick und schob den 38er an der Kante vorbei.

Mir stockte der Atem.

Sie hatten sich in Bewegung gesetzt, marschierten gelassen und in breiter, Feuer speiender Front durch das Scheinwerferlicht. Bevor ich den Kopf einzog, sah ich noch, dass ich mit meiner Revolverkugel herzlich wenig ausgerichtet hatte. Nur ein Scheinwerferauge hatte ich ausgeschossen. Darüber lachten sie nur. Denn sie würden alles in Stücke schießen. Kurz und klein. Bis sie auch Marla und mich mit Blei voll pumpten. Und sie brauchten nicht zu befürchten, dass sich irgendjemand einmischte. Niemand alarmierte die Cops, wenn an der New Yorker Mob-Front Krieg geführt wurde.

Mit dem Hubschrauber rechnete ich nicht mehr. Schon möglich, dass jemand daran gedreht hatte. Oder der

Pilot hatte gesehen, was sich abspielte, und sofort kehrtgemacht.

Ich zog auch den 38er zurück. Das sengende Schwärmen der Geschosse war so dicht, dass es mein Todesurteil bedeutet hätte, wenn ich mich auch nur um eine Handbreite weiter vorgewagt hätte. Das Hämmern war zum ohrenbetäubenden Lärm geworden, der sich wie eine schwere Masse auf die Trommelfelle legte.

Ich drehte mich um. Marlas Nerz glänzte in silbrig fließenden Wogen. Ihr Zittern verursachte das. Es war derart stark, dass es Krämpfen glich, die ihren Körper in rasender Folge durchschüttelten. Sie hatte den Kopf angehoben. Im Halbdunkeln sah ich blutige Schrammen in ihrem Gesicht, aber über alles dominierte das Entsetzens-Weiß ihrer Augen.

Fladen segelten über uns hinweg.

Blech! Größere Holzsplitter folgten.

Etwas Eiskaltes kroch mir über den Rücken. Und auch Marla begriff es. Ihr Blick und die Angst darin fraßen sich an mir fest – Hilfe suchend, flehend, voller Verzweiflung.

Und das Rumoren der Einschläge schwoll weiter an. Die Kerle rückten näher und näher. Sie würden die Kiste in Stücke schießen. Und dann würden uns die ersten Kugeln erwischen. Es war nur noch eine Frage von Sekunden.

Krachend und berstend lösten sich Trümmerteile aus Blechummantelung und Kistenholz. Es schien kein Entrinnen zu geben. Mein 38er war ein Witz für die Schießer. Darüber würden sie grinsen – wenn es hochkam. Und wenn sie erst nahe genug dran waren, um Marla und mich in die Zange zu nehmen …

Ich führte den Gedanken nicht zu Ende.

Das zermürbende Hämmern der Schüsse war nicht gerade die geeignete Kulisse, um einen auf rettende Ideen kommen zu lassen.

Ideen?

Bist du verrückt?, schrie meine innere Stimme. Hier

nutzen keine Ideen mehr! Hier gibt es nur noch einen einzigen Ausweg, Mann! Wenn überhaupt!

Mein Blick fiel auf das dunkle Wasser. Der Lichterglanz Manhattans spiegelte sich weiter draußen. Positionslampen von Schiffen glitten dahin, auf die Upper Bay und auf die Verrazano Narrows Bridge zu, wie in einer unerreichbar fernen Welt. In unmittelbarer Nähe des Pontons war es düster. Wenn die Schüsse nicht gewesen wären, hätte man das Gurgeln des Wassers hören können. Es umspülte die mächtigen Pfähle, auf denen der Ponton ruhte.

Das war es. Verdammt, das war es.

Wir hatten nur diese eine Chance. Doch wir mussten uns höllisch beeilen. Deshalb fragte ich Marla nicht erst, ob sie einverstanden war. Ich packte sie einfach, drückte sie flach auf die Planken und zog sie mit mir. Sie schrie wieder. Vielleicht aus Protest gegen die raue Behandlung. Aber wohl eher aus Todesangst.

Denn der Kugelhagel nahm noch zu. Was nicht die Rettungskiste in Stücke hackte, orgelte flach über uns hinweg. Weit außerhalb des Pontons war gelegentlich eine jener dünnen weißen Fontänen zu sehen, die immer dann aufstiegen, wenn Geschosse ins Wasser peitschten.

Der Weg bis zum Rand der Plankenfläche kam mir viel kürzer vor als die paar Yards, die wir zuvor gebraucht hatten, bis wir hinter der Kiste in Deckung gewesen waren. Dabei war die Entfernung von der Kiste bis zum Ende des Pontons mindestens doppelt so groß. Vielleicht lag es daran, dass die Kerle uns im Nacken saßen wie die blutrünstigsten Höllenhunde. Und Marla hatte sehr schnell begriffen, dass es für unsere Rettung nur noch diesen einen Weg gab.

Rettung?

Das Wort war wohl reichlich hochgegriffen – für unsere Situation.

Ich ließ mich über die Kante gleiten.

Hinter uns hämmerten die Maschinenpistolen, fetzten und wirbelten die Trümmerteile aus Holz, Blech und Plastik hoch empor. Noch konzentrierten sich die Schießer auf die Kiste, noch hatten sie uns nicht entdeckt, weil wir den Sichtschutz des Behälters gerade noch rechtzeitig ausgenutzt hatten.

Die Pfähle unter dem Ponton standen dicht wie ein Wald. Ich tastete mit den Schuhspitzen abwärts. Eine dicke Algenschicht saß auf dem Holz, auch über der Wasseroberfläche. Ich biss die Zähne zusammen und tauchte mit den Beinen lang hinunter.

Die Kälte erfasste mich wie ein Schock aus Eis. In eine Tiefkühltruhe zu steigen konnte kaum unangenehmer sein. Ich zog Marla zu mir herab. Als sie die Eiseskälte des Wassers spürte, schrie sie auf. Ihr Nervenkostüm war endgültig zum Wrack geworden. Doch zum ersten Mal waren wir vor den Kugeln halbwegs sicher.

Das Gehämmer nahm und nahm kein Ende. Dabei waren seit Beginn des Feuerzaubers höchstens zwei Minuten vergangen. Eine unvorstellbar lange Zeitspanne jedoch, wenn jede einzelne Zehntelsekunde über Leben und Tod entscheiden kann.

Ich trat Wasser. Ich tat es mit aller Kraft, um gegen die Kälte anzukämpfen. Mit dem rechten Arm hielt ich Marla umschlungen. Sie erschlaffte wieder, ihre Schreie versiegten. Verflucht, ich hatte mich noch nicht mal orientiert, und schon drohten mir die Probleme wieder über den Kopf zu wachsen! Vergeblich versuchte ich, die Dunkelheit unter dem Ponton mit Blicken zu durchdringen. Oben war es vergleichsweise hell gewesen. Meine Augen hatten sich noch nicht umgewöhnt. Den Revolver hatte ich noch in der Hand. Jetzt war er irgendwo in dem Wust von Marlas Nerz verborgen. So kostbar das gute Stück auch war, wir mussten es loswerden, und zwar schnell. Denn es behinderte uns beide. Links umarmte ich einen der Pfähle. Die Algen waren wie ein Schmiermittel, das die Rettung Ertrinkender verhindern sollte.

Das MPi-Rattern nahm abermals an Lautstärke zu. Schwerere Teile klatschten auf die Planken. Langsam, aber sicher musste sich die Kiste vollständig in ihre Bestandteile auflösen.

»Beweg dich!«, brüllte ich Marla ins Ohr. Ich schüttelte sie. »Beweg die Beine, oder du stehst es nicht durch!«

Sie war noch bei Bewusstsein. Aufatmend stellte ich fest, dass sie gehorchte.

Ich mobilisierte meine Muskeln, holte alles an Kraft heraus, was ich für die Schwimmbewegungen brauchte.

Marla half mit, so gut sie konnte. Immerhin.

Ich ließ den Pfahl los, benutzte den linken Arm zum Schwimmen und tastete mich gleichzeitig damit voran.

Die Kälte war kaum zu ertragen. Sie kroch durch die Haut, durch Muskeln und Knochen. Es war, als wollte sie uns von innen her lähmen, damit wir wie schockgefrostet in die Tiefe sanken.

Ich wusste nicht, wie lange wir dies aushalten konnten. Die Wassertemperatur musste fast bei null Grad liegen. Es war Anfang März. Eine Zeit, in der in New York vom Frühling noch nichts zu merken ist. Die Außentemperaturen lagen nachts oft noch unter dem Gefrierpunkt. Sogar Schneefälle waren noch an der Tagesordnung.

Der Platz zwischen den Pfählen reichte zum Hindurchschlüpfen. Aber richtiges Schwimmen war da nicht mehr möglich. Ich verstärkte die Beinarbeit und tastete weiter. Allmählich gewöhnten sich auch meine Augen an die Dunkelheit. Und dann vergaß ich den Fluch, den ich schon auf den Lippen hatte. Stattdessen hätte ich einen Freudenschrei ausstoßen können. Aber auch den verkniff ich mir. Denn oben wurden die Feuerstöße spärlicher.

Ich war auf eine Querstrebe gestoßen.

Ich konnte mich gut festhalten. Und allem Anschein nach gab es mehr von diesen hölzernen Verstrebungen. Sie befanden sich über dem Wasser, dienten offenbar dazu, den Pfählen Festigkeit zu verleihen.

Ich zog Marla zu mir heran und führte ihre Hände zu der Strebe. Zähneklappernd und schnatternd vor Kälte schaffte sie es, sich festzuhalten. Ich hangelte mich nur ein Stück weiter, dann holte ich Marla nach. Nach ein paar Yards verharrten wir.

Oben wurde es ruhiger. Nur noch vereinzelte Schüsse jetzt. Summengemurmel wurde laut. Dann wüstes Gebrüll. Die Schüsse verstummten vollends.

»Nicht aufhören!«, flüsterte ich Marla ins Ohr. »Immer weiter bewegen! Hörst du?«

Sie nickte tapfer, presste sogar die Zähne zusammen, damit das Klappern aufhörte. Sie war nicht einfältig, wusste, dass sich neue Gefahr über uns zusammenbraute.

Die Schritte der Kerle polterten über unseren Köpfen. Wütend rannten sie hin und her. Einer trat anscheinend die Tür der Holzbaracke ein. Das krachende Splittern ließ keinen anderen Schluss zu. Einen Augenblick später hörte ich einen melden, dass die Bude leer sei. Sie brüllten sich gegenseitig an. Es schienen mindestens zwei Unterführer dabei zu sein. Sie stauchten das Fußvolk zusammen, versuchten es jedenfalls. Eine hektische Suche setzte ein. Dabei gab es auf der Plattform nichts mehr, wo man sich verstecken konnte.

Unsere Galgenfrist würde bald vorüber sein.

Doch auch ohne tödliches Blei war es schlimm genug. Ich wusste, es würde der Moment kommen, in dem wir für den Gnadenschuss dankbar sein würden.

Die Verstrebungen verliefen leicht angeschrägt, kreuz und quer, verbanden jeweils mehrere Pfähle. Während oben die Schritte dröhnten, spielte ich mit dem Gedanken, Marla zu helfen, dass sie auf die Streben kriechen konnte und wenigstens aus der Kälte des Wassers heraus war.

Schon im nächsten Atemzug war ich gezwungen, die Idee zu vergessen.

Ein Schatten bewegte sich plötzlich in der schwachen Helligkeit, vorn, wo die Lichtglocke Brooklyns ihre Ausläufer herüberschickte. Ich sah ein Gesicht wie einen Fleck und wusste Bescheid. Da hing ein Kerl kopfüber von der Pontonkante! Die zwei Yards, die uns voneinander trennten, waren eine lächerlich geringe Distanz. Ich hatte das Gefühl, ihn packen zu können, ihn einfach runterziehen zu können. Doch das war ein gefährlicher Trugschluss. Spielten die Sinne verrückt, wenn man von mörderischer Kälte überwältigt wurde? Ging es einem dann ähnlich wie dem Verdurstenden in der Wüste?

Der Typ, der da kopfüber hing, war jedenfalls keine Fata Morgana. Er knipste eine Taschenlampe an.

Der Lichtkegel traf mich voll. Geblendet schloss ich die Augen – nur für einen Moment jedoch. Sobald die erste Blendwirkung nachließ, öffnete ich die Lider einen Spalt. Mein 38er war hinter einem Pfahl verborgen. Ich kriegte die Augen noch ein Stück weiter auf. Es war der Moment, in dem der Gangster die Lampe schwenkte und auch Marla erblickte. Und er überwand seine Verblüffung.

Er brüllte los wie ein hungriger Löwe beim Schlagen der Beute.

»Ich hab sie! O Mann, da sind sie! Ich hab sie gefunden!« Er dachte nicht daran, seinen Triumph mit den anderen zu teilen.

Seine Waffe war eine Uzi, die kompakte israelische MPi. Einhändig ließ er sie nach unten hängen. Der kurze Lauf schlenkerte ein bisschen. Oben polterten Schritte. Die ganze verdammte Armee war im Anmarsch. Der Uzi-Lauf stabilisierte sich. Am Rand des Taschenlampenlichts sah ich den Abzugsfinger, wie er sich zu krümmen begann. Ich brachte den Revolver nach vorn. Aus der Bewegung heraus visierte ich an und zog durch.

Hart und knochentrocken jagte der 38er das Blei aus dem Lauf. Der Schuss dröhnte unter dem Ponton.

Die Uzi gab keinen Ton von sich.

Stattdessen flog das hängende Gesicht aus unserem Blickfeld. Der dazugehörige Körper hinterher. Mit einem lauten

Klatschen versank der Mann in den Fluten des East River. Über uns verstummten die Schritte.

Ich stellte mir bildlich vor, wie sie dastanden.

Fassungslos. Total verdattert. Aber mit langsam aufkeimender Wut.

Marla konnte ihr Zittern und Zähneklappern nun nicht mehr unterdrücken.

Deshalb vermochte ich das Geräusch nicht sofort zu identifizieren. Es schien noch unendlich weit entfernt zu sein, und vielleicht bildete ich mir auch nur ein, es zu hören. Aber dann, schon nach einer Sekunde, wurde es lauter. Und deutlich genug.

Es stammte von einem Hubschrauber.

Auf dem Ponton gerieten sie in Bewegung. Aus ihren Schritten war die Hektik herauszuhören. Zuvor waren sie die Ruhe selbst gewesen.

»Jerry!«, rief Marla zähneklappernd und voller Freude. »Der Hubschrauber! Mein Gott, er kommt!« Endlich hatte sie es also auch mitgekriegt.

Wenn ich indessen geglaubt hatte, dass die Gangster den Rückzug antreten würden, dann unterlag ich einem gewaltigen Irrtum.

Der erste Schuss war von einem merkwürdigen Dröhnen begleitet. Und mir kam es vor, als ob der Pfahl neben mir erbebte. Weitere Schüsse folgten. Alle mit diesem veränderten Klang.

Schlagartig wurde es mir klar. Sie feuerten in die Ritzen zwischen den Planken. Sie gingen systematisch vor, von einer Planke zur anderen. Noch waren sie in der Mitte der Plattform. Also vermuteten sie Marla und mich in der Gegend. Sie waren überzeugt, dass wir so weit wie möglich ins Dickicht der Stützpfähle vorgedrungen waren. Der, der uns entdeckte, hatte einen entscheidenden Fehler begangen. Er hatte seinen Komplizen nicht gesagt, wo wir steckten.

Das machte die Sache langwierig für sie. Zugleich war es unsere Chance.

Alles hing jetzt von dem Hubschrauber ab. Die Maschine kam rasch näher, war trotz der Schüsse schon zu hören.

»Ist der Vogel bewaffnet?«, rief ich Marla ins Ohr.

Sie war versucht zu lachen. Aber Zittern und Schnattern erlaubten es ihr nicht. Nur mühsam brachte sie eine Antwort zwischen den aufeinander schlagenden Zähnen hervor. »Es – ist – Jack Ramones – Privatmaschine!« Seit ihr Ehemann im Gefängnis saß, gefiel es ihr, über ihn wie über einen Fremden zu reden. Oder über einen flüchtigen Bekannten, bestenfalls.

Ich nickte und klopfte ihr beruhigend auf die Schulter. Ich wusste, dass ich die Gefahr herunterspielte. Denn die entscheidende Frage war, wer schneller sein würde – der Hubschrauber oder die Schießer, die sich Planke für Planke auf uns zuarbeiteten. Was da vom Nachthimmel herabschwirrte, schienen sie als Gefahr nicht ernst zu nehmen. Dabei konnte ich mir ziemlich gut vorstellen, was Marla gemeint hatte. Der Privathubschrauber ihres Göttergatten war nicht nur Lustschaukel, sondern auch Kampfmaschine.

Das Krachen der Schüsse kam auf uns zu. Die Planken und Balken dröhnten stärker, als würden sie mit Vorschlaghämmern bearbeitet.

Die Kerle auf dem Ponton fühlten sich überlegen. Das musste es sein. Wahrscheinlich hielten sie den Hubschrauber für irgendeinen Hubschrauber. Also dachten sie, der Pilot würde schleunigst abdrehen, sobald er sah, was auf dem Ponton lief. Ein Charterpilot hätte wohl auch so gehandelt. Die Gangster waren nicht auf dem Laufenden. Sie ahnten offenbar nicht, dass Marla die Verfügungsgewalt über Jacks gesamten Machtbereich an sich gerissen hatte. Einschließlich des lebenden und des toten Inventars.

Ich erklärte Marla, dass wir uns bemerkbar machen mussten. Außerdem konnte es nicht schaden, wenn wir zur Pontonkante zurückkehrten. Das gab uns zwei Yards Vorsprung vor den MPi-Schießern. Und falls es den Männern im Hubschrauber gelang, die Kerle zu verscheuchen, würden wir umso eher der Kälte des Wassers entrinnen.

Die Bewegung war wohltuend und milderte die Eiseskälte etwas. Dabei wusste ich, wie trügerisch das war. Irgendwann setzte wahrscheinlich ein Gefühl des Behagens ein wie bei einem Menschen, der in Schnee und Eis erfror. Und dann war man bereits rettungslos verloren.

Das Hämmern der Geschosseinschläge folgte uns. Ich hatte den Eindruck, dass es uns schneller folgte. Möglich, dass sich die Kerle nun doch beeilten. Das bedeutete, dass ihnen der Hubschrauber unheimlich wurde.

Marla und ich erreichten die Brooklyn-Seite des Pontons. Einen Moment lang vergaß ich die irrsinnige Kälte. Denn der Anblick der Maschine war einfach überwältigend. Es konnte gut sein, dass es an den Erwartungen lag, die ich damit verband – verbinden musste. Wenn ich, der G-man Jerry Cotton, dem FBI erhalten blieb, dann durch diesen Mafia-Hubschrauber. Fantastisch!

Mit der Frau eines Mobsters zusammen zu sterben war nicht mein erklärtes Lebensziel. Dabei spielte es auch keine Rolle, dass New Yorks Männerwelt nach dieser Frau komplett verrückt war. Ich war sehr gut in der Lage, ohne Marla zu leben.

Aber da gab es noch die Interessen des FBI, so was wie Staatsräson.

Und die musste ich letzten Endes vertreten.

Der Hubschrauber schwebte von der Flussmitte herab wie ein riesiges schwarzes Insekt. Das Rotorkreisen verursachte ein dumpfes, alles durchdringendes Wummern. Auf dem Ponton entstand Gebrüll. Die Unterführer schrien ihre Leute zusammen. Als ob das etwas genutzt hätte.

Ich glitt ein Stück von der Außenseite des Pontons weg. Marla hielt sich an einem der glitschigen Pfähle fest, so gut es ging. Ich trat Wasser, war nur einen halben Yard von der Pontonkante entfernt. Wenn die MPi-Schießer es doch noch bis hierher schafften, sah es schlecht aus für mich. Und ich wusste nicht mal, wie ich mich den Piloten bemerkbar machen sollte.

Nur noch vereinzelt fielen Schüsse. Die Gangster schienen den Überblick zu verlieren. Denkbar, dass es Etliche unter ihnen gab, die nicht gerade heiß darauf waren, es mit einem Hubschrauber auszuschießen.

Doch Befehle gellten. Ich hörte Bruchstücke heraus wie »Ramones Maschine!« und »… vom Himmel holen, die Bastarde!«

Schon im nächsten Moment blafften die ersten Feuerstöße in das Hubschrauberdröhnen. Ich überlegte, ob ich ebenfalls schießen sollte – in die Luft, an der Maschine vorbei. Doch es war unwahrscheinlich, dass die Piloten das Mündungsfeuer des 38ers überhaupt sehen würden. Sie hatten allen Grund, sich auf den Ponton selbst zu konzentrieren.

Ich war noch mit diesen Mutmaßungen beschäftigt, als sich das Geschehen überschlug.

Ein Lichtblitz zuckte herab. Prompt gerieten die Schüsse ins Stocken. Die Blendwirkung war enorm. Auch ich musste die Augen schließen. Der Suchscheinwerfer unter dem Bauch des Helikopters kam mir so stark vor wie ein Stadion-Flutlicht.

Ich schwamm zu Marla zurück.

»Pass auf!«, schrie sie begeistert. »Jetzt geht es rund! Jetzt zeigen sie es den Bastarden!« Nicht mal Marlas Zähneklappern war mehr zu hören. Und ihr Freudengeschrei war noch nicht ganz verklungen, da legte die Hubschrauber-Crew auch schon los.

Die Maschinengewehre klangen fast harmlos. Nur wie ein Schnarren drangen die rasend schnellen Feuerstöße durch Rotorwummern und Turbinendröhnen. Aber die Wirkung war verheerend.

Ich konnte es nicht sehen, aber umso deutlicher hörte ich es.

Gellende Schreie. Scharf klatschende Serieneinschläge von Geschossen.

Gegen die Blendwirkung des Lichtkegels und gegen die enorm hohe Feuergeschwindigkeit der Maschinengewehre waren die Ponton-Schießer praktisch hilflos. Vor allem hatten sie nicht mit dieser Wende der Dinge gerechnet.

Wie ein mordgieriges Rieseninsekt senkte sich der Hubschrauber herab, war jetzt direkt über Marla und mir.

Marla kreischte vor Freude. »Hierher, Jungs! Hier sind wir! Legt sie alle um, die Schweine! Ja, zeigt es ihnen! Macht sie fertig, die Drecksäcke!«

Mir schnürte es die Kehle zu. Diese Frau ging über Leichen. Im wahrsten Sinn des Wortes. Zwar kannte sie ihr Risiko, sie hatte es gerade eben vor Augen geführt bekommen, aber das spornte sie nur an, mit doppelter Brutalität zurückzuschlagen. Derjenige, der es an diesem Abend auf sie abgesehen hatte, war einem Irrtum erlegen. Er hatte sich verkalkuliert, als er glaubte, Marla in einem Moment der Wehrlosigkeit zu erwischen. Die Frau des Top-Mobsters war schon viel mächtiger, als irgendjemand annehmen konnte.

Zwar hatten wir vom FBI nicht unbedingt etwas dagegen, wenn sich die Gangster der New Yorker Mob-Familien gegenseitig in Schach hielten. Solange dabei keine Unbeteiligten gefährdet wurden, konnten wir im Grunde gelassen zusehen. Doch die Geschichte hatte einen Haken. Am Ende eines solchen Kampfes stand meist ein strahlender Sieger. Und der war dann einflussreicher als alle anderen zusammen.

Marla Ramone wollte die Siegerin sein. Sie wollte ihren Mann noch übertrumpfen. Er hatte entscheidende Fehler begangen, und deshalb saß er im Gefängnis. Er würde nie wieder herauskommen. Der FBI hatte Jack Ramone nachgewiesen, dass er im Laufe der Jahre mehr als dreißig Mordaufträge erteilt hatte. Die Opfer hatten den verschiedenen Konkurrenz-Organisationen angehört. Mit jedem ausgeführten Mord war Ramones Macht gewachsen.

Der Hubschrauber landete auf der Plattform. Die MGs

waren verstummt. Die Drehzahl der Turbine senkte sich, und der tief tönende Sound des Rotors ging in ein schlappes Klatschen über.

Ich glaubte, aufheulende Motoren zu hören – von davonjagenden Limousinen. Aber das entsprang vielleicht auch nur meiner Einbildungskraft, weil es die logische Weiterentwicklung war.

Ich schnappte mir Marla und half ihr auf den Ponton. Darüber, dass mir Mobster das Leben gerettet hatten, dachte ich nicht weiter nach. Dass so etwas überhaupt passieren konnte, war nicht auf meinem Mist gewachsen. Es hing mit meinem Auftrag zusammen. Und den hatte mir Mr. High erteilt, mein Chef.

Aber auch für ihn war es keine einsame Entscheidung gewesen. FBI-Direktor William S. Sessions, Washington D.C., hatte sein Einverständnis erklärt. Er war über alle Einzelheiten meines Einsatzes informiert – und vor allem über die Risiken. Mein Job war ein Drahtseilakt. Wenn ich die Balance verlor, stand mehr auf dem Spiel als meine eigene Sicherheit. Die Glaubwürdigkeit des FBI konnte ins Wanken geraten – eines der Fundamente unseres Staates.

Mir drehte sich der Magen um, als ich die Leichen auf dem Ponton sah. Zwei Männer aus dem Hubschrauber kümmerten sich zuerst um Marla, hüllten sie in Decken und geleiteten sie zur Maschine. Mich beachteten sie nicht. Ich sah, dass höchstens drei oder vier der MPi-Schießer überlebt hatten und entkommen waren. Ein schwerer Schlag für Marla Ramones Konkurrenten.

Die nassen Sachen klebten mir auf der Haut wie ein Mantel aus Eis. Ich verharrte am Rand der Plattform. Ich legte keinen Wert darauf, in die Maschine zu steigen. Auch wenn ich Gefahr lief, mir in der Kälte den Tod zu holen, zog ich es doch vor, selbst für meine endgültige Rettung zu sorgen.

Falsch gedacht.

Schon kurz vor der Einstiegsluke stemmte sich Marla unvermittelt gegen den Griff ihrer Helfer. Sie drehte sich um, sah mich und erschrak – wohl, weil sie mich vorübergehend total vergessen hatte. »Er kommt mit!«, schrie sie ihre Männer an. »Seid ihr bescheuert? Wollt ihr ihn erfrieren lassen? Verdammt noch mal, er hat mir das Leben gerettet! Euer Auftritt war ja wohl keine Heldentat mehr! Und über eure Verspätung reden wir noch!«

Sie duckten sich wie unter Peitschenhieben. Sicher war ihnen klar, dass sie Mist gebaut hatten. Wären sie rechtzeitig zur Stelle gewesen, hätten die Schießer das Nachsehen gehabt. Und zwar von vornherein. Pilot und Copilot übernahmen Marla. Die beiden anderen holten Decken aus der Maschine und beeilten sich, mir ebenfalls an Bord zu helfen. Ich hätte es auch allein geschafft, aber in den Decken war ich doch ziemlich unbeweglich.

Die Maschine startete sofort. Der Rotor peitschte Kälte herein. Die Männer schlossen die Kabinentür, so schnell sie konnten. Heizungswärme breitete sich aus. Marla hatte angefangen, sich aus ihren nassen Sachen zu schälen. Zusammen mit dem Nerz bildete das Zeug einen triefenden Haufen zu ihren Füßen.

Es machte Marla nichts aus, sich vor den Männern zu entblättern. Sie ließ sich neue, trockene Decken geben und grinste herüber, als ich bibbernd ihrem Beispiel folgte.

»Zu Hause gibt es Kaminfeuer und Whiskypunsch!«, rief sie. »Alles, was dem Körper gut tut!«

Ich nickte nur. Marla hatte mich bereits einverleibt. In ihren Gedanken gehörte ich schon zu ihrem Eigentum. Sie nahm sich, was sie haben wollte. Das war sie so gewohnt. Nichts und niemand hatte sich ihr in den Weg gestellt. Bis jetzt. Aber die Zeiten wurden härter. Marla würde es merken.

Ich achtete darauf, dass der 38er in meiner Nähe blieb. In wärmendes Plaid gehüllt, setzten Marla und ich uns auf die bequemen Polster, die Ramone in den Hubschrauber hatte einbauen lassen. Marla ließ sich eine Zigarettenschachtel geben und reichte sie an mich weiter, nachdem sie sich mit einem Nikotinstäbchen versorgt hatte. Einer ihrer Männer gab ihr Feuer. Es war der kraushaarige Cordoba. Antonio Cordoba. Schon unsere FBI-Kollegen in San Juan, Puerto Rico, waren hinter ihm her gewesen. Wir in New York hatten ihn zu den gleichen »Bedingungen« wie in seiner Heimatstadt übernommen. Kein ausreichendes Beweismaterial, also lief er als Mobster-Bodyguard frei herum. Männer wie Jack Ramone hatten die richtigen Anwälte, die alles von ihnen und ihren Mitarbeitern abblockten, was zu hässlichen Gerichtsurteilen hätte führen können.

Cordoba sah mich an und zögerte.

»Gib ihm Feuer!«, fauchte sie. Ihr hübsches Gesicht verzog sich zu einem ordinären Grinsen. »Oder glaubst du, ein nackter Mann hat ein Feuerzeug in der Tasche?«

Tierney, der zweite Leibwächter, lachte schadenfroh. Brendan Tierney, auch kein unbeschriebenes Blatt. Gebürtiger New Yorker jedoch.

Cordobas Miene spiegelte Widerwillen, als er meine Zigarette in Brand setzte.

»Wirst dich wohl an mich gewöhnen müssen, Tony.« Ich sagte es gelassen brummend, und trotzdem zuckte er zusammen. Logisch. Dass seine amerikanischen Komplizen ihn Tony nannten, konnte ich nur aus den FBI-Akten wissen. Denn andere Outsider hatten niemals Zugang zu solchen Geheimnissen.

Auch Marla lachte. Sie schien sich bestens zu erholen. »Alle werden sich an dich gewöhnen müssen, Jerry. An dich und mich! Auch deine eigenen Leute vom FBI, hab ich Recht?«

»Du hast verdammt Recht«, feixte ich. »Dabei weiß ich noch nicht mal, was in mich gefahren ist.«

»Oh, das kann ich dir erklären!«, rief Marla. »Ich werd es dir später ausführlich erklären.« Sie prustete los und kicherte wie ein Schulmädchen beim Anblick des ersten Pornomagazins in seinem Leben.

Beide Bodyguards stimmten mit ein, ebenso die Piloten. Alle lachten dieses Befehlsempfänger-Lachen. Die Heiterkeit der Unterwürfigen. Wer das Kommando hat, bestimmt auch die Art des Humors. Und Marla hatte das Kommando. Unbestritten. Genau das drückte der Seitenblick aus, den sie mir zuwarf.

Ich hielt dem Blick stand. »Ich dachte, eine Frau in deiner Position braucht nichts mehr zu erklären.«

»Du meinst, ich hätte das nicht mehr nötig?«

»Exakt.«

»Im Grunde hast du Recht. Aber in meiner Position kann ich es mir auch leisten, immer das zu tun, was mir Spaß macht. Und wenn es mir Spaß macht, dir ein paar Kleinigkeiten über die entscheidenden Dinge des Lebens zu erklären, dann tue ich es eben.«

»Ich bin sicher«, nickte ich, »von dir kann ich noch eine Menge lernen.«

»Darauf kannst du Gift nehmen!« Sie paffte eine Wolke von Zigarettenrauch in meine Richtung.

Ich antwortete mit einem süßlichen Lächeln und zog es vor, das Gespräch einzustellen. Marla würde Gefallen daran finden, vor ihrem Fußvolk Stärke zu demonstrieren. Stärke und Macht, die es ihr erlaubten, sogar mit einem FBI-Beamten umzuspringen, wie sie wollte. Und sie würde es mühelos schaffen, eines Tages auch in höhere politische Kreise vorzudringen. Im Gegensatz zu männlichen Mafia-Bossen brauchte Marla nicht immer gleich Gewalt anzuwenden, um sich gewisse einflussreiche Burschen gefügig zu machen.

Einen Moment lang hatten Tierney und Cordoba mit ihren Blicken noch an Marlas Gesicht gehangen, um festzustellen, ob die nächste Heiterkeitsrunde angesagt war. Das war nicht der Fall. Also wandten sich die Bodyguards den Aufgaben zu, für die sie bezahlt wurden. Sie machten sich daran, die Waffen zu verstauen, mit denen sie links und rechts aus den Kabinenluken gefeuert hatten.

Die Maschinengewehre stammten aus deutscher Produktion. Modell MG 42, die legendäre Waffe, deren bewährte Frühversion schon im Zweiten Weltkrieg eingesetzt worden war. Auf dem Boden der Kabinen, unmittelbar an der Lukenkante, waren feste Dreibeine angeschweißt. Obendrauf befand sich eine ausschwenkbare Strebe, auf der das MG ruhte. Kugelgelagert, um hundertachtzig Grad beweglich. Tierney und Cordoba entluden die vollautomatischen Waffen, hoben sie von den Lafetten und verstauten sie in Stahlblechbehältern, die mit Federklammern verankert waren.

Die Armlehnen der Polstersitze waren mit Aschenbechern bestückt wie in einem Passagierjet. Ich drückte meine Zigarette aus. Marla folgte meinem Beispiel nach einem letzten Zug. Sie blickte geradeaus. Über Tierneys Rücken hinweg sah ich Manhattans Süden aufglühen. Das Lichtermeer der Wolkenkratzer war wie ein Arrangement sorgsam ausgebreiteter und aufgehängter Glitzerperlen. Die Hubschrauber-Plattform am East River war inzwischen klein wie eine Briefmarke. Und da die Maschine noch immer stieg, schmolz das Resultat des Blutbads zu mikroskopischer Winzigkeit.

Noch waren keine Polizei-Rotlichter in Ameisengröße zu erkennen. In der unmittelbaren Umgebung des Pontons befanden sich überwiegend Geschäftsgebäude und der höher liegende Franklin Delano Roosevelt Drive, jene sechsspurige Schnellstraße, die Manhattan am gesamten Ufer des East River säumt. Möglich, dass es nicht mal Zeugen der Schießerei gegeben hatte.

In New York gibt es nichts, was es nicht gibt. Eine Lebensweisheit, die immer passt.

Der Hubschrauber legte sich in einen sanften Linksbogen. Ich blickte in die Tiefe der Straßenschluchten. Autoscheinwerfer und -rückleuchten und der Lackglanz der Fahrzeuge waren so zierlich, dass man glauben konnte, sie würden von Wesen aus einer anderen Welt bewegt.

Als die Maschine in die Horizontale zurückfand, war rechter Hand das grünliche Leuchten der Freiheitsstatue zu sehen. Die Lichtglocke von Jersey City wirkte dahinter blass und unbedeutend. Die Upper Bay hatte eine Wasseroberfläche wie schwarze Folie aus Kunststoff. Vereinzelte glimmende Punkte stammten vom Schiffsverkehr, der in New York ebenso wenig jemals zur Ruhe kommt wie der Autoverkehr.

Staten Island wölbte sich am südlichen Horizont. Über die Insel zog sich ein flacher Lichtteppich, der den Formen der hügeligen Landschaft folgte. Eine bevorzugte Wohnlandschaft – größtenteils.

Marlas Heimat von Jack Ramones Gnaden.

Unvermittelt erwachte sie aus ihrem Sinnieren. »Ich warte noch immer!«, rief sie wie eine strenge Lehrerin. »Wo bleibt die Entschuldigung? Vielleicht habt ihr euch inzwischen mal was ausgedacht!«

Die Piloten waren gemeint. Tierney und Cordoba grinsten froh. Die Verspätung war anscheinend kein Kritikpunkt, den man ihnen anlasten konnte. Die beiden Männer im Cockpit antworteten nicht sofort. Ein völlig reines Gewissen schienen sie also nicht zu haben.

Ich kannte sie beide, ebenfalls aus den FBI-Akten.

Earl Woodlock und Jake Lucas. Woodlock, blond und stoppelhaarig, war als Vietnam-Veteran schon früh nach seiner Rückkehr aus der grünen Hölle auf die schiefe Bahn geraten. Lucas war Brite und stammte aus London. Vor fünfzehn Jahren illegal eingewandert, war er über die Baubranche in Mafia-Kreise geraten. Jack Ramone hatte ihm eine Green Card besorgt, die Aufenthaltserlaubnis. Die Hubschrauber-Lizenz, die er bei der Royal Navy erworben hatte, kam Lucas in Ramones Diensten sehr gelegen. Den Mobster interessierte es dagegen herzlich wenig, dass der rothaarige Riesenkerl wegen Schiebereien und Schlägereien unehrenhaft aus der britischen Marine entlassen worden war.

Marla und ich hatten uns am frühen Abend im »Cajun« getroffen. Das ist ein Jazzlokal in Manhattan Downtown, am Rand von Greenwich Village. Nach einem kreolischen Essen hatten wir »Ruby's Rhythm Roarers« gelauscht, einer direkt aus New Orleans eingeflogenen Band. Oldtime Jazz und California-Wein hatten Marla in Stimmung gebracht. Also hatte sie beschlossen, nicht den ganzen Heimweg per Taxi zurückzulegen, sondern Manhattan bei Nacht aus der Luft zu bewundern. Als krönenden Abschluss des Abends. Wozu hatte sie schließlich den Hubschrauber? Über die Maschine konnte sie voll verfügen, seit ihr Angetrauter im Gefängnis darbte. Marla hatte ja gerade erst angefangen, all die Annehmlichkeiten ihres neuen Lebens als Zwangs-Single zu genießen.

»He!«, schrie sie neben mir. »Ihr seid doch sonst nicht so maulfaul!«

»War nicht unsere Schuld«, antwortete Woodlock kleinlaut. »Wir mussten die Checks dreimal machen. Mit der Elektronik stimmte was nicht.«

»In Ordnung«, knurrte Marla. »Diesmal höre ich mir solche faulen Ausreden noch an. Wenn ihr das nächste Mal Verspätung habt, fliegt ihr. Und zwar ohne Hubschrauber! Ich bezahle euch nicht dafür, dass ihr Bereitschaft habt und euch mit irgendeiner Schlampe im Bett suhlt!«

Es kam kein Protest, keine neue Ausrede. Woodlock und Lucas schienen zu wissen, dass sie es damit bei Marla gar nicht erst zu versuchen brauchten.

Denn diese Frau war mit Maßstäben wie Logik oder Vernunft nicht mehr zu messen.

Als Jack Ramone sie vor drei Jahren geheiratet hatte, war sie ein naives Baby gewesen. Aus dem Puritaner-Mief ihres Dorfes in Pennsylvania war sie nach New York gekommen, um der Welt zu zeigen, was sie zu bieten hatte. Das war in erster Linie eine herausragende Oberweite. Aber auch der

Rest ihrer Rundungen war so eindrucksvoll, dass sie bei der Agentur Fotoflash in Manhattan Midtown auf Anhieb einen Vertrag erhalten hatte. Bei einer der vielen Feten, die die Agentur-Inhaber gaben, hatte Marla den gefährlichsten Mann New Yorks kennen gelernt. Unter diesem Superlativ war Jack Ramone in den Juppie-Kreisen der Upper Eastside herumgereicht worden. Die jungen Erfolgreichen umgaben sich mit Models, die die Funktion von Edel-Prostituierten übernahmen, und sie pflegten den Kontakt zu Männern vom Schlage eines Ramone, weil sie diese Männer auf eine respektvolle Weise fürchteten und zugleich hofften, von ihnen noch etwas zu lernen. Geschäfte zu machen – mit Tricks und Winkelzügen, die man weder an der Wall Street noch in der Handelskammer lernte. Natürlich würde niemand das Mittel der Gewalt zum Bestandteil eines guten Geschäfts machen, wie Ramone und seinesgleichen es taten. Aber jene Raffinessen, die nicht total illegal waren, konnte man getrost im Hinterkopf speichern.

Und besonders Jack Ramone hatte sich gern mit seinen Großtaten gebrüstet.

Auf einer dieser Partys hatte er Marla abgeschleppt, damals noch unter ihrem gutbürgerlichen Namen Mary Louisa Sternheimer. Das kluge Kind hatte zu dem Zeitpunkt längst begriffen, dass sie eine beträchtliche Macht über Männer hatte. Die vielgerühmten weiblichen Waffen funktionierten in ihrem Fall einfach perfekt. In der Agentur hatte sie gelernt, ihrem Puppengesicht einen verruchten Hauch zu geben und das lange schwarze Haar zu raffiniert-natürlichen Frisuren zu stecken.

Ramone war vom ersten Moment an voll auf sie abgefahren, und Marla hatte begriffen, was zu tun war. Ein Girl, das außer Bauernschläue keine weiteren Qualifikationen als einen phänomenalen Körper mitbrachte, musste im richtigen Moment das Richtige tun. Fünfundzwanzig Jahre jünger als Ramone, hatte sie ihn nicht überreden müssen, sie zu heiraten. Ramone war achtundvierzig gewesen, also – frei nach Casanova – in dem Alter, in dem ein Mann durch die Liebe zu einer jungen Frau wieder jung wird. Ramone, dreimal geschieden und zuletzt mutterseelenallein, hatte sich durch Marlas geradezu schwärmerische Zuneigung so unendlich geschmeichelt und bestätigt gefühlt, dass er gar nicht anders konnte, als sie vor den Traualtar zu schleifen.

Die Schlagzeilen hatten sich an den Zeitungsständen förmlich überschrien, und in der Regenbogenpresse waren Berichte über die angebliche Traumhochzeit des Jahrzehnts erschienen. Von den Schlagzeilen blieb die beste Erfindung eines Überschriften-Texters in aller Gedächtnis.

DAS MODEL UND DER MOBSTER

Jack Ramone hatte nie etwas dagegen gehabt, dass die Medien ihn öffentlich als Mobster bezeichneten. Andere aus seiner Branche dagegen ließen Rechtsanwälte einschreiten und zwangen die Journalisten, die Vokabel »mutmaßlich« niemals zu vergessen. Für Ramone machte es indessen keinen Unterschied, ob man ihn einen »mutmaßlichen Mobster« nannte oder ganz einfach »Mobster«. Er hatte des Öfteren in eine Fernsehkamera gegrinst und der meist hübschen Moderatorin zwinkernd verraten: *Hauptsache, ich weiß, dass ich keiner bin. Das ist doch die Hauptsache, oder?* Eine richtige Antwort hatte er darauf nie gekriegt. Aber das hatte ihn auch wieder nicht gestört.

Ramones Hochzeitgeschenk für Marla war die Agentur Fotoflash gewesen. Im Management des Ladens hatte Marla ihre ersten Erfahrungen für ihre heutige Führungsrolle im Ramone-Mob sammeln können.

In den drei Jahren seiner vierten Ehe hatte Ramone seine Kräfte und seinen füchsischen Verstand offenbar total verschlissen. Ihm war ein Fehler nach dem anderen unterlaufen. Der schwerwiegendste war gewesen, über seine eigenen Telefonleitungen zu reden. Mit den guten alten Bekannten hatte er über die guten alten Mordaufträge geschwafelt, wie es alternde Mafiosi eben zu tun pflegten, wenn sie in die rührseligen Tage kamen. Ramone war schon zu weltentrückt gewesen, um zu kapieren, dass der FBI seit Monaten nicht nur eine, sondern seine gesamten Telefonleitungen abhörte.

Marla hatte im letzten halben Jahr ihrer jungen Ehe – als Jack vor Gericht gestanden hatte – längst angefangen, ihre neue Rolle vorzubereiten.

Es sollte die Rolle der mächtigsten Frau sein, die das organisierte Verbrechen und die anständige Welt jemals erlebt hatten.

Schon während der Gerichtsverhandlung hatte Marla angefangen, den Männern aus Jacks Umgebung den Kopf zu verdrehen. Und aus Kreisen unserer Verbindungsleute kam die Nachricht rüber, dass Marla Ramone Gefallen daran fand, wenn Männer ihretwegen starben. Dass sie selbst auch einmal dran sein würde, musste sie spätestens an diesem Abend begriffen haben.

Etwas anderes hatte sie nicht begriffen:

Dass unsere Begegnung – vor drei Wochen auf der Modenschau im Winter Garden – kein reiner Zufall gewesen war.

Ich hatte den hyper-misstrauischen FBI-Schnüffler gespielt, der in Modelkreisen dem vermeintlichen internationalen Mädchenhandel auf die Spur kommen wollte. Ich, der stocksteife Ermittler, hatte mich von Marla widerstrebend dahinschmelzend überzeugen lassen, dass ihre Agentur der letzte Ort der Welt wäre, an dem man sich mit der Vermittlung von Prostituierten für überseeische Bordelle befasste.

Phil hatte die ganze Geschichte mit dem gebotenen Abstand beobachtet. Zwar hatte er meine schauspielerischen Fähigkeiten in den höchsten Tönen gelobt. Das hatte ihn jedoch nicht davon abgelenkt, die Gefährlichkeit der schönen Marla in den düstersten Farben an die Wand zu malen. Ich führte das auf den angeborenen Pessimismus meines Freundes und Kollegen zurück und entschied, dass die Wahrheit ungefähr in der Mitte liegen musste. Wie immer.

Marla war gefährlich. Aber nicht so gefährlich, dass man ständig das Gefühl haben musste, mit dem Rücken an der Wand zu stehen.

DER G-MAN UND DIE MOBSTER-LADY

Mit der Schlagzeile wollte sie ihre Karriere fürs Erste krönen. Und der männlichen Konkurrenz ihre besonderen Vorzüge unter Beweis stellen.

Denn kein Mafia-Boss würde es schaffen, sich einen G-man als Freund zu angeln.

Das Talent hatte nur Marla Ramone.

So sah es jedenfalls aus.

Der Schaum war weicher als Watte, stieg aus dem Keramik-Herz wie ein fliederfarbenes Gebirge und duftete entsprechend. Zentnerweise mussten die weißen Blüten für diese paar Tropfen Schaumbad geerntet worden sein. Weitere Duftnoten – von Lavendel, Oleander und Jasmin – schwebten in dem Palast aus Fliesen und Spiegeln, in dessen Zentrum sich der herzförmige Bade-Pool befand. So ein geräumiges Becken für Wasserspiele noch als Wanne zu bezeichnen wäre der Gipfel der Untertreibung gewesen.

»Was ist los?«, beschwerte sich Marla aus dem Schaum heraus. Mit kindlicher Planscherei hatte sie die Täler des Gebirges so geformt, dass ihre persönlichen Hügel voll zur Geltung kamen. »Willst du nicht endlich reinkommen?«

»Ich weiß nicht«, zierte ich mich, noch von einem weißen Frotteemantel geschützt. Ich hatte heiß geduscht, um mich von der Kälte des East River zu erholen. »Wenn ich mir vorstelle, dass Jack da drin …«

»Jack?« Sie kicherte. »Du meinst – nur Jack allein? Mein Gott, für was hältst du mich?«

»Jedenfalls nicht für ein Kind von Traurigkeit.« Ich schritt barfuß über die angefeuchteten Bodenfliesen und fühlte mich wie Caligula vor der dreihundertdreiundsechzigsten Orgie des laufenden Jahres. Der Junge hätte sich in meiner

Lage bestimmt überlegt, ob er nicht lieber in seine privaten Katakomben runtergehen und die Löwen streicheln sollte.

Marla kicherte weiter. Ihre Brüste ruhten im schwappenden Badewasser wie ein Frachtriese von dreißigtausend Bruttoregistertonnen im Atlantik. Sie beruhigte sich prustend. Der Wellengang, der aus dem Fliederschaum kam, brandete gegen ihren Doppelbug und umspülte dessen keck herausragende Nasen.

»Soll ich ein paar Namen nennen?«, rief Marla stolz. »Ihr FBI-Burschen würdet aus dem Staunen nicht mehr rauskommen, wenn ihr wüsstet, wer hier schon die Hosen runtergelassen hat!«

Ich mimte Überraschung. Marla war mit ihrer Ausdrucksweise bis heute noch nicht ganz im Reinen. Die Unbedarftheit der Provinzlerin hatte sich vermischt mit der Abgebrühtheit des Models, und übergangslos war schließlich die Kaltschnäuzigkeit der Mobster-Molly hinzugekommen. Ihren eigenen sprachlichen Stil hatte Marla noch nicht gefunden.

Ich tat, als wäre ich erst vor einem halben Jahr aus meinem Geburtsdorf Harpersvillage, Connecticut, in die große, weite Welt gekommen. »Sag bloß, du hattest berühmte Leute hier!«

»Berühmt ist gar kein Ausdruck!«, prahlte sie. »Was meinst du, wenn ihr hier Wanzen einbauen könntet! Ihr würdet euren Ohren nicht trauen!«

»Das glaube ich dir aufs Wort«, antwortete ich zweideutig.

»Nein, wirklich! Ich prophezeie dir – eines Tages wird mein Einfluss bis in die höchste Politik reichen. Es werden in Washington keine Entscheidungen mehr getroffen, ohne dass ich die Finger drinhab. He, kannst du dir das vorstellen, G-man?«

»Vorstellen schon …«

»Aber?«

»Wer weiß, ob du lange genug lebst.«

Sie verzog das Gesicht. »Komm, versau mir jetzt nicht die Stimmung mit Aids-Gequatsche! Bei mir herrscht Sicherheitsstufe eins, damit das klar ist. Aber ...«, ihre Augen nahmen einen lauernden Ausdruck an, »... du willst mir doch wohl nicht unterjubeln, dass ich irgendwie was Nuttenmäßiges an mir hätte. Ich meine, wenn du das denkst, dann müssen wir mal ein paar Takte Klartext reden. Ich sag nur eins: gleiches Recht für alle. Was Männer können, können Frauen schon lange. Und ich werde beweisen, dass wir es sogar besser können. Es dauert nicht mehr lange, und ich werde mehr Macht haben als jemals irgendein Mann in meiner Position. Denk an meine Worte, Jerry Cotton! Ich prophezeie dir, eines Tages wirst du dich an diesen Abend erinnern. Jetzt hast du die Chance, die Weichen für deine Zukunft zu stellen. Du kannst entscheiden, ob du auf den Zug aufspringst oder nicht. Du hast bei Marla Ramone einen Stein im Brett. Mein Gott, du musst dir mal drüber klar werden, was das bedeutet! So eine Chance kriegen andere Männer nie in ihrem Leben! Überleg das mal!«

Ihre Ansprache, aus dem Fliederduft heraus, erschütterte mich tief.

In jeder Hinsicht.

Sie meinte wirklich, was sie sagte. Sie hielt sich schon jetzt für die Größte. Sie wollte der gefürchtetste und einflussreichste Mafia-Boss aller Zeiten werden. Bezeichnend, dass es vom Wort »Boss« keine weibliche Form gibt. Boss zu sein, das hatte Marla kapiert, war seit Menschengedenken ein männliches Privileg gewesen. Sie wollte die Erste sein, die damit brach – nicht jedoch in einem stinknormalen bürgerlichen Beruf. No, Sir, die Ehe mit Jack Ramone hatte diesem machthungrigen Luder die Augen geöffnet. Sie hatte erkannt, was man in seiner Branche erreichen konnte. Und wenn man eben jene Waffen einsetzte, über die nun mal nur Frauen verfügen, dann erreichte man schwindelnde Höhen. Genau davon konnten Männer nur träumen.

Ich bezweifelte allerdings stark, dass die Frauenbefreiungs-Bewegungen Marla Ramones Variante der Selbstverwirklichung als leuchtendes Beispiel in ihre Propaganda aufnehmen würden.

Was die Sache mit dem Zug betraf, auf den ich aufspringen sollte, so hatte ich längst entschieden. Bei der Einsatzplanung hatte bereits festgestanden, dass ich bis zur letzten Konsequenz gehen musste. Meine Aufgabe war es, Marla Ramones Größenwahn glaubhaft auszunutzen. Das konnte ich nicht tun, wenn ich meine Rolle halbherzig spielte.

Ich musste mich nach dem richten, was wirklich Sache ist im Leben.

Ich musste voll auf Marla Ramone abfahren.

Bis zur letzten Konsequenz.

Ich würde es tun, damit Recht und Ordnung in unserem Staat nach wie vor durchgesetzt werden konnten. Eine Frau wie Marla hatte es im organisierten Verbrechen noch nicht gegeben. Mit normalen Mitteln konnten wir sie nicht bekämpfen. Also mussten wir zu Waffen greifen, die den ihren ebenbürtig waren. Genau das hatte ich vor. Also setzte ich ein kumpelhaft-plumpes Grinsen auf und kündigte damit an, dass ich auf dem Trittbrett stand. Der fahrende Zug würde mich in Gefilde befördern, von denen ich nicht die leiseste Ahnung hatte, wie sie aussahen.

Ich wollte den weißen Mantelflausch abstreifen. Doch irgendjemand in diesem Zug, auf dessen Trittbrett ich gesprungen war, zog plötzlich die Notbremse. Das ging nicht ohne Tumult ab. Aber der fand wirklich statt, in Marla Ramones Pracht-Villa auf Staten Island.

Laute Stimmen verdichteten sich zum Gebrüll, irgendwo nebenan.

Marla kam erschrocken aus ihrem Fliedergebirge hoch. In ihrer Version der Schaumgeborenen war sie ein sinnenverwirrender Anblick. Nur der Zeitpunkt passte nicht. Bevor sie loskreischen konnte, krachte es. Ich hatte mich umgedreht und reflexartig den Gürtel des Bademantels zugeknotet. Das Krachen war nicht sofort einzuordnen. Ein Schuss hätte anders geklungen. Das wusste auch Marla seit eineinhalb Stunden.

Mein 38er lag in der Ecke bei den Spiegelschränken. Reflexartig wollte ich lossprinten, da krachte es wieder. Diesmal sah ich, was es war. Und Marla kriegte den Mund nicht wieder zu.

Eine der kostbaren weißen Türen flog in den Fliesensalon. Der vergoldete Türgriff flog voraus. Noch bevor das Türblatt auf den Boden knallte, rutschte der Goldgriff klirrend über die Fliesen – mir vor die Füße.

Nummer drei in der Reihenfolge der hereinsegelnden Sachen war Tierney.

Sein nicht besonders breiter Rücken war es gewesen, der zweimal gegen die Tür gekracht war. Und die treibende Kraft, der er seinen Abflug verdankte, war mein Freund und Kollege. Nebenan. In der Bar.

Phil Decker.

Es krachte zum vierten Mal, als der Leibwächter auf das herausgerissene Türholz schlug. Er schlidderte darüber hinweg, bekam auf den Fliesen wieder mehr Schwung und erreichte fast die Position des Türgriffs.

Maria starrte ihn an, als wäre er ein Wesen, das gerade aus einem UFO gestiegen war und sich ihr zu Füßen gelegt hatte – kommentarlos, regungslos.

Phil, der durch den leer gefegten Türrahmen zu sehen war, befand sich offenbar in der Stimmung, kräftig hinzulangen. Ein paar Yards hinter ihm waren Steve Dillaggio und Zeerookah zu sehen. Die beiden Kollegen hatten Cordoba fürsorglich in die Mitte genommen. Damit verhinderten sie, dass der Kraushaarige von Phil genauso abgefertigt wurde wie Tierney. Denn der Gesichtsausdruck des Puerto-Ricaners erinnerte an einen Stier, der noch nicht in die Arena gelassen wurde, obwohl der Torero längst munter mit dem roten Tuch wedelte. Mein Freund und

Kollege aber sah verdammt danach aus, dass er sich stark genug fühlte, tonnenschwere Sachen zu stemmen.

»Was soll denn der Blödsinn?«, protestierte ich und hoffte, dass es ärgerlich genug klang. Andererseits war ich mit Marla ja noch lange nicht fest liiert. Ich brauchte mich nicht gleich als zweihundertprozentiger Leibwächter aufzuspielen. Viel wichtiger war, dass ich über das Aufkreuzen meiner Kollegen überzeugend erstaunt war. Dass sie ausgerechnet in dieser Minute erscheinen würden, hatte ich ja auch wirklich nicht geahnt.

Marla hatte die Sprache noch immer nicht wiedergefunden.

Phil stapfte herein. Er ließ sich von den Wohlgerüchen des Bades nicht beeindrucken. Er erinnerte eher an einen Army-Sergeant, der den Kakerlaken in seinem Kompaniegebäude den Kampf angesagt hatte. Das Bad hatte vier Verbindungstüren: eine zu Marlas Schlafzimmer, eine zur Terrasse, eine zum Swimmingpool und eine zur Bar. Die wichtigsten Verbindungen, die der Architekt damals für seinen Auftraggeber, den Mobster, eingeplant hatte. Alles aus praktischen Erwägungen heraus.

Steve und Zeery blieben in der Bar des Ramone-Palasts zurück. Sie hatten Cordoba hundertprozentig unter Kontrolle. Phil brauchte sich ihretwegen keine Sorgen zu machen. Nur meinetwegen. Und das nicht zu knapp.

Breitbeinig baute er sich hinter dem Bewusstlosen auf, streifte Marlas Formenreichtum mit einem Blick und stemmte die Fäuste in die Hüften.

Dann brüllte er mich an.

»Verdammt noch mal, was ist bloß in dich gefahren? Weißt du überhaupt noch, was du tust?«

Ich spielte perfektes Ausrasten und brüllte zurück: »Dasselbe möchte ich dich auch mal fragen! Seit wann dringt der FBI in fremde Häuser ein, ohne …«

»Nicht ohne!«, schnitt Phil mir das Wort ab. »Für so dämlich kannst du uns ja wohl nicht ernsthaft halten!«

Hastig langte er in die Jackentasche und warf mir ein zusammengefaltetes Blatt Papier vor die Füße. »Da! Sieh es dir an! Falls dir das noch was sagt! Falls du nicht schon vergessen hast, mit welchen legalen Mitteln wir vorgehen!«

Ich spürte Marlas Blick, als ich das Papier aufhob und auseinander faltete.

»Ein Durchsuchungsbefehl«, murmelte ich betroffen. Ich hielt Marla den Schrieb hin, damit sie wenigstens das richterliche Dienstsiegel sehen konnte. Achselzuckend fuhr ich fort: »Da kann man nichts machen. Mit einem Durchsuchungsbefehl haben sie alle Rechte …«

Phil unterbrach mich abermals. Er schrie: »Stehst du jetzt etwa schon auf ihrer Seite? Hölle und Teufel, so weit ist es also schon gekommen! Dann war es zum Glück richtig, hier aufzukreuzen!«

Ich faltete das Gerichtsdokument zusammen und warf es zurück, ihm vor die Füße. »Was ich privat tue, geht keinen was an!«, konterte ich hart und unerschrocken. »Auch ein FBI-Agent ist ein freier Bürger dieses Staates!«

Zum ersten Mal reagierte Marla. Begeistert klatschte sie in die Hände. »So ist es richtig, Jerry! Lass dich von deinen Leuten nicht zur Sau machen! Mann, das hast du doch nicht nötig! In deiner Freizeit kannst du in die Badewanne steigen, mit wem du willst. Hab ich Recht?«

»Aber hundertprozentig«, bestätigte ich grollend.

»Und wenn das so ist …«, ereiferte sich Marla, ohne sich an ihrer Nacktheit zu stören, »… ist das dann schon ein Grund für einen Richter, einen gottverdammten Durchsuchungsbefehl auszustellen?«

»Allerdings«, sagte Phil schneidend und enthob mich damit einer Antwort. Er grinste grimmig. »Der Spezialagent Jerry Cotton gilt seit sechs Stunden als vermisst. Das war der Grund für den Durchsuchungsbefehl, Mrs. Ramone. Und falls es Sie interessiert: Er vertreibt sich hier nicht seine Freizeit, sondern er ist im Dienst. Er hat sich während seiner Dienstzeit abgesetzt und ist einfach verschwunden.«

Ich klemmte die Unterlippe zwischen die Zähne und starrte auf meine Fußnägel.

»Das hast du getan?«, hauchte Marla. »Das hast du wirklich getan, Jerry?«

»Na ja …«, nuschelte ich.

»Das ist ja fantastisch!«, brach es aus ihr hervor. Vor Begeisterung schlug sie die Hände zusammen, und sie himmelte mich an, als ob sie ein High-School-Girl und ich Michael Jackson wäre. »Du hast deine Karriere aufs Spiel gesetzt, Jerry?«

»Na ja …« Ich dachte mir, dass solche stumpfsinnigen Antworten das Beste wäre, was ich ihr zu hören geben konnte. An präziseren Äußerungen war sie sowieso nicht interessiert.

»Um Himmels willen!« Ihre Stimme überschlug sich fast vor Freude. »Das hast du für mich getan?«

»Na ja …«

»Du setzt wirklich für mich deine Karriere aufs Spiel?«

»Na ja …«

Marla schnaufte erschüttert. »Wenn das so ist«, sagte sie mit bebender Stimme, »wirst du alle Unterstützung kriegen, die möglich ist. Du wirst die besten Anwälte bekommen, damit sie dich herauspauken.«

»Wirklich?«, staunte ich und ließ meine Augen leuchten. Glaubhaft täuschte ich den Lichtblick vor, der sich mir aufzutun schien.

»Aber klar!«, versicherte Marla energisch. »Ich bin es dir nicht nur schuldig, es ist eine Selbstverständlichkeit.«

»Ich – ich weiß nicht«, murmelte ich, »wie ich dir danken soll.«

»Jetzt reicht es!«, knurrte Phil. »Noch hast du kein Disziplinarverfahren am Hals. Jetzt kommst du erst mal mit. Der Chef wird dir schon den Marsch blasen. Und dann hast du Zeit, dich zu bewähren.«

Ich nickte nur.

»Lass dich nicht kleinkriegen, Jerry«, sagte Marla

kumpelhaft. »Denk dran, ich stehe auf deiner Seite. Gute Freunde helfen sich gegenseitig. Das ist nun mal so im Leben.«

»Das vergesse ich dir nicht«, entgegnete ich mit unüberhörbarer Rührung. »Tut mir Leid, dass ich dir den Abend verdorben habe.«

»Um Himmels willen, red nicht so einen Quatsch! Ohne dich hätte ich den Abend nicht mehr erlebt!«

»Können wir jetzt?«, erkundigte sich Phil kühl.

Zu unseren Füßen begann sich Tierney zu rühren. Ich sah Marla noch einmal mit einer entschuldigenden Geste an und sagte, dass ich den Bademantel zurückbringen werde. Sie verstand es so, wie sie es verstehen sollte: dass ich sie bald wieder besuchen würde, zu was sie mich beim FBI auch verdonnerten. Phil führte mich ab wie einen Festgenommenen. Steve und Zeery schoben Cordoba ins Bad, damit er seinen erwachenden Kollegen rausholen konnte.

Marla blickte mir nach – sehnsüchtig, wie ich glaubte. Es störte sie nicht, nackt in den Schaumbergen zu stehen. Ihre Leibwächter waren auch nur Männer. Und vor denen hatte sie sich ja schon seit geraumer Zeit entblättert – professionell, wenn auch auf dem Umweg über die Fotos in den Hochglanzmagazinen.

Im gut geheizten Dienstwagen brachen wir in Gelächter aus.

Allerdings hatte ich dabei schon die Ahnung, dass es ein früher Galgenhumor war.

Zumindest, was mich betraf.

John D. High schob Fotos auf seinem Schreibtisch hin und her. Große Schwarz-Weiß-Fotos. Nach einem Moment raffte er sie zusammen und reichte sie herüber.

Phil und ich hatten unsere üblichen Plätze am Besprechungstisch für Besucher eingenommen. Ich hatte mich mit Klamotten versorgt, die jeder von uns in seinem

Schrank im Büro hängen hat. Wegen der langen Bereitschaftsdienste und weil man oftmals bei Einsätzen keine Möglichkeit hat, erst lange nach Hause zu fahren.

Wir sahen uns die Bilder an und versorgten uns gleichzeitig mit Kaffee aus der Thermoskanne, die Helen stets in weiser Voraussicht für die späten Abendstunden zurücklässt. Mr. Highs Sekretärin kennt uns alle lange genug. Vom Chef weiß sie, dass er selten vor zehn, manchmal erst um Mitternacht nach Hause findet. Und dass Phil und ich oder andere G-men des FBI-Distrikts New York zu später Stunde bei Mr. High immer willkommen sind, weiß Helen auch. Und letzten Endes gibt es noch dieses Kompliment, das wir ihr immer wieder machen. Sie kocht den besten Kaffee der Welt. Das ist keine Übertreibung. Wir – das heißt, alle New Yorker G-men – sind davon überzeugt.

Die Schwarz-Weiß-Aufnahmen waren Tatortfotos.

Wieder drehte sich mir der Magen um. Die Toten auf dem Ponton des Heliport waren kein Anblick, bei dem man einfach zur Tagesordnung übergehen konnte. Ich bin überzeugt, es gibt keinen Polizeibeamten auf der Welt, für den der gewaltsame Tod von Menschen jemals zur Routineangelegenheit wird. Selbst die häufige Begegnung mit der Fratze des Todes führt bei unsereinem nicht zur Abstumpfung. Viehmehr ist es die immer neue Bestätigung, dass wir unseren Kampf weiterführen müssen. Nämlich den Kampf gegen das Verbrechen.

»Acht Tote«, sagte der Chef, indem er mit einer Kopfbewegung auf die Fotos deutete. »Die Spurensicherer sind noch draußen. Unsere Kollegen von der City Police konnten leider nicht verhindern, dass auch die Presse aufmarschiert. Bei einem solchen Riesenaufgebot an Polizei ist das allerdings kein Wunder, so etwas lässt sich ja nur schwer verheimlichen.«

Phil und ich nickten. Phil gab die Fotos zurück. Wir wussten beide, dass Mr. High nicht etwa die verfassungsmäßig garantierte Pressefreiheit in Frage stellen wollte. In verdammt vielen Fällen, die wir zu bearbeiten haben, spielt lediglich der Zeitpunkt eine Rolle – die Frage, wann die Medien unterrichtet werden können, ohne dass die Ermittlungen dadurch gestört werden.

»Insgesamt sind es neun Tote«, erklärte ich und berichtete in knappen Sätzen. Der Gangster, der durch meine Kugel im East River versunken war, musste noch gefunden werden.

Mr. High winkelte die Arme an, spreizte die schlanken Finger und legte die Kuppen aneinander. »Mir gefällt dieser ganze Einsatz nicht mehr«, sagte er gedehnt. Sein graues Haar schimmerte silbrig im Licht der Schreibtischlampe. »Ich hätte nicht gedacht, dass sich Marla Ramone so schnell den gesamten Konkurrenz-Mob zum Feind macht. Wozu das führt, haben wir heute Abend gesehen. Es ist ja wohl ein Unterschied, ob man mit der Frau eine Beziehung vortäuscht, um sie auszuforschen, oder ob man durch das Verhältnis mit ihr mitten in einen Bandenkrieg gerät.«

Ich wusste, dass der Chef aus Sorge um mich so sprach. Ich wusste auch, dass er mich am liebsten von dem Job abgezogen hätte. Doch Mr. High wusste andererseits, wie gut ich im Geschäft war. Phil hatte von seinem Auftritt in der Villa berichtet. Marlas Zutrauen zu mir war nicht vorgetäuscht. Sie glaubte wirklich daran, mich auf ihrer Seite zu haben. Deshalb war sie stolz auf sich. Sie würde mich all ihren Unterführern und Fußsoldaten vorziehen. Denn keinem Mafia-Boss war es jemals gelungen, einen G-man zu seinem Consigliere zu machen. So nannten sie ihren engsten persönlichen Vertrauten, der meist Rechtsanwalt war. Solche Jungs konnte man kaufen. Nicht aber einen FBI-Beamten. Da musste erst Marla Ramone kommen, um zu beweisen, dass so was doch möglich war.

Sie war eben die Größte.

Das wollte sie ihren Konkurrenten klar machen. Unmissverständlich und mit allen Mitteln. Sie hatte längst damit angefangen, hatte einflussreiche Burschen aus der Mob-Szene durch ihre Privatgemächer geschleust und ihnen den neuen Leitsatz für eben diese Szene erklärt. Ab sofort hatte ein New Yorker nur noch zwei Möglichkeiten.

Er konnte für Marla Ramone sein oder gegen sie.

Die, die für sie waren, liefen wie wollüstig geifernde Köter an der langen Leine. Sie befolgten Marlas Befehle und hofften jeden Tag darauf, endlich das große Sexabenteuer mit ihr zu erleben. Nur wenige riskierten es indessen, gegen Marla zu sein. Diese wenigen fühlten sich noch stark genug, Marlas Fußtruppen zu trotzen.

Noch!

Marlas Privatarmee wurde jeden Tag größer. Mit jedem Speichellecker, den sie auf ihre Seite zog, wuchs ihre Gefolgschaft.

All das durften wir nicht vergessen, und ich wusste, dass auch Mr. High es nicht vergaß.

»Mir gefällt vor allem eines nicht«, sagte Phil. »Dass wir Jerry nicht beschatten, dass er keinen Minisender bei sich hat – irgendetwas!«

»Ich hätte es mir auch so vorgestellt«, entgegnete Mr. High. »Aber heute Abend sind wir schlauer als vor vierundzwanzig Stunden. Jede Sicherungsmaßnahme kann für Jerry sowohl größere Sicherheit als auch größeres Risiko bedeuten. Stellen wir uns nur mal vor, dass Lawrences Rollkommando Beschatter in Jerrys Schlepptau entdeckt hätte! Lawrence würde jetzt schon damit beschäftigt sein, den Spieß umzudrehen. Und es würde ihm nicht mal schwer fallen. Er würde seine früheren Mitstreiter davon überzeugen, dass es besser ist, sich von Marla Ramone zu verabschieden – weil sie ja vom FBI hereingelegt wird, ohne es zu wissen.«

»Rechtfertigt das einen solchen Alleingang?«, zweifelte Phil.

»Es ist kein Alleingang«, antwortete der Chef gepresst. »Es ist ein Himmelfahrtskommando.«

Haargenau so war es. Ich konnte nicht widersprechen. Und vor allem was Lawrence anging, hatte Mr. High den Nagel auf den Kopf getroffen.

William J. Lawrence.

Der ehemals schärfste Konkurrent Jack Ramones. Phil, Steve und Zeery kümmerten sich vor allem um ihn, während ich mit der gefährlichsten Frau New Yorks anbändelte. Auch jetzt, zu dieser Stunde, waren Steve und Zeery bereits wieder unterwegs, um die verschiedenen V-Leute auszuhorchen, die für uns in Sachen Lawrence die Ohren spitzten. Schon vor Ramones Verurteilung hatte Lawrence davon geträumt, der neue große Mann des New Yorker Mobs zu werden. Auf die Idee, dass ihm ausgerechnet das Provinz-Flittchen aus Pennsylvania diesen Rang streitig machen würde, wäre er nicht mal in seinen schlimmsten Albträumen gekommen. Wir wussten alles von eben jenen Verbindungsleuten, die wir scharf gemacht hatten. Seit Beginn der Machtkämpfe entging uns nichts von dem, was sich in der Mob-Szene abspielte.

Daher wussten wir auch, dass Lawrence es auf dem umgekehrten Weg versucht hatte, den Marla einschlug. Er hatte seinen Charme spielen lassen – und war bei ihr abgeblitzt. Fassungslos musste er seinen Leuten über die Abfuhr berichtet haben. Seither kursierte der Originalton Marla Ramones in Mobster-Kreisen. *Als Unterführer könntest du bei mir mitmachen, William. Dann würde ich dich dulden.*

Zwar wagte es noch niemand, Lawrence öffentlich zu verspotten. Aber er wusste sehr wohl, dass dieser Spott hinter seinem Rücken stattfand. Er war Marlas Todfeind geworden. Nur so war letztlich der Feuerüberfall auf dem Hubschrauber-Ponton zu erklären. Lawrence hatte Beschatter auf Marla angesetzt, und die hatten nur darauf gewartet, ihrem Boss eine günstige Gelegenheit zu melden. Marlas Schnapsidee vom Hubschrauber-Heimflug war die Gelegenheit gewesen.

»Ich mache weiter«, sagte ich entschlossen. »Genau nach Plan. Wie es mit Washington abgestimmt wurde.«

»Es ist Ihre Entscheidung, Jerry«, entgegnete Mr. High. »Noch können Sie zurück.«

Ich schüttelte den Kopf.

Noch bevor ich meine Entscheidung lange begründen musste, schlug eines der Telefone auf dem Schreibtisch des Chefs an. Sofort nachdem er sich gemeldet hatte, schaltete er den Mithörlautsprecher ein. Steve war dran.

»Wir haben es«, sagte er. »Harry Armstrong hat diesen Wahnsinn auf dem Heliport für Lawrence veranstaltet.«

»Ist das sicher?«, vergewisserte sich Mr. High.

»Ja, Sir. Es ist die gleich lautende Auskunft von drei verschiedenen V-Leuten.«

Armstrong war einer von Lawrences Unterführern. Ich gab dem Chef ein Handzeichen. Er nickte.

»Wissen Sie, wo Armstrong steckt?«, erkundigte er sich.

»Wir sind dabei, es herauszufinden«, antwortete Steve. »Es heißt, er glättet sein Nervenkostüm irgendwo an der Eighth Avenue.«

»Gut. Er wird beschattet, sobald Sie ihn ausfindig gemacht haben.« Mr. High legte auf und sah mich schweigend an.

Es gab nichts mehr zu sagen. Armstrong war die Gelegenheit, auf die ich gewartet hatte. Die Gelegenheit, meine Rolle so glaubwürdig auszubauen, dass Marla Ramone gar nicht mehr anders konnte, als vor Mitleid mit mir zu zerfließen.

Auch ein weiblicher Mafia-Boss hat schließlich einen Mutterinstinkt.

Die See war ein Ungeheuer. Sie hatte sich mit dem Sturm verbündet. Beide zusammen wollten das Schiff verschlingen. Die Naturgewalten hatten die rabenschwarze Nacht als dritten Verbündeten auserwählt, und so würde niemand etwas von dem Unglück bemerken, das hier geschah. Denn alle Lampen an Bord waren gelöscht worden. Die armen Seelen auf dem Schiff würden von der eisigen Tiefe verschlungen werden, ohne dass irgendein

Mensch auf der Welt auch nur um sie trauern konnte. Denn sie verschwanden ja spurlos. Niemand hatte sie auf dieses furchtbare Schiff gehen sehen und niemand würde von dessen Untergang erfahren.

Maria Nuñez konnte es sich jedenfalls nicht vorstellen.

Sie wusste zwar, dass es Funk und Radar gab. Auf anderen Schiffen, ja. Aber bestimmt nicht auf diesem. Maria war mit den sechs anderen Mädchen an Deck getrieben worden. Kreuz und quer zwischen den Ladeluken und Verschanzungen befanden sich straff gespannte Taue. Stinkende Seeleute hatten den Mädchen befohlen, sich aufzustellen und an den Tauen festzuhalten.

Zuerst hatten sie vor Angst geschrien.

Das Schiff stampfte und rollte in der See. Hoch stieg der Bug gegen den Nachthimmel auf, wenn ein Wellenberg den stählernen Leib anhob. Auf der Höhe des Wellenkamms schien das Schiff zu zögern, zu verharren, als ob es eine Umkehr gegeben hätte. Dann aber senkte es sich zu einer Talfahrt, die Maria dieses entsetzliche Gefühl vermittelte, ihr würden die Eingeweide aus dem Leib gerissen werden. Die rasende Talfahrt endete stets mit einem ohrenbetäubenden Donnern, wenn der vordere Teil des Rumpfes aufkam, nachdem er sekundenlang aus der Höhe der Woge ins Freie geragt hatte. Dieser Aufprall ließ den ganzen stählernen Leib erbeben, in seinen Schweißnähten ächzen und knarren.

Weißer Gischt stob nach jedem Aufprall haushoch auf, beiderseits des Bugs, und rauschte gleich darauf als ein Schwall von eisiger Nässe auf die Decks nieder. Maria und ihre Leidensgefährtinnen duckten sich dann, ohnehin schon nass bis auf die Haut, und sie hielten sich krampfhaft fest. Ihre nackten Füße verloren den Halt auf dem rostigen Deckstahl. Die dünnen Fetzen klebten ihnen auf der Haut. Alle sieben waren sicher, dieses niemals lebend zu überstehen.

Den Traum von einem fernen, reichen Land, das sich »Estados Unidos« nannte, Vereinigte Staaten, war längst ausgeträumt. Die höllischen Nächte im Bauch des Frachtschiffs hatten den Mädchen alle schönen Gedanken geraubt. Und nicht einmal jetzt, in Kälte und Nässe, Sturm und Finsternis, ließen die verdammten Kerle sie in Ruhe. Immer wieder tauchten wie aus dem Nichts die schmierigen, Besitz ergreifenden Hände auf, um sich die wehrlosen Körper da zu krallen, wo es ihnen am besten gefiel. Die Mädchen erduldeten es stumm, wie sie alles stumm erduldet hatten, seit sie bei Nacht und Nebel im Hafen von Barranquilla an Bord gebracht worden waren.

Die Peiniger bewegten sich mit traumhafter Sicherheit. Für sie war es kein Sturm, nur Windstärke sechs. Über die Ängste der Mädchen hatten sie nur schallend gelacht. Und ihre Brutalität hatte sich immer dann noch gesteigert, wenn ihre Opfer nicht mehr anders konnten, als ihre Angst hinauszuschreien oder einfach in Tränen auszubrechen.

Maria spürte, dass sie ihren Körper nicht mehr unter Kontrolle hatte. Das Zittern wurde übermächtig. Nässe und Kälte würden sie umbringen, bevor sie auch nur einen Fuß auf den Boden des gelobten Landes setzen konnte. Den anderen ging es keinen Deut besser. Keines der sieben Mädchen glaubte noch daran, jemals ein menschenwürdiges Leben führen zu können.

Menschenwürdiges Leben.

Davon hatten die freundlichen Männer in Peru immer geredet. Mit ihren siebzehn Jahren war Maria zwar die Älteste, aber sie hatte sich ebenso wenig wie die anderen vorstellen können, was das wirklich bedeutete: menschenwürdiges Leben. Die übrigen Mädchen waren ein Jahr jünger, eines sogar zwei Jahre jünger als Maria Nuñez. Die Männer hatten sie aus ihren Heimatdörfern in den peruanischen Anden geholt. Mit den Alcaldes hatten die Fremden irgendeinen geheimnisvollen Handel getrieben. Was Maria mit den anderen Mädchen verband, war ein gleichartiges Schicksal. Sie hatten alle ihre Eltern verloren, bei den grausamen Kämpfen in den Bergen kamen so unendlich viele ums Leben. Und die Kinder verstanden nicht, was der

Unterschied war zwischen den Kämpfern des »Sendero Luminoso«, des Leuchtenden Pfads, und jenen, die sich Soldaten nennen durften. Die Kinder hatten nie verstanden, warum sie und die Erwachsenen in Angst und Schrecken leben mussten. Aber sie hatten ebenso wenig glauben können, dass die Menschen irgendwo auf der Welt anders waren – weniger grausam, weniger menschenverachtend.

Nun aber war sowieso alles zu Ende. Aus dieser Hölle, der alles verschlingenden See, gab es kein Entrinnen. Davon war Maria überzeugt. Es war ihr Schicksal, sie würden alle sterben. Ein Mensch muss seiner Heimat treu bleiben, hieß ein Gesetz in ihren Dörfern. Dagegen hatten sie verstoßen, und nun war ihnen die Strafe der Götter sicher. Ja, es gab sie noch immer, die Götter der Vorfahren. Sie hatten sich niemals vertreiben lassen.

Sie lebten. Und sie straften.

Die Ratten kamen aus der Finsternis. Auf einmal waren sie wieder da, und sie drängten sich zwischen die Taue. Vier Kerle. Sie stanken wie das ganze Schiff nach Dieselöl, Rost, Knoblauch und ganz einfach nach Dreck. Sie waren so verkommen wie der Frachter, auf dem sie fuhren. Maria und die anderen hatten nicht mehr die Kraft, sich gegen die gierigen Hände der Ratten zu wehren.

Seltsamerweise ließ während dieser entwürdigenden Minuten der Sturm nach – das, was Maria für einen Sturm hielt. Die See wurde ruhiger, und dieses furchtbare donnernde Aufschlagen des Schiffsrumpfes blieb auch aus. Maria wusste nicht, dass es einen Seewetterbericht gab und dass der schmierige Kapitän und seine Offiziere ungefähr auf die Stunde genau gewusst hatten, wann es an ihrer Zielposition ruhiger werden würde.

Ruhig genug zum Ausbooten.

Für die Mädchen aus dem Hochland Perus sollte die Hölle erst noch beginnen. Maria Nuñez spürte es mittlerweile mit allen Fasern ihrer Sinne. Die Kerle sprachen mit einem ihr fremden Akzent, ein merkwürdiges kolumbianisches Kauderwelsch wahrscheinlich. Aber es war doch Spanisch, und Wörter wie »Abschied« und »ein bisschen Spaß« konnte Maria durchaus verstehen. Also würden sie das Schiff verlassen. Die äußeren Umstände raubten Maria alle Illusionen. Sie hatte sich strahlenden Sonnenschein vorgestellt, eine wunderschöne Küste und Menschen, die zur Begrüßung winkten.

Stattdessen mussten sie sich einschleichen.

Ein knapper Pfeifton ertönte von der Kommandobrücke. Die Ratten gerieten in eilige Bewegung. Maria wurde als Erste zur Verschanzung geführt. Außer dem silbrigen Schaum auf den Wellen konnte sie nicht viel erkennen. Trotzdem grauste es ihr vor der Tiefe, in die der schwarze Schiffsrumpf hinabführte. Sie wollte es nicht glauben, aber dann, als die Kerle sie packten und einfach auf die dünnen Holzsprossen der Jakobsleiter hoben, überfiel sie die Gewissheit wie ein bösartiges Tier. Sie musste hinunter in dieses Rauschen und Klatschen der Fluten. Warum warf man sie nicht einfach über Bord? Sie konnte dort unten in der düsteren Tiefe nichts erkennen. Kein Boot, kein anderes Schiff, nichts.

Die Ratten lachten schadenfroh, riefen ihr etwas zu, das wie »gut festhalten« klang. Aber ihre Sinne waren schon so umnebelt, dass sie es kaum noch richtig verstand. Salzwasser und Tränen verschleierten ihre Augen, und es war nur noch ein instinktiver Überlebenswille, der sie veranlasste, ihre Hände mit der übermenschlichen Kraft einer Ertrinkenden um die glitschigen Holzsprossen zu klammern. Auf dem Weg nach unten rutschte sie mit den Füßen mehr als einmal ab. Es erschien ihr wie ein Wunder, dass sie nicht abstürzte und nicht von dem Ungeheuer See verschlungen wurde.

Auf einmal waren andere Hände da. Derbe Fäuste. Sie gehörten großen, dick angezogenen Männern. Die Männer standen in einem schwankenden Boot, als ob sie mit den Stiefeln auf dem Boden festgewachsen wären. Auch dieses Boot war völlig unbeleuchtet. Die Männer redeten kaum, und das wenige, was sie sich untereinander zu sagen hatten, war in einer fremden Sprache, die Maria Nuñez und die anderen niemals gehört hatten. Denn in ihren entlegenen Bergen gab es keine Radios und erst recht keine Fernsehapparate.

Maria hatte sich nicht einmal vorstellen können, dass auf der Welt Menschen existierten, die etwas anderes sprachen als ihre Muttersprache.

Das Dünengras rauschte im Wind wie ein Getreidefeld. Völlige Dunkelheit hüllte mich ein. Gegen die Kälte war ich diesmal besser gerüstet. Ich lag auf grobkörnigem Sandboden, eingepackt wie ein Marinesoldat fürs Manöver auf Grönland. Trotzdem war ich voll beweglich. Die paramilitärischen Klamotten aus der Kleiderkammer des FBI sind eben maßgeschneidert für Einsätze dieser Art. Der entscheidende Unterschied zum arktischen Einsatz bestand in der Tarnfarbe. Statt schneeweiß war ich nachtschwarz eingekleidet, und sogar meine winterliche New Yorker Gesichtsblässe hatte ich schwarz übertüncht. Mit Theaterschminke.

Mit den Springerstiefeln war ich in den Dünen und am Strand von Fire Island gut vorangekommen. Die Kampfhose aus Thermostoff lag eng an und war mit praktischen Beintaschen ausgestattet. Jede Menge Taschen, auf FBI-typische Ausrüstung zugeschnitten, hatte auch die schwarze, parkaähnliche Jacke. Kapuze und flauschiges Futter machten mich unabhängig vom Wetter. Ich trug alles griffbereit. Dienstrevolver, Walkie-Talkie, Nachtsichtgerät, Signalpistole, Mehrzweckmesser, Kompass, Handschellen, Kunststoffschnüre für schnelles Fesseln, ein Nylonseil und ein MagLite, jene weit reichende Stablampe, die auch unsere Kollegen von der City Police verwenden.

Nur Atemzüge lang verharrte ich an einer Stelle. Dann robbte ich weiter.

Den höchsten Punkt der Düne hatte ich bereits erreicht. Trampelpfade, wie kleine Hohlwege zwischen den Grasbuckeln, führten kreuz und quer über die Anhöhe. Die Pfade waren jedoch nicht tief genug. Ich konnte es nicht riskieren, mich aufzurichten. Denn ich musste kurz vor dem Ziel sein. Mein Orientierungssinn ließ mich garantiert nicht im Stich.

Über den Robert Moses Causeway waren wir von Long Island herübergekommen. Bis nach Fire Island Pines waren wir mit den Jeeps gefahren, einem Cherokee und einem Wrangler, beide aus dem Fuhrpark des FBI New York. Ich hatte mich in Pines von den Kollegen getrennt. Wir hatten unseren Weg zu Fuß fortgesetzt, jedoch unabhängig voneinander. Der Strand von Fire Island, Great South Beach, war im Sommer ein beliebtes Ziel für Einheimische und Touristen. Viele Personenfähren verkehrten dann zwischen der eigentlichen südlichen Long-Island-Küste und den vorgelagerten Inseln. Im Winter verirrte sich kaum jemand hierher. Vor allem nicht nachts.

Zwischen Pines und Davis Park war der Inselstreifen schmal und menschenleer. Ungefähr zwei Meilen weit war ich in den Senken zwischen den Dünenkämmen marschiert. Ich war zügig vorangekommen.

Der Stützpunkt der US Coast Guard, unterhalb des Causeway gelegen, war in Alarmbereitschaft. Sämtliche Patrouillenboote befanden sich sozusagen auf Schleichfahrt. Ihre eigenen Ortungsergebnisse und unsere Funknachricht würden sie zum Handeln veranlassen. Zwar hatte ich noch keine Funkmeldung von meinen FBI-Kollegen, doch auch sie mussten sich in diesen Minuten jener Stelle nähern, an der sie dann zuschlagen würden.

In neunzig Prozent der Fälle konnten wir uns auf die Informationen unserer V-Leute verlassen. Diese Art der Nachrichtenbeschaffung hatte viel Ähnlichkeit mit der Arbeit der Geheimdienste. Der größte Unterschied war, dass es bei uns nicht um weltpolitische Zusammenhänge, sondern um das organisierte Verbrechen ging. Eine unangenehme Gemeinsamkeit der beiden Branchen war, dass sowohl Spione als auch V-Leute von der Gegenseite gelegentlich mit absichtlichen Falschinformationen gefüttert wurden.

William J. Lawrence und seine Komplizen hatten so was garantiert genauso perfekt drauf wie die Kollegen von der CIA oder damals der KGB. Andererseits war Lawrence zurzeit in einer Stimmung, in der ihm vielleicht eher Fehler unterliefen als sonst. Für uns hatte das neben der Beschattung Harry Armstrongs zu der zusätzlichen Information geführt, dass auf Fire Island ein wichtiger Job laufen sollte – wichtig für den Lawrence-Mob und noch wichtiger für Harry.

Nach dem Fehlschlag auf dem Hubschrauber-Landeplatz war es seine Chance zur Wiedergutmachung. Versagte er auch diesmal, konnte es dem bedauernswerten Harry passieren, dass ihn sein Brötchengeber auf den Grund des Long Island Sound stellte. In Betonschuhen.

Der Trampelpfad, auf dem ich mich befand, endete jäh.

Ich tastete mit den Händen nach unten und stellte fest, dass ich mich an einer Abbruchkante befand. Meine Augen hatten sich etwas an die Dunkelheit gewöhnt. Mit einiger Mühe konnte ich erkennen, dass sich das Gelände etwa drei Fuß tiefer flach fortsetzte.

Weit entfernt, am nördlichen Horizont, sah ich ein paar spärliche Lichter. Nur winzige Punkte. Das mussten die Ortschaften West Sayville und Bayport sein, auf dem Festland von Long Island.

Ich konzentrierte mich auf die unmittelbare Umgebung. Auch der Pfad, der hier abbrach, musste im Sommer von den Badegästen benutzt werden. Vermutlich von den Jüngeren, die an der Kante runtersprangen und das Nordufer der Insel ein bisschen schneller erreichten.

Mit bloßem Auge vermochte ich im Vordergrund nichts zu erkennen. Da war nur schwarze Soße. Nicht mal die

Brandungslinie des Ufers war auszumachen. Doch die Erklärung dafür war einfach. Es gab hier keinen Strand, sondern einen Anleger von mehreren hundert Yards Länge, an dem im Sommer die privaten Boote festmachten. Die Leute überquerten dann einfach die Dünen, und schon waren sie am südlichen Strand, der Great South Beach.

Ich zog das Nachtsichtgerät aus der Hüfttasche links. Bevor ich mich in der öden Insellandschaft auf ein Himmelfahrtskommando einließ, musste ich wissen, woran ich war.

Das Doppelglas verwandelte die Dunkelheit in ein milchiges Grau. Ich richtete die Optik zuerst auf das Gelände direkt unterhalb der Abbruchkante. Nach einem Sandstreifen von wenigen Yards Breite begann eine mit Splitt und Asphalt befestigte Fläche. An verschiedenen Stellen war der Asphalt brüchig geworden, und distelartige Pflanzen wuchsen aus den Ritzen. Quadratisch und rechteckig angeordnet, ragten einbetonierte Winkeleisen und Stahlschienen aus dem Boden – Verankerungen für Verkaufsbuden, die hier während der gesamten warmen Jahreszeit fest aufgebaut waren.

Die Uferbefestigung mit dem Anleger war eine geradlinig verlaufende Kante. Das Nachtsichtgerät zeigte mir nun auch den Wellengang dahinter. Das Wasser der Great South Bay sah aus wie Milchsuppe kurz vor dem Kochen.

Und der Anleger war nichts als diese gerade Linie.

Ich schwenkte das optische Gerät nach links. Auf gut hundert Yards blieb das Bild unverändert. Dahinter ragte eine Buschgruppe bis ans Ufer hinunter. Kein Wasserfahrzeug verirrte sich im Spätwinter hierher. Es gab gemütlichere Aufenthaltsorte für Sportboot-Freaks. Zum Beispiel die Yachtclubs mit ihren Bars und den preisgünstigen Getränken für Mitglieder. Ich schwenkte das Glas zur anderen Seite, nach Osten. Die einsame Linie setzte sich fort. Doppelt so weit wie in entgegengesetzter Richtung.

Ich hielt den Atem an.

Dort, zweihundert Yards entfernt, war die Linie unterbrochen – nicht weit von einer felsigen Landzunge entfernt. Ich konzentrierte mich auf den Punkt und justierte die Scharfstellung der Optik.

Unglaublich!

Das Boot war schwarz wie die Nacht. Ohne das optische Spezialgerät hätte ich es nie entdeckt. Deshalb hatte es im ersten Moment nur ausgesehen wie eine Unterbrechung der Anlegerlinie.

Ich sah es mir genauer an. Ein Kajütboot mit einem zusätzlichen Kommandostand, hoch oben, der allerdings nur bei gutem Wetter benutzt wurde. Nie zuvor hatte ich so ein schwarzes Geisterschiff gesehen. Kein normaler Yachtbesitzer hätte das schnittige Weiß seines stolzen Wasserfahrzeugs gegen die Gruftfarbe eingetauscht. Sogar die Kajütfenster waren mit schwarzer Folie beklebt, wahrscheinlich von innen.

Ich stellte mir vor, dass dieser Leichenkreuzer einen geheimen Liegeplatz in einem privaten Küstenbootshaus hatte und vermutlich nie das Tageslicht sah. Ein maritim gepolter Graf Dracula hätte seine Freude daran gehabt.

Ich fackelte nicht lange, steckte das Gerät weg, schob mich von der Dünenkante zurück und setzte meinen Weg fort – ostwärts, immer im Schutz der Grasbuckel.

Minuten später war ich auf gleicher Höhe mit dem seltsamen Boot. Und doch passte es zu dem, was hier vermutlich laufen sollte.

Flach auf den Boden gepresst, schob ich mich über den Dünensand. Der Wind war mein Gehilfe, tarnte die wenigen Geräusche, die ich verursachte, durch das Rauschen des harten Grases. Abermals verharrte ich in einem der Trampelpfade, als ich das freie Gelände überblicken konnte. Es fiel zum Ufer hin sanft ab. Dort unten gab es eine kleinere Asphaltfläche, die nach rechts bis zur Landzunge reichte. Ich sah Bänke und Tische und gemauerte Grillplätze. Im Sommer musste es hier bis spät in den Abend hoch hergehen.

Wieder machte ich das Nachtsichtgerät klar. Ich hatte an Bord bisher keine Bewegung entdecken können. Kaum hatte ich die Okulare an die Augen gesetzt, fing das Boot an zu schwanken. Als ob ich es ausgelöst hätte.

Zwei Männer erschienen auf dem Achterdeck. Schwarz gekleidet wie ich. Und wahrscheinlich genauso gut ausgerüstet wie ich. Die beiden Männer sprangen an Land. Das Boot schwankte stärker. Es war lediglich vorn und achtern mit dünnen Kunststoffleinen vertäut. Auf dem Anleger befanden sich kleine stählerne Poller in Zehn-Yards-Abständen.

Die Schwarzgekleideten trennten sich. Einer kam direkt auf mich zu. Er zog ein Walkie-Talkie aus der Tasche. Wenn er seine Richtung beibehielt, würde er über mich stolpern. Der andere näherte sich dem Dünenkamm zehn Yards weiter westlich.

Ungehindert fegte der Wind über den Strand, stärker als in den Dünen. Und kälter. Die drei Männer – schwarz getarnt wie ihr Kollege Cotton – kamen dennoch zügig voran. In der Dunkelheit waren sie praktisch nicht zu sehen, selbst auf wenige Yards Entfernung glichen sie Schatten. Ihre knirschenden Schritte wurden vom Heulen des Windes und vom Rauschen des Dünengrases geschluckt. Die G-men waren in der Lage, ein eiliges Marschtempo vorzulegen, denn auf dem von Wind und Wellen gehärteten Sand sanken die Sohlen ihrer Springerstiefel nur wenig ein.

Phil Decker hatte die Führung übernommen. Steve Dillaggio und Zeerookah folgten ihm mit jeweils drei Schritt Abstand. Die G-men hatten sich zusätzlich zu den Revolvern mit Maschinenpistolen ausgerüstet. Die vollautomatischen Waffen waren mit Zielfernrohr, Restlichtverstärker und Laserzielgerät bestückt. Es handelte sich um die MP5 von Heckler & Koch, eine der offiziellen Dienstwaffen des FBI.

Zeerookah, der wegen seiner indianischen Abstammung nur diesen einen Namen hat, trug einen kantigen Rucksack, aus dem eine Antenne ragte – hoch und federnd wie eine Angelrute. Den Sprechapparat des tragbaren Funkgeräts hielt Zeery in der linken Hand, während seine Rechte auf der MPi lag. Durch das hochleistungsfähige Funkgerät waren sie für die Patrouillenboote der Coast Guard jederzeit erreichbar.

Zeerys Aufgabe war es, die Dünen zu beobachten und nach hinten zu sichern. Währenddessen widmeten Phil und Steve ihre volle Aufmerksamkeit dem Atlantik. Doch nirgendwo war auch nur der geringste Lichtschimmer zu erkennen – weder landeinwärts noch seewärts. Seit ihrem Abmarsch von Fire Island Pines hatte sich daran nichts geändert. Weder von Jerry noch von der Coast Guard kam eine Funkmeldung.

Den FBI-Beamten drängte sich die Vermutung auf, dass der ganze Aufwand womöglich umsonst war. Es konnte sich um eine falsche Information handeln. Oder um eine gezielte Fehlinformation. Vielleicht hatten sie sich zu sehr vom Wunschdenken leiten lassen. Die Gelegenheit, Jerrys Einsatzplan genau wie vorgesehen abspulen zu lassen, war einfach zu verlockend. Durchaus denkbar, dass Armstrong längst wieder auf dem Weg nach Manhattan war. In dem Fall war sein Ausflug nach Long Island eine raffinierte Finte gewesen. Und Lawrence hockte in seiner warmen Bude und rieb sich hohnlachend die Hände.

Das Funkgerät meldete sich mit einem Krächzen.

Schlagartig blieben die Männer stehen. Phil und Steve drehten sich zu Zeery um.

»Zulu für Yankee«, sagte eine Stimme, die trotz der atmosphärischen Störungen gut zu verstehen war. »Yankee, bitte kommen! Over.«

»Hier Yankee«, antwortete Zeery. »Ich habe Sie acht-sechs. Over.« Die Codeziffern standen für brauchbaren Empfang. Zulu war das Kürzel für das Coast-Guard-

Patrouillenboot ZH381, das knapp außerhalb der Drei-Meilen-Zone vor Fire Island kreuzte.

»Zehn-zwo, wie erwartet«, sagte der Funkoffizier des Patrouillenboots.

Phil und Steve stießen einen leisen Pfiff aus. Zehn-zwei war die Codezahl für »Aufbringen eines verdächtigen Schiffes«.

»Verstanden«, antwortete Zeery und wiederholte. »Zehn-zwo. Haben Sie weitere Informationen? Over.«

»Zehn-drei und zehn-sechs. Das ist im Moment leider alles. Over.«

»Mehr wollen wir doch gar nicht«, antwortete Zeery und beendete das Funkgespräch, nachdem er die beiden Codezahlen wiederholt hatte. Zehn-drei bedeutete, dass das Schiff von der Coast Guard besetzt worden war und in den Hafen von New York gelotst wurde, um dort an die Kette gelegt zu werden. Zehn-sechs sagte aus, dass ein kleineres Wasserfahrzeug von dem betreffenden Schiff zur Küste hin unterwegs war.

»All right, dann fehlt nur noch Jerrys Meldung, und wir haben Armstrong im Kasten«, sagte Phil. »Also rollen wir schon mal den roten Teppich aus.«

Die beiden Kollegen grinsten. Sie zogen sich von den heranspülenden Wellen zurück und gingen am Fuß der ersten Düne in Stellung – weit auseinander gezogen. Sie legten die MagLites bereit und überprüften die MPis. Zeery nahm das Funkgerät vom Rücken und stellte es neben sich in den Sand.

Noch war die See rabenschwarz und unergründlich.

Aber wer auch immer da herannahte – der Empfang würde überwältigend sein.

Lautlos schob ich mich rückwärts. Das Nachtsichtgerät hatte ich in der Tasche verstaut. Ich war nicht ganz so schnell wie der Kerl, der da auf mich zukam. Aber ich hatte den Vorteil, dass er von meiner Anwesenheit nichts ahnte.

Ich stemmte mich vorsichtig aus dem Trampelpfad heraus und glitt in das Gras unmittelbar rechts darüber. Es raschelte verräterisch, aber da war immer noch mein zuverlässiger Partner, der Wind.

Der herannahende Schatten bewegte sich so forsch und arglos wie zuvor. Er hatte das Walkie-Talkie hochgehoben und ließ es auf der Schulter ruhen. Allem Anschein nach rechnete er jeden Moment mit einem Funkspruch.

Das, womit er nicht rechnete, blühte ihm innerhalb der nächsten drei Sekunden.

Er erreichte die Stelle, an der ich auf dem Pfad gelegen hatte. Er schöpfte keinen Verdacht. Zwar vermochte er sich in der Dunkelheit gut zu orientieren, aber seine Augen waren nicht katzenhaft genug, um platt gedrückten Sand in der Finsternis erkennen zu können.

Ich drehte mich vorsichtig auf die Seite, dem Pfad zugewandt, und spannte die Muskeln. Der Schatten wuchs auf mich zu. Auch seine Schritte waren nahezu lautlos. Und er fühlte sich so sicher wie in Abrahams Schoß, Alleinherrscher über die Dünen von Fire Island. Damit musste Schluss sein. Jetzt. Als er direkt vor meiner Nase war, streckte ich das linke Bein und holte damit aus.

Er bemerkte die Bewegung und zuckte zusammen. Zu spät jedoch.

Ich senste ihn von den Füßen.

Er kippte vornüber, als hätte ihm ein Pferd in den Rücken getreten. Das Gebrüll, zu dem er ansetzte, kam nicht mehr raus. Denn gerade als er den Mund weit aufriss, landete er auch schon im Sand. Der grobkörnige Fire-Island-Boden knebelte ihn auf der Stelle.

Er wollte hochkommen, wollte husten und spucken und Verrat schreien. Aber auch daraus wurde nichts. Denn ich war mit einem Satz über ihm, rammte ihm beide Knie zwischen die Schulterblätter und erneuerte damit die Knebelwirkung des Dünensands. Zwei gezielte Handkantenhiebe machten ihn endgültig stumm.

Ich legte ihn auf die Seite, damit er nicht erstickte, und ließ eine Stahlacht um seine Handgelenke schnappen. Ich hatte keine Zeit, ihn von dem Sand im Mund zu befreien. Wenn er erwachte, würde er mit anhaltendem Zähneknirschen beschäftigt sein.

Ich marschierte los, nahm seine Route auf, wandte mich aber schon nach wenigen Schritten nach rechts, um den Kurs seines Partners zu kreuzen. Von der Statur her war ich dem Bewusstlosen ähnlich. Der Überraschungseffekt konnte glücken.

Ich hörte seine Schritte knirschen, noch bevor ich ihn sah. Ihm musste es genauso ergehen. Denn als ich diese Bodenmulde erreichte, steuerte er sofort auf mich zu. Die Mulde war ein sandiges kleines Tal zwischen den Dünengrashügeln und hatte fünf Yards Durchmesser. Eine richtige kleine Arena, dachte ich. Und ich dachte auch daran, welche netten Spiele unbeobachtete Pärchen hier im Sommer spielen mochten.

Der, der mich für seinen Kumpel hielt, stapfte durch den Sand wie durch yardhohen Schnee. Das sollte mir zeigen, wie wütend er war. Imponiergehabe. War er Armstrong? Oder sonst wie ranghöher?

»Was soll der Scheiß?«, zischte er auf zwei Yards Entfernung.

Noch waren wir beide nur Schatten füreinander.

»Ich hab mich verlaufen«, antwortete ich kleinlaut. »War keine Absicht, Mann.«

»Das darf ja wohl nicht ...« Er prallte zurück und unterbrach sich, als seine Gedankenarbeit nachkam. Er war einen halben Kopf größer als ich und einen ganze Ecke breiter. So gigantisch wirkte er jedenfalls in der Dunkelheit. Er stand da und starrte und stutzte. Armstrong war er nicht.

Da ich weiter auf ihn zuging, entschloss er sich, zu reagieren. Ich trat ihm schon fast auf die Füße, als er seine Abwehr aufbaute und versuchte, mich auf die Schnelle mit einer Geraden aus dem Weg zu schaffen. Für ihn blieb es beim Versuch. Mit einem entgeisterten Grunzen nahm er zur Kenntnis, dass sowohl sein angewinkelter als auch sein gestreckter Arm zu flattern anfingen. Dabei hatte er nicht im Traum vorgehabt, einen Hahn beim Flugversuch zu imitieren. Er begriff, dass ich ihm diese lächerliche Pose eingebrockt hatte. Wie es passiert war, hatte er nicht gesehen. Dazu waren meine Handkanten zu schnell gewesen. Aber der Schmerz in seinen Armen war eindeutig genug. Ihm musste es vorkommen, als ob ihm die Muskeln durchtrennt worden waren.

Jedoch kein Grund für ihn, schon aufzugeben. Weil ich noch in seiner Nähe war, startete er einen neuen Versuch mit dem berühmten Knie. Dieses Hochrucken, mit dem man sein Gegenüber zum Anstimmen des Ur-Schreies bringt. Er war verteufelt schnell. Nur weil ich es kommen sah, entrann ich dem Ur-Schmerz. Durch blitzartiges Drehen auf dem linken Absatz. Sein Rammstoß schrammte meinen rechten Oberschenkel hoch. Es war, als ob die dortige Muskelpartie mit einem Steakhammer bearbeitet wurde.

Doch er hörte nicht mal ein Stöhnen von mir. Stattdessen kriegte er es mit meinem Konter zu tun. Für die Zeit nach seinem Kniestoß hatte er nämlich keinen Plan. So bewahrte er sein Gleichgewicht mit schlenkernden Armen und wich einen Schritt zurück, weniger freiwillig als durch den unverhofften Widerstand gegen seine Attacke. Aus dem Staunen kam er nicht mehr heraus. Dazu ließ ich ihm keine Zeit. Denn er sollte nicht erst auf die Idee kommen, in der Gegend herumzubrüllen. Das würde garantiert bis auf den Atlantik hinaus zu hören sein.

Also tupfte ich ihm eine erste Gerade aufs Zwerchfell. Eine zweite, härtere knapp darüber. Er riss den Mund auf, und seine Augen wurden zu Gummibällen, die sich von innen her aufpumpten. Der ganze Mann wankte vor und zurück wie ein morscher Baum nach dem ersten Axthieb. Noch einmal versuchte er, mir mit dem niederträchtigen Knietrick zu kommen. Er sah nicht ein, dass er schon zu benebelt war, um überhaupt noch einen Überraschungstreffer landen zu können.

Ich langte nur kurz hin, hakte mit der Rechten hinter seine Kniekehle und zwang sein emporgeschnelltes Bein hoch und höher – bis es ihm über den Kopf wuchs. Jetzt hätte er gern seinen Frust rausgeschrien. Aber mein Zwerchfelltupfer wirkte nach, hatte ihm zu viel von der Atemluft geraubt. Obwohl er seine Gesichtsluke auf volle Luftzufuhr gestellt hatte, kam nichts Tönendes zu Tage. Sein hochgehebeltes Bein kippte ihn nach hinten. Gern hätte er mit den Armen gerudert, aber mehr als ein schlappes Schlenkern war nicht drin. So schlug er lang in den Sand. Es klatschte dumpf, wie nach dem Aufschlag einer Tischplatte aus kanadischer Eiche. Und die Düne bebte.

Das hieß noch lange nicht, dass er schon fertig war. Wieder versuchte er es mit Beinarbeit, noch auf dem Rücken liegend. Enttäuschtes Ächzen war die Folge, als seine Tritte ins Leere gingen. Im selben Atemzug tauchte ich neben ihm auf. Das verkraftete er nicht. Er war so weit, dass er losschreien konnte. Ich hörte es an dem gurgelnden Ansatz seiner Stimmbänder. Ich war gezwungen, kurzen Prozess zu machen.

Eine knappe Handkantenserie genügte, und er streckte sich auf dem groben Sand. Ich verpasste auch ihm die Acht. Zusätzlich knebelte ich ihn mit seinem Schal, den ich hinter dem Nacken verknotete.

Ich verschwendete keine Zeit und machte mich auf den Weg zum Boot. Mehr als fünf Minuten hatte ich mit den beiden Kerlen nicht zu tun gehabt. Noch in den Dünen, zog ich das Walkie-Talkie hervor und rief die Kollegen im Flüsterton. Phil meldete sich, ebenfalls in Mindestlautstärke. Mit drei Sätzen, größtenteils codiert, erklärte ich ihm den Stand der Dinge. Er hörte sich erleichtert an, als er seinen Lagebericht durchgab. Ich verstand. Die Tatsache, dass die beiden Schwarzgekleideten von der Nordseite zur Südseite der Insel unterwegs gewesen waren, bewies, dass es doch

Echt-Informationen waren, die unsere V-Leute an Land gezogen hatten. Ich versprach, mich wieder zu melden, sobald ich auf dem trauerfarbenen Kahn Klarschiff gemacht hatte.

Ich nahm den Weg bis zur Landzunge oberhalb des Anlegers. Geduckt nutzte ich den Sichtschutz der winterlich kahlen Büsche. Aber diese Deckung war besser als das Nichts auf der freien Fläche vor dem Boot. Auch die gemauerten Grillblöcke und die Tische und Bänke dort halfen mir beim Vordringen. Nur einen Atemzug lang verharrte ich hinter der Rückenlehne einer Bank.

Das Boot war nur noch zehn Yards entfernt. Es schwankte nur noch leicht im Wellengang, und es war kein Lichtschein zu sehen. Auch herrschte absolute Stille. Ich fragte mich, ob Armstrong überhaupt an Bord war – allein oder mit weiteren Leuten. Okay, dies war nicht die Zeit, Fragen zu stellen, auf die niemand antwortete. Dies war die Zeit, etwas zu tun.

Die zehn Yards waren mein Restrisiko.

Ich überwand sie mit lautlosen, weit ausgreifenden Schritten. Wenn es auf dem Boot ein Nachtsichtgerät gab, hatte ich Pech. Wenn nicht, konnte ich hoffen, mein Schattenspiel zu gewinnen.

Ich erreichte den Poller mit der Heckleine. Die Situation war unverändert. Geduckt, die Muskeln angespannt, näherte ich mich den schemenhaften Umrissen des Bootes. Selbst auf die geringe Entfernung war die Tarnung hochwirksam. Ich zog den Revolver. Außer dem Singen des Windes und dem Klatschen der Wellen war nichts zu hören.

Vorsichtig bewegte ich mich weiter. Jetzt über die Leine zu stolpern wäre der aberwitzigste Fehler gewesen, der mir passieren konnte. Mit dem rechten Springerstiefel tastete ich an dem straff gespannten Kunststoffseil entlang. Selbst die flache Reling, original bestimmt aus Edelstahl, war schwarz lackiert. Das Boot hatte ein geräumiges Achterdeck, und nach den Außenmaßen der Kajüte zu urteilen, konnte ein

Football-Team darin locker seine Siegesparty feiern. Der reguläre Ruderstand, oberhalb des Niedergangs zur Kajüte, hatte ebenfalls verdunkelte Scheiben. Wahrscheinlich Spezialfolie, die die Sicht von drinnen nach draußen nicht beeinträchtigte.

Ein kaltes Kribbeln lief mir über den Rücken.

Möglicherweise wurde ich längst beobachtet.

Ich brachte die letzten zwei Yards hinter mich und enterte den Kahn kurz entschlossen. Die Reling befand sich knapp oberhalb des Anlegers, das Deck nur ein Fuß darunter. Ohne große Balanceakte konnte ich hinuntersteigen und dabei noch völlig geräuschlos vorgehen. Auch die Gewichtsverlagerung von einem auf beide Beine klappte reibungslos, sodass ich die Yacht nicht aus ihrem normalen Dümpeln herausbrachte. Trotzdem wuchs mein Unbehagen. Denn ich wurde das Gefühl nicht los, dass der oder die Typen an Bord längst wussten, dass sie Besuch bekamen.

Ich musste mich entscheiden. Kajüte oder Kommandostand? Kopf oder Zahl. Ich dachte an die Knobelei, die Phil und ich gelegentlich veranstalten, wenn solche Entscheidungen getroffen werden müssen. Ich bedauerte, dass mein Freund und Kollege nicht dabei war. Mit ihm gemeinsam hätte ich in dieser Situation keine Probleme gehabt. Mich beschlich eine Vorahnung von dem, was mich noch erwartete – wenn dieser Job auf Fire Island längst vergessen war. Nach diesem Alleingang würde ich eine ganze Weile weiter auf mich allein gestellt sein. Anders konnte es nicht laufen.

Ich entschied mich für die Kajüte.

Der Niedergang führte mit sechs schmalen Edelholzstufen abwärts. Das Schott war unverschlossen. Ich drückte es nach innen. Beim Eintreten duckte ich mich. Draußen war es um ein paar Schattierungen heller als drinnen. Armstrong würde mich zumindest als Silhouette prompt sichten.

Teppichboden schluckte meine Schritte. Ich hielt den Revolver beidhändig, waagerecht, schwenkte ihn synchron zu meiner Blickrichtung. Meine Augen gewöhnten sich an die Finsternis, ohne sie wirklich durchdringen zu können. Es war anders. Ich hätte gespürt, aus welchem Winkel die Gefahr drohte. So, wie ich die Anwesenheit eines Menschen gespürt hätte.

Die Kajüte war leer.

Ich beeilte mich mit dem Rest der Suche, nahm mir auch noch die Kojen im Bugraum vor. Meine Gewissheit bestätigte sich. Hier unten war niemand, nicht mal eine Bilgenratte, der ich auf den Schwanz hätte treten können. Das bedeutete nur eines: Wenn Armstrong oben im Kommandostand hockte, hatte er sich inzwischen halb tot gelacht. Jetzt, nach meiner ergebnislosen Suche, war es mir natürlich völlig klar. Er musste oben sitzen, weil er von da den Anlegervorplatz viel besser überblicken konnte.

Bevor ich geneigt war, mir selbst in den Hintern zu treten, meldete sich meine innere Stimme zur Ehrenrettung. Reg dich ab, Alter. Armstrong hätte ebenso gut ein Genussmensch sein können, dem das Bier im Kühlschrank wichtiger war als der Überblick. Außerdem gibt es noch die dritte Möglichkeit. Der ganze Kahn ist leer. Armstrong lässt seine Kumpane die Arbeit machen und besichtigt das Ergebnis nachher im Bootsbunker.

Okay. Das änderte nichts daran, dass ich mir den Kommandostand vornehmen musste.

Meine grauen Zellen waren mit dem Gedanken noch beschäftigt, als ich das Geräusch hörte.

Ein Knirschen, mehr zum metallischen Schaben hin.

Ich erstarrte. Wie von selbst lag mein 38er in der Visierlinie auf das Schott gerichtet. Mir wurde bewusst, dass ich aufrecht stand, ohne jede Deckung. Ich ging in die Knie, ließ mich zu Boden sinken und behielt den Smith im Anschlag. Der Teppichboden roch nach Salzwasser.

Es klickte zweimal laut und vernehmlich.

Und wieder war es still.

Kein Geräusch von Schritten, kein zusätzliches Schwanken des Bootes. Der Kerl da draußen war mindestens genauso gut wie ich, was die Lautlosigkeit betraf. Außerdem hatte er noch einen entscheidenden Vorteil. Er kannte seinen Kahn besser als ich. Davon musste ich ausgehen. Dass das Schottschloss durch eine Fernbedienung verriegelt worden war, konnte ich mir nicht vorstellen. Beim besten Willen nicht.

Ich wollte checken, ob das Schott wirklich abgeschlossen war. Aber noch während ich losrobbte, dröhnte mir die Stimme ins Gehör.

»Okay, Mister! Jetzt wissen wir, woran wir sind. Jeder von uns beiden weiß, wo sein Platz ist. Du bist der Kläffer in der Hundehütte, der keinen mehr beißen kann. Weil Herrchen den Schlüssel hat. Und Herrchen, das bin ich!« Schallendes Gelächter drang aus dem Lautsprecher. Normalerweise setzte der Bootsführer den wohl ein, um sich als Kapitän aufzuführen. Mit Ansprachen an die Passagiere, Informationen über Kurs, Fahrtdauer, Wetter und wer weiß was. In meinem speziellen Fall ging es eher um die Mitteilung eines Psychopathen an einen unbekannten Besucher.

Den Eindruck hatte ich jedenfalls.

Während ich noch überlegte, wie ich mit dem Hunde-Herrchen in Kontakt treten sollte, schien er schon meine Gedanken gelesen zu haben. Wieder dröhnte die Stimme meines Herrn, der er gern sein wollte.

»Es gibt allerdings einen wichtigen Unterschied, Mister! Ich erlaube meinem Kläffer, mit mir zu reden. Du benutzt dazu die Sprechanlage. Die befindet sich an Steuerbord, an der Mahagoniwand vor den Kojen. Und damit wir keine Schwierigkeiten mit der Anrede haben, werde ich dich ›Bonzo‹ nennen.«

Ich war schon an der Sprechanlage und hatte den Hörer ausgeklinkt. Meinen 38er hielt ich am langen Arm, in der rechten Hand. »Dann vermute ich mal ...«, sagte ich gedehnt, indem ich ins Dunkle grinste, »... du bist der große böse Wolf. Ich werde dich also ›Ede‹ nennen.«

»Aaah!«, trompetete er. »Mein Kläffer Bonzo ist ein Witzbold!«

»Unter anderem«, entgegnete ich trocken. »Aber Bonzo hat deine beiden kleinen Wölfe gefressen! Was sagst du dazu, Ede?«

Sekundenlang blieb es still. Er musste die Neuigkeit verdauen. Wie er darauf reagierte, konnte ich nicht vorhersehen. Ich wusste nicht, ob es Armstrong war, der von da oben sein hirnrissiges Zeug durch den Lautsprecher pustete. Wenn er es war, dann musste er seinen Verstand seit unserer letzten Begegnung mit Unmengen Alkohol umnebelt haben.

Denn vor einem Jahr, in einer Vernehmung wegen Steuerhinterziehung, hatte er noch klar und logisch reden können.

Er beherrschte sich, blieb ruhig. Herablassend tönte er: »Soso. Du glaubst, mich aus dem seelischen Gleichgewicht bringen zu können, was, Bonzo?«

»Unsinn. Ich mach es brutaler. Ich werde auch dich fressen, Ede. Ich bin nämlich ein ganz niederträchtiger, blutrünstiger Pitbull!«

»Was du nicht sagst! Bei wem bist du denn aus dem Zwinger entsprungen, Bonzo?«

»Das möchtest du wissen, was?«

»Ich werd es auch rauskriegen. Das garantiere ich dir.«

»Mach dir keine falschen Versprechungen, Ede. Hinterher bist du umso enttäuschter.«

»Dich hat die Ramone-Schlampe von der Leine gelassen! Stimmt's? Gib es zu, Drecksack!«

»Bonzo sollte mein Name sein.«

»Wenn du denkst, du kannst dich über mich lustig machen, dann werde ich …«

»Na, was?«

»Dann werde ich dir zeigen, was – was …« Ihm fiel schon wieder nichts ein.

»Okay«, sagte ich, »dann erzähl ich dir mal ein paar Takte. Weißt du, was passiert, wenn du aus deiner Bude da oben runterkommst? He, willst du es wissen? Dann schießt dir dein Kläffer Bonzo den Arsch ab! Das passiert, Ede!« Ich nahm mir vor, noch dicker aufzutragen, wenn nötig. Wenn er mich schon für Marlas Hofhund hielt, dann wollte ich der Rolle auch gerecht werden. Marla schickte keine Softies los, die sich durch vornehme Wortwahl auszeichneten. Marla hatte Männer, die ihren Feinden den Marsch bliesen. Und zwar mit Pauken und Trompeten. Daran musste ich denken.

»Du verfluchter Hurensohn!«, stöhnte der mutmaßliche Armstrong. Seine Hunde-Alberei schien er vergessen zu haben. »Ich zeig dir, wer hier wem was abschießt!«

»Na, dann lass mal deine Wunderwaffe sprechen! Von mir kriegst du erst mal zu sehen, was es nützt, mich einzuschließen!« Ich hängte den Hörer ein und hob den Revolver. Es ging nicht mehr anders. Ich konnte das Gespräch mit dem Schwachkopf nicht endlos fortsetzen. Ich hoffte nur, dass ich den Einsatz der Kollegen durch die Schüsse nicht störte.

Ich zog durch, ohne die Antwort von oben abzuwarten. Dreimal hintereinander ließ ich den Smith in der Dunkelheit donnern. Das edel glänzende Holz des Schotts hob sich deutlich von der Mattheit der gepolsterten Wände ab. Im Inneren des Bootes war zumindest auf die schwarze Tarnfarbe verzichtet worden.

Noch während der letzte Schuss verhallte, fegte ich los. Im Sprung zog ich den Kopf ein, brachte die linke Schulter vor. Berstend und splitternd gab das Holz unter meinem Anprall nach. Meine Sprunghöhe war richtig bemessen. Draußen, in der Kälte des Windes, knallte das zerstörte Schott auf die Stufen des Niedergangs, und ich musste keine Steigung überwinden, als ich mich mit immer noch eingezogenem Kopf abrollte – auf das Achterdeck hinaus. Der winzige Zeitvorteil, den ich dadurch herausholte, rettete mir das Leben.

Hinter mir hämmerten Kugeln in das flach daliegende Edelholz.

Ich spürte die Wucht der Einschläge durch das Vibrieren des Kunststoff-Decks.

Aus dem Abrollen heraus warf ich mich zur Seite. Wie gut ich daran tat, merkte ich, als es haarscharf neben mir krachte. Genau da, wo ich meinen Vorwärtsdrall beendet hatte, war ein gezacktes Loch im Kunststoff entstanden.

Ich zog die Beine an und federte hoch. Das nächste Geschoss schlug nur knapp hinter meinen Füßen ein. Ich sah es, als ich herumwirbelte. Aber ich verschwendete keine Zeit auf den Anblick. Mein Smith flog hoch. Beidhändig. Und ich zog in dem Sekundenbruchteil durch, in dem ich das Ziel erfasste.

Ich schoss ihn aus dem jetzt offenen Kommandostand heraus – indem ich tief hielt. Die Kugeln rissen ihn buchstäblich von den Beinen. Die drei, die sich noch in der Trommel befunden hatten, reichten völlig aus.

Mit einem gellenden Schrei kippte er vornüber. Er schaffte es, seine Automatic noch einmal abzufeuern, aber das Projektil vergrößerte lediglich den Schaden am Kajütschott.

Dumpf krachend landete der Mann oberhalb des Niedergangs. Verkrümmt blieb er liegen und rührte sich nicht mehr.

Bevor ich auf ihn zuging, lud ich den Smith nach. Dank der Schnelllader, die ich bei mir hatte, war das mit einem Handgriff erledigt. Die leeren Patronenhülsen rollten noch über das Deck, als ich vor dem Gangster stand.

Ich drehte ihn auf den Rücken. Er trug eine elegante Lederjacke mit Innenpelz. Sein Gesicht war nur geringfügig verschrammt.

Harry Armstrong.

Ich erkannte ihn sofort. Der gepflegte blonde Kinnbart und die Sonnenstudio-Bräune waren unverwechselbar. Mit dem legendären Jazztrompeter gleichen Nachnamens hatte Harry nicht mal den Hauch einer verwandtschaftlichen Beziehung. Und er würde Richtern, Staatsanwälten und Geschworenen erhalten bleiben. Die Kugeln hatten ihn in die Beine getroffen. Obwohl er ohne Bewusstsein war, kickte ich die Automatic aus seiner Reichweite, ehe ich meinen 38er holsterte und das Walkie-Talkie aus der Tasche zog.

»Kannst du es hören?«, fragte Phil, nachdem ich einen Kurzbericht in zehn Stichwörtern abgegeben hatte.

Ich horchte in die Ohrmuschel des Geräts. »Nein«, antwortete ich. Mehr als ein Rauschen konnte ich beim besten Willen nicht vernehmen.

»Maschinengeräusch«, erklärte Phil. »Hört sich nach Diesel an. Könnte ein Kutter sein. Aber seine Positionslampen hat er wohlweislich nicht eingeschaltet, der Junge.«

»Also hat er die Schüsse nicht gehört?«

»Kaum. Auch für uns war es nicht so laut, dass wir aus den Schuhen gekippt sind. Zeery hat übrigens gerade die Coast Guard angerufen. Ein Patrouillenboot steht nur eine Seemeile von dir entfernt. Du bekommst also gleich Hilfe für den Abtransport, und ein Notarzt wird auch verständigt.«

»Was ist mit der Presse?«

Ich konnte Phil grinsen sehen, als er antwortete: »Bleib, wo du bist, Alter. Die Geier liegen auf der Lauer, und sie werden sich früh genug auf dich stürzen. Zurzeit belagern sie die Coast-Guard-Station.«

»Dann bin ich ja beruhigt.« Wir beendeten das Gespräch. Es lief weiterhin alles nach Plan. Die letzte Hürde mussten Phil, Steve und Zeery nehmen. Doch ich zweifelte keine Sekunde daran, dass sie es schaffen würden.

Die drei G-men kauerten regungslos am Fuß der Düne. Über ihren Köpfen rauschte das Gras im Wind. Mit schmalen Augen spähten sie in die Dunkelheit. Selbst wenn von See her Scheinwerfer eingeschaltet wurden, würden sie auf den ersten Blick kaum zu entdecken sein. Und für einen zweiten Blick würden sie den Kerlen da draußen keine Zeit lassen.

Doch die Sache mit den Scheinwerfern war unwahrscheinlich. Die Gangster würden versuchen, so unauffällig wie möglich zu bleiben. Sie wussten, dass sie immer und überall mit der Coast Guard rechnen mussten. Dieser Abschnitt der Insel war nur deshalb so günstig, weil sie an Land keiner Menschenseele begegnen würden. Normalerweise nicht.

Dass diese Nacht außerhalb jeder Norm lag, ahnte niemand in der New Yorker Mob-Szene.

Die G-men hatten ihre Maschinenpistolen durchgeladen und entsichert. Sie hatten die Laserzielgeräte kurz getestet, oben, im Schutz der Dünen. Alle Geräte funktionierten einwandfrei. Die MagLites ruhten in Drahtgabeln, deren langes Ende im Sand steckte. Phil hatte das batteriebetriebene Megafon zusammengesteckt. Der Schalltrichter bestand aus aufgespannter Kunststoff-Folie.

Unterschiedlich deutlich war das tuckernde Dieselgeräusch durch den heulenden Wind zu hören. Doch es gab längst keinen Zweifel mehr, dass der Diesel näher kam. Ihre Position am Ufer hatten die FBI-Beamten nur geringfügig ändern müssen. Sie wussten jetzt, dass das Zubringerboot ziemlich genau auf sie zuhielt. Allerdings rechnete mit diesem Empfang keiner da draußen.

Phil, Steve und Zeery waren indessen froh, dass sie niemanden mehr von landeinwärts zu erwarten hatten. Sie konnten sich voll der Aufgabe widmen, die vor ihnen lag.

Immer noch war der Atlantik schwarz wie die Nacht. Keine Positionslampe, nicht mal das Aufflammen eines Feuerzeugs zeigte an, dass dort Menschen waren, die mit ihrer Nussschale aus der unwirtlichen Wasserwüste heraus an Land strebten.

Das Dieselgeräusch wurde nun rasch lauter.

Phil glaubte, einen weißen Streifen zu erkennen, kaum zweihundert Yards entfernt. Die Bugsee des Kutters? Er konnte nicht sicher sein. Die Dunkelheit verschluckte das Bild wieder, Augenblicke nachdem es entstanden war. Aber das musste nichts heißen. Es lag möglicherweise am Wellengang.

Die G-men hatten nur eine vage Vorstellung von dem, was ihnen bevorstand. Wohlweislich hatte die Coast Guard erst zugeschlagen, nachdem das »kleinere Wasserfahrzeug« schon weit genug entfernt gewesen war. Und es hatte geklappt. Die Kutterleute hatten keinen Verdacht geschöpft. Auf Funkverständigung mit ihren Komplizen an Land würden sie so lange wie möglich verzichten. Die Gefahr, dass sie durch die Coast Guard abgehört wurden, war ständig gegeben.

Vor allem wussten die FBI-Beamten nicht, mit wie vielen Gegnern sie es zu tun haben würden. So weit waren die Informationen der V-Männer nicht gegangen. Und was für Menschen waren es, die hier an Land gebracht wurden? Würden sie dafür kämpfen, illegal in die Vereinigten Staaten einzudringen? Waren sie bewaffnet worden von ihren amerikanischen Helfern?

Es gab eine Reihe von Möglichkeiten, wie sich die Dinge entwickeln würden. Phil und seine Kollegen hatten die Variationen in ihrer Einsatzbesprechung durchgespielt. Sie waren gut vorbereitet.

Schweigend beobachteten sie das dunkle Wasser, den wesentlich schwächer gewordenen Wellengang. Ein Wortwechsel war nicht mehr nötig.

Unvermittelt sah Phil wieder diesen hellen Streifen.

»Da sind sie!«, ertönte Zeerys gedämpfte Stimme im selben Moment.

»Danke für den Hinweis, Rothaut!«, flüsterte Steve spöttisch. »Darauf wären wir selber nie gekommen.«

»Bleichgesichter haben schlechte Augen und schlechte Ohren. Nur ihre große Klappe ist nicht zu übertreffen.«

»Ruhe!«, mahnte Phil grinsend. Dabei hatte er volles Verständnis. Bei Dienstpartnern, die auch privat Freunde geworden waren, gehörte der rau-herzliche Ton zum Alltag. Bei ihm und Jerry war es nicht anders. Manchmal war es ein

Ausgleich für die Anspannungen, die der Dienst mit sich brachte.

Der Diesel verdoppelte seine Lautstärke. Es lag daran, dass das Geräusch nicht länger von den Wellen abgeschirmt wurde.

Das Boot erreichte das flache Uferwasser, und zugleich wurden die Umrisse des Rumpfes erkennbar. Ein gedrungener Rumpf, die Form unverkennbar, obwohl er in dunklem Grau angestrichen war statt im üblichen Weiß. Es war ein ehemaliges Rettungsboot, das wohl nur mit einer stärkeren Maschine ausgestattet worden war.

Mit nachlassender Fahrt glitt das Boot auf den Strand zu. Der Diesel senkte seine Drehzahl zu einem nagelnden Leerlauf. Wahrscheinlich würde die Nussschale sofort wieder auslaufen, um ihr Versteck in einer der vielen Felsenbuchten anzusteuern.

Noch waren die Menschen im Boot nur als dunkle, verschwommene Masse zu erkennen. Sie schienen sich zu ducken, und statt fröhlichen Geschnatters über die Ankunft im ersehnten Nordamerika schien Weltuntergangsstimmung zu herrschen.

Der Kiel knirschte auf den Sand. Schon nach einem Yard lag das Boot fest. Schatten sprangen ins seichte Wasser. Schwere Stiefel klatschten. Die Schatten vermehrten sich, waren im Dunkeln nicht voneinander zu unterscheiden. Die Größeren unter den Silhouetten trieben die Kleineren an. Doch nach ein paar Schritten auf den Strand wurden sie unschlüssig.

Die G-men kannten den Grund. Die dort unten, in zwanzig Yards Entfernung, warteten auf das Empfangskomitee, auf die beiden Männer, die Jerry aus dem Verkehr gezogen hatte.

Phil stieß einen Zischlaut aus.

Alle drei MagLites flammten gleichzeitig auf. Wie ein Blitz trafen die gleißend hellen Lichtkegel auf die Versammlung am Strand.

Aus den Schatten wurden Gestalten, die vor Schreck zusammenzuckten.

Den G-men stockte der Atem.

Die Gestalten waren – Mädchen – Kinder!

Drei Kerle bewachten sie, ein Vierter saß im Boot. Alle vier hatten Waffen umgehängt. Maschinenpistolen. Kurzläufige Uzis.

Steve und Zeery entsicherten die MPis. Ihre Daumen ruhten auf den Schaltern der Laserzielgeräte.

Phil hatte das Megafon eingeschaltet und sprechbereit. Seine Stimme dröhnte zum Wasser hinunter.

»Dies ist ein FBI-Einsatz! Nehmen Sie die Hände hoch und bewegen Sie sich nicht! Andernfalls wird sofort scharf geschossen! Ich wiederhole …«

An der Wiederholung hatten sie kein Interesse. Die Kerle gerieten in jähe, wutentbrannte Bewegung. Auch der Mann im Boot dachte nicht daran, dem Befehl zu gehorchen. Während die anderen die Riemen von den Schultern rissen, griff er nach unten vor seine Füße.

Phil ließ das Megafon fallen und packte seine MPi. Seine Kollegen hatten ihre Waffen im Schulteranschlag.

Alles ging rasend schnell.

Glutrote, bleistiftdünne Strahlen zuckten durch das Licht der MagLites.

Ein einzelner Schuss peitschte. Steves Kugel traf den Mann im Boot. Er warf die Arme hoch. Die Uzi, die er schon in der Hand hielt, flog ihm weg, als er über die Bordkante kippte. Dort blieb er hängen und rührte sich nicht mehr.

Die Mädchen schrien. Zwei, drei warfen sich hin. Die anderen klammerten sich in panischer Angst aneinander.

Zwei der Kerle erstarrten vor Entsetzen. Mit geweiteten Augen stierten sie auf die glühenden Lichtpunkte, die von ihrer Brust aufwärts wanderten und auf ihrer Nasenwurzel kleben blieben. Die Uzis fielen ihnen aus den Händen.

Nur einer reagierte anders – ein hünenhafter, vollbärtiger Bursche.

Blitzartig hatte er die MPi hochgebracht. Er ruckte herum und griff dem ältesten Mädchen brutal in die Haare. Das Mädchen konnte nicht mehr schreien, denn es spürte die Laufmündung der Waffe in derselben Zehntelsekunde. Der Kerl drückte sie ihr unter das Ohr. Durch seine Seitwärtsbewegung sah er den dritten Laserstrahl nicht.

»Schluss mit dem Blödsinn!«, brüllte er. »Werft eure Schießeisen weg, ihr Schweinehunde! Wenn ich in einer Sekunde noch was von eurer Laser-Scheiße sehe, krepiert die Kleine! Und dann die Nächste!«

Der Bärtige glaubte ernsthaft, die Lage in den Griff kriegen zu können. Sein Gesicht verzerrte sich, als er fester zupackte und den Kopf des Mädchens nach hinten zog. Die kleine Schwarzhaarige war halb wahnsinnig vor Angst und Grauen. Und eben dies schnürte ihr die Stimmbänder zu.

Phil Decker brauchte das Megafon nicht mehr, um sich verständlich zu machen.

»Geben Sie auf!«, rief er schneidend. »Weg mit der Waffe! Sie haben keine Chance! Dies ist die letzte Warnung! Die Waffe …«

»Verdammt, das reicht!«, überschrie ihn der Gangster. Sein Gesicht war zur Fratze geworden. Er zitterte wie unter Krämpfen, so sehr war jeder einzelne Muskel seines Körpers angespannt. Seine Stimme kippte über. Er kreischte: »Damit wir uns verstehen, jetzt geht die Kleine über den Jordan! Und dann die Nächste!«

Im hellen Licht der MagLites sah Phil überdeutlich, wie sich der Zeigefinger des Bärtigen krümmte. Und der G-man traf seine Entscheidung in dieser Hundertstelsekunde.

Er zog durch.

Das Peitschen der MPi hallte hell durch den Wind.

Der Einschlag des Geschosses war äußerlich nicht zu beobachten.

Der Mann stand unverändert.

Sein Zeigefinger war auf halbem Weg erstarrt – rechtzeitig, bevor er das Abzugsgewicht hatte überwinden können.

Phil lief hinunter. Steve und Zeery hielten die beiden überlebenden Gangster weiter in Schach. Die angstgeweiteten Augen der Geisel und ihrer Leidensgefährtinnen trafen den G-man ins Mark. Er konnte nicht nachvollziehen, wie junge, unschuldige Menschen auf eine so barbarische Weise gequält wurden. Was hinter ihnen lag, würde wohl kein Außenstehender jemals ermessen können.

Der Bärtige stand unverändert – wie sein eigenes Abbild fürs Wachsfigurenkabinett.

Die Mädchen wimmerten leise.

Vorsichtig berührte Phil die Waffe des Toten. Er legte den Sicherungsbügel herum. Dann löste er die Waffe aus der Hand des Erstarrten. Er warf die MPi hinter sich.

Die Augen des Mädchens flackerten, als er die Krallenhand aus ihrem Haar löste. Er tat es so behutsam wie möglich, konnte aber nicht verhindern, dass er ihr wehtat. Ein paar Mal sah er, wie sie zusammenzuckte, und es schmerzte ihn. Dabei wusste er, dass alles, was sie durchgemacht hatte, hundert Mal schlimmer gewesen war.

Endlich konnte er den Toten von sich stoßen. Wie ein Brett kippte der Mann in den Sand.

Tränen schossen in die Augen der Geisel. Sie riss sich von den anderen los, warf sich vor dem G-man auf die Knie und hob die gefalteten Hände vor das Gesicht. Ihre Worte sprudelten hervor.

»Gracias, Señor! Gracias, gracias, gracias! Gracias para salvar mi vida! No se como …« Sie fuhr fort, sich für die Rettung ihres Lebens zu bedanken, und vom Schluchzen geschüttelt beteuerte sie immer wieder, dass sie nicht wisse, wie sie dies jemals wieder gutmachen solle. Auch die anderen Mädchen sanken auf die Knie. Steve und Zeery näherten sich mit schussbereiten MPis. Dann klickten Handschellen. Die G-men führten die beiden Kerle weg, die es überlebt hatten.

Phil hatte das ältere Mädchen sanft bei den Schultern gefasst und sie zum Aufstehen veranlasst. Er strich ihr über das Haar. »Calma te«, sagte er. »Beruhige dich. Calma te, mi niña.«

Sie legte den Kopf in den Nacken, blickte aus ihren tränennassen Augen zu ihm auf – voller Erstaunen, dass er ihre Sprache sprach. Und zugleich wich ein wenig von der durchlittenen Qual dem Funken Hoffnung, der nun aufzuflackern begann.

Denn Phil schwor sich in diesem Moment, alles zu tun, damit diese Kinder eine neue Heimat bekamen, ein neues Zuhause. Es gab genügend aufrechte amerikanische Ehepaare, die sich als Pflegeeltern zur Verfügung stellen würden. Denn dort, wo sie herkamen, gab es garantiert niemanden mehr, der die Verschleppten haben wollte. Und sie waren kein Einzelfall.

Maria Nuñez und die anderen spürten, dass der hoch gewachsene Mann und seine Freunde ihnen helfen würden. Sie spürten es mit allen Fasern ihrer gemarterten Sinne.

Ich marschierte auf den Boardwalk zu, die Strandpromenade von Long Island Pines. Die Straße war nur für Fußgänger zugelassen, wenngleich sie bei Bedarf von Versorgungs- und Lieferfahrzeugen benutzt werden konnte.

Ein grauer Tag kroch herauf. Die Wolkenbänke reichten bis zum Horizont, landeinwärts wie seewärts. Lange konnte es nicht mehr dauern, dann würde es schütten, was das Zeug hielt. Oder es kam als Schnee runter. Auch möglich. Diese ersten Märztage waren wie ein vorgezogener April. Immer häufiger hatte man den Eindruck, dass das ganze Jahr über April war. Und mit der Ansicht standen wir New Yorker wohl nicht allein. Obwohl man uns nachsagt, dass wir chronische Wetter-Nörgler seien.

Schon möglich.

Ich hatte andere Sorgen.

Vor mir lag ein Auftritt. Wenn ich den nicht bühnenreif hinlegte, konnte ich meinen ganzen Job abhaken. Andererseits war es so schwierig nun auch wieder nicht. Ich musste einfach an das glauben, was ab jetzt laufen sollte.

Die Coast Guard hatte mich am Fähranleger abgesetzt. Das Patrouillenboot war sofort zum Stützpunkt weitergefahren. Dort wurde der Rettungshubschrauber für Armstrong erwartet. Seine beiden Komplizen würden auf dem Wasserweg zur nahen La Salle Military Academy gebracht werden. Von dort würden sie mit einem Army-Helikopter die Reise nach Rikers Island antreten, der New Yorker Gefängnis-Insel.

Phil und die Kollegen leisteten ihren eigenen Job, unauffällig und unbeobachtet. Sie würden noch eine Weile am Strand beschäftigt sein.

Ich hatte über Funk erfahren, was gelaufen war. Die sieben Mädchen stammten aus Peru. Sie hatten illegal ins Land gebracht werden sollen. Als Waisen waren sie in ihren Heimatdörfern oft sowieso nur lästige Esser. Verwandte oder Dorfoberhäupter hatten sie an kolumbianische Menschenhändler verschachert. Das waren Gangster, die in erster Linie auf den Lohnlisten der Drogenkartelle standen. Drogenhandel und Prostitution arbeiteten Hand in Hand, sowohl in Kolumbien als auch in den USA. Männer wie William J. Lawrence verschacherten wehrlose Kinder an die Bordelle in den Großstädten der Vereinigten Staaten.

Der Frachter »Esperanza« fuhr unter der Flagge von Panama. Der Kapitän und die Offiziere stammten jedoch aus der kolumbianischen Hafenstadt Barranquilla, wo auch die Schiffseigner saßen. Die Deck-Crew des Zwölftausendtonners bestand ausschließlich aus Filipinos. Die »Esperanza« würde an einem der Piers von Brooklyn an die Kette gelegt werden. Die komplette Besatzung war vorläufig festgenommen worden und würde sich wegen Verletzung der Einwanderungsgesetze zu verantworten haben. Nach Feststellung der Coast Guard war der Kapitän des Frachters in die Drei-Meilen-Zone eingedrungen, immerhin um eine Viertel Seemeile. Dass ihm das aus Versehen passiert war, kaufte ihm angesichts des Tatbestands sowieso kein Richter ab. Und die überlebenden Gangster aus dem Diesel-Boot hatten bereits gestanden, dass sie die Peruanerinnen von der »Esperanza« übernommen hatten.

Die sieben Mädchen würden zunächst von einer Hilfsorganisation übernommen werden, die gegen Menschenrechtsverletzungen kämpfte. Im Laufe der kommenden Wochen und Monate würde man sich dann um Aufenthaltsgenehmigungen und Pflegeeltern kümmern. Dass beides klappen würde, stand außer Zweifel. Meine Landsleute haben schon immer ein Herz für die Entrechteten aus den Krisengebieten dieser Welt gehabt.

Ich ging am Fahrbahnrand. Die Straßenlampen brannten, obwohl es hell wurde. Bei unserer Ankunft, in der Nacht, war alles dunkel gewesen. Die guten Beziehungen der Medienleute reichten eben überall hin, auch in kommunale Schaltzentralen, die das Ein- und Ausknipsen von Straßenlampen steuerten.

Die Straße beschrieb noch einen Linksbogen, dann tauchte das Holzgeländer der erhöhten Uferpromenade vor dem trüben Horizont auf. Die Holzbuden unterhalb des Boardwalk waren mit Fensterläden und Eisenriegeln verrammelt. Nach links führte eine von Weidengebüsch gesäumte Zufahrt auf den Platz, der im Sommer als Campingplatz diente.

Schon durch die kahlen Büsche sah ich, dass unsere beiden Jeeps nicht mehr allein waren. Ich blieb stehen. Stutzte. Blinzelte. Schüttelte den Kopf. Damit hatte mein Auftritt begonnen. Ob mein Publikum schon auf mich aufmerksam geworden war, vermochte ich nicht zu erkennen. Entschlossen setzte ich meinen Weg fort. Entschlossen wie Menschen nun mal sind, wenn sie sich fest vornehmen, der Presse kein Sterbenswörtchen zu erzählen.

Ein gutes Dutzend Fahrzeuge bildete einen wüsten Pulk, total ungeordnet. Jeden Army-Commander hätte angesichts dieses Park-Stils die Verzweiflung gepackt.

Zwei geschlossene Kastenwagen überragten den Rest der Meute. Beide gehörten Fernsehsendern, einer trug das Logo von NBC LOCAL TV, der andere das von NEW YORK ONE. Letzterer war noch neu auf dem Markt, sendete rund um die Uhr Nachrichten, vorzugsweise aus New York City und Umgebung. Der Rest der Autos stammte von Zeitungen und Radiosendern, oder es handelte sich einfach um Privatwagen von Journalisten.

Die beiden FBI-Jeeps hatte jeder von ihnen bestimmt schon zigfach in der Kiste – auf Magnetband, auf Negativfilm oder auf Diskette. Etliche Fotoreporter in New York nutzten schon die neue Technik, schossen ihre Bilder mit Computerkameras. Die Diskette brauchten sie dann nur noch ins Rechner-Laufwerk zu stecken, und im Handumdrehen lieferte der Drucker ein hochaufgelöstes Schwarzweiß- oder Farbbild.

Auch die Journalisten hatten V-Leute in der Mob-Szene. Besonders die Polizei- und Gerichtsreporter verfügten über erstklassige Verbindungen. In manchen Fällen waren sie sogar schon schneller gewesen als wir. Das lag daran, dass die Verlage und Sender meist bessere Informationshonorare zahlten als der Staat.

Jedenfalls hatten sie mitgekriegt, dass ich mich brennend für Armstrong interessierte. Der Rest war dann nur noch ein lückenloses Abhören der gängigen Funkfrequenzen, und schon landete man auf Fire Island.

Ich hatte zehn Yards zurückgelegt, als der Erste mich entdeckte. Aus lauter Eifer stolzierte er um die Jeeps herum und fotografierte sie noch mal bei beginnendem Tageslicht, aus fünf verschiedenen Blickwinkeln. Als er den sechsten Blickwinkel ausprobieren wollte, sah er mich.

Er stutzte so ähnlich wie ich vor fünf Sekunden. Doch er brauchte nur zwei schnelle Atemzüge, dann stieß er einen gellenden Schrei aus – wie ein Cowboy, der das fehlende Rindvieh aufgespürt hat.

»Da ist er! He, Leute! Da kommt er! Cotton ist da!«

Und dann dachte er nur noch an sich selbst. Seine motorgetriebene Kamera schnalzte und klickte und ließ den Blitz wie ein Stroboskop zucken.

Ich ging weiter und tat, als blendeten mich die Blitze nicht. Überhaupt tat ich, als ob der ganze Verein Luft für mich wäre. Ich steuerte auf den Jeep Wrangler zu, mit dem ich allein abfahren würde. Phil, Steve und Zeery würden das größere Modell benutzen, den Cherokee.

Der Viehtreiber-Schrei wirkte sekundenschnell. Von allen Seiten kamen sie gelaufen, ließen Kaffeebecher und Zigarettenkippen fallen, stopften sich Sandwichreste in den Mund. Am schwersten hatten die Fernsehleute zu schleppen. Trotzdem rannten sie schneller als die anderen. Wahrscheinlich wurden sie gefeuert, wenn sie schlechtes Bildmaterial lieferten.

Zügig hielt ich auf den Wrangler zu.

Zum Halbkreis formiert, versuchten sie, mir den Weg abzuschneiden.

Sie schafften es nicht. Ich erreichte die Fahrertür und steckte scheinbar genervt den Schlüssel ins Schloss. Das Blitzlichtgewitter entlud sich mit rasendem Verschlussgeknatter. Die Filmleuchten überfluteten mich mit ihrem Halogen, und wenn ich an mir hinabblickte, sah ich aus, als hätte ich mich in Kalk gewälzt.

Ich zog die Tür auf und stieg ein.

Das war der Augenblick, in dem die Schreiber unter ihnen entsetzt erkannten, dass sie zu kurz kommen konnten.

»Mr. Cotton!«, schrien sie. »Mr. Cotton, einen Moment! Warten Sie! Mr. Cotton, nur eine Frage!«

Die Phalanx der Fotografen hatte sich vor die Motorhaube verlagert. Dort blitzten und knatterten sie weiter, auch wenn die Windschutzscheibe ihnen reflektierend die Tour vermasselte. Die Texter hatten mich jedenfalls für sich, und einer war so wieselflink, sich in die offene Tür zu klemmen, bevor ich sie zuknallen konnte.

Ich lehnte mich zurück, schickte einen entnervten Blick zum Wagenhimmel und legte die Hände auf das Lenkrad.

»Was hatten Sie auf Fire Island zu tun?«, kreischte der Flinke.

Mir schepperte das Trommelfell, so grell war seine Stimme. Aber dann legte der Rest der Meute los. Sie überschrien sich. Jeder versuchte, lauter zu sein als der andere.

»Wieso sind Sie allein, Mr. Cotton?«

»Was hat die Coast Guard für Sie getan?«

»Waren Sie mit der Coast Guard im Einsatz?«

»Wo ist Ihr Kollege Decker?«

»Wohin wollen Sie jetzt? Zur Coast Guard?«

»Hatte Ihr Einsatz mit dem mutmaßlichen Mobster Harry Armstrong zu tun?«

»Hat es mit dem Mordanschlag auf dem Hubschrauber-Platz zu tun?«

»Könnte es sein, dass Sie einen Racheakt verübt haben?«

»Sind Sie mit Marla Ramone befreundet?«

»Haben Sie in ihrem Interesse gehandelt?«

Ich grinste geduldig. Es dauerte eine Weile, bis sie kapierten, dass ich überhaupt nicht antworten konnte, solange sie durcheinander schrien. Ich grinste weiter in die spärlicher zuckenden Blitze, die an der Windschutzscheibe abprallten.

Dann schob ich den Zündschlüssel ins Schloss und ließ den Sechszylinder kommen.

Ein Aufschrei des Protests lief durch die Reihen der Belagerer. Die Blitze verstiegen sich in ein neues Gewitter. Erneut flutete das Halogenlicht. Vielleicht würde dies das meistverkaufte Bild werden. Der G-man Jerry Cotton, unverschämt grinsend, den Motor anlassend und das berechtigte öffentliche Interesse missachtend. Irgendein Bild wurde immer gut verkauft, man musste nur zu den Glücklichen gehören, die es im Kasten hatten. Deshalb war kein Aufwand an Magnetband, Film oder Diskette zu groß.

Ich drehte mich halb um und sagte zu dem Wieselflinken:

»Wenn Sie noch weiter in den Wagen kriechen, bekommen Sie was Exklusives von mir.«

»Ja?«, gierte er, schien tatsächlich mit einer Belohnung für seine Schnelligkeit zu rechnen. »Was denn?«

»Einen exklusiven Tritt in den Hintern«, erklärte ich trocken. Ich parkte den rechten Fuß auf dem Bremspedal und zog den Wählhebel auf D. Demonstrativ ließ ich die Handbremse ausrasten.

Der Flinke starrte mich an, als hätte ich angekündigt, ihn zu erschießen. »Das ist …«, japste er, »das ist …«

»Androhung einer Straftat«, half ich ihm auf die Sprünge. »Aber ich sage Ihnen gleich, dass ich den Notwehrparagrafen beanspruchen werde.«

»Wa – warum denn das?«, stammelte das bedauernswerte Opfer meiner Drohung.

Alle starrten mich an.

»Schreiben Sie das«, sagte ich, als hätte ich einen Sekretärinnen-Club beim Fortbildungs-Seminar vor mir. »Der G-man Jerry Cotton leidet an Klaustrophobie, der Angst vor dem Eingeschlossensein. In extremen Situationen führt das zu Kurzschlusshandlungen. Beispielsweise zu einem ungewollten Tritt aufs Gaspedal.«

Ich hatte es so laut und deutlich gesagt, dass die Blitzer vor der Motorhaube es mitkriegten. Sie hatten mich endlich lange genug befeuert und wichen nun langsam zurück, als könnten sie nicht glauben, was hier lief.

»Mr. Cotton!«, schrie einer jenseits der Fahrertür. »Sie können nicht einfach abhauen, ohne unsere Fragen zu beantworten!«

Ich sah den Mann an. »Wie lange sind Sie im Geschäft?«

»Zehn Jahre!«

»Na, dann wissen Sie doch wohl, dass einzelne G-men nicht berechtigt sind, Fragen zu beantworten. Das geschieht nur auf Pressekonferenzen des FBI.«

»Wir betrachten Sie eher als Privatmann«, sagte der Journalist.

Ich verriet ihm nicht, dass er damit den Nagel schon beinahe auf den Kopf traf. Viehmehr scheuchte ich den Flinken mit einem bösen Blick weg. Dann schloss ich die Tür und betätigte die Zentralverriegelung. Wütendes Gebrüll erscholl. Die Fotografen wichen endgültig auseinander, als ich die Scheinwerfer einschaltete und den Jeep anrollen ließ.

Das Gebrüll ging im Motorgeräusch unter. Ich wendete und fuhr zurück in Richtung Robert Moses Causeway. Niemand folgte mir. Sie würden sich an die Coast Guard halten und versuchen, Phil und die anderen aufzuspüren.

Das Wesentliche aber war programmgemäß gelaufen – wie ich es haben wollte. Und es würde weiterlaufen. Bis zum bitteren Ende.

Sechsundzwanzig Stunden später war ich der Privatmann, den der clevere Journalist vorhergesehen hatte. Ich sah mein Apartment mit völlig neuen Augen – als einer, der nicht raus in die Kälte musste. Als einer, der stundenlang frühstücken konnte und die Zeitung anschließend auswendig kannte.

Es ging auf acht Uhr zu. Phil hatte sich wahrscheinlich längst in seinen FBI-Dienstwagen geschwungen und zuckelte durch das morgendlich verstopfte Manhattan zur Federal Plaza. Darauf, dass ich ihn mit dem Jaguar an der üblichen Ecke abholte, musste er eine Weile verzichten. Wie lange, stand in den Sternen.

Nachdem ich die Kaffeemaschine angeworfen hatte, wandte ich mich dem Herd zu. Spiegeleier, gebratener Schinken und Toast würden diesmal üppiger ausfallen als sonst in der Eile. Und anschließend würden jede Menge Zeit und Ruhe sein für Pancakes, French Toast oder Waffles. Dachte ich.

Das Schrillen der Türklingel zwang mich, meine Tätigkeit am Herd einzustellen, bevor ich richtig damit angefangen hatte. Ich wischte mir die Hände an einem Handtuch ab, warf es auf die Arbeitsplatte und ließ die Kaffeemaschine allein vor sich hinmurmeln.

Wie jeder sicherheitsbewusste New Yorker spähte ich durch den Türspion.

Es hieb mich fast aus den Socken.

Marla sah aus wie ein Reh im Wolfspelz. Ihr Puppengesicht wurde von einem hohen, flauschigweißen Kragen umhüllt, der auch ihr hochgestecktes Haar wirkungsvoll einrahmte. Für den Mantel hatte ein Rudel sibirischer Wölfe oder die entsprechende Zahl grönländischer Füchse das Leben lassen müssen. Vermutete ich. Da die Umwelt- und Tierschützer aber sogar schon wieder Kürschner ihren Beruf ausüben ließen, waren auch die Normalbürger auf das Thema Pelz nicht mehr sensibilisiert. Auf dem Weg hierher hatte niemand versucht, nachzusehen, ob Marla unter ihrem teuren Kälteschutz etwas anhatte.

Ich rasselte mit der Sicherungskette und ließ das Schloss schnappen.

»Ich glaube, ich träume!«, rief ich an der aufschwingenden Tür vorbei.

Marla lächelte geschmeichelt und hob einen riesigen Karton an zwei Kordeln auf. Aus dem Blickwinkel des Spions hatte ich ihr Mitbringsel nicht sehen können. Oben war der Karton nur mit braunem Packpapier verschlossen. Verführerischer Duft stieg zu mir auf. Manhattans Bäcker mussten sich für meinen frühen Gast besonders angestrengt haben.

»Ich hab mir gedacht, ich muss dich ein bisschen trösten«, erklärte Marla feierlich. »Darf man reinkommen?«

»Na klar.« Ich trat zur Seite. »Wo hast du deine Leibwache gelassen?«

»Unten.« Sie hauchte mir zur Begrüßung einen Kuss auf die Wange.

»Im Wagen?«

»Mach dir keine Sorgen, die Heizung funktioniert.«

Ich schloss die Tür und folgte Marla. Sie sah sich im Wohnzimmer um.

»Tja …«, sagte ich entschuldigend, »die Bude hat alles, was ein Apartment braucht.«

»So kann man es auch ausdrücken«, gurrte sie. Sie streifte ihren Wolfspelz ab und warf ihn quer über meine Couch. Sie trug ein beinahe strenges Kostüm aus kognakfarbenem Jersey. Nachdem sie aus den Stiefeln gestiegen war und in Strümpfen auf dem Teppich stand, nahm sie den Karton wieder auf und drehte sich zu mir um. »Wo wird gefrühstückt?«

»Der Nase nach«, antwortete ich und deutete in Richtung Küche, wo die Kaffeemaschine inzwischen zu lautem Gurgeln übergegangen war. Dazu verströmte sie einen Duft, der selbst Helen, die Weltmeisterin im Kaffeekochen, veranlasst hätte, anerkennend die Augenbrauen hochzuziehen.

In der Küche deckte Marla den Tisch und arrangierte den Inhalt des Bäckerkartons zwischen Tellern und Tassen. Bagels, Buns, Donuts, Croissants. Dazu Beilagen vom Parmaschinken bis zur Marmelade aus Wilderdbeeren. Außerdem hatte sie einen Packen Zeitungen mitgebracht. Ich kümmerte mich um den Kaffee. Das Angebot, ein Paar Mokassins von mir überzustreifen, schlug sie aus.

Als Letztes hob sie eine Musikkassette aus dem Karton und hielt sie fragend hoch. Ich wies ihr den Weg zur Stereoanlage.

Eine halbe Minute später kehrte Marla zurück, leichtfüßig lächelnd und von klagenden argentinischen Klängen begleitet.

»Du erinnerst dich?«, sagte sie. »Unser Tango.«

»Der von der Party? Oder der vom Heliport?«

»Es ist ein und derselbe. Hast du den Titel behalten?«

»Nein.«

»Weißt du, wer da spielt?«

»Astor Piazolla mit seiner Gruppe, bei einem Konzert vor zwei Jahren im Cajun. Der Inhaber hat Aufnahmen machen dürfen und verkauft seitdem die Kassetten.«

»Richtig! Und der erste Titel ist mein Lieblingstitel. Meine Sinfonie. Tristeza.«

»Traurigkeit«, brummte ich und schenkte Kaffee ein. »Das passt aber gar nicht zu dir.«

Sie lachte. »Vielleicht gefällt es mir gerade deshalb so gut.«

»Gegensätze ziehen sich an, was?« Wir lachten gemeinsam.

Ich war mir darüber im Klaren, dass sich Situationen dieser Art wiederholen konnten. Sie sollten sich wiederholen, nach dem Plan des FBI, nach meinem Plan.

Und die Zeitungen wussten es natürlich schon im Voraus. Die Schlagzeile oben auf dem Stapel verkündete es in schreiender Größe.

DER G-MAN UND DIE MOBSTER-LADY

Als ob ich es nicht geahnt hätte!

Die Unterzeile der Überschrift berichtete, was Mr. High gestern Nachmittag in einer Pressekonferenz mitgeteilt hatte.

Special Agent Jerry Cotton vom Dienst suspendiert – Untersuchungsausschuss gebildet

Marla konnte nicht einmal etwas dagegen unternehmen, dass die Journalisten sie titulierten, wie es ihnen gefiel. Jack Ramone war rechtskräftig verurteilt worden. Damit war er vom »mutmaßlichen« Mobster zum Mobster avanciert. Und seine Noch-Angetraute durfte als entsprechende Lady bezeichnet werden.

Ihre Backwaren-Lieferung war der reinste Hochgenuss, dagegen konnte ich mich innerlich nicht sträuben. Äußerlich erst recht nicht. Meine Rolle musste glaubhaft sein bis ins Detail. Schon am Abend zuvor war in den Fernsehnachrichten über die FBI-Pressekonferenz berichtet worden.

»Heute Morgen haben sie es noch mal im Frühstücksfernsehen gebracht«, sagte Marla, als hätte sie meine Gedanken gelesen. Sie nippte am Kaffee und setzte die Tasse wieder ab. »Hast du es gesehen?«

»Einmal hat mir gereicht. Gestern Abend.« Ich lächelte.

»Ich habe bei sämtlichen Sendern angerufen und sie gebeten, mir Videokassetten von den News zu schicken, in denen ich vorkomme.«

»Du spinnst!«, prustete Marla. »Das hast du doch nicht wirklich getan!«

»Doch. Du kannst es mir glauben. So ein zeitgeschichtliches Dokument muss ich doch in meiner Sammlung haben!«

Sie sah mich an und wollte sich ausschütten. Dabei konnte sie durchaus bei den Sendern nachfragen. Ich hatte die Videos tatsächlich bestellt. Sie waren für die Akte bestimmt, die später über diesen Einsatz zusammengestellt wurde.

Mr. High und die Kollegen hatten mit der Pressekonferenz ein Schauspiel veranstaltet, das mir den Rest an Glaubwürdigkeit verlieh, den ich noch brauchte.

Marlas Besuch an diesem Morgen bewies, dass es funktioniert hatte. Zumindest war ich davon überzeugt. Marla feierte einen inneren Triumph. Es war ihr gelungen, dem FBI einen G-man zu entreißen. Ihr! Es bestätigte sie in ihrer Überzeugung. Sie war die mächtigste Frau, die der Mob jemals erlebt hatte. Praktisch hatte es noch nie eine Frau mit einer solchen Macht gegeben. Immer nur Männer. Teufel, ja, sie würde in die Geschichte eingehen. Ihr Name würde in den Büchern stehen. Glanzvoll wie Al Capone.

Marla Ramone.

Das klang gut. Schon jetzt, in den Schlagzeilen, klang es gut. Besser als Mary Louisa Sternheimer. Das Provinzbaby aus Pennsylvania existierte schon lange nicht mehr.

Genießerisch biss ich von einem Croissant ab und zwinkerte ihr zu. Sie schmunzelte zurück, als ob sie schon wieder mitbekam, was ich dachte. Ich hoffte, dass es nur die oberflächlichen Gedanken waren, die sie lesen konnte. Nebenan klagte das Bandoneon des Argentiniers. Es passte wirklich nicht zur Stimmung. Immerhin befand auch ich mich auf dem Erfolgs-Trip.

»Sag mal …« Marla beugte sich vor, und ihr Blick gewann eine schwüle Tiefe.

»Ja?«

»Was denkst du, weshalb bin ich hergekommen?«

»Um mit mir zu frühstücken.« Ich verzehrte den Rest des Croissants.

»Stimmt«, Marla grinste. »Und sonst?«

»Tango hören. Über die Zeitungsartikel reden. Über die Zukunft reden.«

»Auch gut. Denkst du wirklich, das ist alles?«

»Hör mal …«

Sie unterbrach mich, indem sie mit der flachen Hand durch die Luft wischte. »Du sollst es nur wissen«, sagte sie ernst. »Ich bin nicht gekommen, um dich zu vernaschen oder mich von dir vernaschen zu lassen. So eine bin ich nicht, verstehst du? Und wenn es sich in den Matschblättern zehnmal anders anhört! Ich will nicht, dass am Anfang unserer Beziehung ein falscher Zungenschlag steht. Wenn es eine Beziehung wird, dann wollen wir ehrlich miteinander sein.«

Ich nickte, ergriffen wie bei einer Ansprache des Präsidenten zum Nationalfeiertag. »Ich weiß es zu schätzen, was du da sagst«, entgegnete ich leise. »Ich weiß wirklich jedes Wort zu schätzen.«

»Danke. Auf der Basis werden wir sehr gut miteinander auskommen.« Sie lächelte und produzierte einen vertrauensseligen Augenaufschlag. Sie richtete sich auf und lehnte sich zurück. Ihr Blick fiel auf die Armbanduhr, dann auf den kleinen Fernsehapparat im Wandregal. »Hm, vielleicht gibt es was Neues. Jetzt müssten die Halb-Neun-Nachrichten auf NBC laufen. Wollen wir nicht doch eben …«

Ich lächelte und angelte nach der Fernbedienung.

Die Nachrichtenmoderatorin war eine korrekt gekleidete Blondine. Sie verkaufte die Neuigkeiten des neuen Tages mit dem Charme einer Tiefkühltruhe. Astor Piazollas

Traurigkeit nebenan im Livingroom gewann eine neue Berechtigung.

»... berichten wir über den Besuch des britischen Premierministers ausführlich im Anschluss an diese Sendung.« Ein Blatt Papier wurde umgeschichtet. »New York. Ein Untersuchungsausschuss wird heute beim FBI-Distrikt New York gebildet. Die Leitung des Ausschusses übernimmt FBI-Inspector Leonard R. Lewis, der zu diesem Zweck aus Washington nach New York abkommandiert wurde. Der Anlass: Gegen einen Beamten des New Yorker Distriktbüros richtet sich der Verdacht, mit dem organisierten Verbrechen zusammenzuarbeiten. Unser Mitarbeiter Elmore Carrick berichtet direkt aus dem FBI-Office in Manhattan.«

»Siehst du!«, rief Marla. »Also doch was Neues! Von diesem Lewis wusstest du doch bestimmt noch nichts!«

»Nein«, behauptete ich und spielte Betroffenheit, während ich in die Bildröhre linste.

Die kühle Blonde wurde ausgeblendet, und es erschien eine Umgebung, die mir vertraut war. Der Konferenzraum wurde zunächst als Totale gezeigt. Es war der Ort, an dem unsere Pressekonferenzen und Dienstbesprechungen stattfanden. Der Ort, an dem ich normalerweise dabei war.

Es versetzte mir einen Stich.

Und das, obwohl ich wusste, dass alles nach einem Plan verlief, dem FBI-Direktor William S. Sessions persönlich zugestimmt hatte. Ich kannte den Grund meines Unbehagens. Alles verlief so wirklichkeitsgetreu, dass ich mir verteufelt gut vorstellen konnte, wie es sein würde, wenn ich tatsächlich in Marlas Fänge geriet.

Gruppen von Männern und Frauen standen zwischen den Sitzreihen des Konferenzraums, waren in Gespräche und Diskussionen vertieft. Die Kamera zoomte auf das Podium zu und holte den NBC-Reporter ins Bild. Er hatte sich vor dem langen Tisch aufgebaut, in dessen Mitte sich das Rednerpult befand. Helen war damit beschäftigt, Stapel von Fotokopien auf die einzelnen Plätze links und rechts vom Pult zu verteilen.

»Beim FBI New York, liebe Zuschauer, jagt eine Pressekonferenz die andere. Bekanntlich geht es um die Vorwürfe gegen New Yorks erfolgreichsten und bekanntesten G-man, Jerry Cotton!« Reporter Carrick blickte demonstrativ auf seine Armbanduhr. *»Schon am Ende der ersten Pressekonferenz gestern Nachmittag wurde die nächste für heute neun Uhr angesetzt, und wie Sie sehen, ist das Interesse so ungewöhnlich groß, dass die meisten geladenen Teilnehmer schon jetzt eingetroffen sind – eine halbe Stunde vor Beginn. Meine Kollegen von den Printmedien versuchen, Hintergründe zu erfahren, Meinungen und vertrauliche Informationen – Hinweise jedenfalls, die über die offiziellen Verlautbarungen hinausgehen. Wie weit die Vertreter des FBI indessen bereit sind, aus dem Nähkästchen zu plaudern, lässt sich nicht abschätzen. Gestern gab man sich hier sehr zugeknöpft. Ich werde versuchen, mit unserem New-Yorker FBI-Chef John D. High und dem aus Washington entsandten Inspector Leonard Lewis zu sprechen, außerdem eventuell mit Cottons Dienstpartner und Freund Phil Decker, sobald die drei hier eintreffen. Das müsste in wenigen Minuten der Fall sein. Bis dahin gebe ich zurück in die Sendezentrale. Elmore Carrick, NBC Local, aus dem FBI District Office in Manhattan.«*

Ich spürte, dass Marla mich forschend beobachtete. »Komisches Gefühl, was?«

»Das kannst du laut sagen«, brummte ich, ohne mich zur Seite zu wenden.

Die Blondine kehrte auf den Bildschirm zurück, blickte irritiert in die Kamera, rückte ihren Ohrhörer zurecht und sagte ärgerlich: *»Was soll die Scheiße, verdammt noch mal! Wie soll ich diesen Mist linken, wenn mir vorher keiner sagt, dass das so läuft? Wenn dieses Arschloch Carrick nicht in der Lage ist, einen zusammenhängenden …«* Der Ton war auf einmal weg, Blondies Augen weiteten sich, und sie schlug erschrocken die Hand vor den Mund.

Marla lachte schallend, klatschte vor Begeisterung mit der Hand auf den Tisch.

Das Fernsehbild zuckte weg, der Schirm wurde grau und ein signalroter Diagonalstreifen mit giftgrüner Schrift flammte auf. Die Schrift deklarierte die Panne als Tonstörung und bat die »verehrten Zuschauer« um etwas Geduld.

»Fantastisch!«, rief Marla. »O Mann, das gönne ich diesem eingebildeten Weib! Die ist ja so was von bescheuert!« Sie beruhigte sich, holte Luft, kramte nach ihren Zigaretten und steckte sich eine an. Ihre Stimme wurde leise. »Wie sieht es aus? Was geht dir durch den Kopf?«

Ich spürte etwas wie elektrische Ströme in der Luft, etwas wie ein Knistern. Ich atmete tief und schwer, als ich mich nun doch zu Marla umdrehte. Zugleich machte ich ein angestrengt nachdenkliches Gesicht.

»Der Punkt ist wohl die Frage, ob man wirklich die richtige Entscheidung getroffen hat. Ich meine – ich wusste, was ich tue, als ich mir Armstrong gekauft habe. Es hat sich zwar hinterher rausgestellt, dass die Sache zum FBI-Fall hochgefahren werden kann. Die kleinen Peruanerinnen sind illegale Einwanderer, das ist das Mindeste, was Armstrong angehängt werden kann. Über das, was mit den Mädchen geschehen sollte, werden sich die Staatsanwälte außerdem noch gründlich Gedanken machen. Okay. Aber das alles konnten wir vorher nicht wissen, wirft man mir vor.«

»Wieso nur dir? Deine Kollegen …«

»… haben sich ausschließlich um den Einsatz am Strand gekümmert. Auf meine Anweisung hin. Ich wollte Armstrong für mich allein. Ich wollte ihn aus dem Verkehr ziehen.«

Ein schwärmerischer Ausdruck trat in Marlas Augen. Sie drückte die Zigarette in den Aschenbecher und legte das Kinn in die rechte Hand. »Warum wolltest du das? Ich meine, warum wolltest du es wirklich?«

Das Knistern in der Luft nahm zu. Aber es wurde ein positives Knistern.

Ich grinste verlegen. »Na ja …«

»Was soll das?« Ihre Augen zogen sich zusammen. Sie hob den Kopf, richtete sich auf und legte die Hände flach auf den Tisch. Mit gefurchter Stirn sah sie mich an. »Dir wird doch eine bessere Antwort einfallen als so was!«

»Ich denke, du hast die Zeitungen gelesen.»

»Ich will es von dir hören.«

»Also, ehrlich gesagt, ich will mich nicht bei dir einschmeicheln …«

»Warum denn nicht? Was spricht dagegen?«

»Es könnte zu plump aussehen, zu übertrieben …« Ich wusste, ich fing an, auf einer Hochspannungsleitung zu balancieren. »Ich will damit sagen, du könntest ja einen falschen Eindruck kriegen.«

Ich sah, wie sich Zehntausend-Volt-Blitze in ihren Augen entluden.

»Ah, du meinst, ihr Jungs vom FBI täuscht das alles nur vor? Und du bist der perfekte Schauspieler, der mich reinlegt?«

Ich spürte den Blitz, der in mein Nervenzentrum einschlug. Aber ich blieb locker, cool, gelassen. Ich griff zur Kaffeekanne und redete, während ich uns beiden nachschenkte. »Die bessere Antwort lautet: Erstens wollte ich mir den Kerl schnappen, der uns beide vom Ponton blasen wollte. Das war Rache. Dafür hatte ich als FBI-Mann die denkbar besten Voraussetzungen. Zweitens wollte ich dir einen Gefallen tun. Armstrong ist ein Lawrence-Unterführer. Ich dachte mir, es würde dir gefallen, wenn der Lawrence-Mob geschwächt wird.«

Ihre Augen wurden groß. »Ist das wahr? Also stimmt es, was man dir ankreidet?«

»Ja.«

»Ich hab es doch gewusst!« Sie strahlte. »Weißt du, mich legt keiner rein. Ich weiß, ob es einer ehrlich meint oder nicht. In deinem Fall war ich mir sofort sicher. Ich habe sofort gedacht, den ziehst du rüber zu dir, Marla. Wirklich, das hab ich gleich gemerkt, als ich dich zum ersten Mal sah. Ich weiß, wann ein Mann es ehrlich mit mir meint und wann nicht. So eine Spürnase haben nur Frauen, musst du wissen.«

»Nicht alle Frauen«, schleimte ich. »Nur die außergewöhnlichen.«

Marla lächelte selbstbewusst. »Du bist auf dem richtigen Kurs, Jerry Cotton. Auch außergewöhnliche Frauen hören gern Komplimente.«

Ich nickte. »Umgekehrt«, sagte ich, indem ich die Silben lang zog, »könnte ich natürlich auch denken, dass du mir was vorspielst. Dass du ein grandioses Schauspiel inszenierst, um den FBI in aller Öffentlichkeit bloßzustellen.«

Das Lächeln um Marlas Mundwinkel wurde spöttisch. Sie schwieg einen Moment. »Na, ausgezeichnet!«, rief sie plötzlich. Ihr Gesicht entspannte sich zum Lachen. »Dann hätten wir ja so was wie ein Duell – mit Waffengleichheit. Wir spielen uns beide gegenseitig was vor, und der Bessere von uns beiden ist am Ende der Sieger.«

»Oder die Siegerin«, sagte ich.

Marla machte eine wegwerfende Handbewegung. »Ich bin keine von diesen gottverdammten Emanzen. Das solltest du wissen. Ich hab nichts gegen die Männer. Im Gegenteil, ich will die Männer für mich haben!« Sie lachte wieder.

»Freut mich«, sagte ich. »Gehöre ich nun zu den Auserwählten, oder bin ich der Auserwählte?«

Marlas Augen sprühten harmlose Funken. Sie stützte die Ellbogen auf den Tisch, legte das Gesicht in beide Hände und musterte mich, als müsste sie jede Falte meines Mienenspiels erforschen. »Die Frage«, erwiderte sie sanft, »werde ich bei passender Gelegenheit beantworten.«

Mir lag auf der Zunge, zu fragen, ob es denn eine passendere Gelegenheit als dieses Frühstück gebe. Zum Glück hielt mich das zwiespältige blonde Fernsehwesen von dieser Vorwitzigkeit ab.

»Liebe Zuschauer, wir bitten die vorübergehende Tonstörung zu entschuldigen …«

Ich zwinkerte Marla zu und drehte mich wieder um.

»… und fahren jetzt mit unserer Berichterstattung zum FBI-Fall fort. Unser Mitarbeiter Elmore Carrick konnte die geplanten Gesprächskontakte im FBI-Distriktgebäude noch nicht herstellen. Wir senden daher …«, Blondies hübsches Gesicht war noch immer leicht gerötet. Sie machte die Peinlichkeit durch professionelles Gehabe wett, indem sie mit bedeutungsvoller Miene das oberste Blatt Papier vom Manuskriptstapel zog und es beiseite legte, *»… eine Aufnahme von der gestrigen Pressekonferenz, die offizielle Verlautbarung des FBI, vorgetragen von Mr. John D. High, Special Agent in Charge.«*

Die Sprecherin verglühte zu einem Lichtpunkt, der sich in die Mitte des Bildschirms hineinschmolz. Das FBI-Wappen erschien in Großaufnahme. Dann wanderte die Kamera zum Rednerpult empor.

Mr. Highs Miene war wie gemeißelt. Vor ihm befand sich eine ganze Batterie von Mikrofonen.

»Ladies and Gentlemen, im Namen des FBI habe ich folgende Erklärung abzugeben«, sagte der Chef ernst und mit einer unbewegten Stimme, der kaum jemand anhörte, wie es in seinem Inneren aussah. Auch wenn er wusste, dass alles nur ein Spiel war, fiel es ihm doch verteufelt schwer. Ich kannte ihn lange genug, um es ihm anzusehen. Der Fernsehschirm vermochte da nichts zu vertuschen. *»Ich habe den Special Agent Jerry Cotton mit sofortiger Wirkung vom Dienst suspendiert. Es wird ein Untersuchungsausschuss gebildet. Dieser Ausschuss wird zu prüfen haben, ob Mr. Cotton gegen geltende interne Vorschriften des FBI und allgemeine polizeiliche Zuständigkeiten verstoßen hat. Anlass für diese Maßnahme war ein Einsatz in den frühen Morgenstunden des heutigen Tages. Mr. Cotton hat den Einsatz gemeinsam mit drei Kollegen vermutlich aus persönlichen Motiven durchgeführt und so gestaltet, dass er einem mutmaßlichen Mitglied des Mobs und seinen beiden*

Komplizen allein gegenüberstand. Dabei hat Mr. Cotton den mutmaßlichen Mobster durch Schüsse aus seiner Dienstwaffe schwer verwundet. Die Einzelheiten des Vorfalls müssen durch den Ausschuss gründlich überprüft werden, ehe ein abschließendes Urteil möglich ist. Nur dadurch werden wir auch Klarheit darüber gewinnen, ob gegen Mr. Cotton eine Disziplinarmaßnahme zu verhängen sein wird.«

Sofort nach dem letzten Satz wurde Mr. High ausgeblendet, und die Direktübertragung aus dem FBI-Konferenzraum war wieder da. Gestern Nachmittag, nach der Pressekonferenz, hatten die Journalisten den Chef mit einer Unmenge von Fragen bombardiert. Schwerpunkte der Sensationsgier waren meine Beziehung zu Marla Ramone, meine vermeintliche persönliche Rache und der Gefallen, den ich ihr womöglich tun wollte. Eine wesentliche Rolle spielte dann natürlich noch die Frage, wie die Disziplinarmaßnahme gegen mich aussehen würde. Entlassung?

Die wildesten Spekulationen stellten vor allem die Revolverblätter an. Landete der G-man tatsächlich in den Armen der Mobster-Lady?

Marla Ramone, der erste weibliche Mafia-Boss.

Marla Ramone, der erste Mafia-Boss mit einem G-man als engstem Vertrautem.

Consigliere nannte man so etwas in Fachkreisen. Jemand, der eine Mafia-Organisation leitete, brauchte so einen persönlichen Berater. Und mit mir an ihrer Seite schoss Marla natürlich den Vogel ab. Ausgerechnet mich, den erklärten Mafia-Jäger New Yorks, hatte sie in ihr Lager gezogen. Das machte Eindruck auf ihre Konkurrenz. Und die Medien hatten jede Menge Folge-Storys auf Nummer sicher.

»Liebe Zuschauer, ich habe jetzt Gelegenheit, einige Worte mit den leitenden Gentlemen zu wechseln, wie angekündigt. Mr. Lewis …« Der NBC-Reporter war im Halbprofil zu sehen. Vor seinem schaumgummiumhüllten Mikrofon stand ein

hoch gewachsener strohblonder Mann in dunkelgrauem Anzug. Seine Krawatte war korrekt gebunden und seine Miene war von der Härte einer Bronzestatue. *»Sie sind Inspector des FBI-Hauptquartiers Washington. Ihr Dienstrang ist den meisten unserer Zuschauer nicht vertraut. Ist es richtig, dass Sie in der Rangfolge an dritter Stelle nach dem FBI-Direktor und den Assistant Directors stehen?«*

»Das ist richtig«, sagte Mr. Lewis. *»Zu den Aufgaben eines FBI-Inspectors gehört es unter anderem, in Fällen zu ermitteln, die von einem District Office nicht mehr aus eigener Kraft oder Kompetenz gelöst werden können. Der vorliegende Fall ist geradezu ein klassisches Beispiel für meinen Aufgabenbereich.«*

»Danke für die Erläuterung, Sir. Wie beurteilen Sie den Fall Cotton?«

Lewis lächelte. *»Wenn ich den Fall schon jetzt in irgendeiner Weise beurteilen würde, wäre das eine Vorverurteilung. Dann wäre ich nicht geeignet für die Aufgabe, den Untersuchungsausschuss zu leiten. Mr. Cotton hat dieselben verfassungsmäßigen Rechte wie jeder andere Bürger unseres Landes. Eine Vorverurteilung, und wenn sie nur verbal wäre, darf nicht stattfinden.«*

»Vielen Dank, Mr. Lewis.« Die Kamera wanderte in einem Bogen um Carrick herum, und John D. High und Phil Decker kamen ins Bild. *»Mr. High, unsere Zuschauer haben gerade noch einmal Ihre Erklärung von gestern Nachmittag gesehen. Darf ich auch Ihnen eine Frage stellen?«*

»Ich werde mich bemühen, sie zu beantworten.«

»Vielen Dank, Sir. Die Frage lautet: Halten Sie es persönlich für möglich, dass ausgerechnet Mr. Cotton ein so schwerwiegender Fehler unterlaufen konnte?«

»Ich hätte es niemals für möglich gehalten. Nun aber heißt es, die eigene Sicht der Dinge in den Hintergrund zu stellen. Der Untersuchungsausschuss ist gefordert.«

»Vielen Dank, Sir. Mr. Decker, wie fühlen Sie sich ohne Ihren Dienstpartner?«

»Miserabel«, antwortete Phil, und ein bitteres Lächeln deutete sich in seinen Mundwinkeln an.

»Vertrauen Sie auf Ihren Freund und Kollegen?«

»Hundertprozentig. Ich kann das sagen, weil ich dem Ausschuss nicht angehören werde. Ich bin sicher, das Ganze wird sich als eine groß angelegte Verschwörung des Mobs gegen den FBI herausstellen. Jemand hat Jerry die Medien auf den Hals gehetzt, als er den Einsatz auf Fire Island abgeschlossen hatte. Wir hatten dort unterschiedliche Aufgaben. Es war völlig normal, dass Jerry als Erster von der Insel abfuhr. Er hatte vor, weitere Recherchen in der Szene anzustellen, in der sich die Festgenommenen üblicherweise bewegten.«

»Sie glauben also, dass Sie in nicht allzu langer Zeit wieder gemeinsam mit Jerry Cotton Dienst tun können?«

»Das tue ich jetzt schon. Ich werde ihn aus dem Schlamassel herausholen.«

»Dann wünsche ich Ihnen – sicher auch im Namen unserer Zuschauer – viel Glück, Mr. Decker.«

Phil bedankte sich mit einem Nicken und lächelte nun richtig. Ich schaltete die Flimmerkiste aus, als die Kühle wieder im Bild erschien und eine andere Story begann. Ich wandte mich zu Marla um.

Ihr Blick traf mich stechend und kalt. »Interessant, was dein Freund da gesagt hat. Berührt dich das nicht sehr tief?«

»Sicher.« Ich nickte. »Aber was gewesen ist, ist gewesen. Ein Mann muss tun, was er tun muss.«

»So einfach ist das?«

»So einfach ist das.«

»In deinem Fall hätte ich das nicht gedacht.« Marlas Gesicht entspannte sich unvermittelt. Sie lachte wieder, schlang die Hände ineinander und hielt sie unter das Kinn. »Mann, ich wollte bloß mal sehen, ob du einen auf rührselig machst! Man muss sich doch mal gegenseitig auf die Probe stellen – oder?«

»Aber ja«, sagte ich grinsend. »Das gehört zu unserer – hm – Partnerschaft, meine ich.«

»Wenn es denn eine wird.«

»Natürlich.« Ich trank einen Schluck Kaffee und hielt den Zeitpunkt für gekommen, den ersten Stachel ins stramme Fleisch ihres Selbstbewusstseins zu senken. Gedehnt sagte ich. »Übrigens …«

»Ja?« Sie runzelte die Stirn. Cleveres Mädchen, das sie war, merkte sie sofort, dass ich etwas Geheimnisvolles auf Lager hatte.

»Um noch mal auf den Heliport zurückzukommen«, erklärte ich. »Wir waren ja davon ausgegangen, dass jemand vom Lawrence-Mob uns im Cajun beobachtete, damit Armstrong und seine Schießer in Aktion treten konnten.«

Ihre Augenbrauen stellten sich steil auf. »Das hört sich an, als ob es nicht so war.«

»Yeah, da bist auf dem richtigen Kurs.«

Marla beugte sich vor und starrte mich unwillig an. »Zum Teufel, lass den Blödsinn, Jerry! Mich spannst du nicht auf die Folter! Spuck es aus, was du auf der Pfanne hast!«

Ich gab mir einen Ruck. »Nach den Zeugenaussagen, die ich beim FBI noch mitgekriegt habe, muss die Information über uns beide im Cajun von jemandem aus deinen eigenen Reihen gekommen sein.«

»Waaas?« Einen Atemzug lang bekam sie den Mund nicht wieder zu. »Das heißt – du willst damit sagen, ich hätte einen Verräter unter meinem Dach?«

»Ich vermute es.«

»Du bist verrückt.«

»Nicht in diesem Fall. Warte ab.«

»He, was willst du damit sagen?«

»Dass ich auf deiner Seite stehe. Wenn du willst, finde ich den Verräter für dich.«

Sie stand abrupt auf. »Darüber muss ich nachdenken. Ich ruf dich an.« Sie lächelte wieder. »Inzwischen kannst du dir Astor Piazolla reinziehen. Und falls du Sehnsucht nach mir hast, kannst du auch mich anrufen. Okay?«

Der Supermarkt hieß SEAGULL – Möwe – und war ein hingeklotzter Betonbrocken mit viel Parkplatz drum herum. Wegen seiner Lage an der Ecke West 86th Street und West End Avenue hatten die Inhaber des Ladens wohl den Namen gewählt, der die Wassernähe dokumentieren sollte.

Der Hudson River war mit dem oft strapazierten Steinwurf zu erreichen, und wenn man sich den Fluss vorstellte, konnte man fast meinen, die Übersee-Piers und die Brooklyn-Docks an der Upper Bay vor sich zu sehen.

Mein roter Jaguar verlor sich auf der Weite des schwarzen Asphalts mit dem weißen Strichmuster. Ich fuhr also bis nahe vor den Eingang, obwohl ich sonst nicht zu den Leuten gehöre, die mit ihrem Schlitten am liebsten noch durch die Regalreihen des Supermarkts fahren würden, um bloß keinen Schritt zu viel auf den eigenen Schuhsohlen zurückzulegen.

Die Häuser ringsum wirkten wie leere Kästen mit schwarz glänzenden Quadraten und Rechtecken aus Glas darin. Die meisten Menschen waren um diese Tageszeit abwesend, und merkwürdigerweise sah man das den Gebäuden an.

Ein paar einsame Schneeflocken schwebten mir entgegen, als ich ausstieg. Eine legte sich groß und wattig auf die lange Jaguarhaube und verwandelte sich im Zeitraffertempo in einen Wasserfleck. Die anderen Flocken auf dem Asphalt hielten sich wesentlich länger. Da unten herrschte Bodenfrost. Es passte zu dem ungemütlichen Tag. Der Winter kam noch mal zurück.

Ich schlug den Kragen hoch, knöpfte die Jacke zu und schob mich durch den kalten Wind. Aus den automatisch öffnenden Glastürflügeln blies ein Schwall Heizungswärme gegen die Kälte an. Ich schlüpfte hinein, klappte den Kragen wieder nach unten und schlug die Jacke auf. Meinen 38er hatte ich abgegeben, als offizielle Dienstwaffe. Stattdessen trug ich einen nicht gekennzeichneten Smith & Wesson .357 Magnum im Gürtelholster. Solche Revolver zählten zu den frei verfügbaren Waffen des FBI und wurden vor allem für Sondereinsätze ausgegeben. In meinem speziellen Fall würde ich den 357er als mein Privateigentum bezeichnen. Falls mich jemand fragte. Bei Marla Ramone musste ich mit den unmöglichsten Fragen rechnen – in den unmöglichsten Situationen.

Leise Radiomusik schwebte in der hellen, freundlichen Atmosphäre des Supermarkts. Vor der Reihe der Kassen war viel Platz für den Ansturm zu Stoßzeiten. Linker Hand, in der Ecke, hatten es sich zwei Stadt-Hobos gemütlich gemacht. Die struppigen Jungs hatten sich aus schätzungsweise je fünf Mänteln geschält und hockten auf der Holzverkleidung der Heizkörper. In ihrer Nähe standen die Tröge mit Lebensmitteln, deren Brauchbarkeitsdatum überschritten war. Durch die großen Fensterscheiben konnten die Hobos ins beginnende Schneetreiben hinausblicken und sich freuen, dass sie es eine Weile warm und trocken hatten – mit kostenloser Verpflegung dazu. Der Marktleiter hatte ein Herz für die Heimatlosen und ließ sie in kleinen Gruppen rein, immer in der Zeit, in der wenig los war. Die abgelaufenen Waren wurden grundsätzlich an Bedürftige abgegeben.

Ich nahm mir einen Einkaufswagen und schob ihn an den Kassen entlang auf die Drehkreuze zu. Nur zwei Kassiererinnen waren da, eine Schwarze und eine Chinesin. Sie schlugen die Zeit tot, indem sie sich über das Warentransportband hinweg unterhielten. Als sie mich sahen, verstummten sie.

»Guten Morgen, Mr. Cotton«, sagten sie wie im Chor. Es klang anders als sonst, wie eingeübt. Ich erwiderte ihren Gruß, nickte ihnen freundlich zu und spürte ihre Blicke im Rücken, als ich den Wagen in die Verkaufszone bugsierte. Die Gedanken konnte ich beinahe ahnen. Ihr Tuscheln genauso. Hättest du ihm das zugetraut? Dass er so was macht!

Den Marktleiter, Mr. Crantz, traf ich vor der Regalreihe

mit Obst- und Gemüsekonserven. Er hatte ein elektronisches Notizbuch in der Hand, checkte die Bestände durch und gab das Ergebnis seiner Zählerei per Tasten in den Speicher.

»Oh, guten Morgen, Mr. Cotton!«, rief er, als er mich sah. »Freier Tag heute?« Er schlug sich die Hand vor den Mund, weil es ihm rausgerutscht war.

Ich lächelte, winkte ab und ging auf ihn zu. »Guten Morgen, Mr. Crantz. Keine Sorge, der Grund für meinen freien Tag belastet mich nicht. Ist ja auch ein offenes Geheimnis, oder?«

»Tja, das kann man wohl sagen«, entgegnete er erleichtert. »Nichts für ungut. Ich hoffe, Sie kommen heil aus der Sache raus.«

»Wird schon schief gehen«, sagte ich leichthin.

»Ich wünsche Ihnen noch einen schönen Tag, Mr. Cotton. Und viel Spaß beim Einkaufen!«

Ich bedankte mich, indem ich an die nicht vorhandene Hutkrempe tippte. Schon wollte ich in der gewohnten Eile mit dem Einkaufswagen lospreschen, da wurde mir bewusst, dass ich jede Menge Zeit hatte. Daran musste ich mich, verdammt noch mal, erst gewöhnen. Es sei denn, Marla biss auf den Köder an, den ich ausgelegt hatte. Die Sache mit dem Verräter. Es gab zwar keine hundertprozentigen Beweise, nur Vermutungen. Für mich war es eine Möglichkeit, immerhin. Reagierte Marla nicht, ließ sie mich am ausgestreckten Arm verhungern, dann konnte ich ausprobieren, wie es ist, mit der Langeweile leben zu müssen.

Ich steuerte auf die Gegend mit den Kaffeepaketen zu. Vor dem Gang zwischen den Regalreihen stand ein Pappkamerad unter einer Palme aus grünem Kunststoff. Der Mann aus Pappe war ein gemütlich aussehender Grauhaariger, gekleidet wie ein Börsenmakler bei defekter Klimaanlage. Im Gegensatz zu den Kurskünstlern von der Wall Street jonglierte der freundliche Señor jedoch nicht mit

Dollars. Er hielt mir zwei Hand voll Kaffeebohnen entgegen, und eine neben seinem Kopf schwebende Sprechblase fragte mich, ob ich denn wüsste, was das Geheimnis des Kaffees aus Kolumbien sei. Wüsste ich es nicht, gebe es keinen besseren Weg als das Probieren.

Teufel auch, das Aufschlussreiche an dieser Werbung war für mich weniger der Kaffee, sondern der Hinweis, dass Kolumbien außer Kokain auch noch andere Sachen auf den Weltmarkt wirft.

Nach rechts fiel der Blick durch den Regalgang zu den Kassen und durch die Glasfront. Ich sah einen Zipfel vom Arbeitskittel der kleinen Chinesin, die immer noch im Gespräch mit ihrer Kollegin vertieft war. Ich beschloss, mich von der Werbung der Kolumbianer verführen zu lassen. Im selben Moment, gerade als ich mich nach links wenden wollte, sah ich die Schrottkiste.

Gleich darauf hörte man sie auch. Kreischend, mit radierenden Reifen wedelte die Kiste über den Parkplatz. Ein Ford Mustang, der seine besseren Zeiten vor fünfzehn Jahren gesehen haben musste. Blassgelb und rostfleckig wimmerte der Ford sein Restprofil auf den Asphalt und wirbelte die träge dahinschwebenden Schneeflocken durcheinander.

Und kam meinem Jaguar immer näher.

Nicht, dass ich eine schreckhafte Natur bin, aber wenn meinem kostbaren roten Flitzer was zustößt, geht es mir doch verdammt an die Nieren. Ich sah das Unglück kommen, sah vor meinem geistigen Auge schon die Blechschadenrechnung. Und die würde ich nicht mal der dienstlichen Versicherung präsentieren können. Ich würde mich mit dieser privaten Versicherung herumschlagen müssen, mit diesen Burschen, die einem immer erst mal die Hälfte der Schadenssumme anbieten und dann hoffen, dass man Angst hat, alles zu fordern, was einem zusteht.

Der Mustang stellte sich quer und rutschte mit seiner Breitseite auf das Jaguar-Heck zu.

Ich hielt den Atem an, war startbereit, um dem Fahrer die Ohren lang zu ziehen und der City Police Arbeit zu verschaffen. Doch der Schleuderer kam haarscharf hinter dem Jaguar zum Stehen. Ich konnte es aus meinem Blickwinkel nicht genau erkennen, aber es war wohl nur noch eine Fingerbreite zwischen Heckstoßstange und Mustang-Flanke.

Und der gelbe Wagen blieb, wo er war.

Ich sah die Kerle an der Fahrerseite aussteigen. Da wusste ich Bescheid. Dies war ein sorgfältig inszenierter Auftritt. Sie hatten meinen Flitzer eingekeilt. Mit der Schnauze parkte er so dicht vor dem Supermarkt, dass ich erst stundenlang rangieren musste, ehe ich wegkam. Okay. Sie würden mich provozieren. Aber bestimmt würden sie nicht draußen in der Kälte warten.

Ich legte ein Paket aus Kolumbien in den Einkaufswagen und schob weiter, immer so, dass ich den vorderen Bereich des Supermarkts im Blick hatte. Die Kassiererinnen ließen sich nichts anmerken. Auch Mr. Crantz machte mit seinem elektronischen Notizbuch weiter.

Drei Kerle waren es – in verknautschten Klamotten, das Haar verfilzt, frierend die Schultern hochgezogen und die Hände in den Hosentaschen vergraben. Im Wiegeschritt schlurften sie um mein schnittiges Gefährt herum. Ab und an kickte einer verächtlich gegen einen Reifen.

Ich zog ein Paket Toast aus einem Regal und legte es sehr sorgfältig neben den Kaffee, eben wie einer, der zu viel Zeit hat. Ich bemerkte, dass einer der Typen in meine Richtung spähte. Er wandte sich schnell wieder ab. Wahrscheinlich konnte er mich durch das spiegelnde Glas kaum erkennen. Die Blickrichtung mochte ein Zufall gewesen sein. Kein Zufall war das Einkeilen des Jaguar.

Sie kamen rein. In ihren Jeans und Jacken waren sie für den neuen Winter da draußen nicht gerüstet. Sofort erfüllte ihr Lärm den ganzen Laden. Alle drei waren Weiße, ihr Akzent tiefstes Brooklyn. Eindeutig. Im ersten Moment hatte ich den Eindruck, dass sie die Kassiererinnen anmachen würden. Am Ende des Ganges sah ich Mr. Crantz in angespannter Haltung. Im Ernstfall würde er gut daran tun, in sein Büro zu fliehen und die Cops zu verständigen.

Die Kerle redeten wirres Zeug. Ich verstand nicht einen zusammenhängenden Satz. Manchmal hörten sie sich an, als ob ihre Zungen schwer waren wie von Alkohol. Doch sie waren keine Morgen-Trinker. Sie hatten sich mit einem anderen Stoff abgefüllt.

Crack.

Die typischen Symptome.

Und an erster Stelle Aggressivität.

Aus jedem Wort und aus jeder Geste dieser Strolche wurde sie deutlich, die Angriffslust. Vibrierend warteten sie auf den Zündfunken, der sie explodieren lassen würde. Jeder Einzelne von ihnen war wie ein wandelndes Pulverfass.

Lawrence steckte dahinter. Anders konnte ich es mir nicht erklären. Lawrence, diese graue Eminenz. Im Gegensatz zu den meisten anderen Mobstern konnte Lawrence Publicity nicht leiden. Er hatte kein Interesse daran, dass die Menschen in der Stadt anfingen, ihn für einen modernen Robin Hood zu halten. Unter Leuten seinesgleichen gab es etliche, die sich allein zu dem Zweck im Licht der Öffentlichkeit suhlten. Wer dauernd in der Zeitung abgebildet wurde wie ein Politiker, der konnte kein schlechter Mensch sein. Und wer dann noch als großzügiger Geschäftsmann auftrat und für wohltätige Zwecke spendete, der kam sogar besser an als die meisten Politiker.

Lawrence wirkte lieber im Verborgenen. Ich kannte ihn nur von Archivfotos. Ein dunkelhaariger Sonnyboy mit Penthouse-Adresse an der Upper Eastside. Mittlerweile musste er Mitte vierzig sein. Ein Mann im besten Alter, unverheiratet, gerade richtig für jüngere Frauen, die sich nach Geborgenheit und gesichertem Wohlstand sehnten. Trotzdem schien er nicht der Typ zu sein, auf den jede Frau flog. Sonst hätte Marla ihn nicht abblitzen lassen. Vielleicht hatte sie auch nur gemerkt, dass sie bei ihm nicht die erste Geige spielen konnte.

Die Kerle schlenderten vor den Kassen auf und ab – scheinbar unschlüssig. Aber sie taten bereits so, als ob ihnen der Laden gehörte.

Ich war indessen sicher, dass sie auch ihr Ziel verdammt genau im Auge hatten. Und auf einmal wusste ich, was laufen sollte.

Mir lief es eisig über den Rücken.

Sie hatten sich ihre Opfer ausgesucht. Die Opfer sollten Mittel zum Zweck sein. Damit würden sie den G-man fangen – diesen blöden Hund mit seinem Gerechtigkeits-Spleen. Den hatten sie ja alle voll drauf, die Jungs vom Staat.

Die Crackies grinsten sich an, als sie auf ihre Opfer zugingen. Zu dritt bildeten sie eine Front. Hinter ihnen nutzten die Kassiererinnen die Gelegenheit zur Flucht. Auf leisen Sohlen verschwanden sie zwischen den Regalen. Unwichtig. Es würde nicht auf die herkömmliche Tour laufen. Nichts mit Geiseln und so. Der FBI-Bastard würde sich wundern. Hier sollte es gleich zur Sache gehen.

Die Penner sahen aus, als wären sie an das Hundertzehn-Volt-Netz angeschlossen worden. Sie hatten längst kapiert, was ihnen blühte.

Sie blieben stehen.

»Hallo, Skunks«, sagte der Anführer. Er war etwas größer als seine Komplizen, hatte struppiges Blondhaar und einen Ziegenbart.

»Seht mal, was die löffeln!«, gluckste der Dunkelhaarige rechts neben ihm.

»Sieht aus wie Hundefutter!«, stellte der Dritte fest, ein knochiger Typ mit Sechs-Tage-Bart.

»Ist auch Hundefutter«, bestätigte der Ziegenbart.

Die beiden Obdachlosen waren starr vor Angst. Sie hatten ihr Armybesteck dabei, und es waren Cornedbeefdosen, die sie schon zur Hälfte geleert hatten. Später, wenn sie wieder in die Kälte mussten, würden sie noch ein paar Sachen mitnehmen – das hatten sie sich jedenfalls vorgenommen. Aber jetzt sah es verflucht danach aus, dass sie gar nichts mehr tun würden. Nicht mal einen Bissen von dem Cornedbeef würden sie noch runterkriegen.

Der Ziegenbart griff in seine Gesäßtasche. Ruckartig kam seine Hand nach vorn. Ein blitzendes Schnappen beendete die Bewegung.

Den Wehrlosen drohten die Augen aus den Höhlen zu quellen. Der eine hatte eine rostrote Mähne und einen mächtigen Bart. Der andere war Puerto-Ricaner, sein langes schwarzes Haar hatte längst jeden Glanz verloren. Beide trugen Sachen, die aus den Kleidersammlungen der Wohlfahrt stammten. Sie wurden nicht allein gelassen in dieser Stadt. Man kümmerte sich um sie, so gut es eben ging. Aber es gab auch jene, die ihren Anblick nicht ertragen konnten. Die zumindest so taten. Weil sie einen Grund suchten, um gewalttätig zu werden.

Der Puerto-Ricaner und der mit der roten Löwenmähne hatten sich längst damit abgefunden, dass sie mutterseelenallein waren. Der Supermarkt war wie leer gefegt.

Der Ziegenbart grinste breit. Unvermittelt bewegte er das Messer und beschrieb wilde Zick-Zack-Linien in der Luft. Dann hielt er es wieder still. Und langsam, breitbeinig staksend, ging er auf die Behälter mit den Lebensmitteln zu. Der Dunkelhaarige und der Knochige beobachteten ihn bewundernd.

Der Ziegenbart beugte sich über einen der Warentröge und suchte. Dabei setzte er die Miene eines wählerischen Genießers auf, nuschelte Unverständliches und stieß einen erfreuten Laut aus, als hätte er endlich das Schnäppchen des Monats gefunden.

Er hob das Stilett und stieß zu.

Es geschah so blitzschnell wie beim ersten Mal, als er es aus der Tasche geholt hatte. Jetzt tauchte seine Messerhand langsam wieder auf. Seine Komplizen verfolgten es mit sichtlicher Spannung. Und dann johlten sie begeistert los, als sie sahen, was ihr Anführer aufgespießt hatte. Er drehte sich um und hielt es hoch wie eine Jagdbeute.

Ein Paket mit Fertigsuppe.

Mama's Bouillabaisse. Inhalt sechs Portionspackungen. Der Vorrat für die Familie. Echter Preisvorteil.

Der Ziegenbart warf seinen Komplizen einen amüsiert verschwörerischen Blick zu. Sie gluckston vor Heiterkeit. Der Knochige hatte eine Idee, wandte sich eilig um, suchte die Regale ab und lief los. Unterdessen näherte sich der Anführer den Opfern. Lockend, wie ein Einbrecher, der den Wachhund zu ködern sucht, hielt er ihnen die Packung entgegen. Und seine Stimme ölte. »Jetzt kommt euer Festessen, Jungs! Jetzt sollt ihr euch mal richtig satt essen! Nicht immer nur diesen Scheiß.« Mit der freien Hand zeigte er auf die Dosen in ihren Händen.

Der Knochige kam zurück. »Hier!«, rief er begeistert. Er hielt eine blaue Plastikflasche mit rotem Schraubverschluss hoch. »Hier haben wir das Richtige zum Nachspülen! Stinktier-Schampus! Das schäumt den Magen auf, Leute!«

Der Dunkelhaarige klatschte Beifall.

»Prächtig!«, strahlte der Ziegenbart. »Da können wir ja glatt auf die Vorspeise verzichten.« Er streckte die Linke aus und nahm die Plastikflasche entgegen. Die Aufschrift kannte jedes Kind aus der Fernsehwerbung.

Molestos.

Die starke Hand fürs Haus. Der flüssige Abflussreiniger mit der Superkraft. Der Klempner im Superman-Kostüm war der strahlende Held in den Werbespots. Er brauchte kein Werkzeug mehr, nahm nur die blaue Plastikflasche aus seinem Firmenwagen und machte verzweifelte Hausfrauen zu glücklichen. Nur einen Esslöffel von dem Zeug, und der verstopfte Abfluss war wieder frei.

Der Ziegenbart trat noch einen Schritt auf die Männer zu, die in ihrer Angst zur Hilflosigkeit gelähmt waren. Wenn er jetzt zustieß, konnte er sie bereits beide erwischen. Aber das hatte er nicht vor. Noch nicht. Er war ein Quäler. Er liebte es, seine Opfer zu martern, bevor er sie tötete. Und natürlich nahm ihm das Crack jede Hemmschwelle.

Die beiden Obdachlosen sahen all dies in seiner Teufelsfratze. Sie sahen, dass er ein Killer war. Sie sahen, dass er sich mit dem Kokain-Verschnitt in Stimmung gebracht hatte. Und sie sahen, dass ihr Leben wirklich keinen Cent mehr wert war. Aber eigentlich waren alle drei Kerle eine Nummer zu groß, um ihren Frust an Pennern auszulassen. Bestimmt hatten sie gar keinen Frust.

»Wer von euch beiden Hübschen fängt an?«, fragte der Ziegenbart mit falscher Sanftheit in der Stimme. »Nein, falsch! Was bin ich für ein Idiot! Wer lässt dem anderen den Vortritt? So wird ein Schuh draus, stimmt's? Ihr müsst euch um dieses Festessen ja regelrecht reißen! Hab ich Recht?«

Der Knochige und der Dunkelhaarige grölten vor Vergnügen, krümmten sich, hieben sich auf die Schenkel.

Der Puerto-Ricaner würgte sich den Hals frei, räusperte sich und wollte etwas sagen. Sein Freund legte ihm die Hand auf den Arm und übernahm das Reden. Er wusste, der spanische Akzent würde diese Kerle nur noch mehr in Rage bringen.

»Sir«, sagte der Rothaarige mit bebender Stimme. »Ich bitte Sie, tun Sie uns nichts. Wir verschwinden auf der Stelle von hier, wir verlassen die Stadt und kommen nie wieder. Das schwören wir.«

Das Gesicht des Gangsters weitete sich vor Vergnügen. »Aber Stinktiere können doch gar nicht schwören! Außerdem, Jungs, versteht ihr mich falsch. Ich will euch was Gutes tun. Ihr sollt dieses Festessen genießen – in vollen Zügen. Also los!«

Als er sich vorbeugte, klaffte seine Jacke ein Stück auseinander.

Der mit der Löwenmähne sah das klobige Ende einer Waffe aus dem Hosenbund des Mannes ragen. Eine Maschinenpistole. Das Messer zuckte vor, und das Suppenpaket fiel dem Puerto-Ricaner in den Schoß. Der Rothaarige wusste in diesem Moment, dass es kein Entrinnen gab.

»Fang an, Spic!«, zischte der Ziegenbart mit satanischem Grinsen. »Mach dir eine Tüte auf, und dann zieh dir die erste Ladung rein. Und mach dir keine Sorgen, dass das Zeug zu trocken ist. Hier!« Mit dem Messer in der Hand schraubte er die Plastikflasche auf. »Du spülst gleich kräftig nach, dann bleibt dir nichts im Hals stecken!«

Der Knochige und der Dunkelhaarige gluckten und lachten und verschluckten sich fast vor Heiterkeit. Dann, als der Puerto-Ricaner mit zitternden Fingern die Packung öffnete und eine der luftdicht versiegelten Tüten herausnahm, wurden sie andächtig still.

In seiner Todesangst hatte der Mann Schwierigkeiten, die Tüte überhaupt aufzureißen. Und dann, als er es endlich geschafft hatte, verschüttete er einen Teil des körnigen Pulvers.

Der Ziegenbart holte Luft, wollte ihn scharf zurechtweisen, wollte ihn womöglich zwingen, das Verschüttete aufzulecken. Aber dazu kam es nicht mehr.

Eine stahlharte Stimme durchschnitt die Stille.

»Schluss der Vorstellung!«

Ich hatte die letzte Silbe kaum ausgesprochen, da wirbelten sie schon herum.

Alle drei.

Das Messer und die blaue Plastikflasche schwirrten weg. In hohem Bogen.

Im selben Atemzug flogen die MPis hoch.

Die Kerle federten auseinander, verwandelten sich in die gefährlichen Einzelkämpfer, die sie waren.

Ich zog durch – in dem winzigen Moment, bevor ich zur Seite schnellte.

Der Magnum donnerte.

Das Belfern der MPis mischte sich hinein.

Meine Kugel hob den Ziegenbart von den Füßen. Im Fallen sah ich es. Die Wucht des Einschusses schleuderte ihn rückwärts, über die Beine der Hobos hinweg. Sie schrien. Ich konnte es ihnen nicht ersparen. Die MPi-Garbe des Kerls sägte eine Lochkette in die Decke.

Hinter mir schmetterten die Geschosse in die Warenregale.

Ich landete zwischen zwei Kassen und tat, was sie nicht erwarteten. Statt da zum Vorschein zu kommen, wo sie mich hatten abtauchen sehen, stieß ich mich zurück, in den Verkaufsraum hinein. Knapp hinter der Kasse hechtete ich nach rechts, mit flachem Sprung, in den nächsten Kassengang.

Da, wo ich eben noch gelegen hatte, furchten Kugeln den Fußboden.

Mit kraftvoller Beinarbeit war ich vorn und brachte den 357er beidhändig raus, abgewinkelt an der Kassenkante vorbei.

Der Dunkelhaarige entdeckte mich im selben Sekundenbruchteil.

Seine MPi schwenkte sofort.

Ich zog durch.

Das Brüllen des Magnum-Revolvers übertönte die MPis. Der Dunkelhaarige kriegte seinen Schwenk nicht zu Ende. Die Kugel warf ihn um.

Der Knochige war ungeheuer schnell.

Er kreiselte herum. Die MPi verstummte.

Er wusste, dass er mich nicht erwischen konnte, dass er nicht schnell genug war, bevor ich ihn hatte. Deshalb tat er, was er am schnellsten tun konnte.

Mit einem Satz ging er auf die Tramps los. In ihrer Angst hatten sie sich noch nicht mal hingeworfen. Deckung gab es für sie ohnehin nicht.

Ich feuerte.

Meine Kugel stoppte den Sprung des Gangsters.

Ich schickte sofort die zweite Kugel hinterher. Ich musste sichergehen.

Eine Stille kehrte ein, die so unnatürlich und unwirklich

war wie dieser ganze verdammte Morgen. Ich federte hoch, lief hinüber und kickte die MPis mit Fußtritten weg. Aber von den Kerlen drohte keine Gefahr mehr. Ihr Crack-Trip hatte sie ins Jenseits geführt. Ich würde nie beweisen können, dass Lawrence sie mir auf den Hals gehetzt hatte. Für mich stand es fest. Das genügte. Denn ich war in einen Krieg hineingeraten, in dem Beweise sowieso keine Rolle spielten. Nur die Macht des Stärkeren zählte.

Sirenen heulten.

Ich kam mir vor wie nach dem Erwachen aus einem Albtraum.

Durch die dichter fallenden Schneeflocken fegte das Blau-Weiß von Streifenwagen heran. Dann das klinische Weiß eines Rettungswagens. Und dem Sirenengeheul folgte die Meute auf dem Fuß. Ich brauchte nicht zweimal hinzusehen. Einige von diesen Wagen, die da hinter Polizei und Rettungsdienst heranjagten, hatte ich schon auf Fire Island gesehen, als ich in meinen Jeep steigen wollte.

Es gab zwei Möglichkeiten. Sie hatten den Polizeifunk abgehört, oder sie hatten einen anonymen Hinweis erhalten – von Lawrence gesteuert.

Meine Bekanntschaft mit Marla Ramone fing an, mich in teuflische Schwierigkeiten zu bringen. Natürlich hatte ich damit rechnen müssen. Aber nicht auf diese Weise. Ich hatte nicht vor, mich zwischen zwei Fronten zerreiben zu lassen.

Ich musste selbst zum Angriff übergehen.

Und zwar pronto.

Die beiden zottigen Männer waren nicht in der Lage aufzustehen. Der Schock saß ihnen in den Knochen. Beide versuchten zu sprechen, doch viel mehr als ein Krächzen brachten sie nicht heraus. Ich klopfte ihnen auf die Schulter. Mehr als die Dankbarkeit in ihren Augen wollte ich nicht. Der Notarzt würde sich um sie kümmern. Für den Schock winkte ihnen ein angenehmer Ausgleich: eine Nacht in der behaglichen Obhut eines Hospitals.

Während die Cops den Laden absperrten und den

Schrott-Mustang zur Seite schoben, überzeugte ich mich, dass Mr. Crantz und die Kassiererinnen wohlauf waren. Nachdem die Formalitäten erledigt waren, verließ ich den Laden. Ohne meine Einkäufe.

Die Medienmeute lauerte unter dem Vordach. Blitze zuckten, die motorgetriebenen Kameras schnatterten aufgeregt. Die Fernsehleute ließen ihre Scheinwerfer aufflammen.

»Mr. Cotton, einen Moment!«

Das Geschrei ging los, die Fragen prasselten auf mich ein. Aber diesmal beschränkten sie sich auf das Wesentliche, schrien nicht durcheinander. Sie schienen begriffen zu haben, dass sie ihrem Opfer eine Chance zum Antworten geben mussten, ehe sie es in ihren Zeitungen und Sendungen öffentlich zerfleischten.

»Mr. Cotton, führen Sie jetzt einen Privatkrieg gegen den Mob?«

»Und das, obwohl Sie vom Dienst suspendiert sind?«

»Wieso sind Sie trotzdem bewaffnet?«

»Haben Sie Ihre Gegner in diesen Supermarkt gelockt, um sie hier zu liquidieren?«

Ich blieb stehen und sah den Mann an, der die letzte Frage gestellt hatte. Es war der Wieselflinke von Fire Island. Seine Augen blitzten triumphierend. Er fühlte sich wie ein Jäger, der sein Wild in die Enge getrieben hatte.

Als ich auf ihn zuging, wurde es still.

»Sie sind ein furchtloser Bursche, stimmt's? Für eine heiße Story würden sie mitten in die Hölle gehen, wenn es sein müsste. Richtig?«

»Äh, ja – aber …« Er sah verdutzt aus.

Ich nickte, scheinbar freundschaftlich. »Dann denken Sie mal über das nach, was Sie gerade gefragt haben, mein Junge. Ein vom Dienst suspendierter G-man, der seine Gegner liquidiert – nun, der scheint ja vor nichts mehr zurückzuschrecken. Habe ich Recht?«

»Ja, schon – aber …«

»Sehen Sie, dann bauen Sie in Ihrer Geschichte ein Monster auf. Sie machen einen G-man zum Killer. Haben Sie keine Angst vor dem selbst geschaffenen Monster?«

Der Flinke starrte mich an. Und die anderen genauso.

Ich hatte ihnen genug Denkfutter gegeben, ließ sie stehen und stieg in meinen Jaguar. Im Vorbeigehen sah ich, dass das Heck nicht mal eine Schramme abgekriegt hatte.

Ich traf mich mit Phil bei »Houlihan's« an der Lexington Avenue. Das irische Lokal befand sich im ersten Stock eines Eckgebäudes, war Kneipe und Restaurant in einem und hatte mehrere verwinkelte Räume, die miteinander verbunden waren. Wir nisteten uns ganz hinten in einer Ecke ein, wo wir das meiste vom Laden überblicken konnten. Einschließlich eines Fensters zur Lexington.

»Bist du sicher, dass dir kein Schatten im Nacken sitzt?«, fragte Phil besorgt.

Ich grinste matt. »Die gleiche Frage könnte ich dir stellen. Du bist mein Ex-Dienstpartner. Sie rechnen doch damit, dass wir Kontakt aufnehmen.«

»Wer rechnet damit?«

»Phil, mein Gott! Alle, die hinter mir her sind! Der Mob und die Medien!«

Mein Freund und Kollege grinste. »Okay, Alter. Ich wollte nur noch mal hören, ob du dir über deine Lage wirklich im Klaren bist. Immer noch keine Neigung, abzubrechen?«

Ich schüttelte den Kopf. »Nein, jetzt erst recht nicht.«

Phil wusste, dass ich meinen Jaguar zu Hause in der Tiefgarage gelassen hatte. Er wusste auch alles über das Feuergefecht im Supermarkt. Er hatte sich die Informationen vom zuständigen Revier der City Police besorgt.

Ich beugte mich vor. »Du weißt, wie es laufen würde«, sagte ich halblaut. »Es wäre genauso wie sonst auch. Wir würden gelegentlich den einen oder anderen kleinen Fisch fangen. Aber an die Großen würden wir erst nach Jahren herankommen. Das haben wir bei Jack Ramone gesehen, und bei Marla wird es das Gleiche sein. Sie wird Lawrence nicht in die Knie zwingen. Eines Tages sehen die beiden wahrscheinlich ein, dass es besser ist, zusammenzuarbeiten. Dann sehen wir noch älter aus. Versteh doch! Marla Ramones Größenwahn ist ihre Achillesferse! Sie bildet sich ein, dass sie das männermordende Weib ist, das nur mit dem kleinen Finger zu schnippen braucht, und schon tanzen alle nach ihrer Pfeife. Solange sie das noch glaubt, glaubt sie auch, dass sie das Zeug hat, einen G-man rumzukriegen.«

»Natürlich verstehe ich das«, entgegnete Phil ernst. »Aber du musst auch einsehen, dass du genauso verwundbar bist wie Marla. Du bist völlig auf dich allein gestellt, wenn du dich ihr auslieferst.«

»Nicht völlig«, entgegnete ich lächelnd. »Du und die anderen – ihr hört doch nicht auf zu existieren!«

»So könnte es dir aber vorkommen.«

Phil war hartnäckig, und er hatte Recht. Trotzdem wollte ich mich nicht mehr von meinem Entschluss abbringen lassen. Ich schwieg, während das freundliche Serviergirl brachte, was wir bestellt hatten. Beim Essen redeten wir weiter. Ich erkundigte mich, ob der Erkennungsdienst brauchbare Ergebnisse hatte.

Phil verneinte. Die Crack-Gangster waren zwar identifiziert worden, aber einen Hinweis, dass sie auf Lawrences Lohnliste standen, gab es noch nicht. Irgendwann würden V-Leute vielleicht einen solchen Hinweis anschleppen. Aber dann brauchten wir ihn wahrscheinlich schon nicht mehr. Wenn ich meinen Plan durchzog, würden sich die Dinge rasend schnell entwickeln.

Ich fragte Phil nach dem anderen, das mich am meisten interessierte.

»Der Abend im Cajun …«, sagte ich und brauchte den Satz nicht zu Ende zu sprechen. Das haben lange Freundschaften ja an sich. Oft genügt ein Stichwort, und der andere weiß alles, was einem im Kopf herumgeht.

»Ich habe mich selber darum gekümmert«, antwortete Phil. »Du kennst Alfred Secombe und Lester Mortensen?«

Ich nickte.

Die beiden gehörten zu den zuverlässigsten V-Männern, die für uns in Manhattan die Augen und Ohren offen hielten. »Sie haben es also bestätigt?«

»Praktisch ja. Sie haben nichts Hundertprozentiges. Alle Typen, die vom Lawrence-Mob Aufträge annehmen, sind ziemlich zugeknöpft. Die Sache auf dem Heliport muss den meisten mächtig an die Nieren gegangen sein. Da redet nicht mehr jeder freiweg. Seit dem Heliport steigen die Informations-Honorare in schwindelnde Höhen. Wie auch immer, Al und Les haben ein paar neue Vermutungen an Land ziehen können. Danach scheint eines klar zu sein. Kurz bevor du mit Marla im Cajun warst, wussten weder Lawrence noch Armstrong oder irgendein anderer aus der Organisation, dass Marla dich überhaupt kannte.«

»Hm. Aber einen Namen hast du nicht?«

Phil grinste. »Möglichst auf einem Silbertablett, was?«

»Und ich dachte, wir würden gut zusammenarbeiten«, feixte ich zurück.

»Wenn du schon in die Höhle des Löwen gehst, musst du ja auch was zu tun haben – außer Marla zu beglücken.«

Wir lachten wie über einen guten Witz. Nach dem Essen tranken wir unseren Kaffee. Dann verließ ich das Lokal durch den Hinterausgang. Ich ging ein paar Häuserblocks kreuz und quer durch das Schneetreiben. Dann, an der Third Avenue, winkte ich mir ein Taxi und ließ mich nach Hause fahren.

Ich war nicht verfolgt worden. Und niemand lauerte vor dem Eingang des Apartmentgebäudes. Mich hier zu fotografieren oder zu filmen wäre langweilig gewesen. Man brauchte schon eine reißerische Story drum herum, damit es eine zeitungs- oder fernsehreife Sensation wurde. Ich konnte von Glück reden, dass die Geier Marlas Besuch an diesem Morgen nicht gewittert hatten.

Ich fuhr mit dem Fahrstuhl nach oben und betrat meine Wohnung mit der Vorsicht, die zurzeit angebracht war. Doch niemand hatte das Türschloss aufgebrochen und niemand hatte die Zimmer gefilzt. Kein Mensch hatte von meiner Abwesenheit Notiz genommen. Gut so.

Ich rief Marla an.

»Ist es schon so weit?«, fragte sie.

»Ist was schon so weit? »

»Dass die Sehnsucht bei dir voll durchbricht.«

»So kannst du es ausdrücken.«

»Ehrlich?« Sie konnte ihre Freude nicht verbergen.

Sie hörte sich an wie ein kleines Mädchen, das bei der Tombola den großen Teddybär gewonnen hat.

»Du weißt, ich würde es nicht sagen, wenn es nicht so wäre.«

»Darüber bin ich sehr froh, Jerry.«

»Es ist aber nicht die Sehnsucht allein – um bei der Ehrlichkeit zu bleiben. Ich muss von der Bildfläche verschwinden.«

»Warum?«

»Hast du die Zwölf-Uhr-Nachrichten nicht gesehen?«

»Nein. Ich habe zusammen mit Cordoba und Tierney die Alarmanlage durchgecheckt, auch draußen auf dem Grundstück. Du kannst dir nicht vorstellen, was hier los ist.«

»Doch«, widersprach ich. »Sie belagern dich. Sie werden dich ab jetzt rund um die Uhr belagern.«

»Du redest von den Journalisten?«

»Natürlich.«

»Woher weißt du das?«

»Erstens kenne ich sie seit Jahren. Zweitens gab es einen konkreten Anlass. Sie warten auf die nächste Sensation, und sie sind fest überzeugt, dass sie sich bei dir abspielen wird.«

»So kommt es mir vor, wenn ich ihr Heerlager da draußen sehe. Aber wieso bist du so sicher? Ich meine, was war der konkrete Anlass?«

Ich warf einen Blick auf die Armbanduhr. »Sieh dir die

Ein-Uhr-Nachrichten an. Am besten New York One. Dann weißt du es. Und wenn du willst, ruf mich wieder an.«

»Einverstanden.« Es knackte in der Leitung. Marla war eine Frau von schnellen Entscheidungen.

Der Lokalsender brachte den Bericht über den Supermarkt Seagull an erster Stelle in den Nachrichten. Als Erstes wurde ich gezeigt, wie ich den Laden verließ und in den Jaguar stieg. Meine Ansprache an den vorlauten kleinen Reporter war herausgeschnitten worden. Erwartungsgemäß. Die Ansprache hatte ja der gesamten Meute gegolten. Und man musste die Fernsehzuschauer ja nicht dazu bringen, dass sie anfingen, sich über die Art der Berichterstattung in den Medien Gedanken zu machen. Mein stummer Auftritt wurde vom Nachrichtensprecher kurz erläutert. *Jerry Cotton, New Yorks berühmtester G-man, seit gestern vom Dienst suspendiert, wurde heute Vormittag erneut in einen Unterweltkonflikt verwickelt …*

Das war vergleichsweise harmlos ausgedrückt, wenn ich an die Bemerkung von meinem angeblichen Privatkrieg gegen den Mob dachte.

Die Sendung lief ziemlich sachlich. Mr. Crantz wurde interviewt, der Einsatzleiter der Cops, dann die beiden Kassiererinnen. Schließlich hatte sich der Videoreporter von »New York One« noch auf den Weg ins Bellevue Hospital gemacht, um die beiden Obdachlosen zu interviewen. Sie waren ergriffen. Mit Tränen in den Augen blickten sie mich vom Bildschirm her an.

Ihre Stimmen stockten, als sie sich auf diesem Wege abermals dafür bedankten, dass ich ihnen das Leben gerettet hatte.

Es ging mir an die Nieren.

Ich schaltete den Fernseher ab.

Marla rief zwei Minuten später an. »Dies ist die passende Gelegenheit«, sagte sie nur. »Du bist der Auserwählte. Du warst es von Anfang an. Ich musste nur Gewissheit haben. Jetzt weiß ich, dass du nicht zurückkannst. Du wärest in jedem Fall ein toter Mann.«

»Reizende Aussichten«, knurrte ich.

»Ich sage nur, wie es ist. Abgesehen davon gibt es ja noch die wesentlich angenehmere Seite unserer Beziehung.«

»Hm.« Ich wies sie nicht darauf hin, dass sie eine Möglichkeit vergessen hatte. Ich konnte durchaus der lachende Dritte sein. Allerdings war es bis dahin ein weiter und mörderischer Weg. Das musste ich vor mir selbst schon zugeben.

Laut sagte ich: »Den ersten Teil deiner Rede fand ich am besten.«

»Dann vergiss einfach den letzten Teil. Oder versenke ihn im Hinterkopf.«

»Nichts dagegen einzuwenden.«

»Okay. Ich sage dir spätestens in einer halben Stunde Bescheid, wie ich dich abholen lasse.«

»Danke.« Ich versenkte den Hörer in die Gabel. Meine Aufnahmeprüfung hatte ich bestanden. Nun durfte ich gespannt darauf sein, wie die Bewährungsprobe verlaufen würde.

Nach dem Rundgang durch die Villa führte Marla mich noch einmal ins Dachgeschoss. Da gab es einen Raum, der als eine Art Wind-und-Wetter-Schleuse diente. Alle möglichen Klamotten lagen bereit für die verschiedensten Verwendungszwecke, von alaskamäßiger Kälte bis zur tropischen Regenzeit.

Ich half Marla in einen dicken Army-Parka mit Kapuze. In dem olivgrünen Monstrum sah sie aus wie ein unförmiges geschlechtsloses Monstrum. Ich verkleidete mich ebenfalls in Olivgrün und nahm ein Fernglas mit. Nicht mal auf zehn Yards würde man uns erkennen, ohne zweimal hinzusehen.

Doch so weit ich das Anwesen aus der Luft gesehen hatte, waren die Belagerer im günstigsten Fall hundert Yards entfernt – einerlei, von welcher Seite sie sich an das Grundstück heranpirschten.

»Wir müssen aussehen wie zwei Männer«, sagte Marla.

»In deinem Fall kann ich es kaum glauben.«

»Du sollst es dir ja auch nur vorstellen. Hauptsache, die Typen draußen glauben es.«

»Praktisches Denken war schon immer deine Stärke, was?«

»Deine Komplimente sind die Schönsten, Jerry Cotton. Irgendwann, heute Abend, werde ich dich zum Tango auffordern.«

»Ich weiß nicht, ob ich so lange warten kann«, behauptete ich und grinste.

Sie antwortete mit einem Augenaufschlag und sagte nichts.

Stattdessen schmiegte sie sich frontal an mich. Trotz des Parka-Pelzes beanspruchten ihre besonderen Merkmale meine volle Aufmerksamkeit. Da konnte man machen, was man wollte.

»Sei ein geduldiger Junge«, schmunzelte sie und wich von mir weg. »Weihnachten ist nur einmal im Jahr.«

»Ich werd verrückt!«, stöhnte ich. »Wenn das dein Grundsatz ist, bin ich total falsch. Ich meine, dann bin ich an der falschen Adresse gelandet.«

»Dann warte mal ab!« Marla lachte. »Ich hab nur von Weihnachten gesprochen, nicht von all den anderen Feiertagen! Ich habe die totale Freiheit. Wenn ich will, kann ich jeden Tag zum Feiertag erklären. Jedenfalls in meinem Haus. Was hältst du davon?«

»Ich glaube, ich weiß nicht, auf was ich mich eingelassen habe«, erwiderte ich und verdrehte die Augen.

»Du wirst es noch früh genug merken!«, rief sie übermütig.

Ich konnte es durchaus anders auffassen, als eine Warnung vielleicht. Aber ich war doch ziemlich sicher, dass sie es nur eindeutig zweideutig gemeint hatte.

Wir zogen die Kapuzen über den Kopf, schnürten sie zu und gingen hinaus aufs Dach der Villa. Es schneite nicht mehr. Gebäude und Landschaft waren von einer dünnen weißen Schicht überzogen. Viele dunkle Stellen schimmerten durch, insbesondere bei Baumkronen, Büschen und Sträuchern. Davon gab es eine Menge auf dem Ramone-Grundstück. An der Four Corners Road gelegen, im Bezirk Dongan Hills, wurde der höher gelegene Teil des Grundstücks von der Hilltop Terrace begrenzt, einer Straße, die in weitem Bogen über die Hügelkuppe führte. Ich schätzte das Anwesen auf mindestens zehntausend Quadratyards. Von den weit entfernten Nachbar-Villen waren nur die Dächer zu sehen.

Marla ermahnte mich noch einmal, jetzt nicht auf typisch männliche Gedanken zu kommen. Solche Anspielungen machten ihr Spaß. Sie sonnte sich in der Gewissheit, eine begehrenswerte Frau zu sein. Mehr als das. Eine Frau, die von Männern umschwirrt wurde wie das Licht von den Motten – frei nach dem berühmten Marlene-Dietrich-Song. Ich musste jedenfalls darauf achten, Marla in dem Gefühl zu bestärken. Wenn sie nur den geringsten Verdacht hegte, dass ich nicht mehr vollständig verrückt nach ihr war, bedeutete das für mich den Anfang vom Ende.

Die Villa war ein verschachtelter Bau mit mehreren Trakten, die unterschiedlich hoch waren. Das ergab sich aus der Hügellage des Grundstücks. Die einzelnen Dächer waren durch Treppen miteinander verbunden. Die größte und höchste Dachfläche auf dem Hauptgebäude war zugleich der Start- und Landeplatz für den Privathubschrauber. Angrenzend an die Dachfläche erhob sich an der Ostseite ein kastenförmiger Bau. Das Rolltor, an der dem Dach zugewandten Seite, war fünfzehn Yards breit.

Dahinter war der Privathubschrauber untergebracht. Jack Ramone hatte den Hangar von vornherein ausreichend groß anlegen lassen. Wie es sich für einen Nachfahren italienischer Einwanderer gehörte, hatte er natürlich einen italienischen Helikopter angeschafft. Die Maschine, die Marla und mir auf dem Ponton zu Hilfe gekommen war – wenn auch reichlich spät, war ein Agusta A109.

Marla hatte pünktlich wieder angerufen. Ich war sofort losgestiefelt und hatte Mr. High von einer Telefonzelle aus verständigt. Woodlock und Lucas, die beiden Piloten, hatten mich an der Westside abgeholt, auf dem Landeplatz am Riverside Drive. Ich hatte mich von einem Taxi hinbringen lassen, hatte unter den Bäumen des Parks am Hudson Ufer gewartet und war erst auf die Plattform gelaufen, nachdem die Maschine gelandet war.

Eine Viertelstunde später, nach der Landung in Staten Island, hatten die Belagerer der Ramone-Villa nur rätseln können, wer da eingeflogen worden war. Ich war erst im Hangar ausgestiegen. Marla hatte mich dort erwartet, und gemeinsam waren wir die Treppe hinuntergegangen, die vom Hangar direkt in die zweigeschossige Garage und von dort weiter ins Haupthaus führte. Zu ebener Erde und im ersten Stock der Garage waren die insgesamt fünf Ramone-Autos untergebracht. Als Transportmittel von unten nach oben diente ein Fahrzeug-Lift. Oben standen die Wagen, die seltener gebraucht wurden.

Auf das Dach des Hangars führte eine schmale Stahlleiter.

Wir stiegen hinauf. Der Blick reichte weit – nach Norden sogar bis zur Oberen Bucht. Die Skyline von Manhattan war jedoch nur schemenhaft zu erkennen. Unter dem dunklen Grau des Himmels war auch das Tageslicht längst zu einer frühen Dämmerung geworden. Und es würde mehr Schnee geben. Das war schon jetzt ziemlich sicher.

Wir traten an den nördlichen Dachrand. Ich hob das Fernglas und wandte mich der unmittelbaren Umgebung zu.

Unten, an der Four Corners Road, war der Bürgersteig mit schräg geparkten Fahrzeugen voll gepflastert. In den komfortableren Kastenwagen, die von Fernsehsendern kamen, liefen die Standheizungen. Von den Limousinen waren bestenfalls die größeren mit solchem Komfort ausgestattet. Alle anderen mussten die Motoren laufen lassen, damit die Heizungen funktionierten.

Die Fotografen und Kameraleute hatten sich vorsorglich mit langen Teleobjektiven ausgerüstet. Das gesamte technische Gerät stand schussbereit auf Stativen zwischen den Fahrzeugen. Die Bediener brauchten nur einen Satz aus der Wärme in die Kälte zu machen, und schon waren sie aufnahmebereit. Ich nahm an, dass sie drinnen in den Wagen ihre Empfänger mit dem Polizeifunk laufen hatten und außerdem für ihre Redaktionen über Autotelefon zu erreichen waren.

Oben, auf der Hilltop Terrace, war es das gleiche Bild. Nur war die Meute dort oben wesentlich kleiner. Die Aufnahmewinkel waren unterschiedlich gut. Wer sich für Sachen interessierte, die aus der Luft kamen, war oben besser bedient. Was sich zu ebener Erde abspielte, kriegten die Geier von der Four Corners Road besser mit.

Oben linsten nur zwei Typen durch ihre Teleobjektive.

Da ich das Fernglas vor dem Gesicht hatte, würden sie mich kaum erkennen.

»Beruhigt?«, erkundigte sich Marla. »Über den Zaun traut sich keiner. Da wette ich mit dir.«

Ich nickte. »So verrückt werden sie nicht sein. Sie wissen garantiert, dass da Selbstschussanlagen installiert sind. Als dein Angetrauter hier noch wohnte, ist mal ein Einbrecher von so einer Maschine erschossen worden. Und der arme Kerl hatte wirklich nur vor, silberne Löffel zu klauen.«

»Dann hat die Nachwelt wenigstens das Risiko kennen gelernt«, erwiderte Marla kalt. »Gehen wir wieder runter. Ich kenne ein paar gemütlichere Plätze im Haus.«

»Klingt verlockend«, sagte ich grinsend.

»Bilde dir keine Schwachheiten ein!«, sagte sie mit erhobenem Zeigefinger. »Bevor wir uns mit irgendwas anderem beschäftigen, will ich von dir alles wissen, was du über den Verräter weißt.«

Wir stiegen die Leiter hinunter.

»Wollen wir das nicht auf morgen verschieben?«, schlug ich vor. »Es ist so, dass ich keine Beweise in der Hand habe. Nur Vermutungen.«

»Es ist so«, machte Maria mich nach, »dass wir gerade eine günstige Gelegenheit haben. Mein männliches Personal ist unten in der Sporthalle. Da läuft das tägliche Training vor dem Abendessen. Wie wäre es also, wenn du ein bisschen Detektiv spielst? Das gehört doch zu deinem Beruf, oder?«

Gegen solche Argumente konnte ich natürlich nichts einwenden.

Also stimmte ich seufzend zu. Dabei hatte ich das vage Gefühl, dass mich diese Aktion gleich zu Anfang in fatale Schwierigkeiten stürzen konnte. Was, wenn Maria ihren Leuten mehr vertraute als mir? Was, wenn ich überhaupt nichts fand?

Die Villa war das reinste Labyrinth. Marla führte mich durch ein Gewirr von Korridoren, Verbindungstreppen und Durchgängen. Überall brannte Licht. Es gab keinen einzigen dunklen Winkel in dem Gebäude. Wir hatten unsere Wintersachen abgelegt. Ich trug meinen gewohnten Anzug, unter dem Jackett ruhte der Smith & Wesson im Gürtelholster. Marla hatte es zur Kenntnis genommen, ohne mit der Wimper zu zucken. Sie schien mir tatsächlich zu vertrauen, erwartete nicht etwa, dass ich waffenlos herumlief – im Gegensatz zu ihren Leibwächtern und dem Rest der Leute.

Marla trug einen eng anliegenden Hausanzug, der ihre Formen auf atemberaubende Weise unterstrich. Ich ließ mich nicht ablenken, konzentrierte mich auf ihre Erklärungen und bekam ein brauchbares Gefühl für die Lage der verschiedenen Räumlichkeiten. Das Hauptgebäude war früher Jack Ramone und seiner Frau vorbehalten gewesen. Außerdem waren dort Freunde der Familie empfangen worden. Von den beiden Esszimmern, einem großen und einem nicht ganz so großen, führte ein Durchgang in den

Wirtschaftstrakt mit Küche, Vorratsräumen und Personal-Esszimmer. Nach Süden schlossen sich dort die Räume mit der Haustechnik an, nach Westen erstreckte sich das Personalgebäude mit seinen Ein-Zimmer-Wohnungen. Die Sporthalle bildete einen rechten Winkel zum Personalgebäude und war durch einen voll verglasten Außengang zu erreichen.

»Ich weiß ja nicht mal, wonach ich suchen soll«, gestand ich, als wir den Korridor im Erdgeschoss des Personalgebäudes erreichten.

Marla drehte sich um, lehnte sich lässig an die Wand und sah mich kopfschüttelnd an. »Ich denke, du bist der Detektiv?«

»G-men bearbeiten ja nur Mehrstaaten-Fälle«, entgegnete ich mit einem lahmen Grinsen. »Deshalb bin ich wohl nicht der geeignete …«

»Komm mir nicht mit so einem Blödsinn!«, unterbrach sie mich. »Sag bloß, ich muss dir auf die Sprünge helfen!«

»Versuch es doch mal«, meinte ich. »Dann sag ich dir, wie gut du bist.«

»Hör mal!« Sie runzelte die Stirn. »Wenn du denkst, du müsstest auf irgendwen Rücksicht nehmen, liegst du total falsch. Ich habe mir doch keinen FBI-Mann ins Haus geholt, damit ich nicht von seinen besonderen Fähigkeiten profitieren kann!«

Aha.

Damit hatte sie die erste Katze aus dem Sack gelassen.

Ich sollte ihr helfen, ihre Machtposition auszubauen. Ich sollte nicht nur ihr Berater sein, ich sollte sie auch tatkräftig unterstützen.

»Hm«, brummte ich. »Angenommen, wir stoßen auf jemanden, der dir besonders am Herzen liegt?«

»Mir liegt kein Mensch besonders am Herzen«, knurrte sie. Ihre Gesichtszüge glätteten sich, und säuselnd fügte sie hinzu: »Außer du natürlich.«

»Da bin ich aber froh«, sagte ich aufatmend. »Okay. Du willst also, dass wir richtig loslegen?«

»Ja.«

»Gut. Dann beantworte mir eine einfache Frage. Wer von deinen Leuten wusste davon, dass wir uns im Cajun treffen?«

Ihr Blick wurde starr, fraß sich förmlich in meine Augen hinein. »Ich werd verrückt«, hauchte sie. »So einfach ist das! Darauf bin ich noch nicht mal gekommen! Woodlock und Lucas hab ich nur gesagt, dass ich am Abend unterwegs sein würde und dass sie sich wie üblich in Bereitschaft halten sollten. Cordoba hat seinen freien Tag gekriegt, und Tierney hat mich nach Manhattan gefahren. Ich hab ihn dann ja nicht mehr gebraucht, weil ich dich hatte und ...« Sie hielt inne und schlug sich die Hand vor den Mund. »Tierney! Mein Gott, das darf doch nicht wahr sein!«

»Vielleicht finden wir was in seiner Bude.«

»Ja. Sehen wir nach.« Sie stieß sich von der Wand ab und holte das Lederfutteral mit dem Generalschlüssel aus der Hosentasche. »Hier weiß zwar jeder, dass er kontrolliert wird. Aber vielleicht gibt es ja ein Geheimfach oder so was.«

»Wie viel Zeit haben wir?«

»Abgesehen davon, dass ich in meinem Haus machen kann, was ich will ...« Marla blickte auf ihre Armbanduhr. »Eine halbe Stunde.«

Wir beeilten uns. Tierney hatte eine sehr aufgeräumte Junggesellenbude mit Schrankwand und Arbeitsecke im Wohnzimmer. Die Arbeitsecke war ein kleiner Schreibtisch mit Computer.

»Wozu braucht er den?«, erkundigte ich mich.

»Spiele«, antwortete Marla. »Ansonsten für seine private Buchführung. Brendan ist verrückt nach Pferdewetten. Weil er sein Geld ja sowieso kaum braucht, versucht er, ein System auszutüfteln, wie er die Buchmacher reinlegen kann. Sagt er jedenfalls. Bislang hat es wohl noch nicht richtig geklappt.«

»Okay«, sagte ich. »Nimm du dir das Schlafzimmer und die Schrankwand vor. Ich werde mal nachsehen, ob der Computer ein Geheimfach hat.«

»Wie denn das?«

»Wenn er eines hat, zeige ich es dir.«

Wir machten uns an die Arbeit. Ich schwang mich auf den Stuhl vor der Tastatur. Die Zentraleinheit hatte keine Verriegelungsmöglichkeit. Andernfalls hätte ich gleich kapitulieren können. Ich startete die Maschine und holte mir den Dateimanager auf den Schirm. Ich verzichtete darauf, Dateien wie »Backfire« oder »Shootout« zu öffnen. Das waren eindeutig die Spiele, von denen Marla gesprochen hatte. Unter »Belmont« und verschiedenen Zusatzbuchstaben war wirres Zahlenmaterial gespeichert. Auch ein paar Pferdenamen konnte ich identifizieren. Tierney war tatsächlich ein Wettfanatiker, und seine Einsätze machte er drüben in Belmont Park, der Rennbahn in Queens.

Marla kehrte aus dem Schlafzimmer zurück. »Ich hab mich geirrt«, sagte sie naserümpfend. »Der verplempert doch eine Menge von seinem Geld für was anderes.«

»Nämlich?«

»Da nebenan ist das größte Pornolager, das ich je gesehen hab.«

»Wie viele hast du gesehen?«

»Okay, okay – keines.« Sie trat neben mich und grinste. »Normalerweise schnüffle ich ja auch nicht in fremden Wohnungen rum. Und wie sieht es hier aus?«

»Noch keine Geheimnisse aufgestöbert.« Ich ließ die Dateiliste auf und ab schnurren, suchte nach »Telefon« oder »Adressen«, konnte aber weder das eine noch das andere entdecken. Unter den letzten Buchstaben des Alphabets gab es keine Eintragungen. Ich ließ die Dateiliste zurücklaufen.

»Was machst du da?«, fragte Marla.

»Hast du noch nie an einem Computer gesessen?«

»Nein.«

»Dann wird es aber Zeit. Dir entgehen sonst wesentliche Geheimnisse des Lebens.«

»Zum Beispiel?«

Ich beantwortete ihre Frage nicht, denn mir sprang ein Wort ins Auge.

NESSERDA.CRD

Vorher war es mir nicht aufgefallen, weil ich bewusst nach anderem gesucht hatte. Die drei Zusatzbuchstaben hinter dem Punkt bedeuteten, dass die Datei unter dem Karteiprogramm der Benutzeroberfläche gespeichert war. Ich wechselte in das Programm, erklärte gleichzeitig Marla, was ich tat, und rief die dortige Dateiliste auf. Die Liste enthielt nur eine einzige Datei.

NESSERDA.CRD

»Jetzt öffnen wir das Ding«, sagte ich und klickte mit dem Mauszeiger auf das Symbol. Ein blau umrandeter Kasten zuckte auf den Bildschirm.

DATEI PASSWORTGESCHÜTZT

Darunter befand sich eine Eingabezeile, deren blinkender Cursor auf das richtige Passwort wartete.

»Was heißt denn das?«, staunte Marla.

»Dass dein Leibwächter Tierney Geheimnisse hat«, antwortete ich. »Geheime Adressen.«

»Adressen?«, echote Marla.

»Lies mal Nesserda von hinten nach vorn.«

Sie tat es. »A-dres-sen.« Sie stieß einen Pfiff aus. »O Himmel, ich glaub, wir sind auf der richtigen Spur! Stimmt's?«

»Ohne das Passwort erfahren wir nie, was er da gespeichert hat.« Ich blickte zu Marla auf. »Jetzt brauchen wir irgendwas, was für ihn persönlich wichtig ist. Zum Beispiel den Vornamen seiner Freundin.«

»Hat er nicht.« Marla sagte es so entschieden, dass es stimmen musste.

»Den Vornamen seiner Chefin?«

»Bist du verrückt?«

»Vielleicht betet er dich heimlich an.«

»Was er anbetet, liegt nebenan. In Form von Videos und Magazinen.«

Ich versuchte es trotzdem, tippte »Marla« in die Eingabezeile und drückte die Return-Taste. Ein neuer Kasten wurde auf den Bildschirm geschleudert.

DATEI IST GESPERRT

»Okay«, sagte ich, »so kommen wir nicht weiter.«

»Sondern?« Marla zog sich den einzigen noch vorhandenen Stuhl heran und setzte sich neben mich.

Ich wechselte in das Textprogramm und bat Marla, sich einen Zettel und einen Kugelschreiber zu nehmen. Sie fand beides in der oberen Schublade, und ich fing an, ihr sämtliche Namen aus den Pferde- und Spiele-Dateien vorzulesen. Sie schrieb alles auf. Erneut ging ich ins Karteiprogramm und probierte ein Wort nach dem anderen durch. Das Ergebnis war immer das Gleiche.

DATEI IST GESPERRT

Ich ließ mir von Marla die Vornamen und Nachnamen des übrigen Personals sagen und gab alles ein. Ohne Erfolg. Ich versuchte es mit so einfachen Sachen wie »Manhattan« und »New York«. Mir fiel ein, dass Tierney gebürtiger New Yorker war.

»Weißt du, in welchem Stadtteil er geboren ist?«, fragte ich Marla.

»Warte mal …« Sie rieb sich das Kinn. »In der Bronx! Ich weiß es von Jack. Wenn da oben mal Trouble war, hat er sich immer von Tierney beraten lassen.«

Ohne große Hoffnung gab ich »Bronx« ein.

Der Bildschirm füllte sich mit Buchstaben- und Zahlenreihen.

Ich stieß einen Pfiff aus.

Marla beugte sich vor und schlug die Hände zusammen. Im nächsten Moment, als sie genauer hinsah, erstarrte sie.

Es lag daran, dass die Liste alphabetisch geordnet war. Und auch mir sprang der erste Name der Liste ins Auge.

ARMSTRONG, HARRY

Es folgten die Privatadresse, die private Telefonnummer und ein Dutzend Telefonnummern von Kneipen und Clubs, in denen sich Armstrong vermutlich regelmäßig aufgehalten hatte.

»Dieses Schwein!«, flüsterte Marla. »Dieses verdammte Schwein!«

»Das muss ja noch kein Beweis sein«, sagte ich achselzuckend.

»Dann sieh mal unter Lawrence nach!«

Ich hatte es sowieso vorgehabt und ließ das Register zum Buchstaben L vorrücken.

Und da war er – auch er in der ersten Reihe.

LAWRENCE, WILLIAM JAMES

Die Adresse an der East 48th Street stimmte, und natürlich stimmten auch die verschiedenen Telefonnummern.

»Und jetzt?«, fragte ich.

Marla überlegte nicht lange. Sie zeigte auf den Computer. »Lass das auf dem Bildschirm stehen. Du hast dein Schießeisen dabei, richtig?«

»Ja.«

»Okay. Dann warten wir auf ihn. Hier.«

Mir schwante Böses.

Der dunkelhaarige Mann blickte in den Spiegel. Er hatte sich angekleidet wie für einen Abend in der Metropolitan Opera. Aber die Inszenierung, die er erleben würde, sollte viel feierlicher werden. Viel, viel feierlicher.

Er betrachtete sich prüfend. Seine Schläfen waren silbergrau, sein Gesicht markant und ohne allzu viele Furchen und Falten. Der schwarze Anzug, das teure Hemd und die Fliege saßen perfekt. Frauen waren immer von ihm beeindruckt gewesen. Er hatte sogar die eine oder andere Hollywood-Schönheit erlebt, bei Empfängen in den New Yorker Grand Hotels, und auch sie, die Stars, hatten sich geschmeichelt gefühlt, wenn er sie angesprochen hatte.

Nur ein einziges Mal war ihm eine Verrückte begegnet.

Eine, die ihn abgelehnt hatte.

Eiskalt und beleidigend.

Dafür sollte ihn das Schauspiel entschädigen. Heute Abend, an diesem ungemütlichen Winterabend, würde er seine eigene Inszenierung erleben und genießen. Die Dramaturgie war verhältnismäßig einfach. Umso durchschlagender würde aber die Wirkung sein.

William J. Lawrence lächelte sein Spiegelbild an.

»Sei zufrieden mit dir«, sagte er salbungsvoll. »Die nächste Stunde wird in die New Yorker Geschichte eingehen, mein Alter. Alle werden von deinem Ruhm reden, aber beweisen kann dir keiner was.« Er verließ das Bad und lachte in die leere Wohnung hinein.

Durch das große Fenster des Penthouses blickte er in die East 48th Street hinab, auch die Kreuzungen Lexington und Park Avenue konnte er sehen. Wenn er hierher zurückkehrte, würde er ein anderer Mann sein. Einer mit neuem, gestärktem Selbstbewusstsein. Er wandte den Blick nach oben, als er den Telefonhörer abnahm und Bartletts Durchwahlnummer in der Redaktion der »New York Post« anrief. Der wieselflinke kleine Bursche war ein Karrieretyp. Der ging durchs Feuer, wenn es sein musste. Für eine heiße Story tat er alles.

Eine Kollegin Bartletts meldete sich, sagte, dass er im Außeneinsatz sei. Lawrence ließ sich die Nummer seines Autotelefons geben. Während er wählte, richtete er den Blick nach oben. Der Himmel war wolkenverhangen, die Luft jedoch kristallklar.

Prächtiges Flugwetter.

Die Abenddämmerung brach herein. Auf den Straßen New Yorks schalteten die Autofahrer die Scheinwerfer ein.

Drei schwere Dienstlimousinen des FBI fuhren mit hoher Geschwindigkeit über die Verrazano Narrows Bridge von Brooklyn nach Staten Island. Auf den Fahrspuren gab es genügend Platz, um auch ohne Rotlicht und Sirene zügig voranzukommen. Die City Police war verständigt, die Streifendienste über Fahrzeugtypen und Kennzeichen informiert.

Kein pflichtbewusster Cop würde den FBI-Konvoi versehentlich stoppen.

Im vorderen Wagen saß Phil Decker auf dem Beifahrersitz, Steve Dillagio und Zeerookah im Fond. Joe Brandenburg lenkte den Wagen. Auch die beiden nachfolgenden Dienstwagen waren mit jeweils vier G-men besetzt. Phil hatte auf Anweisung Mr. Highs die Einsatzleitung übernommen. Kollegen von der Kriminalabteilung der City Police in Staten Island waren informiert und befanden sich in Bereitstellung. Anlass für den Einsatz war eine neue Information der V-Leute. Es braute sich etwas zusammen. Mehrere Gangster, die auf Lawrences Lohnliste standen, hatten Anrufe erhalten und waren Hals über Kopf aus ihren Stammkneipen verschwunden.

Die Limousinen hatten eben den Staten Island Expressway erreicht, als das Rufzeichen des Funkgeräts im vorderen Wagen aufflackerte.

Phil meldete sich.

»Ich habe gerade einen Anruf erhalten«, sagte John D. High. »Ein gewisser Ray Bartlett war dran, Reporter der New York Post. Er steht draußen vor der Ramone-Villa – mit all den anderen Journalisten. Bartlett wurde vor zwei Minuten anonym angerufen, über Autotelefon, und er hat Gewissensbisse bekommen. Er sagt, Jerry hätte ihn heute Morgen vor dem Supermarkt sehr nachdenklich gemacht. Und jetzt, nach diesem Anruf, wollte er uns wenigstens informieren. Der Unbekannte hat erklärt, dass die Ramone-Villa in zehn Minuten in die Luft fliegt.«

Phil durchfuhr es siedend heiß. Trotzdem bewahrte er die Ruhe. »Wir schaffen es, Sir.«

»Ich drücke Ihnen die Daumen. Ich verständige inzwischen die Kollegen von der City Police. Wir brauchen ein paar Spezialisten zur Verstärkung.«

»Das denke ich auch, Sir. Wir stoßen direkt vor.«
»In Ordnung. Die Kollegen werden das berücksichtigen.«

Nach genau drei Minuten knirschte der Schlüssel im Schloss. Als ob Tierney eine Antenne für alles hätte, was sich in seinem Zimmer abspielte.

Verschwitzt und rotgesichtig tappte er herein. Erst als er die Tür schon zugedrückt hatte, blickte er auf.

Und erstarrte.

Sein Blick fraß sich an meinem Revolver fest.

»Verräterschwein«, sagte Marla verächtlich. Sie stand neben mir, an meine Seite gelehnt, mit einer Hand besitzergreifend auf meine Schulter gestützt.

Tierney konnte den eingeschalteten Computer und die Schrift auf dem Bildschirm sehen. Seine Gesichtsmuskeln begannen unkontrolliert zu zucken. Er begriff alles. Die ganze schlimme Wahrheit.

»Okay, Jerry«, sagte Marla kalt. »Leg ihn um!«

Tierney kreischte plötzlich los.

»Das wird euch nichts nützen! Ihr geht sowieso drauf! Alle miteinander! Weil er heute Abend angreift! Jede Minute kann es so weit sein!«

Marla lachte verächtlich.

»Wer es glaubt, wird selig! Mit so einem blöden Trick legst du uns nicht rein, du Drecksack. Vergiss nicht, dass du einen G-man vor dir hast. Dem kannst du sowieso nichts vormachen. Stimmt's, Jerry?«

»Ja, stimmt«, antwortete ich heiser. Meine Gedanken jagten sich. Ich hatte noch immer keinen Ausweg gefunden. Hölle und Teufel, ich wusste beim besten Willen nicht, wie ich hier meinen Hals aus der Schlinge ziehen sollte.

Das Teufelsweib hatte sich einen Rest von Misstrauen bewahrt.

Und jetzt würde sie feststellen, ob ich wirklich auf ihrer Seite stand.

»Ihr werdet ja sehen!«, schrie Tierney mit sich überschlagender Stimme. »Ich wollte sowieso gerade abhauen! Ihr werdet sehen!«

»Leg ihn um!«, wiederholte Marla. »Verdammt noch mal, ich kann dieses Gewinsel nicht mehr hören!«

Tierney streckte die Arme aus. Er zitterte. Seine Augen flackerten. Er versuchte zu sprechen, bekam aber nichts mehr heraus.

Ich wusste, er wollte mich um sein Leben anflehen.

»Schieß endlich!«, schrie Marla.

»Nein«, sagte ich hart. »Nicht auf einen Wehrlosen!«

Ich spürte, wie mich Marla von der Seite anstarrte. Ich spürte ihre Fassungslosigkeit. Gleichzeitig wechselte der Ausdruck in Tierneys Augen von Todesangst zu jäher Hoffnung.

Er erkannte seine Chance.

Er warf sich herum und packte den Türknauf.

Ich riss ihn zurück.

Kreischend brach er zusammen, quer vor der Tür.

Ich hatte nicht sehen und hören können, was Marla inzwischen getan hatte.

Dafür kriegte ich es zu spüren.

Kalt und hart drückte es auf meine Schädeldecke.

Ich wagte nicht, mich zu rühren.

Tierney wimmerte, krümmte sich.

»Damit du Bescheid weißt«, sagte Marla. »Dies ist kein Bluff. Ich habe Tierneys Beretta in der Hand. Die Kanone lag in der Schreibtischschublade.« Sie schrie ihren Leibwächter an. »Tierney! Sieh her, du Schwein! Stimmt es, was ich gesagt habe?«

»Ja!«, wimmerte er. »Mein Gott, ja!«

»Kapiert, G-man?«

Ich antwortete nicht.

»Okay, dann lässt du jetzt deinen feinen Revolver fallen. Aber sofort!«

Ich gehorchte. Der Smith polterte zu Boden. Erst in

diesem Moment wurde mir klar, wie gefährlich Marla Ramone wirklich war.

Ich spannte die Muskeln, als sich der Stahldruck von meiner Schädeldecke löste.

Aber ich konnte es nicht schaffen.

Marla war zu schnell. Zu verteufelt schnell.

Der Schuss donnerte.

Und sofort war die Mündung wieder auf meinem Kopf.

Tierney streckte sich, verstummte, rührte sich nicht mehr. Die Kugel aus seiner eigenen Waffe hatte ihm das Lebenslicht ausgeblasen.

»So geht man mit Verräterschweinen um«, sagte Marla. »Und wir beiden Hübschen werden jetzt mal vorsichtshalber von hier verschwinden.«

In diesem Augenblick hörten wir das Hubschraubergeräusch.

Das Inferno begann, als die Dienstwagen des FBI in die Four Corners Road einbogen.

»Seht euch das an!«, rief Joe Brandenburg, indem er sich über das Lenkrad beugte.

Die Maschine schwebte auf die Villa zu – schwarz, drohend und immer größer werdend.

Die G-men konnten es nicht mehr schaffen. Sie wussten es.

»Weiter!«, entschied Phil trotzdem. »Rotlicht, Sirene und Vollgas!«

Joe nickte nur. Während er das Magnetrotlicht aufs Dach pappte und das Geheul einschaltete, trat er das Gaspedal durch. Der Wagen machte einen Satz. Phil, Steve und Zeery hatten ihre Waffen klar. Wie bei Großeinsätzen vorgeschrieben, waren es wieder die Maschinenpistolen mit Laserzielgeräten und Zielfernrohr. Die beiden anderen Dienstwagen beschleunigten ebenfalls.

Alle drei Limousinen rasten mit hoher Geschwindigkeit

an dem Pulk der Pressefahrzeuge vorbei auf das Tor der Villa zu. Von den Kollegen der City Police und ihrem Sonderkommando war hier nichts zu sehen. Die Beamten waren oberhalb der Villa an der Hilltop Terrace in Stellung gegangen.

Doch niemand konnte das Unheil mehr aufhalten.

Die FBI-Limousinen waren noch zehn Yards vom Tor der Villa entfernt, als es geschah.

Der Hubschrauber dröhnte über die Villa hinweg – sehr langsam, schien fast stehen zu bleiben.

Ein Scheinwerfer flammte unter dem Bauch der Maschine auf.

Noch fünf Yards trennte die erste Limousine vom Tor.

Und Joe Brandenburg dachte nicht daran, zu bremsen. Die G-men stemmten sich gegen die Sitzlehnen und vertrauten auf die Sicherheitsgurte.

Aus dem Hubschrauber torkelten klumpige Gegenstände. Im Scheinwerferlicht konnten die Piloten kontrollieren, wohin die Klumpen fielen. Sechs Stück waren es. Zwei fielen schräg und zerschmetterten Fenster des Haupthauses. Die vier anderen fanden ihre Ziele auf dem Dach und am Hangar.

Der schwarze Hubschrauber ging in den Steigflug über, kurz bevor die erste Ladung vom Verzögerungszünder hochgejagt wurde.

Der Hangar flog auseinander. Teile des Agusta-Hubschraubers wirbelten mit den Gebäudetrümmern empor. Ohrenbetäubender Donner hallte durch die Abenddämmerung.

Der Explosionsdruck schüttelte den Angreifer-Hubschrauber durch, vermochte ihm aber nichts mehr anzuhaben.

Die FBI-Limousine mit Joe Brandenburg am Steuer schmetterte das gusseiserne Tor aus den Angeln, rollte darüber hinweg und kam mit eingedellter Schnauze zum Stehen.

Auch die beiden anderen Wagen stoppten sofort.

Den G-men blieb nichts anderes übrig, als sich hinter ihren Fahrzeugen in Deckung zu werfen.

Denn jetzt rollte eine Detonation nach der anderen durch den beginnenden Abend.

Die Villa, hundert Yards von der Grundstücksgrenze entfernt, wurde buchstäblich in Stücke geschlagen. Trümmerbrocken wirbelten empor. Die Feuerblitze zuckten hoch in den Himmel. Flammen stiegen auf. Erste Rauchpilze bildeten sich.

Phil wollte aufspringen. »Ich halte das nicht mehr aus!«, schrie er. »Verdammt, ich muss sehen, was mit Jerry ist!«

Steve und Zeery versuchten, ihn zurückzuhalten. Aber er riss sich los.

Phil war jedoch kaum aufgesprungen und hinter dem Wagenheck hervorgeschnellt, als ihn die nächste Druckwelle zu Boden schleuderte.

Der Hubschrauber hatte abgedreht und ging auf Südwestkurs. Die Beamten des Sonderkommandos ließen ihn fünfhundert Yards weit kommen.

Dann, als die Maschine über dem riesigen Parkgelände des Dongan Hill Golf Club war, stießen zwei grelle Striche in den Himmel.

Die Boden-Luft-Raketen suchten und fanden ihr Ziel.

Über dem unbewohnten Gelände krachten die Einschläge.

Die Maschine verwandelte sich in einen Feuerball. In einem Radius von mehr als hundert Yards segelten die glühenden Teile zu Boden.

In der Villen-Einfahrt sprangen die G-men auf und stürmten vorwärts.

Erst jetzt wagten sich auch die Journalisten aus ihrer Deckung hervor. Doch nur vorsichtig näherten sie sich dem Tor. Scheinwerfer flammten auf, damit die Fernsehkameras wenigstens die Totale erfassen konnten.

»Na, wie nennt man so was?«, sagte Marla Ramone. »Einen Wink des Schicksals?« Ihre Stimme war so kalt wie eh und je.

Ich antwortete nicht.

Denn sie hatte mich noch immer vor dem Lauf.

Sie hatte meinen Revolver mit einem Fußtritt außer Reichweite befördert, und wir waren zu Boden gegangen. Die Möbel hatten uns vor den herumfliegenden Scherben geschützt.

Das Personalgebäude war nur unwesentlich beschädigt worden. Die Fensterscheiben waren durch die Explosionen zerschmettert worden. Aber das war auch alles. Der Strom war ausgefallen. Doch es herrschte nur Halbdunkel. Ich sah den schimmernden Waffenstahl links neben mir. Etwas mehr als eine Armlänge entfernt. Zu weit zum Zupacken. Zu weit, um irgendetwas ausrichten zu können.

Marla stand auf. Ihre Bewegungen waren fließend und schnell. Keinen Sekundenbruchteil lang ließ sie mich aus der Visierlinie.

»Dann wollen wir mal«, sagte sie, als sie stand. »Tolles Gefühl, einen G-man in Schach zu halten, das muss ich schon sagen. Sind deine Leute draußen? Werden Sie uns einen heißen Empfang bereiten?«

Darauf konnte ich keine Antwort geben.

Marla lachte schrill. »Probieren wir es aus! Vor die Fernsehkameras kommen wir auf jeden Fall. Ganz New York wird sich über dich totlachen! Die ganzen USA werden sich über den FBI totlachen! Eine schwache Frau nimmt einen G-man als Geisel! Einen ausgewachsenen G-man! Ha-ha-ha!«

Ich stand auf, als sie es mir befahl. Ich zog den Toten von der Tür weg. Scherben knirschten unter meinen Schuhsohlen, als ich hinaustrat. Es war still geworden.

Der Durchgang zu den Wirtschaftsräumen war von Trümmern versperrt.

»Los, links runter!«, schrillte Marlas Stimme. »Wir nehmen den Seitenausgang!«

Ich gehorchte. Ihre Nervosität war mehr als deutlich. Sie folgte mir mit zwei Schritten Abstand, und ich wusste, dass sie keinen Moment zögern würde, mich mit Blei voll zu pumpen.

Die Tür des Seitenausgangs war durch die verschiedenen Druckwellen herausgeflogen. Über Holzsplitter und Gesteinsbrocken trat ich ins Freie.

»Nach rechts!«, kommandierte Marla. »Vors Haus! Wollen mal sehen, ob das Schwein Lawrence von der Garage was übrig gelassen hat!«

Mir drehte sich der Magen um, als ich die Gebäudetrakte sah – besser, das, was davon geblieben war. Niemand konnte in diesen Trümmern überlebt haben. Und Marla fasste es als eine Bestätigung ihrer Macht auf, dass sie sich zur richtigen Zeit am richtigen Ort aufgehalten hatte. Sie war nicht mehr bei Sinnen. Man brauchte wenig Scharfsinn, um das zu erkennen.

Linker Hand strahlte das Licht der Fernsehscheinwerfer über die Gartenanlagen. Büsche und Ziersträucher warfen schwarze Schatten.

»Schön langsam gehen!«, sagte sie höhnisch. »Ich erwische dich zwar auch, wenn du anfängst zu rennen. Aber ich habe dich doch lieber in meiner Nähe.«

Ich befolgte ihre Anordnung.

Noch zehn Schritte weit.

Da gellte die Stimme.

»Jerry!«

Ich reagierte ohne Zeitverzögerung und brauchte weniger als eine Zehntelsekunde, um mich hinzuwerfen.

Hinter mir brüllte die Beretta.

Das Geschoss sengte über mich hinweg.

Aus den Augenwinkeln heraus sah ich den glutroten Lichtstrahl.

Nur ein einzelner Schuss peitschte.

Marla schrie.

Phil stürmte aus dem Gebüsch hervor.

Dann die Kollegen.

Marla krümmte sich schreiend auf dem Boden und versuchte, die Beretta zu erreichen, die ihr aus der Hand geflogen war.

Phil war schneller. Er trat die Waffe weg.

Ich rappelte mich auf.

Die Kollegen waren im selben Moment zur Stelle. Sie richteten ihre MPis auf die Schreiende. Phils Kugel hatte ihren rechten Arm durchschlagen. Sie würde ihren Richtern erhalten bleiben.

»Alles okay?«, fragte Phil besorgt, während er mir den Arm auf die Schulter legte.

Ich grinste. »Ich schlage vor, wir geben gleich mal eine Presseerklärung«, sagte ich und deutete auf die Journalistenschar, die jetzt auf das Grundstück vordrang.

»Was willst du denen denn sagen?«, entgegnete Phil stirnrunzelnd. »Ich meine, wir können doch keine offizielle Verlautbarung vorweg …«

»Nur das eine«, unterbrach ich ihn. »Das Gespann Cotton und Decker hat nie aufgehört zu funktionieren.«

Phil lachte und versetzte mir einen freundschaftlichen Boxhieb in die Seite. Besser hätte er den Text meiner Presseerklärung gar nicht bestätigen können.

ENDE

Jerry Cotton ist die erfolgreichste Kriminalromanserie der Welt. Die Gesamtauflage der Serie liegt bei über 850 Millionen Exemplaren und wird in über fünfzig Ländern der Erde gelesen.
BASTEI-LÜBBE präsentiert für alle Freunde des Kriminalromans drei lange vergriffene Ausgaben der Jerry-Cotton-Taschenbücher in einer Sonderausgabe.

Dieser Band enthält die Romane:

Killertränen
East-Village-Hyänen
Das Ende des Sizilianers

ISBN 3-404-31950–8

BASTEI LÜBBE

Todesfalle Sing Sing

Cass Willcox war eine Bestie. Der Auftragskiller der Mafia hatte 22 Menschen umgebracht. Eiskalt wie eine Mordmascine. Phil und ich brachten die Bestie zur Hinrichtung, in einem Stahlkäfig mit einem Polizeikreuzer den Hudson River hinauf nach Sing Sing. Dort wartete die Todeszelle …
Doch der Hurrikan ›Jessica‹ machte uns einen Strich durch die Rechnung. Während Phil und ich auf dem Hudson im Toben der Elemente ums Überleben kämpften, kam Cass Willcox, die Bestie im Stahlkäfig, frei und flüchtete mit über 30 schweren Jungs …

ISBN 3–404–31512–X

BASTEI
LÜBBE

Blutige Dollars

Falsche Dollars – blutige Dollars … Darum drehte sich dieser nervenaufreibende Fall:
Die falschen Dollars wurden bei uns in New York City hergestellt und fanden Verbreitung in Las Vegas. Unser Job war es, das Syndikat der Falschgelddrucker zu zerschlagen …
Die blutigen Dollars erhielt der Hitman Nicholas Kotcheff für seine Killer-Jobs, die er für das Blüten-Syndikat ausführte. Auch ihn mussten wir schnappen, um seinem Morden ein Ende zu setzen …
Dann erhielten wir die Chance, Kotcheff endlich aus dem Verkehr zu ziehen, denn bei seinem letzten Killer-Job war er beobachtet worden. Doch der Zeuge versteckte sich nicht nur vor ihm, sondern auch vor uns vom FBI …

ISBN 3–404–31513–8

BASTEI LÜBBE